沉默的黑板

高丽君 著

中国文史出版社

CONTENTS

目录

一封写给黑板的信

终于静下来了。

一阵风从楼道蹿进，贴着地面打着滚儿进了教室。陈春来到门口，仰起头伸开双臂，把汗津津的身子沐浴在微风里，紧贴着皮肤的衬衣微微鼓起来，裤腿里也钻进了几缕风。他浑身一抖，闭了眼，静静享受这夏日傍晚的凉爽。

“一候温风至，二候蟋蟀居宇，三候鹰始鸷”。小暑了，连蟋蟀和老鹰都知道避避夏，可见有多热。好在要放暑假了！就在半个小时前，教学楼里还人头攒动，说笑嬉闹，翻腾着兴奋的气浪。半个小时后，他们就离开了。假期终于来了呀，人人都放松了自由了，完全有理由兴高采烈。一股股人流车流涌出校门，很快就融到城市的五彩斑斓中。

浓重的寂静笼罩着每个角落，他看了看异常安静的楼道，看了看空旷的校园，看了看夕阳下格外醒目的操场，然后把目光投向教室。退休了，自由了，再也不会躺在床上盯着闹钟早早起床了，不会听见铃声就准备上课，不会一出门就惦记着请假。七月十三号，是他正式退休的日子，也就是说，今天从这个教室里走出去，就再也没有合适的理由重新走进来。铁打的单位流水的兵，他这个老兵，已光荣地退伍了。

他大步走进去，坐在凳子上，把一串钥匙放在课桌上，钥匙发出一阵清脆的响声。就在刚才，熟如兄弟的保安老冯看着西装革履的他，满脸惊讶，却也没追问，只轻轻说，记着锁好教室门，钥匙就放在原地好了。

风徐徐吹进来，灌入更多凉意，一缕金光调皮地摇曳，几次三番在脸上晃。发了一会儿呆，他突然站起来，快步走上讲台，稍息立正，紧紧领带，像站在万人瞩目的台上发表重要演说一样，甚至还有点紧张；但他定定神，轻轻咳嗽了一声，从口袋里掏出一张信纸，低头鞠躬，对着空荡荡的教室，声情并茂地读起来。

亲爱的黑板：

此时，人影渐散去，喧嚣归于静谧，偌大的楼里，只剩下我们！

你看，夕阳正浓，斑驳的光影斜射进来，整齐的课桌椅，光洁的墙面，干净的玻璃窗，白色的粉笔盒，当然还有墨绿色的你，将这间教室变成一幅静物画，连窗外的秋风也探头进来想看个究竟。咱的老朋友——一树合欢，正张开树冠，把一个个粉色的小伞托在自己的臂弯里。

还记得第一次见她开花吗？那时她才齐窗高，每天都踮起脚尖瞅教室里几十张脏兮兮的小脸。当一朵朵粉红色的小伞张开时，那些乡里娃没见过，好奇地把所有花都摘下来夹在书中。我用了一节课给他们讲合欢的传说。我说，虞舜南巡时死在了路上，两个妃子娥皇、女英在哪里也找不见，就天天哭，直哭得眼里流出了血，哭得血尽而亡。后来，她们的魂灵和丈夫合在一起，变成了合欢，后人常用来它来赞美忠贞不渝的爱情和相亲相爱的人。如今，三十多年过去了，你看她张开巨臂，和古色古香的四层教学楼比肩高，生机勃勃，意气风发。她正年轻，而我，已经老了。

你还记得吗？我们学校的前身，在脏乱差的郊区，那时没操场也没教学楼，只有八间土坯房和一棵老榆树。校门口，一条小道从村庄横穿而过，四季泥泞，就是晴天也得穿雨鞋上下班。学生呢？清一色的男生，一天到晚不好好念书，总是打架斗殴，滋事生非。我和全校老师（也就四个人）拿起棍棒，和村里的二混混们大战了一场，打得他们鸡飞狗跳，屁滚尿流，才结束了他们天天在校园里骚扰的历史。

日子慢慢继续着，学校也一天天扩大着；我们一天天经历着，平静的生活周而复始。就是从那时起，我心中有了个愿望：以后写一些信，寄给我最在乎的人，再收回一封封信，聆听他们的心声。我想知道那些我关心的人和他们心底的故事，我也想让你知道。话题扯得有些远，我老了，请原谅我的唠叨吧。

旧城改造后，我们搬迁到了新校址。从两个班到几十个班，从九十八个学生娃到六千多人，从纯一色的男生到男女比例各占一半，从不思进取到人人奋进，变化只能用一个词来概括，那就是日新月异。你呢？也从那窑洞墙面上的那一块疙疙瘩瘩的木板变成了光滑的淡绿色玻璃。如今，更是鸟枪换炮，一触摸就会显示内容，像个大大的电视屏幕。真想不到啊，单在这间教室里，就承载着多少岁月荏苒、更新换代的轨迹呢。

就拿我来说吧，站了半辈子的讲台，讲了半辈子课，告别了一茬茬青春的面容，虽然老了，要退休了，但作为学校的一分子，我参与了时代发展变化的每一个过程，为学校的每一次提升和跨越而兴奋。今早，当我和往常一样踏进学校时，看到那造型古典的路灯，那经过风雨洗礼的松柏，那认真背书的脸庞，那匆匆走进教室的背影，忽然觉得所有往事就发生在昨天，所有故事也不曾走远。

往事也堪回首啊，似乎刚刚走进校门，恍然已是多年，从稚嫩的少年到满怀理想的青年，从年富力强的普通老师到两鬓斑白的校长，在这块土地上，我已站了三十六年。从家庭到学校，从学校到学生，几十年如一日，读书教书成了我生活的常态。我这多半生，没有太多的波折，也没遇到过大的坎坷，整天忙忙碌碌，弟子却遍布各个领域。他们有走向全国的知名人物，有在国外工作的栋梁之材；更多的，还是一个个普普通通的劳动者。他们在学校幼儿园商场农田工地，干着卖鞋卖煤卖牛羊肉配钥匙开挖掘机修下水道的工作。我坐车时，会遇到开出租的学生；买鞋时，红脸蛋的女生会递过来一双又一双。当年资助过的学生如今是无公害大棚的领军人，每周给这座城市输送新鲜蔬菜；曾被关进教管所的，如今，作为一名法律公益工作者，给更多的人无偿提供法律援助。几十年来，为社会培养出了这么多合格的公民，没有敷衍自己的职业，没有荒废自己的光阴，没有愧对自己的人生，没有辜负岁月的恩赐：我很知足，也很自豪。

可话说回来，教书这职业，那是真正的平淡重复、单调无奇啊，孤独寂寞、失意彷徨……是，我也有过焦虑悔恨，因为灯红酒绿的世界，永远充满着无限诱惑；我也曾徘徊挣扎抱怨厌倦过，期望换一种活法，过另一种生活。有个阶段，我站在玻璃窗前，看着黑夜里的点点灯火，想自己每天早出晚归忙忙碌碌，也仅仅能养活老人孩子，就有些不平衡，就有悲欣交集、自卑踌躇的空茫。“理想”这个词是如此熟稔而无奈，熟稔是因为你不停地被告知人生有很多意义，无奈是总不知道自己到底需要怎么走怎样做。

在时间的稿纸上，每个人都书写着自己的历史。多年的教书生活，让我在白发丛生的同时，也感到了时光的飞逝和生命的无奈，所以我也曾有过困惑和感伤，离开这个教室这幢楼房这座校园，往后的日子怎么办？

好在从多年前开始，我就找到了宣泄工作生活压力、改变内心焦灼不安的方式，那就是写信。当一封封手写的书信发了出去，一封封手写的信收了回来，我非常兴奋。我是多么享受读信的时刻啊，因为它能使你在遵循内心的声音、指向远方的同时，有更温暖的言说和诉诸。写信、读信，带给我和我的同事朋友们的，不仅仅是各种交流沟通，也不仅仅是各种教书育人的故事，它还告知我们，要耐得住清贫孤单，守得住认真勤奋，很不容易。不过，我们这些普通劳动者，能以安静、明朗、积极、质朴、慈悲、小完美，在三尺讲台上发出属于自己的声音，也是一件很美好的事。即使这些故事微不足道，但它们是真实而可信的、疼痛而刻骨的。

最快乐的是，当你把一些种子播撒出去，一定会得到饱满的回馈。你看，就像此刻，夕阳散漫，我听见了时光嗒嗒而过的脚步声。既然不能征服，我会随时献出诚恳感激之心，顺从心灵所赋予的冥冥呼应。

现在，就让我把这些回信一一读给你听，希望你和我一起经历职业带来的欢、爱、怨、悲、喜、怒、哀、乐吧。

体 罚 记

老同学：

收到久违的书信，一时怀疑自己是不是做梦。如今这个时代，还会有人给我写信，真是意外的惊喜。谢谢你啊，我觉得这是一件非常有意义的事。读完你的来信，我非常高兴以同样的方式和你交流，也非常愿意讲个故事给你听。

立春了，天气也变暖和了。我拿起笔，一个人的影子就在眼前晃动。好吧，开讲了。

1

当杨铭把手高高举起，抡起一阵风，正准备扇过去时，就听见大家齐叫：“哎，你干啥？！”他没回头，看都没看朝夕相处的同事。他知道家人般的他们，正以这样的方式来劝阻自己。

失去理智的他已顾不上了，愤怒充满了全身，怒火喷出了熊熊之焰，他目前的愿望就是一拳将面前这个和他一样高满脸不屑的年轻人打倒在地，再狠狠踢上几脚。“我要打得他满地找牙。我要让他知道欺辱女人的下场，尤其是欺负女老师的滋味”。不过，手往下落时，还是略带心疼地减了一些力量。

可对面那张青春逼人的脸上，眼神射过来的挑衅却丝毫不减，甚至在众人轻喊声中还增了几分强悍，似乎在说，你敢？你是老师，我是学生，你知道你身份的。

当身后再一次传来焦急的喊声时，杨铭觉得自己笑了一下，他明白他们的潜台词。千万不能动手啊，体罚学生，那可是天大的罪名。他怎么能不明白呢？都教书这么多年了，亲眼见到那么多的例子了。

但他毫不迟疑，怒目圆睁，一个巴掌抡过去。啪地一声，那光滑细腻的脸顿时泛起红云，肌肉扭曲，颤抖了几下。对面的人愣住了，往后猛退了几步，撞在墙边的洗手盆上，哐里哐啷，清脆的声音格外响亮，震撼着人心。

寂静的办公室里，大家都惊呆了，猛地站了起来，惊恐地看着他们。

杨铭指着刚才还气焰嚣张现在却抱头号叫的人，大声咆哮："今天我豁出去不要这工作了，也要收拾你。你再骂一声我看看？"

那个玉米秆般的学生，一改往日的嚣张样子，突然蹲在地上大声哭起来："老师，你还真打啊？"

杨铭反手一把抓住他："你信不信，我今天就把你打死在这里？坐牢我也认了，抵命我也不怕。"

疯了。他真疯了！反应过来的人们，立即跑上去拉的拉拽的拽，把他俩迅速分开。

"老师我错了啊，我承认我是故意的啊……你别生气了，我再也不敢了，你饶了我吧！"学生抱住头，哇哇直叫。

老牛急忙推杨铭回自己的座位："冷静，冷静一下。天天大会小会说要保护自己，你咋还这样？

"我豁出去不当老师了，不要这工作了，我看他还坏？"

"他是学生，我们是老师，不管怎么样，都不能动手。这一动手，就把有理变成没理了，你知道后果的……"劝解的人安抚道。

"他是个啥学生？哪有这样的学生？欺负学生不说，还欺负老师；欺负怀孕的女老师不说，还钢牙利嘴地骂所有人。这么大的学校，没一个人敢说一句，没一个人敢管一下，都拿他没办法。我看就是欠揍，就是缺人收拾，今天就要让他知道无法无天的后果。惯得毛病深了，真还不知道自己是谁了。"

大李走过去，拉起哭哭啼啼的学生，说："你也真是的，都高三了，是成人了，还不懂事？小惠老师对你们那么好，你还欺负？她还大肚子呢，你就敢搡？今天要是出个啥事，我看你怎么办？说实话，我也想把你美美捶一顿，你做下的就是人见人打的事。"

老牛走过去，谆谆告诫："我不是上课讲了嘛，老祖先说人有三尊，尊君尊父尊师，一日为师终身为父。你看你这么大的娃娃了，还欺负个怀孕六个月的女老师？你叫我咋说呢？"

满脸横肉的学生头低了下去，嗫嚅着："我错了老师，再也不敢了。"

“我就不信你是吃野粮食长大的，就没个人性？你家没人敢管你，我就替你家长管管你。”杨铭声震如雷。

铃声恰合时宜地响了起来，“都怎么了？上课上课了。”年级主任带着一股冷气走进来。

小惠拉着哭声，像个圆滚滚的小皮球滚上前：“今天的事都因我而起。如果有什么后果，我承担就是了，不要怪杨老师。”

杨铭猛地站起来，凳子被带翻倒在地，发出刺耳的声音，“一人做事一人当，今天的事归我，你们都别管。学生是我打的，要告就告我，要处分就处分我，与其他人无关。”健硕高大的他，是真疯了。

年级主任看着小惠，“不要着急，先坐下慢慢说，到底怎么回事？”

小惠大声哭起来，指着学生说：“我早自习进去他又在睡觉，我喊了几遍也不理，他的那几个弟兄也趴在桌子上。我带学生读课文时他们睡醒了，爬起来就故意捣乱。我走过去让背课文说不会，让翻书读说没书，还说今天心情不好让我别管。又说父母都答应混个毕业证就行了，我天天和他过不去干啥？然后就搡我……”

杨铭接过话茬：“我正上课，听到隔壁吵吵嚷嚷，怪叫一片。我进去时，他正搡小惠。小惠浑身颤抖，眼泪都出来了，全班学生都悄悄坐着，没一个站起来说句话，更不用说起来帮一下的。我说了一句，他返回就骂我，说穷教书的也敢指手画脚。我气急了，把他叫到办公室里来问情况，他还老子长老子短地骂。就是大路上的混混，见了怀孕的女人也会让三分，他可是我们的学生啊，不但不尊重老师，还成天不三不四地挑衅闹事。你看那副嘴脸，纯粹就是社会上的二流子。咱们从早到晚这么辛苦地教书育人，就教了这样的东西？气死我了，今天的事情是我自觉自愿，没小惠的事。”

“你身体这样，可不敢再激动了，赶紧坐下。”大家担心极了，赶紧拉小惠坐下来。

主任看着小惠，眼圈都红了，她要个孩子可真不容易啊。她和女儿是大学同学，都三十一了，结婚七年，流产三次，这次好容易怀了孕，大家既高兴又担心，都劝说请假休养，她只说自己带了三年的班，剩下几个月要高考了，还挺得住。此时，已不年轻的孕妇抽噎着，矮胖的身子不停抖动，浮肿的脸上眼泪一股股，把蝴蝶斑洗得更夺目。

他沉吟了好一会儿，才轻轻说：“哎……别哭了，下午休息吧。大家都冷静一下，该干啥就干啥，先处理好眼前事，后面咱再说。”接着，小眼睛扫射了一圈，对学生说，“你跟我到政教处去，说清情况。”说完，转身就走。

学生像条乖顺的小狗，蔫头耷脑，跟着走了。

杨铭拿起教案，噔噔噔几步跨出办公室，上课去了，其他有课的人也都走了。楼道里听不见学生的嬉闹脚步声了，整座教学楼顿时平静下来。不一会儿，就传来此起彼伏的讲课声。

西北的春，本就来得晚一些，尽管明天就是立春，却还是冬天的风骨气象，草木不见萌发，东风不见踪影，山是苍山，水是瘦水，清寒寂寥，一片苍茫。办公室里，没课的女教师围在小惠身边，替她擦眼泪倒水；男教师坐下来，一言不发。

“我倒没啥。如果家长来找麻烦了怎么办？学校要处分杨老师怎么办？”小惠缓了口气，说出了心底的担忧。

大家忧心忡忡，不知说什么好了。照常规，这学生一定会给家长说，家长一定会告状，学校一定会处理，局里一定会通报。如果有媒体知道，一定会报道，人们一定会各种愤慨加声讨；舆论压力下，上级一定会表明监管不力的态度，一定会先道歉再处理后整改。学校一定会迅速做出反应，第一时间通报处理结果；当事教师一定会得到惩罚，扣工资不说，评优选先一票否决，还面临被降至工人或开除的危险。本年度末，全校考核一定在倒数，校长一定会被大会小会点名批评。有“正义感”的民众，一定会密切关注事件的全过程。教育系统一定会上升到师德师风的高度，作为典型案例大批特批，一定会掀起又一轮循环。所有教师一定会开始又一轮的学习，抄笔记、谈认识、开展批评与自我批评、写类似保证书一样的心得体会，当然，学校和教师一定会出名，“报道”不断。媒体时代，信息时代，这是教育事件的常态化版本。

正因为人人知道后果的严重性，所以面对学生一次次超越底线的挑衅，面对人格尊严被一次次践踏，教师们噤若寒蝉，装作看不见。学生再顽劣，教师不能管、不敢管、不屑管是常态，更不用说体罚了。今天是个例外，只能说杨老师疯了。

“唉，想想刚才的事，如果是我，绝对是不会出头的。好多年没打过学生了，一指头都没动过。老了，没火气了，觉得能凑合过去就是了。这个小杨……真佩服。”老李摇晃着花白的头颅，自嘲地说。

“这学生也太不像话了。听他出言出语的，哪像个学生？今天我都想上去打一顿。哎，幸亏有杨老师护了小惠一把，维护了一点师道尊严，出了口气。不然，太寒心了啊。”

“出气不出气都抛过，这个学生仗着家里有钱，从不守校规校纪，根本不把老师放在眼里。他先在一中，因为赌博放高利贷被开除了；接着又转学到二中，又因为敲诈勒索，待了不到一个月就被开除了；三中四中五中，一溜烟念下来，都不过几个月。到了咱这里，不知怎么还勉强安稳了下来。去年因为参与打架斗殴被开除后，今年又掏钱转了进来，到了七班。”

“教书几十年，我还是第一次见品质这么差的学生，应该进少管所的人，是谁转进来的？学校不是三令五申，不准要其他学校开除的学生吗？已被开除的人怎么进来的？”

“少管所只针对未满十八周岁的顽劣少年，他都十九了，完全是成人了，应该负刑事责任了。”人们气愤不已，各自发表着看法。

小惠哽咽着解释说，这个顽劣十足大名鼎鼎的学生是小城的名人，是前半年才转到本班的。教务主任说他因病休学，学籍不在本校，只是随班就读，可以不算成绩，所以能学什么样就学个什么样，只要勉强毕了业就是。可自从这个学生进班之后，不是睡觉就是打闹，把学校十大禁令的事全都干了一遍。外号“黑狐”的他，还纠集了一大帮不爱学习专门惹是生非的学生，抽烟喝酒、勒索钱财、打架斗殴、赌博高利贷、网吧包夜、拦截女生，活像个黑社会。学校几次严抓严打，他都能侥幸逃脱或栽赃到别人头上。他曾公开扬言，谁敢管就和谁过不去。又教唆其他学生，现在的老师最怕告状，一个电话或一封信就摔了铁饭碗，谁还敢管？就像刚才他在办公室里骂的一样，穷教师们一个个连树叶掉下来都怕砸了头，还敢来管老子。

大家都发愁，他今天敢这么欺负老师，明天就会到局里恶人先告状，杨老师怎么办。再说这样的学生，家长肯定是盏不省油的灯。

“哎，不会和老赵一样的下场吧？”有人小声说道。

这些年，许多事例如阴影，笼罩在每个教师心上。初中部的老赵，因看到一个男生欺辱女同学，就扇了学生一巴掌，结果，家长带着孩子先在学校闹，睡在办公室里撒泼打滚，要钱要道歉，整了近两周；后来又去局里，堵在局长办公室门口哭闹不休，还四处扬言要打折老赵的胳膊，最终以老赵赔偿了两万元背了个处分调离本校而告终。

还有一个新进校的年轻女教师，因学生天天不交作业，就罚他去操场跑三圈。家长来了，对着她就是一顿巴掌，其他人敢怒也不敢言，她随即辞了职，去了外地。

还有一次，上晚自习的老师遇见一男生在教室里与一女生当众搂搂抱抱，批评了几句，女学生就威胁要跳楼自杀，除非老师给他下跪。万不得已，老师屈服了，跪在了她面前。那学生居然洋洋得意地对其他人说，连老师都跪下了，其他人就不要找麻烦。

因此，校长每次大会小会都特别强调，不要随意惩罚学生，尤其是体罚，一定要学会保护自己，保护学校，保护行业名誉。教师们像被杀一儆百后的猴子，面对学生再多的违规违纪现象，也只能选择逃避或熟视无睹，谁也不愿意拿自己的饭碗、前途、名誉去冒险。

“天天强调师德师风建设，可整个社会还是瞧不起老师；天天说提高教师待遇，可出点事就一边倒；天天强调教育的重要性，可老师不敢管学生不能管学生，却没一个人强调。什么样的老师算有良知有职业道德的老师，难道面对学生的顽劣装看不见的就是好老师？难道要我们眼睁睁接受忍受各种侮辱？那才是真正的纵容啊。”

“没有痛苦的代价就没有进步。其实无论是欧美还是澳洲，古代还是现代，教育惩戒一直存在。教师不但有惩戒的权利，而且也允许体罚。在美国，有二十三个州规定学校可以对学生实施体罚，不过有明确的细则，比如让家长和学校签订一份声明，表明是否同意对学生实施体罚。英国也是，不过禁止教师在班上或众人面前施行体罚。澳大利亚一些公立学校还专门设立了警戒室，学生只要违反了校规校纪，就被请到警戒室，由专门的教师依照不同情况采取不同方式进行惩戒，严重者会开除；如果这样也不起作用，就会送到特殊学校起教育。新加坡、泰国、日本、韩国，还有咱们的宝岛台湾，对犯错的学生都有必要的惩戒措施。为什么我们现在却战战兢兢如履薄冰，一点儿都不敢惩戒呢？”

“校园欺凌，只说学生欺负学生，那学生欺凌老师的算不算？”

“不能体罚学生当然是对的，可学生一次次欺辱老师怎么办？”

大家越说越气，不知不觉一节课下了，上课的人都回来了，学生们抱作业的、问题的、背课文的，办公室里和往常一样，喧闹了起来。

“没啥，水来土掩兵至将挡，你们别担心啦，大不了我就不干了嘛，现在又饿不死人，干啥都比当教师强。钱少人忙穷一点都能够克服，受气受屈辱的我已受够了。”杨铭从外面进来，笑嘻嘻地说。他坐下来，给身后跟着的学生讲题，似乎把前面的事忘得一干二净。“你看这个题，明明有三步，你却只写了两步，偷工减料了啊，所以得分就低，以后做题一定要细心，不要偷懒。”大家看着他大大咧咧无所谓的样子，都替他捏着一把汗。

“老师，我们惠老师怎么样了？”问完题，科代表压低声音问。

“你们怎么回事？刘三虎那么对待小惠老师，都没一个人站出来说句话，何况她还怀孕了呢。平日里一个个说面对坏人坏事时会站出来，关键时刻却都装闷葫芦。她要是你们的姐姐妹妹怎么办？都要参加高考了，也是成人了，不担当不作为，都等着看失笑呢？这样的话，就是考上北大清华又能怎么样？”杨铭对着自己的得意门生嚷。

“老师，谁敢说他呢？他可是赫赫有名的老大啊。你是不知道，他在班里都放出话了，谁敢和他过不去那就是不想混了。他说自己反正念不成书考不上学，要让那些能考上学的人也考不上。这些天，他还指使那帮弟兄们天天闹事，已把咱班几个学习好的骚扰得都不能待了，请假回去了。”

杨铭恍然大悟，“我说你们班请假的咋那么多，原来是这样啊。”

“老师，刘三虎可不是一般人，听说他有后台，你可要小心。”科代表说完，抱起作业本，一溜烟走了。

2

下午第一节课，天色阴了许多。寒风刮过，冷气刺骨，雪花轻飘飘舞起来，接着变成雪渣，顷刻间落了一地。小花园里，光秃秃的榆杨缩着身子，在寒冷中瑟瑟发抖；人们猫腰快步跑，像风雪中的黑豆子，滚向一个个温暖的屋子。

屋外天寒地冻滴水成冰，屋内人心慌乱不能安宁。三点左右，一个中年男人掀开厚厚的军绿色门帘，在办公室门口探了探头，问：“这是不是高三办公室？”不出所料，刘三虎的家长来了！办公室的人集体抬头，打量着这个恶名在外的学生家长。

一张憨厚老实的脸上布满皱纹，一件不新不旧的夹克挂在身上，一条淡黑色的牛仔裤裹着干瘦的双腿。人们不相信自己眼睛似的，盯着面前这个五短身材、消瘦孱弱、走起路一瘸一拐的男人。

“哪个老师叫杨铭？”

杨铭朗声答道：“我就是。您找我什么事？”

那人一下子扑过去："啊呀，老师，我是专门来感谢你的。我的那个孽子今天回家乖了许多，躲进书房里一句话都没说。我思谋他又准备干啥坏事呢，结果他出来后，详细说了欺负女老师的过程，说了早上被你收拾了一顿的事；还说自己不对，做了错事。又说被你打服了，以后只听你的话，要认您为师父呢。"

所有人都愣住了，杨铭好半天才听清意思："你确定你儿子这么说的？"

那人又大声说："哪个是小惠老师？我来不是闹事的，是给她赔情道歉的，也是来感激杨老师的。哎，这个娃娃啊，我也没办法。老师你今儿个给打了个美！我早就盼着有个叶子麻（方言：厉害）的人给收拾一顿，他就知道轻重了。我是管不住也不敢管，你们不知道我家里的情况……"

大家都说小惠已请假了，在家休息呢。

中年人坐下来，喘了口气："我家姊妹五个，四个姐姐一个我，下一代都生了女儿，就我生了个儿子，三代单传。他爷爷奶奶就觉得孙子是能传宗接代的，当太子一样养着。从小一声都不让哭，谁都不准说。只要他想要的，就是天上星星也给找；只要他想做的事，没有任何理由地支持。就连我们两口子都不敢说，说了他爷爷奶奶就不吃饭，就睡在地上哭闹。说实话，我这人没本事，但是个孝子，孝顺孝顺以顺为孝，不惹父母生气是最重要的。但为了教育这个娃娃，我们家一直闹仗。大吵大闹了无数次，小打小闹的就更不用说了。我第一个媳妇就是因为这个原因离婚的。现在的妻子进了门，两个老人更偏心，一味护着娃娃，总以为后妈会虐待孙子，连我都也成了坏人。

"我父母嫌我从小脾气太好性格太懦弱，总被人欺负。你们看我这条腿，就是当年上学时被同学用自行车撞到沟里摔断的。老两口一直是个心病，发誓到孙子辈要教育得胆子大一些人狠一些，一定不能让外人欺负。为了训练他胆量，三岁时，他奶奶就买了几条金鱼让娃娃抓着玩，他爷爷还鼓励孙子把它们一条条捏死。我看不惯打了娃娃一巴掌，两个老人就绝食了三四天，最后我妥协了，跪在地上求他们吃饭，发誓以后再也不管娃娃了。他慢慢长大，胆子越来越大，性格也越来越暴力。先是勒死麻雀，还拿小刀宰兔子，后来把老鼠抓住用图钉钉住四肢看着笑。现在更是不得了，成了天不怕地不怕的刀子客，想干啥就干啥，谁拿他都没办法。我现在更愁，不让念书吧惹是生非的就怕进监狱；让念书也不好好念，被几所学校都开除过。好容易进了你们学校，又出了这档子事。哎，不管怎么样，还是在学校的好，起码他想干坏事，还有学校和老师管着。

“老师，你们肯定想他是富人家的娃娃，其实我们家没钱也没势。不过当年他爷爷就是要饭也供自己外甥念书，外甥书念成后，现在当了局长，所以我家这个不争气的在几所学校都待过。如今我就盼着他能拿个高中毕业证，去当兵。可他一个高中都念了四五年还没毕业，我也愁啊。都是他爷爷奶奶惯成了这个样子，希望你们原谅，让他继续混下去吧……”

大家惊呆了，如此奇葩的家庭教育，难怪那孩子百人不怕油盐不进呢。

“我觉得大多责任还在你！”杨铭站起来，倒了杯水，放在家长面前，“家庭教育是教育环节中最重要的一环，是要靠言传身教，靠家风家训来规范的。而且家庭教育中，也不能缺少惩戒教育。光说教是没有威慑力的，孩子不会听大人苦口婆心的教导。奖罚分明，恩威并用，才能教育好子女，尤其是男娃娃。有时候，一巴掌胜过很多好话。”

“隔代亲是普遍现象，很多爷爷奶奶为了孙子孙女，都和自己子女闹过矛盾。如果一开始你就有正确的立场，坚持自己子女自己教育，孩子也不会这么不懂规矩。如果你面对父母溺爱孙子时有自己的原则，不是一味去当个孝子，他也不会是现在这个样子。就是现在，娃娃犯了错误，你也不想办法解决，而是把责任全推给父母，把担子推给社会。你说这个当父亲的，职责是什么？”

一席话，说得来人面红耳赤，低下了头。大家看着杨铭，都暗暗着急。早上的事怎么处理还不知道，好不容易家长来了，还诚恳地道歉，就应该顺水推舟，说几句好话，缓解一下矛盾，防止人家告状。他呢？不但不在意还教训起人家来了，这要是激怒了，后果不堪设想。老牛急得站起来，指指他的头。

杨铭对着大家，嘿嘿一笑：“我就这个脾气，没办法。”又对中年男子说，“你说你是个孝子，可是你知道真正的孝敬有四个层次吗？”大家都停止了工作，竖起了耳朵静静听。

“一是孝养父母之身，就是供养老人生活必需，这个我相信百分之八十的人都能做到。二是孝养父母之心，就是尽量不违背父母心意，让他们健康快乐地度过晚年，这一点也有百分之五十的人能做到。三是孝养父母之志，就是帮助父母完成他们未了的心愿，比如因为各种原因没有还的债，没见到想见的人，做儿孙的都应该想尽办法来完成，不过这点有多少人能做到，就要打个问号了。第四个嘛，就是孝养父母之智。当面对父母的错误做法时，做儿女的一方面要做到尽量让他们高兴，一方面还要寻找简单高效的方法去纠正……”

哗哗哗，掌声打断了说话声，杨铭愣了一下，咧开嘴笑了。

那人却变了脸，站起来恼羞成怒地说：“你的意思是，我来错了？”

杨铭正颜厉色道：“不。我的意思是家庭教育也要跟上。不能一提起学生犯错误就说学校管、老师管、社会管。家长呢？家长更要想办法担责任。”

来人脸上挂不住了，絮絮叨叨，嘴角白沫一堆堆，总之是各种客观原因，和自己一点关系也没有。最后把大家都说糊涂了，不知道这人来到底想干啥。

“你们这些人，真是敬酒不吃吃罚酒，我都来道歉了，还不放过我娃。说实话，不是亲戚动员我还不想来呢。这次我娃要是被开除，拿不上毕业证，那就别怪我不客气。你们想过后果吗？能不能担得起？”最终，家长骂骂咧咧，说出了自己的真实目的。

众人恍然大悟，原来如此。

杨铭可一点儿也没害怕，急急忙忙批改完作业，就去多功能教室了，明天全校古诗文朗诵大赛，他还要看学生彩排呢。

3

不到四点，教育局电话就打了过来，说有家长告老师体罚了学生。谁谁谁，几点打的，怎么打的，哪些伤痕，问题的严重性，一一被罗列了出来；又说家长已带着学生去挂法医门诊了，准备打官司。还说在整个教育系统开展师德师风活动之际，还有人体罚学生，这叫逆流而上，也叫顶风作案，要严肃处理，以儆效尤，明天就有工作组专门来学校调查情况。

高三组老师知道后，群情激昂，义愤填膺，不知谁打印了材料，也不知谁提议签名摁手印，一下课，每个楼层都有人陆续来到二楼办公室。有人气愤地说上几句，写上自己名字，重重摁了手印；有人问清了情况，唏嘘几声；大多数人来了什么话都不说，签名摁印后就匆匆走了。都高三了，做卷子改卷子讲卷子，大家一个比一个忙。

杨铭回来一看，一张A4纸上写满了高三老师的名字，还有高二的高一的，初中部也过来几位。熟悉而陌生的名字落在白纸上，像一面面旗帜，他不好意思地搓着手，内心涌起一股股暖流。只因为一时冲动，牵累了这么多人替自己操心，真有些过意不去。

小惠在家人陪伴下也来了，不但签了名还写了书面报告。她老公，一个小眼睛小鼻子的小伙，小心翼翼搀扶着媳妇，边和大家握手边说着感谢的话。同事们关心地问候，欣慰地打趣。她婆婆，一个慈眉善目的老人，看着儿媳，满眼都是疼爱：“我说早早请假，好好休息几天，娃娃说带完这一届再说，她舍不得学生娃娃啊。你们这些教书的人也可怜，劳累操心的不说，还要受学生气。哎，现在的社会好也不好。好就是啥都不缺，不好处就是学生娃娃都反了，不听老师话还欺负老师……”

4

天气出奇地好。

阳光普照，气温回升，万物光鲜明丽，欣欣向荣，焕然一新的样子。一大早，校园里就热热闹闹，熙熙攘攘，不仅仅因为非毕业年级今天要进行古诗文朗诵大赛，还因为立春这天天气晴朗，全年就会风调雨顺五谷丰登。虽然学校通知毕业年级不参加活动，但高三学生还是满脸含笑，被春的气息浸润着，被欢乐的气氛感染着。老师们则眉头紧皱，焦急地等待局里的调查结果。

可大家等到第二节课都下了，也没见调查组来调查，更没见校领导约谈杨铭。有人就沉不住气，打电话问年级主任怎么回事。

主任高声道：“大家放心吧！早上校委会研究了，不管谁来说情谁来调查，这个学生必须开除，我们的老师必须保护！局里来了几次电话，校长都明确表达了自己态度，说这学生行为已属于严重的违规违纪，所以杨老师做法是对的。惩戒教育，就是要让学生为自己的言行负责任，为自己的错误承担后果。面对扰乱教学秩序、破坏教学环境的学生，如果我们的老师都不能管不敢管不愿管，那才是真正丧失了师德师风；如果我们连自己的老师都保护不了，那还教的什么书育的什么人？”

人们听完，精神抖擞地上课去了。

一进教室，杨铭就见黑板上整整齐齐抄了一首诗。班长喊了声“起立”，全班学生身板挺得笔直，深深鞠了一躬，大声说老师好！科代表喊了一声开始，学生看着黑板，卖力地朗诵起来：

不　屈

威廉·E·汉莱/阿九译

走出那覆盖我的夜晚\它黑如跨越两仪的深渊。

我感谢名号万般的诸神\为了我不屈的灵魂。

在四下恐怖的陷阱中\我不曾退缩，也不哭喊。

就算在命运的大棒下\头破血流，我也屹立不弯。

在这震怒与泪水之外\恐怖的阴影正在逼近。

岁月的淫威既已看见我\也必会看见我的无畏。

不管这道路何等曲折\也无惧罗列着多少刑罚。

我是我命运的主人\我是我灵魂的首领。

他不禁热泪盈眶：“谢谢大家！今天我们的学习内容是……”

5

周五例会上，校长慷慨激昂，疾言厉色：“以后遇上这样的学生，我坚决支持大家管；不但要管，而且要严厉地管！说实话，面对顽劣的学生，必要的惩罚是正确的。咱们现在的教育环境呈现出一种病态：对学生，只能表扬鼓励，不能批评，更不要说惩戒。对老师，动辄就是没有教不好的学生，只有不好好教的老师。批评教育本就是老师的责任，也是教育的一种有效手段，但随着赏识教育的兴起，惩戒教育就被贴上了反人道反现代的标签；而且只要提到教育，有些人就将责任一股脑地推到教师身上校方身上，害得我们投鼠忌器，不得不放弃最基本的管教职责。其实，惩戒教育也是一种爱，是爱的另一种表达方式。合理的惩戒是必需的，也是符合教育规律的。‘惩’是手段，‘戒’是目的，我认为赏识教育应该有，惩戒教育也必不可少，二者结合才更有利于学生健康地成长。

“那些只说分数不说品德只说成才不说成人的悖论应该结束了，古人都说‘玉不琢，不成器’‘教不严，师之惰’。我们应该让学生知道，学校是必须敬畏的地方，老师是必须敬畏的人。应该让家长知道，世界上只有老师的爱是理智的，但老师也可能是对你家孩子最凶的人。我们更应该让全社会都知道，敬畏老师，请敬畏他的尊严，敬畏他的劳动，敬畏他的人格！

“当一个老师面对顽劣的学生瞻前顾后束手无策，那这个社会就病得不轻了。一些家长口口声声说让老师好好教育子女，可子女犯了错却一味袒护，变相宠溺，只要不满意就大吵大闹大做文章。加上个别人的理解偏差，更是助长了社会的不良风气。下次家长会，我要呼吁家长们，请恭恭敬敬对你孩子的老师说句感谢！因为是他冒着被处罚的危险在管教着你的孩子。这是不负责任的老师绝对做不到的！我们这一代教师，本来就是最憋屈的人，想管孩子却不能，想惩戒教育却不敢。有时，一条简单的投诉、一张单方面的照片、一段截取的短视频，都能让我们丢了饭碗。所以，一个不尊重教师的学生，我们坚决不要；一个不尊重学校和教育的社会，也不是一个健全的社会。国家的法律，地方的法规，学校的制度理应为这样的老师、学校撑腰！”

教师们端端正正坐着，巴掌都拍红了。

“我们多么希望能够摆脱弱势群体的尴尬地位，多么盼望教育惩戒尽快立法，有法律为学校撑腰，为老师鼓劲。当然，咱们更要注意方式方法，不要偏激，不要过火，不要打击报复，不要公报私仇，不要小题大做，不要漠然无视，学生毕竟是未成年人，需要适当地提醒，适当地惩戒；更需要鼓励和支持，耐心和呵护。”大家用心聆听着，努力把每一个字都记在心中。

开完会，已是十八点四十分了，没晚自习的人匆匆回家，有晚自习的人就在学生灶上随便吃点等着上课。杨铭站在四楼，望着远处薄云覆盖着的山尖，高耸入天的灯塔，近处的楼群，满院玩耍的学生，微笑着，沉思着。

倒春寒过去了，春来了！一阵暖风吹过，浑身麻酥酥，一些停留在光阴深处的憧憬和希望，像破土而出的草芽，绿茵茵地饱满起来。

“老师，告诉你一件事。那件事发生后，刘三虎就成了光杆司令，他的弟兄们都叛变了。听说他今天去找人打架，被打折了胳膊，腿上还被戳了一刀，现在正躺在医院呢。大家都说他是自作孽是报应。”他扭回头，见科代表满脸严肃地说。

“怎么会这样啊？”他长长叹了口气，不知说些什么好了。

老同学，我讲完了。你看，立春这一天是节气的转换，也是自然善意的提醒——有时候，你以为的荒芜，其实只是一个过渡。人生的意义，教者的功能，古人说立德、立功、立言，那都有些高大上。对于我们这些普普通通的教师来说，立春，更多的是立心。咱们教书育人，也不仅仅是一份职业和责任，更是一种担当和使命。而想教出顶天立地的学生，必须老师先站直了。跪着的老师，绝对教不出站着的学生。所以，请你把这件有意义的事做下去。

顺祝身体健康，一切顺好！

老同学　方有义

二〇一九年二月四日　立春

讲 课 记

老同事：

见字如面！

阅读书信的快乐真是无以言表啊。

多年前，我就想和你一样，用笔写下一封封信，把生命中最精彩的部分、最值得记忆的东西，告诉给我的亲人朋友，可惜只是想想，最终没能实现。很遗憾啊！

我以为，在一个无人写信的时代，同样也没人会坐下来慢慢读一封信了。可当我从邮差手里接过你的信，突然觉得那么羞愧。和你相比，我真是行动的矮子，被过多的思虑和得过且过的懒惰所控制。

没有比书信更直接的情感表达方式了，是你完成了我未尽的心愿。不然，那么多想说的话，那么多沉甸甸的心事，都将湮没在岁月的瓦砾中。

我就讲一个同事的故事吧。

1

料峭春寒，小阳春变成阴霾一片，阴沉沉的天气催人昏昏欲睡。午后，空气中似乎也飘浮着慵懒和疲倦。学生进进出出，电脑嗡嗡作响，同事在窸窸窣窣闲聊，我站在窗前发呆。刚开学的日子，总有些不习惯。

突然，看见一个熟悉陌生的身影，伺偻着走进校门。依旧是皱巴巴的蓝黑色校服，发福臃肿的身体，青中带黄的脸；已谢顶的头上，依稀还有几根头发随风飘动。他缩着身子，慢慢挪着脚步，一步一步走过南教学楼，在拐角处不见了。

我叹口气，不由回想起十年前。那时，我们一起走进这所学校，分在同一间办公室，从高一到高三，循环往复了三届学生，就是十年光阴。刚进校，都是不到三十岁的年轻人，不说万丈豪情，也是千丈有余。新搬迁的学校，新同事、新学生、新环境、新教材、新课程、新模式，“新”字浓浓包围着工作学习和生活。各种想法和尝试，各种思考和探索，教书育人的情怀，满怀诗意的理想，对学生一片真诚，对教书充满热情，对育人一片执着，对生活充满向往，对未来充满信心，我们是一群朝气蓬勃的教师。

阳光明媚，春风融融，他穿着半长的黑色大衣，四棱上线的黑色裤子。脖子上挂着白色的丝织围巾，抱着一摞书本走向教室。浓密黝黑的长发一甩一甩，潇洒帅气的年轻身影，赢得学生特别是女生的一片喝彩，崇拜的眼神总是偷偷瞟过来。

他不但课讲得好，而且会写诗。曾经用漂亮的小楷在笔记本上一笔一画抄下自己的诗，还配上美丽的花边，制成册子传给各班学生看，大家都叫他“徐志摩”。还记得有一首七绝：

莫做庸人空自愁，唯愿解惑到白头。

此生一腔热血洒，俯首甘为孺子牛。

学校组织的“古典诗词朗诵会”上，当他白袍宽袖衣袂飘飘地上场，用浑厚的男中音诵读起《离骚》时；当台上台下的学生随他一起激情澎湃地喊出“亦余心之所善兮，虽九死其犹未悔”时，我一下就感受到古人“读到入情处，文意通达半”的吟诵境界。

家乡的春总是变幻不定，尽管有时柳枝低摇着细腰，有时黄风刮得纸片塑料袋满天飞，但日子美好如新，校园也沸腾起来。文本那么多，选题那么美，我们一起排练各种戏剧，莎士比亚的、曹禺的……来配合学校的“戏剧周”。和学生一起排练英语舞台剧《狼和猎人》时，他扮演的狼，蜷曲着身子，躺在台上嗷嗷叫唤。很长一段时间，当我们喊“wolf”时，他就直着脖子学狼号叫，大家会笑上半天。

他常常会“显摆”自己的两个儿子，动不动就在几个生女儿的同事中间选“亲家”，自豪地说父母在堂，妻也贤惠，儿子聪明，家人和睦，平房几间，乐在其中。

“吃锅盔，吃锅盔……”每当这时，我们就知道他要通告点什么。果不其然，他满脸幸福地说半夜，怎么瞒着父母骑上摩托，带着温柔的妻子去舞厅跳舞。“看你们，整天埋在作文堆里，没一点情趣，虚度光阴，过着没诗意的生活，真可惜啊，就这么白了少年头。”他夸张地指着老李头上的几根白发。老李停下手中改作文的笔，笑眯眯看着他，仿佛看着自己踌躇满志的孩子。

教无定法，每个老师的心里，都有一片属于自己的江湖。六个人，十二个班，一千多名学生，大家各自摸索出一套传道授业解惑的诀窍。女教师基本上是圈养式，天天跟在学生后面唠唠叨叨，事必躬亲，一点儿也不敢放手，早自习背诵晚自习讲题，各种练习各种要求。他却说：“我是绝对地放养，我要把中学课堂上成大学课，让学生热爱语文热爱母语。”于是，就放开让学生看课外书、练书法，学写诗歌鉴赏散文小说，尝试各种教学方法并付诸实践。三年后，他的高考成绩却不错，由此我们也学会了放手，懂得了“懒老师”会带出勤快的学生，就和“懒”父母会培养出好儿女一样。

他会评课，而且评得相当到位。做过老师的人都知道，备课讲课容易，但评课不是谁都能说出个一二三的，需要一定的理论水平。一次，集体备课，大家为一个虚词用法争论起来，老教师们迷信教参，认为教参上解释的就一定权威。他引经据典，据理力争，直叫大家佩服得连连点头。后来我们还一起写信给人教社，提出了些建议。

就这样，大家在一起默默工作，年复一年日复一日，比亲人还亲人。尽管各有个性，偶尔也会有矛盾，但总体很包容和谐。学生、成绩、作业、作文、老人、爱人、孩子、亲戚、钱财、理想、未来，逗趣、戏谑、斗嘴，我们忙忙碌碌或叽叽喳喳；老教师们抽着烟，吐出一口口烟圈儿，笑眯眯地听。

2

春风乍起，日子倏忽而过，几年后，他在学校已是个“名人”了。

之所以出名，是源于一次大型活动。在中小学，女人总是主力军，认真执着，好胜争强，加上形象好语言表达好，掌控能力较强，一般来说各种大赛各种观摩，各教研组都会安排女教师参加，完成门面活。可这次市教研室实行新课程改革，实施“推门听课”制度，即课前不打招呼直接进课堂听课，人人不能幸免。

七点四十，天还黑，大家就讨论起选修教材中《逍遥游》的课时安排和授课办法。这篇文章内容较难，中学生不容易接受，老师也是第一次讲这样的课，意见自然分成两派。我们说要上成常规课，他坚持说既然是选修就要有选修的样子，接着，上课铃响起，大家便匆匆走向教室。

结果下午就接到办公室电话，他被校长直接传唤去了，回来时脸红脖子粗地闷头不说话。据说各级领导还有校际交流的人推门听课，恰巧推开了他的“门”，可他在课堂上大讲特讲庄子，一节课只有四十五分钟就讲了四十五分钟，这和新课程“以学生的学为主”的理念完全相悖。校长大怒，说他是不紧跟形势，是误人子弟，接着就是大会小会各种否定。那段时间，他很消沉，不但学会了抽烟也很少逗趣说笑，我们也小心翼翼，办公室的气氛微妙而紧张。偶尔说起来那节课来，他叹口气自嘲，我是成也《逍遥》败也《逍遥》啊！

祸不单行，古人总是把话说到骨子里。一天早上他没来上班，接着就听到他父亲去世的消息。办公室派几个代表去参加，一个老师回来说咱的人到底年轻，傻乎乎站着，也不知道哭几声。也可以理解，他是家里最小的，还是不担事的年龄。

他回来了，性情大变，每天陀螺般转个不停，似乎父亲一走人一下子长大了一截，而且对教书也没了热情，抱个电话从早到晚打，业务很繁忙的样子。我们问和他关系最好的李老师，只说父亲去世后围绕母亲的赡养问题，弟兄们吵翻了天，他一气之下把母亲接到了自家；又说他现在志在赚钱，买卖股票倒腾生意，但到底做的什么生意谁也不知道，总之上蹿下跳，没个定数。那个名师的梦，更像一只无线风筝，飘出校园飘过田野，也不知停到什么地方去了。

他开始托大家帮着办各种事，大到贷款买房、结婚离婚、看病借钱，小到侄女夫妻打架、村人转学生。我们都笑他总理一样管得多。他就感慨万千：“家里弟兄姊妹多，就出了我一个工作人。没办法啊，大家帮着我点吧。哎，我可怜的家人，以为咱当了个县长呢。”正说着，接到一个电话，说是外甥女被抓到妇幼保健站去结扎，哭着闹着不签字。我们笑着说，现在你还管计划生育啊。他不置可否，抓起帽子，一阵风走了。

这样的状态，学生自然意见很大，学校领导也颇有异议。一段时间，有人说要调他到初中，还有小道消息说去后勤。他一概不理，表现得很无所谓，还总说要辞职。后来，办公室里也不好好待着了，神龙不见头尾的。一次，当几个同事劝他要安安稳稳工作时，他正倒立在一面贴着“厚德博学”的墙面上练气功，虽没说什么，但大家知道他没听进去。他练完了，趴在窗边，笑着说：“都别理我噢，让我跳下四楼算了。”接着又自言自语，“真想出去随便干点儿什么啊，让我换个工作吧，真是受不了了。”大家气得也不理他。只有老刘老师慢慢劝导：“你呀，现在真是太浮躁，连自己都不爱自己了，那怎么行？总有一天，你会收了心，老老实实回到这间办公室里的。”他挥挥手，摇摇摆摆地走了。

秋风吹过，落叶遍地，他总算回来了，坐在角落里一言不发。这时，办公室已布置为一个个小方格，人们窝在自己的小空间里，抱着笔记本埋头聊天备课写教案，间或说几句，都是上传下达的消息。网络已代替了其乐融融的面对面交流，人们宁愿和千里之外未曾谋面的人说真心话，也不想和身边人交谈了。

又一届学生毕业了，他的高考成绩过得去，学校有些无可奈何，大家都长出了一口气。

3

流水的学生不变的教室，又是九月，又到了开学季，我们还在一个办公室。

少年子弟江湖老，他的头发已掉了很多，秃发的痕迹很明显，人也没以前精神了，不过依旧嘻嘻哈哈的，爱开玩笑。荤素段子，各种要闻，大道小道消息，什么话都说。说得最多的是在外做生意时被欺骗受屈辱的经历，说外界人对老师的各种评价，清贫清高、小气吝啬、幼稚难缠、爱较真抠字眼、没地位没利用价值，都是贬义词。大家边忙活着边听着那些听腻了的负面词，见奇不怪的。老王就劝他：“别人说别人的，我们做我们的。教书这个活是良心活，是积善积德的事，对得起自己良心就是。”

有时候，他没事干，就逗大家玩，说急了，大家就开始反击。小胡笑他上衣皱皱巴巴，裤子被狗嚼了一样，一副落难公子后花园的架势。其时，我正读闻一多的《唐诗杂论·孟浩然》。他一把抓去，大声说：“一个女人，不知道梳妆打扮，天天看书，要那几斗才学干啥？真是可惜了你。”我气得给他起个绰号“款段马”（出自王维论孟浩然之语“……襄阳之状，颀而长，峭而瘦，衣白袍，靴帽重戴，乘款段马……”）他不以为生气，笑着接受了，还高兴地查了字典，说，陆游在《受外祠敕》中也有“归去还乘款段马，醉颠重岸接离巾”，说得我倒不好意思了很久。

一天早上，他来上班，脖子里抓痕明显，红灿灿，黑紫紫，手背上也惨不忍睹。大家见了，谁也不敢问什么，可毕竟要去上课要见学生，人人都替他难为情。小胡拉下自己的灰色围巾给他，他也没推辞，绕在脖子上几圈，匆匆拿起教案走了。此时，我们教学进度正好又到《逍遥游》。我说，今天他能讲个啥《逍遥游》呢，还不如讲杜甫《登高》算了。大家都苦笑几声，各自上课去了。

几天后，他说起了原因。因为家务事夫妻俩闹起了矛盾，由冷战终于大打出手，从此大家就戏谑说他家里养了一只"猫"。再遇到他胡说时，就会笑着说，等着给你家猫儿说啊。只是我把眼前的抓痕和那个温柔可爱的女人怎么也联系不起来。又一天晚自习，回到办公室，我见他和老王老师在说什么，就揶揄道："有的人，咋把日子过成这？焦头烂额四面楚歌的。"他长叹一声，"还不是嫌我没本事赚钱，带不来更好的生活吗？就找碴儿生事。"日光灯照在他的秃顶上，白晃晃格外显眼。

4

备课上课批改作业，时光透过书本粉笔，染白了一个个双鬓。学生们老师们被捆绑在教室里，围绕着厚厚的课本和一沓沓高考题，消磨着光阴。

深秋的一个傍晚，雨丝绵绵，寒冷刺骨，大家都在忙活，只有电流嗡嗡的响声。他站在窗前，望着渐黑的外面，忽然说："秀才（大家都叫我女秀才），我以后要是没了，你给我写个什么样的墓志铭？"

十多年的老同事，习惯开玩笑了，我没抬头，随口就说："赤橙绿，青蓝紫。"

他一愣："为什么？"

我得意地说："自己想。"

老王笑了一声："呵呵，少一个字。"

他想了想，也说："一个黄字没有了，哪里去了呢？"

我嘿嘿笑："谁让你一天到晚讲荤段子？以后你的儿孙就知道他爷爷这辈子干了些啥。"大家大笑。

他没笑，低着头，很伤感地说："我不也是想调节一下气氛吗？看大家一天可怜的，不说话不动弹，就知道埋头工作，我心里堵得慌。请原谅我的胡说八道好吗？"

我们一时愕然，抬起头望着他，一阵心酸。

过了不久，听说夫妻俩准备要二胎，他期盼有个女儿，结果又是个男孩。

他嘴上说高兴，其实心里也发愁。孩子出满月时，他笑着说：“我现在认命了，大贝勒也是生二贝勒也是养，反正已生下了，就得好好养大。将来你们看我家，要多热闹就多热闹。”

他媳妇也是教师，说话急吼吼，走路都带着风，是大家公认的铁娘子，非常强势的一个小个子女人。据说常常提着根小木棒，打得学生们底襟都颤，当然成绩也是全区第一。有时他很惆怅：“我那个媳妇把儿子当学生一样管教。不，比学生还严厉，动不动就打，随时说教唠叨。”大家就说自己是教师，怎么教育孩子应该知道，怎么会这样呢。刘老师还特别嘱咐：“男娃娃这样可不行，终有一天，等打不住的时候就会叛逆到无法收拾。”果不其然，初三的大儿子一次和母亲彻底闹翻，连夜出走了，他疯了一样到处找寻，大家也不敢说什么，只是悄悄帮忙打探各种消息。几天之内，跑遍了附近的大小城市之后，终于在兰州火车站“抓”回了儿子。回到办公室，人瘦了一圈，身子也弯了下来，几根稀稀疏疏的头发一下子全白了。

一次组内活动，大家一起吃饭，从不喝酒的他抢着喝酒，几杯下肚就醉了，抱着老李眼泪鼻涕纵横交错：“我这辈子真是失败到底了，没本事没钱财没地位就算了，一个教书的连自己孩子都教不好，让人就笑话死了。我不甘心啊，活着干啥呀？”大家不好说什么，都低头盯着面前的水杯，听他一个人絮絮叨叨……

又一届学生带出来了，学校新进了很多年轻人，老同事们都分开了。我带了补习班，他到了另一个年级组，在五千多学生的大学校，即使是同事，不在一个办公室，见面机会都很少。

但我还是断断续续听到同事们议论纷纷。

说那个曾经乖巧聪敏的孩子，叛逆到连中考都没参加，在城区几所中学转了个遍，最后来我校读书了。说他买了辆二手车，专门接送孩子，一天六趟，从不耽搁。没晚自习，也得在门房里待着或在车里等，一天天地守着儿子，时时专控随时监管。但儿子依旧叛逆，理着“鸡冠头”，打架滋事，逃课上网，不服管教。说现在的他老老实实坐在办公室里，上班下班，备课讲课听课改作文，很少说笑；说他和其他老师一样，埋在一堆堆书本作业里，黄了理想，走了青春，安安稳稳地做起一个职业教书匠来，一天一天，一年一年。

有时，远远瞄见那个秃顶微胖面容憔悴的身影，我就觉得无比悲伤。岁月像刀子一样，雕刻着时光，也雕刻着人生。当年那些豪情万丈的年轻男人们，迅速变成一个个失意的、油腻的、甘心守家过日子的中年男人了。他们为了大家小家，为了老人孩子妻子亲人，卑微地、屈辱地、隐忍地活着，走过了年年岁岁。他们把血泪咽在心里，把沧桑写在脸上，大树般撑起一片不大却能遮挡风雨的天地。

诗人终于泯然为“众人”，他吟的诗还在耳边：

人到中年万事休，奈何沧桑染白头。

他生我若择命运，英雄沙场见风流。

“桃李春风一杯酒，江湖夜雨十年灯”。漆黑的夜，上完晚自习，见他坐在门房里，和值班老头一起，落寞地守着一个小小的电视。电视里，名人激情四射地宣讲着一种叫作人生理想和成功奋斗的东西。花花绿绿的屏幕一闪一闪，熟悉的人非常陌生，不再是一起工作了十来年的老同事，不再是意气风发的样子，而是一个被时光抛弃的男人，孤独地守着日渐蹉跎的岁月，年岁已高的老母，大眼睛的猫儿，不争气的大儿，不满三岁的小儿……

你看，我讲完了，自己却有些伤感。

陈春啊，分享自己生活中的点滴，讲述我们自己的经历，和你一起分享那些平凡平庸的故事，是一件非常有意义的事。我们这些普普通通的教师，也曾年轻过奋斗过，也曾留下过独一无二的印记，也有快乐或绝望的情感，也应该被每一段历史铭记。

无论怎样，我们都在默默中坚守着梦想，坚持着自我，坚持着该坚持的东西，这就够了！

为你自豪！为你喝彩！

你的老同事

二〇一九年二月十九日　雨水

蕾 丝 记

陈春：

你的来信像一道闪电击中了我。

和年轻时一样，那些文字摇曳在灯光下，打动着我，感染着我，我甚至边读还边流泪了呢。这么多年，你还是那么执着，那么浪漫，像个骑士，对生活如此热爱，对现实充满信心，锲而不舍地驰骋在自己的王国里。单这一点，我就很钦佩。

尽管最终我们各奔前程，但在我心底，你永远是一盏明灯！

讲个什么故事呢？还是说说我女儿的故事吧，但愿它能给人一点点启发……

1

出差半个月，终于回家了。晚上，梁冰急忙到门房去拿快递，书籍报纸，杂志衣服，拉拉杂杂一大堆。高大帅气的门卫笑眯眯问，瞧瞧你的东西，真多。她点点头，也是啊。低头翻检了一番，把没用的摞起来，还是送给你看吧。对这个热爱阅读的小伙子，她总有些莫名地亲近。

抱起东西，转身就走。保安忙说，哎，还有个东西。于是在暗黄抽屉里翻拣了半天，递过来一封信。

梁冰觉得不可思议，咦，还真是一封信！她小心翼翼拿起来，瞅着封皮上自己的名字。信封相当精美，古色古香。纯白色纸面上“锦绣中华”四字从大到小铺开，五彩绚烂；红色织锦里镶嵌着两只彩凤，和上方的团花遥相呼应。三张相同的邮票一字排开，红梅翠竹，亭亭玉立，色彩艳丽，妖娆娇美。她捏了捏，很厚。

现在还有人写信？真浪漫啊！保安说。

梁冰笑笑，那当然，这可是弥足珍贵的礼物呢！

可是奇怪，谁给我写的呢？一阵温柔的风拂过心底，她哼着歌迅速往回走。进门来不及换鞋，把东西一股脑抛在沙发上，就从连衣裙口袋里掏出那封信，一把撕了开来。

厚厚的信纸显然是仔细挑选过的：纸质厚密，还夹杂着花卉枝叶的碎片，仿佛一页页春色跃然纸上。黑色的钢笔字龙飞凤舞，行云流水，看得出是男人字迹。梁冰屏住呼吸，稳了稳神，一页页仔细翻看。前几页似乎对她评价颇高，从个人形象到为人为品，从日常生活的到工作状态，全是溢美之词。言辞诚恳直接，表达清晰明了，尤其是文笔，流畅飞扬。哦，一个学生。她自言自语。

可从第四页开始，笔锋一转，就是满纸的遗憾惋惜和指责教训，接着声泪俱下地提到大学四年的女朋友名字，诉说着一份沉甸甸的感情——那份梁冰至今也不知如何面对的感情。

你根本不知道她对你有多么好！大学四年，她把你相片打印了，大的挂在床头，小的装进钱包；甚至把你头像设置为电脑壁纸。冬天，她坐在床上，笨拙地替你织围巾；夏天，她攒钱准备送你漂亮的衣裙。她为你，辗转反侧，颠倒了生活规律，对你的片言只语，半夜就拉我一起分析。她的日记里满篇都是你的名字，她的生活中，虽然有我但你永远是主角。她对你的感情，比父母和我这个男朋友还深。而你这个她无比热爱的人，那么冷血那么无情，我常常替她惋惜痛心，觉得不值。我只有把这广阔的爱的寂寞，一字一句写在这里，才能让您知道她的心我的恨。

真是阴魂不散啊！梁冰发疯般大叫一声，几把撕碎了信纸。耳边嗡嗡地响，又来了，又来了！似乎有张稠密结实的网从四面八方铺过来，一个影子正步步逼近她的生活。她颓然地坐在沙发上，看着茶几，久久不动。鱼缸里，两条金鱼欢喜地在游戏，一条在前，一条紧追其后。

我和你，一步之遥，既无法上前，陪伴你左右，也无法退后一步，找回感情的支点。我只能静静看着你，默默地祝福你。因为你，我失去了父母的溺爱，失去了男朋友的宠爱，失去了健康的心理，失去了对生活的热情。但也因为你，我才觉得世界如此美好，值得留恋。老师，我爱你，爱到发疯啊……每隔几天，梁冰就会接到这样的短信或留言，时间跨度为几年。由最初战战兢兢地回复几个字到后来看也不看直接删掉，她经历了一个漫长的心理过程。对这份自己不愿接受的黏稠如丝的感情，她只能选择避而不见或置之不理。于是，她屏蔽了对方的QQ、微信、电话，拒绝以任何方式交谈会面，只希望用决绝沉默、不留一丝缝隙的方式，让对方彻底死心。

但事与愿违，很快她就发现，对方以一个年轻人的智力精力耐心地进行着抗衡。不知通过什么手段，她加了梁冰所有朋友的QQ微信，对她身边所有人说梁冰是自己的师长母亲姐姐知己，又写了很多文字，寄寓的对象都是梁冰，仿佛一个坐在地上要糖吃的孩子，用执拗倔强来达到目的。对这个以爱的名义影子般缠绕在自己身边，试图走近融入锲而不舍的狂热者，梁冰觉得恐惧窒息。被人一遍遍一年年地窥探靠近，她觉得自己无处可逃。

而那人是她的一个学生，一个女学生。

2

第一节课才下，一个女生就从黑压压的人林中挤了上来，拿出封信递给梁冰。小个子，短头发，大眼睛，皮肤黑黝黝，一笑两颗虎牙调皮地伸出来，很可爱。她挺胸抬头地走上来又满不在乎地走下去，梁冰诧异地看着，没说什么。

高三补习班学生，一般都很内敛，有事会悄悄跟到办公室来解决，无事则一动不动地坐在凳子上看书做练习。经过一场高考历练，心理素质再过关的人也会有巨大改变，何况还是没考上来补习的人。长大就在一瞬间，这句话是至理名言。不，还应该加个修饰限制词，长大就在知道中高考分数的一瞬间。多少寒窗苦读的学子，就在那一瞬间被改变命运，考上自然举家欢喜，所有亲密生疏的人都跟着欢喜；没考上的，亲人朋友表面不说什么暗地里却议论纷纷。一个假期，没考上的人已遍尝人间滋味，所以给补习班带课，老师用不着像对应届班那样天天督促谆谆教导，只需串知识点就是。学生呢？个个像老鼠，上课将半个身子埋在洞中，警惕地竖起耳朵听课做卷子，下课就迅速退回到窝里，自我治愈无奈、羞愧和孤单。在教室里大大方方地递给老师信，毫不顾忌一百多人的眼睛，这么高调的行事作风，可见是很有个性的孩子。

她忙着整理书本卷子，但还是牢牢记住了那个单薄的背影。

回到办公室，她赶紧坐下来喝口水，补习班的老师上课有多累，只有自己人知道。接着，好奇地拆开信。信写得很工整，字迹一律向左下方斜，虽有些潦草却很清晰，仿佛一条条斜着的通往未知世界的小道，但语调单纯可爱。内容也没多重要，杂七杂八说了很多，无非是说老师留给大家印象很好，各种人对老师的评价，又说了自己的崇拜之情以及能成为师生的幸运。

梁冰边看边笑，有些感动也有点自豪。教书多年，带过那么多的学生，很喜欢自己这也间接证明了当初选择的正确。母亲常说，教师的加法是增加桥梁，减法是减少荒凉，还真是。梁冰觉得浑身暖洋洋，心里也暖烘烘，辛苦劳累一扫而光。偌大的办公室里，秋阳正透过玻璃窗，射在一盆高大的巴西木上，几片蒲扇般的叶子，绕着棕褐色木柱，绿意盎然，盘旋而上。

接着照例是各种忙碌，补习班的日子真是一日当作三日用的。想想看，一个班一百二十多人，两个班就是四个普通班的人数，上课老师都带着小蜜蜂扩音器，不然后排人就听不见。分发试卷，讲解试卷，总结题型，知识点串联；布置作文，批改作文，分析作文，讲解作文；语文老师的二十四小时就是流水线上一个个固定点的无限循环。

那孩子坐在倒数第二排，和所有补习生一样，努力听课写作业做卷子看分数，在一次次月考中经历着自信被重复摧毁的滋味。梁冰呢？和所有同事一样，除了正常教学工作，还得时时刻刻画一个关于高考的黄金大饼，挂在前方，鼓励弟子们沉住气耐下心，披荆斩棘奋勇前进。从进校第一天起，倒计时牌就高高挂起，冲刺的硝烟弥漫在每一个时间空间点，每天高负荷运转，把语文上成数学课，把美文肢解成无数道问答题，师生同心协力和各种真题做斗争，忙碌到麻木状态。

每周，女生都会把一个日记本放在她办公桌上。黑色的笔记本里挤满了各种憧憬梦想，无病呻吟和感触感怀，既有强作文赋的少女情怀，也有自我虚幻的浪漫故事，还有直白的困惑与惆怅、周围人的日常生活。年轻真好啊！老师边感慨边写上几句鼓励话，欣慰还有用文字来抒怀的补习生。上课的关注自然多了起来，有时讲到兴奋处，她手舞足蹈，学生在下面静静听，眼神一闪默契一笑，一颦一笑都是歌，她就越发卖力越发认真，因为不想辜负那一双双期待的纯真眼神。

女生到办公室来得更勤了，从每周一两次到后来每天一次，文字里提到老师的地方也多了起来，从衣服搭配到讲课方式，从同学议论到发型变化，甚至连走路姿势都成文字，一行行记到纸上。接着便是各种小礼物，花皮筋、小盒牛奶、白饼子、一份凉皮、一条淡绿色的围巾，还有夹在粉色信笺中的各种纸条。

老师，今天真漂亮啊，真喜欢看您笑的样子。

又熬夜了吧？您也是个孩子啊，一点也不知道照顾自己。

多希望一直生活在您身边啊，做您的学生或女儿。我会好好学习，考上大学，找个好工作，等您老了照顾您。

又没吃早餐吧？我给您带了一点。女人只有对自己好，才值得别人爱戴。

老师，我愿意把世界上最好的东西全给您。

同事一致赞叹，瞧瞧这师生情，真让人羡慕。班主任也说，瞧把弟子都培养成崇拜者了，羡慕嫉妒啊。梁冰笑而不语，但非常感动，于是给她各种书籍日用品，写一封封回信解疑解惑，以最大的爱心耐心去关怀指导，像对每个好学生那样，师生在正常范围内传递着温暖与温情。

3

随着月考成绩一次次下滑，学生情绪开始了较大波动，班里一片兵荒马乱：迟到早退不上课的，抽烟喝酒上网的，借故滋事打架的，都出现了。补习班最怕这个，学校在例会上点名批评，直言完不成指标科任教师集体受罚。补习部主任大发雷霆，要求教师们对症下药，寻找良策。学生被一个个叫到办公室里谈话谈心，查找原因，查漏补缺。梁冰这才发现那孩子的成绩已滑到了倒数第二。再上课总见她趴在课桌上，既不听讲也不动手写，一副心不在焉的样子。

课间，她叫她出来，关切地问，最近怎么了，成绩直线下降？她低头，嗫嚅道，身体不好。胃痛。吃药。

身体不好就赶快去医院看嘛，这么挨着不是个事，何况到了关键时候。

她没说话，抬头看了老师一眼，满眼怨怼。梁冰注意到了怪怪的眼神，但没时间多想，因为上课铃响了。

再后来，只要上语文课，就看见她课桌上的药瓶摆了一长串，倒出来的药片，红的蓝的绿的足足一大把，但她也不吃，只是摆在白纸上，仿佛在不断宣示，我有病，我有病。

某天早晨她没来上课，班主任说请假去医院检查了。课间，梁冰手机上一个陌生号码，她接起，对方气冲冲地说，你有时间吗？我在医院，你来陪我检查身体。

她有点奇怪，你是谁啊？

咋连我的声音都听不出来？我是寒雪。

梁冰皱了皱眉头，哦？班主任说你请假看病去了，怎么样？

她知道学生家离医院很近，父母也都在家。我妈来了，我不想她陪就让回去了，我就想你陪我嘛。女生撒着娇。

我还有一节课呢，梁冰为难地解释。

那边却下了命令，那你请假来吧。我等你。

梁冰赶紧劝，还是让你妈妈先来陪你吧，我忙完了才再过去。

她似乎很不高兴，不来算了，一下子挂了电话。

梁冰摇摇头，赶着去上课。她觉得哪里不对，但到底怎么个不对法也说不上来，只是觉得很怪异。

从医院回来后，女生就一直趴在课桌上，很少说话，一副病恹恹的样子。梁冰更不忍心说成绩好坏，只是暗暗担心这样下去怎么办。课代表来抱作业，聊起班里情况，梁冰随口问起，圆脸的孩子欲言又止，半天才说，寒雪真有些怪。其实也没什么大病，但只要上您的课就在桌上摆几个药瓶，手里捏一大把药片，故意引您注意。同学都说她走火入魔了，心思一点也不在学习上。

一语惊醒梦中人。再上课时，梁冰就留了心，月考时故意走到后排。那女生正低头冥想，试卷上干干净净一个字都没写。忽然见老师走下来，慌慌张张把药瓶按顺序摆一遍，然后抬起头可怜兮兮地看着她。梁冰转身看旁边学生的试卷，她眼眶红了，趴在桌子上一动不动。

接下来的举动令人目瞪口呆，她居然没做语文试卷，勇敢地成为倒数第一。

梁冰气极了，叫她到办公室，直截了当问，这恐怕不是能力问题，而是态度问题了吧？

难道您不知道？她反问，孤注一掷的口气。

梁冰大吃一惊，到底怎么了？

您等等。她跑回教室，抱来那个黑笔记本，摔到桌面上，您自己看。

老师翻开，愣了半天，哭笑不得。她知道，初高中阶段学生对老师有特殊感情很正常。住校、孤单、压力大、青春期、朦胧期、接触面狭窄、尊重、喜爱、崇拜、依恋，超出正常师生情感的事时有发生。除了各种早恋，许多女生会暗恋男老师，当然也有男生喜欢女教师的。有经验的教师遇到这样的情况处理这类感情时，有激励法、冷处理法，也有讲道理法、自毁形象法，不管怎么样，一般都比较奏效，但同性对同性的感情，女生对女老师的好感，还从来没遇到过。

梁冰想了半天，决定写封长信，相信通过自己谆谆教导，会说服学生理清思路，正确面对师生之间的情感。在信中，她像母亲般敞开心扉，说起自己年轻时的懵懂依恋，青年时的摇摆不定；又像朋友那样，说自己选择婚姻时的执着决裂，并一再申明自己只对异性存在感情。她甚至自嘲，我是个包裹严实着的绣花枕头，远没有外面表现得那么好，甚至引用了一首歌："别迷恋姐，姐只是个传说……真诚希冀这只是你苦累不堪的高三生活中的一段小插曲，如一缕风，轻轻吹过迷茫无助阶段，很快就会消逝在青春的激情浪漫和美好追求中了。"

但事情远非所料，晚自习她刚走进办公室，女孩走进来，劈头就问，您什么意思？

意思很明确啊，我觉得你目前的任务就是好好学习，不要胡思乱想。梁冰边改作业边说。

喜欢你，我也没办法。每次我都告诉自己，我们是同性，年龄差距这么多，是完全不同的两代人，但管不住自己，而且我觉得自己越来越爱你。为了你，我什么都愿意承受，不管你对我冷酷到底还是不理不睬，都不改初衷。你知道吗？你越不理我就越需要抚慰，就越希望得到你的感情。

你母亲干什么工作？梁冰转了话题，想多了解了解她的家庭。

女生有些羞赧，低下了头，接着又抬起头，在一家超市打工。您可别讲什么大道理了，那些我都懂，我也很爱她，但那是另一种爱。

哪一种爱？你能区分开吗？

那边抿嘴低头，拒绝回答。

梁冰有些激动，你为什么不去热爱自己父母，甚至一个男生呢？我是女人，也是你老师，你不会糊涂到忘记这个事实吧？为什么你这么怪，会爱上一个四十岁的中年女人？有那么多值得你爱的人，比如同学朋友……

女生打断了她的话，您别说了，我父母关系很好，哥哥姐姐都成了家。他们对我很宠溺，没有任何家庭方面的因素，这个您放心。

那就抛开身份年龄问题，作为成人我们开诚布公谈一谈。也许你误会了，我真不是你想象中近乎完美的人。生活中我有很多缺点不足，比如自私冷漠、矫情清高、懒惰消沉，只是你不知道罢了。最重要的是，我对非常规的感情一点儿也不感兴趣，也从没想过这么荒唐的事。你的要求完全违背了我做人的原则和为人师表的底线。

女孩大声哭起来，我都知道，可我也没办法啊。老师，你说该怎么办啊？就不能对我好一点，即使说假话也好……

那不行。任何事都有个底线，我不愿纠缠，也是为你着想，马上要高考了，你好好学习，高考之后我们再来谈这个问题。我不想因为这些毁了你的前途，这段时间希望你不要分心，争取考个好成绩上所好大学，好吗？

只要你愿意，我就答应，你看我的。她点点头，用袖子擦去眼泪，转身就跑。

接下来的日子很正常，女生仿佛换了一个人，勤奋努力，乐观向上。虽然继续买东西写纸条，继续要求这个那个，但梁冰都冷处理，很少理会。送的东西，和以前一样，折合成钱夹在笔记本里让她拿回去，也很少看那些无病呻吟的文字。老天保佑，一切等高考结束了再说。高考高考，快点到来吧。

六月七八号两天很快过去了，无风无雨，一切安好。梁冰欣慰地笑了。随着年龄增长，她发现自己的需求越来越降低，只要能平平顺顺送出去一批学生，就是最大的安慰。

4

漫长的假期，惬意无比。她去了外地培训，很长一段时间，除了家人，不接手机不看短信，但还是陆续得到一些信息。比如，学生高考成绩不错，不但完成了学校下达的指标，而且超额完成；再比如，女孩被江南的一所师范学院英语专业录取。她长长出了一口气。

回家第二天，她正准备换衣服买点东西，就接到一个陌生电话。那端，女孩怯怯地说，听说你回来了，我想见见你，可以吗？

考得不错，父母挺高兴的吧？我也很高兴啊。相信在异地他乡，你会结识各种各样的人，遇见各种各样的事，也有一份更好的感情在等着你。大学时光是人一生中最美好的时段，不要辜负啊，老师祝福你。

她有点得寸进尺，我现在就想见你。

还是不见了吧，有老师的祝福就是，梁冰当机立断，听得见那头在呜咽，她果断挂了电话。

她想，傻孩子，四年的大学时光，南方的水云、莲花、小镇、渔船，自然会拨开一切迷雾，找到爱的真谛。

夏天过去，秋天过去，冬天来临了，这期间女生发了很多消息，梁冰看都不看，一律选择删除。又一轮高三开始了，她没时间也没有精力心力去关注。偶尔听其他学生说，她文笔越发好了，常常在一家大型网站上发文章，还被编辑转载在纸媒上。同事们说起来都是满脸骄傲，教出个优秀学生，真好啊。只有梁冰知道怎么回事。

寒假，大雪纷飞，冰冻三尺，梁冰在家，陌生号码一遍遍电话，一遍遍短信，说要见见面。她知道是谁，只好不理。电话固执得像只寒号鸟，在枝头凄婉地叫，接着门铃一遍遍响起，她不敢开门，只好装作不在家。过了好长时间，走近窗前，她看见一个瘦小的身影在雪地里徘徊，提着一大包东西，围着条大红围巾。

梁冰觉得眼泪都要出来了，但也只能狠狠心，看一片片飞雪在空中舞蹈。她想自己这样的做法是不是自私到顶，又想即使见见面又能怎么样呢，但更多的是自责恐慌不知所措。最重要的是，她牢牢记着一位心理专家的建议，绝不能给对方任何希望。对于在感情天地里一意孤行的人来说，任何一点渺茫的希望都无疑是害人害己。

时间是治疗痛苦和不快的良药，女生的消息渐渐少了很多，除了汇报学业身体成绩写作进展，不再提感情，但还是时时有问候。她看看，照例不说什么。某天下课回来翻开手机，忽然看见她说有了男朋友，对方如何如何，似乎沉浸在恋爱的滋味中了。呀！梁冰连看了几遍，长长出了口气，一段梦魇终于过去。她马上回了个信息过去，终于可以心气平和地正面谈论情感问题了。学生也很兴奋，回过来的短信五六条，尽管一个比一个长，但不再执拗不再偏激，只说那男生对她怎么怎么好，同学怎么羡慕嫉妒，她怎样动了心决定接受，谈一场名符其实的恋爱；又说自己要考研要写作，大概一堆幸福。

梁冰终于放下心来，给了她一些建议，还谈了些男女交往的秘诀，总之是鼓励珍惜眼前人，尽快找到属于自己的感情。说完她抬头往外看，夏阳正好，暖暖照着校园，操场、花园、学生、老师、篮球架、紫丁香，如电影镜头一幅幅闪过，多么美好啊。

5

夏天的一个傍晚，她电话要梁冰打开邮箱，说有要事相告。梁冰打开，看见了一封长长的书信，事无巨细地诉说着一个无疾而终的情感故事：男朋友听她每天说老师的故事又嫉妒又生气，她不愿任何人对老师有不尊重或亵渎的想法，二人大吵一架。人家似乎也没真心待她，只想要一个女朋友做幌子，因为他爱的人也是男生。两个互相欺骗的孩子，给一场本该浪漫的爱情吹响了终结号。

梁冰看完，傻眼了，被小说里也不常见的情节打蒙了。她不知道老天喝醉了睡着了，还是哪根神经搭错了，中彩票一样自己就被抽中了。对方变本加厉，甚至有邀功求赏的味道，说因这份虚假无聊的情感，终于理解了老师的无奈躲避和狠心冷漠，说感情原来是一件很卑微的事，如果对方不爱你的话，即使低到尘埃里还是会被尘埃掩埋。又说爱一个人很难，放弃心爱的人更难。

好心情顿时烟消云散，她低头慢慢走出办公室。晚自习前一般是学校最美的时刻，风轻云淡，轻松闲适，她却毫无兴致，愁云密布。接着，便有人在她上课不在时偷偷送东西，书信纸条小礼物，拆看一看，都是那女孩送过来的，梁冰都不知道怎么生气了。后来，她终于想方设法见到了一个黑脸庞大眼睛短头发的、替人送东西的本校女生，但也问不出多少话来。接下来的日子，那女孩如忠心耿耿的奴仆，一遍遍替别人看梁冰毫无表情的脸，窥视她生活工作的轨迹，梁冰甚至都不想问她们的关系了，她都愁晕了。

暑假又开始了，她捎来便签，说已经回家了，想见老师一面。其时，梁冰正忙全校诗文朗诵会，就推托自己有事。她发微信说躲在操场某个角落，见了她匆匆走过的背影，又撵到礼堂里看了节目，还说知道老师现在身体健康，也放心了；最后试探着问，明天见见面好吗？就一面。

梁冰断然否决了。她怕极了这个执拗的女孩，怕极了这段不依不饶死缠烂打的所谓感情。它像一支罂粟，散发着特殊香气；又像蒙尘的锦缎，有被遗弃的凄美。

四年很快过去，实习时她来短信，说要跟着老师学习。梁冰想都没想就直接拒绝，但很快，她就成了自己的同事。梁冰一点儿也没惊讶，在本地，女孩有很多亲戚，可选择到任何一所学校去实习。但她决定，再也不能这样下去了，必须面对面交流沟通，找到解决问题的最佳方法。她相信现在的弟子，应该成熟理智了，能用成人思维去处理问题了。也许心理学家说得对，女孩对自己的痴情迷恋，只是一个任性惯了的孩子，偏执地认为凡是想要的就一定要得到，所以不应极力躲避而要正面解决。大家都应该冷静思忖，积极面对，见上一面又何妨？

她再一次邀请时，梁冰便很快答应了。她似乎很激动，不停问怎么见在哪里见，梁冰说你自己定。

她们在闹市区的一家火锅店里见了面。坐在对面的她，一句话也不说，小心翼翼地看着老师。

梁冰点菜夹菜，像母亲又像姐姐。当各种美食摆在面前时，她俩都开心极了，大快朵颐。

你现在怎么样？梁冰盯着她眼睛，毫不躲闪。

好多了。以前是我不懂事，老师您别怪我。从小到大，只要想要的东西，父母哥哥姐姐从没违背过我的意愿。我是在宠爱中长大的，所以占有欲很强，想要的东西一定要抢过来，对您的感情也是。没想到给您添这么多麻烦，她一口气说完。

梁冰笑了笑，你是个被宠坏的孩子。

老师，不知为什么，虽然知道自己做法是错的，但还是忍不住去想您。我原以为这样的执着就是爱，其实不是。我以为即使您是一块石头，也会被真情打动的。可我忘记了有些东西根本不在一个维度内，我的做法的确给您造成了伤害，对不起。

我一味躲避也是不对的，也对不起啊！感情的最高境界应是两情相悦，是能够给予对方快乐和温暖。我们之间只是一种师生友谊，也不能接受其他恋情。我有爱人有家有儿女，真不在一个维度内。她清楚明晰地说出了自己的观点。

可我从小就觉得和女人特别亲近，长大后才发现自己喜欢的是同性，这个您不反对吧？

我不反对，也十分理解尊重，但我喜爱异性。

老师，您喜欢什么样的异性呢？

这个嘛，本应保密，但给你透露一点也没关系。我喜欢默默做事有责任心的男人，喜欢包容大度能尊重理解我的男人，喜欢阳光温暖给我安全感的男人。

是高大帅吗？

那可不一定，重要的是我们之间有精神上的契合。

您喜欢他送一些礼物吗？

当然喜欢。我不但喜欢，还期待和他手拉手逛街吃饭看电影，喜欢他把我当小女孩一样宠溺，喜欢他每天说早安晚安……

在火锅的袅袅热气中她们侃侃而谈，仿佛一对母女。梁冰认真地看着她，依旧是那个黑黝黝的假小子，依旧那么单薄消瘦。大学生活并没让她改变多少，只是多了一些稳健和刚毅。

老师，您说我变好看了吗？

好看了些，但还不是很美。

女孩笑了，您这人，总是说实话，也不会哄哄人。她忽然就撒娇，老师，真想吃个榴莲，就是怕太难闻了。

呵呵，这个小小的要求嘛，当然能满足啦。

梁冰买了个大大的榴莲递给她，今天真高兴啊，吃饱喝足了。可我晚上还有课，咱们就此告别吧。

女孩忽然轻轻说，可以抱你一下吗？

梁冰愣住了。

街上人来人往，熙熙攘攘。臭豆腐小摊边，人们排着长队在等待；炒栗子的女人，手握木杆使劲搅，又红又圆的栗子和沙砾泛出油光。女孩走近了一步，我就想抱你一下，只一下，行吗？

梁冰说，别这样，又像个要糖的孩子了。快回去吧。天不早了，注意安全！替我问候你爸爸妈妈！

光阴飞度，人人陀螺般飞跑。女生去了外地，考上了公务员，还是会在梁冰自己都忘记的生日那天送来祝福，在气温变化时提醒要加减衣服，还会在心情不好时倾诉一番。梁冰知道她还没走出来，但也在努力地走。再后来，听她说终于找到了志同道合的朋友，两个人相处得还不错。有时还会汇报情感过程及两人之间的小情小绪。梁冰只看不说，真心祈盼有个人好好爱她，给她一份完整的感情。

某天，夜里十二点多，她突然发来微信，又冷又饿的夜啊，老师，您在干什么呢？这异乡的夜里，除了桨声灯影，感觉一切都那么不真实。您想不想知道，我现在过得好不好？

梁冰抬起头望着黑漆漆的夜空，黯淡的月色，听着呜呜的风声，树枝哗啦啦的声音，那水乡的冷夜，此刻，她在干什么呢？

她不知该怎么回答。

陈春，和你笔谈的这几个小时，是我很长时间以来都没有过的美好时光。这对我是多么大的安慰，你知道吗？除了你，还有谁会给我写信呢？也没人能让我说出这么私密的话。谢谢你啊，给了我这么一个浪漫的生日礼物。

时光匆匆，我们都老了，许多东西都随风消散，而有些东西却留存了下来，它以文字的形式，坚固得无人能切断。说再见之前，想坦白一件事：当年我的选择虽说父母逼迫，但和我本人有很大关系。我那时想进城，想过一种人上人的生活，想要一份你提供不了的体面。我不想跟你吃苦，不想困在一所小学内过日子，不想有那么多的拖累，所以放弃了你，选择了他。

只可惜，我太天真。商人的思维永远以金钱为主，重利益轻情义是常态，我后面的生活你大概也听说了。很长一段时间内，我认为自己的遭遇是咎由自取。现在，我庆幸自己终于摆脱了梦魇般的日子。虽说远走他乡是迫不得已，不过在这里，我用了十多年的时间，勇敢地挺了过来。如今，过着自己想要的生活，我很知足！

为当年，真诚地说声：对不起！

江南无所赠，聊赠一夜梦。祝你我健康！

曾经的挚友　蓉儿

又及：我女儿对教师这个职业非常热爱。洁净、持久、闪亮、果敢、自信、独立，她永远比我优秀。

二〇一九年三月六日　惊蛰

作　业　记

陈老师：

给您写信这会儿，已是凌晨三点了，可我还是睡不着。

上周，发生了一件非常可怕的事，一位老师的孩子因为作业而自杀……这样的悲剧，发生在自己身边，发生在一个教师身上，对参加工作不久的我来说，无异于九级地震！

老师，都说中国式教育的悲剧是家长缺位、老师无力、孩子无奈。以前我不太理解，现在我终于明白：在老师难当、家长难当的背后，其实学生更难当，更可怜！

您当年讲得天下英才而育之，是为师者最大的幸福。就是在您的感召下，我才选择了教师这个职业。但这段时间，我陷入了重重矛盾中：一边忙忙碌碌一边怀疑辛苦的意义，一边追寻教书育人的理想一边思忖自己的未来。我越来越困惑，我们的教育到底是一种什么样的教育？我们要教给学生的，到底是什么？

专家说教育的终极目标是让学生拥有自我实现的能力，拥有成就幸福人生的能力，可是作业和分数、成绩和升学，如一座座雪山，压在一个个稚嫩的肩膀上，损耗着一个个纯真的心灵，又何谈自我实现与幸福人生呢？

我想不通，为什么教育改革势如破竹，弊端却越来越多？年年喊着减负，枷锁却越套越紧？

我就给您说说这事儿吧。

1

当张存生说，大家把今天的作业记一下子时，学生们照例愁眉苦脸地嚷，老师，少布置一点儿吧，写不完啊。他眼睛一瞪，故意说，谁要再讨价还价，立马加一道。

大家马上住了嘴，睁大眼睛看着他。班里嘴最快最爱说话的文武伸出右手，夸张地将自己嘴巴捂住，还用左手盖在右手上，像加了一道封印。两年来，就因为爱说话，全班同学已跟着他多写了很多次作业，所以现在只要老师布置作业，他马上就会闭嘴。不然，又得接受同学的批评和抱怨了。望着可爱的学生，张存生偷偷一乐，虽说高二了，到底还是孩子。

好，今天大家表现不错，那就少布置点。翻开练习册，从二十八页做到三十四页，一道都不能落。课外默写就算了，明天早自习咱一起解决。

学生们一下子鼓起掌来，声音很响亮。一个学生由衷地说，老师真好！其他人随声附和，一双双纯真的眼睛里，流出了崇敬与感激。一股热流涌上来，老师站在讲台上，知道这是学生的肺腑之言，毫无虚夸成分，就对着六十三张稚嫩的面孔摆摆手，不知道其他同事怎么布置作业，反正在语文课上，能完成的就尽量做完，免得回家再写到半夜。

不过，老师还是有个要求，这一周，大家每人看一本书，写一篇四百字左右的读后感怎么样？

学生们大声说，好！下课铃响了，他快步走向办公室。

刚走进去，就听见英语王老师高声传达，周四教务上要查教案和作业啦，大家把东西都交到备课组长那里。作业就不用管了，主任会带人下班查。

怎么现在就检查？！不是每年都在期末吗？他问对面的老张。

这次是教务和教科研室联合起来检查，也是个新举措。听说以后不但一月查一次，还规定了指标，缺一次扣一分。

我觉得这根本不合理嘛，为啥要规定死呢？科目不一样作业要求也不一样，有必要布置的就布置，没必要布置了也是增加负担。理科天天有作业是必然，我们文科尤其是语文，都是重复性地抄抄写写，纯粹是浪费纸张和笔嘛。

这可是量化的指标，各科都有的硬性规定，我们数学每周六次，外加一套试卷三次活页，你们语文多少？教数学的王老师问他。

张存生一时语塞，还真不知道语文每周的作业量，也从没特别关注过这个问题。他觉得作业无非是听说读写，自己天天布置了，也抽查批改了，就算圆满完成了教学任务。至于学校硬性规定每周几次，的确没问过。

再不纠结了，赶紧让学生抱作业吧，多写几个年月日不就行了？你看大家都在埋头苦干呢。他环顾四周，见几位同事面前作业堆成了山，一个个正飞快地批阅。

打开手机，学校大群里果然通知明天检查作业，备课组小群里也发了消息：

各位老师，接到教务处、教科研室通知，明早统一下班检查作业，请大家要求学生准备好所有的语文作业。需要检查的有：1.每周不低于五次的课内作业。2.每周不低于五次的小练笔。3.每周一次的大作文，一次高考真题。4.每周不低于三次的书法作业。5.每周不低于三次的背诵默写训练。6.每周不低于两次的活页训练。7.每课的导学案练习册（包括练习册内的小册子）。8.每周的名著导读读后感。

张存生看着手机上的数字，一下子愣住了，被罗列出来的数字吓了一跳。真没想到，需要检查的这么多。他回想自己布置的作业，除背诵默写、练习册、临帖、小练笔和大作文真题之外，其他的都没特意去强调，也没刻意去布置。语文嘛，又不是理科，天天重复有什么意思，他一直这样认为。可明天要检查这么多，不合格了怎么办？不管了，只要学生喜欢语文，成绩也不错，谁也不会拿这个说事的，又不是小学初中生，天天抠着学生写。高中语文，理解性的东西较多，作业量差不多就可以了。再说，各科作业像山一样，学生写不完就抄，抄不完就胡画，有什么意思？现在各科抄作业现象越来越严重，还不如少布置一点。推己及人，他实在是让自家孩子的作业给盯怕了。

张存生怕家庭作业，也反对孩子写无效作业。为这个，夫妻俩已吵过无数回，每次吵完，都觉得两败俱伤且毫无意义，但丈夫态度不改变，妻子无可奈何，只能亲自上阵。可自从她盯孩子们写作业以来，脾气暴涨，性情大变，除了偶尔会露出点温情之外，绝大多数都在催促、谩骂、威胁、恐吓，家里的高压气氛越来越浓。现在，更是除了说快、快一点、快一些之外，很少说宝贝、乖乖、真棒一类鼓励赞赏性的话，连她自己都觉得自己像个火药桶，一点就着。孩子们一见她就烦，倒是见了不太管作业的爸爸还有点笑脸，因此这个得了强迫症的女人就更是怨气冲天，一见丈夫就想吵架。就因为孩子们的作业，家庭战火不断，硝烟四起，所以，每当瘦高个儿、大眼睛的张存生下班往家走时，都觉得像赶赴刑场。回家做饭洗锅擦地板干啥都可以，让他看自己的孩子做作业简直就是酷刑，最可怕的是，这种酷刑还没个头，而且频率越来越高。

昨夜一场透雨，今早一切都像朱自清先生说的那样，欣欣然张开了眼。桃红柳绿，枝条抽芽，霞光映画，美不胜收。春风拂在脸上，暖烘烘，毛茸茸，透过车窗，他看见楼房街道，马路行人都是崭新可爱的。到了自家楼下，远远望见三楼右侧的那扇窗户，他踩住刹车熄了火，把头抵在方向盘上。

别人都以为当教师的人特别有包容心，在儿女学习上更偏心一点，不但会辅导作业，会循循善诱，会因材施教，会有更多的耐心爱心；而且更注重精神引领。职业使然嘛。其实大错特错。绝大多数教师对别人家的孩子和自家的完全是两种态度。在学校，别人家的怎么调皮都能包容过去，怎么笨拙都会原谅。可一回到家面对自家的，好像耐心爱心使完了，一说话就想发火，一讲题就气咕咕冒，一遇事就恨铁不成钢。想想看，天天在单位说那些话，回到家还要说，不生气才怪呢？再说自家的一般也不听父母的，抵触性较强，人家听的是人家老师的话。

坐了好大一会儿，他苦笑了一声，才拔下钥匙，脚步沉重地上楼。

走到门口，刚掏出钥匙，门突然开了，张存生愣了，妻子王丽娟出现在眼前，呀，存生，你可回来了，赶紧看娃娃写作业啊。海红从广州回来了，我们同学都说晚上一起聚聚。大学时她对我可好了，这个聚会我必须参加，说着，转回身进了卧室。

张存生一下子眉头倒挂下来，鼻头往上缩，满脸的苦大仇深。他低头换了拖鞋，走过玄关，见长方形餐桌上，三个小脑袋一齐转回头，眼睛圆溜溜地注视着自己，就赶紧将五官提起，笑了笑，咦，爸爸回来了，不欢迎吗？

三个模样酷似的小东西，对故意讨好的父亲并不买账，低下头，眼睛盯在作业本上，刷刷刷地写起来。

当父亲的有些尴尬，站了好一会儿。小儿子声音传了过来，爸爸，快给我来看作业，这个鸡兔同笼的题我不会。

张存生放下钥匙，让爸爸先喝口水，你先写别的。

大儿子却抬起头来，直戳戳看着他，我们老师今天布置的作业很多，有些题你不讲我不会，明天老师要是叫家长可别骂我。这个初中一年级的小小少年，处于青春期，每天都气呼呼地，像个小斗鸡一样，和全世界作对。说完，脖子一拧，就低头写了起来。

两个小的，看哥哥一眼又看爸爸一眼，眼睛明亮亮，紧张地抿抿嘴。

饭我都做好了，在厨房里。你们商量是写完作业吃还是现在就吃？我走了，你赶紧催他们写完啊。妻子说完，提起早已过时的小包，换上鞋子，准备走。

妈妈再见，两个小的齐声说。王丽娟眼里满是温柔，把作业一下子写完，就洗脚睡觉啊。说完，盯着头都不抬的大儿子。被盯着的那个仿佛没听见，眼皮都没抬，笔在纸上绕过来绕过去。张存生喊了一声，张欣宇，快给妈妈说再见。

好了好了。欣宇，妈妈去去就回来，你赶紧写，写完让爸爸检查。女人一手提包一手提垃圾袋，失望地走出去。正要关门，回头又对餐桌上的人叮咛，你们两个也是，写完就轻松了。折回头嘱咐丈夫，记得给娃签字啊，记得写上家长意见。说完，关上门，终于走了。

张存生看着妻子不放心的样子，已略显粗壮的腰身，不禁有些难过。她才三十八岁，看起来就像四十多了。四个男人的家，对她来说，真是个严峻的考验。

王丽娟是张存生的第二任妻子。第一任妻子褚秀云和他生活了六年，在儿子张欣宇五岁时就独自去了上海。不久，寄来了张离婚协议，说宁愿坐在宝马车上哭泣，也不愿意坐在自行车后座上微笑；说教师工资太低了，见的世面太少，物质上精神上都不能满足自己的需求；说不愿意把长长的一生押在胸无大志的男人身上。张存生大怒之下，迅速签了字，除了孩子，一句话也没多说。

前妻什么也没要，包括儿子，她只要自由。是我生的，长大了自然会来找我，她自信满满地说。很快就找了一个年过半百的男人，当然，驼背、罗圈腿、秃头、大胖子等除外，重要的是，拥有了坐在宝马副驾上的权利。

后来，张存生和王丽娟结了婚。她是他的第一届学生，小不了几岁。当年，聪明好学、美丽善良的她因为父亲意外去世没上成大学，从职业技术学院毕业后，就考了会计资格证，在一家会计师事务所上班。年轻貌美的女孩，对自己的班主任好感满满，一心要嫁给自己的老师。自然，这桩婚事也费了一番周折，主要是王丽娟家里不同意。经过几年马拉松般地坚持，他们终于战胜了各种困难，完成了一场“师生恋”，成为一对夫妻。

一亏有一补。老天有眼，赐予了最好的礼物，再婚后的张存生，特别珍惜这来之不易的幸福，守着娇妻爱子，兢兢业业，爱岗敬业，日子过得有滋有味。只有一点不太美气。婚前俩人说好不要孩子，有大儿子就可以了，可婚后三年的一天，王丽娟说自己怀孕了，如果张存生坚持不要的话，她选择离婚。在生孩子问题上，年轻漂亮、温柔体贴、善良孝顺的王丽娟所有的优点都隐藏不见，只剩下固执偏执、不可理喻、一意孤行和不择手段，张存生最终让了步。两口子如果没孩子维系，心总是隔着，人家年纪轻轻，凭什么不能要自己的骨肉？毕竟自己当年的决定有些自私，人家的要求也没什么不合理。

在家人朋友的劝阻下，他同意生二胎。可没想到，王丽娟居然生了一对双胞胎，而且还是一对儿子。当一对洋娃娃摆在面前，他是既自豪又发愁，瞬间明白自己这辈子已完完全全成了孩奴，三个儿子就像三座大山，压在肩上，压得他喘不过气来。

三个儿子？！每当别人听到这个，除了羡慕嫉妒，剩下的就是同情了。现如今，养活一个儿子的成本都太高，何况三个？人们担心得有道理，在生育观念发生巨大变化的今天，他觉得自己简直是个奇葩，亲手给自己打造了个钢铁牢笼。

好在爱的力量无比伟大，家人携手可创造奇迹。在父母、姐妹兄弟、亲戚朋友们帮忙的情况下，虽然含辛茹苦，但掉鞋子拾帽子的、最艰难的日子终于过去了，儿子们会走会自己吃饭了。忙碌又充实的日子里，一张张笑脸，一个个拥抱，奶声奶气的声音，稚嫩依赖的动作，简直把人心都能融化。他发誓一定要让他们过上好日子，一定要让这个小家温馨幸福。

日子一天天过去，孩子们终于进幼儿园上小学了，会读书写字了，终于长大了。不过，他俩也从年轻人行列进入中年队伍，成为千千万万个拼命拉扯孩子的父母之一。原以为孩子大了就好些，不用操太多的心，可等上了学才发现，这只是万里长征的一小步，且不用说吃喝拉撒睡，单是三个孩子的作业，就让夫妻俩叫苦不迭。

他走过去，坐在餐桌边专用的辅导椅上。二儿子新玉急忙搡来书，指着一道数学题说，爸，这道题我不会，你先给我讲一下。张存生正要看题，见孩子左脸蛋上红了一片。

你脸上咋了？儿子低下头，想了半天，轻轻说，爸爸我不会做这道题。

他觉得不对，继续追问，怎么回事？儿子眼泪唰地流下来。

到底咋了，快些给爸说？大家都抬头看他，就连牛犊般的哥哥，也关切地催促。

小儿子昕宇看了他一眼，唯唯诺诺地说，是我们老师打的。昨晚妈妈没检查出来错题，一道三板子，二哥错了三道，就是九板子，还被老师扇了一巴掌。这孪生兄弟，同在一个班，彼此情况清清楚楚。

张存生肺都气炸了。自己也是老师，也给学生布置作业，也知道学生会做错题，但从没这么惩罚过。一道题三板子，三十道题呢？估计就出人命了吧？他站起来，一把推过椅子，在地上走来走去。

爸，你别生气，今天我保证全部做对，二儿子眼泪在脸上滚珠子，边抽噎边小心翼翼地说。张存生心被拧了一把，看着这个从来就懂事隐忍的儿子，怒火一股股冒了出来。

都说一娘生九种，果然是。三个儿子外貌酷似，名字也是谐音，但性格却完全不一样。大儿子像前妻褚秀云，表面上不说话，可骨子里有股狠劲，执拗倔强，不肯服输。二儿子像他，善良懂事，大局意识强，凡事替别人着想得多，却优柔寡断，有些懦弱。小儿子跟了王丽娟，聪明伶俐，情商极高，颇有心机。三个儿子中，他努力做到一碗水端平，不偏不向，但从心底还是有一点儿不同。也许二儿子更懦弱一点儿，他一见那兔子般的眼神，就觉得格外心疼。

太不像话了！他不自觉骂出了声。三个儿子惊讶极了，一齐抬头望着他，他清醒了过来，不管怎么说，维护老师形象，响应学校规定，这是基本原则。自己也是老师，怎么能在孩子面前公然表现出不满呢？

话锋一转，他大声说，错了就该惩罚。自己的作业也不认真检查，三板子都少了，要我说错一道题，打五板子才对，看你以后还粗心？三颗小脑袋马上低下去，认认真真写起了作业。哎，做错题了要挨打，挨了打还得不到家长的支持，那就没任何理由做错了，赶紧写吧。

张存生又坐了下来，也不打算吃饭，气都气饱了。在学校，他给别人的娃娃尽量多讲知识少布置作业，也从不体罚学生；在家里，他三个儿子的作业却越来越多，还要被打板子，真是啼笑皆非。

他拽过二儿子新玉的作业，仔细看了看作业本上的题。谁知不看不知道，一看吓一跳，这是二年级学生的作业？

“123，（ ），（ ），6，3，2，请按规律，把括号里的两个数字补充完整。”这么难的题啊？！他简直不敢相信自己的眼睛。又看了一遍，脑子飞快地转，这不是高二才学的等比数列吗，怎么二年级的学生就做？去年一个同事孩子考公务员，就是拿这题和他一起讨论答案的。

你们老师布置这个作业时咋说的？他压住火气，大声问二儿子。

二儿子手里握着笔，正飞快地抄写生字，头都没抬，只闷声答，我们老师说这个题必须和家长一起做。

那要是做不出来，咋办？他继续追问。

小儿子伶牙俐齿，抢着说，我老师说了，这个题就是为了检查家长的，不会做就上网查，作业帮里有答案，但必须家长查出来给我们抄。

张存生不知道说什么好了，他拿出手机，迅速点开，搜索出答案，赶快抄。

“123，(42)，(15)，6，3，2。因为123－42＝81，42－15＝27，15－6＝9，6－3＝3，3－2＝1，相邻两个数字的差分别为81，27，9，3，1，相邻倍数刚好是3。”两颗小脑袋迅速放下正写的语文作业，抓过数学本唰唰抄了起来。他望着一连串数字，叹息了一声，扭过头看大儿子作业。

盯着倔强冷漠的大儿子默写完英语单词，签了字；又背完语文古诗词，签了字；张存生松了口气。对这个孩子，他是既愧疚又心疼，当然还有不间断的气愤。自从褚秀云出走后，这娃娃就蔫头耷脑，很少说话，更不用说大声笑了。没双胞胎之前，他和王丽娟百般疼爱千般宠溺，尽量弥补父母离异给他带来的伤痛，生怕孩子会受一点点委屈。丽娟性格好，善良真诚，对孩子是真心实意的好，虽说后妈难当，但隔阂也渐渐消除了。可是，两个弟弟的意外到来，让所有人都始料不及，家里一下子乱成了一锅粥，父母自然没更多精力心力放在他身上。孩子在这个家里，总觉得自己成了外人，加上青春期的敏感多疑，易怒叛逆，就更沉默寡言，动不动就牛头犇犟，心情好时还说个话，心情不好就阴沉着脸，谁也不理睬。对他，全家人都有些胆怯，即使张存生这个老子，也畏惧几分。哎，谁让自己当时拿不定主意呢，现在后悔也来不及了。

爸，我们数学老师说了，还要买一套王后雄活页练习，你明天去给我买吧，也许是被灯下写作业的氛围感染了，也许是他今天有什么好事，总之大儿子心情很好地嘱咐。张存生连忙点点头，讨好地笑笑，没问题，包在老爸身上啦。

他伸出手，捏了捏大儿子的耳朵。小时候，他常用这种方式来表达对儿子的爱。如今，已好久都没和这个儿子如此亲近了。大儿子头偏了偏，享受着这难得的温存。其他两个儿子看了，眼缝里都是羡慕嫉妒。以后，你们有什么事就和我说，只要老爸能办得到，一定会两肋插刀在所不辞。三个儿子都笑了，小儿子还吐了吐舌头。真是其乐融融啊。张存生眼圈都红了，挨个摸摸儿子们的头，用眼神示意，赶紧写作业，快点写完咱就吃饭。

夕阳散去，暮色迫近，小区院里，吃过饭的人们从鸽子笼般的楼里纷纷走出来，汇聚在小广场，开始了一天的休闲娱乐。四月底，其他地方都是花谢了春走了，在本地春天却姗姗来迟。这是一年里最美的季节，也是大自然赠予黄土地最美的礼物。向阳处，嫩绿的柳树枝条垂下长长的身条，轻轻摇摆；槐树们一律树冠铺开，戴上了华丽的帽子。背阳处，几株桃杏枝上挂着白的、粉的花朵。迎春俊俏泼辣，芍药扭动腰肢，风里送来一股股紫丁香的味道。喇叭声响了起来，粗壮的腰身扭了起来，小板凳上坐满了打牌的人。羽毛球在空中飞来飞去，孩子们追逐叫闹，宠物狗也在人脚下钻空子，热闹欢快的声音一浪高过一浪。供热公司的灯塔早早亮了起来，不同颜色的光带扑簌簌坠下，又哗哗哗升了起来。大射灯和小彩灯交相辉映，五彩斑斓。

张存生起身，走到窗前，默默看了一会儿，就关上铝合金窗，声音一下子小了许多，热闹被关在了窗外。他回头看，一盏蘑菇样的灯下，他的三个儿子，脑袋黑黝黝地，正趴在桌子上写作业。

两个多小时过去了，饿吗？咱先吃饭吧？期间张存生问过几次，孩子们一律摇摇头，很坚决的样子。大儿子甚至用鼻孔哼了一声，那意思非常明显：作业都没写完，还敢吃饭？

他只好耐心地继续陪着儿子们写作业。一个个讲了题，一次次叮嘱字写好写快点儿，又认真地检查后签了字，还郑重地写了家长意见。一个个作业本从孩子手里传到他手中，经过检查后又回到孩子们手中，四个人修改订正，查漏补缺，流水线般有序高效。

当王丽娟慌慌张张走进来时，昏暗的灯光下，两个二年级学生，一个七年级学生，一个高中语文老师，都抬起头来望着她。大眼睛，长脸形，高鼻子，弯睫毛，尖下巴，像一个模子里倒出来大小不一的四个点心，又像同一字体不同字号的四个楷书字，四双眼睛都流露出委屈，四张脸都像要哭出来的样子，尤其是那个苍老的、疲惫的大人。

她有些心酸，放下包，不好意思地解释，有点儿迟了啊。老同学见面嘛，拉拉扯扯的时间就过了。人家现在都去 KTV 唱歌去了，我先回来了。

没人说话，孩子们盯着打扮得那么好看的妈妈，像看着陌生的女人；张存生看着妻子，又感激又心酸，真想上前抱住她，大哭一场。

换了衣服，王丽娟和往常一样了，快步走进厨房，见饭菜还好好地摆在锅台上，大声惊呼，九点四十了，你们咋还没吃？

张存生极力压住自己的委屈，平淡地说，你的三个儿都说不吃，我有啥办法？

三个娃娃看了这个看那个，生怕他们吵起来，齐声说，我们把作业做完了再吃。

作业先放下，赶紧吃饭！吃了再写！王丽娟迅速端出饭菜，放在客厅的茶几上，喊叫着。

孩子们一下子从餐桌上撤离，乖巧地走进卫生间，挨着洗了手，然后走过去，端起碗。张存生也忙走进厨房，打开水龙头，认认真真地洗了手。

爸爸，可以看一会儿电视吗？小儿子问，其他两双眼睛亮晶晶地看着他。

可以。

噢噢噢，三个孩子一下子兴奋了，放下碗大声笑起来。一个在沙发上找遥控器，一个迅速跑去摁网络接收器，一个喊着说37台37台。

以后咱们可以边吃饭边看电视，张存生也亢奋了起来，想看啥都可以，咱给它一个一个过。不过要挨大小个啊，不准乱抢遥控器，不准乱换频道，也不准吵架打架。

孩子们点点头，端起饭碗，望着屏幕上的画面嘿嘿嘿，早忘了吃饭。

你呀，也是个长不大。这样的话，一个饭吃完就到明年了，作业完不成咋办？王丽娟也笑着说。

不管了，完不成就完不成，咱俩帮着写。他大手一挥，领导一样豪气。原想儿子们一定会感激的，可没人理睬。他们眼睛和心都在电视上呢。

早都钻到电视里去了。妻子摇摇头，哎，到时候老师叫家长，你就去，我可不想再去看人家冷脸。欣宇的班主任可厉害了，虽然年轻，讲起道理来一套一套，我都有些发怵，王丽娟嗔怪道。

张存生想说二儿子被打的事，想了想，难得有这么好的心情和气氛，明早再说吧。

果然，如妻子所说，儿子们钻进电视里去了，一个饭吃了多半个小时还没吃完，夫妻二人恩威并施连哄带吓，当孩子们意犹未尽地回到餐桌上继续做作业时，客厅里大钟的指针，已指向十一点二十分了。

接下来，全家开始了一起写作业的阶段。十二点十分，大儿子先做完，去卧室睡了。两个二年级娃娃，噘着嘴，正飞快地写着生字词。从第一课到十一课，一个生字写三遍，还要组词。近义词三个，反义词三个，妻子边查字典边念，儿子们边听边写。张存生拿着支铅笔，把本子放歪，努力学着儿子的字体写日记：

> 今天傍晚，爸爸妈妈和我们一起来到了小区院子里。春天到了，花园里到处都是花。桃花像个漂亮的仙子，迎春花像个娇羞的小姑娘……

爸爸，我们老师说了，不会的字可以用拼音，看着父亲别扭地写着自己的作业，小儿子提醒说。

张存生火一下子冒了起来，咋那么多事？你就说这些字都会写。

可是，这个字我们没学过。张存生顺着儿子的指头看去，原来是娇羞的羞。就你事多，一写作业就磨磨蹭蹭，还话多。你能不能像哥哥，一下子写完？他恼羞成怒地拿起橡皮，狠狠擦去，改写成歪歪斜斜的拼音。

孩子眼神迅速暗淡了，低头悄悄写作业了。妻子看着丈夫，眼里心里都是气。二儿子看了看他俩，吐了吐舌头。

张存生不好意思地低下头，继续写道，春天的景色真好啊！我爱家乡的春天！好容易憋出最后一句，他如释重负，抛下铅笔，站了起来。

凌晨一点半，眼皮打架的孩子们终于上了床，不到几分钟，就见周公去了。王丽娟轻手轻脚地合上卧室门，走了出来。见张存生坐在沙发上，一动不动，悄悄问，咋了？

没什么，我想坐坐。你也累了，赶紧睡去。张存生温柔地对妻子说。王丽娟心里一股热浪，走过来，挨着他坐下，我好着呢，再熬几年就都长大了，长大了就好了。

两个人坐在灰黑的布艺沙发上，望着一片狼藉的屋子，默默无语。不大的客厅里，摆满了东西，电视柜上放着个小电视。三张深蓝色的小书桌，东一张西一张；三张同色的小凳子，也不在各自位置上。一张还四仰八叉，多像倔强的大儿子。隔着一个椭圆形门套，屋里最大的家具就是餐桌。长方形、厚实的这张桌子，是使用频率最高的地方。孩子们一进门，就得趴在这里写作业，一年四季如此，很少有空着的时候。

王丽娟侧了脸，亲了一下丈夫脸颊。张存生抱住她，看着乱七八糟的屋里，试卷、书包、课本、练习册、有水的水杯、喝完了的酸奶瓶、脏兮兮的碗筷、不见一点剩菜的碟子、染成红黄色的毽子、断成半截的跳绳、左一只右一只的鞋子、四处摆放的校服……简直就是土匪窝嘛，像过了土匪一样，他想起母亲活着时常嚷的话，眼泪不由就流了下来。

妻子没跟着他一起淌眼泪，只是使劲搡了搡他，说，没啥，谁家都一样，既然养下了，咱就能拉扯大。想想我们老了，三个儿子，再娶三个媳妇，每人再生三个娃娃，咱就是典型的大家族了，你不就是个老太爷了嘛？

张存生扑哧一声，握了握妻子的手。谈恋爱时，妻子喜欢看书，他买了一套巴金先生的《家》《春》《秋》送她。那时，两人依偎在一起读书，讨论年轻人的理想，大家族的纷纭。他豪气万丈地说，我以后要有一堆娃娃、一堆堆孙子，这样老了我就是个老太爷。王丽娟在他怀里，刮他鼻子说不害羞。现在，他真有了三个儿子，却愁得掉眉毛。

两人笑了一会儿，拖着疲倦的身子站起来，张存生给孩子整理书包，削好铅笔，装好书本。王丽娟呢？收拾碗筷，扶好桌子凳子，摆整齐校服鞋子。夫妻齐心合力，脚勤手快，很快就整理出一个干净整洁的家。明知道这样的整齐有序只能维持几个小时，但二人还是一丝不苟，乐此不疲。

2

一大早，当张存生把自己的疑虑说出来时，办公室里顿时议论纷纷。

哎，你还不知道，现在一年级数学里就有立体几何，二年级就要做逻辑推理题了。语文更是，不照标准答案写，全是错的。我前天给我家苗苗讲了道题，结果人家老师说答案是对的但解题思路是错的，就打了娃一板子。娃娃回来哭闹，说再也不要我检查作业了。我老公骂我不懂装懂，是个瞎指挥，我俩大吵。提起辅导作业，英语老师魏燕燕苦水一潭。

教化学的张雪大声说，我说道题大家帮我算算啊，这是昨晚我外甥女问的一道数学题，我不会做。小明钓鱼回来，小玲问他钓了几条鱼，小明答六条没头，九条没尾，八条只有半个身躯，你知道小明到底钓了几条鱼？

大家都不说话了，拿起笔在纸上演算，用公式推理了半天也没有答案。这是道啥破题吗？逻辑一点儿不严密，就没个规律可循嘛。

就是啊，我做了半夜，问了很多人，都觉得没个正确答案，可人家老师的答案是二十三条。

大家再次吵嚷，质疑答案的合理性。张存生心想，原来不会给自家孩子讲题的，不是我一个！

语文老师小王也抱怨连连，每天回家，第一件事就是看孩子写作业。现在不但他写，全家人都跟着他转。你说小学作业咋布置得那么多？就拿写生字词来说，每天都是从第一课写起，一直到所学的那一课，还要组词造句，少布置几个不行吗？重复写有什么意思呢？这样下去，孩子就成个写作业的机器，对学习没兴趣不说，家长也跟着受罪。天天写到十二点多，压力这么大，谁能受得了？

埋头改作业的小冯倒大大咧咧，我才不管呢？我给他们班主任说了，我娃只要考进班里前三十名，你就别叫我。

谁不知道你女儿成绩一直是第一第二，要是真到了三十多名，你绝对不会坐在这里说大话，老汪揶揄道。

张存生怕他俩闹个不愉快，赶紧转移话题，现在小学作业难度咋那么大？各种练习册上的偏题难题怪题越来越多，还有奥数训练、思维训练、能力训练，咱们当老师都觉得难，更不要说学生了，问题是咱都不会做，其他家长怎么办？

能怎么办？花钱进补习机构呗。你不看竞赛班、辅导班收费那么高还人满为患？

和咱们一样嘛，新教材和考试内容本来就脱节，书本上的知识点例题较简单，学起来也很轻松，但一考试学生就傻了眼。现在的试题，越来越偏难怪，只能买其他辅导书来补习了。再说课本后的习题量小难度小，不能涵盖所有知识点，也不能和高考的难度广度深度相匹配，所以很多孩子跟不上，只能去上各种补习班了。

早自习铃响了，语文英语老师们都去跟自习，张存生见教务主任、教科室主任带着各备课组长，走进了各班教室。

早读的教师都回来了，喝水吃东西闲聊。张存生拿出一套高考题做了起来，今早三四节课，他得熟悉熟悉讲课内容。

第三节课下了，刚走出教室，手机就响了起来，他看了看号码，校办公室的，就接起来。那边说有事来一趟，张存生边走边想什么事，听说高一的老杨有病请假了，一定是安排他代课吧。

好久没去过行政楼了，楼道里贴满了花花绿绿的励志图片，像个满头珠翠的女人。他有点儿遗憾地边走边想，这么雪白的墙，要么不贴，要么就贴点儿有品位的。

教务主任一向黑脸腆肚，官腔十足，开口便问，张老师，早上查作业，你布置的咋有点儿少？

张存生没想到会是这个问题，半天了才说，我觉得足够了啊。语文嘛，念背的东西相对多一些，主要靠平时慢慢积累，作业太多的话学生就抄，没有效率。

那可不行，人家带同头课的老师作业都是一周二十五次，你的只有二十二次，少了三次。

张存生急忙解释，学生从早上六点半进教室，一直到晚上十一点半，都在上课，都在做作业，就没个喘息的机会，成绩也不见提升，我觉得就是作业太多来不及消化的原因。

那不是你考虑的，你的任务就是要和其他人保持一致。作业少三次，一定要补上，不然的话，考核时就吃亏了。教务主任话虽说得软，但分量还是很重。

张存生想了一下，说，语文我觉得还是要多看多读，至于作业，特别有必要的做一做，重复性的就算了吧。再说只要成绩好就可以了嘛。

那不行。量化考核时作业就是一大块，相应的打分也高，当然这一块扣分也严重，你就要评职称了，可不敢在作业批改上出了问题啊。

张存生转身走了出来，自己怎么忘记了考核这个主要环节呢？

3

下午三点钟，张存生站在雁城六小二年级的办公室里，等着两个儿子的班主任。

小学办公室比高中办公室更拥挤，十几张办公桌将一间教室填得满满当当，桌子凳子、图书柜子、水桶脸盆架、衣服架子、作业本试卷、教材书本，像一个蓬头垢面不修边幅的中年女人。

没上课的老师只剩下三个，两个背对着背，一言不发地批改作业。墙角处，一张白皙圆润的脸，正严肃地教训一个比她年长很多的男人。我布置这作业的目的，就是为了突击检查家长代写作业的情况。你拿你的脑袋想一想，小学二年级的学生，有可能做出这样的难题嘛？谁能做出来，我就知道谁的作业是家长代劳的。

那个家长满脸堆笑，毕恭毕敬地说，对对对，老师，你真聪明。我家娃娃实在做不出来，我就拿手机查了答案，让他抄。老师，我错了。

年轻人开始谆谆教诲，写作业的目的是为了巩固上课所学的知识，你说你给娃查了答案，抄一遍有什么用？这不是诱惑学生做不诚实的人吗？幸亏我想了个好办法，一下子就查出来了，她有些洋洋得意。

张存生真想问一句，原来布置难题的目的就是这，但他没敢说，只是心里嘀咕着。再说也不是他儿子的班主任，说了那是自讨没趣自找麻烦。现在的这些小老师们可是不得了，动不动罚站罚写作业叫家长，家长来了就上教育指导课。

百无聊赖，他站得腿都直了，正准备出去转转，对面那年轻人说，哎，张昕宇家长，伏老师让你等着，可不要乱走。

张存生忙解释，我就去个卫生间。那不知是姑娘还是小媳妇的老师点点头，威严地说，去吧，快去快回。

张存生走出去，站在楼道里，打量着这个熟悉又陌生的地方。

三幢教学楼，组成个凹字，一律漆成红白条，简洁大方，醒目庄重。楼下，是旗杆和花园。他想起昨夜小儿子在日记中描写的景象：

一进校门，首先映入眼帘的是一根旗杆，上面飘扬着鲜艳的五星红旗。国旗的左右两边是花池，花池里面栽着绿油油的冬青和一棵棵柳树，从远处看就像一个个卫士，保护着我们美丽的校园。

嘿，还真是，这小子表达能力不错嘛。花园左边，是一幢图书楼。右边，“科技楼”三个铜字在阳光下熠熠生辉。再远处，就是操场了。红色的跑道，绿色的草坪，还有一些锻炼的器材，和其他校园大同小异。突然，他看见操场尽头有一排低矮破旧的房子，如被遗弃的老人，孤零零站着，寂寥落寞。那不就是当年自己读书的教室吗？他认了出来，三步两步下了楼梯，抬脚就往那里奔。

五间低矮的南房，暴露在午后的阳光下。墙皮早已脱落，墙面凹凸不平，底层的青砖被埋进土里，已看不清颜色。张存生摸着斑驳的木门，仿佛触摸着曾经的岁月。他急忙走到第三间，低下身用手抹抹玻璃窗，透过模糊的玻璃看，到处是灰尘浮土，岁月的印迹斑斑。发黄发黑的墙面，坑坑洼洼的地面，落满灰尘的叠放得很高的课桌椅，黑漆脱落的斑驳的黑板，一堆长长的竹扫帚，几个水桶互相挤压着，几个扭曲变形的粉笔箱。他心里一酸，这就是无数次在梦中出现过的、充满美好记忆的地方吗？

就在这间教室里，他度过了幸福的童年。那时候，条件不好，吃不饱穿不暖，夏天热得浑身冒汗，冬天冻得浑身打战，但对他来说，上学是多么快乐的一件事啊。用破布拼接的脏兮兮的书包里，只要有一块黑面馍馍，心里就踏实无比。书包常常轻飘飘，除了卷成一团的课本，内侧印着乘法口诀的铁铅笔盒，就是破破烂烂的作业本了。每天，他早早就往学校飞奔。母亲总嚷嚷，这个碎土匪，绳子往学校抽着一样。春夏秋都好过，冬天最难，凛冽的寒风吹进来，教室里像冰窖一样，有时风吹得课桌上的书页哗哗响。可是，念书的日子总是充满着无限乐趣。

他和他的同学，尽管因为不会背课文挨过老师打，也因为不会算数被罚站过，但脑子里很少想到“作业”两个字，好像那时也没什么作业，一天到晚就知道个耍。他们一起推推搡搡滚铁环，一起偷偷尝谁家馍馍好吃；上体育课一起玩木马跳箱，下课后跑到几里外的田里偷豆角。天那么高，云那么白，天地那么广阔，四角板是那么好玩，弹珠那么有意思。有一次，他甚至还撕了书本叠了好多纸飞机，当然回家挨了几笤帚疙瘩，但心里很美气。还有一次，体育老师带他们去挖洋芋，干了半天活，自然有犒劳，每人一个白面馒头，煮熟的洋芋管饱吃。大家回来时都腆着肚子慢慢走，因为吃得太多啦。

张存生边看边想，很多画面挤在一起，从记忆深处跑了出来。那些无忧无虑的经历，自由自在的校园生活，不但培养了学生们淳厚质朴自尊勇毅的品质，还让他们懂得了对一草一木的深深感激和无比珍重，懂得对生活的无限倾心和热爱依恋。现在呢？学生像羊一样被圈在一起，只是做作业做试卷，远离了自然脱离了生活，上学有啥意思呢？

哎，你是干啥的，跑这里转？一个毫不客气的声音，将张存生从过去一下子拉回到现实。

我是学生家长，也是这所学校曾经的学生。这是我当年念书的地方，随便看看。他忙对穿保安服满脸警惕的人解释。

走走走，马上要拆的烂教室，看个啥？那人狐疑地瞅着他，挥挥手。

4

人家娃娃都能写完，就你家的特殊？每天都完不成作业，你这当家长的是干啥吃的？还说我布置的作业太多了，你啥意思？张存生一进门，就见一个披肩发的漂亮女孩手提一个作业本，嘴里机关枪般扫射着。

一个佝偻的胖男人站在对面，低声解释，老师，我不是那个意思。我的意思是这娃娃干啥都慢半拍，天天作业写到凌晨两三点，她哭我们也难受。她父母又都在外地，长年不回来。我们老两口带着她，打不是骂不是，也没个办法，能不能给她作业稍微少布置一点儿？

漂亮女老师毫不客气地碰了回去，不行。一个班七十多名学生，都要少一点儿，你想想是个啥概念？作业不好好写，成绩上不去，排名上不去，家长不满意，领导批评，学校批评，社会反响不好，我们当老师的咋办？你咋不替我们想想……

她性子慢，成绩也不是很好，拉了班级总成绩，我都知道。我就是想她这么笨，能不能少写点儿，多消化消化？

要不你们就转学，找一所不检查作业的学校，找个不布置作业的老师去；要不就要多监督。爷爷奶奶带孩子，有几个不出问题？我看还是你们心疼，舍不得。

胖男人想说什么，又停住了，小学生一样站在那里，认认真真听着教导。

张存生看着那个背影，觉得有点眼熟，但也没想更多。他想长得这么漂亮的年轻女老师咋这么厉害，想待会儿自己要怎么说才不至于火上浇油。好容易等长发老师深入浅出循循善诱结束，胖男人赔着笑说了几遍谢谢才转过身。两个人都愣住了，原来是教务主任。张存生正想张口问，对方有点尴尬，脸上的肌肉抖了几抖，不自然地看了他一眼，走了。

听说你给三个娃娃取了一样的名字，为啥？漂亮的老师坐下来，喝了口水。

张存生半天没反应过来，不知道怎么回答了。他设想了无数个开头，就是没想到儿子班主任先会问这样的问题，于是赶紧切换频道，以便跟上老师思维。哦，没有什么特殊的。大儿子名字是欣宇，二的三的又是双胞胎，我想他们弟兄应该和睦无间互相亲爱，就取了谐音但字不一样的名字。

可见你这个家长就不按常理出牌嘛，不然谁会给孩子这样取名？漂亮的女人毫不留情地点评。你家这两个儿子嘛，长得虽很像，但智商不一样，情商不一样，个性更是不一样。大的蔫一些，小的活泼点儿，总体看来成绩还不错，但最近作业问题较多，字迹潦草不说，好像还有抄袭现象。

张存生想，这年轻人真是的，取名和作业有什么必然联系，可还没来得及解释，老师就开始了长篇大论，我知道你也是老师，还是高中老师，一定会教育自己子女，而且相信你还能教育好。可照目前作业情况来看，两个孩子的表现都不太理想。你要知道，小学教育和高中教育完全不同。比如作业吧，小学生就要靠重复抄写来加强记忆，这是低阶记忆法。我们以后会训练学生的高阶记忆，也就是记忆能力和逻辑思维能力，一手抓记忆一手抓能力，双管齐下，将各个零散知识点形成知识体系……

鉴于刚才教务主任的教训，张存生下定决心人家说什么都不接话茬，说什么只管点头就是。

老师说，你家大的太腼腆，你要鼓励他多说话，再自信一点。

老师说，你的小儿子太活泼，老爱说话，专注力不行。

老师说，你家两个儿子作业太乱，尤其是日记写得不好，没真情实感。

老师说，你们当家长的，要时时刻刻盯着孩子的动向，以便严格管理。

老师说，陶行知你知道吧？大教育家，他说培养教育人和种花草一样，首先要认识特点，区别不同情况给以施肥、浇水和培养，这叫因材施教。

他正视着小老师，真诚地说，好的，伏老师，让您费心了。我记住了，回去好好教育他们。

也许是他态度超好，也许是累了，总之漂亮的女老师教训了不到半个小时，就说，今天就到这儿吧。你回去把我说的好好消化一下，下次咱们再探讨。

张存生态度更好了，连连点头，然后转身往外走。出门没几步，就听见屋里有人议论，到底是高中老师，素质高，说啥听啥，不乱插嘴，不像辛笑笑家长，自己不懂还事多得很。

他嘿嘿笑了，边走还边哼起了歌，为自己的英明举措得意扬扬，为自己的涵养素质自豪不已。

刚进楼道，就听见手机吱哩哇啦，一看是王丽娟的，他就没接。手机却不依不饶一个劲地喊，到了三楼，打开门，正准备换鞋，妻子冲了过来，咋不接电话？

还沉浸在好心情中，他就有些嬉皮笑脸，我就偏不接，看你把我怎么样？皮子紧了吧，晚上来场热身运动，给你松一松，这是夫妻间黑话，只有他俩才听得懂。他传递出了信号，然后就等妻子面红耳赤，噘嘴嗔怪，她害羞的样子他最爱。

正写作业的两个儿子一齐盯着他们，小的接过话茬，爸爸，啥是热身运动？

王丽娟又急又气，几十岁的人了，没个羞耻，都啥时候了，还有心情开玩笑？欣宇的老师刚才来电话，让你赶紧去学校一趟，说咱儿子拦住同学要钱，勒索钱财。

张存生浑身一个激灵，脑子里一片空白，只剩下“不可思议”四个字。自己的大儿子，白白净净，端端正正，一向规规矩矩，好学懂事，属于乖娃娃一类。虽说正值青春期，顶嘴也好，叛逆也罢，也很正常，就是思想开个小差，暗恋个女生，也没有什么，都能理解。男娃娃嘛，都有这个阶段。可万万没想到，儿子居然会和“敲诈勒索”这词沾上边。他转身就冲下楼。

5

张老师，这个时间段叫你来，我也不好意思。张欣宇同学一贯表现很好，不玩手机游戏，行为习惯也较好，成绩也在前面，可上周有个学生反映他问同学要钱。我去班里调查了，那同学说他们互相闹着玩，就不了了之了。今天那同学又来告状，说他敲诈勒索，我想作为家长，你有必要知道一下。你先坐下，咱们一起分析分析问题在哪里，好吗？高大帅气的班主任倒非常客气。

张存生顾不上说感谢，直接问，他真要钱了？

我也不知道，所以就叫你来了。你觉得他最近的表现有没有异常？

没有啊！挺正常的，进门就写作业，写完作业就睡觉，只是不太爱说话，有时牛头拌犟的，我觉得青春期嘛，过了就好了，也没多问。

男老师点点头，这个年龄段的孩子都这样，敏感多疑，叛逆心重，需要格外注意。他写作业的时间呢，长不长？

张存生想了想，还可以，也就是十二点左右，和两个小的比较起来，好像也不是很长。说实话，他是我们家睡得最早的。

班主任看了看他，有学生反映他常常替别人写作业挣钱，而且根据作业长短难度来收费，标准也不一样，有时十块，有时二十。最高一次是替写检查，五十块。

张存生晃了晃身子，不相信似的瞪大了眼睛。

年轻人很有经验，递给他一杯水，张老师，你先别上火，平静一下，我去班里叫张欣宇，来了之后你千万不要动怒，咱慢慢问，摸清原因再处理好吗？说完就走了。

已放学了，办公室里空无一人。他茫然地坐着，瞅着桌上的斑驳光影。一天即将结束了，永不疲倦的太阳，带着人间的喜怒哀乐缓缓落下，给万物染上了一层薄薄红晕。天空并不暗，澄净明亮。办公室里，散发着一片明丽的橘色，童话般精致，梦一样美丽。胸口一阵绞痛，他想起第一眼见儿子时的情景。当医生把用花棉布包着的儿子递过来时，他有些胆怯地看着，一个满脸皱纹小老头儿样的娃娃闭眼哇哇哭，一股柔情刹那间涌上胸口，他一把接过来，也哭了。老天爷，谢谢你赐予我这么大的幸福！他抱着怀中的这个生命，就像抱着全世界。他发誓一定要给儿子最好的东西，甚至不惜自己的生命。

那是一段多么美好的记忆呢，他和褚秀云一起，除了上班，剩下的时间就是陪着孩子。他们看着稚嫩的儿子会笑了会爬了，会走路了会说话了，会自己买糖果吃了会背唐诗了，幸福溢满了胸怀。有次发高烧，输液的小护士在儿子头皮上连扎了两针，小人儿哭得浑身成了大虾，他一下子发了怒，直着脖子和人家吵。还有一次，同事开玩笑说你儿子没别人家娃娃长得壮实，他当场发飙，狠狠地说了同事一顿，后来见面也不怎么搭理人家。

大头儿子小头爸爸，大头儿子好容易长大一点儿了，小头爸爸却离婚了。拿到协议书的那些日子，面对儿子稚嫩单纯、充满疑问的眼神，他恨死了前妻。倒不是因为自己失去了一个寡情女人而气愤，而是觉得愧对自己的孩子，所以当王丽娟介入了生活，他提出的第一个条件就是不再生孩子。尽管随着时间推移环境改变，思想上也有所变化，但从本心来说，他是不想要的。再后来，两个小儿子出生了，日子一下子忙得顾不上想其他，对大儿子的关注自然就少了许多，但这个儿子就是心尖上的刺，谁也不能碰。三个孩子的家，自然比不上一个孩子物质充裕，不过两个人的工资也足够了。王丽娟这个后妈，算得上最好的了，吃穿用度从来都先紧着他，从没说不给钱或者克扣，他要钱干什么呢。作为父亲，他常常不失时机地说一些君子爱财取之有道用之有方的话，还讲过不孝敬父母之人、不讲原则之人、见利忘义之人不可交的道理。

一阵脚步声，年轻班主任带着一个高高瘦瘦的少年走了进来，张存生盯着面前这个沉默的、穿着蓝白相间校服的学生，没有说什么。好久都没仔细看过儿子了。黑而多的头发，发出淡淡的光泽；俊而美的脸庞，立体感极强。长睫毛在眼睛下方打上了一层重重阴影，明亮纯净；高而挺的鼻梁下是一张微显厚的嘴唇，红润饱满。一个年轻版的自己啊，他叹息着，岁月在眼前缓缓划过。曾经外号“张美人”的自己，也如此圆润完美过。王丽娟说那时班里的女生大多都暗恋过他，即使现在瘦了佝偻了，看起来还是很有男人味。他专注地边看边想，甚至有几分羡慕嫉妒。哎，怎么能不老呢，我的儿子都长大了，快要成为一个真正的男子汉了。他想伸出手，和小时候一样摸摸儿子的耳垂，但现实却将他的柔情全部憋了回去。

他站起来，满脸通红，瞳孔可怕地睁开，鼻翼因为激动张得很大，一条深深的皱纹气势汹汹，从紧咬着的嘴唇向下巴延伸过去，你自己说你都干了些啥？

儿子头昂得高高，气愤地辩解，他们合起来欺骗我。说好了每次写作业有报酬，可时间一长，他们觉得钱太多了就想反悔，还威胁说告老师，其实就是想赖账。

你还有理了不是？你这是什么行为？张存生气地想上前踢几脚。

儿子没理睬他，对着老师据理力争，本来就是按需分配按劳取酬的，现在他们不给钱，还反过来说我敲诈勒索。老师，你说这是什么行为？

你小小年纪，咋学会了这一套？张存生火冒三丈。

美少年委屈极了，眼泪一下子冒出来，他们天天轻轻松松打游戏，我可是天天帮他们写作业到十二点多啊，不诚实守信还欺负下苦人，呜呜呜……

两个大人面面相觑，这种情况还是第一次遇到，孰是孰非谁对谁错，一时不能定性了。

我看是这样，你们先回去，我明天调查清楚了再说。班主任和颜悦色地说。

张存生感激地想抱抱儿子的班主任，别看他年轻，这样的同人令人肃然起敬。

儿子蔫头耷脑地跟着父亲，下楼，上车，下车，上楼，垂头丧气，一声不吭。

进了门，王丽娟看着气呼呼的爷俩，满脸堆笑，连声说，先吃饭吧，好不好？咱们先吃了饭再说。两个小的大气也不敢出，乖巧地帮妈妈拿碗筷端碟子。

张存生不顾妻子一再恳求的眼色，指着大儿子，吃什么吃？你今天给我说清楚，让你上学去了还是让你打工去了？你本事还大，写作业还能赚钱。

儿子却毫不让步，我用劳动赚钱，有什么错？写一篇作文三十元，写一次作业十元，现在行情都这样。他们自己不写，天天雇人写，我赚点儿钱又怎么了？再说我写的作业错误少，容易过关，业务就多，就有人嫉妒了。

父亲怒不可遏地吼叫，翅膀还没长硬，就干些歪门邪道的事，你还有理得不行了？谁让你写作业挣钱的？你自己的作业不好好写，还给别人帮忙？

儿子依旧不依不饶，君子一言驷马难追，他们不守诚信你咋不说，就知道说我。我成绩又没退步，自己的作业也没找人写，用劳动换取钱财，天经地义。你不是也天天讲课赚钱吗，难道也是歪门邪道？

张存生说不过，怒气火山一样爆发出来，对着那张漂亮的脸就是一巴掌，他以为儿子会躲，至少会退一下，可他就像一座山，挺立在面前，盯着父亲一动不动。张存生全身的血涌上脸，一股压不住的火冲上脑门，太阳穴突突地跳，冲上去，接连甩过去几巴掌。儿子虽趔趄了几下，但还是站着。

王丽娟挺身而出，好好说不行吗，你咋还打娃娃？她拉着丈夫往后拽。

我看他还无法无天？张存生随手又是一巴掌，啪的一声，落在了妻子已不年轻的脸上。

几个人都愣住了，王丽娟哇的一声哭了，两个小儿子也跟着大哭。大儿子眼里冒着火，拳头握得紧紧的，鬓角青筋不停地跳动，眼泪在脸上顺流成河。

张存生讪讪地停了手，走到沙发前坐下来。妻子冲进了卧室，两个小的紧追了进去，大的也跟着走进去，客厅里只剩下他一个。他环视四周，逼仄的屋里狼藉一片，到处都是杂七杂八的东西。餐桌上，铺满了孩子们的作业本书本铅笔盒。茶几上，西红柿炒鸡蛋脏兮兮，青菜豆腐软塌塌，红烧牛肉变成了黑色，青椒土豆丝也失去了鲜嫩。一瓷盆鸡蛋汤，样子像垂死挣扎的人。小书桌小凳子排成一排，摆满了书本纸张。灰不溜丢的沙发上，躺满了校服帽子红领巾。墙面上的一排排照片，也灰蒙蒙。全家人的合影，三个儿子的单身照，一起笑意盈盈，望着孤零零的他。他闭了眼，颓然躺倒在沙发上。

一会儿，三个孩子走出来，自觉地坐在餐桌前，开始了每天雷打不动的工作——写作业。大儿子脸上五个红红的指印格外炫目，不时啜泣着，却不停挥着笔。两个小的，不时偷看爸爸一眼哥哥一眼，又望着卧室门，埋头奋笔疾书。

6

上午十点多，张存生就进了门。今早有外地专家给学生进行心理健康辅导，全年级都去参加了，他就早早溜了回来，心想做顿好吃的，算是间接给王丽娟道个歉，也算是犒劳一下孩子们。这些日子，大家都太紧张太累了，需要补充一点儿能量。

昨晚夫妻又为儿子们的作业嚷了几句。张存生嫌他们写得太慢，妻子就一个劲地袒护，唇枪舌剑地过来过去，已是生活常态了，其实说不上谁对谁错，不过就是各自宣泄情绪而已。最近自己心情很不好，因为少了几次作业，被在例会上点名批评不说还要写书面检查，他也憋屈着呢。还有个别家长火上浇油，说他不布置课后作业，光让学生回家读书，读闲书有什么用，高考又不考。教务主任和他谈话时，特别强调了这点。他毫不客气地怼了回去，名著阅读难道不考吗？年年没有这种题型吗？不行了让他带回家自己教去。

王丽娟呢？也是百事缠身。最近单位上各种检查，人人都是陀螺。一进家门就是家务和三个儿子的作业，她更委屈。丈夫比自己年龄大，还不知道体贴，动不动就牢骚满腹，心理年龄和实际年龄严重不符。两人虽战火纷飞，好在夜里有场热身运动就好多了，第二天起来继续过日子。

早起：做早餐、洗衣服、侍候孩子、收拾家务……一刻不曾得闲！唉！我的肉肉全死了。养孩儿可比养花儿难多喽！有一句话说得好，干着工作陪不了你，放下工作养不了你！王丽娟的朋友圈里时常会发这一类的话，还配上几张缩成一团的多肉图片，三个儿子做鬼脸的放在中间。

张存生看见妻子孩子气的表达，不觉百感交集。某种程度上，她也算个是孩子啊！爱打扮、爱买衣服、爱养花、爱撒娇、爱吃零食的女孩，可惜，一旦成为母亲，梦就在现实中跌碎了。哎，每个大人其实都是硬撑着的孩子。

他打开冰箱，取出牛肉，拿出一条鱼，放在水盆里解冻；剥了葱姜蒜，洗了芹菜西蓝花；想了想，抓起车钥匙，准备去买几个汉堡，孩子们都爱吃。

往外走时，他看见几张纸叠成信的样子躺在桌子上，就没在意。自从写作业要报酬的事被揭发、遭到家长老师严重批评之后，大儿子总是蔫蔫地，板着脸不说也不笑。昨晚他们两口子为他吵架，他好像也没吃多少饭，只是直接去了卧室，还锁上了门。

这孩子，怎么回事呢？估计是早恋了吧。嘿嘿，想当年自己也喜欢过一个女孩子，暗恋了人家好长时间，直到毕业后才断了念想。我儿子心里都有人了，是真长大了啊……

他漫不经心地打开，果然是大儿子的信，字迹工整，一笔一画，看得出他是非常用心写的。

亲爱的爸爸妈妈，亲爱的老师：

当你们看到这封信的时候，我已经走了。你们不要找我，找也找不到的。因为我已经躲到一个你们谁也找不到的地方去了。

前些日子写作业赚钱的事，是我不好，我错了！在此，郑重地向爸爸妈妈道歉。经过这些天的反省，我觉得自己为了钱去写作业，是一种愚蠢的行为！

爸爸，昨晚您和妈妈吵架了，说的那些话很难听，我心里非常不好受。为了我，为了弟弟们，为了我们这个家，为了我们的作业，您很不容易，我非常理解您的苦楚。上次虽然您打了我，可我早都忘记了。我还想让您摸摸我耳朵，想在您怀里躺躺，可我长大了，想这样就有些可笑。

爸爸，其实妈妈是非常非常热爱我们这个家的，尤其爱我。她总是怕我想生我的妈妈，怕别人说她是后妈，但我知道，她对我比弟弟们还好。只不过她老是小心翼翼的，这点我觉得不对。既然是亲儿子，打一下骂一句也没什么，但她总是害怕，我也就跟着难受。请爸爸以后不要说妈妈任何坏话，不然我就不原谅您。

妈妈，感谢您这么多年对我的关心爱护和教导。我知道您心里疼我，也疼弟弟。每次为了作业您唠叨，我虽然不说什么，但心里还像以前一样那么爱您。妈妈，以后再也不要哭了，因为我不想让您哭。我想让您打扮得漂漂亮亮的，和阿姨们一起去逛街美容，去旅行踏青。您记住不要带爸爸和弟弟们。爸爸在，就会嫉妒你们的友谊，根本玩不好。弟弟们在，您就会操心，还会唠叨，心情也就不好了。不过，他们要是保证不烦您的话，也可以考虑。妈妈，我爱您！虽然有时我也会偷偷想生我的妈妈，但她不要我了，我还是最爱您！比爱张晓凡还爱！

弟弟，我们是一父同胞，是最亲的亲人。虽然你们俩常常吵闹，乱拿我东西，但我还是爱你们。每天，我们三个一起写作业，一起为作业发愁，一起干坏事，是同一条战壕里的战友。可现在，我这个逃兵要逃跑了，你们两个可不要学我啊。我是有病了，得了不爱学习的病，你们要好好写作业好好读书，将来给爸爸妈妈争光。相信你们是最棒的！

唉，大人们总说自己太辛苦不容易，可是，我们做孩子的更不容易。我最喜欢的课是数学课，最喜欢的老师是数学杨老师，因为每周他都会讲一些如果现在不好好学习以后就会怎么样的例子，这样的时刻我最喜欢。每当老师讲这些东西时，我就万分高兴。说实话，并不是听了这些话我就能好好学习天天向上，而是暂时不用听课写作业了，也不会因为在黑板上做不出来题，就被罚在教室后面站一节课了。

以前，我特别爱写作业，觉得那是一项特别光荣的任务，现在我一听“作业”两个字就头疼，这是一种病吧？很遗憾我得了这样的病。我想过很多次，得了这样的病，以后成绩肯定会一次比一次差，爸爸妈妈一定会越来越失望，会觉得我丢人现眼。想到这些，我就像被下了魔咒一样，每天都在油锅里煎熬。老师一讲课我就大脑神游，双目失明；老师一叫我起来，我就哆嗦。最要命的是一做作业我就瞌睡，就想去死，我也不知道为什么。

想想自从我上学以来，就是天天上课天天写作业，每天都熬到一两点，只能睡五六个小时。小区的灯都灭了，我们还在写作业。树上的麻雀都睡了，我们还在写作业。花园里的花儿都休息了，我们还在写作业。好像手永远在写字，它们还在我睡觉时蹦蹦响，因为关节疼。

做一双学生的手可不容易啊，总是在劳动。现在，我都不敢用中性笔写字，因为没法改正。用铅笔的好处是写错了可以用橡皮擦，擦了再做。可是，橡皮要是会说话，一定也会天天喊浑身疼的。

我很喜欢张晓凡，但只是喜欢。她学习那么好，又当着班干部，以后一定会考上重点大学的。我知道我们之间有一条深深的鸿沟，除了成绩，没有梯子可以过去。其实我要求的不多，只要她一个眼神一句话或者点头笑一下，我都会打从心底感到幸福，但我想要的始终都没出现。

亲爱的杨老师，我没你想象得那么聪明，也没有那么坚强。最近一个阶段，你总问我怎么了，我就是太累了。昨晚爸爸妈妈吵完架就睡了，弟弟们也睡了，只有我睡不着，就趴在窗户前望。夜很黑，路灯一盏盏，这世上那么多灯，哪一盏是为我的明天而亮的呢？

书上说中国人平均寿命为七十八岁，可我才十三岁，要写多少作业才能活到那个岁数啊？如果活着只是为了写作业的话，那死亡是多么美好的一件事，和睡着了一模一样。重要的是，还可以不考试，不挨打受罚，不受同学耻笑，不让父母吵架……

在奔往死亡的道路上，我笑出声来。

不孝的儿子：张欣宇

××年×月×日

张存生眼前一黑，倒在了地上。

7

儿子最终找到了，不过是在十几里外的水库中。

当颀长柔软的孩子被打捞上来时，王丽娟早已躺在病床上，眼泪干了，嗓子哑了，脑子一片混乱，她想不通早上起来还好好的儿子，怎么一会儿工夫就没了。她直挺挺躺着，不敢闭眼，一闭眼，儿子就笑吟吟站在自己面前。她一遍遍地回想当年母亲劝阻自己不要嫁给张存生时说过的话，世上最毒后妈心。你可要想好，这娃娃一旦有个风吹草动，你要背一辈子的恶名。现在岂止是风吹草动，是真正的地动山摇啊。她后悔自己的决定，后悔要了双胞胎，后悔天天催着孩子们写作业，后悔昨晚和丈夫吵架。如果自己不强要孩子，不天天催着娃娃写作业，不和张存生斗气……娃娃们念成书也好，念不成书也罢，还会在世上活得好好的。长大也可以当个修理工、出租师父、售票员，也可以养牛种菜、跑蹦蹦车、送快递，为啥一定要念成书呢？儿子说得对，活着的目的就是为了写作业吗？

张存生跟在其他人后面，如皮影戏里的影娃娃，机械地被人牵着走。面对躺在地上的俊美的儿子，他一滴眼泪都没掉，只是呆呆地看着，仿佛眼前的人和自己没关系。他平静地跟着走，人家说买衣服就买衣服，说换衣服就换衣服，说买个薄薄的棺材就买，说要浇上汽油烧就烧吧。

他觉得这不过是一场梦，梦醒了，日子还很正常。他还是会上课布置作业批改作业，王丽娟还是会在忙忙碌碌中催促孩子们快点写作业。他们还是会吵吵嚷嚷，间或来场热身运动。孩子们还是会天天为作业发愁，又无可奈何地写。他的大儿子，一定和往常一样，会脚步重重地上楼下楼，会背着十几斤的书包上学回家，会趴在餐桌上写作业，会嚷嚷弟弟们动了他的东西。眼前的这个软软的身体，不过是个陌生人的人罢了。

人们窃窃私语，说什么的都有。有人说娘后爹就后，果然是毒蛇心。有人说当老师的把自家娃娃都教育成这样了，可见品质有多差。有人说他见色忘子，后娘教唆，一定是偏心两个小儿子的结果。更多的人默默无语，满怀怜悯地看着他。只有他的忘年交老王，忧心忡忡地对人说，在遭受巨大痛苦时，有的人会晕死过去，有的人会哭天抢地，更多的人选择回避。还有一种人，表面看好像没多大反应，其实是崩溃的前兆。

当大火熊熊烧起，泼满了汽油的一口薄木棺瞬间就被吞噬。汽油味夹着难闻的焦味，在春天的傍晚，在荒凉的山谷里，四处弥散。远远站着的张存生，却想起白居易的一首诗：

人间四月芳菲尽，山寺桃花始盛开。

长恨春归无觅处，不知转入此中来。

讲了半辈子的诗词，此刻才亲眼看见这样的景象。春天的确会转移啊！一阵暖融融的春风吹过，脚下的小草翻起了绿浪。远处，杏桃如云，洁白的花瓣，粉红的花瓣，在晨曦中连成白茫茫的一片。空旷的山谷里，只有一棵老榆树，撑开一把黑伞，露出浓浓的黑影，遮蔽着小小的一块土地。

他甚至还想起了一首情歌：

仿佛如同一场梦，我们如此短暂的相逢。

你像一阵春风，轻轻柔柔吹入我的心中，

而今何处，是你往日的笑容。

回到家，他坐在餐桌前，像往常一样，看着儿子们写作业。

夜深了，他木然地盯着小儿子的手，那双白嫩的小手正一笔一画地写着作文：

我爱校园，爱它美好的一切。它守护着我们的健康，见证着我们的成长。当我长成一个懂事的少年时，一定会回过头看一看它。它是一个多么美丽的港湾，是一个灌输着爱的地方……

老师，我以为这个事件会给所有人上一课，学校、家长、教师、学生，还有社会。可上周又发生了一件事，简直把人气炸了。

我班的语文老师由于留作业太多，被家长告到了校长那儿。校长在例会上明确表态少留一些作业，大家赶紧主动减负，所以周末数学老师就没给学生留作业。没想到又有家长不满，又告到教育局了。您说，这作业到底是留多还是留少？这书到底要怎么教？大家都不知道怎么办了。

陈老师，都说现在的教育是教师愁，家长愁，学校愁，可学生呢？他们的愁去给谁说？我们这些大人，总是自以为是地制造着一个分数的世界，却忘记了经历这世界的人永远是孩子。我们总是以爱的名义，用自己的方式，亲手把孩子推向痛苦的深渊！

如果我的孩子以后也这样，该怎么办呢？鲁迅先生曾经说救救孩子。可是现在，我们的孩子靠谁来拯救？

您的学生　潘成功

二〇一九年三月二十一日　春分

说　话　记

陈大宁：

别人都叫你官名，叫你陈老师，叫你陈校长，只有我敢叫你小名，嘿嘿。

从小一起长大，穿开裆裤时就知道你不一般。你这个老家伙，老了老了还这么有趣。读完你的信，我更相信一句话，事业让快乐加倍，让痛苦减半。为你这个举动，我点一百个赞！

我和你一样，即将退休。在教师这个岗位上，咱这代人算是画上了个句号。不过，想想咱们这辈子，老老实实做人，踏踏实实做事，对学生严格要求，对自己毫不放松，对得起职业，对得起良心，也就知足了。

都说长江后浪推前浪，真是这样。咱老了，自有年轻人接替担子。他们比咱更有热情有爱心有方法，会比咱做得更好，你说对不对？

清明本是个悲伤的日子，我却觉得它很温暖。不信啊，那我来给你讲个故事吧。讲个年轻同事的故事，保准你听了心里很暖和。

1

漆黑的夜里，春风牙疼似的携裹了细雨，唰拉唰拉敲打着木门和方窗上的玻璃。土炕煨了羊粪，到处热腾腾，人就浑身酥软，昏昏欲睡。抡起镢头挖了一天的玉米根，熟睡的康引弟被一泡尿憋醒，隔着炕头，迷迷糊糊听见有人说话。

耳缝里突然传来自己的名字，她忙把昏沉沉的脑袋往外伸了伸，又在枕头上使劲摇了摇，灵醒了些。她听见父亲叹了口气，慢慢说，咱引弟人长得心疼，脾性也绵软，就是舌头那样，我怕以后被人弹嫌（方言：嫌弃）。她打小就心灵，书念得好，就让好好念去。要是念成了，有个差不多的工作，她自己少受些罪，咱们也少操些心。也不图啥，能养活自己就行。

母亲也叹了口气，依我不如早早找个婆家嫁出去，你还让念书，念不成了咋办？女娃娃年龄大了，再加上舌头不好，以后谁要呢？今儿个后山的玉明家派媒人来，说他的小儿子从新疆回来了，和咱结个亲。要是愿意呢，就给个话。我觉着那家牛羊满圈的，人也勤快，咱娃过了门不用太受罪，你看……

父亲说，还是推了去吧。那娃在外面这么多年，也不知道变成了啥？其他的咱也不敢弹嫌（方言：嫌弃），可他才念了个小学二年级，没文化，引弟估计也不情愿。我思谋让她先念书，念完了高中再说。实在念不成了，就听天由命吧。

母亲还想说什么，父亲粗声粗气下了命令，你别乱搅和，这事我说了算！明天让她去学校。

康引弟咬着牙，悄悄把头缩进了被窝里，眼泪喷了出来，荞皮枕头濡湿了一大片。

2

就这样，她成了方圆几十里唯一走进高中课堂的女娃，也是几架山里年龄大了（也只有十六岁）还念书的女学生。在县城读书的日子，漫长而短暂，平日里住校，半个月才能回一趟家。学习紧张时，间隔就长一些。

一阵春风拂过，又一阵春雨洒下，日子飞马般逝去。和她年龄相仿的女孩，打工的打工，嫁人的嫁人，在家干活的干活，待嫁的待嫁，一个个忙忙碌碌，嘻嘻哈哈，光鲜亮丽，安然知足，看起来很自在。只有她，穿着宽大的蓝黑校服，背着重重的大书包，土不拉叽地走在乡间小路上，要么闷头去学校，要么不声不响往家走。不管在学校还是村里，她见了人，从来都不说话，点点头就算打了招呼。不是不爱说，她其实是个特别喜欢分享的人；也不像有些人猜测的那样，在城里上了高中就看不起乡里人了，而是不敢说。

从懂事起，她就知道自己和别人不一样，是个“大舌头”（口语病的一种），不说话还好，一说话就露了馅，不但吐字不清发音不准，还像被水呛了似的磕磕巴巴。比如人家都说老人，到她嘴里就成了“脑人”；六个枣子，她说出来就是“妞个草子”。还有肉，怎么努力，发出来的音都是“漏”。不要说长篇大论，就是短短的一段话，嘴里都像含着一包水，叽里咕噜说不清。

在乡下，每个村，似乎都有几个不太正常的人，有的是腿有问题，有的是眼睛有毛病，也有的像板凳狗一样永远长不大，还有一出生就不会动弹的。这样的人，一律被叫作“半边人”“半眼瞎”（方言：残疾人），受到有意无意的讽刺调笑。有些攒乎（方言：发育正常）的人就喜欢拿他们的生理缺陷开玩笑，仿佛以此衬托自己有多完美似的。他们说瘸子爱走路，结巴爱说话；他们随时模仿小儿麻痹者走路，戏谑头上有疤痕的人是和尚；所以她从来都默默不语，任凭别人用任何方法挑逗也不说话。奶奶说她人小心重，是个狠人，只有她自己知道这些沉默背后的委屈羞辱和凄凉心酸。

四岁时，她和村里的女娃一起踢毽子，一个外号叫“老鼠”的老汉走了过来，看了一会儿，突然笑嘻嘻地说，你们过来，听我讲个古经（方言：故事）。大家都停下来，看着他。那个弯成一张弓的干瘦老汉，眼睛贼溜溜地，像只满地跑的老鼠。一群女娃就有些迟疑，但在他一再喊叫下，还是满怀希望地跑了过去，围成一个圆圈，听他讲起了古经。

他咳嗽了一声，捻着胡须讲开了：从前，有一个富人家，养了三个女子，一个个长得像花儿一样，可都是咬舌子（方言：大舌头），三十好几了嫁不出去。富人很着急，就托媒人四处张罗，好容易从外乡骗来个单身小伙，说好看上哪个就娶哪个。嫁妆嘛，当然非常丰厚，一圈牛一圈羊，还有一个庄院。相亲那天，富人再三叮嘱女儿们，千万不要随便说话。小伙子来了，见姊妹三个一个比一个漂亮，就动了心，但他还是觉得哪里不对，就决定试探一下。可无论怎么引诱，她们就是不说话，天快黑了，他眉头一皱，拿出一根烟来抽，故意让烟灰落下，把裤子烧了一个洞。大女儿看见，急忙说，你看你看，颜嘿嘿（烟灰灰）跌在裤子上了，把你裤子烧了个铜铜（洞）。二女儿瞪了姐姐一眼，妈叫你别跌挂（方言：说话），你还偏跌挂？最小的红着脸对小伙说，你看我就没跌挂（说话）。后来呢？后来你们猜去。

他讲完，用混浊的眼睛死死盯着她，引弟，你长大了可不敢随便跌挂啊。你一跌挂，那就更没人要了，说完就嘎嘎大笑。她还在想故事下文，见所有人都笑嘻嘻望着自己，忽然就明白了他的不怀好意。小小的人，心一下子被大水淹了。

从此，她就再也没怎么笑过。背过人，眼泪都能淌一条河。

从此，她成了个会说话的“哑巴”，在沉默中慢慢长大。关于大舌头的笑话也知道得越来越多，最经典的就是“老鼠”讲的版本。尽管当面不说，在意识到人们给她贴上了“咬舌子”的标签后，就像绑在耻辱柱上一样，她再也无法憧憬和美好有关的词语。她想不通父母都好好的，家里姊妹四个，其他三个都没问题，怎么单单自己就这样？也不敢去问，更没什么法子可想。家人也从没想过带她去医院看看。黄土地里的女娃，人老祖辈都在土里刨食吃，命贱。老天生下什么样就什么样，谁还顾得上这些？只有奶奶不甘心，说那是舌系过短的原因，应该找人看看，但嚷嚷了半天，没人理睬，也就不说了。

六岁那年，小脚的奶奶走了几十里山路，把她带到姑奶奶家，和一个挽着黑髻的恶狠狠的老女人合伙，把她压在小板凳上，命令她张大嘴。那女人拿起纳鞋底的锥子，一下子伸进她嘴里，刺中舌根的一根细线，一挽又一拽，就挑断了舌系带。她疼得晕了过去，醒过来满嘴都是血。奶奶问疼不疼，她点点头，再摇摇头。

满嘴血痂的她，回家缓了好久，半年后的一天，奶奶让她说羊肉牛肉，可一张口，还是老样子。奶奶顿时泪如雨下，说老天瞎了眼。她没哭，却彻底死了心。从那时，她就暗暗发狠，这辈子不说话也没什么大不了的，我就是个哑巴，谁能把我怎么样？！

七岁起，她就背起书包走进学校，一直到现在。她不知道这是老天的惩罚还是眷顾，也不知道自己终究会走上一条什么样的路，只知道因为舌头的缘故，她才得到了继续上学的机会，否则早就和玩伴们一样，离开教室，四处挣钱给哥哥弟弟们娶媳妇，或者嫁人过日子去了。

而现在，她又坐进了这间教室，开始向梦想靠近。因为怕别人笑话，在班里，她从来都安安静静，不敢大声说一句话，更不用说争争抢抢出风头了，尽管成绩还不错。每天上下课做作业做卷子，为分数高兴或伤心，有时间写写日记，抒发点小情小绪，她觉得这样的日子挺好。老师们照例记不起她，因为她不是学习最好的，也不是最差的，他们通常都是记着两头。同学呢？大多来自城里，总觉得这个乡下来的女孩既不说话也不笑，有点怪异，自然也就没了多打交道的理由。她呢？和谁都保持着一段距离，像一枚小小的土豆，埋在贫瘠的土地里，守着属于自己的一点点梦想，卑微地往大长。

3

当语文老师走进教室时，全班顿时眼前一亮。她知道所有女生心底都尖叫声连连，因为自己也有这样的冲动。真没想到啊，学校居然会派如此帅气干净的男教师来代课，简直是个奇迹。教室里，人人正襟危坐，一副好学生模样，就连那些平日里嘻嘻哈哈的男生，也兴奋得不知所措。

明星一样的老师却很沉稳，没直接讲课，也没讲什么大道理，而是给大家五分钟的准备时间，要求每人说一段话，说出三个优点和一个缺点来，算是自己对自己“前半生”的回顾总结，也算是师生见面礼。教室里顿时涌起一股春潮，人人按捺不住兴奋，默默酝酿着，暗暗憋着劲。后排几个从不学习的男生，也一改上课就睡觉的习惯，爬起来窃窃私语。

五分钟到了，语文老师站在讲台上，端正笔挺。他抻了抻藏蓝色西装上衣，先来了一段自我介绍：大家好！我叫赵思铎。铎是古代一种乐器，样子就像铙，摇起来有响声，盛行于春秋至汉代，是古时候人们宣布政教法令时用的东西。爷爷给我取这名，是希望我能做个教育工作者，完成他“教育传家”的愿望。我们家族几代人，当老师的就有十一个，所以我也报考了东北师大的免费生，毕业后来到了这里。第一次和大家合作，我心里又紧张又高兴，希望在以后相处时，我们能成为最好的朋友。在学习过程中，也希望我是严师你们是高徒。我会督促大家好好学习，也希望大家拿出最佳状态。让我们一起，向着自己的目标，努力前进吧。

掌声震天，学生们紧紧盯着白杨树般的老师，兴奋极了。

我的优点嘛，毫不谦虚地说，第一喜欢制定些小目标并完成它。第二，相对同龄人来说比较勤奋。第三嘛，就是和大家一样喜欢臭美哦。嘿嘿，大家别笑啦。我的缺点很多，暂时先说一个，那就是过于追求完美，以至于常常自卑自怨。

老师，您这样的男神，也有自卑的时候啊？前排的胖丫头张茜茜脱口而出，代表着大家的心声。

怎么会没有呢？在以貌取人的时代，颜值就是资本，人人都有嫌弃自己的时候啊。俊美的他突然伸出左手，大家看，我这只手上有六根指头，也就是传说中的“六指”。

人们惊讶极了，目不转睛地盯着那只手。只见紧贴着白皙的大拇指旁边，果然有根旁逸斜出的小手指，软乎乎，垂在一旁。

因为这个，从小到大，我总觉得自己是个残疾人，不如人。也因为这个，我总在羞愧中纠缠，抱怨这个世界给我的不够好。但现在我已不这么认为了。比起外在的东西来，做人的品质、做事的态度、为人处世的方式才是最重要的。其实，每个人都不是完美的，问题是既然不完美，就需要我们用后天的努力去弥补。同学们，缺憾美也是人生的一种，为什么我们要整天去纠结那些无法改变的事实呢？说实话，能像现在这样坦然面对，我也是经过漫长的心理煎熬的，所以大家想一想，我们活着的目的是什么？读书的目的又是什么？我觉得读书并不完全是为了高考为了生存，而是希望自己向完美挺进，向美好靠拢。即使是一点点进步，对我们来说，也是一种胜利，对吧？

教室里一片静寂，从来没人这么讲过学习目的，也没一个老师会有这样的开场白。作为全年级最差、永远倒数第一的班级，他们中的绝大多数都有破罐子破摔的心理，一边在浑浑噩噩中消耗着青春，一边又在无所事事里厌弃着自己。他们常常自嘲，咱现在是无奈加无聊，无耻得很。这次换老师，就是因为上学期末全市统测语文成绩太差，原先的语文老师非常生气，拒绝给他们上课的结果。

望着面前这个比自己大不了几岁的老师，大家静静坐着，思考着。后排的她，第一次仰起了头，激动得浑身发抖，眼泪夺眶而出。内心深处，一扇紧闭的门豁然打开，一缕温暖的阳光射了进来，一座巨大的冰山开始融化，听着同学一个接一个大大方方介绍着自己，略带羞涩地说出那些从不示人的优缺点，看着那一张张被公式定理榨干了的脸庞，她拿起笔，低头在纸上飞快地写起来。

突然，周围有些异样，她抬起头，见所有人盯着自己。老师正和蔼地说，这位同学，挨到你介绍啦。

她站起来，张了张嘴，却一句话都说不出来。

老师，康引弟从不说话，前排一个同学低声道。

哦？不要紧张，胆子大一点，慢慢说。

她抬起头，又一次张开口，试图发出声音，可努力了半天，舌头却像块石头，沉重地躺在嘴巴里，一动也不动。时间一秒一秒过去，浑身的汗冒了出来，她的头越来越低，气氛越来越尴尬。

叮铃铃，下课铃救星般响了起来，一节课在紧张活泼新颖独特中结束了。

大家带着天真无邪的笑容，意犹未尽，站起来边遗憾地说老师再见边看他在一体机上布置的作业：古贤哲尹文子曾说，“形以定名，名以定事，事以验名”，意思是观察辨别事物人物，一定要先定名后才可以成事，而事物的成败得失又可以检验其名。大家可以查字典可以问家人，把自己名字的来历和意义搞清楚，写在小练笔上。然后针对自己刚才总结的优缺点，制定出本周学习的小目标，可以吗？

可以！每个人都大声喊，真正地震耳欲聋。她站在那里，不知不觉握紧了拳头，居然也跟着喊出了声，虽然发音还不太标准，但这是两年间第一次大声说话，她幸福地闭上了眼。

4

第二天，年轻的语文老师在一大堆作业中，看到了这样的一封信：

老师，我叫康引弟，就是昨天上课站着不说话的女生。

不是我不想说，而是我说不出来。老师，我是个大舌头，外号叫“浅舌子”。这么多年，我从没想过能把自己的生理缺陷这样坦然轻松地说出来。我一直以为自己前生说了太多过分的话，做了很多亏心事，所以这辈子老天惩罚，让我舌头像蜂鸟一样，说不出一句完整的话。我多么羡慕那些心里想什么就能说出来的人啊，那些毫不费力地说出一串串大道理的人，他们身体完美无缺，心理上毫无压力，即使吵架骂人也都是那么动听。

小时候，好朋友（我的好朋友太少了）说她在一本书上看过，只要在嘴里含上个小石子，多多练习就会好的。小学六年，只要不吃饭喝水，我都在嘴里悄悄塞一块小石子，在没人的时候，一遍遍地练习。六年啊！坚硬的石子都要被含化了，可是我的舌头还是那么大，一说话照样有人笑。后来，我索性很少说话了；再后来，我觉得自己丧失了勇气，以至于陌生人以为我不会说话，是个哑巴，我也无所谓。面对那些明里暗里的嘲笑歧视，我只能选择保持距离来保护自己那一点可怜的尊严。

上了初中，才知道那个人叫德摩斯梯尼，是古希腊人，他口里含着石子，在海边不断练习，最终成为一个著名的演说家。可这个励志故事对我来说，不合适。我不想当演说家，也不想当哲学家，就想当个老师。可当老师是要讲课的啊，更需要有好口才，要考普通话，我这样的人，连个完整句子也说不出来，还想当老师？真是异想天开！我清楚地知道，这是不能实现的，但还是把它作为梦想存放在心底。虽不能实现，但它是我学习的动力，努力的目标。

我的名字很俗气，引弟，谁都知道什么意思，好在依了这个名字，妈妈最终生下了个弟弟，也算是意义所在吧，像我这样为生个男孩做铺垫的女孩，有无数个。我们都是墙角的小草，没人在乎名字的好坏。

我是回族，也是山里女娃，按说早都不能上学了，去打工或嫁人。就是因为舌头有问题，才能继续到学校来念书，父母怕我以后被人嫌弃，才下了赌注让我念完高中。奶奶完（方言：去世）时，我才六岁，心都碎了。后来只要父亲在哪里，我就像根尾巴悄悄跟在他身后。人家娃娃都是母亲不在就成了个没娘娃，我却是父亲不在就不知所措。母亲总唠叨年龄大了考不上咋办，说村里谁谁谁家的女子彩礼要了多少，谁谁谁又给家里买了什么大件，谁谁谁的娃娃都会跑了。父亲呢？只是笑着说，别嚷了，我这个女子，别看不太说话，心里可明亮着呢，肯定会念成书的，念成了有个工作，我就得济（方言：受益）了，老了就靠她养活。母亲就说，你就惯，惯得她都能上树，以后管不住了看你怎么办？我们爷俩就笑，父亲更是笑得浑身发抖。我暗暗发誓，一定要好好学习，考上大学，赚钱养活他们，给他们买世上最好的东西。

日子一天天过去，我在学校读书，姐姐生了个儿子，妹妹也出嫁了，弟弟在新疆打工；父母天天去地里干活，回到家里就养牛养羊，家里虽不是多富裕，但平平安安，也算是“小康”了吧。可是，老天还是太残忍。有一天，大伯送来了生活费，看着我想说什么却没说。走了很远，又折回来说，你爸病了，在医院，是胃癌。我站在教室门前，掐了掐自己的胳膊，疼，是真的。

我疯了一样回到家，父亲躺在土炕上，人瘦得脱了形，脸色和窗外的荒山一个颜色。他瞅着我，眼睛睁得大大的，让人害怕。我没有哭，因为早已没有眼泪。在这个世界上，最亲的人是奶奶，可她走了；最疼爱我的人是父亲，他也到另一个世界去了……哎，像我这样命不好的人，话都说不了的人，即使活着，也只是上演一幕幕的悲剧吧？死亡大概是我最好的选择了……

可是，今天老师的一番话，让我看到了不完美的人，同样可以活出自己希望的样子，让我重新认识了生命的价值。即使您这样的人，也有卑微无助的时候，也有自卑低落的历程，何况我呢？老师，谢谢您！这么多年，我一直戴着个沉重的枷锁，陷在孤独无依自怨自艾的泥淖里，不敢伸头，不敢面对。您如一道光亮，把我心底隐藏了多年的委屈、愤怒释放了出来，并且一扫而空。是啊，每个人都有欲望，有挣扎，有痛苦，有缺陷，问题是如何对待。接下来，就看我的表现了……

第二天上课，他特意看了看她，文静、腼腆、大眼睛、短脖子、长头发、宽校服，比同龄人小了一圈，比实际年龄显老了很多。开始讲课了，学生们专注地听着。她抬起头来，身子向前倾，皱着眉，跟着他的思路，不时点头，眼神里看得见的光辉，一闪一闪。

5

美少年赵思铎这几天既高兴又心烦。高兴嘛，那是自然的。一个月很快过去，月考成绩也出来了，自己的语文成绩居然是全年级第一，比尖子班还高了几分。这样的好消息一公布，教室里弥漫着的那股兴奋劲儿，压都压不住。

瞧瞧，四班的学生连走路姿势都变了，螃蟹一样，大家都笑着说。他不好意思地抓着头发，观察了一下，嘿嘿，还真是！奇怪的是，在年级组总结会上，有人提出了质疑，说他这么年轻，才开始上课，又是第一次接触高中教材，还带着那么差的班，怎么就能考个第一？也有人说，这是典型的亲其师信其道嘛，年轻帅气的教师学生自然喜欢，由爱人到爱学这门课的例子还少吗？学生们不是爱追星吗？追小赵这样的“星”，绝对是好事。现在来当老师的，几乎没有男的，何况还是长得这么好的娃娃？双方争来争去的，他倒像局外人，因为实在没搞懂这些话的意思。后来，在一个和他同样年轻的同事点化下，才明白说自己成绩有问题，暗示着抄袭，有师生合作考高分的嫌疑。

年轻人哭笑不得，原以为只要爱岗敬业，兢兢业业，把成绩带上去，就是阶段性的成功，就是个好老师，没想到还会遇上这么多的弯弯道道。他眉头皱了起来，脸上带着疲倦，激情也消减了几分。但当把这些事告诉给当了一辈子教师的爷爷后，结果一番彻夜长谈，他就继续风风火火马不停蹄地跑开了。爷爷说得对，要学会容人、容言、容事，学会接受各种正面负面的东西。人性中有许多毛病，嫉妒与贪欲是最大的，但是嫉妒也能使人超越，贪欲也会激励人有所追求，不磨练怎么能有胸怀，淬火才能成钢。

爷爷还说，对康引弟这样的学生，成绩好坏倒是其次，打开心结是最重要的。

晚自习，按照备课组的统一要求，全年级都在写卷面分析。学生们没有讨价还价，一个个笔头飞快，认认真真写完，迅速交了上来。然后，几十双眼睛亮晶晶地瞅着他。

老师，忘了一件事吧？

他站在讲台上，故意挠挠头，啥事啊？

这么大的事都能忘了啊？下面叽叽喳喳。

多大的事啊？师生一来一往地逗趣。

电影！声音响亮了起来，他急忙嘘了一声，别的班还上课呢。

一体机打开了，窗帘拉上了，日光灯摁灭了，《国王的演讲》开演了。屏幕上，英国国王乔治五世的二儿子艾伯特，一个结结巴巴的窝囊男人，嘴里含着玻璃球，在医生催促下，吭吭哧哧，发出几个含混不清的音节，人们脸上流露出失望焦虑，担忧不满。男人难过地低下头，继而迅速扬起，无助地看了医生一眼。接着，吐出了所有的玻璃球，暴怒而去。赵思铎用余光看着他的学生康引弟，她一动不动，忧郁无助地盯着那个自卑可怜的、不敢面对万千民众的“国王”，泪光盈盈。

电影继续，情节推进。艾伯特的妻子找到了一位语言治疗医生来治疗丈夫的口吃。在医生的精心治疗和耐心帮助下，加上每天坚持不懈地治疗训练，他终于成功了，终于在BBC广播电台上发表了一段现场直播演讲，不仅成功地改掉了口吃，还赢得了民众的高度赞扬。他的演讲鼓舞着二战中的英国军民，他也成为一名卓越的领袖人物。

电影播完了，灯光亮了起来，除几个上厕所的匆匆忙忙跑出教室外，其余人端端正正坐着，不吵也不嚷，若有所思。

6

第二天早自习时，康引弟面红耳赤，在全班同学诧异的目光中，慢慢走上了讲台。

今天，我们请康引弟同学给咱介绍一下子自己，好不好？

好！大家高兴地鼓掌，当然，也有好奇成分。

她伸手拽了拽校服上衣，缓缓抬起头，努力地张开口，却一个字也说不出来。时间一分一秒地过去，她浑身颤抖，站都站不住了，不得不低下头，汗水从额头上直奔嘴边，眼泪也跟着凑热闹，一颗一颗滚了出来。

不要紧张，挺胸抬头，张口说话，赵思铎的声音温柔而有力。

她振作了一下，微微抬起头，见全班同学静静瞅着她，一双双明亮的眼睛，里满怀同情和鼓励，像一幅静默的图画。前排的几个女生，双手紧握，微微颤抖，替她鼓着劲。

她试着又张了次口，舌头动了几下，嗓眼里聚集着一大堆一大堆的词语啊，可一个都蹦不出来。她又急又气，用左手指甲狠狠地掐着自己的右手。

是这样，大家都趴下，闭上眼，不看你了好不好？就当这个教室里只有你一个人，你是对着墙说话。赵老师说着，紧紧闭起了明亮的大眼睛，转身面向窗外。

当她再一次抬起头，只见全班同学像小朋友一样，听话地匍匐在课桌上，蓝色校服一排排，如同一片温柔宽阔的海洋。

同……学们……，我是从不说话的康引弟……我舌头有问题，说话不真，发音不准……请大家原谅。她停下了掐自己的手，环视着四围，仿佛身处一个空荡荡的教室。艾伯特的影子飘过来，合在了自己身上。

昨天晚上的那个电影……艾伯特的故事，对我来说，不仅仅是震撼，可以说是一种全新的开端……他也患有口吃，但以持之以恒的精神和自强不息的意志，战胜了自己，取得了胜利……这让我不禁想到了自己……我们有同样的遭遇，结果却大相径庭。他在压抑、痛苦、挣扎之后涅槃重生，成功地让自己成为真正的国王，而不是笑柄。我呢？却准备选择死亡，选择眼不见心不烦……她越说越快，眼泪刷刷刷，模糊了视线。朦胧中，看见自己的同学，那些趴在课桌上的身子，微微抖动着，抖动着。

赵老师磁性的声音，从墙面上折射回来，徐徐扩散。同学们，昨晚，我之所以给大家放这部奥斯卡获奖影片，就是想让大家知道，咱班也有这么一位同学。她并非无法发声，而是不能流畅地说，不敢张口说；她需要大家的鼓励帮助和支持。在现实生活中，有各种障碍和深受困扰的人很多很多。单是有语言障碍的人，一百个中间就有一个，儿童的比例更高。在我们国家，有一千三百万多人存在着交流障碍，所以康引弟同学，你完全不必为此自卑。他们和你一样面临不敢在公开场合说话，生怕暴露自己缺陷的困境。他们和你一样，敏感多疑，压抑自卑，每天战战兢兢生活着，这是不完美人的共性。

是的……是的……眼泪顺流而下，她觉得自己用尽了全身力气在喊，请大家抬起头来吧，我不害怕了……我会……说话了……全班同学全都抬起头，掌声像波浪，一浪高过一浪。

老师转了过来，挥挥手，康引弟，今天你走出的这一步，是值得赞扬的一步，是伟大的一步。语言障碍不是什么丢人的事，心理障碍才是主要原因，所以你必须克服心理上的恐惧，花时间精力去训练，一定会康复的。同学们，有声的世界里无声的人很多，不止她一个。这世上，即使太阳都有黑子，何况我们这些普通人？所以没有绝对的完美者，也不必为自己的不完美而自卑。如何面对自己，走出自己，才是我们共同面临的抉择。我希望用她的故事来增强每个人的自信心，希望大家用平和的心态去看待自己，看待世界，看待每一个遭受不幸的人。我们要学会接受一个不完美的自己，接受一个平凡普通的自己。

这个世界上，值得我们学习的励志人物很多，那些豪杰、英雄、伟人，他们的故事的确非常感人，但我觉得身边人的事例更有说服力。对我们这些普通人来说，学习、生活、工作的意义有千千万，最重要的一条是可以对照比较，可以期望憧憬，可以有实际行动，挺过困境，走过不幸，超越自己，走向未来，这才是我们的目标。

日子狂风般掠过，很快到了清明，桃花杏花疯了似的，一个劲地展露身姿，汪洋恣肆。但是夜里，一场突如其来的风雪掠过，它们就被裹在冰冷冷的壳子里，将万千柔情变成了冰疙瘩。西北边地的春天，永远是这么残酷，不近人情。

晚自习前，康引弟站在楼上，望着楼下花园里被灯光映照着的冰雪奇观。校园里到处是人，有人拿着手机拍照，留存这奇妙无比的瞬间。残酷中的美好，冰冷里的希望，她想起了这样的一句话，不由微笑起来。过去像一个个浪头，在记忆海岸的深处，一波涌起一波退下，淹没了一些旧事，又涌上了新的希望。

赵思铎走了过来，也看着楼下，慢慢说，一切都会过去的。即使是这样的坏天气，明早只要太阳一出来，冰冻马上就会融化，花照样开，叶子照样绿，春天照样是春天。接着就是夏天秋天冬天，四季总是这样回环往复，生生不息。

她没把目光挪开，望着那群拍照的女生。她们咯咯笑着，寻找最佳角度，摆着各种姿势。

老师，谢谢您！一切都过去了，是您和同学们的帮助，唤醒了我蛰伏许久的愿望，我一定要好好努力，将来也和您一样，做个好教师。以前，我觉得人生道路又窄又小，像老鼠一样活着，实在走不下去了。现在它不但慢慢展开，而且广阔无限。如今的我，已成熟了很多，视野胸怀也开阔了许多。因为有你们，我现在一点儿也不孤单。

一轮圆月，大而圆，高挂在楼角。黝黑的天空下，几颗明亮的星星，暗淡无光。几朵薄云轻摇慢撞，围在圆月四周。上课铃响了，学生们上上下下跑，脚步声嗒嗒嗒，欢笑，絮语，从空中攀缘而上，轻轻敲着人们的耳鼓。康引弟觉得，一股缓缓的幸福弥漫开来，带着感恩和希望，涓涓流入她的心田，流出了她的双眼。

老伙计，怎么样？我说得没错吧？

教了一辈子书，回头看才真正理解了因材施教的含义。好的教育，就应该是这样，保证每个学生都能收获“适切”的教育，重视培养学生的多样化经历，重视对学生潜力的挖掘和特长培养。好的教育，还应当是立德为先、均衡为基、尊师为本、改革为要，让每个人都满怀人生出彩的机会。特别是年轻一代，就应该勇挑重担，争做有理想信念、有道德情操、有扎实学识、有仁爱之心的好老师。

毛主席说年轻人是早晨八九点中的太阳，朝气蓬勃，蓄势待发，对未来充满着信心决心。这个年轻人让我想起一句话：薪火传承育人才，思源致远向未来。对未来，我们充满了更多的期待……期待和你见面，我会给你再讲几个这样的故事，你就洗干净了耳朵等着听吧！哈哈。

你的发小　向阳

二〇一九年四月五日　清明

留 守 记

老同学：

你说得对，我还在家乡，当了一辈子娃娃王，守了一辈子家。

我家情况你是知道的，父亲去世早，母亲患类风湿，家里四个弟弟妹妹都还小，我是老大，理应担起家庭重任，照顾老的小的。年轻时候啊，我也委屈过也有过遗憾，也想和你们一样过过城里人的日子。可后来就不想了，哪里黄土都养人，哪里黄土都埋人。这是自己的选择，有什么遗憾的？

在咱村小教书三十六年，几代人都是我的学生，想想也高兴呢。有人说是高风亮节，有人说有奉献精神，这都是高抬我呢。我嘛，就是个普普通通的教书匠，踏踏实实教书的农村娃。

你知道吗？咱这小学，七月份就要撤了！现在农村学校条件这么好，可是空的；没人了啊，人都到城里去了！剩下的，都是残缺家庭的娃娃，留守的儿童，更可怜。

一个好消息一个坏消息，给你先说哪个呢？那就先说说这个吧……

1

日子的脚步越来越快，一下子就走到了谷雨。

雨生百谷，老祖先留下来的话真神。这不，到了节气，天气就很争气，赶着下了一阵毛毛雨。雨不大，没坚持多久就歇了脚，但毕竟应了景。

老婆子递过来我的老伙计——一个用了多年的黄挎包，说，今儿早些回来。晚上炸油饼炖羊肉，把人都叫上。她这人话少，从不多说一个字，但心肠很好。

我接过来说，知道了，走了啊。

出了门，要走一段土路才能到硬化公路。虽然刚刚下过雨，土路上却干干爽爽，一点儿也不粘脚。黄土就是好啊，渗水，养人，不像东头的胶泥地红彤彤的，土质不好，旱时不长粮食，雨天就是个烂泥坑，走几步，鞋底就黏成了泥疙瘩。

沿着水泥路，我慢慢向学校走去。雨停了，雾拉开了，一团团滚过来，飘飘荡荡，罩住了一切。二哥家、三弟家、四喜家、五十一家，家家大门都紧锁着，村里静悄悄，不见一个人。年轻的走了，中年的也走了，剩下老弱病残的几户，不过十来个。家家宽阔的院里，除了高大的房子，就是孤零零的老树和四处爬着的藤蔓。院子房子都是国家给钱翻修的，是危房改造项目，新崭崭的，可人都撵到城里去了，就这么空着，真可惜啊。唉，也不知城里有啥好？

水泥路被细雨洒过，光溜溜亮晶晶，干净得都能当镜子了。路边的几棵杨柳，老朋友一样摇头摆尾。一阵微风吹过，几丝细雨飘在脸上，舒服极了。像什么呢？像年轻人用的化妆水。有一次，我孙女调皮，把她抹脸的东西擦在我脸上，清凉凉滑腻腻，就是这感觉。

拐过一个弯，就看见远处的路边有两个黑点。不用说，闻都能闻出他们的味道。几十年了，我们一起上下学一起教书，熟悉得和家人一样。

除了节假日，他们一年四季都雷打不动地站在那里等我。这条从东向西的村路，我家，他们家，学校，就是三个点。以前是，现在也是，将来？也不知道有没有将来了。

越走越近，他们轮廓越来越明晰，远远看去，就像两根黑木桩，沉重，笔直。他们也老了啊！

我们很快会合在一起，像两条小溪汇成更宽的一条。男人叫赵匡银，个子不大，脊背很宽，大眼睛大嘴巴，和宋太祖同名。他常常炫耀这名字，见人就说，别看我老先人（方言：父亲）不识字，可舍得花一块银圆给我取名。这可是个富贵名啊，可惜我当了娃娃头，不然你们见我还得预约呢。他爱说笑，没城府，说话走路像狼跟在后面一样。我嫌他急了了（方言：性子急），他就说我太磨叽。这不，一见面，他看了看手表，就催促我，快些快些，今儿还要升国旗呢。

还早呢，肯定能跟得上，就你爱操闲心，跟在后面的是他老婆申彩铃。这个大个子大嗓门的女人，干脆麻利，精明能干，心眼儿也好。这么多年，他俩天天吵却从没分开过，就像一对双胞胎，形影不离。

只要我们会合到一起，全校教师就全集中了。呵呵，这可是真的，撤点并校后，我既是校长又是语文老师、体育老师、信息技术老师，老赵是副校长，是数学老师，还兼着思品、劳动技术。王彩铃呢？她是我们做饭的大师傅，营养早餐午餐的具体实施者，管饭的。

老赵边走边笑着说，地球人都知道，咱冯庄教学点是由两个半老师和一个半学生组成的。

是啊，人们还给我们这样的学校取了个名字，叫麻雀学校。真是太准确了。麻雀虽小五脏俱全，别看我们人少，可样样行行都在，对工作一点儿也不马虎。

三个人走路快，很快就到了校门口。干瘦老脸的冯队长和虎背熊腰的瘸腿张会计，正在屋檐下等着我们。

今儿是周一，升国旗的日子，还要人挨家挨户地喊，不像话！冯队长总是眉毛嘴角一律朝下，总是没个笑脸，像个部队首长一样威严。几十年了，我就没见他笑过一次。

李会计粗声大气地解释，天气这么冷，人都贪恋热炕头了，估计也来不全。哎，你们的学生来了吗？他人高马大，总是大大咧咧，早年一直在外跟着老板包工，走南闯北的，见过大世面，后来被楼上掉下的铁架子打折了腿，就再也没出去过。现在，媳妇娃娃在城里，打工的打工，念书的念书，他待在家里，养了几头牛，日子不好也不坏，也过得去。

我笑了笑，毛蛋最近表现挺好的，这会儿肯定到了。

他的那个碎媳妇呢？

那不，也来了，申彩铃下巴一扬。果然，一对碎人儿已经在旗杆下忙活着了，一个搬桌凳，一个放话筒。

李会计吐了口烟，笑眯眯地说，你还别说，毛蛋这碎怂命可真大。这么多人守着个他，为他一个人服务。哦，一个半，还有那贵州来的碎媳妇。

大家都没言传（方言：出声），因为这话听起来，除了感慨羡慕，好像还有点儿嫉妒。

我看着忙忙碌碌的两个碎娃，心里一阵酸楚。这娃命大吗？说得对。这所学校，就是因为他才没撤。我们两个老教师，也是因为他才守在这里。他来念书，不但免了所有的学杂费，享受着农村小学最好的教学资源，还有个专门做饭的师傅，这档次，也够高了吧。更何况他才六年级，还念着书，就领着个“碎媳妇”，给别人说了都不信，都能写小说了。

可你要说他真的命大，还不如说他命苦。他父亲也是我的学生，一个踏实本分能吃苦的人，以前在废品收购站打工，后来自己干，日子过得气囊囊（方言：富裕）的。他雇了好几个人，又把家里亲人都接过去帮忙。也是该出事啊，那个周六的傍晚，他七十三岁的母亲又忘了关煤气，爱抽烟的父亲打火机一闪，就闯了大祸。一家子连几个工人全部遇了难，收购站也被烧得精光，只有去上辅导班的他和去买鱼的女店员活了下来。

成了孤儿的他没地方去，只好今天这里明天那里的露宿街头。小小的店员呢？也跟着。她是贵州人，父母离婚后成了没人要的女娃，就不念书了，早早跑出来打工。收购站出了事，她也没处去，两个娃娃就互相照顾着，相依为命。

控辍保学工作开始后，学校按户口学籍地一一查找，找到了他，叫回来念书。他提了个条件，就是带贵州女孩一起回来。我们答应了，这不就是一个半学生了嘛。毛蛋父母当年翻修的房子一砖到顶，院子也是一色的红砖围墙，还有水泥地面的大院，就这样，他成了这个家唯一的主人，也是这个衰老的村小的唯一学生。教育局本来要撤这个教学点，但考虑到特殊情况，就留我们两个即将退休的老教师陪读一年。下学期他们就要去另一所完中读书了啊，我们也就退休了。可现在，我们还是一条绳子上的蚂蚱，互相绑在一起。

2

脚步声慢慢响起来，我回头一看，村里剩下的几个老人个个披着雨布，蹒跚地走拢来，围在村部门口。这么多年，在咱村，升国旗从来都是头等大事，没人会随便不来。

哦，我忘记说了，村部和小学连在一起了，以前还有堵围墙隔开，现在总共也没几个人，就合在了一起。反正有几间空教室，腾一个就是村部办公室。挤在一起，人气也旺些。

大家等等啊，还有几分钟呢，我去看看毛蛋今早的演讲稿，老赵说着就走了过去。奏国歌、升国旗、国旗下的演讲、值周教师总结、校长讲话，即使只有一个半学生，但这些环节从没省略过，都按正规晨会一项项进行。我俩分工很明确，一人一周，这周由老赵负责。别看他平时三说二喊，乱开玩笑，做起事来可非常认真。

我拿起笤帚，边扫树叶边听大家闲扯。

满脸麻子的邓四说，就盼着来场雨呢，前几天山上黄土有两寸厚。到了节气就下雨，老天一点儿也没忘了本分啊。这么好的雨，得抓紧把种子放在土里才对。

牙都掉光了的沈奇就叹气，昨儿还想春旱了，今儿就是一场雨，老天爷不亏咱啊。可是，娃娃们不回来播种，还不是白糟蹋了？唉，我家那几十亩山地，一颗籽都没下地，眼看又要荒一年了。

邓四勤快了一辈子，现在还种着几亩地，也跟着叹气。咱老农民，天世下就是土里刨着吃的，现在不种地不干活，闲闲等着死，不是造孽呢吗？往年这时候该种的都进了土，春韭菜嫩苜蓿都吃了好几茬了。现在苜蓿芽都长老了也没人掐着吃，咱都嚼不动了。老了，啥都不行了。

沈奇就劝，娃娃们不要种，咱就歇着吧，反正有吃有喝的，现在是年轻人世事。他们说粮食不值钱，种地划不来，嫌麻烦。

不管啥世事，土地可不能丢啊！现在的懒庄稼，也不费个啥劲。我没管，前几天撒了几亩饲料玉米，养牛养羊也划算。老了老了，自吃自种的，也没妨碍到谁，大不了收的时候不给他们说，省得唠叨。哼，没良心的，光想着挣钱，一年四季都不回家，钱就是爹娘老子么，冯队长气呼呼地骂。他儿子已三年没回过家了。

人们不说话了，瞅着天上飞过的云，各想着各的心事。

3

喇叭吱啦啦地响了起来。时间到了，要升旗了，老赵大声喊，我急忙走了过去。人们排成一排，努力挺挺佝偻的身子。主席台前，两个半老师，加上一个半学生，严肃地站着。

升旗仪式开始了，时间都好像不动了。毛蛋手里托着国旗，在老赵贵州女的护送下，在我们的注目礼中，踏着矫健的步伐，一步步走到旗台上。老赵发出洪亮的口令："全体肃立，升旗，敬礼！"所有人站得笔直，把手高举在头上。

国歌响了起来，节奏分明，声音响亮。那声音穿过围墙，越过田地，绕过高山，在空旷的天地间飘荡，在潮湿的空气里回旋。那面鲜艳的五星红旗，在毛蛋拉动下徐徐上升，我们紧紧盯着，满怀敬意，越看越鲜艳，越看越耀眼，直到它呼啦啦升到了旗杆顶。它就像一团火焰，映红了雨蒙蒙的村落，映照着灰蒙蒙的山川，也照亮了一颗颗年老灰暗的心。

4

升完旗，其他人很快就走散了。我们走进食堂，穿白大褂的申彩铃手脚麻利地端出了营养早餐，馒头、咸菜、稀饭，凉拌苜蓿，看着人都馋。

我和老赵交了钱，才能坐下来和毛蛋贵州女一起吃。一般情况下，我们很少说闲话，尤其学生在时。我这个人老脑筋，总觉得学生就是学生，老师就是老师，不管世事咋变，规矩可不能变。虽然经常挨大家批评，还是改不了。有些东西，就应该坚持下去，不能随意改变。

吃完早餐，我说了一句，晚上家里炖羊肉炸油饼，都去啊。毛蛋和贵州女眼神一亮，互相看看，抿嘴一笑，转身就往教室跑。真是一对小娃娃啊，老赵看着学生进了教室，才对申彩铃说，又得嫂子忙活一天了。

这老家伙，对我老婆，从来都尊尊敬敬的，说起话来口气都不一样。

上课铃响了，开始上课，根据局里规定，无论学校有几个学生，该上的课一门也不能少，所以我们按正规课表一节一节来，从不马虎。我上完了老赵上，老赵上完了我接着。一个六年级学生，一个四年级水平，语文、数学、音乐、美术、体育、思品……我们可忙着呢。可惜我们没有英语老师啊，只能空着了。农村还是缺老师，尤其是缺少年轻的能代英语音体美的老师。

早上很快就结束了，老赵说毛蛋除了一道方程题有点儿迷糊外，其他做得都不错。贵州女给“王红李燕参加演出了”这个句子加标点时，四个答案只做对了一个，我有些发愁，这娃娃反应是慢了些。

申彩铃的营养午餐真心不错，牛肉炖萝卜里辣椒油红红的，凉拌苜蓿叶绿茵茵，大米（白米）饭热腾腾，大家都饿了，端起来呼哧呼哧就吃。贵州女被呛得直咳嗽，申彩铃赶紧端来水，又拍打脊背又给灌水。对这两个娃娃，她就是个称职的妈。

下午，一般都是副课，音乐美术微机体育等。有些课我俩跟不上形势了，就打开电脑，点开远程教育网，让学生跟着网络上的老师学。如今国家政策真好啊！给我们这样的麻雀学校不但配置了各种现代化教学设施，而且为了一个半学生，舍得投入各种教育资源。可这么好的条件，以后没学生了咋办呢？偌大的校园和空荡荡的操场，就是浪费国家资源。

最后一节是课外活动。毛蛋抱出篮球，在操场上跑来跑去，喊老赵，喊申彩铃。四个人打半蓝，老的一对，小的一对，跑过来抢过去的，说说笑笑，真像一家人。

除了操场，学校其他地面没经过硬化处理，雨后的红胶泥地松塌塌，走起来直黏脚。我背着手，沿着校园四处转转，像个大掌柜子（大家长），看看哪里不对窍，哪里有问题，这是多年的老习惯，想改也改不了。

还记得吗？咱这学校是从后山的一孔窑洞搬迁过来的，当时怕占了耕地，面积划得不大，两亩地的样子，有五间教室。我走到后面几间不用的教室前，一间间查看，它们可是我看着盖起来的啊，一砖一瓦都有感情。现在空了几年，破旧得厉害。挂在门框上的铁锁锈迹斑斑，木门窗上蓝色油漆脏兮兮，有的地方被晒得发白，有的地方被磨得发黑，上面满是学生留下的划痕。

咱这所学校鼎盛时，小学初中都在一起，有三百多名学生十八个教师，方圆几十公里的娃娃都撵来上学，五间教室坐得满满当当，院子里总是吵吵闹闹，到处跑着学生。那时，虽然家家上顿不接下顿，娃娃们面黄肌瘦，没电视电脑和手机，只能穷开心。但咱和学生一起上课、读书、游戏、唱歌、演节目，和全村人一起干活、看电影、听评书。没有书，我们就自编自写教材；没试卷，我们就用蜡纸刻，油印材料。没音乐，我们就自编自演，教给学生唱；没有上下课铃，一块破铁锅被一个铜铁勺敲打着，也过了很多年。

站在校门口的老榆树下，我摸了摸粗糙的树皮。当年，一只大喇叭高高悬在这枝丫上，每天早中晚准会响起来。全村人最大的乐趣就是评书了，每晚六点多，人们端着饭碗，准时来到这里，听单田芳的《三侠五义》、刘兰芳的《岳飞传》。农闲了，就在操场上放电影，《地道战》《刘三姐》《上甘岭》《少林寺》，多是枪战片敌特片，一个比一个好看。卖零食和小玩意的摊子也跟着凑热闹，到处都是。碎娃娃在人山人海中高兴地乱跳，磨着父母要钱吃零嘴，往往电影看不到一半，就睡了半操场。电影放完了，父母喊着名字找自家娃，然后拽着回家。

看完电影后那几天，就得格外注意，学生们总会在各种地方上演“枪战片”，不但把各家柴垛踩散，还拿着土疙瘩打仗，美其名曰“打伏击”。大人们骂骂咧咧地找到学校，老师就出面批评教育说些好话才罢休，可下回放完电影，还会一模一样地来几场“战争”。

我那时虽然年轻，但已经是校长了，加上天生严肃，一年四季板着个脸，所有娃娃都害怕，见了就躲得远远的。有一回，一个男生和女生吵架，骂她婊子养的，那女生气得晕过去了，因为她妈是寡妇。我气急了，一脚就把那娃踢出了教室，又拉着他到父母跟前说了原因，他父亲羞臊极了，拉住又是一顿巴掌。从那以后，校园里再也没人敢说脏话，更不用说欺负女生了。

最初学校没电灯，学生们就着煤油灯写作业。接着，电灯普及了，学生们集体上晚自习。我们还实行了严格的奖罚制度，对那些不听话的男生，我的诀窍就是在四周安排一圈女生，他没机会捣乱，也就老老实实念书了。管理严谨，老师苦教，学生苦学，就换来了好成绩。那些年，我们各年级的平均成绩一直是全县第一，我这个当校长的，走起路来都雄赳赳气昂昂。

现在想来，那是多么快乐的一段日子啊。

如今，人人吃饱了穿暖了有钱花了，却不爱农村了。乡村学校有了扩音器功放机、录像机电脑，大一点儿的还有校车，也有了一切需要的资源。学生念书减免一切费用，还提供营养早餐午餐，但他们说城里花花绿绿啥都有，都撵着走了。老师一个两个地走，学生三个四个地走，到最后老师剩下两个半。学生，也剩下这一个半了。

出了校门，我沿着红砖砌成的围墙走了一圈。春天到了，又下了场雨，万物都努力生长着，田野里到处绿莹莹的，水汁饱满。荒山变成了青色，大地变成了绿色，远远看就像一幅画。可村里不见一丝声响，只有玉米向日葵的秸秆东一堆西一堆，斜躺顺卧着。下半年，这一个半学生一走，我们一退休，学校就真成了空校，要废弃了。

空心村庄，空心学校，大家都这么说，也真是空了。唉，不想了，还是守着吧，守着这份职业，守着这个家业，守着这些国家财产。人嘛，活在世上，不仅仅是为了吃饱喝足，还要守着点东西，把它们一代代传下去，这样才活得有价值嘛。价值这东西，其实就是一股精气神。

5

五点四十分，放学了。五个人一起出了校园，看着老赵锁好了校门，就往我家方向走。

两个娃娃一前一后跑着，一会儿蹦蹦跳跳，一会儿打打闹闹。这一天下来，他们也辛苦呢。每次只要说去我家，他俩都非常高兴，知道不但有好吃的还可以看一会电视上上网。

毛蛋，你以后念成书了想干啥？我边走边问。

他看了我一眼，稳重得像个大人。我想和你一样，当个老师，教一群娃娃。我想让谁写作业谁就得写，谁敢捣乱，哼，看我怎么收拾。

看你那没出息的样子，我心里一暖，说话还是硬邦邦。哎，面对学生我总这样，真是的。

老赵就不一样了，他搂着毛蛋，亲密地说，你个碎仔命好，这么小就有志向，长大了指不定当个啥呢。你给我说实话，是不是有个乖媳妇跟着，就不想念书了？

毛蛋脸一红，转头看看后面的申彩铃和贵州女，赵老师，我们是同学也是家人，她不是也没家了才到这里来的吗？

老赵笑嘻嘻地继续调侃，有个媳妇是要哄着疼着的，可不敢欺负人家啊，嘿嘿。

我就呵斥他，你一个当老师的，能不能正经点？胡说啥？

老赵也变了脸，气呼呼地嚷，就这几个人，一天到晚板着个脸，烦不烦啊？有些人老了老了还惹得猪嫌狗不爱的。

我一下子笑开了，你这不是骂自己吗？

他一怔，明白了过来，又笑着说，人老了，就要学贤惠点，再不要惹娃娃们眼黑（方言：憎恶）了。我这也不是自己找点开心嘛。局里说只要有一个娃娃留在村里，学校就得办下去，可咱就这么一个半娃娃，下半年一走，剩下几个老孤鬼，想说笑都没个人听喽。

我低了头，轻轻叹口气。是啊，往后的日子都不敢想。年轻的总归要走的，年老的也必须跟着走。下半年，我们也会分开的。一个半学生要去镇上的中学读书，我要跟着女儿去城里住，老赵夫妻要到另一座城市里生活，即使想见个面，也都不容易啊。想到这些，我觉得脚步灌了铅，脚跟软绵绵的。我知道这种麻雀学校迟早要消失的，环境的限制，信息的闭塞，年轻教师的缺失，教学方式的落后，冻结了的生活，跟不上时代的思想，谁愿意守在这里呢？就是那些父母还在村里的人，也不愿意来回跑，嫌路上花时间不说，还耽误赚钱的机会。

咱这个村，以后慢慢就没一个人了，更不用说学生娃娃。我们这些在乡村做了一辈子教师的人，也要绝迹了。早上冯队长还说这些年就是因为我们几个苦撑着，学校才存在。我们走了，学校就彻底没了。我女儿也是教师，不过是城里教师。她说城镇学校学生太多了，班额大得吓人，一个班就有一百多人，坐都坐不下，老师挤到后面看作业都吃力。城里是有金子有银子，连学校都那么吃香？一方面人满为患，一方面门可罗雀，这是咋了？

老赵劝我的理由很高大上，你我能守一天，就守一天吧。那些因为各种原因在城里上不了学的娃娃，有书念也是福气。没有咱这样的麻雀学校，没有咱这些老雀守巢，他们这些小麻雀可真要满天飞了。上次局里开会也不是夸咱为家乡教育事业、为精准扶贫做了特殊贡献吗？

还是老搭档好啊，我心里想的啥他都知道。

6

狗狗来啦，老婆子从大门上迎出来，一手拉着贵州女一手拉着毛蛋，满脸都是疼爱。小个子小鼻子、大眼睛的贵州女娃紧紧靠在她身上，像母女一样。记得这娃刚回来时，又瘦又干，满脸土黄，头发像个毛刺堆，现在却是个圆土豆，皮肤又细又光，头发又黑又亮，人也精神多了，这都是营养午餐的功劳。

晚饭当然很丰盛。炸油饼、炖羊肉、火腿肠、炒土豆丝、凉拌牛头肉、鲜嫩的苜蓿菜，还有娃娃们爱吃的酸辣粉。村里能来的人都来了，屋子里一下子挤得满满的。这几年，我们这群老人常凑在一起，图个人气旺。现在的日子，吃吃喝喝又能花多少钱呢？家家都是没人吃饭才凄凉。

吃完饭，大家喝着酒说着话，两个娃娃挤在电视前，边看边嚷。

毛蛋，你都是有媳妇的人了，还念个啥书？照例，老人们会拿他们俩说笑。

现在农村彩礼那么高，娶个媳妇不容易。依我说，你俩以后结婚算了，多生上几个娃娃。我们能动弹的话，帮着照看，多好，沈奇对着二人挤挤眼。

毛蛋和贵州女照旧红着脸，一言不发。

每次你都这么说，也不怕闪了舌头，冯主任就埋怨。

嘿嘿，开个玩笑嘛。我就想让他俩好好的，看着也高兴。你放心，我的舌头好好在嘴里呢。大家都笑起来。

天黑透了，窗外就越亮了。院子里，老杏树的树干粗壮有力，枝丫垂下来，一片片叶子快乐地摇着。那棵花椒树，叶片透明，像贵州女的脸一样，饱满发亮。要是永远这样该多好啊，老的、小的、教书的、念书的、喝酒的、做饭的、说笑的、聆听的，一起幸福地生活着。

手机响了，贵州女拿了手机出去接电话，好长时间才进来，悄悄坐着看电视。

我们都醉了。

7

清晨七点半，我醒了过来，抬了抬发胀的脑袋，发现自己躺在炕上。屋里静悄悄，只有钟表声嘀嘀嗒嗒一下接一下。都怪昨晚贪杯，到现在还晕乎乎，这死老婆子，也不知道喊我一声。

老婆子急急忙忙走进来，脸上像蒙了一层土。你赶快起来，听说那女娃走了。

啊？！我一下子坐了起来，心噗噗跳。

紧接着电话响了，毛蛋的哭声震天。老师，我要请假，找罗三妹去。她昨晚接了个电话，神神秘秘的，今早留了张纸条说要去大城市见世面，就不见了。我现在出门找她去，啥时候找着她，我们就啥时候回来念书……

老同学，事儿说完了，可我心里空落落的，一点儿也不高兴。

一个半走了，两个半也就闲着了。我这个三十六年的村小教师、麻雀学校的校长，也结束了漫长而短暂的教育生涯，光荣地被退休了。咱们的学校，也经过了四十二年的时光，完成了农村教育史上的使命，被定格为短短的历史了。

在乡下这么多年，我说不出什么大道理来，回顾自己多半生的工作经历，梳理多年的乡村教育过程，咱这所村小，经历了从无到有，从繁盛到衰败，从大规模到小麻雀，再到关停的过程，期间的酸辣苦甜，不是几句话就能说完的。现在大家都嚷嚷教育改革教育公平，其实许许多多的农村小规模学校，才是中国教育木桶中最短的那一块，也是偏远农村地区文化的精神血脉。它们有阻断贫困、代际传递的重要使命，目前面临的困境更让人担忧。

扶贫扶贫，教育扶贫、文化扶贫更重要啊！我想说的是，农村学校撤并、留守儿童增多、家庭教育空白、学校教育无能为力、社会教育缺乏力度，农村教育的出路在哪里？

虽然现在国家提出了乡村教育振兴计划，并且一步步付诸行动，但计划再多，离开了教师离开了学生，都是句空话。如果我们的乡村教育留不住年轻人，那教育公平不就是喊口号吗？如果人们的意识还停留在远离农村就是成功的思路上，那么到农村来到最需要的地方去，也将会是一阵风吧？

给你写这封信时，我已准备去海南三亚了。组织上给了我“最美乡村教师奖”的荣誉，真没想到啊。其实得奖不得奖，对我们这些老家伙来说，没多大用处了，还不如给年轻人，鼓励他们扎根农村好好工作。但我也很欣慰，还有人关注乡村教育，鼓励和支持坚守在农村教育一线的默默无闻的教师们，还有人为中国教育改革特别是农村教育改革找一些突破口和希望，这样的行为更值得尊敬。我觉得这要比给我多高的荣誉和多少奖金都更让人振奋。

老同学老伙伴，咱们一定要健健康康，活到一百岁啊！相信我们农村教育的未来，会越来越好！

你的老同学、老朋友　司守东

二〇一九年四月二十日　谷雨

学　习　记

师父好：

正想给您说说我最近的情况，就接到了您的来信。您还和以前一样，永远是我们这些弟子的“消渴丸”“及时雨”。

不说别的，先给您汇报一下本周除教育教学工作之外，我目前接到的任务吧：一是戏剧进校园、消防进校园、书法进校园、公益事业进校园、食品安全进校园、税法宣传进校园，基本上每天一个。二是上级及学校各部门的定期考核、评比、量化、学习、检查，有时一天会接到几个。三是严格实行电子签到，一天四次上班下班都打卡。大多数老师一来就进了教室，忘了打卡也算旷工，而且惩罚措施非常严厉。四是班主任会、年级组会、教研组会、备课组会、课题组会、教工例会、党员学习、家长会，一周六天六个会，几乎每天都有，有时一天几个。五是学习材料、心得体会、师德师风承诺书、廉政廉洁保证书、班主任工作手册、各种会议精神，全部要手抄不要打印。六是维护家长群的秩序，布置作业不能多不能少，和家长沟通不能过多也不能置之不理。

师父，您看我现在还是不是个教师？教书十年，又是班主任，也不知自己一天到晚都干了些啥，反正是越来越忙越来越烦。说实话，倒不是教书本身有多忙，班主任工作有多难，其实花在教学上的时间精力倒不是很多，大多数都放在处理杂务上了。

您说想听一线故事，就给您讲讲闺蜜的真实“遭遇”吧。

第一节课下了，刚刚回到办公室的张芬就听有人嚷交笔记，她皱了皱眉，苦笑了一声，心想，又来了！

交哪个？她边走边问。现在，让老师们抄写的东西太多了，多得都有些记不过来。每天除了上课，好像就是应付各种检查各种笔记，大家都苦不堪言，但也没办法。

师德笔记，小齐头都不抬地回答。

哦。她放下心来，慢吞吞将倒在地上的笤帚拾起来扶正。没什么要紧的，她想。今天除了要上交的月考总结外，其他要交的东西都没多重要。最近天天抄笔记，关于师德的，关于学习的，关于培训的，关于教育发展政策的，关于领悟精神的，抄得人胳膊酸痛，上课写粉笔字都有些困难。

师德笔记内容最多，抄写本最厚，好在她早有准备，除上课批改作业外，只要有一点空闲，就像个听话的好学生整整齐齐地抄，连标点符号也不放过。学校家里抄了一周，她摸了摸本子厚度，又数了数页数，够交差了，就安心了许多。照以往经验，只要本子抄过半就好。虽然例会上校长一再强调要写完，可网上培训又开始了，而且还是几个同时进行，根本没时间写。就是再认真的人，也不会把一百页的大笔记本都写满吧？她安慰着自己。再说师德师风，就是职业素养职业道德，是体现在具体工作中渗透在人格魅力中的，抄笔记就能顶用？大家嘴上不说，心里可不傻。德高为师学高为范，兢兢业业教书老老实实育人就是恪守师德，不遵守的人即使抄个一万遍，也没多大的用处呀。

她看了看同事的桌上，一个个装备都在拼命学习。手机里学着一个，电脑上学着一个，平板上也学着一个，手里还抄写着一个，就笑着说，差不多就行了啊，还想抄完吗？不是说好了大家写上三四十页就可以了吗？

人们只说看手机去，却没人抬头搭理她，个个一会儿点击手机电脑，一会儿迅速往纸上写字。

看把你认真的，连话都不说了？她对一贯爱开玩笑的小齐说。他趴在桌子上只是个写，一副顾不上搭话的样子。

张芬无聊地走到自己办公桌前，放下书端起水杯，走到饮水机边接水。蓝色的饮水机是同事们最好的朋友，每天都装满了清水，默默无声地陪伴着这些口干舌燥的人，为他们的身体提供必要的能量。

今天讲得太多，嗓子疼得像烟蹿。谁还喝呢？我愿意给大家提供优质服务啊。她使劲压了压饮水机上的小水泵，清亮的水咕嘟嘟冒着小泡流进了水杯。

斜对面的老王猛抬起头，使劲抡了抡胳膊。呀，你还有时间喝水？快看看手机上的通知吧。接着又埋头唰唰写起来。

张芬一愣，回到桌前，从风衣口袋里摸出手机。以前上课严禁携带手机，严禁接打手机，学校曾作为十大禁令写进校训里的。现在所有工作都在手机上进行，几分钟不看就会出问题；但她已养成了习惯，只要上课就不拿手机。工作就是工作，生活就是生活，二者不能混淆。

打开手机，叮咚叮咚一下子跳出了多种消息。如今，手机里淘宝、京东、微信、支付宝等软件，的确给人带来了诸多方便，但烦恼也应运而生。垃圾消息满天飞，不看都不行，她顾不上看这样那样的消息，因为太多了。就慢慢点开绿色的微信，一个个红点调皮地眨着眼，像个风尘女，妩媚地说快看我，快来看我呀。她按照次序往下翻，学校大群、年级组群、教研组群、班主任群、党员群、大办公室群、小办公室群、备课群、普法群、计划群、月考群、出题群、家长群、作业群、培训群、学习群等等，加上家族群、家庭群、同学群、老乡群、朋友群的排列组合，百十来个群像一根根看不见的绳索，把迷途的羔羊们捆绑在一起。这些群不能退不敢退也没法退，因为所有的工作安排，所有的生活问题，所有的交流交际，都是在群里进行的。以前自己不会处理，也不知道打开消息免打扰，只好把手机设置为静音，不然浪费时间不说，光叮咚叮咚的声音就吵死人了。

教师上课不拿手机的禁令也似乎成了摆设，现在人人口袋里揣着手机上课，生怕耽误了重要消息，甚至有时上课还不时翻看关注群消息，以防漏掉重要内容，造成不必要的损失。上次监考她感冒了，头疼眼睛痛不能看手机，结果化学卷子十九题少了个符号二十一题少了个数字，学生提出来，她急得在地上转来转去，等了好长时间，也没等来纠正的人。直到考试即将结束时，她打开手机看时间，才发现出题老师早把需要改正的东西发到群里了。幸亏翻开手机看了，及时避免了失误，否则追究起来也够得上个教学事故了。就是学校不追究，面对认真做题的学生，把分数看的比天大的家长，自己也会愧疚的。

一个个消息蹦蹦跳跳往出跑，目不暇接也没办法。她觉得看微信就像小时候跟着父母去逛交流会一样，虽然人多车多东西多让人眼花缭乱，但当她和妹妹挨个逛完那些“店铺”时，耳朵都吵聋了，什么也没听下什么也没记住。也像有些日子，一天天热热闹闹地过去了，却未留下任何痕迹。

她也想起有学生说过，他们的群也多达七八十个，其中最火爆最具吸引力的是“找对象”群。这种群群员全部实名，年级班级一目了然，人非常多，消息特别广，主题也特别突出。“找吗？找！后操场见？886！”简洁明了，直奔主题。“老师，那就是个微型的人口市场，双方都没有什么弯弯套套，很直接，不像你们大人虚过来虚过去的，没意思。”哎，年轻的一代，永远走在时尚的前列。

记得早先少年时
大家诚诚恳恳
说一句是一句
清早上火车站
长街黑暗无行人
卖豆浆的小店冒着热气
从前的日色变得慢
车，马，邮件都慢
一生只够爱一个人
从前的锁也好看
钥匙精美有样子
你锁了人家就懂了

一段时期，微信圈里木心《从前慢》这首诗特别流行，大概是它概括了当下人的普遍感受，即快节奏下对慢生活的向往；尤其是诗中流淌出的朴素、浪漫、耐性与选择，让人深觉生活本身的魅力。和愈来愈快的感受相比，从前的慢已转化成一种美、一种好、一种朴素的精致、一种生命的哲学。学生时代，春心萌动，是怦然心动的徘徊，是辗转反侧的暗恋，是青春无邪的想念，是寝食难安的过程，应该是情书满天飞的时候，可是，QQ、微信代替了一切……

如今，人人离不开这个精神鸦片了，深受其害却无可奈何。一个个群像章鱼的硕大触手，将人和人之间越来越淡的感情界限划分得更加清晰，也将群居动物的热情好奇和冷漠抗拒推向了极致。好吧，朕已阅，她按顺序点击下拉，为自己丰富的想象力暗暗点赞。

可是，当看到学校大群里的一则通知时，她一下子跳了起来。下午两点半前交笔记？还作为考核成绩？

忙碌的人们哄地都笑了。

我说不知者不愁嘛，你们还不信。看她现在不笑了吧？爱开玩笑的小齐，终于抬起头对她挤挤眼。赶紧抄笔记吧，今天抄不完还真有麻烦呢。

尽管嗓子干得冒烟，张芬也顾不上喝水了，立刻站起来找笔记本。眼睛像个检索器，红色、厚实、鲜艳、醒目，几个词不停地跳动，可看过来过去也没见那个抄了几天的笔记本。

她首先翻了翻面前的一排书，教材、教参、资料、习题，又翻了翻写了一半的教案、蓝皮的听课记录、前几天的培训教材、挑拣出来准备参赛的学生作文、历届砖头般厚的教辅、发来一眼都没看的书籍。它们像一列士兵，训练有素地等着检阅。

找不着了！张芬慌了神，一把拉开第一个抽屉。褐色的木板互相撞击，摩擦出难听的声音。她弯下腰，拨开一个西湖龙井的茶叶盒、一瓶干了的胶水、一个小小的针线盒、一个用过几次的百雀羚润唇膏、一个快要用完的润手霜、两个已经空了的蜂蜜瓶，没找到。第二个抽屉里，小笔筒、小手电、曲别针、笔记本散乱卧着，也不见最需要的东西。拉开最下面的抽屉时，两摞书安静地躺在自己位置上，两个剪纸相框陪伴一旁，没有看见预期中的红色笔记本，她头上开始冒汗了。

明明记得前几天在家抄写了多一半，才拿到学校里的呀，怎么会不见呢？她坐在椅子上，脑子里开始放电影，快进后退、回忆过程、努力搜索的结果是不但没印象，而且干脆想不起来了。她慌慌张张再次拿起手机，仔细看大群里的通知：

> 【雁塔一中】全体教职工：今天上午上级部门来我校进行各项工作检查。1. 各年级、功能室、处室清整室内卫生。请将各类办公用品、表册摆放整齐。2. 按时上下班，准时打卡签到，各位教师把教师手册、教案、作业准备妥当，等待抽查。3. 开车的教师把车停在划定的车位上，切忌随意乱放。4. 各班班主任一定要督促本班学生清扫环境，确保干净整洁。
>
> 【雁塔一中】通知：接教育局通知，2019 年师德师风审核工作从今天开始。下午三点召开考核小组、参评人员会议，望所有人准时参加。所有教职工必须上交师德笔记一份（红笔记本写满），心得体会一份（三千字以上），注意不要打印，全部手写。本次笔记和心得体会成绩将作为年度考核的重要指标，占全部考核成绩的百分之六十。如有未完成或无故不提交者，将严格按照考核标准进行处理，并追究相关责任！

第一个通知时间为八点二十四分，第二个通知八点四十一分就来了，张芬迅速站起来，继续翻箱倒柜。

阳光隔窗照进来，斑驳的影子映在水泥地上，反射出灰白色的影，如一幅抽象的水墨画。有学生喊报告，她随口说进来。门帘掀开，两个女生羞怯地走进来问一道数学题，数学老师正忙着，摆摆手说，今天我有事，等辅导课上再说。学生们失望地转回身，看了看冷冰冰的一张张脸，忙忙碌碌的一个个身影，悄悄走了出去。

又有学生喊报告，这回是个心急的男生，还没等老师答话就急急忙忙进来，齐老师，咱班一体机不能放 PPT 了，咋办呢？

班主任不耐烦地说，咋办？凉拌。没看都忙着吗？等下午我给后勤老师电话。男生讪讪站了一会儿，没想到一向大哥般亲切的老师会这个态度，瞪大眼睛摇摇头，慢慢走了。

紧接着，又有喊报告声，大家都装作没听见，憋着一股劲儿抄笔记。学生喊了几声，不见回音，就转身走了。人人心里不舒服，可笔下也不敢停，笔记更重要啊。

坐在墙角的老汪停下来，长叹了一声，今天咋这么多的事？你说来检查就罢了，非得放在年终考核里，考核就考核嘛，还要看师德笔记，没笔记的人就不合格了？师德师风要是单靠抄笔记能提高的话，不如天天抄笔记算了，真是的。

人们牢骚满腹，手下不停，嘴巴也不闲。

新闻上不是天天三令五申给教师减负给学生减负吗，这就是减负？不减还好，越减越重啊！

不是有媒体天天报道师生矛盾天天骂老师这样那样，咋不来看看咱一天到晚都干啥呢？咋没一个明察暗访的人来报道一下这些呢？

一个学生大大咧咧闯进来，老师，练习册上这道题我做了半天都没做出来，您看看到底咋回事？

新进校的化学老师小方站起来，不好意思地解释，今天顾不上了！等下午吧，下午我去找你。这会儿抄笔记，实在没时间。

那孩子看了看她，老师，您也抄这个呀？我前天就抄完了。

啊？！大家集体抬起头，看着圆脸大眼的高个学生。

忽然得到这么多老师的关注，学生有点羞涩又有些自豪，我初中老师的笔记都是我抄的，他还夸说字写得好，抄得整齐呢。老师，您抄不完可以让咱班字好的同学帮您抄啊，不用这么忙的。说着大步走到了门口，又折回头看奋笔疾书的老师们。

哎，你说这是干啥呢？天天骂学生不来问题，好容易等来个问题的咱又忙忙碌碌，是不是师德有问题？生物小李有些灰心丧气。

张芬更着急。嗳，我的笔记本咋找不到了？明明我拿来就插在这摞书中间的啊，怎么会没了呢？

同事兼闺蜜姬芳关切地说，你再仔细找找，不会是丢在哪里了吧？我记得你抄了很多呢，赶紧找！

张芬开始翻身后的大柜子，把一大堆旧试卷、英语报、语文报、旧资料翻了个遍，还是没找到。

你想想，是不是不放在家里了？大家都替她着了急。车里呢？有没有放在车里？

她转身就往外跑。从五楼往下，一层一层的，楼梯太多，好容易才到了一楼，还要穿过一幢楼的距离才能到停车场。平日里不长的距离，现在怎么这么远，她恨不得长出一双翅膀来。

夏日的校园，天蓝的像画儿一样。微风推着几朵白云，轻轻掠过。红楼崭新，绿树环绕，芍药遍地，丁香微紫，这是校园最美的季节，可惜她没时间欣赏。车里暖融融，保温箱一般，棕黄色车套和毛茸茸饰品把小小空间装点的非常温馨，她看了看副驾座，那里躺着几本书，苏格拉底的《理想国》、门罗的《亲爱的生活》。她是爱读书的人，可就是缺时间，只好学古人，挤出车上、厕上、枕上时间，只要有一点空闲就翻几页。

她翻过来过去，还是没笔记本！

她又跑到后面拉开后车门。座位下有个大纸袋，里面装着一条丝巾一双高跟鞋，还有一副墨镜，都是没打开的新货。丝巾是白色真丝的，好朋友送的生日礼物。鞋子是自己给自己的礼物，精致极了。黑色丝绒面上，一个银色的圆圈，再配上银色的高跟，高贵典雅，低调奢华。在商场，她一眼就看上这双鞋子。尽管知道生活中穿高跟鞋的机会越来越少，可还是毫不犹豫地买了下来。她非常喜欢高跟鞋，以为是精致、唯美、妖娆、女性魅力十足的体现，也是一种追求美好的生活态度。麦当娜曾自信十足地说，给我一双高跟鞋，我能征服全世界！《欲望都市》里的Carrie也说过，站在高跟鞋上，我能看见全世界。当年上大学时没钱买，她想以后工作了有工资了，就天天穿高跟鞋。可真正上了班当了教师做了班主任，别说穿高跟，就是平跟鞋也跑得脚底板疼。例会时，老校长总是强调，女班主任还穿高跟鞋，一看就没进入状态。每次听见这样的话，她都觉得自己选错了行。现在不仅仅是毕业班，全体女教师也没几个穿的，人都忙得恨不得四只脚跑，哪有时间去袅袅婷婷呢？

墨镜也是好朋友送的，其实也用不了几回。当人们把诗意和远方当作小资情调炫富方式时，她却没有时间去享受。

广播声吱啦啦响了起来，她的耳朵像兔子一样立起来，眼睛却继续不懈搜寻。她甚至打开后备厢，尽管百分之百知道没有，还是心存侥幸地检查了一遍。当然没有了，谁会把手抄的笔记本放在这里呢？

> 通知通知：各位老师，今天下午三点，上级部门来我校进行师德考核，请大家下午两点半之前准时上交师德笔记和心得体会。笔记要求写满笔记本，要求手写体，不要打印。心得体会字数三千字以上，不能在网上下载，要结合本职工作，写出真实感受来。

听着广播里的一遍遍通知，张芬心里越发沉甸甸。很久都没听过广播通知了。以前没手机时，除周五下午例会外，通知都靠广播。后来有了手机，单位就用飞信发消息，特殊事件也靠广播通知，也还是很少。现在只要在微信群里发个群消息，人人都能看得见，但学校还这么郑重其事地通知，足见多么是重视。要知道最近一次用广播，还是几个月前的地震演练通知。

问题是那个红色塑料皮的笔记本，像蒸发了一般，不见一丝踪影了。哪里去了呢？那可是自己一笔一画写了多半本的啊。再次坐在办公桌前时，她脸上都能拧下水来。大家都急了，纷纷出各种主意。有的说赶快回家再找，实在没了再说。有的说不行了就去校办公室再要个笔记本，现在抄还来得及。有的说不如让几个学生分别抄，然后钉在一起。可她觉得让学生替自己干这个，实在是不好开口。再说学校规定不能乱写，而且笔记本是专用的，不能拆也不能重新装订。可是现在的形势是笔记完不成就要扣分，扣了分就会影响考核成绩，影响自己的成绩暂且不论，还要给学校抹黑，连带其他人受累，这可怎么办呀？

她看了看表，九点半，离下午两点半还剩五个多小时，回家不一定找得到，还浪费时间。如果现在开始抄，不吃饭不休息还能抄一些，于是就飞奔到校办公室，去要笔记本。

原以为自己是最倒霉的那个，到了办公室才发现来要笔记本的有好几个。后勤部即将退休的老方说眼睛花了，盯不住字行了，一写一个错，只好再要一个重新抄写。初中部的王老师慷慨激昂，他拿回家抄写了几十页，谁知被小孙子撕扯后叠了纸飞机，气得他抓起来打了几巴掌。宿舍管理员是退休后返聘的老同事，愁得两条眉毛都连在了一起，我现在都不会写字了，本子发了，也不知道哪里去了。白发苍苍的办公室主任趴在桌子上边认真抄写边努嘴，本子在那儿放着呢，自己取吧。

风一般回到办公室，张芬看着整整一百页的笔记本，如一面城墙矗立在面前，顾不上说什么，打开资料，找到内容，就是一阵狂写。

办公室里静悄悄，几页写过，手腕僵直，胳膊酸痛，她抬起胳膊抡了几圈，低头继续。心急吃不了热豆腐，古人讲写字需要平心静气。“落纸惊风起，摇空见露浓”，也是养心养性的过程。可如今哪来的时间慢慢写字呢？再说电脑手机彻底摧毁了人们写字的习惯，提笔忘字，提笔不会写字的老师大有人在，更不用说学生了，单看看他们的作业就知道了。有人总结学生写字是，小学时一笔一画，初中时连走带爬，高中时胡写乱画，大学时下笔如麻，还真是。键盘时代，手机时代，一切皆在指间滑动，丢失的东西太多了。

张芬边急急忙忙抄，边看着鬼画符般的字，不由一阵愧疚。父亲因为写得一手好字，所以对子女们写字要求很严。小时候，别人家孩子过年都吃喝玩乐四处闲逛，她和弟弟妹妹们却只能趴在炕桌上练字。字是黑狗，越描越丑，父亲边说边落笔的那种样子，庄重稳健，不紧不慢，永远镌刻在子女们心底。因为从小临帖的缘故，她的钢笔字其实挺不错，刚工作时还拿过教育系统硬笔书法二等奖，可现在几乎不会写了，更不用说写得多好看了。她看着手里的中性笔，在雪白滑腻的白纸上急慌慌画出来的字，像错位的抽象符号，又难看又别扭。一个教书的，天天给学生强调写好字强调文面整洁，可真正能好好写字又能把字写好的教师又有几个呢？她觉得自己真是在白白浪费纸笔、精力和时间。

小齐写累了，又唠叨开了。这买笔记本的人也有问题。抄笔记的嘛，差不多就对了，不但买了专用的，而且还是页数多质量好的，厚实得人想投个机取个巧都不行。撕了嘛又撕不了几页，拆了嘛还订不上，还让人活不活了？大家全嘿嘿嘿，心领神会地笑。

也是。以前发的笔记本，都是纸张薄页数少的小本子，好多人实在写不完就偷偷撕过十几页，再偷工减字就可以了。也有人把以前写过的笔记撕了旧封皮，换个新的贴上去即可。总之上有政策下有对策，各种应付的办法也是层出不穷。

听说这是上级规定的专用本，一本要十几元呢。刚才通知你没听？办公室要派专人检查，还要看是不是本人笔迹呢。

呵呵，他道高一尺咱魔高一丈，只要把字写成核桃大或者双行写就快了。有人交流着自己的“作弊”经验。

这次不行，你没听校长开会时特别强调了不准学生代写，不准写大字，不准写双行的嘛。

哎，那就啥都别说了，开写开写。

上课铃响了几遍，谁也没动弹。张芬看看表，十点半了，就像往常一样提醒道，上课了，今天谁第三节？

小齐说，今天还上课？赶快抄你的笔记吧，办公室已通知不用上课了。

她惊讶极了，除了一年一度的选举和考核外，随意停课这种事很少发生，停课抄笔记就更滑稽了。正说着，只见各班科代表陆续跑来问老师怎么不上课，大家正不知怎么回答。年级主任走了进来，大手一挥，我去通知各班上自习，你们赶紧抄。

张芬翻翻才写了几页的笔记本，一会儿摸摸厚度一会儿看看资料，心烦气躁，更写不出好字来。

良好的职业道德是教师职业活动最基本的要求，教师是学生增长知识和思想进步的导师。教师队伍师德师风素质的高低，直接关系到素质教育的顺利实施，直接关系到青少年的健康成长，直接关系到全面建设小康社会和中华民族伟大复兴宏伟目标的实现，直接关系到祖国的未来。

看着自己笔下的这些话，她觉得有些可笑。

大家时而气愤地骂骂咧咧，时而说点小笑话，时而缓缓酸痛的胳膊，时而写写画画。就这样，一个早上在疯狂抄写中很快过去了，到了放学时间，可没一个人起身。

大家都不回去吃饭吗？小齐站起来，伸伸懒腰，我抄得差不多了，今早上可是累死本宝宝了。

不回去了，来来去去的费时间，还不如抄几页笔记呢，几个同事说。

张芬没说话。她是绝对不敢回去的，三个小时的用力抄，只抄了不到四十页。写到后来，她觉得胳膊都不是自己的了，只是机械地画字，好看不好看早都抛到脑后去了。

小齐同情地说，那就好好抄吧，我回了啊。谁要带饭说一声，我早点儿来带给大家。

人们都说不用麻烦了，抄完了去食堂随便吃点就是。

手机吱吱响，张芬拿起来一看是老公的，就接了起来。那边急慌慌地嚷，你干啥着呢？圆圆感冒发烧了，马老师说打电话你不接，就打给我了。我现在在小区门口的卫生所里给她输液呢，你回来后就直接到这里。娃娃正哭呢，说想你了。

她猛地站起来，一把抓过手机，翻看电话簿，七八个未接来电，正是她下去找笔记本的时间段。

张芬心都焦了，早上走时女儿就说不舒服，心里难过，她以为是孩子不想去幼儿园找借口，就狠下心说必须去，没想到一个早上已这么严重了。

急急忙忙赶到卫生所时，孩子已睡着了，小小的脸蛋红得像苹果，还有泪渍。她冲过去想抱抱，老公拉住她连连嘘声，刚才扎针哭了很久，说要妈妈，才睡着了，你不要惹。

鹤发童颜的老大夫说，这次流感是病毒性的，范围很广。很多孩子都染被传染上了，得输液，用头孢之类的抗生素才能过去。

张芬点点头，看着熟睡的女儿，眼泪就流了下来。孩子病了，笔记丢了，自己累了，这个生日似乎格外地悲催。

老公惊讶地看着她，不要紧的，小孩子嘛，你先去吃饭，我看着就行。

泪水一滴滴掉下来，她哽咽着，你先去吃饭吧，我看着就行。再说还要抄笔记，心得体会还没写呢。

老公不放心地问，没什么事儿吧？笔记不是天天抄吗还没抄完？她摇摇头，没说话。

看着她的眼泪一串串，他搔搔头，不好意思地说。今天是你生日，本想好好给你过的，结果圆圆病了，对不起啊。别委屈了，咱周末补上怎么样？

我不是为这个才伤心的，她赶紧笑了笑，当着外人面，能说自己累极了，能说被抄笔记愁得哭吗？能说自己一个教书的，抄那些有什么用吗？能说这样的日子一天两天、一年两年还可以，长长的一辈子啊，给谁谁能受得了吗？

淡淡的消毒水味、西药的甜味、中药的苦味，一齐弥漫在空气中。小小的病室里，前来看病的人越来越多，渐渐人满为患。人们带着孩子老人或自己，抱着坐着躺着，打针输液吃药，熙熙攘攘，吵吵闹闹。角落里，一个女人边安抚着孩子边抄着笔记。

下午，一进办公室，大家就互问抄了多少页完成了没有，问心得体会的格式对不对要不要加封皮。组长迈着大步，满头大汗，上上下下通知两点半之前必须交笔记，又去各个教室叮嘱学生照旧自习。气氛格外紧张起来，谁也顾不上说笑，一个个都写糊涂了。

两点半，办公室主任准时在学校大群里催要东西，各年级组长马上在年级组小群里转发，各备课组长立即又在小小群里转发。手机里嘀嘀嘀，全校都进入紧急状态。张芬把厚厚的红色笔记本交给了组长时，心里一阵忐忑。虽然没写多少页，虽然字丑得没眼看，但也赶写了一半儿。哎，谁叫自己丢了呢？只要不连累其他人就好，她已做好挨批评的心理准备。好在心得体会在丈夫连编带抄下也完成了，三千多字，龙飞凤舞，潇洒飘逸，字比她好得多。当她担心字迹不一样时，他大手一挥，我的傻老婆啊，你还真以为有人去对笔迹吗？

三点钟，一行人从一辆灰楚楚的面包车里钻出来，直接上了行政楼。各微信群马上发出通知，所有人员迅速到三楼会议室，参加师德师风考核会议。

偌大的会议室，三百多教职工坐得满满当当。来的人倒不多，四个，一个个正襟危坐，严肃极了。校长介绍完身份后，一个小个子、身子笔直的人开始念文件，一二三四五，都是关于师德标准和师风建设的，和笔记里说得差不多。其他三个人也一样，按照次序一板一眼地念稿子。

> 教书是手段，育人是目的。因此，我们教师在任何时候都不能忘记，自己不单单是为教书而教书的教书匠，而应是一个教育家，是人类灵魂的工程师。以情育人，热爱学生；以言导行，诲人不倦；以才育人，亲切关心；以身示范，尊重信任；才是一个具有良好师德的人。”“教师只有热爱学生，才能教育好学生，才能使教育发挥最大限度的作用。可以说，热爱学生是教师职业道德的根本。

听着这些司空见惯、烂熟于心的话，人们一个个低下了头，不知心里想着啥。

张芬紧张地看着他们，暗暗祈祷千万别抽到自己。刚才，在往会议室走的路上，她听说这次审核是抽检，就是说机动性比较大，抽到谁就是谁，没抽到的当然万事大吉了。万一抽到了呢？她想自己一贯兢兢业业、本本分分、善良真诚，老天爷一定会眷顾的。

会议很快就结束了，一行人站起来，在众人注目礼中威严地离去，到办公室里抽检笔记去了。校长及相关人员小跑着跟在后面，其他人就在会议室里等结果。人们一改往日比学生还吵的习惯，悄悄坐着，低头看手机。

下课铃响了，校园里却安静异常，听不见一个学生吵闹。张芬悄悄问身边人，才知道学生早被安顿好了，下课不准出教室门，连上厕所都不行。考核小组走了后，才能自由活动。

上课铃声一遍又一遍，人们耐心地等着，有人趴在桌子上睡觉，有人开始小声说话。大多数人抱着手机，就像抱着一个世界，反正不用上课，坐着等也是一种休息。

四点十分，微信群里终于发来了一则消息：

根据《雁塔中学教职工师德考核办法》，经教育局师德考核领导小组认真核实、教师个人自评、各工会小组民主推荐、校师德考核领导小组现场票决后，389 人为 2019 年师德考核合格。

一、优秀人员（62 人）。

二、其他人员均为合格。

对本次考核结果如有异议，按局规定执行。

雁塔区雁塔教育局

2019 年 5 月 22 日

紧张气氛忽然消散了，人们一下子兴奋起来了，呼啦啦站起来，说话声、笑闹声、凳子挪动声，此起彼伏。大家一窝蜂地挤出会议室，像一条条小溪，流向各自的办公室。

终于没事了！张芬边走边给老公电话，问孩子怎么样了，问晚上吃什么饭，还撒娇地问怎么给自己过生日。

孩子接过电话，妈妈，晚上我和爸爸请你喝粥怎么样？她大笑，你爷俩也太小气了吧？老公大笑，医生让她喝粥，她就说请你也喝粥。

夕阳西下，学生们从教室里拥出来，豆子一样撒向各个角落。上厕所的、进图书馆的、追逐玩耍的、打扫卫生的……操场里、草坪间、跑道上、篮球场、足球场，满是人影，校园恢复了惯常的热闹。

晚自习，张芬认认真真地补了早上的教学内容，又一遍遍个学生叮咛，一定要多来我们办公室啊，有不会的问题一定要来问老师啊。

办公室里，她听见有人议论今天的考核组很认真，检查笔记时一丝不苟。几个老师的笔记出了问题，被叫到办公室一一约谈。后勤的周老师抄到第三章时多写了几行，还把同一段抄写了三遍，现在正写书面检查呢。还有一个同事的心得体会全部照搬网上的，被认为态度不认真，现在也在写检查。

她长出了口气。

过了几天，她去校办公室填写新课程培训单，发现高高的一摞红色笔记本堆在角落里，上面布满了灰尘，如打入冷宫的嫔妃，再也无人记起。望着那些胡乱躺着的笔记本，埋头苦写的情景一下子出现在眼前。她下意识地走过去，一本本翻看。

为数不多的人写完了一百页，大多数人写了八九十页，和她一样写五六十页的也有，但很少。有的字大得像核桃一样，有的和学生一样规规矩矩，但都很认真。

突然，一个笔记本里，非常熟悉的笔迹出现在眼前。呀，这不就是自己翻了天也没找到的那个笔记本吗？这不是我自己的笔迹吗？可封面上却写着一个男同事名字。他怎么会拿我的本子？

她再次认真翻看，一点没错！就气愤地甩了甩本子。就是因为这个笔记本，害得自己心力交瘁，害得自己大哭一场，害得自己生日那天一点儿也不开心。她从没想到，居然还真有人拿了这个笔记本。

回到办公室后，张芬实在想不通，就把这件事告诉悄悄给了姬芳。姬芳是个炮筒子，眼里揉不进沙子，听完后一股风地走了，拉都拉不住。不大一会儿，她就笑嘻嘻回来了，你猜我问他，他咋说的？

咋说的？张芬好奇极了。

他说去停车场的路上，看见一个笔记本躺在地上，拿起来一看，没名字，但笔记抄得整整齐齐，有一大半。他在大群里问了半天，没人回答；又在年级组群里问了，也没人接话，于是就占为己有了。后来听说交笔记，就补抄了十几页交了上去。他还说早知道是你的就还回来了，省得检查时一直提心吊胆，生怕被查出来做检查。

丢失的笔记本终于回来了。

张芬把它插在最前排的一摞摞书中，放在最显眼的位置。它像一片红艳艳的树叶，记载着一个普通又离奇的经历，记录着一个教师的喜怒哀乐，定格着她三十四岁生日时流出的泪水……

师父，现在基层教育越来越行政化，各种杂事越来越多，一线教师们真是疲于应付，苦不堪言；既要完成教学、教育科研、学生管理、家校联系等业务性工作，还要参加各种继续教育、专项培训；既要为职称评审、考核评比、论文课题奔忙，还要为各项创建、申报、检查、考核、评比工作准备资料；更要承担创建文明城市、卫生城市、扫黑除恶、扫黄打非、禁毒学习等各种社会性治理工作。

有人说学校是个筐，啥都往里装。管理是把老师当学生管，把学生当祖宗供，虽有点儿偏激，还真是说出了基层教师的尴尬。当个老师真不容易啊，就像“夹心饼干”，进退两难，所以大家对工作越来越没积极性，效率越来越低，作风越来越推诿拖拉，态度越来越懈怠松散。这样想的人不止我一个，而是一大批。在疲于应付的环境下，我也快坚持不住了，您说我该怎么办呢？

什么时候，我们的校园才能安静下来，净化到学做人、学知识、长身体呢？什么时候，我们的教师才能安静下来，认认真真教书，踏踏实实育人呢？什么时候，我们的教育能回归到渗透式本质，回归到系统化、系列化的规律呢？

师父，先说到这里啊，回头来看您。祝您和师母健康长寿，快乐平安！永远做我们的“知心大叔”和随便吐槽的“树洞”啊！

您永远的弟子　安红英

二〇一九年五月六日　立夏

管 教 记

老陈啊，接到你的来信，我一下子泪流满面。不是我矫情，你知道吗？前天，老李没了，就是一起喝过酒的李奉献，一句话都没留，就匆匆走了。

我调到三中后，他就和我一个办公室，天天在一起上下班，天天打嘴仗，肩并肩作战了这么多年，可现在说没就没了，我实在是无法接受啊！

这个老伙计，在外人眼里，虽有点笨拙幼稚，有点吝啬偏执，但在我心中他单纯可爱，干净朴实，耿直不屈。他这一生，是酸辣苦甜的一生，也是兢兢业业的一生。我敢拍着胸脯保证，他是个好教师，是个好人，是值得我们同情和尊敬的人！

1

李奉献是坐在我对面的同事，五十八了，马上就要退休了。

大前天早上，三节课上完已是十点多了，大家疲惫不堪地坐下来歇口气，准备喝点水吃点东西。中小学语数外老师年年月月，天天如此。

忽然他被一群学生架了进来，双眼紧闭，脸色蜡黄，嘴唇青白，汗水沿着额头流下来。硕大的身体被拖着，像匹伏地的骆驼。

人们呼啦啦围了上去，齐声问，咋了咋了？体育何老师迅速把两张办公桌合在一起，大声喊，不要乱动，先让他躺下。

我忙喊，药！药在左边第一个抽屉里！有人慌忙拉开抽屉，找到药，一把撕了开来，喂了他一颗。

他躺在办公室桌上，躺在一摞摞作业本教参、教辅书上，满脸是水。白色的胡须上一滴滴汗珠，在夏阳照耀下，仿佛深冬里白蒿上的露珠。

何老师敏捷地跳上桌，将左手掌放在他胸骨下三分之一处，用右手掌压住左手背，手臂与胸骨垂直，用力下压，一下一下。

不行，这药太慢，喷剂快，老王跑过来，拿出一个喷剂，边喷在他鼻腔周围边喊道，奉献奉献，你快吸口气。

在同事的呼喊下，他明显有了意识。人们又大声喊，老李老李，咳嗽，你咳嗽一下。

他紧闭的眼睛突然睁开，睫毛一合一翕，浑身筛糠般抖动了好一会儿，才轻轻咳了一下。

醒了醒了，醒过来了，大家看着他发青的脸色，沉重的喘息，虚弱的笑容，心疼极了。

他有心脏病，很多年了，但很少犯，上课也从不拿药。几十年的老教师了，他相信自己的学生绝不会惹一个坐着讲课的老人生气。

抬他进来的学生叽叽喳喳，七嘴八舌。原来上数学课时，他又提问了那个谁都不敢管天天睡觉的“高衙内”了。

2

“高衙内”真名叫高尚雅，是花了五万元转进来的高费生。据说他一进校，就对班主任说，老师，我家是拆迁户，光楼房就有十套。我大（方言：父亲）说了，只要在学校待着拿个高中毕业证，睡三年都行，他给我一天五百元的奖励，想干什么就干什么，所以我以后干啥你都别管了啊。

所以，他不听课不看书不写作业，上课就睡觉，睡醒了就说话，说累了就胡吃海喝，还拉着一帮同学闹腾，专拣长得好看的女生骚扰。因为学校不允许拿手机，所以他显得更无聊，无所事事的结果就是各种捣蛋。大多数同学都敬而远之，但总有几个喽啰跟在后面狐假虎威。这样班里风气一天比一天差，成绩一次比一次低，在其他家长强烈要求下，他被劝退过一次。可没过几天，又坐在教室后面了，原因是他父亲给学校捐赠了一条塑胶跑道。年轻的女班主任拿他没办法，各科老师都选择了放弃，眼不见心不烦，眼见了也不烦。老李不行，他这人一辈子爱较真，老了也改不了。

他们的正面交锋据说是这样的：

第一节课上了很久，老李看着后面的那个三无（无课本练习册作业本）学生，一边挤眉弄眼地用中性笔尖戳前面的女生，一边跷起二郎腿和几个同学打闹，就停止了讲课。后排几个学生在老师愤怒的目光中偃旗息鼓，悄悄坐着了。高衙内趴在桌子上无聊极了，就从桌筐里搬出方便面可乐等东西，旁若无人地吃喝。

他走下去说，上课呢你咋还这样？

高衙内看着他，毫不在乎地还嘴，我吃我的东西，你讲你的课，咱们相互不干涉。

老李说，立体几何其实很有意思，你好好坐着，听一点是一点。

数学嘛，认识几个阿拉伯数字，不耽误我会数钱就行。我家长都不管我，你管我干啥？

老李想了想，大好的时间这么被浪费，我觉得太可惜了，是学生就必须遵守班规校训的啊，课你可以不听，但课堂纪律必须遵守，不能影响其他同学。

那孩子一下子跳起来老高，叫嚣道，老李，连校长都拿我没办法，你想干啥？其他老师都不管，你这么吃力着干啥？要么你别管我，要么你装作没看见，两个里面你选一个。

老李怔了一下，想了想也说，要么你站起来听课，要么你出去，两个里面你也选一个。

这班里有六十六名学生，黑压压一片，抬起头来静静看着师生对峙。有几个孩子说以后要当教师的，为此他们拼命听课做作业做题。老李觉得此时自己就像黑板上的那道例题，虽然解法有几种但答案只有一个，他得护着某种东西。

学生轻蔑地一笑，老李，你可想好，我今天出了这个教室门，明天你还得照样把我请进来。

李奉献一下子生气了，我教了一辈子书，还没见过你这样的学生。你给我出去！

所有人都扭回头瞅着他，眼里流露出一种高衙内从来没见过的东西，他感觉有些理亏，虽然面对的是一个又老又弱的老师。他站起来，用手指着老李，今儿暂时让你一回，看我以后怎么收拾你。说着，满不在乎地斜拧着走出教室。

教室门被狠狠甩着，发出刺耳的响声。老李看着他，像看着一个顽劣淘气的孩子，笑了笑，继续走回讲台上课。大家看，这是高中立体几何中最难的题型之一：

如图正四面体中，D、E是棱PC上不重合的两点；F、H分别是棱PA、PB上的点，且与P点不重合。求证：EF和DH是异面直线。

他讲得很认真，一边在黑板上画图一边讲着解题过程，层次明晰，有条不紊。似乎只有这样，才能在学生面前赢得点什么似的。

讲完了，他和颜悦色地打开门，叫着那学生名字，你进来，我给你讲讲这道题。

高衙内拧着身子进来，握紧拳头，盯着他说，李奉献，你一个月挣多少钱就敢这么对我？拿着三四千块钱的人，和有一栋楼的人对着干，就没想一想后果？

教室里能听得见针掉在地上的声音。老李摇晃了一下，似乎没听清，你说了个啥？

我说你是个坏怂（方言：坏蛋），是个吝皮（方言：吝啬鬼），是个爱钱怕死没瞌睡的老屁桶，一分钱能掰成两半花的穷鬼。你这样的人，就是找着挨打的货。你下班走路最好小心着，小爷和你没完。

下课铃声丁零零响，教室里的学生一动不动。楼道里有学生跑出来，熙攘笑闹。

老李晃了一下，没想到啊，真没想到……

接着，他就倒了下去，像一座山倒塌了一样，然后就被一群男生抬到办公室来了。

3

他醒了过来，躺在一堆书本纸张中，浑身颤抖，老泪纵横，没想到，真没想到，我都能做他爷爷了呀……

大家忙说，别生气别生气啊，爱护自己爱护自己，像哄自己年迈的父亲。

班主任是个年轻女孩子，姓刘，是才分来不久的免费师范生，抓着老李的手也放声哭，泪水顺着光滑的脸颊漫下来。怎么办啊？这个学生说不听骂不管用，天天祸害人。李老师，我要怎么做啊？

一老一小都哭着，大家都低下了头，不知道怎么劝慰。

年轻的小马老师在地上转来转去，气得结结巴巴，老李五十八了啊，还站着讲台，先别说什么成就感了……已连点尊严都没了，我都怀疑……这职业是教书育人的吗？

小小的班主任依旧哭，这个学生是年级主任亲自领进来的，说不管怎么样，在班里坐着就行，说学校的塑胶跑道就是他家捐助的……

何老师大声说，这些年，关于教师学生的话题，就像医生和患者成了恶性循环。外人说起来一边倒，道听途说，夸大歪曲；行业内敢怒不敢言，说了也没人听。何况动不动就蹦出一只老鼠，害了一锅汤。有偿补课、收受钱物、体罚性侵，每一个和师德师风有关；小学校长、男教师、幼儿园外聘人员，没一个能让教师直起腰杆来的。再加上大环境影响，新闻媒体的导向，行政部门的干涉，家长的参与，具体到教学工作中，对那些品质顽劣的孩子不能说不能动，劝说无效停课不敢。没有师道尊严做底气，教育人的人咋就这么无助无奈啊？

年级主任一阵风，跑进来说，怎么回事？不是明令不准和学生挑事端的嘛？不是大会小会强调要有服务意识的吗？学校不就是个服务行业嘛，怎么又出事？

所有人眼睛里能喷出火来，他才看见躺倒的老李，走上前讪讪地问，老李咋回事？

没人说话，大家都看着他。

好大一会儿，何老师才冷冰冰地回答。他没啥事，就是被高衙内气得犯了心脏病。不过不要紧，教书的嘛，服务行业嘛，死几个也没啥。

咋又是这娃娃啊？他到底想干啥吗？年级主任也生气了，大声说。

谁知道呢？不是上次已被劝退了，又被谁带进来的？这件事倒应该查一查。

年级主任声音低了下去，他家……

又是塑胶跑道吧？我还就不信了，国家给咱投资了那么多钱，就非得要他家这一点捐赠？捐赠当然是好事，可现在好像学校都成了他家开的了，出来进去地害人。你看他身份虽是学生，可思维方式行为方式已完全成人化社会化了，不然哪敢这么做？

年级主任说，大家先冷静冷静啊。这件事我一定要给学校汇报，看学校咋处理，我也不能做主。说完就往门口走去。

呼啦啦，门被掀开，进来一大帮学生。高个的、矮个的、圆脸的、长脸的，一个个面色凝重、同仇敌忾的样子。小刘看见自己班的占了一大半，还有其他班的。主任看见其中一个是全年级让人头疼的刺头，还有一些平时就不爱学习的主儿。

干啥？你们想干啥？他马上提高了声音。

刺儿头使劲搡着那个黑胖的高衙内，厉声呵斥。老师，你们不敢动他，我们敢动。今天他要是不给李老师道歉的话，我们见一次打一次。不能让他这么欺负老师，还没个王法了？我们豁出去不读书了，反正也考不上。你过去，给李老师道歉。

高衙内脚粘在地板上一样，磨磨蹭蹭走了过来，低头说，对不起，李老师，我错了。是我不好好学习，还骂你气你。老师，你起来踢我几脚吧，扇几个耳光解恨的话，你就多扇几下。

老李眯着眼，泪水顺着沟壑淌下来。你都是我孙子辈的人了，我和你计较什么？你这样浪费光阴，我觉得很可惜啊。我年轻时，家里穷，大人不让念书，就天天跑几十里路偷着听课……

大家都没说话。他真老了，一张嘴就苦口婆心，现身说法。

衙内突然也哭了起来。我本来就不爱念书，被我爸逼到学校来，说一天五百元，让我拿个高中毕业证。可每天要上十几节课，从六点起床到晚上十一点半，坐在教室里听天书，还要受人管束，这种日子不好受啊。我也不容易啊，受活罪呢。

人们哭笑不得地看着他。

年级主任说，你说你这么大的人了，一天不学好，动不动欺负同学欺负老师，有啥意思？叫你家长来把你领回去。

男孩倒很爽快，无聊嘛，就想找点乐子。反正我爸说家里有钱，不需要我念书赚钱养家糊口。老师，我爸来了，你能不能给他说说，让我不念书了。我一直想学修汽车，他不让我去，嫌丢人，可我实在是熬不下去了啊。

上课铃响了，学生们被赶着去上课了，教师们也纷纷前往教室。老李被扶起来，坐在椅子上歇缓。几个年轻教师窃窃私语，正商量报考公务员的事。

4

后勤处的老汪急急忙忙来了，坐在老李对面，边安慰边说衙内家的情况，他们是邻居。大家边批改作业边听他讲。

捐赠学校操场跑道的人，真名叫高耀祖，外号叫“高县长”。人虽然长得五大三粗扁头歪鼻，但脑子灵活善交朋友。秦腔《三滴血》你们知道吧？那里面有个县官叫晋信书，是个糊涂蛋，不懂装懂还自以为是，发明了滴血认亲的方法，导致了一场错案冤案。所以在咱这里，叫“县长”的绝不是个褒义词，而是贬义词，就是糊涂糨子的意思。

高耀祖识字少，基本上是个文盲。关于他的笑话很多，讲个最经典的吧。话说他送一个醉酒朋友回家，到了憩园小区门口，遇见另一个醉鬼，两人三说两喊的就缠在一起打起架来。他急了，拿起电话拨了110，电话打通了，警察问具体位置，他却认不得憩园的憩字。警察问了几遍，他也说不清。那时没微信也没定位直接没办法，直到路过的人帮忙才成功报警。警察来了，两人已头破血流，浑身是伤，被拘留了一夜。朋友清醒后怪他，他气呼呼地说，我要是多识几个字，还用得着看你这副嘴脸？

他给唯一的儿子取名为高尚雅，每次介绍时都会说，我儿，高官的高，和尚的尚，雅座的雅。熟悉的人就教他说点好听的，可教的曲子唱不上，下次他还是原话。但他记忆力超好，尤其是记数字，几乎过目不忘。这些年，照自己的方式做生意，不但获得了成功，而且速度快得令人惊讶。据他说最简便的方式就是下猛药，不管办什么事，只要盯准瞅稳，把钱多多地砸过去，把对方一下砸晕，一切都会迎刃而解。加上拆迁政策，十多亩大的院子，上千万的拆迁款，他就成了本城数一数二的富翁。

可他儿子，这个三代单传的男娃，让他费了不少心。高尚雅从小就不爱念书，一到学校就头疼。为了让儿子读书，他不知道撒出去多少钱。从一所学校转到另一所学校，从一个班跑到另一个班，从一个培训班换到另一个培训班，办法想了无数个，家教请了几十个，都无济于事。虽然他结交甚广，钱多大方，不管是校长还是班主任课任老师，只要有机会就说请客吃饭，吓得大家都不敢见他。

老李啊，你还是太认真了。人家家长都说只要混着长大，拿个毕业证就行了，你为啥还要管呢？

我不管心上过不去啊，这是我的工作职责啊，不管家里有多少钱，他只要坐在教室里就是个学生，上课就必须遵守课堂秩序。再说他捣乱，全班都不能听课，我不管不行啊。

那你就天天生气？问题是心脏也受不了啊？一个月拿着那点钱，操的心还多，就不能少操点儿心啊？

当了多半辈子教师，已习惯了。他有钱是他的，我有我的良心，不能因为他有钱就成了爷，那咱们教书是为了啥啊？

你呀你呀，迟早要吃亏的，老汪摇摇头，无奈地走了。

谁知道，一语成谶，果不其然，他最终吃亏在“认真”二字上了。

5

我俩坐对面，他的性格爱好我都知道。老李这个人啥都好，就是有点儿较真，为此闹的笑话也不少。

爱较真的人总是很奇怪，谁说啥他都信，太容易上当受骗。人们常常以逗他为乐。比如某天早上他有点儿感冒，脸色不好。熟悉的人就开玩笑，老李啊，今天脸色咋这样差，一定是重病的先兆，赶快到医院去看看吧。一个人说了没啥，当两三个人说完时，他已经打电话请假准备去医院检查了。

他爱吃肉，每次只要年级组有活动，必定先给他要碗烩肉。他说小时候家里穷，一年四节也吃不了几回。就是过年，人多肉少，煮一锅骨头也挨不上几块。他常说，人世间最美的事就是吃肉啊，不吃肉的人是最超子（方言：傻子）。一次，大家去吃自助火锅。他第一次见到那么多的菜，开心极了，就放开肚皮吃；吃饱了喝足了，当大家准备离开时，才发现他坐在座位上站不起来。同事拉他起来，他慢慢走着，谁说什么也不敢还嘴。大家都笑他是吃自助的典范，真正地扶着墙进去扶着墙出来。

他不抽烟不喝酒，不耍麻将不打牌，更不用说做其他坏事了。一年四季总是一身衣裳，似乎从不见换新的，人们都笑话他爱钱，舍不得花钱吝啬。我有时也劝他，日子过得差不多就是，不要亏了自己，孩子大了，攒钱干啥。他笑着说，不是爱钱，就是觉得有些钱纯粹没必要花。小时候家里穷，想着只要吃饱穿暖有肉的日子就是天堂，现在住着楼房穿着好衣裳，顿顿吃肉，还不知足？父母走得早，现在的好日子没享受过一天，我一直心上过不去，就想多攒点儿钱，等退休了，把我们村六十五岁以上的老人拉到天安门上浪一圈，看一眼毛主席纪念堂，也算做了点好事圆了个梦。

他上课特别认真。课讲得好，声音大，思路清，粉笔字写完一黑板又一黑板，擦起来灰尘满天；改作业更别说了，一个字一个字地纠正。学生对他，是既发愁又感动。就是这样的一个人，怎么会在课堂上对学生放任自流呢？必然要和高衙内斗气，必然看不惯就想说，谁来都一样。

6

两节课后，家长来了。

当浑身上下名牌的高耀祖走进来时，办公室里一片亮光。黑色压金丝的衬衣，暗金色的领带，亮金色的皮带扣，站在那里，猛一看，他就像裹在一块闪闪发亮的金箔里。人们眼前明晃晃，可总觉得哪里不对，仔细一瞧，白袜子在裤腿里不甘寂寞，搔首弄姿。一截红布条缠在裤带上，惊讶地望着主人。

老师，我那个娃娃又咋了？愁眉苦脸的他低下头，转着圈发烟。

没人说话，小马指了指墙面上的“无烟办公室”，他讪讪地笑着，收回了软中华。

老李老师，对不起啊。我的这个孽障，真是一点儿办法也没有。今天的事，你就大人大量，看我面子过了算了，以后你不要管他了，由他去。中午咱一起坐坐，给你道个歉，消消气。前几次叫你吃饭，你也不来，我想说个话也没机会。

吃饭我就不去了。你看你家娃娃，在学校不学习，上课不听讲，下课不写作业，动不动就逃学上网，欺负同学，还顶撞老师，做家长的也要管一管的，老李慢慢说。

我一天到晚忙忙碌碌，没时间盯着啊。以前说少了他不听，说多了就和我吵。自从我和他妈离婚后，他就很少和我正面说话，越来越没个样子了。现在我也发愁，放在外面害怕进了监狱，放在学校里成天惹是生非。你就别把他当个学生，就让他坐在教室里往大长着去。说穿了，我也没想着靠他能干点啥，不理他就是了。

何老师站起来气呼呼，学校就是学生受教育的地方，我们当老师的难道就眼睁睁看着他胡作非为不管吗？那不是把学校当作养老院了？

班主任小刘说起来就浑身发抖，问题是他还影响着一大帮子呢。跟啥人学啥样，一个人会害了一班学生的。他们这个团伙，挑衅闹事，打架斗殴，还学会了借贷放贷，收取保护费。今天上课又把李老师气晕了，我们哪能不管？

家长低下头，想了好一会儿。是这，我给你们班的老师每个月发两千元，老李老师多给一千元，你们给我看着他……

大家一下子炸了。

我们有单位有工资，凭什么要你的钱？我们又不是你雇的仆人？老李声音一下子大了。

人们赶紧安抚，别生气，让他说嘛。

那你们还想干啥？吃饭不去，给钱不要，还要我怎么办？浑身是金的高耀祖一下子翻了脸。这个班我家娃娃是坐定了，谁也不可能不让他念书吧？不敢不让他拿毕业证吧？我不想说狠话，但开除我的娃娃，你们还没这个权力。他今儿怎么出去明儿我还让他怎么进来，我就不相信了，你们还能翻了天？说完，脖子一拧，走了。

7

回家时老李脸色就不好，大家都劝他去医院看看。他只说，我好着呢，你们放心吧。学生嘛，还能把我气死？毕竟是娃娃，过了就过了。

回到家，老婆发现他脚步沉重，身子就像在地上拖，也劝他去检查检查。他硬撑着说，不要紧。我这老毛病了，只要挺过去，就好了。

他说暂时不想吃饭，午休后再说。老婆寻思着他最爱吃苦苦菜，准备去市场上买，临出门还叮嘱他好好躺着，不要胡思乱想。他也笑着说，苦苦菜可是个好东西啊。当年王宝钏为了爱情，曾在寒窑里吃了十八年的。还记得《五典坡》里薛平贵唱的吗？王宝钏跑得欢，苦苦菜掉了一大摊。我等着吃。

可他躺在床上，再也没醒过来。

大家都说他是被气死的，被一个混混学生气死了。

学生们来了，现在的曾经的，站满了家属院的楼道；同事们来了，现在的曾经的，一个个泪眼模糊。这样的结局任谁也想不到，但事情已经发生了，人们只能接受。

我更难过的是，一个临近退休的人，一个准备带着全村老人去北京浪一趟的人，就这么悄悄走了，再也完不成自己的心愿了。

前来吊唁的人群中，我没见那个梳着鸡冠头的高衙内，也没有见那个浑身金光闪闪的家长，不知他们听到这样消息会怎么想呢？

哎，他们愧疚不愧疚，悔恨不悔恨，现在都无所谓了，人都没了，即使再多的愧疚悔恨，又能怎么样呢？

只是我们这些一线教师，从心底冒出一股股凉意，以后谁还敢管学生，谁又能管得过来呢？

老陈，这件事说起来怪谁呢？怪学生，还是怪他自己？怪他天生爱较真，还是说死脑筋不知变通？如果李奉献不去管学生，任由他在课堂上胡闹，睁一只眼闭一只眼，也不会有这样的结局吧？教书育人，到最后把自己都搭了进去，你说这是个啥事嘛。

不管怎么样，人都没了，说什么也没用了。

和你唠叨了几句，心里顺多了。后天在区医院太平间开追悼会，你有时间的话就来送送他吧，毕竟都是一条战壕里的老战友，都是干了一辈子教育的人。

好了！后天见！

你的老同事　方圆

二〇一九年五月二十一日　小满

赔 偿 记

陈校长：

您好啊！

你问当年的老同事如今都怎么样，大家都挺好的，都挺惦念你的。

从你调走到现在，过了十八年，咱单位的变化可大了。学生们住的窑洞早拆啦，起先变成了瓦房，现在又变成了楼房。当年咱住的那些土房子，也一律变成了楼房。教职工宿舍越来越宽敞，伙食越来越好。最欣慰的是，那些土炉子也变成了暖气，再也不用生火架煤炉啦。

条件越来越好了，大家伙儿的精神面貌也越来越好了。乡下学校虽清苦些，但工资高，职称解决得也快，我们也安心地工作生活着，日子很不错。

只是有一个人，还是老样子，永远不按常理出牌。你猜出了是谁吗？

1

黄金龙出走了。

他是四十二岁上出走的。

芒种这天，消息传开来，不到二百米的镇上，从北到南刮起了一阵耳语的旋风。不过，知道的人好像没多少惊奇，似乎早就料到他会这么做。换句话说，无论他做啥，人们都见奇不怪。

这个镇的地名有点怪，叫上马泉。上马的意思好理解，泉就有些牵强了。西北最干旱最偏远的乡镇，名字却大多和水有关。苦水湾、甜水湾、喊叫水、东泉、水口子、西海子、东峡、骆驼泉，可凡有这种字眼的地方，一般都旱得冒烟。正应了那句话，缺什么就吆喝什么。缺水的地方，一个劲地喊叫水水水，更有种声嘶力竭的凄凉。

黄金龙的名字，凡是听过的，没有不轻笑一声的。好呀，黄金本来就是人人向往的东西，偏偏又带着龙字，想想都觉得富贵非常不同凡响。而且，姓黄的人多了去，都没人取这样的名，可见就不是一般人。可奇怪的是，这么响亮的名字，不但给上马泉黄家没带来多少好处，反而带来了一些不便和麻烦。具体到个人，那就是从小就没出过问题的黄金龙，长大了却不省心，快要长老了还让人指指点点，如没眼的笛子——吹不响。

知道吗？黄家老四被人告了。

他一个教书的，不偷不抢，不张不狂，咋还有人告？

就是嘛。那个四眼不过是有些怪，一风都能刮倒的人，不至于去祸害谁吧？

在镇上唯一一家大超市里，人们聚在一起，叽叽喳喳，十五个人聊天——七嘴八舌。芒种了，按说有芒的麦子快些收，有芒的稻子快些种，麦收时节，家家都忙得不见人影。可现在男人大多去外地或在本地打工，女人们陪娃娃念书做饭，种地的少多了，闲着的人满街转，即使五黄六月，说远近事的市场还是饱和的。

听说是水泉村的三牛去教育局告了状，说黄家老四不会教书光谝闲传，耽误的他女子都没考上高中。又说娃娃分数太低了，连高中的边边子也没碰上，要求赔偿。

啊？！这念书的事，自古都是各人给各人念，还能怪到人家老师头上去？自家娃娃没学好考不上，还跑到教育局去告状还要赔偿，羞耻都不知道，可见就是个二杆子。

要是没念成书的人都跑去告老师，世界还不乱了套？学校也就不敢开门了吧？这人真是上天摘星星——想入非非。

你还别说，这个二货，这次耍了个二还真耍着了，听说一告就准了。黄四眼呢，本来就怪，没等到教育局和学校处理，就离家出走了。

午后的风热烘烘，卷起水泥路面上的杂物，打了几个旋又缓缓落下。

嘿，把他家的，这说曹操曹操就到。三牛，三牛，你真把人家黄金龙给告啦？超市陈老板瞥见有名的二愣子推着摩托从门口走过，就追出去大喊着问。

咋？我又没告你，吃得闲力不嫌累。牛高马大一脸横肉的三牛，将大红摩托推到阴凉处，用一只脚使劲踢了下车撑，把车头往里一扭，坐骑就斜着身子靠在墙边阴凉处了。

见当事人走进来，所有人都兴奋起来，满脸堆着笑，快快快，坐下说，坐下说。

三牛站定，斜睨着一群脖子长长的焦黑面孔，不慌不忙地说，真想听啊？

众人齐刷刷点头。

拿钱来！他伸出圆扇大的手，从左往右横扫了一圈，见众人龟一样缩回头，就大笑起来，现在可是信息社会，干啥都要拿钱交换的。这消息都能上那个头条了，你们还不付点费？

嘿嘿，人们讪讪地笑着，谁也没当真。

那好，看在乡里乡亲分上，我就不要了。不过，以后谁再要说三道四的，就别怪我不客气啊。说着，从裤兜里掏出一盒好猫，大拇指食指并拢，熟练地从盒里抽出一支，又拿出一个土黄色塑料打火机，摁了几下，火苗冒了出来。

屋里更热了，可人们眼珠子都不转，盯着他手里的打火机，盯着那白色烟卷凑近火苗后慢慢点燃。

坐在陈老板对面，三牛跷起了二郎腿，美美吸了一口，才开口说道，那个黄瞎子，脑子越来越不对了。这当老师不好好上课，成天要考个什么研究生，没考上也不收心，三十好几了不结婚，家里说了几个亲事都不成；好容易娶了个好看的媳妇，又怕别人抢走，上课都要锁上门。结了婚几年不养娃娃，还说是媳妇有问题，最终离了婚也不长记性，天天日鬼捣棒槌的，把事不当事。上数学不讲练习题，光给学生乱讲什么文学，结果一个班的娃娃都没考上，分数差到了极点。你说是不是个顽货（方言：顽劣之人）？

那你就去告人家啦？看你平日里也不是那种欺师灭祖的人，可现在把个拧劲子逼上了绝路，于你有什么好处？我看你也是六月里戴皮帽——乱了套，伶牙俐齿的老板娘可不这样想，大声质问。

三牛一怔，有些沮丧，早知道他会出走，我就不那么做了。我现在也后悔了。哎，其实这人也是个孽障人，本性倒不坏，对娃娃也特别好，就是不好好上课，爱讲没用的东西。

把人家气走了，才想起不对了？不是你到教育局把他告了，他不还是好好教着书呢吗？一个教师一路拳——各有各打法嘛。陈老板一贯听老婆的，这时也跟着愤愤不平。

就是，当老师也不容易。你家一个娃都扭头拌犟的管不住，人家老师成天管着百儿八十的一堆娃娃，没有功劳还有个苦劳，你咋跑去就把人家饭碗给拌了？

你这样做，还有点良心没有？老板娘胖嘟嘟的，从来都心直口快，谁也不怕。

到现在才说这些轻飘飘的好话，迟了半个月。给我，不整死你才怪？陈老板立即随声附和。

可是，他不好好教书还有理了？不说了。面对飞刀样的斥责，三牛的声音明显低了下来。

唉，人无完人嘛，谁都有缺点的，谁敢说自己就没一点儿问题呢？退休在家的老李看了一眼年轻貌美的老板娘，赶紧补一句。

你们别和稀泥了，错了就赶紧想方法挽回，不能只在嘴上说说，没一点儿行动。依我说，你现在赶紧去教育局一趟，把事说清楚，撤回告状的那封信。再去找一趟，把他劝回来，也算是个补救，不然，你以后在这地方咋活人？

三牛猛然站起来，气得把凳子踢了一脚，唾沫星子乱溅。我就是想不通，我女子小学升初中时成绩很好，在全年级也是前十名的娃娃。自从黄家老四接了数学后，娃娃成绩就一路下滑。到了九年级，学生家长都要求换老师，可学校偏偏不听，让他一直带到毕业，结果中考数学一塌糊涂，我不告他告谁？我当时只想替娃娃要些公道，谁让他一天到晚神神道道的？教书不好好教，过日子不好好过，他是干啥吃的？

说着，气哼哼出了门，剩下满屋的人，大眼瞪小眼——干瞪眼了。

2

在本地，如果说谁不知道黄金龙，那就是彻底的闭塞。

他一进校就成了奇葩的代名词。

二十多年前的乡下中小学，几乎长得一模一样。几亩地大的长方形院里，两扇铁条焊制刷了绿漆的大门；几排土坯和砖瓦建造的房子，就是教师学生的宿舍。光秃秃的操场上，除了篮球架、高低杠，再无其他器械。土台子上的升旗杆，一年四季都飘扬着国旗；银灰色的大喇叭，挂在木杆最高处，一到时间就响起来。教室里，坐满了眼神干净模样淳朴的学生，吃穿用也没大多差别。教师呢？大体上情况相同，只是到了具体生活中某些细节不一样罢了。

成了家的，有的会过日子，一间宿舍兼有卧室会客厅办公室餐厅厨房等功能，布置得温馨宜人。有的不会过日子，一张木桌一张床，冷冰冰的就是个典型的宿舍。有的自始至终都以校为家，上课放学做饭，老婆孩子热炕头，热腾腾地打熬着岁月。有的呢？有走心无守心的，总像一只张开翅膀的大鸟，随时准备飞往他处。

这所学校没成家的居多，大多数是一人吃饱全家不饿的光棍。因为大学生分配一律下基层，所以每年七月份，都会有一批新鲜血液补充进来，几年间就汇聚成了几十人的队伍。教师是最底层的职业，连种地人都瞧不起的群体，每月几百元的工资，让多少年轻气盛的人在绝望中放弃了理想，热血沸腾却无所事事，胸怀天下又困在泥淖。上课下课批改作业的时间毕竟有限，漫长的时间如何打发才是根本。寥寥无几的女教师，大多数被一个个日子打败，很快就缴械投降，选择能过日子的伴侣结婚生子。为数不多的几个是有想法的，也是一心一意要回到城里的坚定分子。女人们编织毛衣、看看电视、闲聊忙说，日子很快就过去了。男人们就有些无聊，捣台球、打麻将，喝烈酒、吃羊肉、踢足球、打篮球、看录像、打架滋事，时间还长得过不去。

在这样的大环境下，瘦小单薄、满嘴四环素牙的黄金龙一进校，就与众不同。他拿着英语书在操场里转悠显得格格不入，嘴里随时念着英语单词的行为更是突兀得多。更重要的是，那英语书可不是一般的英语书，而是考研的；那英语单词也不是一般的单词，也是专用名词。

这个举动太出人意料了，引发出一场类似于海啸的震动。开学第一天，人们就议论纷纷，虽也有戏谑成分，但赞赏敬佩者居多。

知道吗？新分来的小黄天天念英语，准备考研呢。说话的人，有几分羡慕嫉妒，还有一点惆怅不甘。

那小伙子不言不语的，一看就是个干大事的人。我当年也和他一样，只是家里条件差……鬓角花白的教务主任感慨更多，顺便聊起年轻时自己的深造梦。

你们把人家小黄看一看，那才是为建设四化努力奋斗的人。哪像你们，天天吃饱了睡，睡醒了就无聊生事，一看都没出息。连很少夸人的老校长，都人前人后地点名称赞。

念那么多书有啥用？还不是分到山沟沟里教书，真是个傻子。话虽这样说，但那些混吃海喝准备碌碌无为一辈子的年轻人，每每看见他，还是有些汗颜。

沉默寡言、木讷谨慎的他，似乎决心更大了。除了一盏四十五瓦的电灯彻夜不灭之外，每天早晚都雷打不动地在操场上叽里咕噜。有时还会拿出一把木吉他，弹上一曲不太流畅的《致爱丽丝》。白衬衣，牛仔裤，红棉吉他，长头发，简直是文艺青年的标配嘛，人们远远看着，在心底赞叹一声，真是个不甘平庸、努力勤奋的典型啊。他的行动，赢得了很多人明里暗里佩服。据说本地家境殷实的人家，都悄悄打听，准备将家里族里待嫁的女子许配过去呢。

可过了两三个月，人们就发现有点问题。

第一件事，是听课风波。

黄金龙本科为师院数学系，毕业了自然教数学。可是，他好像对给中学生讲数学没一点兴趣，也没一点责任心。学生反映说四十五分钟的课，他几乎不讲，只是让看书做练习。这样的做法一节两节可以，学生们高高兴兴地玩耍睡觉，但时间长了就不是那么回事了。娃娃们嚷声一片，回家一说，家长意见更多。无奈之下，班主任就向学校反映情况。领导们一听，这还得了，教学教学，就是要脑壳捣大蒜——扎扎实实，乡下娃娃本来就底子差，使劲讲重复讲都听不懂，还敢不讲？这简直就是个白先生（方言：误人子弟的老师）嘛。

可是，当领导同事们提着木凳郑重其事去听课时，他还是老样子。一个公式写到黑板上，就对着学生说，自己看，做题。然后就背着手在地上转来转去，嘴里低声背着单词，把后面听课人吓了一大跳。这样的老师还从没遇到过。下了课，校长把他叫到办公室，和蔼地问怎么回事。他呢？不但没有意识到问题的严重性，反而大道理一串串，大意是不愿在乡下中学糟蹋了自己，不想困在没出路的地方一辈子。我要考研究生，我要走出去。只有窝囊废，才会站在这样的讲台上，一天天一年年地耗费时间和精力。这些话把扑在乡村教育事业上多半辈子的老校长气得满脸通红，忍了半天才把伸出去的巴掌撤回来。

第二件事，是调课风波。

冬日一大早，人们就看见黄金龙从宿舍到校长办公室，从操场到各个宿舍门前，不停走动，嘴里还念念有词。蓝色西装白色衬衣，将平日里疙疙瘩瘩的人一下子衬托得明亮了起来，可不知为什么，刻意庄重整洁的他，看起来有些不对劲。人们观察了半天，也找不出来。还是一个女同事眼尖，你看那个金龙，西装革履的，却穿了一双布鞋。

老校长查完早读，正准备吃早饭，就被堵在宿舍门口。只见他满脸严肃地说，校长，我有个想法。

好，你说。尽管对他上课表现有些看法，但一贯威严有余温柔不足的校长，还是很尊重他，毕竟是准备考研的人嘛。

我不想带初中数学，我要求带高中英语。

为啥？老校长惊讶得张大了嘴。

我不爱教数学，喜欢教英语。最近几个月，我一直复习英语，我单词量多，语法知识强，比一般英语老师业务水平高多了，所以坚决要求上英语课，而且是高中英语。这样既能迅速提高我的英语水平，也是将所学为所用嘛。

没等校长回答，他就雄赳赳气昂昂地走了出去，穿过操场，在所有教室前走了一圈，又回到宿舍去了。

校务会一干人员商量了半天，经过慎重考虑，决定先让他在初二年级上一节课，请各年级组英语教师把把关，然后再决定能不能胜任高中英语课。

可是一节课听下来，英语老师们炸了锅。他读单词，不但方言太重，并且轻重音都分不开；讲语法，基本上就是一知半解，胡说一气；而且上课自始至终眼睛只瞅着房顶上的木椽檩子，根本就不看学生一眼，不知道是不敢还是不屑。

校长惊呆了，但也没多说什么，爱才之心虽有，但也不敢拿高中英语课做实验。虽然这是所乡下学校，虽然高中只剩下一个班，但学校家长社会非常重视。再说正值轰轰烈烈的撤校并点之际，大家还期望加把劲，多考几个大学生，一厢情愿地以为这样就可以保留住这所唯一的乡下完中。

这样的呆子，是带不好课的，他就是个蒸笼里的馒头——自我膨胀得都不知自己姓啥了。从这时起，就有人断言。

结果不幸被言中。事实证明，他不但数学上不好英语上不好，连一些副课都上不好。尽管有人说他记忆力超好，掌握的单词量非常多，语法知识也不错，翻译起文章来可达到信雅达中雅的程度，但茶壶里煮饺子——有口说不出也是白搭。一个当老师的不能讲课，也是古庙里的旗帜——独一无二了。

从此，他似乎越来越孤僻，越来越怪异，不但不合群，而且对谁都防范几分，常常躲进宿舍里，谁也不知道干了些啥。灯泡继续亮到天明，但操场上见不到人影了。上课自然是不行了，因为他拒绝上任何课。没办法，学校只好让他管学生灶，发放个饭票，记录个账本。就这个简单的工作，他却一反常态，每天都能听见和学生吵架、和食堂大师傅闹事的消息。后来，大家见他都躲着走。

过了不久，他就养了一只公鸡，出来进去地抱着，和它一起吃饭一起说话。他见了人，就像怀里的宠物，杂毛竖起，翻个白眼，一言不发地过去了。那只鸡呢，红红的鸡冠，墨绿色的长翎，圆溜溜的小眼睛，尖尖的嘴巴，长长的脖子，圆滚滚的肚子，多数在宿舍里陪伴他，偶尔出来闲庭信步，只要见个人影就猛追上去，常常把小一点的女生吓得叽里呱啦。

3

腊月初八，一场大雪封了路。暴风雪不分昼夜，已经来了三天。

灰蒙蒙的天空，灰白色的大地，原野山川，村落道路，像被白色的毛毯裹着，茫茫一片。北风小刀似的刮过来，呜呜怪叫声塞满了耳朵。惨白的月光下，还没放假的乡村中学校园里，人们早早躲进了被窝，进入了梦乡。一间间宿舍灯都灭了，只有长烟筒上的冰柱，像一根根水晶短剑，黑乎乎地挂在檐前。

凌晨两点多，铁门被摇得哗啦哗啦，隐隐传来人的叫喊声。对门粮库里，看家守院的大黑狗蹿上蹿下，龇牙咧嘴地叫，把许多人都惊醒了。

谁？干啥的？门房，校长室，前排的灯一齐亮了起来。

我是……弟弟……声音断断续续，被风瞬间吹跑了。

这大半夜的，你来做啥？门卫握着手里的铁锹，大声喝问。

我来接……我哥哥……回家……来人浑身上下都是雪，嘴都冻得张不开了。

谁咋了？需要帮忙吗？开了门，两个冰疙瘩滚进了门卫室，人们披着衣服围了上去。乡下自有乡下的好处，谁家有点儿风吹草动，大家都会当作自家事，一个不落地跟着处理。

我是黄金龙亲戚，来接他回家……中年人浑身颤抖着，缓了半天才说。

这大半夜的，为啥一定现在接回去呢？校长不高兴地说，你家也真是，这么冷的天，冰倒路滑的，也不怕出个意外。

我哥明天结婚！今晚回不去，明早就是大事……一个眉眼俊朗的年轻人，抖抖身上的雪。

大家都惊呆了。

啥情况？说详细点儿，副校长急了，大声喊。

我是他姐夫，叫梁满仓，来接黄金龙回家。哎，我这个小舅子一天到晚神神道道的，害死个人了。前几年，他说要考研，年年复习年年考，一连考了七八年也没考上。这几年又一天到晚看闲书写文章。家里说了几门亲，不是他看不上人家，就是人家看不上他，都没有成。三十好几的人了还没结婚，把我丈人丈母娘就愁死了。这次好容易托了人，在东山里说成了一门亲，他本来答应得好好的，可前天打电话说又不愿意了。明天就要结婚了，今天人还躲在学校不回家，没办法，家里派我们连夜来接……你说明早新娘子到了家，不见新郎官面，这是个啥事吗？人家好好的黄花闺女，哪里找不下男人，受咱家这种作践？这不是亏人嘛？他缓了缓，停止了颤抖，一口气把话说完了。

一屋人都愣住了。

校长毕竟是校长，很快就做出了反应，毫不含糊，当机立断，指着人们分配工作。你，赶紧去喊醒黄金龙，叫他穿暖和，给我往回走。你们两个，赶紧烧热水，给拖拉机发动机加热。你们三个，拿出喷灯，把变速箱烤热。咱们几个，赶紧回去穿好大衣戴好帽子，拿上手电筒。

当准新郎官黄金龙睡眼蒙眬地从被窝里钻出来时，满校园的灯都亮了，大家跑前跑后地忙活着。当校长问起明天结婚的事时，他支支吾吾地说自己还没想好要不要结婚。

结婚这么大的事，都敢变卦，你还是个人吗？老校长忍不住火冒三丈，你自己倒无所谓，咋不替人家女娃想一想？还是受过高等教育的人，咋这么自私？你这样的想法，订婚时咋不说？都要结婚了，才躲着不回去，这不是糟践人吗？

都是家里硬要给我做主的啊，订婚时我就没看一眼。他翻翻白眼，振振有词。

你当时明明答应了的。爹说了，不管怎么样，你都要回去结婚，结了离都行，但现在必须结。弟弟迅速接上了话茬。

黄金龙啊黄金龙，你真是可惜了这个名字，金色的龙哪会是你这样子，我看你就是一只窝囊虫。老校长气得浑身颤抖，大声呵斥，赶紧走！今天就是天上下刀子，我们也要把你送回去。

一个小时后，一辆满载着人的拖拉机，突突突，消失在漫天风雪中。

4

刚开学，黄金龙就带着新媳妇回到了学校。

新娘子出人意料地漂亮。

一个假期，吹气球似的，他胖了起来。褶皱的皮肤光滑了很多，瘦长的黑脸也饱满起来，整个人显得年轻了，见人再也不说怎么复习考研的话，笑眯眯的，满脸幸福。所有人长出了一口气，都说啥人有啥福，傻子有天照看，这下子好了，他们一定会好好过日子的。

照惯例，刚开学的一场全体教职工会议后，一般还有两三天学生才来报到。教师们的日子清闲得很，除了吃饭喝酒，就是打牌闲扯。

一大早，黄金龙就爬起来，打开尘封已久的宿舍门，拿把笤帚上上下下打扫。新媳妇很配合，也拿着块抹布，把门窗桌凳擦得油光明净，一尘不染。兴致高涨的他还清扫起了门口，一家家挨着扫过去，直到把一排宿舍门前都扫干净。尘土漫天中，纸片树叶碎屑很快被聚在一起，拢成一大堆。他找出打火机，点燃垃圾，一把火烧了起来，青烟袅袅，火苗熊熊。

好啊，火烧财门开，新人请进来。大家欣慰地看着，仿佛看见一对崭新的人和一种崭新的生活。

金龙啊，这么漂亮的新媳妇可是要好好对待啊。两口子过日子，要互相包容互相理解。老校长打心眼里高兴，一个劲地嘱咐。

嗯嗯嗯，他手里忙着，点点头，表示知道了。

哎，金龙，这么乖的媳妇，你可要领好啊，领不好被别人抢了去，你娃后悔都来不及了，教务主任也笑着安顿。

可不是嘛。你娃就那样，不知上辈子修了啥福，娶了这么攒劲的一个媳妇。你可是要看好啊，不然的话我们就抢过来啦，同事们嘻嘻哈哈，抬杠开玩笑。

他脸色猛然一变，转身拽起媳妇，一趟子回了宿舍。

紧接着的几天，他俩几乎不出门，一天到晚就待在不到十平方米的宿舍里。

再接着，新娘子就哭哭啼啼地找到了校长，诉说原委。原来，他怕漂亮的媳妇被别人惦记，回头就订了十条家规贴在墙上。第一条就是不准随意出门，不能随意见人，尤其是男人。每天让媳妇念一遍，就连他去上节课也要锁上门。即使上厕所，也要全副武装，围着围巾戴着口罩，还要打把伞。

劝说了无数回的老校长气得胸口疼，都啥时代了，咋还这么做事啊？为啥要这么对人家啊？

谁叫她长得那么好，一看就是个勾引人的样子。黄金龙一下子跳起来，比凳子还高。

校长摇摇头，不知说什么好了。哎，就是自家儿子也没这么让他这么操心过。

小两口从此开启了封建与反封建的斗争模式，要么纯粹冷战不说话，要么大吵大闹，每次都以他的拳脚相向和新媳妇的哭哭啼啼为结束。

背着他，大家都对新媳妇说，他就那么个人，心肠倒不坏，你忍着点儿，有个娃娃就好了。可怜的媳妇，只能在众人的劝和不劝离中默默忍受着。

过了大半年，他突然一改不同别人说话的作风，像条鬣狗四处转悠，专门说媳妇坏话。

你说我家那个好看吗？

好看，也贤惠，是个好女人，你好好对人家。听话人由衷地赞美。

哎呀，你是不知道。她光是个皮囊好，不中用的。

咋回事？听话人就有些好奇。

这里，有毛病，他指指肚子，不能生养娃娃。

听话人赶紧劝慰，这话可不能乱说，有病就去医院看，谁的问题查清楚，然后抓紧治疗。

我可不是随便说这话的，我排算了无数次，卦象上都说她天生克子女，一辈子不能生娃娃。

慢慢来，不要着急。有的女人生养迟，你们结婚才几个月？不要胡说啊。听话人提高了嗓门。

你看她那长相，天生的红颜祸水，犯煞气。一天到晚哭哭啼啼，命里就克夫克子。我给你说，她下身……

听话人三步并作两步，一溜烟跑了。

最终，娘家来了辆拖拉机，一车拉走了人和陪嫁的两只皮箱，剩下他一个人，孤零零地守着间宿舍，成了真正的孤家寡人。

5

有人说，他大夏天上厕所，都穿着皮衣戴着皮帽。

也有人说，他那间宿舍里，冬天的煤灰堆满了地面，夏天的瓜皮到处都是，从不收拾。

更有人说，他把床当桌子，抽屉里放着煤块。那把红棉吉他，也被砍了当了柴火。

这时候，学校已发生了翻天覆地的变化。老校长退休了，要跟着儿子去外地生活，临走前拉着他的手说了很多话，还拜托其他人好好待他。和他年龄相仿的同事调走的调走了，没调走的也去了远方。剩下为数不多的几个，也不在学校里住，借着改革开放的东风做起了生意。人们都忙忙碌碌的，顾不上聚在一起，更不用说谁管谁了。

土坯房早都拆掉了，小高楼拔地而起，学生在楼房里上课学习，教职工也搬进了楼房。食堂、卫生间应有尽有，学生宿舍更宽敞干净，操场变成了标准化，图书馆配置了很多图书，功能室一个比一个洋气，空荡荡的却很少被使用。高中早都撤掉了，初中生一个劲地转进城。年轻人一茬茬分进来，一茬茬调出去，出出进进，流动得非常快。渐渐地，教师走得越来越少，学生也剩下不到几十人。

他的脾气却变得格外好起来，谁问啥就答啥，不问还追着撵着说。其中一个最重要的原因，是到各家蹭饭。

秋季，大田里，到处是庄稼成熟的气息；校园里，家家小灶上炖煮的香味弥漫开来。午饭时，他提着一个绿头萝卜，从一家门口慢悠悠经过。现在的同事多是年轻人，不熟悉也不陌生，见了老同志，自然会很客气地问，黄老师，你吃了吗？

他扬扬手中的萝卜，没有，正准备做呢。

一块儿来吃吧？在本地，这样的邀请纯属礼节性质。

好啊，好啊，那我就搭个伙吧，他大大咧咧走进去，把萝卜放在案板上，心安理得地坐在饭桌前。

结果，他一个人吃完了人家精心准备的一锅，走时还再三强调，这萝卜可好吃了，可以切成块炖牛肉，擦成丝拌点白糖更有营养。

看黄老师说的，哪里能要您的萝卜呢？欢迎下次再来啊。年轻人懊丧极了，但面子上还得客客气气。

他抹着嘴，提着萝卜回去了。第二天饭点，又到另一家门口，原模原样地吃了一顿美味。第三天，演习又一次成功。

一个萝卜蹭了三天饭的故事传开后，大家吃饭时基本上不问他，任凭他拿着萝卜土豆或白菜，在门口转来转去。

有一次晚饭时，实在没地方可去，他百无聊赖地四处溜达，见和他一样的年轻光棍煮了方便面，正要吃，就很关心地指导道，加了鸡蛋的方便面才好吃呢。

我没鸡蛋，年轻人放下筷子，老老实实地说。

我有呢，咱俩可以合伙嘛。

那更好。他走了，年轻人觉得两个大男人一小锅面有些少，急急忙忙又煮了两包。等了好半天，他来了，手里拿着一个鸡蛋。

不巧得很，就剩下最后一个了，看着满满一小锅弯弯曲曲的面条，他说，你去问谁要点香菜搁里面，就更好吃了。

等年轻人拿着一束香菜兴冲冲地回来，锅里干干净净，一点汤水都没了。

我等了半天，还以为你不吃了，我就全吃完了。他腆着肚子，一溜烟走了。

6

又一个新学期开始了。

又一批新学生进来了，又一批新老师到岗了。

这几年，政策越来越好，农业补贴越来越高，危房改造建档立卡都是有利于农民的措施。国家对农村教育更加重视，扶持的力度更大。学生念书不但一切费用减免，还有助学金奖学金。学校不但提供免费的营养早餐午餐，而且顿顿都有牛肉鸡蛋牛奶蔬菜。农村教师不但工资高了近千元，而且在职称评定评优选上都有政策倾斜，一下子成了比较令人羡慕的职业，但还是留不住人才。

随着回乡务农的人越来越多，校园里的学生也增加了不少，相应的专业教师更缺乏，再加上扶贫攻坚、党建验收、控辍保学等一系列工作，人人忙得跑。实在没人代课，学校就给他安排了一个班的数学课。

这时的他，一反常态，居然喜欢起上课来，每天早早就等在教室门口。上课铃一响，就站在讲台上循循善诱，大讲特讲，常常忘了时间。可是，讲的东西不是文学艺术，就是高深理论，和考试要求大相径庭，和中考成绩更不沾边。学生和家长一再向学校反映，可一来真没人代课，二来也是对老同志的尊重，学校也不能轻易停他的课。结果，中考成绩下来出奇地差，家长们喊爹骂娘的一层，三牛一气之下就告了状，他一气之下就走了。

上马泉的人，尽管都知道怪人黄金龙的许多“壮举”，可都替他抱打不平。正应了老板娘的话，如今的三牛简直不敢出门，一出门就有人指指点点，指桑骂槐地说他不是。

爸，谁让你去告我们老师了？就连女儿回家也吊着个脸，嘟嘟囔囔。

他是当老师的，不负责任，害得学生一个都没考上，我告他是应该的，三牛气冲冲地喝着茶。

是我自己没好好学才没考上的，你还怪人家老师？我给你丢了人，你骂我好了，跑到教育局里要赔偿，丢不丢人啊？现在我们同学都说我人品不好忘恩负义，说你见钱眼开没有人情。

没事。谁爱说了说去，管他呢。

咋能不管？你把我们老师都逼着出走了，还说没事？你这样做让我以后咋活人呢？我现在都不敢出门了。我不念书了！

别看三牛脾气暴躁百人不怕，可就怕这个女儿。他这辈子最大的愿望就是女儿识文断字，能考上所大学，可现在是因为自己，娃都不念书了，这简直是要了他的命。

咋办呀？咋办呀？他满院子转，急得满嘴的火泡。

除非你去给老师赔情道歉，把他请回来，不然我就不去学校。这女娃性格跟了他，一根筋犟到底的主。不得已，他只好去找老板娘讨方法。

依我看，还是你亲自去找一趟吧，道了歉请回来，不然别说你女儿不念书，就乡里乡亲的那些话也是你一辈子的话柄。看你手腕上还戴着佛珠，思谋着修行呢？可你知道不知道，欺负个孽障人，才是最大的罪过？

7

三牛满怀歉意地走了。

上马泉的人全焦急地等着。

他们似乎全然忘记了黄金龙心比天高命比纸薄的遭遇，忘记了他的怪异懒惰和好高骛远，忘记了他的小气狭隘与不讲卫生，只说起他的一件件好来：比如孝敬父母，他把攒的钱大多给父母买好吃好喝的了，自己却从不讲究。比如做公益事业，他年年资助贫困学生，一出手就是一两万，也毫不心疼。比如善良可爱，他天天给街上的一群流浪狗喂食，直到打狗队一车拉了去。再比如写得一手好字、弹得一手好吉他……

麦收时的天，真像歌里唱得那样，蔚蓝深远。烈日当空，风吹云走，如仙女的白裙。田野里，大多耕地都空着，只有几块平展的麦地里，黄穗挺立，锋芒显露。一阵风起，麦子们起伏不定，闪着耀眼的金色光芒。路上，拿着镰刀准备去割麦的人，脚步轻快，笑意盈盈。闲着无聊的人，看着那头戴草帽大步向前的样子，不由生出几分羡慕来。

三牛的女儿依旧没去上课，在家静等父亲的消息。烦心的时候，她就抄写着刘瑜的一段话：

> 愿你有好运气，如果没有，愿你在不幸中学会慈悲。

愿你被很多人爱，如果没有，愿你在寂寞中学会宽容。

陈校长，到现在，黄金龙还没回来，杳无音信。

三牛电话说他在西安没找见，广州也没个人影。大家都很着急，也不知道他能去哪里呢？

要是他和你联系的话，麻烦赶紧说一声啊！

欢迎回来看看啊，我们都挺想念你的！

以前的同事　崔嵬

二〇一九年六月六日　芒种

择 校 记

陈老师：

您好吗？一定还和以前一样健康快乐、精神矍铄吧？在工作生活态度上，您永远是我的榜样。

我还在雁城四中，带着两个普通班。我们学校是一所普通中学，虽然大家都勤勤恳恳苦抓实干，但生源是重点中学层层筛选过的，成绩自然不太好，升学率也不高。老师，教育不均衡的问题太多了，城乡差别暂且不说，区域内资源不均更是弊端无数。重点学校生源好，容易出成绩，很多家长通过各种手段也要让子女就读；非重点学校，即使大门敞开，也难招到好学生。这不仅给老百姓带来了诸多不便，还形成了恶性竞争、贫富差距大等社会现象。

当择校问题摆在每个家庭面前时，谁都会纠结。就连我们自己，也会不淡定的。

您就听听我同事的经历吧。

1

“一杯敬故乡，一杯敬远方，守着我的善良，催着我成长”……杨阳边开车边跟着音乐摇摆。此刻，他正在回老家的路上。

夏至了，天气更热了，不过早晚还凉爽。道旁的排排杨树，在夏风习习中婆娑起舞，银白色的叶片随风翻卷，犹如一串串挂起来的白木耳。田野里，多数土地都荒着，杂草藤蔓，恣睢汪洋，遮盖了大片的暗红色地皮。一小块一小块的麦田，青中泛绿，绿中透黄，如镶嵌在大地上的水彩画，小巧玲珑，美不胜收。一路飞驰，南风刮来新麦的香气和艾草的味道，耳边有不知名的鸟儿在叫，李白的一首诗突然在脑海中跳了出来：

懒摇白羽扇，裸袒青林中。脱巾挂石壁，露顶洒松风。

他想，古人可真潇洒啊，闲适也能达到最高境界。可惜自己既不会懒摇白扇，也不可能去裸袒吹风，闲情逸致那是需要条件的。“一杯敬明天，一杯敬过往，支撑我的身体，厚重了肩膀”……这才是自己目前的生活状态吧？一句歌词，不仅唱出了无数游子心声，更不时撩拨着一个油腻中年的沧桑，他自嘲地望了望紧绷在牛仔裤上的胖肚子，思绪随着夏风飞远了。

因为女儿杨杨要参加小升初考试，他已有两个多月没回老家了，自从三年前父亲去世后，这是母子俩分别最久的一次。每次电话，六十三岁的老母亲连声说一切都好不用担心，但到底怎么样还是不放心，何况报喜不报忧是她一贯做法。好容易等孩子考完，学校却开始了同课异构活动。作为学科带头人，教研组通知他必须要和远道而来的客人一起上课，一起接受领导同事的检验。虽说上了多年观摩课，教材熟悉得闭了眼都能背下来，但毕竟是汇报性表演，更得重视。接着评课听讲座，分析做总结，忙碌到昨天才结束。今儿一大早，他就各种收拾，匆匆忙忙奔向家的方向。

今天是出成绩的日子，也不知女儿考得怎么样，虽然不像老婆如临大敌般紧张，但他还是有点担心。他一面看着油箱表上的时间一面拨通了老婆手机。

电话接通了，却没一丝声音，杨阳心猛地甩了一下，浑身有些热，就大声问，怎么样啊？

伴着压抑的哭声，那边先是一阵窸窣，接着就听见老婆杨洋悲哀至极的哭声，没考上！差了零点五分。

杨阳觉得自己臃肿的身体连同酷爱的大众途观一点点上升，在空中飘来荡去。他摁了下音乐键，手机没挂断，哭声继续，歌声却戛然而止。车子继续向前，车厢里突然空旷起来，像是寂寞的深夜。他一边紧握方向盘，一边又看了看时间，十点三十四，不过只一会儿，就觉得双腿和道旁的树枝一样随风摇摆，忙踩了刹车，将车停在路边。

电话里，女儿的声音逐渐大了起来，呜呜呜，听起来很伤心。他恨恨地说，平时不好好学，现在哭个啥？没考上就到九中来念。

我不去！我不去你们学校！那边的声音像刀子划过铁锅，歇斯底里。他又心疼又生气，还本事大了，不去，不去到哪里上去？说完就挂了电话。

胖乎乎的中年人，颓然躺倒在座位上，闭上眼躺了很久，才坐起来给母亲打了个电话，说有事不能回来了。母亲和往常一样没有不高兴，只说正去拴拴家要酒麸曲子，白豆角能吃了，杏儿也能吃了，她随后就会捎上来。

打完电话，他面无表情地看着窗外。眼前的一切，都蒙上了一层阴影。太阳像个生气的火球，光线灼人。公路被烤得发烫，远远望去，就是一片平展展的湖面，泛着涟漪。正前方的小路上，一个女人头戴时尚草帽，脸庞被硕大的墨镜遮了半边，粉色长裙一步一摇，晃着人的眼。两个穿迷彩服的男人，草帽耷拉下来，一前一后，在泛油光的沥青路上慢腾腾向前。

他想起了这句话，尘世茫茫，谁也不知道意外和明天哪一个先来！

2

六月飞雪，这个成语估计一辈子都会刻在杨阳心中。不，它就是一根耻辱柱，将镌刻在全家的命运之门上。

因为不知道它出处，就少了两分；因为丢了这两分，女儿就和一中无缘。如果知道它的出处，就会多两分；而有了这两分，女儿就能轻轻松松上分数线。如果上了分数线，也就不会发生后面的一系列事了。这个逻辑关系一次次在杨阳心中排列演绎，他觉得自己被绕进去，都要走不出来了。

六年级学生杨杨考完后，随着熙攘的人群出了校门，见到焦急不安的父母，第一句话就问，爸，六月飞雪是哪部戏曲里的典故？

《窦娥冤》啊，秦腔里唱的，你不知道吗？

我不知道，这题两分呢。

你咋连这个都不知道？他觉得有点不可思议，这题就是奶奶都会做，他对着蔫头耷脑的女儿说。

娃娃又没看过秦腔，她咋知道？妻子杨洋用眼剜了他一下。

要是跟着奶奶多看看秦腔，估计就答上了，都是你妈妈，不让回老家，杨阳有些气恼，低声嘟囔着。从记事起，母亲就喜欢带自己去看戏，还会讲各种悲欢离合、爱恨情仇的戏曲故事，尤其爱讲窦娥，所以这个典故，他觉得非常简单。

杨洋扭回头，毫不客气地怼，快别提你那个老家了，脏死了。其他都撇过不说，单是回去睡一夜，那土炕味就把人熏晕了。别说我，就是你不也嫌难闻吗？回来就扒光洗了又洗。你还别借题发挥，又不是我难缠，而是她奶奶不来，也不知农村有个啥好？她不来，我就不回去，我女儿也不准回去。

为回老家，夫妻俩不知嚷了多少遍，每次都是各说各的理，谁也不让步。杨阳虽有些理屈，终究意不平。你家就高贵了，就比我家高一层？不就是个挖煤的，还嫌弃我家？

杨洋针锋相对，至少比你家强得多。

小小的女儿看着互不相让的父母又要吵，皱了皱眉说，这次题太难了，很多都不是复习资料上的，我不会做……时间也不够，后面大题没来得及做，作文也没写好。

两人顿时停止了争吵，忧心忡忡地看着女儿。

回到家，他特意翻开高中教材，找到《窦娥冤》一课，仔细讲给女儿听。看这段啊：

> 【正宫】【端正好】无缘无故犯了王法，没想到要遭受刑罚，叫声冤屈啊震动地惊动天。等一下我的游魂就要先到阎罗殿，怎么能不把天地呀深深埋怨……

这叫唱词，这是曲子，然后铺开来说什么是生旦净丑、唱念做打，什么是东海孝妇、冤及上天。女儿频频点头，小脸儿通红，爸爸，我如果早些知道，该有多好啊。要是考不上怎么办？

望着连日来疲惫不堪的孩子，望着那双无辜的眼神，他有些心酸，就摸摸她的脸。考不上了再说，现在不要多想。

杨洋戴着手套，边跪在地板上擦地边唠叨。出题人是不是没啥出了，胡乱拉出哪个是哪个？难倒人不要命的嘛。都说今年语文题多是课外知识，连备考资料上没出现过的，怎么会出这样的偏题难题？哎，六月飞雪，六年级的娃娃知道这个干啥？真是的。爷俩没人接茬，任由她在那里自言自语。她一紧张就干活，一干活就唠叨，越唠叨就越生气，这是老毛病了。

别唠叨了，不就两分吗？咱女儿一定会考上的！杨阳看看孩子，假装生了气。妻子不说话了，六月飞雪暂时告一段落，预示着正常日子已来临。不管怎么样，终于考完了，一家人开始了坐等分数的漫长时光。

蒙上一层灰尘的电视被打开了，女儿拿起遥控器不安地摁过去。十一台是戏曲台，从不在这台停留半秒的孩子，此时却紧紧盯着屏幕，爸爸，她在干啥呢？

杨阳放下手机，见一个旦角手里拿了块手帕，正在台上做着各种动作，就小声解释。这是秦腔折子戏《柜中缘》，是一个关于爱情的戏曲故事，现在是摘出来的一小段。你看，她在穿针引线呢，那举手投足一停一顿都是有章法的。看戏嘛，你奶奶说不是姑娘缠相公就是相公缠姑娘，内行看门道外行看热闹。他嘿嘿一笑，想起了母亲说这话时的神气。

哦，没意思。孩子轻轻点头，若有所思地看了几分钟，就换到了十四台，看动画片去了。

妻子杨洋正对着墙角的一点污渍，恶狠狠地战斗。出这道题的人，就是个老朽，现在的年轻人谁会看戏曲呢？可见是老糊涂了。这么个题，就要两分呢……杨阳看了她一眼，正遇上她也看过来，眼神交会，焦虑和担忧一同掠过。哎，原以为考试后会轻松一点，现在才发现，紧张不安的日子虽已过去，担惊受怕的日子却接踵而来。

3

几天后，母亲电话打过来时，杨阳则慢吞吞地表示最近比较忙，没时间回去；又说妈你自己多注意身体，有啥事就电话。母亲似乎明白了什么，轻轻叹了口气，嘱咐他脾气好一点，不要和杨洋吵架，不要对杨杨过于严厉。又说她给客车上带了鲜豆角，带了杏儿，带了酒麸子，记得取回去。还说给媳妇带了她最爱吃的搓了绿皮的新麦子，煮熟拌点红糖更好吃。

她还有脸吃？杨阳差一点就脱口而出，幸亏及时咽了回去，不然母亲该是多么难受呢？

一家三个都属羊，金羊满圈呢，只要提起儿子一家，母亲准会这么说，毫不掩饰自己的满足与幸福。也是，杨阳属羊，找了个妻子也属羊，两人不但性格互补名字都一样，生了个孩子也属羊，索性名字就叫杨杨。嘿，多么巧合，多么难得，多么有趣啊，真是老天爷世下的一家人，人们都这样惊赞。恒源祥，羊羊羊！电视里只要插播这条广告，亲戚朋友就逗她，你那孙女，也是个羊羊羊。她就笑，笑得合不拢嘴。

三个属羊的组成的家，按说一团和气，食草动物嘛，脾气更温和。可事实上，这个家并没想象中的和谐默契。丈夫杨阳高鼻子、大眼睛、国字脸，堂堂正正的男子汉，做事雷厉风行，就是性格有点急躁。妻子杨洋呢？小眼睛、小鼻子，有点小洁癖，勤快能吃苦，嘴巴却不饶人。谈恋爱时，两个人都觉得是天赐良缘，相信在爱情的蜜汁中如此卿卿我我，在婚姻殿堂里也可比翼双飞。但跌进红尘后，面对柴米油盐，磕磕绊绊自然就多了，两只羊犄角动不动就抵在一处，各不相让，连说个情话都要吵一番。小学生杨杨呢，没随父母，无论是长相性格，还是处事方式，似乎更像疼爱她的奶奶。圆脸圆眼，腿短微胖，可爱温顺，就是个标标准准的小羊羔。

人人都知道孙女就是奶奶的命根子，老伴走了之后，更是如此。虽说一个人在乡下生活，可城里小家的吃食，几乎都是她在操心。大到馍馍面点，小到榆钱豆角，凡是农村有的、新鲜的、应时的、原生态的东西，她都搜集来捎给一百公里外的儿子家。有时，甚至和好面剁好饺子馅装在铝合金饭盒里，捎给班车司机。每次杨阳去取东西，矮胖敦厚的司机都会感叹，我就没见过这么好的老人！你娃娃可不敢没了良心啊！

杨阳点头的同时，羞愧地想自己早已是忤逆一个。妻子嫌农村脏乱差不愿意回去，连带着小羊羔也不能常回老家陪奶奶。母亲一辈子心气高，嘴上从不说但心里清清楚楚，所以宁愿一个人守着个大院，宁愿天天包包蛋蛋往城里捎东西，也不愿给儿子增加负担。小杨杨一嚷嚷想奶奶，就被妻子用眼神秒杀的样子，让他万分悔恨当初的选择。一次，他含着眼泪和母亲聊起这个话题，母亲则大度地说，你媳妇就是爱干净些，本心上对婆婆丈夫都没说的。你不要小心眼，多往好处想。

他点点头，还是遗憾地想，如果妻子能再贤惠大度一点，加上这么包容大度的老妈，一家人其乐融融的，该有多好啊！

4

这个假期谁都没过上好日子。

差了零点五分，女儿就和重点失之交臂，不能去向往已久的学校读书，作为一名高中语文教师，杨阳不仅脸上挂不住，心里也仿佛压了座珠穆朗玛峰。自己所在的单位也是所完中，也是四五千人的大单位，教职工三百多人，每年参加初考、中考、高考的教师子女都有一堆堆。谁家娃娃怎么样，考了多少分，上的什么学校，表面上大家风平浪静，暗地里却议论纷纷。对他来说，自己从不去刻意攀比，但一想到背后的指指点点，他的心情郁闷到了极点。

而差了零点五分，女儿就和重点失之交臂，不能进本地人心目中的贵族学校，对母亲杨洋的打击，不亚于吵架时丈夫愤然提出离婚的消息。她简直要发疯了。从知道分数的那天起，她天天歇斯底里地哭，动不动就撕心裂肺地嚷，骂孩子，骂老公，骂出题老师，骂六月飞雪，骂初考政策，骂区域教育不公平，而且这一系列的咒骂还形成了固定模式，层层递进，从不乱套，活脱脱一个赴刑场前的窦娥，怨气冲上云霄，直达九天。

差了零点五分，就和重点失之交臂，不能去为之拼命了六年的学校读书，杨杨也一改温顺可爱的性格，要么几天不说一句话，要么夜里做噩梦哭醒，要么就拿起考过的试卷拼命做拼命背。不要说爸爸妈妈不甘心，她更是不甘心啊。为了圆这个梦，天天早起晚睡，天天做作业做试卷，天天背课文背课外知识，电视机一年只开过几次，还要在妈妈高兴的情况下。手机家里有几个，能拿到手里的机会屈指可数。她觉得自己太委屈了，老天太不公平了。如果活在世上就是为了考不上重点中学，她宁愿父母不要生自己。

杨阳看在眼里疼在心上，就嫌妻子动不动唠叨，但他说出来的话更刺人。三个人一个比一个火气大，一个比一个暴躁，一个比一个不顺眼，家里就像个火药库，一点火星就能炸了天。

一个假期，杨阳都躲在家里，大门不出二门不迈，不看书不旅游，也不回老家，躺在沙发上似睡非睡，油腻的大肚子迅速瘪了下去。不用减肥却成功瘦身，都能写成秘笈了。妻子是社区工作者，没有假期，杂事还多，心情更不好，说起话来就能把墙冲个洞，听说已和来办事的人吵了几架，被领导警告了几回。她本来就瘦，现在脸上更像被刀子刮过，颧骨高高耸起，不见二两肉。况且越是不顺，她越是生气，一进门就拉着张脸，有事没事敲打着一老一少脆弱的神经。

杨杨呢？就像做了贼，胆怯羞愧小心翼翼，除了吃饭，其他时间都躲在自己小屋里不出来。一张圆润的小脸变得又窄又长，嘴唇干了一层，眼神呆滞了许多，头发也拧成了一股股麻线。

当母亲敲开门时，假期即将过去。

你们这是干啥呢？不就是没考上所好学校吗？又不是我娃偷了人抢了钱，杀了人放了火，看把你们短精神的，真是把书都白念了。老人对着一屋子碎了的碗碟，第一次发了火。

正在打闹的两口子都蒙了，没想到很少来城里的老人会不请自来，也没想通俩人吵闹的消息是怎样传出去的。这些天，他们怄了太多的气，今天终于借个机会把冷战变成热战，从吵闹到摔东西，又升级到协议离婚的地步了。

杨杨一下子扑倒奶奶怀里，哭得上气不接下气，奶奶……都怪我……我没考好，爸爸妈妈天天吵，现在要离婚了。我怕死了，就给你打了电话……

母亲看都没有看他们一眼，只是拉着孙女的手说，让他们离去。离了也好，省得天天没事找事。不就是半分吗，还整成这样？才多大点儿娃娃，考了个中学都闹，以后再有啥事，我看他俩还想干啥？她抚摸着孙女的头，狗狗，这个世上念不成书的人一层，下苦人还不活了？我看人家一个个都活得好好的，活得扬眉吐气的。

杨杨的眼泪在脸上滚豆豆。可是奶奶，我多么想去一中念书啊。那里有整洁的校园，有成绩超好的同学，有好看的校服……我觉得自己很努力了，可没有回报……

奶奶摸摸她的脸，不要紧，到时候咱想办法，现在你跟奶奶走。我娃不就不知道个窦娥嘛，看看你们鸡飞狗跳墙的样子，也不嫌丢人？说完转身就走。

奶孙二人走了，家里空荡荡的，剩下一对大羊却没了抵头的兴趣，冷静下来后，他俩羞赧地坐在一起，分析接下来该怎么办。一个个电话打出去，一个个微信回过来，局势逐渐明朗。

通过各种渠道，二人得知差零点五分目前有三种可能性。第一就是等。按往年经验，成绩高的学生流向省城的较多，那就意味着分数线会降，只要降半分，女儿都会顺理成章地上了重点。第二就是跑。也就是说想尽一切办法，动用各种关系，掏钱进重点，当个择校生。据说只要有熟人搞到指标，掏个两三万，也就进去了；没熟人就得找黄牛，至少也要四五万。问题是用这么多钱买个零点五分，划得来划不来。第三呢？就是跟。也就是说跟着杨阳到自己学校去读书。这样一来，既不用找人，也不用花钱，还可以进尖子班。

我不想让杨杨去你们学校。那儿大多是农村来的娃娃，生活习惯差，功课底子薄，家境都不好，会影响咱女儿成长的。再说大环境差了，其他差距就更大，咱已输在起跑线上了，更不能破罐子破摔。我主张花钱！进了重点，即使以后女儿考不上高中，但同学都是前途无量的好学生，长大后也是一笔隐形资源啊。妻子一改往日的针尖麦芒，低声下气地说。

杨阳张了张口，想争辩一番，但看了看妻子那张瘦削的脸，就没有敢犟。这么些天，几败俱伤的滋味太难受了。母亲的话犹在耳边，他决心能忍则忍能让就让，避免和杨洋正面冲突。她也不容易啊，气死气活的，一身肉都没有了。

5

开学了，杨阳站在古雁一中门口，望着熙熙攘攘的人群，心里直发怵。高高的大理石台阶，灰白色的围墙，棕红色的大门，一幢幢的红楼，重点中学就是不一样啊，低调中的奢华，雍容中的典雅，既像一座巍峨肃穆的殿堂，又像达官贵人家的高门大院。除了听课搞活动，他很少跨进这里一步。自己所在的学校，离这里只有五六分钟车程，尽管场地差不多大，却完全是两重天的感觉。可是，为了自己的小羊羔，他只能咬咬牙豁出去了。

肩上像背着一座山，他觉得窒息，徘徊了好一会儿，才掏出手机，找出个号码，使劲一摁。

好久，电话才接通。您好！请问有什么事吗？那边声音传过来时，像个播音员。

老同学，我是杨阳。

哪个？人声嘈杂，夹着车流声喇叭声，看起来他真如传说中的那么忙。

我是你大学同学杨阳啊……

普通话一下子转化成方言，我说你这头倔羊啊，多长时间也不见音信了？电话换了也不说一声，还以为你到太空去遨游了，怎么今天有空联系了？老同学毕竟是老同学，即使当了副校长还是老样子。当年他俩上下铺，同吃同住的关系非常好。

杨阳一下子轻松了许多，设想了无数次的开场白都来不及用，赶紧说，哎，还不是有事求你啊？我女儿考你们学校的初一，只差了零点五分。原以为你们会降分，可到了现在也没见动静。就零点五分，现在娃娃哭着闹着要上，你看能不能通融一下，要个择校生指标？

那端停顿了好一阵才说，现在的形势你也知道，小升初比考大学还难啊，我只能说想办法，不敢保证。再说我家情况你知道的，家口大拖累多，这些年该张口的我都张过口，不该找的人我也找遍了，欠了一大堆人情。哎……每年开学我就愁死了。

杨阳忙说，我知道知道。这个叫张光明的大学同学，也是个重情重义的实诚人。当年，父亲早逝，母亲瘫痪，是五个姐姐帮衬才念成书的。他学习超好，一心想考研，可因为家庭困难，最终连保研机会都放弃了。毕业后找了个妻子是官二代，所以教书几年后就转到行政管理上，但五个姐姐连带背后的拖累，真让他不省心。

其实我觉得在哪所学校念都一样，可老婆娃娃不行啊。我那个老婆你知道的，哭哭啼啼地天天整人。娃娃也死活不去其他学校，总觉得低人一等。你知道，我是实在没办法了才张了口……杨阳觉得自己舌头都木了，实在搅合不过来了。

我尽量。不过你还是再找个人问问，哪头有消息就哪头来，这样保险些。我就怕办不成还把娃娃念书耽搁了，那就不得了了。他还是老样子，诚恳谦虚，周到体贴，很少说假话。

杨阳感激地说，好的，真心感谢啊。

咱俩还说啥客气话，挂了啊。他听见那边有人喊快点儿快点儿，就赶紧说，你忙去，有消息了给我说一声啊，就挂了电话。

6

开学第一课，杨阳没检查假期作业也没直接上课，而是先和学生拉家常，这是他和学生相处的法宝。在普通高中的普通班，面对诸多的拉蔓蛋（方言：最差的人），唯一的诀窍就是信其师爱其道。只要师生关系好，学生就爱上这门课；只要爱上这门课，就能哄着多学一点知识。

昨天的家长会怎么样？他笑着问道。无论怎样，从不把个人情绪带进课堂，这是他一贯的原则，也是职业良知。他知道三流学校的三流学生，每一次的家长会无疑就是一次赤裸裸的告状会，回到家，学生往往面临的又是一场批斗会。

老师，你懂的。我昨晚吃了一大锅削面（方言：批评），不是我妈拦挡，差点吃上扯面（方言：挨打）了。最活泼的杜伟吐吐舌头。杨阳笑了笑，学生的语言总是幽默风趣，非常传神。吃削面，意思是美美挨了一顿骂。吃扯面，则就是一顿饱打。

哎呀呀，我爸差点把我拆着卸了，最调皮的程龙沮丧地嘟囔。

他没听清。咋回事？你再说一遍。

程龙大大咧咧站起来，我老先人（方言：父亲）先是美美扇了我几个耳光，然后又是一顿脚，差点像拆家具一样把我拆着卸了。教室里哄堂大笑。成绩差的学生就是这样，抗压力强，抗挫力也强。因为从小到大不争气，被父母师长一路打打骂骂过来的，他们像一只只打不死的小强，努力地、卑微地但也快乐、顽强地活着。

不是你父母就让你来拿个毕业证的嘛，咋还这么凶了？

还不是被刺激了呗。我有个表哥考上了重点大学，假期回来耀武扬威的，我老先人心里不好受，不拿我出气咋办呢？我也是给他争不上气，所以骂几句踢几脚也没啥，就是看着他也可怜，嘴都气青了。哎，老师你说我咋一点儿都念不进去书呢？要是能考个前几名，让我爸高兴高兴，让我少活几年也愿意。程龙有些伤感地说。

其他同学一起低下了头，沉重的气氛在教室里蔓延开来。

不怕，咱慢慢来，能学多少是多少，杨阳安慰道。

父母总是嫌我丢了他们的人，可是我想念好书也不行啊……如果能换一个好儿子给他们，我宁愿换过去，可是，谁家父母要我呢？老师，如果我是你的娃娃，你是不是也以我为耻？杜伟突然问。

杨阳语塞了，面对一双双亮晶晶的眼神，他不知该如何回答。

瞧你说的啥话？老师的娃娃哪里会和咱们一样呢？老师的娃娃都学习好，没有差的，这是规律。一个小钢炮般的女生说。

真想给老师当娃娃啊，可惜我们不够格……

坐在前排，一直沉默不语的方伟轩突然抬起头来，老师的娃娃和你们一样，有学习好的也有学习不好的，就像我！

大家都不说话了，他是校长的儿子，才转进来不长时间。

7

愁眉苦脸的杨阳坐在办公桌前，怔怔看着手机。开学都一周了，军训都结束了，其他孩子都上学了，杨杨还窝在家里天天哭。妻子唠叨的毛病又犯了，可老同学的电话还没打过来。每次他发短信过去，那边都是三个字，再等等！

刚才，杨洋又来了电话，劈头盖脸就是一顿骂。你就是个死脑筋，人家说等等，那意思就是要钱。现在都这样，你不把钱送进去，肯定就是等等了，拿钱就能解决的事，为啥就不能一下子解决了？你不去送我去。好歹你们还同学一场，我就不信他还没这点情分。他没反驳，知道妻子心里有个大火盆，正熊熊燃烧呢，前些天好容易修炼了些许的温柔，早被烤干烤焦了。

杨阳嘴上说他就不是那种人，但想了半天，还是决定去问问情况。

刚下楼，就见老校长从那边过来，手里拿着一沓文件。小杨，最近怎么样？对这个爱校如家头发花白的老人，他是从心底热爱尊重的。

杨阳不自然地笑了笑，还好。

那就好。我家的那个，麻烦你给我多管管。他不听我话，但爱听你说的，昨晚他还说你年轻幽默，课讲得好呢。说着电话嗡嗡响，他抱歉地一笑，接起了电话。

杨阳瞅着那个忙碌疲倦的背影，有些不好意思，也有些灰溜溜。开学典礼上，这个矮矮瘦瘦的老人，除嘱咐大家好好工作努力生活之外，还鼓励本校教师带子女回来读书，并慷慨激昂地说，单位就是一个大家庭，我们每个人都要热爱这个家，以它为傲，荣辱与共。如果咱自己都瞧不起自己，又怎么能教育好别人子女呢？所以，请带你的子女来这里读书，这是一种认可一种宣传，也是一种鞭策与鼓励，更是一种担当和责任。自己的娃娃在这所学校读书，你就会设身处地为其他学生着想，把学生当自己儿女一样去教育。心态决定作风，态度就是未来，我们一定会取得好成绩。我先带这个头。

为此，他把儿子转到本校高三，还放在普班，也就是杨阳班里。单凭这一点，大家都敬佩几分。在他号召下，几个教师都把子女带了过来。杨阳也想这样做，但妻子女儿不同意。再说，只有零点五分，他也觉冤得慌，只能选择满足她们心愿了。

十点多，他又一次走进无数人梦寐以求的重点学校——古雁一中。行政楼上，到处是忙碌的身影。楼道里，到处挤满了人。杨阳混迹其中，羞愧地看着四周。男的女的、老的少的、背包的啥都不拿的、带着孩子的独自一个人的，个个脸色铁青，忧郁沉闷，没一点儿笑容地站在那里。也是啊，到现在还站在这里的，没一个能高兴得起来，心里藏着天大的事，谁也笑不出来。

第一次以家长身份来审视时，他才知道区域教育扭曲到了何等地步，才知道教育不均衡背后的无奈无助，才知道平头百姓为念个书所受的罪，才知道重点与非重点的差别之大，才知道可怜天下父母心啊。为了上所好学校，为了几分之差，为了面子或者为了不输在起跑线上，无数的大人操心受累不说，还要忍受屈辱与煎熬。学校本来是最公平合理的地方，可一条叫作分数的鸿沟，就将孩子们分为三六九等；一个叫作重点的词语，让无数家庭趋之若鹜，心甘情愿拿出省吃俭用的钱且乐此不疲。

老同学办公室门前自然站满了人。杨阳没好意思硬闯进去，就站在楼道里给他微信。他迅速回了过来，说今年形势更严峻，定额定编后卡得很严，又是小班额，指标都是上级部门定死了的，一个都不准插。超计划外的招生一律不予建立学籍，转学的可能性也不大。老同学，你是同行，应该能理解，要是别人还骂我矫情或要吃要喝要钱，只有你知道我就不是那种人。目前我还在想办法，实在不行了也请你原谅啊。

杨阳觉得他有些反过来恳求自己的意思，心下一酸，就准备回去了。下课铃响了，楼道里人多了起来，熙熙攘攘如集市，他停住了脚步。上课铃响了，他拔腿就走，走到楼道尽头回头看，还有许多人石像般站着等，拿着手机不时翻看。手机里呢？看不见的信息满世界跑飞，传递着数不清的秘密。

在路上杨阳就想好了对策，回到家不管她娘俩怎么说，他都会坚定不移地回答没一点希望了，赶紧到自己学校去报名。开学一周了，再这样耽搁下去，女儿肯定会跟不上；一开始就跟不上，意味着什么，大家都知道。

可是，当他换了鞋走进客厅时，大吃了一惊。

母亲坐在沙发上，妻子和女儿围在身边，桌子上摆满了吃食，老少三代人正高高兴兴吃东西呢。

妈，你怎么来了？他望着母亲慈祥和蔼的脸，诧异极了。

看你说的啥话？妈为啥不能来？这是她的家啊，杨洋笑吟吟地嗔怪道。

就是，我奶奶决定来城里住了，给我做伴，杨杨一改连日的阴郁，娇嗔地靠在奶奶身边。

母亲疼爱地看了孙女一眼，慢慢说，我也想上来了。想娃娃。

杨阳真是丈二和尚摸不着头脑，感觉有些天方夜谭。他看看这个，看看那个，正想问，杨洋装不住了，笸篮里倒核桃般丁零当啷，妈已经给杨杨找到门路了，明天就可以去一中上学。

啊？！杨阳简直不敢相信自己的耳朵，自己再怎么样也是个教师，在城里工作了这么多年，同学又是重点中学的副校长，都没办法，一个乡下老太太哪里来的门路呢？

都说老人疼孙子，这是实实的啊。现在妈可是我们家的大功臣呢，妻子讨好地对着母亲笑。

杨阳挥挥手，妈，咋回事？

也没怎么过于作难。咱队的栓栓你还记着吗？他小舅子在一中当保安，我说了情况，他说给五万块钱保准能进去。我给了钱，人家就把条子开出来了，现在只说没个学籍，得等几个月。明天娃就能去上学了，你们俩也不用再吵闹了。

8

上课下课批改作业，这样的日子已沿续了很多年，杨阳早都习惯了，也更用心了，可人们发现他也更沉默寡言了。按说女儿在重点中学读书，母亲搬进了城，妻子和颜悦色，一家人其乐融融，诸事皆大欢喜，一切都如设想的那样有了最好的结果，他应该知足。但说实在的，他沮丧极了，倒不是五万元买了零点五分划不来，也不是自己窝窝囊囊被家人瞧不起，只是总觉得心中不美气。

早上上课时，邻班又出现了几张陌生面孔，有男生有女生，有貌似桀骜不驯的也有羞怯胆小的。有一来就睡觉的，也有特别专心致志的。他明白，他们有的是择校生，有的是插转生，名称虽然一样，但都是分数不够通过其他渠道进来的学生。

在每所学校每个班级，都有这样的一个特殊群体。有的是花了钱进来的择校生、插转生，除了每学期交双倍的钱，其他和正常生无异。有的是坐在这里上课却没学籍没身份的借读生。到了中考高考时，他们会自动回到学籍所在的地方，转换成另一种身份去参加考试。至于考上考不上，也和现在的老师学校毫无关系。他们一进校，就知道自己和别人不一样，是异类，是特殊人群，所以很少参加集体活动，甚至很少融入其中，就像外来务工人员，寄居在一座本不属于他们的城市工作生活，浮萍般漂移。老师呢？也因为他们是借读，考好考坏与自己关系不大，就懒得和他们斗气，多多少少有些放弃的意思。

自己的女儿，也是以这样的身份坐在一所学校的教室里，他也是这样的家长之一，也是不正当手段的协同者，他觉得悲哀难受又无处可说。老校长的做法又有几个人能做到，至少自己没做到。可是在那里，小杨杨憋屈吗？有没有意识到自己的与众不同？本来完全可在一所学校的一个班里，以高分优势得到老师的偏爱，受到同学的赞誉，自信地学习骄傲地生活，现在却像个低人一等的小老鼠，坐在不属于自己的座位上，能健康快乐吗？而且小小年纪就知道凭金钱能得到不属于自己的东西，长大了又怎么办？

中午回家，他发现女儿坐在餐桌边，眼睛盯着饭菜，情绪却明显不好。爸爸，今天语文老师又没改我作业。我借了同桌的练字本，仔细看了，我俩写得一样，可老师就是不改我的。数学老师也是。后面有同学捣乱，他就骂你们这些借读生别讨厌，不想念了就回去。英语老师直接说你们几个学习成绩都不是最重要的，只要听话不闹腾就行。

妻子睁大了眼，你们老师咋这样？我们虽是掏钱进去的，但只是差了零点五分啊，怎么还另眼看待？

杨阳一下火冒三丈，这能怪谁呢？好好的正常生不做，偏要挤破了头要去做个插转生；正常不收费的学校不念，就要花钱去借读的嘛。零点五也是分数，凭啥咱的娃娃就觉得委屈了，就要比别人强，就要进个重点，还不是你我的面子在作怪，怕丢人丢脸？问题出在我们自己身上啊，而不是人家。

重点中学就是好嘛，你们普通学校就是差嘛，还不承认？我看你就是嫉妒，就是吃不到葡萄还说酸。妻子杨洋呛起人来，那叫一个毫不留情。

母亲看了看孙女，你们先别吵，听娃娃的吧。

杨阳真诚地对女儿说，杨杨，说实话，你觉得在这个班里快乐吗？能不能跟得上？有没有好朋友？

孩子可怜巴巴地摇摇头，爸爸，我是开学好久了才进去的，身份大家都知道。成绩是班里倒数，同学当然都瞧不起，老师也不太管我，上课也跟不上，吃力得很。

妻子忽地站了起来，你还有脸说？现在说跟不上咋办？这个名额可是奶奶花了那么多钱才买来的，你说你这样对得起谁？

孩子站起来，眼泪夺眶而出，可是妈妈，我真感觉自己跟不上，心里也很难受啊。

杨阳转身对女儿说，那你想不想去爸爸学校？

女儿重重点了点头。爸爸，我也想好好读书，给你们争口气，但我没做到。我也懂父母的苦心，也在努力学好，可还是做不到！我知道你们为了我，付出得太多太多，但在这个班里我觉得低人一等，没有朋友，没有快乐。我小学班主任说过，在哪里上学不重要，重要的是要好好学。我想只要好好学习，以后一定会考进去，做个堂堂正正的重点中学的学生。就是考不进去我也不后悔，奶奶说了，世上一层人，都活得好好的，我为啥就要一条路走到底？

9

周末，杨阳带着一家人回到了老家。春走了，夏来了，树叶由原来的嫩绿转到深绿，又一个轮回到了。乡村的夏天，真是一幅美丽天成的画卷啊。田野里，庄稼换上了深绿色的衣裳，草木也越发成熟稳重。田间小路上，车来人往，有运送肥料的，有给玉米浇水的；还有给向日葵打叶子（便于通风）的。人们满载着劳作的喜悦，在地里忙碌着。母亲边和村人打着招呼，边拿起刀砍下一个个硕大的沉甸甸的向日葵叶子。杨洋也不怕脏了衣服，来来回回忙着搬运。小杨杨抱着一个未成熟的向日葵头，笑着跳着，黄花灿烂，笑靥满脸。

杨阳斜靠在车边，惬意极了。他看着天上的白云，一团团白云如松软的羊毛，慢慢飘过。一阵风刮过，各种各样的庄稼散发出柔和的光芒，使人想起森林里云雀的歌唱，碧海里的片片白帆。广阔的土地袒露着宽厚的胸膛，即将捧出丰硕的果实。

爸爸，快给我拍照啊。我要发在QQ群里，让我朋友看，让他们羡慕嫉妒去吧。杨杨大笑，跟在奶奶后面不停地跑，真像一只乖巧自信、健康快乐的小羊羔。

老师，我说完了，您是不是也微笑着听呢？我想是的。

现在，我们学校在老校长带领下，苦教苦学，严格管理，渐渐走出了低谷，也获得了较好的声誉。但我还是想不通，同在一座城市，同样的学校，同样是当老师，同样是育人，同样都是学生，为什么就要选出三六九等呢？

多么希望类似的事会少一些，希望每个家庭每个学生都能享受到家门口的优质资源；多么希望能像陶行知先生说的那样，将“生活即教育”“社会即学校”“教学做合一”落在实处，落实在教育的方方面面。

我坚信，这样的日子一定会到来！

顺祝老师身体健康，一切顺利！

您的学生　孟成才

二〇一九年六月二十一日　夏至

哺 乳 记

老陈：

你个老家伙还那么有激情啊，怎么样？身体还不错吧？

接到来信，我可是一宿都没睡着，就想着给你怎么回信，给你讲一个什么样的故事。这些年，我虽调到了局里不站讲台了，但还是一如既往地忙忙碌碌，为了咱的下一代，为了那些小花朵，在另一个岗位上坚守着阵地。

教育在我心中，从来就是神圣的字眼，不敢轻视怠慢。我深知自己肩上的责任与分量，丝毫不敢懈怠。因为工作性质，我经常下乡检查，会遇见了许许多多的人和事，但印象最深的，还是一个非常温暖的故事，是我巡考时的事。

这是一所不完全中学，共有四十五个初中班。虽然地处城乡接合部，生源也多是划片区招来的，但杨校长管理有方，上下一心，目前来说是我们管理最好的一所初级中学。教育局刘主任边走边给巡视组介绍。

人们看着一尘不染的校园，干净整洁的教室，井然有序的环境，钦佩地夸赞，有人还竖起了大拇指。身长腿短的校长，憨厚如老农，躬腰搓手，谦虚地笑，都是大家功劳，大家功劳。

拐过东楼墙角，一排排冬青树，叶片绿得发黑，如士兵般围着不大的花园。茂盛的枝叶，给地上投下许多细碎的光影。马上就要小暑了，天气很热，穿着半袖还觉得闷。本地海拔高，紫外线强，一天就能把人晒得脱层皮，所以女人们出门大多打伞戴口罩。男人们呢？当然不好意思，所以一个个黑黝黝的像黑包公。

透过树影，刘主任瞥见一个胖乎乎的女老师，正和一个瘦高个站在教室门外窃窃私语。他偏过头看了几遍，那两人还凑在一起，见巡视组过来也不回避。

他就有些不高兴。这可是中考考场啊，怎么能这么随便？早上开考务会时，不但读了文件说了规则，而且三令五申强调了考场纪律，严禁监考教师互相串岗交头接耳，可这两个女老师公然违反纪律，在巡视组面前也不躲避，可见平时管理有多么松散。作为教育系统的负责人，刚刚夸过的话还在校园里飘荡，却遇上这样的事，真是脸红。何况面对的还是组织部、公安局、纪检委等单位负责人组成的巡视组，他觉得太没脸面了。

刘主任皱着眉头，脸拉长了几寸，转身看了一眼杨校长。那个矮墩墩的人正盯着地上，一小片纸被风吹得蝴蝶一样盘旋，只见他大步上前，用脚踩住，然后弯腰拾起，紧跑几步，放进了绿铁皮的垃圾箱里。

一行人走进第一间教室。干干净净的地面，摆放整齐的桌椅，埋头做卷子的学生，前后各一认真严肃的监考人，前黑板上用粉笔工整写着的举报电话，后黑板上“静劲敬竞”四个红色大字，都无声渲染着肃穆庄严的气氛。他们转了一圈，满意地走了出来。

刘主任环视四周，见那两个教师还站在门口，非常生气，走过去直接问，考场纪律不知道吗？怎么还站在外面？

瘦高个的女教师顶着一头方便面，见了救星似的快步迎了上来，压低声音说，有个紧急情况……

不远处的一行人马上紧张起来，全都站住了，竖起了耳朵听。胖胖的女老师焦急地比画，这个班有个娃娃要交卷……

没等她说完，刘主任就截断话头。不是再三强调了考场纪律的吗，哪能随便交卷？必须在考试结束前半小时才能交卷，这是规定，怎么连这个都不知道？他口气硬硬的，顺便看了杨校长一眼。

杨校长却没在意，只是说，咋回事？慢慢说。

一个娃娃做了半天卷子，突然哭着说不考试了，要去……胖老师声音很低，不好意思地停了下来。

上厕所你们有人陪着去就是了，这种情况是允许的，快去快回，不要耽误时间。后面跟着的公安局赵局长解围似的说。

两个监考老师对视了一下。瘦高个咽了口唾沫，声音更低，不是上厕所。她说奶胀了，要请假去奶娃娃……

人们都愣住了，不相信自己的耳朵。这可是中考考场啊，一个考生却说要请假去奶娃娃，简直是开国际玩笑。

我们就是不知道怎么做，才在这里等各位领导的，想请示一下怎么办。

大家恍然大悟，怪不得她们站在教室外半天，还说悄悄话呢。刘主任看着谦和沉稳的老校长，有些羞赧。

怎么办，人们脑子都飞快地运转，瞪大眼睛想方法。

刘主任满是疑惑，这是写小说呢还是演电影？即使是写小说，也写不出这样离奇的情节吧？没人回答，大家心思和他一样。

这样吧，我们先不进去了，你悄悄叫她出来，不要影响其他考生，然后正常监考，杨校长对两位惊慌失措满脸愁云的老师说。

一会儿，一个穿着天蓝色校服的小女生跟着老师，怯怯走了出来。大家眼前的她，圆圆的脸庞，圆圆的身子，圆圆的鼻子，白白胖胖，像只扩大版的卡通猫。

一群大人盯着这个稚气未脱的考生，一时不知如何开口。

这位同学，听说你要交卷？过了好半天，刘主任才低下身子问。

嗯。考生腼腆地点点头。

考场纪律你是知道的，考试结束前半个小时才能交卷，你能不能先做题，再等等？杨校长也低下头，用商量的语气说。

老师，我奶子胀……疼……像一棵小树苗的她，身子越低了，头都快要抵到腰间了。

不要紧，赵局长摸摸她的头，慢慢说，怎么回事？

老师，我不想考试了，我想喂奶去。平常我娃娃都是半个小时吃一次奶，现在都快要一个小时了，我疼……眼泪从光滑细腻的脸上滚下来，滴在地面上。

你结婚了？刘主任追问了一句，然后就觉得自己这是句废话。

嗯。结婚一年多了。周围的人静静看着她，校服里，分明裹着的还是个稚气未脱的孩子啊。

天气热得人冒汗，万物仿佛被一个巨大的蒸笼罩住了，让人透不过气来。

那么你多大了呢？赵局长蹲下来，对着羞怯难当的考生说。

老师，十四了，是个保学生。

哦，什么生？

老师，你连控辍保学都不知道吗？就是必须完成九年制义务教育的那种学生。

赵局长笑了起来，众人也笑。

那你也来参加中考？

虽然我是在家读书的，但也要参加考试啊。

我能不能问问为啥？

考生低着头，脸色煞白，半天了才断断续续说，初一后半学期，爸爸开车带一家人去西安调货，路上翻了车……妈妈和弟弟没了，爸爸腰也断了，家里欠了好多好多钱，我就不能再念书了。有人来提亲，爸爸同意了，然后我就结了婚，然后怀了娃娃，然后生了娃娃……后来，我老师到家里，让我一定念完初中，完成义务教育。然后，我就在家里念书。平常都是老师上门来教我，看我写作业，今天考试我就来参加。可现在，奶子胀得疼，我不考了……我要给娃娃喂奶啊……她浑身抽动，大声哭开了。

几个大人抬起头来，面面相觑。一阵清风拂过，可没人觉得清凉，人人心里都烧着一把火。

赵局长，刘主任，咱留下来处理这个事情，请其他人继续巡视好吗？杨校长急忙说。

好的，另几个人马上说辛苦你们了啊，边走边回头，叹息着走向其他教室。

现在咋办呢？杨校长望着刘主任，用眼神问。

刘主任一筹莫展，抠抠头，就是现在让她交了卷，也是不能出校门的啊。中考纪律大家都知道，必须等所有考生交完卷，监考老师收完卷，检查完毕后才开门放行的。

那咋办？三个人一个看一个。

这么大的考点，这么多的考生，不可能因为她一个人而违反纪律。刘主任斩钉截铁地回答。

老师，我实在是憋不住了啊，疼得厉害，我不想考试了……哇……小母亲咧开嘴，不住地哭。傻了眼的大人看着这个少女母亲，不知所措。

你先别哭，是这，我请示一下我们领导看怎么办？刘主任掏出电话，准备打。

你不就是领导嘛，还请示谁呢？考生止住哭声，噘起了嘴。

大家都笑了。刘主任耐心解释，比我大的领导多得是。再说啥事都有个规矩嘛，不是我们说了就能算的。

刘主任拿着电话拨了半天，手机里却安安静静。他才记起中考考场安装了屏蔽器，方圆五十米都是屏蔽区。

赵局长想了想，低下了头。这位同学，咱再商量一下啊，能不能让你家人把娃娃抱来，找个地方喂了奶，你继续参加考试？

阳光映射在考生脸上，原本微蹙的眉头渐渐松开，眼里有了闪闪亮光，接着满脸就开了花。可以的啊，谢谢老师啦。圆圆的眼睛弯起了弧度，两颗虎牙跳跃着，连酒窝也一颤一颤。

杨校长两条短腿飞快地向前绕，绕了好一阵，才走进办公室。他拿着考生提供的电话号码，用固定电话拨过去。那边，好半天才有了动静。

你是×××的家属吗，我是三中考点的巡考老师。考生×××提出要给孩子喂奶，可我们有规定，不能提前交卷也不能提前出校门。现在咱们商量一下，你能不能把娃娃抱过来，让考生喂奶后继续参加考试？希望你理解配合啊。

啊呀，老师，家里的碎娃娃饿了，正闹腾着要吃奶呢。我正愁得天上地上的……真是太谢谢你们了啊。现在的老师太好了，天天给我媳妇子上门补课，还操心这个那个的……你们等着啊，我一下子就打车过来了。对方毫不含糊，边忙活边一口气说了很多。

杨校长带着考生和几位巡考慢慢走向校门口。此时的校园安安静静，没一点儿声音，他倒有点不习惯，平日里都是另一番景象。上课铃响起时，书声琅琅，处处弥漫着浓厚的学习气息。下课了，没有学生会在教室里乖乖坐着，一定会拥出来，四处滚动着打闹着，操场上满是奔跑游戏的人，欢叫声嬉戏声连成一片。铃声打响，学生又飞奔回教室，反反复复，每天如此。青春气息，健康活力，每天都在这里展现；生活热望，美好梦想，从来都在这里萌生。

隔着一扇折叠式铝合金大门，刘主任看见校门外几个警察穿着荧光色马夹，正在路上执勤。红色警戒线外，不远处的台阶上店铺前，坐着站着的，都是满脸焦虑的家长。有些女人撑着花花绿绿的伞，有的躲在阴凉处扇扇子，有的不管不顾就暴露在烈日下。男家长们也一样，有的神情凝重，用书本纸张遮住半个脸；有的默默伫立，一动不动，像一棵棵烈日下的大树。平日里总是喧哗热闹的大街，此时一片寂静。

他还看见离他最近的一个中年妇女，在大太阳下茫然所失地站着，手里抱着矿泉水，一张黑红憔悴的脸汗涔涔地冒着油光，明显紧了许多的红色旗袍，将全身勒出一道道肉棱，心里不禁一酸。中高考时，家长们都迷信了起来，穿旗袍寓意为旗开得胜，给孩子穿红内衣意思红红火火。有人甚至这几天给孩子吃东西都说单双，比如吃鸡蛋就要吃双黄的；而且不能吃生冷也不能吃肉食，更不能吃水果，以防闹肚子。一切都为了这场考试，一切都围着分数在转。

哎，中高考不但是考学生，更多是考家长。面对孩子人生中的大考，家长显然要比考生紧张得多啊。刘主任感慨地说。

是啊。这可是一个孩子人生中的大转折，直接关系到他们的未来。对每个家庭来说，当然是至关重要的了。今天，无数人都专门请假来陪考，来等候孩子。尽管觉得帮不上什么忙，但也是最直接有力的支持。再说，在家心急的也待不住。杨校长附和。

可怜天下父母心啊！从一出生就为孩子操劳，从上幼儿园上小学开始，一直到考中学考大学，这一路牵肠挂肚的还少吗？初三这一年，家长几乎每天都是在焦虑煎熬中度过的，就是希望孩子能发挥正常，考个好一点的分数，能上重点。

正说着，其他巡视的同志赶来了，大家汇聚成一条小溪，和满脸稚气的考生一起焦急地等候。

刘主任在校门口走来走去，从背后望着幼稚可爱的考生，心底泛上丝丝疼痛。人和人之间的差别太大了，比如现在，绝大多数考生都在考场内奋笔疾书，憧憬着未来，却还有人在考场外焦急地等着一个嗷嗷待哺的幼儿。在与青春挥别的路上，如果说中考是一座驿站，那么这样的疼痛将永远定格在这小考生的记忆中。她过早地遭遇了悲惨的命运；本应在学校无忧无虑地读书，满怀憧憬地追寻梦想，却在考场上为奶孩子惊动了这么多人。

他想起进考场前大家的谈论。说南方有对父母将房车停放在校门口，每天陪伴即将参加中考的孩子。还有一对父母，三年来，每天都准时到学校接送孩子。这女孩和他们的孩子一样大，却过早地成了大人，不但没父母的疼爱呵护，而且成了另一个孩子的母亲。难得的是，这个娃娃母亲，似乎没多少伤感，也很少抱怨，只是平静地接受来上苍的安排。是刻意屏蔽了生活的艰辛，还是已经认了命？他既为这个等着喂奶的女孩悲哀，也替那个等着吃奶的孩子伤感，真不知道以后迎接他们的，将会是什么样的命运。

和蔼的杨校长一会儿快速走进门房，对两个穿保安服的人说着什么；一会儿又走到校门口，望着近处的马路。额头上的汗冒出来，打湿了头发，又沿着脸颊流下来，消失在黑红粗糙的脖子里，他不停地安慰着小考生，你不要着急，再等等啊。你家人抱着孩子马上到，来了后你就在门房里喂奶，喂完就赶紧回考场继续做卷子啊。

小考生点点头，头抵在铁门上，望着不远处黑压压的人群，不说一句话。

刘主任走过去，对着杨校长苦笑，娃娃生娃娃，娃娃养娃娃，以前只在书里听过电视里看过，现在居然在校园里出现了，真让人难心。

在农村在山区过去这种事很多，现在已很少了。人这辈子咋说呢？有些人就是平平顺顺的，有些人早早得接受苦难的考验。这娃娃命苦，没办法。校长也苦笑着。

不过，也算是个好事。

好事？大太阳底下，杨校长疲惫地反问，他的脸已由黑红转为黑焦了。

从一个侧面也说明来控辍保学工作做得好嘛。连怀孕了的辍学生都能在家坚持学习，生了娃娃的人还能来参加中考，咱这工作，真是做到了家。

说来听听，人们自动撵过来，围成一圈。

说起这个话题，刘主任最自豪。这两年，精准扶贫控辍保学是我们工作的重点，不但任务艰巨，而且走村入户摸底排查非常辛苦，不过成果也不小，最显著的就是辍学率逐年下降，已成为零。今年，我们严格按照教育厅要求，依照“户、册、籍、人”四对照的办法，对域内未成年人的辍学情况进行了一次彻底排查，真正做到了数据精准控辍到人，并且还因地、因校、因人制定了相应的工作方案。我们的教师深入农户家中，首先做通了家长的思想工作，然后针对学生的性格特点思想动向，制订了有效的学习方案，让每一个辍学学生都明白学习的重要性，自愿返校来读书。一个都不少地完成了九年义务教育过程，这娃娃就是典型例子。

这么说还真是好事呢，大家都笑起来。

杨校长也说，这学期，单是我负责帮扶的小组，就动员了杨河乡三个自然村的六名辍学生回来读书。他们有的在外务工，有的在家务农，回校后尽管学习生活习惯不好，有这样那样的毛病，但总体上来说变化很大。

说起这个话题，人们都有亲身经历，一时间都议论起来。

控辍保学就是要严抓严管，坚决落实责任制。这些年，一部分家长开始相信读书无用论，认为读书划不来，不如让娃娃早早打工赚钱，攒钱盖房娶媳妇。结果在偏远山区贫困地区，不念书的娃娃越来越多，未成年就结婚的现象也越来越严重。就说眼前吧，这么小的娃娃都结了婚，还生了娃娃，咱看着都心疼。可是，如果不是控辍保学政策，她哪来的机会再回到学校，哪来的机会来参加中考呢？

从这个意义上来说，全面实施九年制义务教育，提升农村教育质量，控辍保学真是个好办法，深得人心。

国家大力推进教育精准扶贫，导向是正确的。对有些人来说，只讲物质扶贫不讲精神扶助，结果给的东西越多贫困户反而越多；帮扶得越多，人却越来越懒。有些人甚至是越帮越穷，越扶越不动弹。现在，文化扶贫教育扶贫一起上，齐抓共管，这才是真正意义上的扶贫工作。只有从精神上彻底扶起来，才是扶贫工作的目的。

今天的辍学生，就是明天的贫困户。我们单位这几年搞的“护航春蕾控辍保学”也有一定的成效，至少能帮助很多条件不好的娃娃，一些农村女娃还掌握一门技术。在山区，还有人认为女娃娃是别人家一口人，会写个名字会数钱就行了，念再多的书也没用。现在上有国家政策，中有我们的严格监督，这种现象就少多了。

我们系统还搞了个“百名教师进百家”活动呢，刘主任兴奋地汇报，就是让教师和学困生结成对子，进行面对面一对一帮扶，争取把适龄儿童全留在学校读书。对那些不想让娃娃念书的家长，我们就进村驻户，努力做好劝学工作，争取让每一个学生都尽快复学。我们还建立了办事处、学校、教师等多方联动的“三包三保”制度，请法官律师进行巡回演讲，对那些无正当理由不送子女入学的家庭进行批评教育，责令限期整改。现在，我包扶的片区，已没一个辍学生了。

不说了，快看快看，人来了。

一辆绿色出租车停在了对面，一个胖胖的怀里抱着包裹的女人钻了出来，面对警察不停比画。

妈，妈，我在这里，小考生激动得大声喊。

对面那些等着的家长骚动了起来，一个个对着女人指指点点。执勤的警察威严地竖起手，示意不能上前。

赵局长对着铁门外喊了一声，一个年轻警察迅速跑了过来。他们说了几句，年轻人敬了个礼，转过身，又对中年女人招了招手。

女人转身就往来奔。她很胖，穿着一件墨绿色长褂，远远看像只会走路的邮筒，她一边小跑一边抬起胳膊擦脸上的汗。到了校门口，顾不上说话，急忙将裹着薄床单的孩子递过来。黄方格床单里的孩子，双脚使劲蹬，哭声震天。

杨校长伸出手，小心翼翼接过孩子，侧身递给眼巴巴的小母亲。

考生抱起孩子，嗷了一声，冲进门房，关上了门。

大家会心地笑了，真是个孩子啊！

胖女人趴在铁门上，喘了口气，才说，老师啊，别看我这个媳妇子不言不语，其实是个犟人。早上我不想让她来，可她偏要来。还说她老师天天来家里补课，不参加考试对不起人。等我忙完回头一看，她早跑了，留下这个碎娃娃光是个哭，害得我颠三倒四的一早上。幸亏遇上你们了，谢谢啊！

赵局长笑了笑，说，你这个女人还有本事，把个未成年人都娶回了家，就不怕犯法吗？

女人倒不惊不慌，快言快语。哎，啥本事嘛，都是命苦人。你们一定想着我拐骗这娃娃进了门的吧？给你们说，我可不是什么坏人，我也是个明白人。当时这娃家里出了大事，妈妈弟弟都没了，她大躺在医院里等着要钱，就想赉发（方言：出嫁）了女子，换几个钱看病。人都说她命硬克父母，我看着娃娃可怜，就收留了回来。娶她我可花了不少钱呢，光彩礼就十八万。她大拿了钱，在西安看好了腰，现在也能下地走路了，我们就接过来一起生活。所以啊，我也是救急救难的人呢。那两年国家政策没这么好，农村人病了也没办法管，哪像现在，国家啥都管。要是好政策再早上两年，我才不愿意当这个婆婆呢。你说我是个好人坏人？

大家盯着面前伶牙俐齿的女人，一时不知道说什么好了。

刘主任好奇极了，你家媳妇子才这么大点儿，那儿子多大呢？

两个同岁。我那儿子从小就不爱念书，就爱调皮捣蛋。初一上了一学期就不念了，跟着他舅舅学修车。当时她家出了事，我就想着帮一把，也算积点儿德。可人放在家里，就觉得还是结了的好。嗳，也怪我一时糊涂，早早就给娃圆了房，没想到第二年媳妇子就给我生了个孙子。你是没见我孙子，那叫一个乖。

杨校长嘿嘿一笑，你儿子现在呢，没念书？

咋没念啊？他今天也在二中考试着呢。现在国家政策好，政策也紧，不让娃娃念书就是犯法，还要坐牢，我知道后果。再说乡上领导、学校老师天天上门讲道理，哪能随便拖后腿？我媳妇子怀了娃娃，不能去学校念书，人家老师就天天到家里教课补知识，我可感动着呢。我的那个儿子，没这个媳妇子心灵，笨得很，修个车轮子还可以，念书直接是两眼抹黑。说实话，我还指望着这媳妇多念些书，以后开个修车铺，管个账啥的。

你就不怕你家媳妇子念成书，跟上人跑了？有人开玩笑。

不怕。现在社会这么好，婚姻都自由么，我怕啥？只要他们念书，不管怎么样，我都供给。我也想过这件事，要是媳妇子以后成个人才了咋办？又一想，她有出息我高兴都来不及呢。我又不是老古董，拽着娃娃不放。其实，我现在也后悔让娃娃们结得太早了，自己都没成人，又生了个小的，害得我一天到晚看几个娃娃，哄了这个哄那个，一个都不省心。

人们哈哈大笑。

妈，妈，门房的门开了条缝，小考生轻轻喊着婆婆，把一个小包裹双手递了出来。

人们顿时静悄悄里，看着杨校长轻手轻脚走过去，接过孩子。

小考生从门房冲出来，脚下像生了风，一趟子跑向考场。眨眼之间，已没了踪影。

人们围上去，看着这个吃饱了睡着了的小娃娃。圆圆的脑袋下一双大眼睛，闭得紧紧。弯弯的睫毛如黑色的小扇，在眼睛下方映出了一排黑影。黑亮的头发弯弯曲曲，柳丝一样轻柔。红扑扑的小脸闪着光，像个半熟的桃子。眉头一会儿皱紧一会儿舒展开来，小嘴一张一合，浑然不知这个世界的喜悦与烦恼。

真乖啊！大家由衷赞叹。

杨校长踮起脚尖，把孩子从铁门空隙里递出去。胖女人接过孩子，疼爱地亲了一口，然后摆摆手，转身轻飘飘走了。

人群散了。巡视组其他人走进了门房，喝水闲聊，等待交卷的铃声响起。刘主任站在校门口，望着品字形的教学楼，望着像庞大的绿宝石的足球场。学生公寓旁，紫槐树微微颔首；花园里，大丽花和芍药，一起在夏阳里点头。碧蓝的天空，洁白的云朵，红色的教学楼，墨绿的松柏，红色的塑胶跑道，蓝色的座椅，半包围的屋顶，校园真像一个美好无比的童话世界。

无论怎么样，生活还是很美好的。他相信，这样的考生是最后一个。他祈祷这样的事，再也不要再次发生。

老陈，这个娃娃母亲让我又心酸又欣慰。心酸的是造化弄人，命运无常，我们的孩子，会遇到不可预知的灾难，面临各种各样的意外挫折，生活和命运也会发生巨大的改变。欣慰的是，我们的社会，我们每个人都会伸出双手，以理解的目光、包容的心态、积极的做法，给予扶助和劝慰。哪怕只是一个紧紧的拥抱，一个暖暖的笑容，都能化解心中的坚冰，都会让他们感到生命的暖意、人间的温情。

我们要以实际行动告诉孩子们，即使面对再大的困难，即使在痛苦中苦苦挣扎，都要相信朴素纯真的爱，相信不求回报的爱。我最喜欢法国人彭沙尔的一句话：爱别人，也被别人爱，这就是一切，这就是宇宙的法则。为了爱，我们才存在。有爱慰藉的人，无惧于任何事物任何人。

我把它抄录在这里，共勉！

再次感谢你的信任，有时间一起喝酒啊！

老朋友　张崇仁

二〇一九年七月七日　小暑

差 生 记

陈春台鉴：

岁月不居，时节如流，自从别后，十余载未曾见面，不时想念。时以大暑，愿自珍重。

前日喜接来函，欣慰备至，读兄惠书，如闻金石良言！你我为师多半生，不说桃李天下，也有半城弟子。谈起教育，论及后辈，一个词总让人心有戚戚，那就是“差生”。

何为“差”？百度的定义是，在班级中经常违反道德原则或犯有严重过错的学生。他们常常表现为没有正确的人生观价值观，不能适应社会大众要求，不能遵守纪律，不好好学习并且成绩很差。

可惜教育本应以“成人”为分水岭，如今却只放在了“成才”上。凡是分高的学生，无论品质好坏，一律为优等生；而分数低的，无论出于什么原因，一律被冠以“差”。

几个小故事，姑且听之。

方 奇 石

时至大暑，一大早，太阳才冉冉升起，热气就袅袅盘旋于空中。早自习，我走进教室，检查《兰亭集序》的背诵情况，叽叽喳喳的学生顿时有些紧张，满脸旧社会地望着我。

先叫起来一个男生。刚才还伶牙俐齿的人，现在却低着头，结结巴巴背了一小段，还错误百出。我有些生气，这么长时间了，布置的任务还没完成，真是过分。

我又叫起了个女生，矮矮胖胖的她站在讲台上张口就背，滔滔不绝一泻千里，赢得了一片掌声。接着，我走到后排一个男生面前，示意他接着背。他站起来，一个字也背不出来，弯腰曲背，活像个挨批斗的四类分子。

我火冒三丈，声音高了起来，这篇课文上了一周，天天强调背诵，现在居然还没背会。这是学习，又不是放羊！既然有令不行，当然要接受惩罚，今天所有男生把课文抄五遍，明早我当面盯背诵。

男生们低着头，一言不发。没背下来的那两个，脖子都是红的，羞愧地站着。

有没有意见？有不同意见可以提出来。

没人说话，甚至没一个人抬起头。他们总是这样，一见老师真发火就噤若寒蝉，像一群待罪的羔羊，即使遇到再多的不公平，也只会默默忍受。

好！没人表示异议，那就全部通过。现在继续背。

教室里马上嗡嗡嗡起来，一个个闭眼摇头，开始背诵起来。

我背着手来回走，听见一个学生悄悄问同桌，三儿呢？三儿在的话，一定会站起来和老师辩解一番的。

我窃笑，平日里谁都瞧不起差生，一旦有事，就会想起他。这些表面驯服的小狐狸，可聪明着呢。

最后排的座位空着，如完整无缺的蛋糕上少了一小块。我问，方奇石呢？

他的同桌抬起头，幸灾乐祸地说，被班主任叫去了。

他又犯了什么错？

他迟疑了一下，才说，不知道，估计是月考成绩吧？

哦。其实我深知不可能。因为他的成绩一贯是全年级倒数第一，各科老师早已决定放弃了，即实行不闻不问不管不顾政策，只要上课不捣蛋，睡觉都行，哪里还会为成绩和他斗气呢？

说起这个学生，可真是个怪人。人长得高高大大，方方正正；有一张毫无压力的脸，一个有思想的脑袋，可在学习上一塌糊涂。数学老师曾总结过，他是除了学习啥都好的那种学生，似乎脑子里有一堆函数。

在班里，差生一般坐在最后排，和扫帚垃圾桶为伍，被边缘化，被标签化，老师不管同学也瞧不起。因为在人们心目中，学习差就品质差，品质恶劣导致学习更差，形成恶性循环。他当然被列为双差生。

似乎每个差生都有外号，他叫三儿。这个外号比较有意思，是衍生的。因为从进校起，他上课就没教材没练习册没作业本，干坐着听课。物理老师气得说你这是个啥学生嘛，简直是个三无产品。学生们哄堂大笑，三无三无地喊开了，可大家慢慢发现，这个三无人员可不一般，除了不爱学习外，敢和最厉害的学生叫板，能对看不惯的事提出异议，还会和最权威的老师辩论，慢慢地三无就变成三儿了。虽是一字之差，但也含义丰富。

正想着，报告一声，他站在了门口，脸热得通红，浑身被水洗了一样汗涔涔。我点点头，他走进来，怔怔坐下，照例没书本作业本练习册。

你干啥去了？

跑完操，我看咱班区域卫生有些脏，就跑去打扫了一下。

今天是你值日吗？

不是，可我觉得班级荣誉人人有责，结果被班主任看见了，叫去训话了。他总说我不省心，我到底哪里不省心了嘛！

我哭笑不得，一个学生，上课桌上啥都没有，不写作业不做卷子，还省心了？

老师，除了不爱念书，其他方面我觉得自己还可以啊。我热爱班集体、孝敬父母、正直善良；就是在学校，我也严格遵守学校的各种规章制度。你们这些大人咋都一个调调，都见不得我呢？

就你这样的，还自我感觉良好啊？学生天职就是学习，就像军人天职是保卫国家一样。你是个学生，不爱学习跑学校干啥来了？

我是来锻炼意志和毅力的。这也是一种学习啊，不过目的不一样罢了。

那你学习的目的是什么？

做个有主见的人，有毅力的人，能自律的人！

其他都不说了，这“自律”二字从何说起？

凭啥说我不自律嘛？老师，你说我每天早上六点起床晚上十二点才上床，天天十几个小时坐这里，容易吗？而且还要不迟到不早退，上课不捣乱下课不乱跑，不抽烟不喝酒，不拿手机不上网，不给班级扣分不和同学闹矛盾。在校内不打架斗殴欺负同学，在校外不寻衅滋事违反法律，还不自律？何况又不是一天两天，是几年如一日啊，这也是毅力的体现啊。再说，其他人来学校是为了拿个好分数，上课是为了有个好成绩，我可是把来学校当作修行的。用这样的方式修正自己，不也是一种学习吗？谁能做到我这样？

你这歪理还多？既然如此，为啥不好好学习考个高分？你这不是锻炼自己，而是糟蹋青春。

老师我真是学不进去啊，尤其是数学，更是一窍不通。我爸说了，只要身体健康、心理健康、人格健康，不做违法乱纪，不亏人不干坏事，守住本分就行。他还说让我学些有用的东西。

你爸说啥是有用的呢？

老老实实做人、勤勤恳恳做事。一个人最该学的是生活态度，处事方式，遇事的心态，正直的品质，还有境界和格局……

这些都是慢慢形成的，不是一下就学会的。现在对你来说，真正有用的是分数，只有分数才是衡量学生好与坏的标准。

有用和无用不是这样区分的。庄子都说过，无用之用，方为大用嘛，我爸爸天天这样讲。

世上还有这样的父亲，难怪有你这样的儿子，下课铃响了，我摇摇头，走出了教室。

一会儿，就见他头红脑涨地追进了办公室，老师，你咋成了秦始皇？

我一下子没反应过来，怎么了？

咋还搞连坐政策？不就是一个人没背会课文嘛，谁没背会你惩罚谁去，怎么还罚所有的男生抄写？这不合理。

你又不抄，着什么急？

不合理就要说出来。不是你常常教育我们，文明就是每个人都有诉求的权利嘛！

我笑了笑，你这不爱学习的人，一天到晚还事儿多。换个角色想一想，督促学生学习也是我的责任。

一码归一码。老师，我对学习的态度和我对这件事的看法，不在一个频道。我说的是您惩罚的方式不对，而不是惩罚本身。您的职责就是监督我们学习，这没什么错，但连累无辜的人就是不对……

好，那我尊重你的意见，取消抄写吧，但你告诉大家，明早一定要背会。

老师，您认错态度良好，是个好老师，赞一个！他转身，一趟子跑了。

这个三无……三儿，真是个怪才。同事们都笑了。

我望着那瘦高瘦高的背影，若有所思。

郭　　帅

偌大的校园，到处是晶莹透亮的雪。

第一节课，当我抱着作文本一走三滑地走进到教室时，发现班里空荡荡。男生去扫雪了，女生对着课本发呆。

咱们等一等还是现在就写作文？我向窗口望去，一片白茫茫，一堆黑豆子点缀其中。

等一等吧，女生们都说。

一个声音传过来，老师，不等了，咱现在就写吧。

我一看，原来是瘦高如玉米秆的班长郭帅。他抬起头，一丝微笑挂在嘴边，大眼镜框住了整张脸，细长的眼睛滴溜溜，顺便用胳膊肘捣了一下同桌。胖嘟嘟的同桌往旁边挪了挪，低下头写字，红脸蛋在暖气特足的教室里，愈发鲜红。

还是等等吧。我说，咱们先一起背诵《赤壁赋》，好不好？

好！他高声高调，像只不合时宜的小鸟。

我看了看他，突然感到不对，你咋没去扫雪？

高涨的热情如戳破了的气球，他突然趴在桌子上，蚊子般呻吟，我今天……有点儿肚子疼。

没人说话，一屋人沉默不语。

我咋看你不像肚子疼的样子？所有男生都去扫雪了，你可是当班长的，应该以身作则的啊，咋能不去？

我望着这个大家公认的优等生、三好生、学生会主席的人选，有点儿惊讶。因为进校成绩高，并且有某个重要人物的“关照”，他没经选举就被直接指定为班长。上任后，他每天都会到办公室里，帮着打扫卫生，打个开水买个早餐取个快递，温和谦逊，勤学好问，赢得所有老师的赞扬。可此时，他一动不动，虫子般瘫在那里，满脸无辜地说，老师，我让张静娴替我扫雪去了。

他说的人大家知道，一个练体育的女生。名字虽很妩媚，但人和名字无关，大大咧咧的，是传说中有八块腹肌的女汉子。

为啥让她去呢？

昨天晚自习她迟到了，我没告老师，也没记名字。今天她自愿替我去扫雪。您知道的，她是不想上文化课，借机躲一会儿……

女生们听着，没一个人发话。作为班里的多半边天，这也是一种态度？

我阴沉着脸，他似乎看出了我的不满，马上改口说，实际上，我还是肚子有点疼，所以就没去……他继续解释着，两只小眼睛转过来转过去。

我突然很气愤，盯着他，好一会儿都没说话。作为六十四个人的班长，不但不以身作则，而且学会了利用职权谋私，还为自己的行为辩解，这个平时乖巧懂事的学生，身上溢出的，是一种可怕的东西。

突然，门被搡开了，学生嘻嘻哈哈，拿着扫帚铁锹铲雪铲冲了进来，一股股寒气也跟了进来，教室里一下子凉爽了许多。

老师，我们横扫了多半个操场，出征回来了。假小子张静娴大声说。冻红了脸的学生们哈着气，翻看着作文本。

同学们，今天的作文是“关于担当和责任”的话题作文。咱们先来讨论三个问题，大家把观点表述出来，就是一篇思辨类的文章，好不好？

好啊。学生们都露出非常感兴趣的样子。

第一，大家对今天出征操场横扫冰雪的同学是怎么看的？其二，甘地说，衡量一个国家文明程度的四个标准是：看这个国家的人怎么对待动物、女人、老人和弱者，你是如何理解的？第三，在一个小团体里，如果你是领导，今天会出去扫雪吗？

学生愣了一会儿，大笑，思考了一会儿，纷纷站起来发言。

一个女生站起来，大声说，这么大的雪，这么冷的天，咱班男生能代表全班同学去扫雪，我觉得这就是一种担当一种责任的体现。也许他们平时成绩不是特别好，也不是很有趣，也没有多优秀，但我觉得应该称他们为勇士，值得所有人赞扬崇敬。哗哗哗，掌声四起。

一个成绩一般的男生脸冻得发青，站起来小声道，我觉得在任何情况下，第二个问题都好回答，因为这就是一个男人应该做的啊。尊重、爱护、力所能及地帮助，做自己应该做的就对了，其他的，我不会说了……大家一齐笑，巴掌都拍红了。

那么第三个呢？

大家异口同声，这有什么讨论的，当然是要出去的了。自己都不带头出去，别人哪里会动弹？您讲过的，身正则令行嘛。

但是，如果这个人给了你很多钱，许诺了很多的好处，你还会不会要求他出去？

学生们沉思着。毛毛躁躁的韩冬站起来，我觉得做领导就要率先垂范，要有担当意识，这样其他人才会跟着做，才能服众。

张静娴，你来说说看。

我没想过，不过作为一个领导者，就要以自身的人格魅力来影响别人、感召别人，这样别人才能从心底佩服嘛。

我总结道，是啊。当肩负着组织信任，一个领导者的素养应该具备以下几种：严以律己宽以待人的责任认知，超越金钱的高尚追求，求才若渴的博大胸怀，知人善任的驾驭能力，凝聚团队的人格力量。最重要的是要有担当和责任意识，要有纯正的品德。孟子说，以德服人心悦诚服，这是最高的境界。不然，即使身居高位，也会走上一条不归路的。好了，大家就这个话题，自选角度，自选题材，自拟题目，写一篇不少于八百字的作文。

班长没抬头，也没参与讨论，自始至终都写着作业。

第二天一大早，他又在办公室里出现了，提水扫地，摆放花盆粉笔盒倒水擦桌子，顺便还倒了垃圾。大家交口称赞，不愧是优等生啊，真是个品学兼优的苗子，今年的最高奖学金非他莫属，优秀班干部也就是他了。

他羞涩一笑，放下簸箕，笑眯眯跑了。

夏风雨

年轻的班主任一手拿着成绩单一手在纸上敲打着。看看你儿子成绩，刚进校还不错，现在呢？居然成了全年级倒数第一。这也太低了吧？

老师，您别生气了……能在这个班里读书，他是烧高香了……可是……家长低着头，嗫嚅着，腰更弯了，背更驼了，似乎自己犯了天大的错。

不是我爱生气，我们可是宏志班啊，多少人盯着看。有他这样的学生，我怎么给学校交代？换位思考一下，如果你是我，你会要这样的差生吗？你能不生气吗？

大家悄悄听着，谁也没敢说什么。扎着马尾辫的小李，满脸通红，大眼睛里冒出了火，一句接一句地教训。她一贯兢兢业业，风风火火，雷厉风行，真抓实干，就是有点争强好胜，得理不饶人的那种。

说实话，这个学生我是真教不了。咱商量一下，要不让他转个学，再不行就换个班吧？

我……老师，您就再给娃娃一次机会吧，为了进宏志班，他不知花了多少力气呢……谁都知道您班带得好。老师，就原谅他吧。我也没其他要求，让他在这个班里坐着就可以了。

小李可不管不顾，接过话茬，夏风雨家长，我不是故意和你过不去，宏志班就这规定，成绩上不去就要被退到普班。再说他成绩这么低，坐在一堆优秀生中间，自卑心理会越来越重的，不如转到其他班还有点儿信心，还能学点儿东西。我可是为你好啊，你咋就不明白呢？

我抬头，望着对面那个面黄肌瘦病歪歪的男人，心里很不是滋味。他一手扶着桌子一手扶着自己的腰，一对拐杖立在旁边。又看看我的小同事，头上胡乱挽起的小揪揪一颤一颤，因为气愤，青黄的脸色更青黄了。

我一个人好办，成绩低了就低了，奖金少了就少了，问题是还有其他科目的老师啊。人家一个个提意见，都说这个学生太差，拉了平均分。我是班主任，也为难啊。

对面的老王看了看我，摇摇头，欲言又止。

老师，那您说怎么办呢？就是孩子愿意去其他班，我也不想让转啊。您是不知道啊，我开了十几年出租，得了个腰椎间盘突出，最近才做了腰椎牵引手术，双手扶着拐杖，路都走不了。他奶奶八十五了，瘫在床上，水火（方言：大小便）都送不出去。他妈妈走了十年，没一点音信。我这个儿子，天天要买菜做饭洗衣服，要照顾奶奶，还要带我去做康复锻炼，根本没时间去复习……

小李语调明显降了许多。那也不是成绩差的理由，反正我只看成绩，没有分数，一切免谈。我还是这个意见，看能不能转个班？太差了啊！你们还是回去商量一下子吧。说完就转身坐下，翻开一沓作业批改起来。

家长长叹一声，老师啊，娃娃成绩差是事实，但他真是个孝顺娃娃，是个好娃娃啊。

我也承认这学生品质不错，问题是不能依你的好坏为标准啊。作为班主任，我只能以成绩来区分好与差。因为学校考核我们是以成绩来衡量的，社会上看教师的优劣学校的高低也是拿成绩来判断的。比如说我品质很好，对学生也好，但分数上不去，重点率上不去，谁会肯定我的工作？谁会说你付出了那么多？所以分数就是标准！没有成绩，一切都免谈。

办公室里，空气似乎都凝固了，只有墙上的钟表嘀嗒嘀嗒，格外响亮。

过了好一会儿，小李才抬起头，对低头沉思的家长说，我看这样，你去医院开个证明，我这边以后可以不算成绩，其他老师那里也好交代……

地上站着的人愣了一下，满脸堆起笑容，小心翼翼问，您说什么样的证明？我一定去开。

大致就是学生因为照顾你，照顾病人而导致成绩下降的，可以不计入班级成绩之类的话。我也说不清楚，你去问问医生就知道了。

好的。谢谢老师了！他慢慢拿过拐杖，把一个顶在腋下，又把另一个塞进胳肢，佝偻着背，拧着身子，一步一步挪着出去了。

我们一齐盯着那背影。

小李自言自语，我真是倒了八辈子霉，偏偏遇上这样的差生……愤怒的情绪依然很强烈，她都有些语无伦次了。

突然，电话响了，小李顺手摁了免提。她有摁免提改作业的习惯。

一个女人，声音很大，拉着哭声说，娟，咋办啊？人家老师又不想要瑶瑶了，说成绩太差，拉了班级平均分。

你说这娃娃一天到晚学啥呢啊？每次考完试老师都叫家长，都要训话，把人就羞死了。嫂子，瑶瑶到底考了多少啊？

数学八分，英语七分……

瑶瑶最近不是有病了吗？你没给老师说？

我说了，人家说不要找任何借口，成绩差就不能原谅。现在老师说让咱开个证明。

证明？啥证明？小李一下子站了起来。

就是证明咱娃娃跟不上功课是有原因的，不适合在学校里念书的那种，叫个啥？哦，弱智证明……说这样就可以不算成绩，也不会拉老师的平均分了。

弱智证明，谁给他的权力？这是一个当老师说的话？咱不开，偏不开，我看他能怎么办？

小李一把搡开凳子，边说边往外走了。

陈兄，你我教书多半生，现在回想起来，是不是曾经也这样区分优生差生呢？真有些悲哀啊。好与坏，优与差，除了分数，还有没有其他标准？

同为少男少女，正值风华正茂，就因为分数，一些被誉为“优秀”，一些就被划分为“后进”（尽管现在不允许说差，而叫“待优生”“暂优生”“学困生”，实质却一样），成为大人眼中的顽劣、学校里的另类、社会上的无用之人，成了分数的牺牲品，成为“被迫为差”的群体。实际上，他们中的一些人，除了分数，在其他方面很优秀。

德智体美劳全面发展才是教育的根本。教育首先应该是成人，然后才是成才。当然，品学兼优更好，但完美的人自古就很少，何况普通人？我认为，中国的教育问题不完全是中高考的问题，也不能完全靠政府靠教育部靠大学来解决，功利主义的价值观，也出在家长老师，出在我们每个人身上！

如果每个家长都用“不抛弃、不放弃”去对待自己的孩子，如果每个教师把教育的基点都放在真正的“诲人不倦”上，去教育那些后进生学困生，正确看待好与坏、优秀与双差，我相信这样的价值导向、教育风气一定会有改变。

言不尽思，再祈珍重。

敬请，台安！

愚弟陈闻道草书于上

二〇一九年七月二十三日　大暑

驻 村 记

老陈：

立秋了，这秋雨不断，从早到晚淅淅沥沥，真像我们一家人的心情，肝肠寸断啊！

就在上周五，我的侄女，一个善良热情的姑娘，一个热爱教育的教师，一个偏僻乡村的驻村干部，走了，永远地走了。

刚下过雨，她坐着蹦蹦车替村人去买生活用品，经过水淹了一半的土桥时，突然车熄了火，接着大山水（方言：山洪）下来了，她和摘枸杞的六个妇女都被冲走……尸体在下游找到时，已成了泥疙瘩。

她才二十六岁，才参加工作不久，正准备结婚呢！太年轻了！

她可真是个好娃娃啊！

娃娃有记日记的习惯，我把其中几篇摘抄给你。

2019/7/23　　天气：阴转晴　　地点：寨科乡东山岙滚泉村

睁开眼，已是傍晚。我看看手机，十八点十三分。

浑身酥软无力，腰和肋骨隐隐作痛，我一动不动躺着，不想爬起更不想翻身，像一条困在泥泞里的小鱼，折腾不动了，也停止了挣扎的念头。

这一觉睡了多少个小时呢？不知道。只记得进门时已脚步发虚，我赶紧从包里取出水杯，喝了几口就爬上床，然后什么都不知道了。梦中，一个大大的红苹果，被我狠狠咬了一口，汁水飞溅，格外香甜。

仔细回想，这一天似乎也没干些什么，无非是坐车来到一个非常偏僻的村子，见了一个想上学的孩子，走访了几户人家。

问题在路上。山路那么长，一个大弯又一个大弯，道路那么窄，旁边就是深沟。闷热的车里，一股浓浓的味道弥漫开来，人就像泡在地沟油里，油汪汪，滑腻腻，胃里的东西不断涨起来跌下去。又一个急弯，瞬间，有东西涌上来，堵在嗓眼里，我紧紧捂住嘴，生怕吐在了车里。

师傅，能不能把车窗打开一点？天窗被摇开了一条缝，冷空气灌进来，黄土也跟了进来，车里顿时一股土腥味。我坐直了身子，嗓里的东西退回该在的地方，人稍清醒了一点儿。

到了吗？我望着看不见一户人家的山坳，发愁地问。

马上马上，坚持一下啊，爬过这座山就到了，王师傅的语气就像我是他女儿。

晕车人真可怜啊，这么个身体以后咋跑这条路？李老师递过来一瓶水。

咱这一线好多了，你是没去过另一个学生家，那路简直就不叫路，比今天这更远，弯更多，山更陡。张老师说。

晕车嘛，没什么，锻炼几次就好了，我嘴里说着，可身体一会儿都坚持不住了，只能示意师傅赶紧停车。

当我扶着路边的小树吐了又吐，大家都站在一旁，关切地看着。

接着上车，闭眼，紧紧拉着吊环。当几个大弯拐过，车上除了司机，所有人都说，哎呀，晕死了晕死了。车窗已全部打开，冷风扑了进来，干呕的人稍慢了频率。

终于到了！车停在一个宽敞的院里时，突然，锣鼓一下子敲了起来，铿铿锵锵，声音传了出去，看起来特别荒凉的村子顿时活泼起来。我有点儿不知所措，在喧闹中下了车。

村部大院里聚集着不到十个人，多是戴草帽的老人。黝黑的脸，披着衣服，攒成一团，好奇地看着来人和车。一条黄狗汪汪叫几声，被呵斥后，卷起尾巴跑远了。几只母鸡，腆着大肚子，在人脚下来来回回凑热闹。

咋还敲上锣鼓了？张老师边和一个大个子大眼睛的人握手边笑着问。

接你们啊。他爽朗地笑，咱这地方太偏了，人也走得没几个了，多少年都没来过个大领导。今年你们一趟趟来，还带来了各种政策各种东西，我们真打心眼里感谢啊。凉风中，大红的横幅标语格外显眼，把灰溜溜的院落衬托得喜庆祥和。

一个大个子戴厚鸭舌帽的人走过来说，赶紧到屋里喝茶。后来才知道他就是村主任。

一个戴白帽子的老人走过来拉住我的手，这女娃多心疼（方言：漂亮乖巧）

啊，跑咱这里干啥来了？

她是老师，来教咱识字的，一个围着红围巾的胖胖的女人笑着介绍，她是妇联主任。

啊呀，那就是先生嘛。过去教书的都是男先生，现在来了个年轻的女先生，稀罕（方言：少见）得很。

我脸都红了。

村部是一排三间瓦房，左边一小间就是我要住的地方。大家帮我搬进被褥书包，还有一些书，安顿好就四散开来，去各个农户家里了。

实在晕得不行，我顾不上其他，爬上用四摞砖头支着块木板的床，睡着了。一睁眼天都黑透了。起床，喝水。一拉灯，黑的，没电？！

乡村的夜晚真美啊！星星又大又亮，又稠又密，四周静得什么也听不见。我想上个厕所，但不知往哪走。远远看见一豆灯光闪烁，原来是红围巾的阿姨。她端来了一碗炒土豆丝，提着两个馍馍。这个看起来有六十岁的妇女，其实才四十五，叫鲜春华。

吃完东西，我们封好铁炉，拿着手电筒，爬上一个小山坡，走进我的主要帮扶对象——拜三女家。

2019/7/27　　天气：阴转晴　　地点：寨科乡

今天是我驻村第一周的周末，我和几个男人坐着三轮蹦蹦车，来到乡上赶集。

要买的东西可多了，零零碎碎的，都记在小本子上，记了好几页。电灯筒、四号电池、创可贴、诺氟沙星、一袋子塞上雪面粉、一袋苏打粉、两斤辣面子、三瓶醋、四包卫生巾……总之，我像个货郎担，啥都得带回去。村里都是些老年人，赶一趟集不容易，我就替他们采买。反正我年轻嘛。

最重要的，是要买十本小字典，还有中性笔笔芯，黑色的红色的都得买几盒。哦，还有塑料的简易发卷。我的学生拜三女，正躺在炕上，等着我回去给她卷头发呢。我和她，经过几天的磨合，已亲如姐妹啦。我这次驻村的主要任务，就是教她和村里的几个老人识字。

拜三女的读书梦早就有了，从懂事起就有，可惜不敢说出来。她说自己这样的“孽障人”，活着只是祸害人，哪里还敢提出这样那样的要求呢。

她奶奶七十一了，眼睛都花了，但还是做饭洗锅、煨炕喂鸡，好在是自己家，轻车熟路的也习惯了。爷爷胡子长到第四个纽扣，每天早上佝偻着背，背着一块馍馍一壶水去放羊，晚上才回家。三个人相依为命，说说笑笑的，看起来还不错。

她的父母姊妹呢？早都搬迁了。听说日子比山里好得多，但我也不羡慕，三女嘴里虽然这样说，心里可不这样想，因为她是个“脑瘫”，一天都没站起来过，躺在土炕上，奇迹般地活到了十四岁。

听她奶奶说她刚生下来时特别俊，白皮肤大眼睛，头发黑黝黝的，一点儿不像个月里娃。可半岁上得了一次感冒，发了几天高烧后，就成了这个样子，不动还好，一动就龇牙咧嘴挤眉弄眼的，看着挺怕人。医生说这样的娃娃根本养不大，养大了也是活受罪。她父亲就想抱出去让黄土埋了去，母亲虽哭着不愿意但也不喂奶。爷爷回来见炕上没了人了，就明白是咋回事，出了门到处寻。奶奶也跟着，急得大声哭。

在一个山坳，老两口看着躺在黄土上只剩一口气的她，又抱了回来。这一抱，就是十四年。这些年，儿子抱怨连连，媳妇唉声叹气，老人知道是自己一时心软惹下的麻烦，就说，娃娃是个孽障，是我们抱回来的，就不要你们管。我们有一口就给她一口，没有了讨饭也会养活的。你们过你们的日子，我们过我们的日子，老天给了一条命，总不是让咱自己亲手糟蹋的？就是个猫娃狗娃，也得惜命。就这样，拜三女活了下来，跟着爷爷奶奶没享过什么福，但也没受过多少罪。她连个名字也没有，按照排行，就叫作三女。

我听了，眼泪扑簌簌往下掉。

奶奶还说现在人都搬迁到山外去了，老家只剩下老人和病人。还是国家好啊，替穷人着想，现在有低保金、残疾人补助金，又是建档立卡户，日子不发愁，可是娃娃大了也有心思了，啥都知道就是不识字。

我要识字要念书，要和电视上的人一样，坐着轮椅看世界。第一次见她时，她就这么说。

我点了点头，走过去抓住她的手，一起哭。

这一周，除走村串户外，我们几乎都在一起。我教她识字算数，她教我绣鞋垫缝门帘，看来我们真有缘分。

哦，还有，她来例假时不用卫生纸，就用奶奶做的破布片，垫上点黄土凑合。我说这个可不敢马虎，应该用卫生巾的，以后就包在我身上啦。

她可爱美啦，总说要穿裙子要烫发。我就想买几个塑料发卷，回去给她做头发。奶奶说我们俩枣木槌槌一对对。嘿嘿。

2019/7/29　　天气：大雨滂沱　　地点：雁城

今天我和张老师一起回单位汇报工作，校长说除了提供一些必需的扶贫物资外，还要把思想教育放在首位。“扶贫必扶智”，这是扶贫攻坚的总要求。他一口就答应了发电机和投影仪的要求，再加上民政局捐赠的大电视录像机，我们村就更“富裕”啦。

这一个月，我组织村民晚上到三女家，一起学识字学算数，学写自己的名字，学写借条收据；学着用手机发短信，和远方的亲人视频……目前，扫盲的收获可不少！

她们的手可真巧啊，绣出来的东西可好看了。尤其是牡丹，活灵活现的。我要把这些绣花鞋垫、枕巾、枕套，还有被罩都挂到网上，开个扶贫网店。广告词都想好了，就是不知道哪个更好？“大俗大雅，大爱无疆”“慈善送温暖，爱心献社会”“精准扶贫到户，发展产业脱贫”。哈哈，想法很多，不过还得看实效。争取一个月后实现，加油加油。

2019/7/30　　天气：晴朗无云　　地点：寨科乡东山岙滚泉村

哎呀，这一个月可是没闲一天，虽然拜奶奶做的土豆饼很好吃，鲜姨做的荞面馍馍更馋人，可我还是瘦了七八斤。嘿嘿，祝贺减肥成功！

白天走村入户，查看圈养牛羊情况，还要统计各种数字。晚上就继续我们的扫盲班识字课，然后就是绣品竞赛。三女现在一天都离不开我，我也一样。她的识字速度惊人，很多字我都没教过，她看着样子就能猜出来。那些老人呢？有的会写自己名字了，有的已经会写一句话了，有的能看懂电视剧了。凑在一起居然还会弹口弦漫“花儿”呢，我也要好好学几首，不然就会“OUT”了。你听，“马莲绳，拦得宽，宽似铁打的虎牢关，你对不上时底下钻”。她们都笑我底下钻了。真是高手在民间啊。他们的善良热情、对人实诚，欢乐幽默、热爱生活这点我是没想到的。

哦，发电机可是起了大作用，我们村的人现在基本上不再摸黑干活了。

这个娃娃真心疼啊，帮了咱的大忙。每次听到这样的夸奖，我都又羞怯又骄傲，比考上研究生还高兴。他们好像也不会其他的词，每天就心疼过来心疼过去的，我也习惯了！

我还有一个梦想就是考西北师大的研究生，可是现在忙得脚炒菜，哪里来的时间复习呢？不管了，先把扶贫这一块搞好了再说吧。

2019/8/4　　天气：晴朗　　地点：寨科乡东山岙滚泉村

早上刚下过雨，灰色的天空，青色的杨树，绿油油的玉米秆，一人高的野草，暗黑色的土地，盘旋而上的山路，连绵不断的山脉。秋天，这里是真正的秋高气爽，景色宜人。可惜我忙忙碌碌，来不及欣赏。

今天是扶贫攻坚项目检查的日子，大家都紧张有序地等待着上级领导。

我相信我们做得还是不错的。

人来了，不说了。

2019/8/7　　天气：晴朗　　地点：寨科乡东山岙滚泉村

今天是传说中的中国情人节，晚上八点多了，可我还在地里，帮拜爷爷拾玉米。虎虎来电话问家电买什么牌子，我说你看上哪个就是哪个，反正现在的东西质量都挺好的。我们的新家全靠他布置了，我顾不上。

一个好消息是我的学生又增加了两个，一个六岁，一个八岁，都是村里老人说我的各种好，子女们才把娃娃送回来的。假期了，他们也应该回来看看爷爷奶奶，并且有我盯着暑假作业，大家都放心。

可是几个月都没见虎虎了，有时挺想的，特别是工作被动的时候，不被村民们理解的时候，活干不到人前的时候，就特别特别想念他的微笑和怀抱。

真想回到学校去教书啊，和学生一起上早操上晚自习，一起上课听讲座，一起背诵诗词看电影，可目前这里是我的阵地，我要坚守！

也有无助沮丧的时候，也有想不通的经历，也有怀疑自己的付出值不值得的时刻，可每次都会记起托尔斯泰的一句话：人生的价值，并不是用时间，而是用深度去衡量的。

我相信自己的青春，自己的奋斗，自我的价值，是有深度的！

2019/8/10　　天气：大雨滂沱　　地点：寨科乡东山岙滚泉村

夜很黑，雨很大，十一点了，我窝在床上，看着一本书。哎，时断时续的信号，让我接到的消息也断断续续，所以手机除了接打电话，基本上是摆设。

难得有这样清闲的日子，我想给虎虎发这首诗，特别应景的一首诗。可是打了半天的字，信号不好，也没发出去。我就抄下来了，等天气好了，我要朗诵给他听。或者等到我们结婚的时候，让他念给我听。

信（韩国）金南祚

从未见过像你那样可爱的人\从未有过像你那样让我孤独的人\一想起你我就哭泣\没人像你那样令我坦率\映照我内心的你\是最玲珑的镜子\穿过你深度的尽头\就会有泪汪汪的我\那是我的诗作\我每天给你写信\写一句你就会来读一句\所以这封信\从未寄出去

不写了，睡吧。明儿乡上有集，得早起去赶集，家家都有东西要添呢。这几天天天大雨，拜三女家连醋都没了，石头娃也哭着要喝可乐。哦，还有王家爸的苏打粉，三女的卫生巾……

祝我好梦吧！想你！

老陈，我不知道怎么说，也抄不下去了……

我这几天吃不下睡不着，眼泪淹了心。哥嫂都进了医院，一个心脏病，一个高血压，这些东西更不敢让他们看了。

老天何其残忍！追悼会上，学校乡上村上能来的人都来了，黑压压的一片。几个老人哭着说，宁愿自己少活几十年，要是能替换下她该多好啊。如果生命的价值不以时间来计算，而以贡献来计算，她是值得人们铭记的。

悼词里这么说：她和许多人用自己宝贵的生命，谱写了一曲曲脱贫攻坚的壮歌，堪称新时代最可爱的人。但我哥嫂就这么一个独女，以后的日子可咋过啊？

你的老朋友　赵庭杰

二〇一九年八月八日　立秋

化 妆 记

师弟：

我要说的是一个悲剧，一个彻彻底底的悲剧。

说实话，截至目前，我都不知道这个故事该如何复述，也不知道怎样去定位。悲恸？遗憾？难过？无助？都无法表达它所折射出来的问题。

对这个优秀教师的离世，我除了深切的悲痛之外，更多的是遗憾。对他儿子的荒唐行为，除了气愤，还有同情。当然，这是个例，但越来越多的悲剧出现，原因何在呢？

每当想起这件事，我就长叹一声，到底是谁的错呢？似乎人人都有错，但人人又值得同情。每个不珍惜生命的孩子背后，都有不能言说的痛苦。每个以成功为标准的家庭背后，都是畸形的价值观、人生观、世界观。

1

进了门，冯玉龙放下快递，弯腰换鞋，见儿子还站在镜子前左顾右盼，和半小时前他出门时一模一样，不由得想冲过去给捶一顿。但他想了想后果，想了想妻子的一再叮嘱，就闭了眼深呼吸，心中默念了几遍“12345”，然后使劲咳嗽了一声。

儿子没听见似的，照旧站在胡桃色的落地式穿衣镜前，手握眉笔，瞅着自己精心描画了多时的剑眉，满意地点了点头，然后进了卧室，出来后手里多了个粉饼。当海绵气垫沿着窄长细腻的面颊扑过去，苍白的脸顿时更白了。涂了唇釉后，他觉得化了妆的自己就是那些玄幻小说中的主人公，眼若明星，唇红齿白，面如冠玉，肤若凝脂，真正的玉树临风，谦谦君子啊。他迷恋地看了自己许久，微微一笑，转身去换衣服。

冯玉龙抑制着怒火，走进客厅，打开电视，坐在沙发上，眼光却瞥向儿子和镜子。从侧面看去，这个一米八五的男孩，顶门立窗，高大笔直，像一棵端溜溜的白杨树，真有些帅气。可再看那镜子前搔首弄姿、描眉画眼的样子，活像个旧社会唱戏的旦角。哎，我前半辈子没亏什么人，怎么老天给了这样的一个孽种？他恨不得一巴掌扇过去，把这个陌生的人妖打回原形，变成可爱懂事的儿子。

你妈呢？冯玉龙尽量放缓口气，装作满不在乎地问。

不知道。儿子和他对话，从来都是简明扼要，从不多说一个字。

你又干啥去？他觉得火气已开始从脚底往上蹿了，就用力往下压了压。好话好说。慢慢来，先从自己做起。学会缓和关系。平等对话。互相包容理解。尽量消除代沟。这些他给别人说了大半辈子的话，返回来用在自己身上，总觉得难受得很。这人啊，从来都是劝人容易劝己难，事情搁到自己身上，咋就艰难得多？

儿子翻了个白眼，不干啥。接着就走过客厅，准备穿鞋。

冯玉龙想了想，还是赔着小心问，到底干啥去？他觉得自己的态度已近乎卑贱了。想想自己在单位，带的是尖刀班，是最受器重的班主任。在外人眼里，是从来都不苟言笑、说一不二的权威。在学生面前，永远是一言九鼎、带领他们冲刺重点大学的优秀教师。怎么到了这小子面前，就得赔着笑脸，就得低声下气，就得迁就妥协忍让？这样的角色转换，实在是有些憋屈。

不干啥。儿子穿好了鞋子，抬起头来，闷声闷气。

马上就开学了，也该收心了吧。看你那样子，不知道的人还以为咱家出了个电影明星了。他拼命压住火气，用开玩笑的口气说，还特意把“啊”字拐了几个弯，以示求和。

我咋了？儿子毫不通融，不屑一顾。

冯玉龙扭过身子，仰起脸，准备了半天的笑容，在看到儿子正面的瞬间就石化了。他瞪大眼睛，面对这个陌生的女里女气的人，一股股火焰熊熊，一行行岩浆喷涌而出，积聚的火山终于爆发了。

他忽地站起来，怒吼着。你说你一个男娃娃，脸上五抹六道的那是啥？没本事学习就算了，我准当生了个窝囊废养一辈子，可你还化妆？你还是个男人吗？人不人鬼不鬼的那样，像个啥？你这个样子能干啥？你咋不死了去？

儿子也没顶嘴也没回头，仿佛这头暴怒的狮子根本不存在似的，一把拉开门，闪了出去。

门重重关上了，除了噔噔的下楼声，还有轻佻的口哨声。他气得浑身颤抖，真想拉开门一把抓回来，美美给踹一顿，但手搭在门把上半天，也没勇气拉开。这可是单位家属楼啊，楼上楼下都是同事，来来往往都是熟人，吵闹开谁的脸上也不好看。儿子也是仗着这个原因，才肆无忌惮的吧。

冯玉龙气得头晕眼花，追到窗前，看见儿子细长如鸬鹚的腿跨上红色赛车，车把一拧，就起了身。车子轻快，闪电一般往前飘，只见一个鼓鼓囊囊的红色背包越来越远。他知道，只要出了门，这小子保准凌晨一两点才回来。

雄狮找不到对手，咆哮着转身，见玄关处的那面大镜子，在清晨的阳光下熠熠生辉，几步跨过去，就是一脚。镜子摇摇晃晃了半天，轰然倒地，哗啦啦，金珠银片地碎了一地。他还不解气，又冲到儿子卧室前，一扭门把，门锁了。在家里居然还锁门？！他抬起脚，一顿乱踹。门开了，屋里书籍杂志、架子鼓音响，衣服鞋袜到处堆放，猪圈一般。他环视了一圈，瞥见书桌上一个硕大的花格子化妆包，就一把扯过来，摔到地上，用脚踩了又踩。

胸口闷闷地，一抽一抽，撕扯得心脏格外疼，他站了一会儿，疼痛越来越紧，就急忙走出来，颓然倒在沙发上，闭了眼，泪水顺着黑胖的脸颊流下来，一直淌进圈圈褶皱的脖子里。

好久好久，他睁开眼，见地面上狼藉一片，犹如战后的阵地。真是老了啊，又犯了老毛病，又没控制住情绪，他懊恼地摇摇头，心灰意冷地闭上眼。屋里，胡桃木座钟的秒针蹭蹭蹭，不紧不慢，永不停息地响着。

他想起来收拾，但又爬不起来，浑身虚脱似的难受。妻子呢？干啥去了？他突然无比想念她。她在的话，一定会拦住自己，好言好语地劝解，慢声慢气地安慰，从各个角度对比化解，自己也会很快消了气。可是，她不知去哪里了。他想打个电话，但又恓惶地想，这个女人也不容易啊，成天面对牛头拌犟的两个男人，也够受的了。她能清闲一时就清闲一时吧，回来了再说。

耳畔传来孩子的叫闹声，老人的闲聊声，广场舞的音乐声，还有秋风吹过树叶的簌簌声，树上鸟儿的喳喳声，多么生气勃勃的一个秋日清晨啊，多么美好的一段假日时光，可好心情就这样被糟蹋了。

可是，自己咋这么不省心呢？这一闹，又得冷战好多天，又是担惊受怕的一段日子，又是不管不行管了自找难受的几个月。不说干着急，一说就翻脸，深不得浅不得，恶性循环一旦形成，改变起来咋这么困难呢？一个省级优秀教师，一个备受尊敬的优秀班主任，连自己的儿子都教育不好，还有脸去教育别人娃娃？一股强烈的挫败感袭来，他万念俱灰地躺着，一动也不动。

暖暖的阳光，照在窗前的长方形木质花架上。吊兰、蝴蝶兰、墨兰、蟹爪兰、剑兰、君子兰、细叶兰，细叶的宽叶的，开花的没开花的，一律蓬勃生长，花香扑鼻。妻子李兰偏爱兰，家里摆满了各种兰，他心情好时也侍弄一下，现在看来，一堆乱草，烦心。

小学时的儿子，简直就是条小狗，走哪里都跟着爸爸的小板凳狗。长长的睫毛，扁扁的鼻子，红扑扑的小脸，矮矮胖胖，乖巧黏人，爸爸爸爸地叫，叫得人心里都化成了蜜汁。瞧你父子俩，一根骚葱不零卖，妻子总是嗔怪地笑，幸福地满脸开了花。他们父子俩呢？跟着哈哈哈，快乐地就像天上的云彩。

初一时，儿子还天天趴在自己背上要这要那，一进门就汇报学校的大小事，叽叽喳喳，像个长不大的八哥。初二呢？似乎也没明显的叛逆迹象，依旧是好好学习天天向上的乖娃娃。到了初三，成绩也不错，月考五百八十分左右，算是高分了，如果不出意外，会如愿走进宏志班的。青春、阳光、懂事、努力、稳健，以至于他和妻子都天真地以为儿子已平稳度过青春期，走向成人队伍了。

变化是从什么时候开始的呢？好像是从初三开始的。那年他接了一个尖刀班，是从全年级选拔出最优异的四十人组成的班，属于尖子生中的尖子。虽然学校对外宣布只是个竞赛班，而且每学期按成绩排名机动调换，但作为学校重点培养的高考武器，作为全市教育系统的精英团队，人人都知道它就是为冲刺清华北大而产生的。带着四十名这样超级优秀的弟子，可想而知他有多么意气风发，多么踌躇满志。在从心底喷射出力求成功的欲望驱使下，他自然一回到家就津津乐道自己的优秀弟子们，自然天天以他们为例来教育自家儿子。可他没想到，儿子不但没按照预期的那样奋发图强、励精图治，反而一蹶不振，破罐子破摔，成绩一路下滑不说，还痴迷于各种游戏，甚至坠入网络小说的泥淖。以至到了现在，跟风弄潮，疯狂追星，大人觉得怎么不顺眼怎么来，成了和自己不共戴天的仇敌。

我冯玉龙的儿子，就应该是周智志那样的人中龙凤，状元之才！不但吃苦耐劳，朴素大方，而且有担当有责任，智商高情商更高，最重要的是，学习超好，能进清华北大，能给我长脸，不是你这样的垃圾！他记得第一次从网吧里抓出儿子时，自己如此咆哮。

儿子冷冰冰地看了他一眼，讥诮地说，可惜我不是周智志，你也当不了清华北大生的爸。没办法，那就是你的不幸了。生了我不能给你长脸，那就掐死我算了。想要那样的儿子，重新生去，拿我这样的垃圾撒什么气呢？

他气得一脚踹过去，瘦弱单薄的儿子躺在雪地里，不哭也不嚷，就那么躺着，任凭母亲撕心裂肺地叫喊。

周智志是他的学生，是学校花重金“买”来的重点生，是绝对能考上清华北大的学生，也是能成就名校名师梦的学生。面对周智志，他总有一种说不出来的感觉，怎么说呢？是既欣慰又酸楚吧。欣慰的是从自己手中走出去这样的学生，一辈子都荣光。酸楚的是，自己的儿子却没这样优秀。他有时甚至莫名其妙地嫉妒那个未曾见面的父亲，人家是咋生的、咋养的呢？

最得意的弟子浮现在眼前：黝黑朴实的脸上，黑框眼镜也遮不住的一双亮晶晶眼睛。矮墩墩的身影，永远端坐在桌前，看书写字。间或一笑，一口白森森的牙齿，一个深深的酒窝，俊朗阳光，朴实勤奋。要是周智志是自己的儿子，那该多好啊，付出多少都是心甘情愿的。可惜……

2

当妻子的叫声将他从梦中惊醒时，他不好意思地坐了起来，像个做错了事的孩子，用无辜的眼神瞅着大人。

温柔的女人没说什么，只是叹口气，放下包，走进了卫生间。一会儿，拿着笤帚和垃圾筐出来了，哗啦哗啦，玻璃碎片的碰撞声，波涛汹涌，拍打着他的心。

我……我实在是忍不住……他嗫嚅。

妻子母亲般看着他，说，娃娃跟了你脾气，犟；气不顺，就故意气人。你也别找碴儿气自己，会好的。

原以为妻子面对一地碎屑，会狠狠地说自己一顿，没想到她一句都没埋怨，冯玉龙不由眼睛一酸，眼泪夺眶而出。老婆啊，你说咱俩生的娃娃，咋成了这个样子？

妻子轻轻叹气，半天了才说，是你心气太高，期望值太大，有些话刺激着他了。伤了心，他才故意这样的。

他这个样子，糟蹋自己不说，让我们的脸往哪里搁？咱可都是教育人的啊，自己娃娃都不上进，哪还有心劲往人前走呢？

这个我和你说无数遍了，人和人是不一样的，咱的娃娃本来就是个普通人，再打再骂也成不了周智志那样的天才，你咋就想不开呢？老人常说人比人气死人，有些东西是比不过的。再说咱生得养得也不错，你为啥一直不满意呢？都像你最优秀的学生那样进清华北大，咱儿没那本事啊。他不偷不抢，不狂不妄，学习中等，也不干坏事，就可以了。

老婆，我不甘心啊。我这样的人，把多少普普通通的娃娃都送进了大学门槛，教出了多少个重点大学的学生，也算是名师一个，怎么会有这么个不争气的东西？咱那时是没条件没机会，现在条件这么好，啥都不缺，只念个书还不好好学，他能对得起谁呢？我总认为，他身上还背负着我的理想，要替我圆了清华北大梦的呀。他要是不念书了该咋办？以后咋活啊？

妻子没说话，走过来坐在他身旁，念不成了再想办法嘛。再说凭什么咱生的就要比别人强？就要出人头地？我们也是普普通通的人，也就会教个书，为啥就要他出人头地，成龙成凤？咱们就应该接受一个平凡普通的娃娃，就像娃娃也在接受着平凡普通的我们一样。

想当年，我可是我们乡第一个考上中专的人啊，是乡亲们敲锣打鼓把喜报送到家的人。我放了暑假回家拔麦子，几架山的人都当稀罕，撵到地头上来看我。我去赶集，是人人追着看，都竖大拇指的。毕业了，有保送上大学的机会，可当时……爹修水库时，被拉土的骡子踢伤了下身，在家躺了半年就没了。妈一个人，吃糠咽菜的，拉扯着六个娃娃。我是老大，没办法，只能放弃了学业回来教书。为了弟弟妹妹们，为了这个家，我付出了多少，只有自己知道。可是我心里还有期望，那就是上所好大学做一番学问。不能去上大学，我就在家自学，函授了专科，又上了本科。哎……后来的你也知道，在这个岗位上我付出了那么多，靠吃苦一步一步走了出来，奋斗了多半辈子，也算得到了自己想要的一部分。现在条件这么好，起点这么高，他应该比我更努力更上进，完成我的夙愿，给我争光的啊……

妻子哽咽着，没办法啊。咱们那时就那个环境，念书是为了吃饱穿暖，为了跳出龙门，为了奔往好一点的条件；没什么职业规划，更谈不上什么职业理想。现在社会本来就好，啥都不缺，你还拿自己的标准来要求，拿清华北大的标准去衡量，娃娃也受不了的。每个父母都希望子女成就一番伟业，过上幸福生活，但望子成龙的前提应该是望子成人的啊。你是名师，是全市优秀班主任，娃娃也想争气，可永远达不到你的要求。他也可怜，你别看表面上不管不顾，刺猬一样，其实心里可在乎呢。你越是天天批评，他压力越大，也烦啊。打打骂骂的，结果他要么不理不睬，要么就故意捣蛋。按我说，男娃娃，只要人品好，行为端正，能吃苦，干啥都可以。

道理我都懂，我天天也给别人这么说，但就是一个坎，心上过不去……那么乖的儿子啊，怎么现在成个油盐不进了？你是没见他那张脸，描眉画眼的，纯粹是个……他想说个男妓，嘴张开半天，终于没有说出来。

提起这个，妻子也愁眉苦脸，据说现在潮流就是这，都跟着明星走呢，哈日哈韩，唉，都是跟着疯子扬土呢。

你说国家咋不打仗撒？要是和日本人打仗，我第一个给他报名，让部队给教育去，看战争能不能唤醒点儿血性，都可惜“男儿”那个词了。

你说你这个人，说着说着就过了头，自家娃娃，自己都管不了，还让部队管国家管？妻子被气笑了，我还是第一次听说用打仗来教育自家娃娃的人。要是打开仗了，就凭咱的那个去上战场？跑都跑不过的人。你呀。

那咋办？一天到晚跑得不见人影，回来就窝在床上睡，一点儿也不学习，说啥都不听。唉……

他十七岁的人了，又不是个皮球，任你吹胀捏扁的，大了就有自己的想法了……

3

电话响了，他拿起来一看，心头一暖。

那端照旧高高兴兴干脆麻利，老师，你十分钟后下楼啊，我带了点儿东西。

他忙说，四儿啊，你咋又带东西？你也不容易，留着自己吃吧。

看老师说的，咱们之间还客气什么呢？我不像其他弟子，给你扬名显性的，几块牛骨头还有。我能有今天，都是老师功劳，不然现在坟头上草都长满了，或者就在哪个监狱蹲着呢，哪会过上这么好的日子？我老妈说，要记老师一辈子情呢。你过五分钟后再下楼啊，记得穿上衣服。

看看人家四儿，也没考上学，就是个卖牛肉的，但能吃苦有魄力，生意做得好，日子照样过得气囊囊。还知道孝敬老人，爱护姊妹弟兄，这么有情有义的学生，哪点儿不比你那些重点大学的强？我看咱儿念不成书，就学个四儿也不错。

冯玉龙慢腾腾穿着衣服，辩解道，就他，能和四儿比？人家娃娃心灵能吃苦，就是让家庭给害了，不然，也是响当当的尖子生，也是重点大学的料。

你呀，就知道个重点重点，重点生品质不好，还不如个普通人呢。这娃娃太有心了，咱是人家个啥，人对咱们这么好？品质好干啥都是状元……妻子唠叨着，走进了厨房。冯玉龙弯腰换了鞋，往楼下走。

沈四儿是自己多年前的一个“顽劣”弟子。

那时他还年轻，正处于当教师最“不安分”的阶段。在乡下小学教书近十年，进城进不了，转行没有人，每天听着同学朋友的各种升迁调动消息，自然心浮气躁，怅然若失。有天一大早，一个远房亲戚就打来电话，告诉他一个天大的好消息：政府办要个秘书，而且是公开招聘，明天先报名，然后审核材料，你写东西底子好，人又踏实，好好准备，一定能够调上去。他听了这话，不知所措但欣喜若狂，无处着手却暗怀希望，除了通宵整理自己发表过的文章各种荣誉证书外，还写了一份激情四射的自荐信。

天亮了，他洗把脸，准备跟了早自习就坐班车去县城应聘。那个清晨和往常不一样，一大早就闷闷地，让人喘不过气来，他到班里查人数，发现一个学生趴在桌子上，一动不动。这学生家里娃娃七八个，加上父亲爱摇碗子（方言：耍赌），是七里八乡有名的贫困户，穷得土炕上连一片席子都没有。人穷命贱，娃娃多了，家长连名字都懒得起，就按排行叫个沈四。

沈四人小话少不爱学习，成绩永远是倒数第一，而且得了一种病，从来都是能站着就绝不坐下、能跑绝不走的主儿。那时还没听过“多动症”这个词，大家都说他吃了鄹鄹（方言：蜘蛛），四处乱爬，浑身都动。

他拉起沈四，见娃娃脸蜡黄蜡黄的，满头是汗，问啥都不说，只是难受得哼哼，就着了急，背起来就往卫生所跑。医生检查了半天，估计是阑尾炎，说小地方看不了，得赶紧到大医院去动手术。没办法，他一边让班干部去沈家送信，一边背上学生往县城赶。等办完各种手续，安顿好手术，赶到县政府时，已过了规定的报名时间。亲戚大骂了他一顿，说教书都教傻了，这么大的事也敢耽误。他呢，解释了半天也没用，只说这是自己的命，懊丧了几天也就作罢，从此收了心，好好当自己的教书匠了。

沈四呢？当然是考不上学的。初中毕业就回了家，跟着别人贩牛宰牛卖牛肉，新疆青海地跑，慢慢也积攒了些家底。后来回到家乡，建了个屠宰场，把家人接在一起，看着弟弟妹妹们成了家，又各自安排了正事干，如今家大业大的，也算是一方富豪。这么多年，他牢记当年老师恩情，过几天就送点儿东西，家里有事就跑前跑后，以至于别人都艳羡冯玉龙真是名师啊，教书还教出了个干儿子。

冯玉龙到了一楼，见沈四正趴在宝马后备厢里往出掏东西，就走过去。

老师，这是牛骨头，炖汤的。这是牛尾，补气补血的。这是马肠子，尝个味道，我一个朋友专门从伊犁空运过来的。矮胖的沈四抬起身子，满头大汗，递过来几个塑料袋。这身价百万的人，浑身上下不见名牌，还穿着一身黑蓝色的工作服，只有一串钥匙挂在腰间，明晃晃耀眼。

四儿，你那么忙，以后就不要操这些心了，我们啥都有。冯玉龙心疼地说。

再忙也要顾缠（方言：顾及）家人嘛。老师你知道嘛，我属鄹鄹的，忙惯了，不干点儿啥坐不住。沈四儿笑嘻嘻道。

我看电视上说现在食品安全抓得很紧，你一定要注意啊，可不敢出点啥事。这话他说了无数遍，但一见面还是忍不住叮咛。

这个老师放心，我们这行靠的就是卫生和安全。亏人的事我从来不干，干了也对不起您当年救的这条命。沈四儿郑重地说。

他倒不好意思起来，那也是凑巧，也是本分嘛，再不要提了。当老师的，谁遇上都会那样的。

那可不一定。当年害病住院，我大（方言：爹）在赌场里，别人叫了几遍都不管。急得我妈下了跪，他还说娃娃多着呢，死一个两个的没啥。是老师您背着我上上下下，垫钱给我做手术，给我买苹果罐头吃……因为我，害得老师错过了报名时间，耽误了前途，我一直记着这件事。这么多年，我在社会上闯荡，无论做啥，都先要问自己一声，老师救下的这条命值不值。

冯玉龙赶紧岔开话题，你有时间了劝劝鲲鹏，成天不好好念书，跟着一帮子娃娃鬼混，现在还描眉画眼的，学成个死狗（方言：坏人）了，真把我气死了。

放心吧，男娃娃嘛，都有昏头昏脑的阶段，过了就好了。实在不行，放我厂里让杀牛宰羊去，几天他就知道苦是咋下的，钱是咋赚的了。不过，也别逼得过紧，他还是个中学生呢，要求太高就怕憋圈（方言：叛逆）了。大了，以后到社会上，就知道干啥都不容易了。

冯玉龙说，我知道。可我一见那样子，就气不打一处来。

沈四手里电话的一个劲地响，他接起来说，马上来，马上来。就急急忙忙说，老师，我还有事。我弟的事，完了电话上和他说。您也别太着急啊。

三点多，冯玉龙从噩梦中惊醒了过来，见床头柜上放着一杯水，爬起来一饮而尽。他打开窗子，定了定神，一股热浪喷了进来。处暑处暑，天气可真热啊，简直像是冒火，秋老虎也厉害呢，就急忙关上了窗。

走出卧室，见妻子坐在沙发上，正专心致志地绣十字绣。他就嘟囔，你也不知道问一声，人家中午咋吃的饭？吃的什么？和谁吃的？就知道绣这个，费眼费神地干啥？

妻子笑了笑，真是个贱坯子，人家在家你骂得见不得，人家不在你又瞎操心。有这话咋不当面去说，就知道月亮处放光。

他羞赧地笑了，今儿心慌意乱的，也不知咋了？刚才做了个梦，不好。

可见是老糊涂了。梦嘛，都是反着来，不好就是好。妻子没问他做的啥梦，他也懒得说，闷闷坐着。屋里静静地，秒表嘀嘀嗒嗒，回想起刚才梦里的场景，似乎还心有余悸：大雪纷飞，他和儿子手拉手在雪地里走，瞬间儿子就不见了。他瞅着那皑皑白雪，一股黑气往上冒……

突然，手机在卧室里大声叫起来，他慌慌张张进去，又皱着眉头出来。一个陌生号码，接还是不接？为接电话发愁，成了现代人的通病。接吧，垃圾电话太多；不接吧，又怕误了事。他看着那个座机号，半天才摁了免提键。

冯玉龙吗？我是×××公安局刑侦科。对方直戳戳的，声音很大，一听就是诈骗电话，他随手就掐断了。

电话却像个怨妇，不依不饶地响着，他看了一眼妻子，妻子也看了一眼他，哎，躲都躲不过，等我接上，看他咋说。

他又狠狠地摁了键，正想说几句，对方却没好气地嚷，你看你这个人，话都没说完，咋就挂了？

你们这些骗子！别绕圈子了，你就说你想干啥？他更没好声气了。

冯君怡是你儿子吗？那边没回答，劈头就问。

他气哼哼地说，冯君怡？不知道。

咦？档案上显示的就这个名啊？哦，还有个冯鲲鹏，是曾用名。可他现在的名字就是冯君怡。你看你这当父亲的，儿子名字改了都不知道啊？

他痛心疾首地摇摇头，才想起半年前儿子嫌冯鲲鹏难听，拿了户口自己去改的名。

冯君怡家长，我们真是公安局刑侦科的，有重要的事要说，请你不要挂电话。他看见妻子忽地站起来，绣针都掉在了地上。

你家娃娃和几个同学在一个自杀网站上约了今晚八点集体自杀，其中一个家长发现报了警。我们现在需要监护人必须到位，配合调查。你们现在马上到公安局来，具体地点看手机短信。

集体自杀？约定？夫妻俩你瞅我我瞅你，像被雷击了一样。

不会是诈骗圈套吧？妻子脸色煞白，浑身颤抖着。他筛糠似的，我觉得应该不是……自杀……一定是诈骗团伙，一定是想骗咱钱的，一定是……但他觉得这些话轻飘飘地浮在半空中，云一样被风吹着，忽东忽西。

你再回个电话问问，我咋都觉得不是真的……妻子眼泪唰地下来了，随即倒在了沙发上。

他忙说，你不要慌啊，我给咱问……他手使劲抖着，眼睛都花了，怎么也找不到回拨键。好容易找见，电话一下子就拨通了，没等他出声，对方就是一顿训。我说你们这些人，咋都一模一样的话？防范意识强是好的，但这种事我们哪敢胡说？这是真事！都到啥时候了，还不相信？赶紧往来走，人家家长都到了。

他忙拨打儿子的电话，一遍一遍，一个女声都提示已关机。妻子也急忙拨过去，一遍一遍，同样的状态。

两个人连滚带爬，不知怎么下的楼，怎么打的车，怎么到的指定地点。冯玉龙觉得自己在云彩里走，一切都灰蒙蒙，一切都是虚幻，一切都像演电影般不真实。

只有一件事他没忘，那就是给沈四打了个电话。

4

公安局二楼，一间不大的办公室里挤满了人，黑压压一片。一群男人面色凝重，灰头巴脑地站着。几个女人轻轻啜泣，靠着墙抹泪。一个中年警察黑胡巴拉，神色威严地看着电脑。一个长相俊俏的年轻警察坐在电脑前，鼠标的蓝光一闪一闪。

见他们进来，中年警察直起身子，咳了一声。现在，人都到齐了，我说一下子大致情况。我们是接到王茜茜家长报警后受理的案件。他指了指一个神情呆滞、面相姣好的女人，按照王茜茜留下的遗书，我们初步认定，这是一个利用 QQ 群约定集体自杀的典型案例。

集体自杀，这个词就像一记重锤，打得人人脸上土都下来了。刚才凝滞如石的人群顿时嗡嗡嗡，女人们则放声大哭。

那人提高了声音，我认为，第一，目前大家一定要保持高度冷静，不能哭哭闹闹，那不顶任何事。第二，赶紧拨打各自孩子的电话，发短信微信，上QQ聊天，尽可能劝说他们先回家。第三，谁有回音了就立即说出来，以便我们和专家一起分析判断，但记住一定要严格保密，不能散布谣言。第四，我们已派人在最可能出事的地方，山崖、水库、峡子等地方进行布控，严加防范，但毕竟人少面大，需要大家分头行动，发动家人亲戚朋友们四处寻找。第五，现在是四点半，离八点只有三个多小时，各位家属赶快回家，借助孩子的书包、电脑、日记、作业本等，寻找一切有用线索。第六，我们的技术人员已利用监测仪器，匿名进入几个大的自杀QQ群自杀网站，查看各种消息，密切关注事态发展。现在最重要的是，要先找到这群娃娃藏在哪里，准备在哪里实施自杀行为。解散！

冯玉龙茫然地看着身边影影绰绰的人，抬起头来，老天啊……

妻子疯了似的扑过来，一把抓住他的手，老冯啊，我要回家……赶紧回……儿子说不定正在家呢……就在家里等着我们。

他紧紧拉着妻子胳膊，走，咱回家，回家……跌跌撞撞地下了楼，就见沈四正从车上下来。

啊……四儿啊，妻子大声号叫，鲲鹏……你弟弟出事了……他不要我们了，咋办啊……

沈四脸色青黑，走上前，一把抱住师母，走，咱先回。你们放心，年轻人逗着玩的，不会有啥大事的。又回头拽着他上了车，我已经派人四处去找了。我也发了短信微信QQ，一会儿他就会回过来的。

车子像一匹惊马，带着心碎了一地的人们，一路飞驰。

5

冲进靠南向阳的卧室，三个人先是愣了一会儿，明亮的屋里，横七竖八地躺着乱糟糟的东西，一时不知从何处下手。

冯玉龙摇摇晃晃，站都站不住，一阵疼痛袭来，眼前发黑，浑身就出了水。他忙弯下腰，双手扶住膝盖，把眼睛紧紧闭上，默念道，我可不能有啥事啊，儿子，儿子还生死未卜呢……这么一想，浑身果然就有了劲，慢慢立了起来。

妻子却一反刚才状态，异常冷静，一把推开抱着自己的沈四，默不作声，径直走向儿子的床，掀起床垫，翻找起来。

沈四看着面前两个心急如焚满脸憔悴的中年人，看着他们花白的头发，臃肿的身子，欲哭无泪的样子，一股怒火从心底而起，这个不懂事的鲲鹏啊，叫人咋说呢？三步两步跳到书桌前，打开液晶电脑，转身问，密码多少？

一对父母茫然无助地互相看了看，摇摇头，密码？不知道。我们从来不问这些，他也从不让我们知道的啊，师母说完，低头继续扒拉着。

沈四捞起电话就打，接通了，按照对方的提示边输入边焦急地嚷，老师的生日，师母的生日，鲲鹏的生日，我都知道，可都进不去，怎么办？你快点来啊，地址是××区××号楼402。

冯玉龙靠门站着，呆呆地看着儿子的书桌、床铺、书架上的各种书籍、小摆件，看着墙面上贴着的各种长相甜美、女孩般的明星，看着拉开的衣柜里塞满的各种衣服，看着床头柜上儿子矫揉作态的大幅照片，不禁双眼朦胧，悲从中来。好长时间了，他都没进过儿子的房间，也没仔细看过这个房间里的一切了。自从和儿子闹别扭后，他只怨他不好好学习，恨他不给自己争气，从来就没想过深入了解一下，没有想过渐渐长大的儿子到底是个什么样的人。现在的儿子，只是一个陌生的影子，一个虚幻的名词，如果这辈子再也没机会了解……

妻子翻出一沓海报，大多是一个帅气俊朗、阴柔甜美的男孩照片。这是谁？她提起来问。大家面面相觑，因为谁都不认识。她又拾起一沓打印材料，看了一眼，颓然坐在了地上。沈四拿过来，脸色大变。冯玉龙凑过去一看，心跳得像擂鼓。

> “微笑抑郁症”是抑郁症的一种。患者表面微笑，内心痛苦，在他人面前表现得很开心，内在却承受着抑郁的症状。一些人由于职业需要或其他原因，把愤怒、焦虑、忧郁等真实情感隐藏起来，时刻表现出微笑的表情，心理学家把这种现象称为“微笑抑郁症”。患者为了维护自己在别人心目中的美好形象，刻意掩饰自己的情绪，强颜欢笑，实则思想消极、悲观，总是沉浸在自我谴责、自卑之中，对前途悲观绝望，而当承受的压力大到无法承受的时候，他们的反应也是巨大的，会从一个极度自信的人变成一个非常自卑的人，甚至会怀疑自己各方面的能力。严重者会出现自残、自杀的行为。

抑郁症？不会吧，看他成天大大咧咧、满不在乎的样子，哪里会是抑郁症呢？三个人心中都有这样的疑惑，但谁也没说出来。这些资料，坐实了前面警察的分析判断：他们的亲人冯鲲鹏，不，冯君怡，的确有自杀倾向。

和煦的阳光，透过明净的玻璃窗射进来，落在两盆宽叶的马兰上，闪着点点金色的光斑。冯玉龙怎么都想不通，早上出门前的儿子还在特意打扮，还和自己吵了架，下楼时还哼着口哨，还背着鼓鼓囊囊的红背包，状态分明是匹脱缰的野马，哪像要去自杀的样子？

一阵敲门声传来，人们都被敲回了现实。沈四跳出去，进来了个头发吹得很高的、瘦小的年轻人，一进门就直奔电脑。

一个个数字输进去，一次次弹回来密码错误，人们一筹莫展。年轻人转身看了看地上的海报，突然两眼发光，大声说，呀，梅格妮啊，顺手输进去一个数字，电脑打开了。

看着三个人不解的样子，他边忙活边解释，呀，叔叔阿姨，你儿子原来也追吴亦凡啊，和我一样。吴亦凡是我们崇拜的偶像，广州人，英文名Kris，以前是EXO组合成员，获得过“金鹤奖”最佳男主角，演过电影《夏有乔木雅望天堂》，还有《极限特工：终极回归》。呀，就是《西游伏妖篇》里的那个唐三藏嘛。呀，他生日是一九九〇年十一月六日，我记得牢牢的呢，输进去，果然是啊。呀，我们都是忠实的梅格妮啊。梅格妮的意思就是为“每个你”，是他在微博上对我们说的一句话，“我喜欢你，每个你”呀，一定要救他回来，我们不能失去这么好的一个梅格妮啊……

三个人愣怔怔，目瞪口呆地听着年轻人不停地呀呀呀。

呀，QQ可以直接登录的，网名就叫唐三妹妹，我喜欢。年轻人手指灵活得像一阵风，扫过键盘，大声叫嚷，呀，我进到一个群了，找到他的谈话记录了。呀，他原来还是《斗罗大陆》中的唐三粉啊。《斗罗大陆》你们不知道吧？呀，就是一个玄幻小说，唐二少爷写的，意思是一个叫唐三的人因为偷学绝学被人不容，跳崖明志时却发现自己没死成，反而以另一种身份来到了另一个世界，这个世界属于武魂，叫斗罗大陆。在斗罗大陆上可自由了，没有魔法，没有斗气，没有武术，却有神奇的武魂，最强大最荣耀的职业是“魂师”……

他回头，瞥了一眼瞪大眼睛看天书的人，同情地说，呀，你们先别紧张，相约死亡就是一场游戏，不过是想体验一下死亡的感觉而已嘛。呀，现在这种游戏很流行，很刺激的。

大家松了口气，顾不上问为啥要体验死亡，就迅速围拢在一起，盯着群里一页页的谈话记录。

呀，这儿还有一个群，自杀群，名字还好听，“像羽毛般轻盈”，群成员，三百多人呢。呀，他在这个群里的名字叫“蓝鲸一样的鲸”，这个游戏可不是预演，是真实的死亡游戏，专门有人组织的，监督死亡实施的。呀，他们还真约定了今晚八点呢，使用的是“烧炭”法。

气氛凝固了，没有人说话，趴在一起，死盯着那一行行谈话记录。

死神的使者：有想见死神的吗？

群里几个回应：我想见。

蓝鲸的鲸：我也想见。

死神的使者：确定？一旦参与就没有回头路了？

海鲨：确定。

蓝鲸的鲸：确定

倩女幽魂：我也想玩。

接下来是一连串的确定，一共八个。

死神的使者：游戏一开始就必须玩下去，否则后果就是前几天说的，家破人亡。

蓝鲸的鲸：我已经准备好迎战了。

其余的人也各种保证。

死神的使者：你们现在需要执行每一个任务，终极目标是死亡，但不能给任何人透露我们的谈话，完成任务后拍个照，证明自己做了。如果不能完成，我们会帮助你们的，想好了吗？

蓝鲸的鲸：求方法？

死神的使者：烧炭法最方便，也最浪漫，没一点儿痛苦，也不会牵连别人。

倩女幽魂：我喜欢。我爱美嘛，不想死得很难看，也怕痛苦。

死神的使者：你们体验过就知道啦。它不像根羽毛随风飘荡，而是像鸟儿般轻盈自由，翱翔在天地间。最重要的是，再也不会有什么烦恼、压力和痛苦啦。

蓝鲸的鲸：我想做个魂师，在另一个世界，成为顶天立地的男子汉，成就一番伟业。

死神的使者：那这是最好的途径，必须死亡，才能永生。

……

接下来，就是具体的安排，约定的时间地点，统一的方法，出租的小屋，联系的方式，还有各人需要准备的绳索、刀子和安眠药、白酒，以防万一。

最后，死神的使者还恶狠狠补充：我们已经掌握了你们的所有信息，不准反悔！一旦接受了就永远别想全身而退。各位，另一个世界见！

啥叫烧炭法？沈四惊呆了，喃喃地问。

呀，烧炭法就是一氧化碳中毒法，就是煤烟子法嘛。一般是找个密封较好的屋子，用宽胶带粘了门窗，点燃一堆炭，喝了白酒吃了安眠药后，不到半个时辰就……据说这个方法最保险，也没多痛苦。呀，现在流行这个。

你咋知道的？

呀，我以前也准备玩的嘛，后来老妈车祸，差点没命了，一下子觉得没什么意思，就收了手。后来就上大学，就出来工作了。呀，现在的学生，压力大，都有想玩这个的阶段。

6

电话声不断，沈四不停接着，眉头越皱越紧，后来就走到客厅去了。年轻人满头大汗，沉默无语，不停移动着鼠标，敲打着键盘。冯玉龙胸口一阵阵生疼，坐在书架前一本一本地疯狂翻书。妻子呢，拉出儿子书包里的笔记本，看来看去；扔出衣柜里的衣服，在一个个口袋里仔细找过去。他们都不相信，儿子会这么无情地抛下他们，一个字腿腿都不留就准备走了？

呀，叔叔阿姨，快说你们的邮箱地址？我找着他前几天的谈话记录了，说给你们留了信，已发到邮箱里了。

两个人没听见似的，继续疯狂翻找。他们已经傻了。

四儿走进来，大声喊，快说邮箱地址！

年轻人见状，又大声说了一遍，他们仿佛才从梦中惊醒，在记忆深处吃力地检索熟悉的数字加符号。

记不起来了？四儿见他们绝望的表情，就知道了结果。

冯玉龙点点头，两行热泪喷涌而出，儿子还是留了信的，这点非常非常重要。

妻子愣怔了一会，忽然跳起来，我在手机里存着的。快，我手机。人们手忙脚乱地找着手机，点开微信里的收藏，找到一个地址。接着，年轻人就大叫，呀，找到了啊，果然有口信啊。快来看啊。

亲爱的妈妈：

对不起！我走了！

我不知道怎么和您说，但是请原谅，看在我有病的分上。

是的，我有病，全名叫微笑抑郁症，是典型的抑郁症。为了这个病，我成天吃不好睡不着，感觉没有一丝温暖依靠可言。对我来说，活着的每一天都是痛苦，是伤害，伤害自己，伤害你们。

说实话，我早都崩溃了，早就没了活着的信心。两年前，因为成绩下滑，学习不好，就得不到起码的肯定，得不到你们的尊重，得不到应有的赞赏。我开始整夜睡不着，想不通。每天背着沉重的书包去上学，我的心情和书包一样沉重；每天要面对家人老师的黑脸，我活得很不开心！

以前我从成绩好、做学霸中找到过优越感，但后来我发现，无论我怎样努力，和那些天生优秀而且非常努力的人比，都差一大截。我觉得做了你们的儿子，只会丢人败兴，就心灰意冷，没有了上进的信心。最重要的，我不是多么有志气，多么高尚的人。后来的事情，有几分破罐子破摔的成分，但大多数是我恐惧的结果。我深知我这辈子都达不到爸爸的要求，那么后半生注定在压抑和侮辱中生活，我不要这样的生活。

我也曾想过一个人离开家，独自流浪到一个陌生的地方，开始一段没有你们在身边的生活，那样至少我可以活着，但最终我明白，只要活着就要承担很多，只要是有良心的子女就无法忘记你们，所以我选择了死亡，活在自己的世界中。

如果爱无法用言语来表达，我愿意用生命来证明！

今天是处暑，是二十四节气之一，我选择在这个日子结束自己，也算是按照自己意愿进行的第一个完结。我只是遵循自己的心，做一个想做的人！

也许我该为我的成绩不好而对你们感到愧疚，但我离开的原因绝不是这个，而是太累了，真的太累了。做个优秀者的代价就是从来没有自己。你们说的就是我要做的一切，我永远只能活在你们的阴影之中，就像一只手脚被打上死结的木偶，你们操纵着我，想要我怎样我就怎样。我是你们的小狗，吃饱喝足后就得听话，像个囚犯那样待在精心布置的牢笼里，高兴了就由你们牵出去遛遛，不高兴了就整日拴着铁链。可你们拴住了我的身体，也拴不住我的心。你们这样，越会让我渴望挣脱束缚，逃出这个我不喜欢的世界。

要知道，有时候爱也是种伤害。我知道我不会完成爸的清华北大梦，也不会完成你们的出人头地梦。如果说残忍的人选择伤害别人，善良的人选择伤害自己，那么我还是选择自己吧，至少我觉得这样是对你们养育之恩的报答。

没有了我，你们再也不会生气、不会失望不会羞耻、不会在人前抬不起头来，所以别为我哭泣，也不要遗憾，因为在我心中，死亡并不恐怖，也不可悲，可悲的是纵然活着也生不如死，活不如灭。活着也只是活在痛苦的深渊里不能自拔，毫无意义。我只想告诉你们，我死得很安详，不带一丝的后悔。

成绩不好，就被抹杀了一切优点。爸说我自私骄傲，真是可笑，其实我一直很自卑孤单。他说我好吃懒做、不思进取、没有理想、行尸走肉，说着说着，我也觉得自己真是这样。越来越自闭，越来越叛逆，越来越反感，就越来越不爱学习，形成一个怪圈。我故意不学习考差点，开始是为了报复，后来就成了习惯。再后来，我也不知道为了啥，因为我已经变得连自己都感到厌恶了，明明充满了负面情绪，还要强颜欢笑，还要装出一副阳光少年的样子……

我对未来感到茫然害怕，不觉得活着有什么意思，虽然我知道这样做不会让你们感到快乐，但也管不住自己。有同学说谈恋爱会让人感到幸福，做一些有意义的事会有成就感，但没有存在感的我，只能在玄幻的世界里找回自己。

我认为，这世界上的每一件事都是注定的。本想许个长生不死的愿，但也觉得不可能；那么就早走早脱身。相信在另一个世界，我会得到我需要的。小说里说，死亡不是生命的毁灭，而是换个地方继续活着，可能比现在会活得更好。在这个世界完不成的任务，说不定在那个世界就达到了，但前提是，必须结束这一世的累赘，所以你们不要伤心，只是少了个肉身而已……

都说快乐的人没有过去，不快乐的人除了自己一无所有，我就是那个不快乐的人。我选择把过去全部抹掉。爸爸妈妈，我要离开这个世界了，我相信会有来生，会有天堂和地狱。在另外一个世界，我只想做个有独立人格的人。

我走了，在属于我的地方，让心灵得到释放！让躯体被另一种圣灵替代，去做那个国度神圣的精灵！永别了！

无论怎么样，我还是爱你们。这一世不能尽孝，下一世定会报恩！

××年×月×日处暑冯君怡绝笔

冯玉龙眼前一黑，山一样倒在了地上。

后来的事，他再也不知道了。

7

八个孩子中，第一个回父母信息的是王茜茜，就是网名为“倩女幽魂”的那个女孩。她哭着说害怕，让父母去接她。

警察们锁定目标，按网索骥，很快就追到清水河边一间小小的出租屋。

在那里，他们见到了第一个到位的冯君怡，他已换好了服装。中年警察说，门一打开，面前站着的小伙身穿垂感极好的一件雪白直襟长袍，腰束月白祥云纹的宽腰带，上面挂着一块质量不好的玉环，剑眉红唇，白面傅粉，猛一看，还真如古装电视剧中的演员一样，丰神俊朗。他正从红色的背包里，拿出白酒、绳索和刀子，还有一小袋黑色的炭块。

接着，准备集体自杀的孩子，被蹲守的警察们一个个带回了家。

心理老师随即上了门，对每一个有心理隐患的学生进行着有效的心理疏导。

教育局立即采取了相应措施，通知各学校在开学第一天上生命教育课，把死亡教育讲给每一个孩子听。

人们呼吁整个社会采取有力措施，确保孩子们有一个健康快乐的环境，不让社会竞争太多影响他们的身心发展。

网络上，“自杀 QQ 群”“自杀游戏”开始被清除查封。网民们开始论证，这些游戏是不是教唆犯罪，最终达成了共识。尽管目前我国并没有明文规定自杀是犯罪行为，教唆他人自杀并不一定构成犯罪，但如果教唆未成年人、精神病人等无民事行为能力或者限制民事行为能力的人，导致轻生者产生错误认识而自杀的，应当认定为教唆者，涉嫌故意杀人罪。

臭名昭著的俄罗斯死亡游戏——蓝鲸游戏，开始被世界多国严打。“邪教”般的蓝鲸发明者 Philipp，也锒铛入狱。在中国，打着这个旗号的各个社交群、游戏软件，都被查封。

8

追悼会放在周六，赤日炎炎中，亲人、同事、朋友、学生，很多人都自发来到殡仪馆，送别他们心中名副其实的好父亲、好老师和优秀班主任冯玉龙。

尖刀班的绝大多数学生都参加了追悼会。当然，也有个别学生怕影响到自己学习没参加，周智志就是其中之一。他牢记班主任的教诲，没有比考上清华北大更重要的事了，一切杂事均要排除在外。

冯君怡怎么也没想到，不怒自威的父亲，人高马大的父亲，巨人山峰般的父亲，会走到自己前面，没有绝笔，也没留下一句话。他被自己活活给吓死了。

哀乐响起，他看着目光涣散、瘫软倒在地上的母亲，跪在遗体旁痛哭流涕，悔恨莫及，啊……怎么会是这样的结果……

照片上，那个叫作冯玉龙的男人，正慈祥地、疼爱地望着自己的妻子、儿子……

看完这个故事后，我想师弟一定也会长长叹息一声的。

时代在进步，社会更包容，人人可以走个性化路线的背面是拜金、攀比、扭曲的价值观冲击。当庸俗的文化潮流引领着青少年，我们在尊重文化多元性的前提下，又能做些什么？

周有光说中国缺乏三种教育：性的教育、爱的教育、死亡的教育。这三种概念，分别对应人生的三个支点：身体的完整、灵魂的丰沛、生命的价值。静下心来想想，目前我们的教育不但没有关注到这些，反而都忽略掉了。教育如果没有灵魂丰沛与生命价值做基石，造成的恶果就是孩子不会判断美与丑，不珍惜生命。大人呢？也一样。没有健康积极的心态、没有爱心耐心作媒介，只有功利性驱使，自然收获的是血的教训。

这样的结果是谁也不愿意看到的，但是它就发生了。悲哀的不是这个案例，如果以后再发生呢？如果整个社会以清华北大为唯一标准，我们到底在培养些什么样的人？

师弟，请原谅我的激动吧，也只有和你探讨，才能缓解我内心的焦虑和愤懑。

问候你和家人！

师兄　沈飞

二〇一九年八月二十三日　处暑

手 机 记

陈老师好：

昨天收到您的来信，感觉好珍贵啊。好久不见，老师还和以前一样吗？作为您带出来的实习生，您的勤勉认真、诲人不倦是我永远学习的榜样，我很自豪有您这样的指导老师。

您问我当下基层教育的困惑，我觉得目前最大的软肋就是手机的使用。作为政教干事和班主任，我深知现在学校和班级管理绝大部分时间精力都围绕着手机进行的。因为手机，每天我们都和学生“斗智斗勇”；因为手机，师生和谐的氛围变成了警察与小偷的关系；也因为痴迷各种游戏，许多学生变得不爱学习不思进取。手机俨然成了教育的“公敌”。

学生能不能带手机？讨论来讨论去都是悖论。不让带吧，有时真是不方便，尤其是寄宿生，在信息化发达的今天，似乎违背常规。让带着吧，网络的诱惑远比我们想象的强大，沉迷手机的危害自不待说，身边手机瘾的少年一抓一大把。依我之见，还是要禁止手机进入校园，避免网络过多占用中小学生业余时间，法国现在就有这样的规定。据长期追踪调查发现，第一组五十名痴迷手机的孩子中只有两名考上了大学。第二组接触不到手机的孩子几乎全部考入大学；其中三名孩子高中毕业后，还自愿了选择打工减轻家人负担。有人说如果想毁掉一个孩子，就给他一部手机吧，还真是这样。

可是，手机背后的故事却很复杂。老师，您听听这个故事。

1

张国庆站在讲台上，手里握着的华为荣耀手机黑乌乌沉甸甸，泛着油光。

老师，手机不是我的。张学习看着老师气得变了形的脸，吸了吸鼻子，小心翼翼地说。

学校三令五申禁止拿手机，你说你这是第几次犯错误了？我先没收了，等这学期结束，你按照保证书上写的完成了任务再说。张国庆环视四周，一个个小脑袋惊恐不安，看了看愤怒的老师，又看了看倒霉的同学，然后低下头装模作样写作业。

老师，我真没玩，我拿别人的看呢。张学习鼻子都要抵在第二个纽扣上了，拉长哭声说。老师，手机不是我的啊，我只是想看看这款手机长什么样。

我不管你拿谁的，我是从你手里拿来的。张国庆看着这个叫张学习的学生，毫不留情地说。白露了，阳光正好，一片温润，正是喝茶的时节。刚才接到办公室通知，参加全区文艺汇演的学生迅速集合，所以第三节课铃声还没响，他就进了教室。原本是喊那两个艺术生的，却看见一堆男生头抵在一起认真看着什么，他悄悄走过去，看见张学习手里的东西，就一把抓住拿了过来。

老师，你给我，我还给同学。我发过誓的，不玩手机了，我只是没见过这么贵的手机……张学习浑身颤抖，眼泪喷涌而出。头大身子细的他，瘦弱得像根没长大的向日葵，在秋风里摇摇晃晃。

张国庆斩钉截铁地说，你说话还算数？你都说了多少次不动手机了，现在这是什么？他伸开大手，最新款的亮黑色华为，典雅奢华，雍容大度，高调中展示着实力，低调里凸显着优雅，最近特别火爆，不要说学生，就是自己也是第一次见如此高档的手机。

你说你拿谁的？张国庆看了看底下的学生，又看了看比一般学生小了一号的张学习，你说出具体人来。

学生们唰地抬起头，盯着讲台前脸色苍白的同学。

张学习摇晃了一下，“叛徒”这个词一下子从脑海里跳了出来。他记起自己曾经看过的一本书。“出卖过朋友的人，永远不能和我同宿一间屋，同乘一条船”，主人公义正词严地说完，一枪打死了那个贪生怕死厚颜无耻的叛徒。而课本里那些在敌人面前吓破了胆、卑躬屈膝、背叛友谊、出卖亲人的叛徒，最终都成了千古罪人，死有余辜。他想了一下，声音高了起来，我不能说，这是我的底线。

张国庆又气又好笑。好小子，没看出来你还是个有底线的，不说我就拿走了啊。他转身就走，就要上课了，准备讲的试卷还在办公桌上呢。

你不还给我，我就从楼上跳下去，张学习口气突然硬了起来。

张国庆回头看了一眼，学生们静静坐着，一动不动盯着他。他咽了一口唾沫，这是一种本能也是自己紧张时的习惯。望着那个干瘦的身子、粗硬的头发、黑黝黝的皮肤、嘴唇干裂脱皮的孩子，直视着那双似乎从来都卑微胆怯现在却坦然清澈的眼神，觉得自己被推上了浪尖，如果不迅速做出回应就会跌下来摔成尘珠。

张国庆气得头都昏了，这还得了，学生还威胁老师了。你你你违反校纪校规不说，还威胁老师？我看你今天就跳？你说你成天抱着手机有啥意思？从开学到现在，你已犯过几次错误了？我没收了，你又借别人的手机玩，你还准备念书吗？……

可是，还没等他说完，张学习就踢开凳子，跳上课桌，噔噔噔几步，跑到窗子前，拉开窗玻璃，骑在窗棂上，身子一斜，不见了。

所有人惊呆了，包括张国庆。血涌了上来，眼睛突然什么都看不见了。天哪，六楼，真跳了？！他觉得这是梦里的情节。

班长跳起来，不作声地往外跑。前排的几个学生也追了出去，其余学生哇哇叫，教室里乱成一锅粥。老师……你……一个女生带着哭腔喊。张国庆反应过来，转过身子，沿着楼梯方向狂奔。

那天大课间，许多人都看见一个脸色苍白头发上指的老师，疯狂地冲到楼下。

2

张学习从楼上往下跳时，脑海里并没想这是在报复班主任，他只是想老师把别人的手机没收了，这下该怎么办啊？为了手机，他吃了多少苦，受了多少罪，挨了多少打骂，看了多少白眼，数都数不清。为了手机，他被停课两周在家反省，不久才回到学校。为了手机，很少管自己的父亲大怒，扇了他几个巴掌。漠然胆怯的母亲哭哭啼啼，十行九泪地唠叨个不停。连疼爱自己的姐姐也撑起病弱的身子，要他发誓再也不动手机了。当着所有人的面，保证过的话犹在耳边，现在又违背了，还是个人吗？而且这手机真是同学张彬的，他偷偷拿来在同学面前炫耀的。他感觉自己要崩溃了！

真倒霉啊。课间，大家围在一起偷看传说中的新款华为到底长什么样时，恰好就传到自己手里，恰好就被老师看见了。最重要的是，他知道这个手机特别特别贵，自己根本赔不起，七八千元啊，一个初二的学生，哪里来的钱呢？得饿上多少天，半辈子吧？再说又违背了自己誓言，哪有脸说呢？好吧，像我这样的人，连个蚂蚁都不如，活着一点儿意思都没有，不如死了算了。赶紧死吧！死了，张彬就不会来要手机了，我也不用为手机受罪了。可他要是去问我家人要钱怎么办呢？第二个问题还没想完，他就觉得碰到了什么东西，凉凉地硬硬地，一阵疼痛袭来，屁股大腿胳膊都疼，身体本能地蜷缩成一团，眼前一黑，什么都不知道了。

当张学习睁开眼时，感觉周围有一圈黑乎乎的影子，影子很模糊，高高低低看不清楚。他还听见一种声音，远远传过来，好像是自己名字。我是在哪儿呢？他摇摇头，努力睁大眼睛，阳光透过影子缝隙，洒满了全身，金色的光线落在脸上，明晃晃地刺人。他闭了眼，脑袋有点儿迷糊。

再次睁开眼，见一张煞白煞白的脸近在眼前，他用微弱的声音解释，老师，手机真是张彬的……我没有玩，只是看看，你能不能还给他？我实在没钱赔……

煞白的脸什么也没说，只是点点头。张学习一下子高兴起来，他想蹦起来，可努力了半天，才觉得浑身软乎乎到处都疼，已经坐不起来了。

张国庆眼泪滚滚而下，弯下腰，一把抱起张学习，快步冲向校门口方向。

3

当张国庆抱着张学习冲进急诊室时，仿佛一个移动着的蒸锅，汗珠子从额头滚落到脸上，又滚进了脖子。

大夫大夫，快点儿快点儿，他大喊着，期望得到迅速回应。

一个女医生挺直了身子，正使劲拍打一个不停呕吐的人。一个戴眼镜的中年男医生双手血淋淋，头转了一下但也没立刻过来，只是大声问，咋了？

学生娃娃……跳楼了……

有没有意识？有没有生命体征？

有。他能说话，也听得见声音，只说浑身疼……

问问哪里最疼？男医生说着，就回头继续在那边忙活了，女医生也继续拍打。

你们咋这样啊？我都说了学生娃娃跳楼了，还不赶紧过来看看？六楼啊……

急诊都是先处理生命垂危的。你看看这里面的人，感冒烧晕的，打架斗殴的，喝酒闹事的，喝药跳楼的，哪个不是最紧急的呢？沉稳的声音传了过来。

张国庆这才顾得上环视。一间不大的屋里挤满了人，坐着的，躺着的，浑身是血的，呕吐不止的，病人加上家属，简直就是个集市。一个穿白大褂的护士，像只蝴蝶，飞过来飞过去，有条不紊忙而不乱地进行着工作。

是啊，谁不着急呢？不是紧急情况谁愿来这里呢？有人吵起来，似乎声音大就能缓解疼痛似的。

我不要紧，老师。你别着急，先让叔叔看别人。张学习稚嫩的声音响起，病房里一下子静了许多。

男医生举着一双红彤彤的血手走过来，这娃还乖，咋回事？

张国庆急忙说，从楼上跳下来了，六楼。

医生示意张国庆掀开衣服，不停地问这问那，仔仔细细检查了一番，转身洗了手，走过来说，这个碎蛋蛋真命大啊，六楼跳下来还好好的，不但没折胳膊烂腿，内脏也没多大问题。先输液，观察上几天吧。然后问，他是你啥？

张学习嗫嚅道，我老师。

医生又看看张国庆，他顾不上擦脸上的汗，神色张皇地说，他是……我学生……

医生忽然就指着张学习骂开了，我说你们这些半超子（方言：傻子）啊，屁大点人有啥想不开的，这么寻死觅活的害人？老师天天跟在你们后面操心受累，还要负责人身安全。这半年，光我接诊的自杀学生就有好几个，跳楼的、喝药的、溺水的、碰车的……吃饱穿暖了不好好念书，都想干啥？

有人接腔，现在的娃娃可难缠呢。社会这么好，啥都不缺，啥心都不操，就念个书还要死要活，我看都是福烧的。

医生跟着说，咱们那时念书天天挨饿受冻，动不动就被老师家长捶一顿，从没见咋样。现在的学生深不得浅不得，不敢说的不敢管，父母老师说得多一点儿都不行，不是闹情绪就是出走，再就是寻死觅活，咋都成了这样？

如今娃娃少了，就金贵了。一个老人凑过来，关切地说，娃娃，不管怎么都不能寻死啊。你死了不说，让你大你妈咋活？让老师咋活？你这不是把他们都活埋了吗？做人可不能没良心啊，你咋还这么害人？

张学习仰面躺着，转过头去，第一次认认真真地看自己的老师。那张平日里威严十足的脸此刻像罩在阴湿的雨里，灰楚楚的不见一丝笑容。额头上刻着几条深皱纹，腮帮上到处是褐斑。竖起的眉毛下，一双被恐惧焦虑灼红了的眼睛，暗淡无光。干裂的嘴唇不停抖动，下唇已被咬出一道牙痕。不知为什么，他的眼泪就滚了出来。

一个黑脸大汉走过来，高声骂，依我说，这样的害人精就让死去，有人养没人教育的东西。这么小就惊公害婆的，长大了还得了？

别骂了啊。碎娃娃傻着呢。墙角一个输完液的老奶奶走过来，摸摸张学习的头，这么乖的娃娃，咋还胡思乱想呢？活着比什么都强啊，你爸爸妈妈还等你长大了孝敬他们呢。

张国庆跑来跑去办手续，电话一个劲地响也顾不上接。开了药，输上液，正准备回电话，门口跑进来几个人，副校长、政教主任、年级主任、语文老师，一个个满脸惊慌地走了进来。平日里总温文尔雅的副校长满脸焦虑，一见面就大声说，咋不接电话？急死人了！

见学生没大碍，大家都松了一口气，茫然无助地站着。小小的急诊室更加拥挤了，有人大声聊天，有人和医生搭话，有人接打电话，有人疼得乱喊。医生皱皱眉，大声喊，只留一个人陪护，其他人都出去。这又不是菜市场，挤得人都没处下脚了。

人们呼啦啦走了出去，散了。政教主任忧心忡忡，边往出走边压低声音，张老师，你给家长说了吗？

张国庆噢了一声，紧跟出去，赶紧找到号码，拨了出去。

电话通了，他小心翼翼地说，张学习家长吗？我是他班主任，你现在有没有空，和你说个事？

那边慢吞吞地回答，咋了？你快说，我还忙着呢。

大课间时，张学习拿了同学手机看，我没收了手机，他一时想不开，就从楼上跳了下来，现在正在县医院……

那边沉默了几秒，哦，人怎么样了？

张国庆屏住呼吸，目前没什么大问题，医生说需要住院观察，你能不能和他妈妈赶紧过来？

好着就好，这娃娃，啥事都能干出来。

张国庆说，是我的错！对不起啊！你们赶快过来吧！

好着就让缓着去，没大事就好，我们就不过来了，我正准备去西安呢。

张国庆有些语无伦次，我进去时他手里握着手机，我气糊涂了……就拿了过来，还说了他几句。他要我没给，他就跳了下去……

那边有人喊快些快些，车就要开了。家长突然语速快起来，来了来了。这个不成器的东西，我管不了也不管了。老师麻烦你先看着啊，我过几天回来了再说。说着就挂了电话。

张国庆口干舌燥地转过身，愣了好久，才慢慢转身回到病房，见张学习眼巴巴瞅着他，就一言不发地走过去，坐在病床边。

张国庆觉得脸上都能拧下水来了。原以为家长会第一时间大喊大叫，飞奔过来问孩子情况；然后会叫来一堆人，哭闹不休；甚至会叫来警察和媒体，探问原因，然后就是各种推搡怒骂，乱成一团。自己就像坐上了火箭，随着事件发酵，一个劲地爬上云霄……

不管怎么处理，他觉得都不过分。他已做好了各种心理准备，一个学生因为自己的不当行为跳了楼，而且是六楼，今天要是出了什么意外，坐牢算什么，抵命也应该。

可现在，怎么会是这样呢？

4

躺在病床上，张学习难受极了。身边总是有人，总是被指指点点，总像窥探着什么，无处藏身，无处可逃，无所事事，他从来没这么被人瞩目过，也从来没这样无聊过。

老师对不起，我那会儿真是糊涂了，没想后面的事，我……他望着为自己打饭打水忙前忙后的老师，羞愧地说。

张国庆长叹一声，摸摸他的脸，只要你好好的，一切都是闲的。你好好养身体，不要想太多。

张学习盯着输液管里一滴滴水珠，眨眨眼睛，挠挠头发，惆怅地说，老师，咱们啥时能出院呢？我还有好多作业还没写呢。

别想那些了，闭上眼，好好睡一觉啊，张国庆坐在一张矮凳上，心力交瘁，紧闭着双眼。

张学习扭过头，不忍心看朝夕相处的老师，只好看着窗外。白惨惨的夕阳中，榆树上的叶子被风吹得不停颤抖，摇摇欲坠。几只麻雀在树枝上跳来跳去。他叹了口气，恨自己又觉得无可奈何，怨自己又没有办法。手机，手机，那就是我的依靠，我的生命，别人怎么能理解呢？

他拿的第一部手机，是奶奶留的。从记事起，奶奶就是自己的妈妈朋友和保护神。胖胖的她，带着猫娃一样的孙子住在乡下大院里，似乎没闲过一刻。白天，他被放在背篼里、木车上、拖拉机车厢上，跟着奶奶去地里拔草锄地，撒化肥放水。晚上，他在炕上玩耍，看着奶奶在灯下做饭洗衣服，听她和同样老的爷爷奶奶们说闲话。有时，他被寄放在邻居家，不哭也不闹，给吃就吃给喝就喝，听话懂事。有时，他睡着了，奶奶就背着他走过弯弯曲曲的小巷，哼着不知名的歌谣回家。奶奶常说，别看我娃不爱说话，长大了可是个好小子的呢。

奶奶拿着的小灵通，像块小小的长方形砖头。粗壮的天线，像根加长了的铆钉。黑色的外壳上到处是斑痕，像癞子的头。数字键得使劲摁才能管用，前进后退键动不动全靠运气，但这个东西，就是他唯一的玩具。当有声音响起时，一定是远在他乡打工的父母的各种消息。可是，肥胖温厚的奶奶，某天清晨起来穿衣服时，跌倒在炕上晕了过去，就再也没醒来。没了奶奶，小灵通就是他生活的全部寄托，他时常摩挲着它，对着它说话，抱着它睡觉。

四年级时，一次意外，丢了那个小小的砖头，也丢了他的多半条命。他天天哭，天天闹，家人实在没办法，给了他第二部手机，是一部爸爸用旧了的诺基亚。除了没天线之外，看起来和小灵通差不多，但还是有差别。为了安抚自己空虚无比的心，他逼着自己慢慢接受了。然后，不吃早餐，不吃零食，偷偷攒下钱来充值玩游戏，上网看小说，和陌生人聊天。手机填充了他生活的很大一部分，可惜六年级时，被父亲摔坏了。

第三部手机是自己攒钱买的。上中学了，住校了，周周有了属于自己的生活费交通费，这就有了买手机的可能。为了买部手机，在长达一年的时间内，他在学校就没好好吃过一顿饭，常常一袋麻辣片两个馒头就是全天的伙食。别的同学吃零食喝饮料，他馋得嘴里涎水滴答也没动摇过。好容易攒够钱，买了部便宜的小米，他欣喜若狂，爱不释手，宝贝一样揣在口袋里，在宿舍里玩游戏，在教室里偷看小说，可是没几天，就被老师收了。

关于手机，收了要，要了收，来来往往几次，他就丢了诚信尊严，丢了本就很少的关爱和呵护，而就在几个小时前，为了手机，他还差点丢了性命。为什么自己要这样呢？

隔着窗，榆树枝上，又飞来了一只鸽子。他睁大眼睛，盯着那个孤单的跳来跳去的影子。真羡慕啊，有一双翅膀多好，如果我也有一双翅膀，我会飞得远远的，永远离开这个地方。

5

夜深了，张国庆睡不着，看着面前熟睡的又干又瘦的学生，又心酸又心疼。傍晚七点多，张学习妈妈来了。这个只有一米四左右、又瘦又干黝黑胆怯的女人，一看就是个外地人。面对病床上的儿子，她没有像其他母亲那样激动大哭大叫，而是静静站着，低声啜泣。张学习呢，似乎也没有多少委屈，只是冷漠地看着面前的女人，既不哭也不说话，甚至还转过了身。女人哭了一会儿，对着张国庆鞠躬，叽叽咕咕，语速很快，方言很重。有些他听懂了，有些听不懂，只好拼命点头。女人匆匆走了，很快消失在朦胧的月色里，留下这个单薄的影子，颓然地贴在白晃晃的病床上。

很多疑惑在心中，汇聚成一股浊流。这个从来都躲躲藏藏、寡言少语的学生，怎么会对手机如此依赖如此敏感呢？他到底有怎么样的家庭怎么样的父母，心里又有怎么样的疙瘩？

吃药、输液、吃饭、睡觉，医院的日子单调而重复，病床上的生活无奈又无聊，比起学校差远了。连着几天，师生二人的日子都是在如此循环中度过。张学习郁闷极了，早知道这么难受，还不如去上课呢；张国庆的烦恼更多，除给学校一天几趟的汇报外，还要接受妻子不理解的埋怨，同事朋友的质疑，自己对自己的悔恨，无法面对学生的内疚，以及对家长漠不关心的不满。哎，都是手机惹祸端啊。

第六天，他们遵照医嘱出了院。日子和往常一样，在忙乱更替中度过。张学习继续背着书包来读书，张国庆依然抱着教案认认真真教书，学生们继续为写作业和老师讨价还价，师生继续为玩手机斗智斗勇。

校领导千叮咛万嘱咐，后续处理时一定要谨慎，家长来了时一定要态度端正，防止矛盾激化。可张国庆等了一周，也没见家长来找他，就是电话也没打一个。

这事难道就这么不了了之了？张国庆不敢相信，也不愿相信。他几次想问张学习具体情况，但都被学生拿孤单可怜的眼神逼回去了。

第二周，他终于憋不住了，早自习时叫张学习到楼道里，问道，你爸爸回来了吗？

回来几天了，张学习低着头小声说。自从那件事发生后，他一直觉得对不起老师。

他怎么没来学校呢？张国庆心疼地摸摸学生的小脸。

家里人看我好着都没说啥。老师，对不起，我错了。张学习哽咽着，我真不懂事，差点儿害了你。

是老师对不起你，我当时说话太冲了，做事欠考虑。你要快乐些！老师明天可以去你家看看吗？

学生猛然抬起了头，惊慌失措地说，不要，不要！老师，我……我……

上课铃响了，他像个小老鼠，转身跑进了教室，剩下张国庆迷茫地站在那里。

6

“秋风何冽冽，白露为朝霜。柔条旦夕劲，绿叶日夜黄”。白露了，秋深了，几场秋雨过后，太阳也失去了往日的威风。校园里的大树，枝干遒劲，一律向天竖起。叶子几乎全落在了地上。一股风吹过，沙啦啦地响。

> 一曲赞歌唱不尽您的华丽篇章，一支粉笔却写就了您的人生轨迹；三万桃李报答不了您的如山恩情，三千青丝染霜却谱写出您的精彩人生。教师节之际，一声问候，唯愿永远幸福安康！
>
> 一截短短粉笔，勾画着学海的浩大；一方窄窄讲台，搭起通向真理的支架；一番谆谆教诲，吐露情意真挚的话；一支不朽的红笔，描绘学生前程美丽的画；一叠厚厚备课本，写满辛劳付出的密密麻麻；一双温暖的手，领着学生快乐长大。教师节到了，祝所有老师节日快乐！

教师节到了，从昨天起，他就收到各种短信和微信，因为没时间一一回复，一大早他发了个朋友圈：节日快乐！致谢所有我爱的、爱我的人！

按说九月十号，全体教师应该高高兴兴地过个节，可单位不放假，也没什么活动，微信群里还通知上级要检查，不能无故脱岗。办公室里，大家议论纷纷，都有些沮丧。有人说，这冷冰冰的日子，还叫过节？不放假也就算了，反正落下的课还得自己补，总得开个会鼓励一下吧？

有人说节日也只能在电视里听个讲话、在微信里互相祝福一下，没一点儿仪式感，还不如取消了。

人人都怀念起过去的日子。是啊，以前的教师节多快乐啊！开大会、受表彰，得奖的人自豪，没得奖的人也高兴；放假，聚餐，搞趣味运动会，参加文艺汇演，那真叫过节。

调皮的小王站起来，拿起手机念一首诗。大家全放下笔，认真聆听着。

《乡愁——教师节》

先前啊，
节日是份小小的快乐，
发一点钱，
聚一次餐；
后来啊，
节日是份小小的心安，
钱没了，
餐还在。
现在呀，
节日是个符号，
她在日历上，
我在抄笔记中！

他念完，还煞有其事地低头鞠躬。大家大笑鼓掌，一副穷开心的样子。只有张国庆没笑，他最近心事重重，笑不出来。

晚自习下了，他刚走出教室，张学习就追出来，递过来一个作业本，老师，你看看好吗？

张国庆望着手里的东西，是学校统一配发的一个最普通的作业本，白皮蓝字，红色的大写汉语拼音。他翻开，绿色的横线上整整齐齐写着一行行黑字。

老师，手机的事，对不起您了。

我知道您一直很内疚，可我心里更难过。现在，各科老师都小心翼翼，不敢随便说我，更不用说批评了。我的好朋友虽然嘴上不说，但也明显离我更远了。大家都觉得我是个可怕的人，没脑子的人，动不动就去跳楼，拿死来威胁老师的人，谁敢和我在一起呢？

昨天您说到我家里去，我没答应，不是我小气，实在是不能去的！您还说让我快乐些，可是老师，自从奶奶去世后，我就没快乐过一天。整天不是为这件事发愁就是为了那件事情哀伤。

有时候我想，快乐，你能不能探望一下我呢？我惦记着你啊！

对我这样的孩子来说，只有天上的星星是最好的朋友，不管是快乐还是悲伤，它都会替我保密。我看着它，就像看见了奶奶一样。偶尔会有一颗流星划过，我就非常哀伤。同学都认为只要对着天上的流星许愿，愿望就会实现，我却不以为然。流星脱离了自己轨道，只会与其他星球相撞，直到灰飞烟灭，所以每当流星划过天空，我都会很难过。

每颗星星都闪烁着光芒，都收藏着一个不为人知的秘密，我的星星也是如此，它从来都没离开过我，就好像我从来都没有离开过它一样。后来，就只有手机，才能给我带来一些安慰。

我出生在一个非常普通的家庭，家里有奶奶、爸爸妈妈和姐姐。以前，我和奶奶在乡下，他们三个在城里。一开始我也是幸福的孩子，因为奶奶活着。可后来就不行了，打破了我的完美生活。七岁那年，奶奶去了另一个世界，我只能来到城里。在陌生的家里，我向往的平静温暖根本不存在。父母常常因为各种琐事发起一场场的战争。在唇枪舌战中，我才知道，爸爸妈妈是在广州打工时认识的，没结婚妈妈就怀了姐姐，无奈中只能回现在的家。生下了姐姐后，他们又出去打工，不过不在一座城市，可是，不久妈妈又怀孕了，爸爸不想要，说是个不明不白的孩子，可妈妈坚持要生下来，爸爸就非常怨恨。那个不明不白的野孩子就是我。

一个白雪满地的夜里，大吵一场的父母分开了，姐姐随爸爸，留在本地。妈妈带我来到了外婆家——贵州毕节一个大山里的乡村。

外婆家比我家更穷更偏远，连厨房都没有，顿顿吃的是土豆。妈妈在附近的工地上打工，外公外婆也忙忙碌碌做点小生意。日子很艰难，妈妈常常哭哭啼啼，外公唉声叹气，外婆默默无言，我就坐在那里悄悄地看，不敢说话不敢高兴，更不敢给他们增添任何麻烦。

在外婆家我很乖。因为所有人都说你妈不容易，你要乖。我就把一张乖巧的外表挂在脸上，把黯然伤神留给自己。我尽量做到安静乖巧，生怕他们不要我。我一想奶奶想家，就哭。妈妈看见我哭，就不高兴。长大真不好，不如小时候。这世上要是一种有能缩回去的药该多好，我多想回到小时候啊！可那是不可能的。

过了不久，姐姐得了肾炎，很严重的那种。爸爸电话打过来，妈妈带着我再次回到了这个家。可是，家里还是那样子，没有多大变化。大人们因为我不爱说话，就问会不会是自闭症？又说姐姐得了重病，弟弟就要活泼开朗些。为了不让父母担心，我把自己又变成一个活泼开朗的人，可我发现无论我怎么做，他们心底都是嫌弃我的。爸爸因为怀疑我不是他的亲儿子而嫌弃，妈妈因为爸爸嫌弃我而嫌弃，只有姐姐疼我，可是她有病，全家人都小心翼翼地生怕她自杀。她心情好时，所有人就高兴。她不高兴，所有人都陷入了黑暗。我呢？我在他们眼里，永远都是一个可有可无的人，只能在手机里寻找寄托和安慰。

算起来，我有过三部手机。第一部手机是奶奶走后留下来的，那是世界上最珍贵的东西，可惜被我弄丢了。第二部手机，是二手的，因为打游戏，被爸爸砸碎了。第三部手机，是我攒了多半年自己买的，被老师您收了去。

老师您说我不好好学习，只痴迷于手机。可我能怎么办呢？我只有手机这个朋友啊！我也尝试着努力改变，就是想让他们记得这个家里还有一个一直不被喜欢的人，可是人人把我当作一个错误来惩罚。陪伴我的，只有孤独！只有手机！

为了买第三部手机，我每天只吃一顿饭，还是最简单的饭菜，所有的钱都是从嘴里省出来的。那个阶段，如果有人问我梦想是什么，我一定会说让我吃饱一次吧。可省了近一年的钱买的手机，又被您收走了，我心里空空的，那时候就想过不活了，但没胆量行动。

没有了手机，夜晚是那么漫长。我想奶奶，可奶奶在另一个世界。我想着快快乐乐的，可我都不知道自己是谁的儿子。我想未来，可未来是一片黑暗。有时候我躺在床上，想自己除了像老鼠一样躲藏着长大，也没有多少意义。可是在死之前就想看看大海。老师，您讲过古代文人只要站在大海边，看到大海的磅礴气势，就能挥笔写下诗词，那是多么伟大啊。可惜咱这个地方没海。我把手机屏保设置了一张大海的图片，那是我心中最向往的地方

老师您会说好好学习天天向上吧？可是我一点儿也不爱念书。当个学生真麻烦啊，总是为成绩而愁。一发卷子，有人为它开心，有人亡于它手中。不管别人的成绩单怎么样，我在成绩单上找不到一丝快乐。晚上，一个人走在路上，看着路灯下自己的影子一会儿被拉长放大，一会儿又缩小；看着路上不断来去的行人，看着川流不息的车流，还有昏暗的天空，我觉得自己多么想融入黑暗中，再也不看这个世界……

老师，我也想活泼开朗、健康快乐起来，可是家庭战争、我的身份、

父亲漠视、母亲无奈、老师唠叨、同学嘲笑、作业的压力、成绩不高，我只能越来越躲在黑暗中，不能自拔。想死的念头已好久了，并不是您收了手机的那一刻才出现的。以前，我还在网上找过心理医生，开了很多药，也吃了几次，都没用处。前段时间，整个人精神崩溃，神经错乱，特别绝望。其实，我已在网上找到了个死亡网站，加入了自杀网聊群。那里面的人都是不想活的，都说早死早托生，这一辈子活不下去，下辈子就要托生个好人家，好好活一场。我才不想做人呢，我就想做棵树，好好长大的树……

不过，现在没事了，老师，这几天，我想了很多，似乎一下子长大了。看在您那么掏心掏肺地对我，给我喂饭，给我擦身，给我开导，还鼓励我，我想这世上还是好人多。我不会再那么傻，不会让自己堕落了，让自己受伤了，不会给您添麻烦了。就是为了您，我也得好好活下去。手机我再也不玩了，老师就看我的行动吧……

您的学生：张学习

张国庆恍然大悟，眼眶微湿，才知道这个寡言寡语从不出声的学生，原来心底刻着如此深的伤痕。这个依赖手机痴迷手机的学生，居然藏着如此巨大的秘密。他拿着本子的手颤抖着，上课铃响了，他快步进了教室。

进了教室，张国庆多想抱抱那个孱弱的、可怜的孩子，但他控制住了自己，只是把两个黑色的手机拿出来，对全班学生说。大家看，这个华为手机，是张学习同学拿张彬的，现在老师还给张彬，请你拿回家交给父母。这个呢？是老师前段时间没收张学习的，如果明天早上，大家把《马说》全文背会的话，我就可以还给他。现在主动权在你们手上，你们想让我就怎么做。但是，我说但是，还给他以后，老师希望他放在家里，假期了可以看看。如果再拿到学校，还是要没收的。我们一起来监督他，好不好？

学生们高兴极了，叽叽喳喳，嗷嗷叫着开始背课文。张学习惊讶地望着他，随即羞涩地低下了头。一会儿他翻开书，大声地背课文，全神贯注、高高兴兴地背着。

课下了，张国庆站在楼道里，望着校园里那一盏盏明亮的灯光，望着秋夜天空中的星河。乳白色的银河，像一条巨大而朦胧的光带，从西北泻向东南。一颗流星划出银亮的线条，倏尔不见，像去探寻美好的未来。无数亮晶晶的星星，宝石似的撒满了辽阔无垠的夜空。它们如一个个顽皮的孩子，用稚气期盼的眼神注视着人间。一双双明亮的眸子，仿佛在讲述一个个美丽动人的神话。

他感到自己肩上的担子是那样重，内心又是那样轻快。

蓦然，他想起上大学时老师说过的话，教育最重要的目的，就是帮学生从一个F到另一个F，也就是从fear（恐惧）到free（自由）的转换。另一句话也在心头闪烁：师生关系应该建立在信任之上，而不是畏惧。教育最棒的地方就在于，它会让人变得越来越好。

是的。一定会越来也好。

老师，如今，各国对学生使用手机都有严格的规定。英国限制十六岁以下的儿童使用手机；芬兰禁止向青少年推销手机及服务；意大利禁止学生在教室里使用手机；日本禁止中小学生携带手机上学；韩国限制青少年长时间使用手机；美国多数学校也禁止学生使用手机。

咱们呢？据说中国智能手机的普及率为百分之八十多，中小学生拥有率更是逐年增长，但我们目前还没有硬性规定，所以造成学校教师在管理上的尴尬局面。作为一线教师，我强烈呼吁教育部尽快建立长效管理机制，对中小学生带手机有明文规定，这样才能帮助学生树立起自我管理的意识，避免沉迷手机的风险，对他们的学习身心成长都大有好处。

我们办公室最近流行一段话，是一个校长说的：天将降大任于斯人也，必先卸其QQ，封其微博，删其微信，取其贴吧，收其电脑，夺其手机，摔其iPad，断其Wi-Fi，剪其网线，使其百无聊赖，然后锻炼、读书、弹琴、练字；也可以静坐、喝茶、思过，达到明智、开悟、精进的境界，而后必成大器也！

您觉得呢？

说多了一点儿，嘿嘿。过几天去看您和师母啊。

您的学生　万纯钢

二〇一九年九月八日　白露

扶 贫 记

亲爱的老爸：

我在这里挺好的。您不要惦念。老妈也好吧？膝盖还疼吗？我在网上给她买了磁疗仪，你记得收快递哦。

到土城子担任村第一书记已半年多了，虽然刚开始不习惯，但遵照您“干一行爱一行”的指示，我和同志们在精准扶贫的主战场上，一起工作，一起生活，一起摸爬滚打，一起进户帮扶，缔结了深厚的“革命”友谊，也学到了很多东西。现在我的思想发生了较大变化，个人认为成熟了很多，先给您汇报一下吧。

一是没有对比就不知道差距。以前总觉得老天待自己很不公平，给予自己的东西太少。现在深入农村生活，到了农户家中，才发现自己拥有的已很多很多。我一定要珍惜！

二是扶贫先扶志这句话太经典了。现在国家政策这么好，吃穿用没困难，但在土城子，为什么还有相当一部分家庭处于贫困线上？有的是因病致贫，有的是因婚致贫，有的是丧失了劳动能力，这都没什么。最可怕的是那些懒汉思想、等要靠意识。有些贫困户依赖惯了，东西给得越多越懒惰。有些是只提物质脱贫，不说精神脱贫。还有家长不想让子女读书，只想着赚钱买房买车，造成下一代也忽视学习不思进取。这样，我们的任务还十分艰巨。

老爸，条件艰苦不被理解都没什么，可有些事让你哭笑不得。我说个同学扶贫的事儿啊。

1

当有人大喊狗狗狗时，一条褐色大狗已闷头冲了过来。王彩虹妈呀一声，转身就跑。

余凤凤一张俊俏的脸吓得苍白，跳到门口的麦垛边，徒劳地抡起手里的资料袋，却见大狗子弹般射向前方。

张玉梅本来扶着土墙站在门边，看见一个影子射了出来，矮胖的她转了个圈，瞥见身边一堆褐色的玉米秸秆，赶忙蹲下来抓了一根，挥舞着喊，狗……彩虹，你不要跑……蹲下蹲下……突然觉得胸前被谁用铁锤击打着，一阵疼从胸部蔓向四肢，眼前逐渐模糊了。她无力地躺倒在地，手里的秸秆落在地上，干透了的叶子发出哗啦啦的声音。

一个人从门里慢条斯理地走了出来。余凤凤大叫，赶快赶快，喊住你家狗撒。

那人却依旧不慌不忙，咧嘴一笑。怕啥呢？这狗从来就没咬过人，至多也就追一追。你让她别跑了嘛，狗追人千万不要跑，你蹲下它就不追了嘛。

王彩虹一点儿也没听见后面的大呼小叫，正张开双臂，拼命往前方冲。妈呀，我怕狗啊，她边跑边喊，呼呼的风往后飘，黄色风衣被秋风鼓起，帆一样地往后扯。她觉得自己像台硕大的旋转风车，在秋风中摇晃不止。

弯弯绕绕的乡道上，一排挺拔高耸的白杨，几棵低头沉思的老槐，还有不知名的野草，一齐瞅着飞奔的女人和身后的一条狗。正在飞奔，对面却过来了一头老牛，黑黝黝地在熟悉的路上闲庭散步，脖子下的铃铛摔过来过去，悠闲地很。我不能和牛硬撞吧？王彩虹不知道自己喊出来了还是心里想的，下意识地冲出村道，拐向秋收后光秃秃的田地，跳过未完全倒伏的枝枝蔓蔓，翻过不起眼的沟沟坎坎，冲向野草丛生的山坡。小高跟踩过松软的土地，地面上就排列了一行圆圆的小窝窝。

嗓子里冒着烟，喉咙干疼干疼，身后似乎没了追赶声，她不相信似的刹住脚，四处张望。没砍光的玉米秆士兵般林立，没挖完的土豆蔓黑乎乎，已收割后的胡麻地里长满了野草。

咦，狗呢？眼前忽然出现了一张面目狰狞的狗脸，距离自己嫩白红润的脸不到一尺。只见两只圆睁的眼里射出愤怒的光，两排白森森的牙齿剑尖般耸立，猩红色的舌头露出来，一行清亮亮的涎水扯成线。

她大叫一声，倒在了地上。

睁开眼时，王彩虹觉得头闷闷愣愣，使劲摇了摇。这是在哪儿呢？

窑洞顶上，一条淡淡的裂缝沿着墙面蜿蜒曲折，仿佛被人拽断的细线。阴暗对半的墙面上，几张巩俐的大幅照片一顺儿摆开，洁白的丝绸裙子，标志性的虎牙，优雅的笑容，匀称光滑的大腿，连同身边依靠着的红色的大洋摩托，都让人觉得穿越到了另一个时空。

再扭头，她发现自己躺在土炕上，身下是薄薄的毛毯，艳俗中露出了喜庆。一张暗红色炕桌躺在身旁，奶奶般满脸慈祥。泛着釉色的大水缸威严地站在面前，像个黑乎乎的大肚将军。两个看不清颜色的老式木箱，依偎在脚底下。几床被褥乱七八糟摞着，一块绣了绿叶红花的白布苫在上面：所有东西都被岁月漆染了颜色，油腻腻脏兮兮。

她翻身，一骨碌爬了起来。地上围成一簇的人呼啦啦站起来，惊讶地瞅着她。

余凤凤几步跳过来，彩虹，你可把我吓死了，我以为……一串串眼泪滚过瘦削而苍白的脸，鼻涕也跟着凑热闹。

王彩虹望着这个平日里叽叽喳喳现在哭得稀里哗啦的同事，不好意思地说，我这人从小就怕狗……给你们添麻烦了。

矮小的副校长几个跨步走过来，小王老师，现在怎么样？

您怎么在这里啊？她大吃一惊。

头晕吗？能不能走路？他答非所问，一改往日威严，柔声细语地追问。

我？没什么啊，就是跑得太快了，嗓子这儿有点疼。

地上的人都笑了。

一个健壮的身影高声道，真是个娃娃啊，被狗追晕了，醒来后只说嗓子疼。

副校长折回头说，才二十四岁的人啊，本来就是个娃娃。

那个身影继续叹息，哎，让你们受罪了。

王彩虹边听人们说自己边羞赧地往炕下爬，坐在炕沿边穿鞋。

你们这些当老师的，不好好教书乱跑个啥？年轻的，上年龄的，都撵到我家来干啥？害人都没个深浅！墙角斜立着个黑衣黑帽的人，却大声嚷。

余凤凤一转身，直戳戳走了过去。你咋这么说，还有没有良心？为了你家女子念书，我们的人一个被狗追晕了，一个心脏病犯了进医院，你还这么说，你……你你……

副校长忙挥手，小余，有话好好说，不要生气了。

王彩虹一听，急忙站起来，张老师，张老师咋了？

咋了？！心脏病又犯了，进医院了。

要紧吗？她只听说张老师有心脏病，还不知道严重不严重。

人是暂时醒过来了，吃了药正输液呢，医生说必须住院静养，不敢再受刺激了。余凤凤转身，对一个人说，哈支书，你看马尕娃说的啥话嘛？还嫌我们事多，我们爬沟下洼的为了谁？

那个黑胖高大的人走了过来，手里端着个不锈钢水杯。这人就这样嘛，从小就半脑子（方言：不灵活）呢。别生气了，来，喝口水。又低下头，赶紧让这小老师躺下，再缓缓，缓好了再说。

副校长也说，大家不要上火，都互相体谅体谅。我们这两个同事年龄小，还是娃娃呢。

墙角斜立的人，突然像个挖空了的面袋子，顺着墙根蹲了下去，低头边用指头在地上画圈圈边嘟囔。今儿个你们就是把雀儿说下树，我女子也不去念书。我们家没个来钱路，人家陈老板一个月给一千三百元呢，还管吃管住。我女子能挣钱了，能管家里的搅然（方言：开销）了，日子刚有个眉眼了，你们天天跑我家来催娃娃念书几个意思嘛？

支书脚步重重地走过去，坐在掉了皮的紫红皮革沙发上，大声呵斥。我说你这人脑子里装的是糨糊啊？人家千辛万苦，一趟一趟来，还不是为了你家女子好？念书多好啊，念成了知书达理，总比没有文化强。就是以后打个工都有人要，赚了钱你们也得济，你动不动就拦挡，真是脑子进水了。

我脑子就进水了咋了？我的女子还不由我了？再说她都念到初二了，还念个啥？女娃娃迟早都是别人家一口人，能识字算数就行了，念那么多的书干啥？

余凤凤气得双脚直跳，哪有你这么当父亲的啊？人家都盼着自己娃娃念高中上大学，都想让往外走多见见世面，你倒好，国家把书费学费免了，学校把住宿费杂费免了，你还不让女子念书，啥意思嘛？

没啥意思，就是不得行。她去念书了我家就没人挣钱了。她不挣钱，以后她弟娶媳妇的钱哪里来？现在彩礼这么高，娶个媳妇得一二十万，我们两口子几辈子才能挣回来？还不是得靠她。再说她也是念不进去了才回来的嘛，谁不让她念的？真是怪事，我家娃娃不念书有你们的啥事，天天来，把人一天到晚就乌苏（方言：烦）死了。走走走，你们都走，再来我家还放狗咬。

敢情今天是你故意的啊？我说前几次来狗都拴着，没见个声气，今天咋就一下子出来了？原来是放狗咬我们的呀。余凤凤边说边抹眼泪，声音都变了。

窑洞里，气氛一下子紧张起来。

那人倏地站起来，手臂伸得长长的。就是我放的狗咋了？不好好教你们的书去，天天跑到我家来破烦（方言：骚扰）人。人家扶贫的来了给钱给东西的，你们来拿了个啥？一箱子牛奶几串串香蕉谁没见过？

王彩虹也气得头晕眼花，站起来又坐在炕沿上，说，就是这些水果牛奶也是拿我们自己工资买的啊。还有上次，我们每人二百一共六百元不是也给你了？你咋能这么说话呢？

我还偏这么说咋了？把你们这点钱算啥。说实话，没大利惠，我女子就不念书去。后山里周家娃娃在深圳打工，被老师追回来去学校，听说管吃管住还管来回的车费，你们管了个啥？我们是贫困户，是建档立卡户，共产党说管就要管到底，不给好处光让娃娃念书，想都别想。我就不让去咋了？

满脸皱纹的副校长坐下来，像对学生一样循循善诱，不要生气了嘛，人家是人家我们是我们，不管谁来，都是为了你家好的嘛。这扶贫也有经济扶贫和文化扶贫两种呢，给钱给物是帮扶，让娃娃念书有知识也是帮扶，重点不一样，给的东西也就不一样。按照规定，你家户口在我们片区，你家女子也是我们学校的学生，现在你不让念书我们就要管。再说九年制义务教育阶段，国家法律规定了，不让娃娃念书就是违法行为。你看，我们几次三番上门来做工作，就是为了让辍学的娃娃继续读书。至于你提的条件，我们觉得合理就解决，不合理的再慢慢想办法，你也不能不配合还放狗咬人呀，这么做是不合适的嘛。

人高马大的支书猛拍了几下木茶几，我看你就是个觉不着（方言：太贪婪）。又没有折胳膊烂腿，又没有七老八十，又不是没儿没女的五保户，凭啥啥都要国家管，啥都等着共产党给？你是干啥吃的？没皮没脸的东西，有意见就提有话就好好说，还放狗咬人呢？你把啥赢人事做了让国家养活？你是共产党的啥就睡下等人喂着吃？人家老师为啥一趟趟来，啊？！今儿这两个老师没啥事就好，有啥事了我第一个不得行，先让警察把你个冷儿（发言：傻瓜）拘留几天再说。咱人老祖辈都说有理都不打上门客，何况人家上门还送钱送东西的。走，咱们都走，我看他今儿个要干啥？

支书站起来就往出走。当大家都以为墙角人会不理不睬时，他却一下子站起来，急忙拉住支书的胳膊，耷拉着脑袋说，支书支书，你们说得都对啊，是我不好。问题是她现在已经念不进去书了，咋办？

我看你就是狗肉不上台板的货。你说咋办？凉拌！

那我也没个办法。女子和她妈都在偏窑里，你们去问问看嘛。

副校长忙说，冷静冷静，大家都少说两句嘛，解决问题为主。转身使了个眼色，你俩过去给娃娃再做工作吧，这里有我们。

2

王彩虹和余凤凤走出了正窑。

天气真好啊！蓝天白云，秋风阵阵。这座长方形的院里，靠崖背一排三个窑洞，中间的门窗镶了红砖，俊美鲜艳，一看就是新修的。靠右的窑门长年累月被黑烟熏，远看就是个大大的炕烟洞。左侧的窑洞没被烟熏，却塌了半边，里面除了头小牛就是些柴草杂物。正门前，一棵高大的杏树上叶子全变了色，五颜六色，扑簌簌响。靠右一棵矮小的桃树上，树叶却黑绿青黄，像个老派的中年妇女，庄重严肃。

张老师到底怎么样了？王彩虹伸手摘下一片杏叶，不安地问。这个院子她们已很熟悉了，作为学校的扶贫点、控辍保学的重点对象之一，大家一个月内已连着来了好几次。

不太好。心脏不好，又加上脚疼，原本学校不想让她来，她只说在办公室里闷得慌，下乡搞搞保学还有意义，结果……

你说马尕娃咋还这么个样子？咱天天上门做工作，他不但不领情还放狗咬咱，真是的。

余凤凤叹息一声，他这人，别看傻乎乎的，其实头脑可清楚呢。他知道咱们比他着急。按照《控辍保学措施》规定，已注册的义务教育适龄期学生必须到校读书，注册后中途流失了的，学校也要想尽一切办法让他们重返校园。控辍人数和学校、班主任、班科任教师的考核成绩挂钩，所有人都是责任人。任务完不成，就会牵连整个单位的考核，大家都跟着受累。你没听那天例会上讲的？如果控辍指标不为零，适龄学生不到校，咱就不能享受正常待遇。

啥意思？王彩虹一头雾水。

就是一年内不能评优选先，不能发绩效工资啊。余凤凤望着散了一地的落叶，惆怅地说。

可有些学生打心底里就不想读书啊，许诺了那么多的优惠条件，人家到学校还是不好好读书怎么办？王彩虹愁眉苦脸地抬头望着不高的山崖。

哎，以前读书是家长交学费杂费，现在咱上门求人家念书还要提各种条件，真是反过来了。

人家说得也对呢。咱们当教师的不好好教书，扶什么贫？望着偏窑窗边一串干瘪的红辣椒，王彩虹不由想起了很多。

作为十几名新教师中的一员，一开学就接了两个初二班语文一个班主任，她既兴奋又紧张，既满怀信心又忐忑不安。刚进校就被委以重任，不管怎么说都是一种信任肯定，值得高兴。学校无大事，事事是大事，教学任务重，班主任工作更是重上加重，说大了是班级管理者，说小了就是个非职业性的保姆，何况现在学生都是家里宠着长大的，虽然长高长大了，其实心理年龄还很小。

从报名注册的那天起，她就像挺机关枪，突突突扫射个不停。每天六点起床洗漱，六点半到校后基本上就没闲下来的时候。出操做操，备课上课，批改作业，抽查单词，开班会做试卷；下班辅导，食堂陪餐、下宿舍查岗，参加各个部门组织的各种活动，配合其他老师处理突发事件。学校手机要求班主任二十四小时开着，随时关注学校群、班主任群、年级组群里的各项任务。更扰人的是家长群里的各种指示：学生没拿衣服要去提醒，家长去吃大餐钥匙在谁家也要传达，作业多了写不完又家长告状，作业少了也有人说不合适……直到晚自习下了，也就是十一点半左右才能回家，然后提心吊胆地上床睡觉，即使睡梦里也不安稳。总之就像陀螺，被鞭子狠狠地抽打着，一圈圈不停地转。

好容易班级工作走上了正常轨道，一轮轮的义务教育阶段检查开始了。保学是所有工作都必须让位的头等大事，谁的学生谁负责到底，学籍在哪个班必须追回来。通过调查，她才知道上学期本班有五名学生流失。通过打电话走访等一一追踪核实，查清一个是父母离异后随母亲远嫁去了江西；两个转学到另一所重点学校去了；还有一个女生居然结了婚还生了孩子，只能上门去辅导了。剩下的马三女，就是这家的小女儿，正在一家服装店打工。

其他几个都好处理，马三女可是个难题，因为家长不同意孩子来学校，她本人也说不想读书。学校立即派她和科任老师共同上门来做工作，要求必须把马三女叫回学校来读书，把流失率降到零。

接到学校通知的时候，她正上着课，虽然心里有些发怵，也不知道工作要怎么做，但发现师傅张老师也和自己一个组时，就很安心了许多。张老师四十多岁了，矮矮胖胖，满脸的和气，平时不爱说话，做起事来却干脆麻利有序高效。重要的是，像对女儿一样疼爱自己。

动员会上，校长的讲话铿锵有力，让人信心百倍。同志们，我们的任务光荣而艰巨。只要叫回来一个学生，我们的流失率就下降几个百分点；只要有一个辍学生坐在教室里读书，我们的工作就是有意义的。各组各班都要走村串户，深入每个学生家中，摸清情况，有的放矢，一定要保质保量完成任务。

可是，令这些平常在学校一亩三分地里转，很少接触社会的教师们大跌眼镜的是，真正下到基层走进农户，才知道现实多么复杂，工作多不容易。有的辍学生想读书但因为家境贫寒没钱去读，这很好解决，大家通过各种途径想办法解决困难就是。有的是家里有病人要照顾，不能去念书，人们就通过各种关系帮助治疗，解决后顾之忧。有的是厌学逃学后成绩跟不上，老师们就一对一面对面的补课，力求增强信心，提高成绩。

最麻烦的是从小留守在农村、靠爷爷奶奶带大的孩子了。他们平日里疏于管教，长大后自然不爱上学，自己甘于自暴自弃，家长也认为不如早早打工赚钱为好。还有一种就是重男轻女的家长。父母从心底认为女孩是别人家的，划不来供给读书，只盼打几年工挣上点钱，找个家境好的人家嫁了就行。最最重要的是，还能赚些彩礼。她们面对的马三女，就是这样的双困户。

进去了咋说？王彩虹知道又要面对两张冷冰冰的脸，眉毛拧成一股绳。

该咋说就咋说。今天校长支书都在，一定得想方设法拿下，余凤凤倒是不慌不忙。

一进偏窑，俩人都连忙闭了眼，窑洞里太黑了，眼睛一时不能适应。睁开眼时，就见土炕上坐着一个人躺着一个。

嫂子，怎么样啊？今天又到你家来了，不欢迎吗？余凤凤热情地打着招呼。

一个病恹恹的中年妇女，正坐在一堆乱棉絮里微微摇晃，蓝上衣黑裤子上满是污渍；头上搭着的黑蓝围巾，也像被黑灰染了一样。几绺头发胡乱垂下来，贴在一张爬满了皱纹的黑黄脸上。她没有一丝笑容，低声说，好些了。你们咋又来了？

余凤凤一点也不尴尬，继续笑嘻嘻，我说过咱就是一家人嘛，还不让我们回个娘家了？

女人脸色柔和了一点，颤声道，老师啊，你就饶了我们吧。这死女子说啥都不去念书了，我也没办法啊。你看她现在那个样子，能念个啥书？

炕上躺着的人头都不回地嚷，我念不念书还让别人管？不念书人一样活着，挣钱才最重要。我们老板才念了二年级，有楼房有别墅有豪车，照样穿金戴银吃香喝辣的，比念书人强多了。念成书有啥用？还不是和她们一样当个穷教师，辛苦不说还要受学生气。你看她们天天搭着十一路（俗语：步行）到咱家来，看咱的脸色，有啥意思？我就不念书！我不爱念书，也不想念书！

咋这么个女子啊，人来了也不起来倒个水，钢嘴铁牙的，跟谁学的？她妈顺手拽过一本破书，抛过去，

你别管。我是大人了，有自己的判断力，用不着你们来说三道四，躺着的人继续顶嘴。

王彩虹望着这个斜躺在炕上脸都不转的少女，气得牙痒痒。她握紧拳头，后退了一步，惊讶从小到大一贯温柔的自己也会有这样的冲动。

余凤凤却没生气，走过去坐在炕头上，说，这窑洞真舒服啊，冬暖夏凉，以后住在进来也不错的嘛。

躺着的女生一下子爬了起来，你们想干啥，还来我家住？

三个大人不由都笑了。

余凤凤慢慢说，那当然啊。你要是不去读书，我们就天天来天天劝，这是我们的工作嘛。

王彩虹仔细打量着这个已打工半年，即将成为自己学生的女孩。饱满圆润的脸上有一双毛茸茸的眼睛，单眼皮小鼻子，五官猛看起来没什么特点，但搭配起来却很和谐。麦子色的皮肤光滑细致，几颗雀斑在鼻子附近俏皮地点缀着。侧面看去，一层茸毛铺在脸上额头耳朵上，像个生涩的毛桃。要是不胡乱打扮，还真是个小美人呢。

女孩跳下炕，走到门口，气哼哼地在门背后找东西。焦黄的头发弯弯曲曲，满头的方便面被贴满假钻的发卡收拢在一起。嘴唇猩红，脸上涂了厚厚的一层粉，局部地区没抹均匀，一说话满脸的粉状物跟着跳。一件质量低劣的蕾丝衫套在丰满的身上，领口开得很大，白花花的胸脯露出了一小半；脖子上挂着个看不清材质的项链，一闪一闪。白色牛仔裤上丝丝缕缕，到处是破洞；鲜黄色的恨天高闪闪发光，撑起一双细细的小腿。

看你穿得像个啥？裤子上全是洞洞也不知道缝一下，母亲恨声埋怨。

你懂个啥？这叫流行。女生拽出一个姜黄色布包，往里面胡乱塞东西。右手腕上一个黄铜镯子，明晃晃。左手上三个假宝石戒指，一个比一个耀眼。

哎，谁都把你没办法了，谁家女娃娃像你，这样子以后谁要你呢？她妈继续唠叨。

余凤凤一眼没看女孩，继续和女人攀谈。嫂子，现在娃娃都这么穿，流行嘛，时尚嘛。我看着还好。

翻包的人怔了一下，似乎没想到老师会这样说，转过来狐疑地问，真的？你也觉得好看？

王彩虹一下子就明白了闺蜜的意图，跟着说。当然好看啊。我也有几条这样的裤子呢，不过上班时不合适，我就下班后穿，星期日穿节假日穿。流行啥啥好看，潮流嘛。

余凤凤也笑着解释，我也有条淡蓝色的牛仔裤，腿上都是洞。还有条黑色的，也是乞丐服，夏天穿着凉快不说还很舒服，价钱也便宜。

老师，你在哪里买的？我到城里了也去买。说到穿衣打扮，女孩很感兴趣。

王彩虹紧接着说，你身上这件我也有，不过材料不一样罢了。

三个人年轻人，顿时围绕衣服叽叽喳喳了起来。

我觉得咱们还是出去说吧，里面太闷了，王彩虹笑道。马三女点点头，跟着就往外走。

余凤凤忙挤挤眼，我和嫂子坐着，你俩出去捣闲话去。

大家都笑了。

看着她们走出了院门，中年女人才轻轻说，唉，我女子实际上很孝顺，刚从学校回来时半夜里常偷着哭，她大说要挣钱给她弟娶媳妇，她也不敢说什么。后来就习惯了，不爱去学校了，也不想念书了。

时间慢慢流淌，院子外面，两个女孩不停地说着，影子在阳光下长长短短，仿佛一幅简笔画。

然后，她俩一起走进了窑洞。

马三女直戳戳对地上的人说，大，我想去念书。我老师说了啥钱都不要，只要去学校就行。

正说话的几个人都抬起头来，望着地上两个颀长的影子。

马尕娃站起来，往前走了几步。胡说！你不是说念不进去了吗？再说你走了谁挣钱呢？不行，我不让去。

以前你说家里没钱供我念书，我就听你话回来了。现在我念书又不用掏钱，为啥不要去？再说我好好念书，以后有本事照样可以帮衬家里。

你不挣钱，你弟弟媳妇咋办？

他不是也念书吗？他以后也会自食其力，攒钱娶媳妇，凭啥要我现在不念书就挣钱？三女理直气壮地问。

咦，你还反了，把你养这么大，还没家法了？你看齐家花花，一年四季给她大多少钱？你还有脸说念书。你给我乖乖收拾了往陈老板铺子里走，不然我打折你的腿。

副校长立即站了起来，马尕娃，你这可不对。你说娃娃不爱读书了不去学校的，现在我看是你不让去。你知道吗？义务教育阶段家长这样做可是违法的！

支书也站起来，往前走了几步，说，我看你今天敢动娃娃一指头，还真没个王法了？过去，咱卖了粮食牲口让子女去念书，现在一分钱都不掏，人家老师亲自上门叫咱娃娃去念书，你为了眼前一点利益不让娃娃去还说三道四。三女，你收拾好东西跟老师走，我看你大今天要个啥死狗（方言：麻烦）。

马尕娃一下子坐到了地上大哭起来，我的女子我说了算，不要你们管。我就是不让她念书去啊。还指着女儿骂，你个白眼狼就走，你前脚走了我后脚就上吊。

马三女眼泪一下子冒了出来。大，再别整人了啊。等我念成了书有了工作，给你很多很多的钱。

当爹的继续哭闹。我等不到你长大啊，我现在就要钱。你长大了是别人家的一口人，那时我在哪里呢？你今儿个要是走出这个家门，就别再进来了，我和你妈就当没养你。可怜我的儿啊，以后没钱娶媳妇咋办呀？

没钱娶就让打光棍去，总不能让女子为了儿子早早就吃苦受罪吧？大家都愣住了，不知啥时候，病恹恹的女人站在门口，大声说，如今这社会，男女都一样，你也不要太偏心。我就不信我儿长大了娶不到媳妇？

我可说了啊，你以后就别回来，也别指望我认你啊。男人尽管还嘟嘟囔囔，但口气明显没有那么硬了。

支书顺便过来拉他在凳子上坐下，大家你一言我一语边劝边说。

当四个人走出大门时，都长出了一口气。

秋风拂过树叶杂草，脚下一片沙沙声。夕阳西下，山村的黄昏像无边无际的大海，安静、广阔又带着几分神秘。晚霞半掩在群山之后，紫红的光束射向大地及大地上的万物。未曾收割完的庄稼在山坡谷地里默立，投下一个个细长的黑影。雾气弥漫，田野、村庄、树木、小路，披着绚丽的薄纱，升腾在一片梦幻般的光影中，散开在无限的宁静里。柔和清亮、潮乎乎甜丝丝的味道在四处飘荡。

3

两个多小时后，四个人回到了学校。

接下来，两个年轻老师带着自己的学生，风风火火注册、领取教材、开住宿证明、食堂吃饭，领校服床单被褥、去宿舍铺床、到教室安排座位、叮嘱注意事项，等一系列事情完成时，已是晚上十一点多了。

看着学生坐在了座位上，终于完成了任务！两个年轻人累得走不动了，一齐趴在教学楼栏杆上歇缓。夜晚的校园里，教学楼上灯火明亮，花园里的树木花草，一齐隐入了暗夜。晚风送来一阵阵混杂的味道，香甜极了。

今天真不错啊！一切顺顺利利。你当时咋劝的，马三女一下子就动了心？余凤凤笑着问。

她不是爱打扮嘛，我就从女孩子如何打扮入手，说打扮的庄重得体才叫美，又说以后有机会有能力穿高品位的衣服，慢慢过渡到不能放弃读书，她一下子就接受了，然后我又问不读书的真正原因，她才说起初父亲不让读后来自己也就放弃了。

只要人到学校，剩下的都不是问题，咱们慢慢做工作。俩人边说边沿着楼梯往下走。

拐角处，遇见校长、副校长、教务主任几个集体查自习。

辛苦了啊，工作做得很好，感谢你们。校长显然已知道今天的事。

她俩羞涩地点点头。

你身体怎么样？要不请假休息几天？老校长关切地问。

王彩虹忙摆摆手，校长，我好着呢，没啥……

学校工作就是这样，啥事都得管，天天要操心。选择了当教师，就要嘴勤脚勤磨下来性子，咱这个职业听起来光荣，做起来可一点儿也不轻松。

副校长接着说，为了人家的一个碎娃娃，把咱的两个大娃娃跑得滚蛋蛋呢。

大家看着她们笑，眼神里满是疼爱。

一行人走向教室，她们也准备回家了。

副校长折回来叮嘱，那个马三女的家长不是盏省油的灯，咱们可不能麻痹大意。

4

周五晚上，换了衣服敷了面膜的王彩虹躺在床上，正美滋滋地和朋友视频，商量明天同学聚会穿什么衣服吃什么好吃的，一个电话打了过来。

她接起来，还没说话，对方劈头盖脸就是一顿骂。把你们这些坏怂老师，把我娃娃哄到学校就不管了，还说是人民教师，我看就是些骗子，一个月拿着几千元，就这么当老师的吗？

你是谁，咋这么说话？她一时云里雾里。

我是谁？我是马三女的大。我问你，人家娃娃早都放学回家了，我女子到咋还没回来？你们给藏到哪里去了？娃娃要是有个三长两短，看我咋整你们？

她不是放学就回家了吗？我给了她车费亲自送上车的啊。王彩虹浑身汗毛都竖了起来。

那她跑到天上去了？电话也打不通人也不见。我现在要人，你现在就给我找人去，不然我就到教育局告你们。

王彩虹一把撕下面膜，跳下床来边穿鞋边拨打马三女电话，果然，电话打不通。她迅速翻出余凤凤的电话，那边也无人接听。她在地上转了几个圈圈，又拨副校长电话，一下子就通了。

听了事由，副校长倒没着急，沉吟了一下，别慌，你再仔细想想，马三女今天有没有异常？

没有啊。这几天她态度挺好的，上课也积极做作业也积极，有些科目虽然跟不上也努力跟，各科老师都反映不错。再说我那么关心她，应该没什么问题的啊。

你再想想她能到哪里去呢？我和王主任开车过来接你，咱们一起去找。说着他挂了电话。

余凤凤电话也回了过来，说刚才在洗澡，听了她的话，头发湿漉漉地就往学校赶。

夜幕降临，闪烁的霓虹灯、跳广场舞的人、袅袅曼妙的乐声、隐隐的酒香茶香……忙碌了一周的人们卸下了疲惫，漫步在马路上公园里，一切烦恼似乎都烟消云散。可是，两个满脸稚气的女老师站在路边，脸上满是担忧恐惧。

这些天，生活上关心，学习上鼓励，随时关注处处操心，她觉得自己既像姐姐又像母亲，可现在怎么是这样的结果？四个人会合后，王彩虹委屈的眼泪一下子冒了出来。

别着急，咱慢慢找。副校长安慰道。

我明明给了班车司机车钱，还嘱咐送到她家路口的啊，能到哪里呢？她百思不得其解。

车坏了。路断了，人病了。丢东西了。去同学家了。逃跑了。各种能想到的理由一个个提起又一个个被排除，电话一遍遍拨过去都是您拨打的电话已关机。

人们一阵比一阵心焦。

不会是司机问题吧？余凤凤一句话，将大家推到了恐惧焦虑的极点。自从滴滴接连出事后，最近一个阶段，只要提起“司机”两个字，人人都有些心惊胆战。

我眼看着她上了车的，再说还有其他人啊……后面的话王彩虹不敢说出来，她怕一语成谶。

快，上车，先沿着她家方向找，先安抚家长。王主任当机立断。

一条山路伸向天边，曲曲弯弯。一辆车子在盘山公路上来回绕，小心翼翼避让着对面开过来的大货车。月光躲进暗灰的云层，远光灯打开了，射出一束三角形的光。车窗外尘土阵阵腾起，几双眼睛像追踪器扫射着路边。

马三女。王彩虹突然大声喊了起来，仿佛自己学生就藏在路边的某个暗处，正承受着不可想象的痛苦，可除了呼呼的风声，就是无边的黑暗。她喊了几声，就放声大哭。余凤凤轻轻拍了拍她肩膀，啜泣着。两个男人在黑暗中沉默着。

马上到马三女家了，咱进去怎么说？王主任边问边慢慢踩刹车。

家长肯定情绪特别激动，咱们要冷静。不管怎么哭闹，当务之急是问清马三女最有可能去的地方，人找着了再说其他的。副校长叹了口气。

要是她爸爸一生气上来打咱们怎么办？王彩虹不知自己为啥要蹦出这样的一句话来，也许是心里这么想嘴里就说出来了吧。

没有人笑也没有人搭话，余凤凤看了她一眼，转头盯着窗外黑黝黝的山。前排的两个人一动不动。

车子很快就停在熟悉的院场里。那条褐色的大狗照旧汪汪扑上来，对着灯光就是一顿猛咬。人们有些恐惧地望着暗处的大门。

门开了，马尕娃斜拧着身子走出来，边呵斥狗边问，谁啊？

副校长推开车门，满脸堆起笑，是我啊，不认识了？三女没回家，我们和你一样着急。这不，开车找了一路也没见，就想来问问。你想想她最有可能去哪里？不行的话咱就报警。先找娃娃，其他的事放在后面说可以吗？

报的个啥警吗？我家女子早回来了。

啊？！四个人一齐喊。

那人却笑嘻嘻。我给她班主任刚打完电话，死女子就回来了，说去同学家取了个东西。谁养的谁疼嘛，野狐子下的狼不疼。她回来了嘛我就放下心了。我以为你们早知道了，就没说。这不，手机也没电了。这黑灯瞎火，你们还真找到家里来了？

正说着，马三女蹦蹦跳跳跑了出来，老师，你们咋来了？

王彩虹跳下车，一把抓住她，眼泪扑簌簌，三女啊，你可把我们吓死了啊。我明明看着你上了车，才给了司机钱的，还告诉他把你一定送到你家路口。你放学不回家到哪里去了啊？

马三女满不在乎地回答。我到一个同学家借字典去了。他家就在路边的那道梁上，不远，我就走了回来，耽误了一阵时间嘛。

余凤凤说，你回来了咋不知道给老师打个电话？你知道多少人在担心吗？

马三女转回头问，大，你不是说给我老师打电话了吗？

马尕娃气呼呼地回答，我偏不说。谁把你叫到学校的，谁就要把你负责送回来。他们当老师的爱管闲事，就让他们管个够。

5

回去的路上，大家都沉默不语，这几个小时，吓都吓坏了，气都气饱了，累都累死了。

到了半路，王主任搓着方向盘，突然唱了起来。好好玩，不生气，小朋友们在一起。好好玩，不生气，做错事情没关系。

哈哈哈，大家都笑了起来。

余凤凤惊讶地问，主任，你还会唱儿歌啊？

我孙子从幼儿园回来天天唱，我听会的。他继续哼，还扭了扭肥胖的腰。

都不要这么沮丧吗？权当我们来了个山村半夜游嘛。娃娃找到了比啥都强，高兴点儿啊。

不是沮丧，是伤感伤心，当个老师咋就这么下贱呢？王彩虹委屈得眼泪直冒。为了她读书，操了多少心受了多少委屈，到头来家长还这么耍笑人，太过分了。

余凤凤也说，我以前觉得当个老师，站在讲台上特神圣。有学生崇拜的目光，有家长感激的话，有传道授业的尊严，即使苦点累点也值得。现在咋觉得自己不是教书的，倒像打杂的呢？一天到晚忙活还要受侮辱委屈，这儿疼。她指了指心脏。

我妈还说我一天到晚不好好上课，动不动下乡入户，到底是教书还是叫娃娃的，育人的还是扶贫的？王彩虹愁肠万端。

这有啥呢？我同学说他们学校派了几十个老师到扶贫点，进村子、包农户、搞家访、填表格，还要帮农民打扫卫生呢。最可气的是有些人你越帮他越懒，帮得越多等靠要思想越严重。

现在才知道教育扶贫有多重要了，扶贫先扶智，的确才是扶贫的根本啊。

前排两个中年人，静静地听着两个年轻人在后排叽叽喳喳。

6

时间飞逝，又到了月考时。校园里，到处是学生，如一颗颗豆子，裹了深蓝色的校服满院滚。王彩虹站在教室门口，看着眼前热闹熙攘的一切，百感交集。

下午监考时，在楼道拐角处遇见了张老师，站着说了一会儿话。王彩虹一顿倾诉，说随着精细化管理，事情越来越多，从早忙到晚，也不知道在忙什么。马三女状况不好，思想波动大，有时情绪高涨，学习劲头足，信誓旦旦地要考重点高中；有时就破罐子破摔，说念书没多大用处，动不动嚷嚷要打工去，估计和家长的策反有一定关系。

张老师语重心长地安慰，做学生工作，一定要多操心多教导，要随时关注，慢慢来，习惯了就好了。当老师就这样，天天得跟学生打交道，干的都是小事。班级管理也是一门学问，要学会恩威并用更要循循善诱，要根据不同性格采用不同方法，爱心耐心包容心细心是关键。一届带出来就好了，后面会越来越轻松。

她感激地听着，连连点头。

铃声响起，张老师笑着说自己心脏越来越麻烦，动不动就闹罢工，上几步楼梯都要缓一缓，喘口气才能走。王彩虹认真看了看自己的师父，青黄色的脸又窄又长，皱纹密布，更憔悴了。她想上前扶一把，老师却摆摆手说不要紧，就去监考了。

坐在考场里，王彩虹有些伤感。回想几个月来发生的一幕幕，忙碌的过程，心力交瘁的时刻，绷紧了弦的日子，深深体会到了艰辛和不易，放弃的想法也一再闪现。同班同学大都去其他城市谋职了，听起来都不错；剩下的几个，在家复习准备考公务员。余凤凤也辞了职，去了一家私企，很快就适应了，而且干得风生水起。自己呢？还要待在这里，天天和一群不懂事的娃娃斗智斗勇？还要上课下乡和每个不爱读书的孩子耗费时光吗？还是要和张老师那样，在一眼能望到头的路上走一辈子，糟蹋了身体也心甘情愿吗？她不知道何去何从。

选择了一个职业，就选择了一种人生。其实每个行业都有它的弊端，也有它的好处，就看你自己怎么看待的了。我教书教了一辈子，觉得挺好的。人生的意义都是自己给自己定的，不是别人眼中的。想起刚才张老师的话，王彩虹又感动又心酸。

最后一场监考终于结束了，王彩虹交了试卷，匆匆赶到教室。学生们高兴地收拾着书包，准备回家。王彩虹开始点名。马三女座位上空空的，没有人。

马三女哪里去了？王彩虹问班长，班长摇摇头，说不知道。又问其他人，一个女生说下午考试她早早就交了卷，说有事先走了。

王彩虹心一下子提到了嗓子眼，赶紧拨打家长电话，语音提示那边正忙。过了一会儿，电话打了过来，马尕娃的声音很弱很小。

王老师，正要给你说呢，三女回来了。

怎么了？她忙问。

哎，她妈……马尕娃突然号啕大哭起来，这些年她一直肾不好，吃药打针的花了不少钱也不见功效。今天中午说心里难过，我也没在意。下午她说了好些话，还喝了口水，结果躺下一下子就没了……

王彩虹心里飘过一道黑暗的忧伤，不知怎么安慰，只说，三女怎么样？

现在十行九泪地哭，拉都拉不起来。哎，老师，这几天给你请个假。电话挂断了。

一行人再次站在马三女家门口时，这里大变了样。新院子新大门新砖瓦新树苗，屋顶还看得见一个大红色的太阳能热水器，一副欣欣向荣的样子。

马尕娃站在空荡荡的大门前，浑身上下沾满了土，胸口袖子上满是污垢，本来就矮小的他更矮了，像刚从土里爬出来似的。一见人就咧开嘴放声大哭。啊呀，这下子我没女人了，我娃没妈了，咋办呀？

支书从他背后走出来，和校长握手，招呼大家往院里走，然后转身斥责，活着的时候不好好过日子，懒筋抽着一把活都不做，现在死了嘴张大大地嚎顶个啥？再不哭了，赶紧招呼人。

马尕娃一下子就收了声，抽泣着进了院子。

院里，站了很多人。支书边走边介绍。这是镇上的，这是区上的，这是本村的，都是帮扶过他家的干部群众。

几个村人蜷缩着身子，站在窑洞边，面无表情地看着他们。

王彩虹焦急地问，三女在哪里呢？

支书说，那女娃也可怜，哭晕过去几次，好容易喊醒来又哭又叫的，刚刚睡着了。

校长忙说，不要打搅，让娃娃好好歇一歇。

王彩虹眼泪流了下来。不到一年，这个破旧衰败的家鸟枪换炮，几乎认不出来了。崭新的院子里，不但在平地上盖起了三间崭新的大瓦房，还有个结实宽大的蓄水池；不但有了塑料盖顶的牛棚，还养着两头小牛四只羊。她既高兴又难过，日子好了，人却走了。马三女以后会怎么办呢，还能不能读书？她为自己的学生为这家人的未来担心。

正想着，三女披头散发地从屋里跳出来，一把抱住她就哭，老师，我妈没了啊，一下子就走了……这下咋办啊？

院里人看着她，和她后面跟着的瘦小孱弱的男孩。

校长走过去，摸摸她的头，不要紧。你看这么多叔叔阿姨都在，咱不怕，遇上任何困难都有人帮你，重要的是自己千万不要放弃。现在你是这个家的主心骨，要坚强起来，不能打退堂鼓。

三女满含热泪，使劲点点头。老师，我以后还能上学吗？我上了学我大咋办呢？他那个样子，吃都吃不进嘴里去的呀。

王彩虹安慰道，放心吧，有啥问题咱们一起想办法。

一旁站着的支书大手一挥，娃娃，你念你的书，你大还有我们照顾呢。这么多年，有国家有这么多人，日子不都是一步一步越走越好了吗？

一座座山峦蜿蜒起伏，一个个丘陵荒草萋萋，一个女人被埋进了黄土，两个孩子的哭喊声高亢尖厉。脚下，到处是齐腰深的野草，秋风送来阵阵腐草的味道。

回去的路上，寂静如夜色一样深沉。王彩虹看着远处的大山，看着两条弯曲如蛇的小路，在山脚下分成两支，一条通往城市，一条隐没山背，一条仿佛贫穷狭隘的过去，一条就是光辉坚定的未来。

老师，你会一直是我的老师吗？马三女轻轻问。

她没回答，只是紧紧握住学生的手，轻轻拍了拍那憔悴的稚嫩的脸，重重地点了点头。

回到了学校就回到了家。

暮色慵懒地来了，月亮渐渐升起，温柔地挂在操场边一排丁香树树梢，给万物洒上了闪亮的银色。路灯亮了，各个窗口的灯也次第亮了起来。楼房操场宿舍图书馆，沐浴在一片静谧中。校园变成了一艘夜航船，灯火通明，光辉熠熠，像童话力的场景。

远远的街灯明了，
好像闪着无数的明星。
天上的明星现了，
好像点着无数的街灯。

教室里，王彩虹望着一个都没少的教室，望着满满当当的座位，望着激情四射的学生们，望着高声朗诵的马三女，大声地领读：

我想那缥缈的空中，
定然有美丽的街市。
街市上陈列的一些物品，
定然是世上没有的珍奇……

老爸，听闺蜜讲完这个故事后，我心里很复杂。原来干啥事都不容易啊。

在这里生活了一段时间，我才慢慢明白了什么叫阻断贫困代际传递，也才明白了教育扶贫的意义。在贫困地区，扶贫脱贫的关键不仅仅是生计能力的提高，更重要的是发展能力、适应能力的提升。对于大部分贫困家庭的孩子来说，读书是改变命运的最好捷径，不但能改变自己和家庭命运，也能改变对生活的态度。

扶贫先扶志，治贫先治愚，教育应先行。在扶贫政策中，教育扶贫是让贫困群众脱贫致富的最好手段。我现在帮扶的学生名叫张星，妈妈早早就去世了，爸爸为了拉扯儿子，在瓦窑干活时得了风湿性关节炎，走路都走不了，日子很艰难。入户走访时，我们发现张星喜欢做饭，就想办法让他去读职中的烹饪班，效果非常好。他吃苦耐劳，也有悟性，这个月已找到工作了，每个月工资有三四千呢，家庭经济状况一下子就得到了改观。

老爸，在农村，还有很多农村父母，虽然明白让孩子好好读书才有出路，但又不知道具体怎样去做，因为自己文化程度低。还有个别贫困家庭不重视教育，只想着盖大房子买好车。读书“无用论”在农村还存在一定的市场。这时，我们这些帮扶人的作用就要凸显出来，要上门入户做工作，多讲教育话，多念教育经，所以，我为自己的工作而自豪！

放心吧老爸，女儿一定牢记您的教诲，虚心学习，潜心做事。拜托您要照顾好老妈啊，这样我就不担心了，你们也为教育扶贫工作做了一定的贡献嘛。

您前世的小情人　小叮当

二〇一九年九月二十三日　秋分

上 访 记

陈春师兄：

见字如面。

一晃很多年过去了，不久前，还和当年一起培训的同学提起你呢。我们虽然只有短短几个月的交往，可你的外柔内刚、随和谦逊给大家留下了非常深刻的印象。特别是教师节那天，你醉后一段“为人师表当抱朴守拙”的即兴演讲让人至今难忘。

你说真正的为师者要让学生学会理性地思考、准确地判断、自律的行为、反思的过程，遵循恪守仁义礼智信，学会健康快乐地生活，有尊严地高贵地生活。可具体到我们自己呢？似乎都是一地鸡毛的日子，谁也没高贵地活过。即使想有尊严地活着，也是多么地不容易啊。

老兄啊，咱这帮人，虽同是教书人，但因为生活背景不同，差距还是较大。有人终其一生，停留在教书匠的定位上，抱怨不止，也不肯前进一步。有人就觉得不能愧对了这个职业，传道授业解惑远比个人得失重要得多。有人认为有一份工资养家糊口就可以了，也有人为自己的职业理想付出了沉重的代价。我常常想，教书教了多半辈子，自己算不算个称职的教师呢？如果抛去那些必须完成的任务，作为教师的成就感拿什么来衡量？人这一生的工作目的到底是什么？

师兄问教书生涯中记忆深刻的事，我就想起一个人来。

1

老牛万万没想到，在饭局上会遇见那个人。

本来这样的饭局一般他是不参加的。这么多年，一不喝酒二不抽烟，大家都习惯他这个“素人”了，加上年岁大了，吃多了也难消化，所以对饭局他是能躲就躲能推就推。可是当学生李刚一再打电话发短信时，他却有点儿动心。在学生可以当街狠扇老师巴掌的年代，还有人记得这个退休了的师长，且如此真诚，实属难得。他想了想，就答应了。

出了门，才知道季节不饶人，天气越来越冷了，秋风飕飕蹿过来，浑身冰凉。“中庭地白树栖鸦，冷露无声湿桂花”。谁写的呢他忘了，可看看四周，真像寒露凝了一层。光阴飞度，转眼又是一年，又到秋末了。

推开川香阁的木门，里面热气腾腾，坐着的人仿佛刚从大烤炉里钻出来的红薯，一个个满脸通红。弟子李刚一头雾气，伸出双手，热情地迎了过来，牛老师，冷不冷呀？我们都等着您呢。

站着的人都说，赶紧坐，上坐上坐。最上方的位置空着，老牛也没客气，他知道自己年龄在那儿。上座也不是谁都能坐的。

坐稳了，李刚一一介绍。这是三班的某某，现在开着个足浴馆。这个是五班的，现在是一个家具城的老板。那个没头发的是谁，现在是一乡镇的办公室主任。还有一个是市委秘书办的，头发倒浓密，但脸色明显不好。总之都是自己学生，走在街上也认不得的学生。

老师怕是忘我们了吧？家具城老板恭恭敬敬地问。

老牛尴尬地环顾，三十几的人了，一个个气球似的圆滚滚，即使依稀能看出原先的模样，但要一下子想起名字来，还是不能，就真诚地说，还真是认不得了啊。你们当年都是娃娃，现在成了大人，变化太大了。对不起啊，弟子们。

老师，不是您忘了而是我们变了，都成了油腻的中年男子。当年不好好念书，调皮捣蛋的，没少惹老师生气，现在才知道后悔，一会儿给老师敬个酒赔个罪吧。您最好再打我们一次，这次保证长记性。李刚的话惹得大家一阵笑。

右手的一人一直坐着，这时却端了杯酒站起来，笑嘻嘻地说，今天借李刚兄弟的酒，我敬老哥一杯吧。先干为敬！说着，头一仰，一杯清亮亮的液体就灌进了嘴里。

老牛见他和自己年龄差不了多少，忙站起来说，我不喝酒的。不过以茶代酒，我也敬你一杯。

那人却说，那可不行，到了这场子不喝说不过去。要不，我连喝三杯，你喝一杯。

老牛笑着摇摇头，你就是喝十杯我也不喝的，我本来就不喝酒。

那就是瞧不起兄弟啦，那人顺手拿起分酒器，倒满了一杯仰头喝了，又倒满了一杯仰头喝了，然后用挑衅的眼神看着他。

老牛有点儿不高兴，但还是笑了笑，我真不喝酒的。

李刚走过去，一把夺过来酒杯，好我的周哥呢，一会儿我们陪你喝行不？喝个尽兴。周哥，这是我初中语文老师牛仲秋，这是我们董事长，周董。

那人却径直对着老牛大声说，你不用介绍了，我们认识。

老牛正夹土豆丝，诧异极了，停下来问，咱俩认识，没可能啊？

你不记得了？那年在山泉县教育局办公室……我抱王小利腿的那回……见他还迟疑，就补了一句，就是十一个娃的……

老牛放下了筷子，瞪大眼睛细瞅。一张圆脸更圆了，挤得眼睛也小了许多。一个额头更高了，皱纹密布，显得人苍老了许多。那双野草似的眉毛倒是没变，一根根粗壮有力，又长又浓。他一下子想了起来，惊呼道，周……周旺族？你咋在这里？

你一进门我就认出来了，所以故意激你。还是当领导的人好啊，不操闲心，还是老样子，没多大变化，周旺族感叹道。

我当什么领导啊？不过普通的教育干事罢了，再说退了几年了。老牛关切地问，你……后来怎么样了？现在呢？娃娃们都怎么样？

能怎么样啊？都长大了，好好地活着呢。见大家都瞅着他们，周旺族大声说，说来话长啊，今儿遇见故人了，高兴啊，我给你们讲个故事吧。

大家拍手，都说，好啊，难得听您忆苦思甜呢。

周旺族双拳一抱，那我就开说了啊。我们祖上，都是做生意的，光阴虽不错，但五代单传人丁不旺。我十六岁上老爹就走了，临走时留下的话，多下苦多存粮，多养娃娃多盖房。我这人从小被宠坏了，不务正业，坏毛病多，但有一个优点，就是孝顺，听父母话。高中毕业没考上学，就回了家。恰好村小没人教书，我和几个上过高中的就响应号召，当了民办教师，生了一堆娃娃。那年头，高中生当老师的多得是。当时想着反正农村地多，饭能吃饱，民办教师先干着，再偷偷做点生意，挣几个钱填补家用，娃娃们大了情况就好了。农村嘛，也没有人管，民办教师嘛，也就混着日子。

可谁知干了十多年，政策一下来，民办能转公办了，到了我这，说是违反了计划生育，不但不转正还说开除就开除了。我想不通，就天天去教育局里闹。

接着，天天告状，成了远近闻名的上访专业户。哎，其实那几年，是我这辈子最屈辱、最难过的几年。再后来我就想开了，既然人家不要了，自己也得争点气，就来到了城里。最初几年，干过泥瓦匠，收过垃圾，还给人当过护工，反正哪儿能挣上钱我就到哪里，还在郊区买了些土地，盖了几间土房子，把一家人都接了出来。哎，老人都说屎难吃钱难挣，还真是的。娃娃多，张嘴就要吃饭，十几张嘴就是个无底洞啊！那些年，差点儿把我苦死了。说个实话，我都偷偷卖过血，谁让自己作孽，生了那么多呢？

后来老天开眼，也是政策好，赶上了城市拆迁。我那几亩大的院子，征了些钱，我就办了家公司，慢慢就发展起来了，走到了今天。日子好过了，可是娃娃们都耽搁了，没一个念成书的。只有一个女子念了个专科，其他的没条件也不爱念，到了年龄嫁人的嫁人，打工的打工。现在想来，还是少生的好，生得多了顾不过来，都放了羊了。我这一生啊，后悔莫及。再后来……

不说了，喝酒吃肉。李刚端着酒杯走了过来，说，周董，周哥呀，没想到您还有这么心酸的一段历史，我们都佩服！再后来的事大家都知道！来，我们集体敬您一杯。

所以说，我也是当过教师的人，你们以后要叫我周老师。周旺族边说边喝酒，一会儿就喝高了。

老牛坐下来，摇摇头，从记忆深处，迅速拎出了一个场景。

2

天气像更年期女人的脾气，阴晴不定，这不，才到寒露，就来了一场雪。薄雪铺在水泥地上，就是打了蜡的大理石镜面，一不小心就要摔跤。一行人从车上下来时，脚底一滑，差点儿摔倒在地上。老牛忙抓住吉普车冰冷的车门，收住身子。

县教育局前院呈长方形，不是很大，积雪已被清扫得干干净净，自行车也摆放得整整齐齐。灰色五层小楼肃穆陈旧，和灰色的天空融为一体。门房的铁炉筒往外冒青烟，一股股轻盈而上。

迎上来的局长和办公室主任笑容可掬，握手寒暄。以前都是老同事，现在因为工作关系也经常见面，自然更亲热。

大家一起往楼上走，远远听见一阵高高低低的吵嚷，老牛觉得有点不对，停了脚步，顺着众人目光看过去，才发现东北拐角处，有两个人黑木桩一样，直挺挺跪在雪地里。身边围了好几个人，说着什么。

跟在身后的王局，脸色就有些不好，尴尬地笑了笑，现在的人咋都这样啊？大事小事没有想着好好解决，就知道用极端的方式来闹。哎，真是的，一天到晚就让人不得清闲。

众人转回头，正要抬脚，那端又有人高喊起来，夹杂着七嘴八舌，喧闹声穿过干冷的天空，更加响亮。

看来又得折腾一天！办公室主任边走边叹息。

说起来也可怜，可这种事咱也没办法啊，胖墩墩的局长摇摇头。

老牛想张口问怎么回事，但看了看大家无奈的表情，就没作声。

到了三楼办公室，人们彼此谦让，还没坐稳，就听见楼道里一阵大呼小叫，接着脚步声四起，接着就见两个人箭一般蹿进来，站在了当地。

屋里人忽地站起来，不知所措地望着他们。

老牛正要张口，一个戴眼镜的脸色青黄的男人一猛子扑了过来。

嗳嗳，你要干啥？他嘴里说着人就倒在了沙发上。那人顺势跪在地上，双手紧紧抱住了他并不粗壮的腰。

对面，一个圆脸大汉，也把局长拽倒在办公桌后的椅子上，跪在了地上，双手紧紧抱着两条圆滚滚的腿。

后面跟进来的几个人气喘吁吁，惊慌失措地站着。

你们这是干啥，干啥呢？办公室主任大声质问。

老牛吓了一大跳，头上汗都出来了。他把身子一斜，脚使劲蹬了几下，也没有挣脱。那人虽跪着却气力很大，像抱着个木桩，一动也不动。

局长红润圆白的脸上顿时冒起了一股黑气，你俩能不能讲点素质啊？咋这么无组织无纪律？你们的事又不是局里处理的，天天在这闹啥？丢不丢人啊？

抱着他的男人直起身子，突然高喉咙大嗓子地哭起来，哎呀呀，我的妈啊，你咋不管你的儿了啊？你咋这么狠心啊？抱着老牛的人也像触动了机关，也低声哭起来。

大家瞅着他们，面面相觑，瞬间石化。

缓过神来的老牛仔细瞅，抱着局长的那个，约莫四十来岁，个子不是很高，可看起来很强壮。圆脸宽额，高鼻子大眼睛。皮肤黄里透红，脸上皱纹不多。一双眉毛浓密极了，像栽上去的野草，几根又长又黑，直插鬓角。此时，他一双眼里冒出泪水，边说边哭，恓惶得很。

他只好坐直身子，再定睛瞧抱着自己的男人。这人很瘦，年龄也大了。发白的蓝中山装套在麻秆似的身体上，空荡荡。稀疏灰白的头发和架在鼻梁上的厚底眼镜搭配起来，猛看就像额头上长了两只灰蒙蒙的角。瘦长的脸上沟壑成群，窄窄的下巴翘起来。他浑身抖动着，混浊的眼泪一滴一滴，但没放声号叫，只是低了头啜泣。

老牛先以为是来闹事的家长，正要张口劝，对面的王局忙递过来个眼色，又摆摆头，他马上闭口。王局缓缓说，咱们先起来，坐下慢慢谈好吗？都是教师，为人师表的，看现在这是啥样子嘛？还有上级领导呢，这样真不好，快起来。

旁边站着的人急忙上去拉，他俩却稳如磐石，怎么都拽不起来。

抱着局长大腿的那位继续号叫，妈啊，你咋把你的孩儿不管一下子吗？我当了半辈子民办教师，好容易转成了公办，可没干几天就要开除我，我想不通啊，你们还有没有良心了？

局长使劲蹬了蹬腿，大声说，先站起来说话。自己违反了计划生育政策不说，还有理了？计划生育是国策，是写进宪法的，你们知法犯法，公然违反政策，现在哭啥呢？这是县里的举措，这次处理的人多了，又不是针对你们。谁让你们放开了生娃娃？再说自己做事自己当，犯了错误就该接受处罚，你现在找我我也没办法。

那我不管，我就找你，谁叫你是组织呢？接着又拉长声哭，妈啊，你咋不管你的儿了啊？

人们都哭笑不得地看着他。局长说，有事说事，有问题解决问题，你这胡喊啥呢？

办公室主任终于插上了话，周旺族，你说你这么大年龄了咋成了糊涂蛋？都是一群男人啊，你一个劲地喊啥妈呢？

组织就是母亲，母亲就是妈，当妈的管娃娃是应该的！那人理直气壮地说。

嘿嘿嘿，大家都忍不住笑了，气氛一下子由剑拔弩张缓和了下来。

本来就是嘛，人家心里猫抠了一样难受，你们还笑？男人尽管噘着嘴嘟囔，但跪坐在了地上，脸上的表情明显没刚才那么紧张了，浑身也松弛了许多。

老牛赶紧笑了笑，那咱能不能先起来？坐下来抽根烟，喝口水慢慢说，有什么问题人都在，大家商量着来，这样跪着哭闹也不是解决问题的办法嘛。

大家一窝蜂上去，拉的拉拽的拽，但怎么都拉不动两个人。

我不管，我今天就跪在这里，什么时候问题解决了再起来，不然我们就天天跪在这里。

人们摇摇头，苦笑着坐下来，听他和局长一来一去地争。

是你们违反了国策，违反了组织纪律，就应该接受处罚，现在闹也没有办法的。

我们在工作上都兢兢业业，认认真真，既没有犯法，又没有违反校规校纪，不就是多生了个娃娃吗？凭啥就要开除我们？

你还好意思说多生了个娃娃？王局长转向老牛，牛老师你猜猜，周旺族同志生了几个娃？

老牛想了想，三个？

你再猜。

六个？

老牛沉思了一下，不会是八九个吧？

不对，你再猜？

老牛战战兢兢伸出指头，十个？

十一个！全中国所有人都坚决遵守国家政策，一对夫妻一个孩，你倒好，生了十一个，还在这里闹腾，你不觉得问心有愧吗？

抱着他腿的人却毫不客气，那我管不住自己嘛。我那个老婆把人就害死了，一点都不敢动，一动就有，怀上了又不能让堕胎去，只能生下来。这样一连生了一串串，生了就得养活，又不能掐死去？再说又不是我想生的啊……

你还有理了？

那你说我现在咋办啊？

咋办？凉拌！这是全区统一的政策，也是国家的大政方针，又不是局里处分你们的，与我们有啥关系嘛。

抱着老牛的人一直闷头不说话，这时却猛地站起来开了口，那我呢？我这一辈子都是民办教师，一辈子都好好教书，好容易按年龄解决了公职，可又违反了计划生育政策。我五十多的人了，马上要退休了，现在这样处理，叫我以后咋有脸见人呢？我也想不通啊。

局长叹了口气，同情地说，张成贤啊，大家都知道你的情况，可也没办法啊，这次县上大力整治，是计生办下去调查的，与教育局无关的呀，我们也很无奈呀。

那人低着头，眼泪一颗颗掉了下来，我……我……

老牛想问他生了几个，但没敢出声，他已被十一个的数字吓得不敢随便说话了。

我也很无奈啊。第一个老婆生了两个，死了。第二个进门带了三个娃娃。过了一年，我女人说怕二婚不牢靠，偷偷又怀了一个……六个娃娃……我知道自己有错在先，可我当了一辈子的代课教师，好容易才转了正……我……真是不甘心啊。

这是县上的政策，又不是咱一个系统的事。各单位处理了那么多人，要是都这么闹的话，还不翻了天？哎，不是我不管，实在是没法管啊。

大家看着他，都不作声。

周旺族一下子跳了起来，好，你说的不管啊，不管我明天弄个炸药包，先炸了教育局，再去炸县政府……我就不信共产党的天下没人管？

局长声音也高了，你一个当教师的，就说这样的话啊？政策是国家政策，制度是上级制度，处罚是统一指示，又不是我处理的。你可真有本事啊，才想着炸个教育局县政府，你不炸了整个城？你要炸了才算你是儿子娃娃。我们把你没办法，你试试看有没有人管？

那个昂起头像骄傲的公鸡一样的人，一下子毛发耷拉下来，“扑通”一声又跪在了地上，开始了新一轮的哭诉，娃娃已经养下了，又塞不回他妈肚子里，你叫我们现在咋办呀？

人们上前拽起他，慢慢劝导，现在不是咋办不咋办的问题了，是你咋面对的问题了。十一个娃娃，你不出去打工赚钱，一堆堆咋长大呢？

我才不管呢，已经生下了，总不能让饿死去。一个羊羔一把草，我就不信老天还不给一口饭吃？再说，现在天天讲扶贫，我没了工作，就是贫困户，你们不管谁管？我的娃娃没吃没喝，要是有个三长两短的，我可是要到市上区上去上访，闹不好我还准备去一趟北京，不是马上就要开会了吗，我看你们谁能坐得住？

老牛一时没反应过来，开会？开啥会？

两会。反正我已被开除了公职，光脚不怕穿鞋的，豁出去了。我还不信没有活的路了？我现在是平头百姓了，啥都不怕。贫困户的日子过不去，我就要上访，看你们怎么办？

办公室主任接着话茬，你呀你呀，自己不遵守国家政策，不遵守法律规定，现在后悔也来不及了。计划生育是国策，是写进了宪法的，你和宪法对着干，怕是冷着呢？

我没有想着和法律对抗啊，我这辈子就是没管住下身么。早知道这样，还不如把我给结扎了去，也少些祸害。

管不住自己就要接受处罚。你咋这么贪婪，要十一个娃的时候咋不说，现在叫苦连天的，给谁说呢？

老天爷给的儿女又不能掐死去……呀，我不活了，我要从这楼上跳下去……我死了，就是你们给逼死的，我让老婆娃娃们一起来你办公室，看你管不管？

政策不是我们定的，法规也不是我说了算的，请你不要骚扰了，影响大家工作。你想待在这里就待在这里，反正我们也不着急。王局气得又坐了下来。

没有人说话，办公室里静悄悄。过了好一会儿，见大家都一副爱理不理的样子，那人忽地站起来，指着他们说，好！你们等着，我们过不好你们谁也别消停。然后狠狠地瞪了一眼，对老牛身边的人说，张老师，走，咱们走！咱找个地方说去！

瘦弱的人叹了口气，慢腾腾站起来，紧紧跟在后面，一起出了门。

大家长出了一口气，神情复杂地互相看着，摇摇头。局长担忧地说，赶紧通知下去，让他们学校来领人，千万别让再去闹事了，影响太不好了。

众人散了开来，准备开会的，检查的，下乡的，听课的，一个个脚步匆匆，神色凝重地下了楼。

3

屋里越来越热，人们边吃饭边闲聊。学生们一个个走过来敬酒，说一些感激的话，谈起读书时师生相处的细节。有些事老牛知道，就跟着说几句。大多数都忘了，只好悄悄听。不管怎么样，师生情谊真是一种奇妙的感情。在学校时，老师往往偏爱学习好听话的弟子，对差生采取非暴力不合作的态度，有的任其自由发展，有的置之不理。走上社会，越是调皮捣蛋的学生却越对老师感恩尊敬，反而是那些学习好的曾经被倾注了大量心血的学生不见踪影。老牛惭愧地想，早知道这样，当时就应该多关注一下这些差生。

摇骰子，炸金花，酒令一个接一个；你对我，我对你，很快桌上人都醉意浓浓，三个一组两个一撮地说开了。

周旺族头发梢上都冒着酒气，拉着老牛，又絮絮叨叨说个不停。老牛慢慢也听出个眉眼来：曾经的日子有多么艰难，儿女多了有多少的烦心事。当了十多年的民办教师被开除了有多亏枉，现在自己有了钱又是多么风光。他毫不掩饰自己的观点：

他妈的，那些年当个民办教师，就不如农村的残疾人。人家还有低保有残疾金，国家还掏钱养活，隔三岔五地还有人来慰问。我一周十八节课，加上班主任费，一个月才拿三百元啊，连买米面都不够啊……和公办教师一模一样的工作量，甚至比他们更辛苦，却连人家三分之一的收入都没有，委屈啊，憋气啊，羞辱啊。早知道外面这么好混，这么能赚钱，我早早就出来了，何苦受那些罪？

老牛赶紧劝，那时都那样啊，时代嘛，历史阶段嘛，谁也没办法。

周旺族拳头在空中握紧又放下。凭什么我们这批人就要受委屈？真是此一时彼一时，那些年不让生，现在又开始鼓励多养娃娃了。可你看看现在的年轻人，谁还愿意生呢？一个个都嫌麻烦，都说养活不了。养儿子的说不生了，养女儿的也说不生了。我家的老大老二老三老四都是只生了一个娃娃，好赖都不要了，说受够了多子女家庭的苦，都说自己的委屈艰难……他妈的，老子都不说艰难，他们还反着来？

老牛看他说着说着又开始生气，嘴里三个半的胡说，就赶紧岔开话题，和你一起的那个谁怎么样了？就是瘦瘦的那个？

张成贤，他啊，死了……

老牛张大了嘴，死了？咋死的？

咋死的？累死的，气死的，他都死了几年了。

见老牛不可思议地望着，周旺族带着哭腔说，那人真是被气死、被累死的啊。那个命苦鬼啊，当了一辈子民办教师，一天好日子都没过上……就那么死球子了。我现在都不敢想，想起他我就觉得老天对我还是很公平的。我要好好感激老天啊。

到底怎么回事？

那人和我不一样，是个闷葫芦，有事就爱憋在心里，越想越想不开。你是不知道，他虽然是个“民办”的，可真是个好老师啊。他是把学生作业本带回家批改的人，是下了雨背着学生过河的人，是把教书当真正事业的人……他读书多知识渊博，上课学生都爱听，写得一手好字，画得一手好画，办的黑板报绝对是艺术品。可惜了，太可惜了！他在我心里，是个真正爱岗敬业的教师！

他这个人一辈子就爱看书，也爱教个书，就是自尊心太强了，羞脸太大了，凡事拉不下脸，不爱求人，清高得很。最初，他是高中生里最有学问的，在我们那里也算是个人才，学问好，人品又正，带学生成绩好，教书人人夸。五十岁上，“民办教师”开始持证上岗，要中专文凭，他没有；要教师资格证，也没有，只好在家待着。谁都知道他爱教书水平高，可也没办法。另一个教学点有个做生意的公办教师，就雇他去给学生上课，一个月四百，他高高兴兴地去了，边复习边教书。后来，好容易考上了进修学校，念了两年书回来，却因为计划生育政策被处分了。

开除公职的事对他来说，是比天塌了还可怕的事。其实按当时政策，他也不算违反计划生育……人家结的是二婚，就生了一个娃，凭什么被开除？都是我们那个猪头专干，嫌他年头节下不送礼，故意报上去的……所以他才觉得亏得慌，就和我一起去告状。那天从教育局里出来后，还是他劝我不要再胡闹了，应该想办法赚钱养活娃娃。我本来就违背了政策，被处理了其实内心也是服的，闹的目的是整着多要几个补偿费。他呢？只觉得是被人陷害，开除的处分太重，就想把事情澄清。

现在想想，政策本身没啥问题，是在执行的人那里出了问题。回到家，我越想越觉得亏，就准备了材料告状。先是到市教育局告，结果被打回到县里；后来又去了教育厅告，也被打回原单位。再后来我就上北京了，可上访材料最终都要发回原籍。这一下，就激起了我老周的执拗劲，我就一级一级地告，像那个谁演的电影一样，要个说法。一天到晚不着家，只想着上访，成了个上访专业户。接着，还偷跑到北京几次，也被遣送回来几次。局里为我的事开了几次专题会，结果是补发了十个月工资，还给我家全办了低保。

可他不行，那就是一个窝囊人，光知道埋头苦干，不知道变通，所以那个专干把他这个“民办教师”当个指标给完成了。那次回到家后，不能站讲台，也没有了学生，他白天吃不下饭晚上睡不着觉，从早到晚唠叨学校一下子没了两个老师，转学的转学，辍学的辍学，就糟蹋了。他实在舍不下剩下的十六个学生，放不下那些想好好念书的山里娃，就在家里给他们无偿补课，直到小升初结束了才作罢。

周旺族哽咽着，比起他，我一直都觉得羞愧。他本来就有乙肝，吃不好喝不好加上气火攻心，就转成了肝癌。后来，就是躺在病床上，他也没有放弃，备教案，改作业，盯着学生背课文，帮着娃娃们解决困难，总之是一天也没闲着。他是个真正的好人呢，可惜好人命不长，老天偏偏把他早早收走了。有个成语是叫死不瞑目，他临死时真是睁着眼睛的……

一个“民办教师”，在乡村教学点干了一辈子，好容易转了正，要退休了却被开除，搁谁都受不了的是吧？受了天大的委屈，不要一分钱，自觉自愿给学生上课的人有几个？你说，是你会怎么办？

老牛摇摇头，因为自己从没想过这样的问题，这样的事也不可能发生在自己身上。

张老师的娃娃们怎么样了？老牛伤感地问道。

周旺族拍拍他肩膀，还别说，基因这个东西真强大啊。他的几个娃娃，一个比一个争气，不但都凭自己本事上了高中，还都有出息。也是国家政策好啊，学习好就有助学金奖学金，还有低保有助学贷款，大的出来了就打工赚钱供给小的读书，小的也知道珍惜更加努力。你知道吗？人家六个儿女考上了五个，就一个当了厨师，回家娶了个农村媳妇伺候老母亲呢。哎，说起来，他也是个命大人呢，只可惜死得有些早……

听了周旺族的话，老牛怔了半晌，才说，那也是老天爷的一种补偿吧。

4

这顿饭从晚上七点一直吃到了十二点，期间服务员出来进去催了几次，说了几次下班，他们才走出了饭店。

周旺族喝多了，除了哭过几次外，拽着老牛颠三倒四地说个不停，车轱辘话一遍遍的，谁劝也不听。李刚无奈地望着老师，不好意思地笑。老牛虽没喝酒，却也有些激动，就摆摆手，示意不要紧，让他说吧。在周旺族的絮叨中，他一遍遍想着那个只有一面之交的上访者，那个最终被累死了的“民办教师”，那张只有一个手掌窄的脸和一个翘起的下巴，不由眼眶湿了几次。

学生们一个个喝高了，抱在一起，痛说当年在学校的各种事。有趣的，无趣的，受表扬的，被批评的，追别人的，被人追的；高兴的，悲伤的，荒唐的，理智的，回忆像骰子一样，掷出任何一个点，都有人跟着说上一大串。夜幕中，他们臃肿的身子摇摇晃晃，像极了企鹅。凌晨了，空旷的马路上，更加空旷，一群已走向中年的男人，歌声却分外嘹亮：

　　我是一棵没有实根的浮萍，注定要为爱颠泊流离；

我没有资格接受爱情，因为我会辜负你；

把我当作一棵小小的浮萍吧，从你身边匆匆滑过远去。

虽然留下一丝丝涟漪，不久以后就会平静……

老牛虽没听过这首歌，此时也跟着哼哼起来。他觉得自己又回到了三十年前，回到了当学生的时候，回到那个意气风发的时代。他想起了那个心爱的女孩，发辫摆动，眼神羞涩，双手递过来一双鞋垫，上面绣着一双并蒂莲。是我辜负了你啊。他从心底里露出了一股歉意，对着灰色的夜空大喊。那个农村女孩在他工作了之后，还来找过一次。当他委婉地表达自己要娶个工作的女人一起生活后，她就消失了。从此，再也没见过面。

如果再回到从前，所有一切重演

我是否会明白生活重点；

不怕挫折打击，没有空虚埋怨

让我看得更远！

如果再回到从前，还是与你相恋

你是否会在乎永不永远……

人到中年的学生换了一首歌曲吼，一句接一句。老牛的眼泪顺着脸颊流啊流，钢丝一样冰凉。

李刚抱着周旺族，一步一趔趄地往前走。突然，周旺族张开嘴，红的黄的绿的哗哗地倒在了地上，黏稠又肮脏。其他人头也不回，狼一样地继续叫，继续向前，如同走向孤独的原野。

5

《一个“民办教师”的一生》，老牛望着面前的这本书，抬头看对面的人。

周旺族却没看他，只是盯着面前的茶杯。杯里的热气一缕缕冒出来，弯弯曲曲，袅袅婷婷，游丝般盘旋。

老牛说，你有什么想法就说出来嘛。

周旺族这人，虽热情有余稳重不足，人也冒失，自来熟的那种，但心直口快，豪爽大气，爱憎分明。自从上次见面之后，只要有空他就打电话约老牛出来喝茶聊天，慢慢两人就聊出了感情。现在他俩就像一对老相识，经常见面，时时会晤。

真没想到啊！不愧是老张的儿女啊！终于把这件事说出来了说清楚了，给他一生画上了圆满的句号！周旺族连连感叹，我姓周的要有这么一个后代，这辈子值了，即使冤死上十次也不怕的。

老牛伸手翻到内封，一个眉目清秀略带文气的女子出现在眼前。个人简介里，她先介绍自己是乡村小学“民办教师”张成贤的四女儿，接着才列出特级教师、省师德标兵、教育厅十佳老师等荣誉。

果然是女承父业！他俩没说话，心里都冒出了同样的词。

扉页上，赫然印着一行字：谨以此书献给我们尊敬的、爱戴的父亲！六个子女的笔迹落在后面，尽管长短不一宽窄不同，但看得出都是一笔一画写的。他又翻了一页，一张黑白照片，一张似曾相识的脸庞出现在了眼前。望着那只有一面之缘的面孔，清亮深邃的目光看着自己，老牛心底涌上了一股暖流，一种敬重。

> 我们的父亲，一位当了一辈子“民办教师”的人，在五十六岁时，却被开除了公职！
>
> 他是累死在病床上的，临死时眼睛都没合上！
>
> 他是多么不甘心啊！

三个感叹句拉开了幕布。剥洋葱般，一个家族故事徐徐展开。从爷爷奶奶说起，一个个人物跃然纸上，一个个情节曲折离奇，一个个小故事被娓娓道来，从最初的热爱读书到家庭成分原因被迫辍学的经历，从学习手艺到最终当了“民办教师”的选择，从家境艰难到终不改其志的过程，从对前妻的感情到对非婚子女一视同人的哺育，从认真备课到回家批改作业的细节，一个活生生的山村代课教师的形象出现在人们面前。特别是那一张张饱含历史见证的照片，足可以看出孩子们对父亲的感情非凡。然后是很多学生的回忆性文字，很多同事还原的情景，文图并茂地诉说着一个“民办教师”普通又不平凡的一生。

老牛翻到最后一页，那是一张让人揪心的照片。六个子女站在父亲墓碑前合影，最小的手里握着一张纸，看了底下的小字介绍，他才知道那是一张迟到的教师资格证。

他一个个辨识着，一样的瘦脸，一样的翘下巴，一样的气质，连眼神似乎也一样，就怀疑地问，老周，不是说其中三个娃娃是他第二个老婆带来的吗，这咋长得一模一样？

周旺族拿起书，仔细看了看，也说，真是啊。也许生活时间太久了，习惯也一样的原因吧。咱不是也常说夫妻夫妻，越来越像的嘛，可见不是一家人，不进一家门。

老牛认真地看后记，当看到“老父亲的身份问题终于澄清，得到了有效处理”时，忙问，那专干怎么样了？

他呀，进去了。周旺族做了个手势。收贿受贿，欺负女教师，欺凌霸道，私设小金库，罪名一串串，多行不义必自毙，那个坏蛋进去是迟早的事。你没看人家娃娃都写着嘛。

两个人眼睛都盯着一行字：

我们用响亮的鞭炮声来告慰您的在天之灵。父亲，您安心地去吧！您的儿女们终于等来了这一天！

老牛放下书，欣慰地说，好啊，他终于等到了。写这本书的是他亲生的？

不是，是带来的老三。他那人对谁都好，对子女更不用说了，把自己生的别人生的都一模一样看待，娃们至今都念着他的好，记着他的情呢。

按说事情都过了这么多年，早都放下了，没想到他的儿女们还牢牢记着，白纸黑字地昭示天下。

周旺族一下子跳了起来，谁说就应该放下？你们这些人真是站着说话不腰疼，你知道那件事对我们来说有多重要吗？那就是心上的一把刀子啊。都说感同身受设身处地，都是骗人的！真正的感同身受几乎没有，只有亲身经历的人才懂得那种滋味。在特殊的历史年代，特定的农村环境中，我们这些首先是农民其次才是老师的人，进了教室是老师下了课堂就是农民的人；享受不到公办教师的工资待遇，却同样为千千万万个农村孩子带来了希望和未来的“民办教师”；不应该遭受不公，不应该被遗忘。是我们，操着浓重的乡音，拖着沉重的步伐，敲开了懵懂的心扉，打开了知识的大门，奠定了无数农村孩子走向知识文明的基石。你知道个啥？

老牛笑着说，你看你，急躁病又来了，我就说说嘛。

深秋的傍晚是寂寥空旷的。惨白的太阳早早收拾衣钵落下了山，只留下一层薄薄的雾气，在空中轻盈飘荡。隔着玻璃，窗外的行人、车辆都泡在一片朦胧之中。夜的幕布徐徐拉下，大地便笼罩在无边的冷光之中。

两个头发花白的人，瞅着渐渐冰凉的黑色建盏，隔着一本书，久久不语。

老兄，我的故事说完了。

其实，我也不知道为什么要讲这个故事给你，但它就在我心底，影子一样时时盘旋。“民办教师”，这个群体不知你有没有印象？

虽然在飞速发展的教育列车中，他们已经退出了历史舞台，但就是这些没有国家正式编制的教书人，凭借自己的一腔热血，凭借自己有限的知识，让无数农村的孩子得到了起码的读书机会，甚至改变了他们一生的命运。可以说，我们身边有很多企业家、学者、科学家乃至各级政府官员，都是从乡村学校里走出来的，都是“民办教师”的学生。他们是时代的产物，是农村教育的主力军；是文明的使者，也是撑起农村教育天空的功臣。

如今，他们纵然被历史画上了句号，但在滚滚的社会洪流中，绝不能被遗忘。在中国农村教育史上，这个被唤作“民办教师”的群体，在艰苦中忍耐，在岁月中成长，在教学中历练，在沉淀中积累，是一个真正默默无闻、无怨无悔的教育工作群体；是真正为农村教育事业流淌过血汗，奉献过青春的人。

他们也永远值得尊敬，值得铭记！

再问师兄好！顺祝健康快乐！

师弟　蒋志忠

二〇一九年十月八日　寒露

改 行 记

陈老师好：

接到您来信，我真是欣喜若狂。我把这封信给身边所有能听懂中文的人都读了一遍，还翻译给一些外国朋友，可以说是见人就读见人就说，以至于妻子都说我像个孩子。

承蒙老师的谆谆教诲，我从研究生读到博士再到博士后，一路走来，有辛苦也有快乐。十年前我来到美国，从旧金山到洛杉矶，转了一大圈，现在定居纽约，有了相对稳定的工作，有了较为优裕的条件，也有了一个温馨的家庭。妻子也是访学结束后留在这里的，我们有个女儿，上四年级，不久还会有个小生命降临到世上，走进这个小家。日子满当当的，按说比较滋润，但我总觉得心里有个洞，填不满的洞。尤其是夜深人静时，常常感觉自己像大风中的一根细线，虚飘飘地摇摆不定，不知最终会落到何处。

老师，您说记忆最深刻的人或事，我脑海中跳出来的，就是恩师兼同事——"老夫子"方灵辉。在我心中，他不但是个博闻强识的学者，还是个有情操有气节的文人，更是个能用人格魅力去感染人的知识分子，一个真正热爱教育并付诸实践的教师。可惜我最终选择了逃离，改了行，辜负了他的一片心意。

最近，我一直在思考一个问题。如果当年留在国内继续当老师，现在又会怎么样？当年义无反顾地离开，到底有没有意义？我甚至开始怀疑自己的选择了。

1

"老夫子"病了，在西安治疗，能来的都来，看看他。晚上十一点多，"逝水流年”的微信群里叮咚一声，班长封瑞发了一条消息。

一石激起千重浪，平日安静的群里，人们一下都冒了出来。收到！收到！跟帖竖行排列，整齐迅速。就连长年潜水从不冒泡的常云也出了声，还发了个小女孩挥旗子的动态图片，看起来很可爱。

封班长很激动，又发了一行文字。那就说好了啊，具体地点到时候通知，请大家密切关注群消息。

同学们都来吧，好久都没聚过了。班长，我来买单。一贯腼腆的小常真诚地邀请。

常云，这个你不必着急，有些人钱多得天天给这个那个，现在却装着不说话，倒叫你来买单。班长到底是班长，一张嘴就指向明确。

沉不住气的常磊跳了出来，笑嘻嘻地说，没问题，只要同学给面子。不过现在是酒席好备客难请，就怕大家看不上我这个土锤，即使磕头作揖也不一定来。他是常云的堂哥，这些年搞工程，修高速，盖楼房，赚了不少钱。

接着是李娟娟，再接着是褚顺义，大家照例插科打诨，叽叽喳喳。老同学就是这样，穿开裆裤流鼻涕时就认识的，家里锅大碗小都清楚，也就少了些虚头巴脑和假惺惺。不过，江山易改本性难移，当年什么性格现在照旧。同学，这种特殊的关系看似松散实则很牢固。在通讯不发达的年代，虽然联系较少，有人甚至几十年都不见了踪影，但彼此还是十分挂念的。现在有了微信，建了群，就方便多了。虚拟空间最大的好处是给无数渴望亲近的灵魂制造了便利，所以微信群应运而生，各种信息瞬时传递，手机俨然成了信息时代人们维系感情的主要方式。“逝水流年”也一样，只要有人，群里总会你来我往，热闹异常，一群四十多岁的人，不但不生分，反而掀起一股股友谊万岁的浪潮。

大洋这边，正准备吃午饭的王铮也看到了，他习惯端杯咖啡握个三明治边吃边浏览群消息。在嬉笑怒骂的文字里，在熟悉陌生的方言中，时光仿佛又回到了三十多年前，一个破旧的土墙泥院里，一间四面透着光的教室，一些熟悉的面孔。

咋不见王铮说话？他可是老夫子最得意的弟子呢。常磊突然问道。

他呀，现在成了赚钱机器，哪顾得上看微信？再说，依他的性格，即使在也不说话的。机灵鬼晓君说道。

围绕他大家又是一顿乱说，回忆也罢，调侃也罢，都是敬佩加夸赞，毕竟他是班里读书最多的、最有出息的，也是走得最远的一个。接着，家长里短，养生论道，唇枪舌剑，一直吵到十二点多，人们才谈兴寂寥，各自休息去了。

王铮站起来，一口气喝干了杯里咖啡，快步走向工作场所，位于华尔街南侧的世界最大证券中心。

推开密封的银光锃亮的铁门，眼前的世界真是个魔幻跳动的图画。群情激昂的人们，一边神情紧张地盯着面前变幻莫测的显示器一边叫喊不休。一条条上的下的、弯的直的、花花绿绿的线条拼命晃动或停滞不前，变色龙一样闪烁不定，链接着全世界的财富。选股建仓、成交配股、增发解套、震荡割肉、跌停停牌、重组反弹、含权除权、填权逼空、做多泡沫……这么多年，他已完全习惯了在这些词语中心惊肉跳地生活，习惯了在硝烟弥漫的战场上搏杀，习惯了战胜别人或被别人战胜。童年少年青年的经历让他深深意识到，金钱虽然不应是生命中用尽洪荒之力追求的目的，但对于穷怕了的人来说，全身挂满黄金，那是多么令人亢奋的愿景。

在一片吵闹声中，他又回到自己的座位前，点开显示器，呆呆地望着眼前色彩艳丽的线条，心绪不宁地晃动着鼠标。一旁的南非同事托马斯，斜眼看了几次，然后挤挤眼，双手摊开，他明白这是问自己怎么了，随即搓搓脸，双手握在一起，闭眼坐了几分钟。但很快就明白了目前自己状态不佳，集中不了心思，就站起来走进另一个房间，说自己有点不舒服，需要去看心理医生。

他的导师，一个红鼻子大块头的佐治亚人慢吞吞地说，去吧。干我们这一行的，有一个能承受任何意外的心脏才是最重要的，而你现在正需要这个武器。

走出办公室，他有些茫然。去哪里呢？家里显然是不能回去的，这么早，妻子肯定会不停追问，接着就是各种焦虑各种怀疑。孕期两个多月，正是最难熬的阶段，她常常失眠，不时呕吐，情绪很不好；有时会无缘无故失眠，偶尔还会歇斯底里哭闹。医生说高龄产妇都这样，典型的孕期综合征，让他多关心多包容，他答应听从，一切照办。可是妻子发作的次数过于频繁，他也有点烦，遂采取能躲就躲的方法。他想，是不是男人都这样，冷漠无情，自私自利，没有担当，躲避责任，不能任劳也不能任怨。基因居然如此强大，难道因为父亲的血液在自己身上流淌，有些东西就永远无法改变？

女儿呢？等他到家时，正好放学，一进门准会叽叽喳喳说这说那的，让人不能消停。

穿过一大片绿油油的草地，他走进熟悉的公园。深秋了，一阵大风吹过，几片树叶蜷起身子蹿进了水里。站在异国他乡的土地上，他突然觉得心底漫起了一阵悲凉，眼睛有些发酸。这么多年，除勤奋好学聪慧上进之外，他留给别人的印象多是沉默寡言、淡漠冷傲。即使在父亲葬礼上，他也像个木头人，看着那个暴虐无常不负责任的男人被装进棺材，被放进冰冷的土坑，被一堆潮湿的黑土掩埋，陌生人般无动于衷。

你可真没心啊，那可是你爹。一辈子被父亲拳脚相向备受欺辱的母亲，从来都不说儿子半句的老娘，面对一群未曾过多谋面却期期艾艾的亲戚，也忍不住出了声抱怨薄情寡义的他。

说实话，自从几年前老娘去世之后，他就和那片土地彻底决裂了，觉得任何消息都与自己无关。现在，那个博学的、善良的、倔强的、高傲的、执着的老师生病的消息，却让远在天边的他慌了神。

眼前，几朵树叶不时飘过，他的目光追随着它们，一瞬间，真想长个翅膀飞回去。一些东西从心底袅袅升起，前尘往事热浪滚滚，扑面而来。

2

开学第一节语文课，名叫方灵辉的老师就让一群十五六的少男少女们刮目相看。

大家好，谁用成语来形容你们眼前的这个人？他指着自己，笑眯眯地说。

昏昏欲睡的学生一下子灵醒了，对语文课毫无兴趣的学生也顿时来了精神。

先自我总结一下啊，不学无术、鼠目寸光、自以为是……

大家都笑了起来，饶有兴趣地看着讲台上那个不停自嘲的老师。

后排有人接了话茬，老师您谦虚了，我听上一届学生说过，您是不染一尘。

不，不，这个词一般是形容年轻美貌才高八斗的女人的，我这个中年男人可算不上。别乱拍马屁啊，再想。

高风峻节？前排的女生脱口而出。

这是形容高尚坚贞，风骨节操的，太大了，我可不敢用。我这人俗着呢，比如，我现在就想中午要吃什么饭，最好来一勺红烧肉，拌上白米饭，那叫一个美……

学生们哈哈大笑，第四节课了，肚子都开始咕咕叫唤了。

孤芳自赏对不对？后排有男生望着讲台上那个神采飞扬的人说。

有一点接近，但也不是我。宋朝有个叫张孝祥的人说，“应念岭表经年，孤芳自赏，肝胆皆冰雪”。那是把自己比作梅花来自我欣赏，分明就是自命清高嘛，我还没达到那个境界呢。

同学们边听边瞅那高鼻梁上挂着的厚底眼镜，担心它马上要从一张窄脸上掉下来，他竖起食指一搡，转过身，在黑板上重重敲了几下，手中的白色粉笔段成了几截。同学们，对一个读书人来说，最值得坚守与骄傲的一个成语是？你说。他指了指前排的王铮。

王铮觉得自己浑身发热，站起来想了半天，小心翼翼说出一个词，箪食瓢饮？

好！好啊！他激动地在讲台上走来走去，拉着长声说，这位同学，你终于说到点子上了，转身在黑板上写了四个潇洒的大字，然后问，你是怎么知道的？

咱们今天要上的课文是《论语》……

对对对。同学们，我们一起来看《论语·雍也》中的这句话“一箪食，一瓢饮，在陋巷，人不堪其忧，回也不改其乐”。他面对王铮，两手搭在一起，躬腰作了个揖。真要感谢这位同学啊，给我们找到了这样的一个好词。箪食瓢饮，箪食瓢饮，我是真心喜欢这个成语。不单我一个人喜欢，我相信绝大多数文人都喜欢它。他喃喃地说着，思绪似乎飘到了远方。它也是我力求达到的境界，可现在还离它十万八千里呢。接着猛然提高了声音，那咱们就来看这个“箪食瓢饮”到底是怎么回事。

作者背景、文言知识、文言现象、翻译语段，生动幽默的语言从薄薄的嘴唇里吐出来，京剧念白一样好听。单薄冷峻的他不停走动，似乎带着一阵风。现在，请大家想一想，我们读书的最终目标是什么？

学生纷纷回答，买房买车，过好生活，娶妻生子，孝敬父母；有钱有权，做人上人，知书达理，增长阅历……

不，绝不仅仅是这些啊。他挥舞着双手，昂头挺胸道，为天地立心，为生民立命，为往圣继绝学，为万世开太平，这才是读书人的最高理想。我们的老祖先，那些世世代代的读书人，都是以这样的标准来要求自己的。

人人肃然，望着讲台上瘦高清癯的老师，崇拜之情油然而生，跟着他诵读、听写、做笔记、写作业。他则享受地盯着自己的学生，就像看着自家的小儿小女。

3

温暖的阳光照在脸上身上，暖洋洋。坐在树林边的长凳上，王铮抬头远望，暗紫色的教堂尖顶掩映在一片苍翠之中，格外显眼。蓝色湖边，几艘小艇正和微风挑逗，一摇一晃。蓝天白云，森林草坪，空气像被过滤了一样干净，吸一口甜丝丝。这明信片一样的图景，不就是自己半生追求的目标吗？为什么现在看起来也有些平常甚至乏味了呢？

岁月如箭，不堪回首。他还记得自己当年绝望地站在家门口的情景。那个不太宽敞的土院子里，杂七杂八摆满了东西。一棵胳膊粗的杏树紧贴着泥墙，树叶繁茂，把低矮的土屋衬托得更加破烂。

父亲又赌博去了，家里唯一的一头羊也被拉走了。少年走进厨房，坐在门槛上，望着满脸伤痕的母亲，咬牙切齿地说，妈，我要杀了他。

母亲头都没回，只是弯腰擀着面。杀了他你就能过上好日子？好好念你的书去，将来走远远的，再也不要回头。

咱俩现在就走，我就不信养活不了你？

我不要你养活，我要你念成书。母亲的背影一伸一缩，擀面杖在案板上翻来覆去。

他站起来，哭出了声，那你离婚。我去打工挣钱。咱们搬出去。

母亲半晌没说话，双肩膀耸起又慢慢低下。我说了，家里的事不用你管，吃了饭就去学校。

他更记得那个清晨，当垂头丧气的自己背着铺盖卷抱着书包到校门口时，正好遇见了老师。

王铮，你不上课干啥去？老师喊住他。

少年使劲憋回眼泪，颤抖着说，方老师，我不想读书了……我要打工挣钱……。

老师的声音高起来，你家情况我知道一些……无论怎样，都不能退学。王铮，现在你抬起头看我。

他慢慢抬头，看见眼镜后的一双大眼明亮真诚，正盯着自己。

铮，金声也，金属撞击声，比喻一个人才能突出，也有刚正不阿的意思，不管哪一个都非同一般。王铮，你要对得起自己的这个名字。遇事要想想，怎么做才是最佳方式，不要感情用事，也不要赌气。男儿膝下有黄金，男儿心中更要有目标，这点委屈都受不了，还想当什么铁骨铮铮？

少年委屈地低下了头，眼泪泉水般往出冒。

老师伸手摸摸他的头，大声说，不哭。你要知道，人是无法选择父母与出身的。正因为有现在的委屈怨恨，你才更要往前走往远看。男子汉就应当顶天立地，遇到困难就退缩不是男人。你很聪明，又能吃苦，再加上磨炼，一定会走出来的。走！咱回去，好好读书。

少年嗫嚅着，老师，我爸天天赌博，动不动就打我妈，家里什么都没了……像我这样的人还能实现梦想？

咋不能呢？一定会的。你记住，不要和别人比，寒门子弟想比也比不了。你就是你，世间就一个你，谁也替代不了。少年易老学难成，一寸光阴不可轻，好好读书吧，唯有读书这条路绝不亏人。他的话总像清泉，渗入人心。

过了几天，在办公室，老师从褐色抽屉里拿出两本书，双手递给他。

《古文观止》难啃些，但会让你的文言水平达到一个高度。《渴望生活》是画家梵高的故事，但愿它们给你带去勇气和动力。孔夫子说“见贤思齐焉，见不贤而内自省也”，希望你看完想一想，将来的路怎样走，你又能干些什么？

王铮果然很争气。在父亲被抓进拘留所关进监狱时，他悲愤至极也没放弃梦想。在母亲被揍得鼻青脸肿时强忍着怒火咽下了眼泪，把所有的痛苦都投入到实际行动中。他知道自己身上背负的，不仅仅是个人的前途命运，更是一种薪火传承的期望。

每一次，当他从老师那里拿到生活费时，当他翻开一本本启迪思想的书本时，当他在路灯下一遍遍背诵课文时，他都觉得自己变了，从内到外完全变了一个人。他开始崇拜教书育人职业，他希望通过自己努力，将来也做一名学高为师德高为范的好老师！

和老师的关系也亦师亦友，亲如父子。定期辅导，周末聚餐，心理疏导，鼓劲加油，在其他同学的羡慕嫉妒中，他如驶入航道的快艇，一个劲地往前冲。

闲暇时，老师常会和同事交谈。国家大事、乡村趣事、个人逸事、热点焦点，关于职业理想的讨论是他们一再讨论的内容。教育的过去、现状、未来，师道尊严、社会舆论、环境变化、时代特色、价值观念、自我定位、方向发展等等，一群卑微的底层教师一面高谈阔论一面满腹怨气，一面兢兢业业，一面担忧焦虑。

没人时，方老师会对王铮说，我这人干啥都一根筋，从小的愿望就是当个教师，大了也没变过，估计这辈子也不会变了。别以为教书很容易，其实要求很高。传道授业解惑多是从工作内容来讲，一个真正意义上的教师要德行完美、学识丰博、尽心敬业、善教有方。天地君亲师，仁义礼智信，教师本身就应该是真善美的汇集。师道是一种因果，更是一种使命，关乎社会兴衰的大道。可如今，又有多少当教师的人能意识到这一点呢？大家只把自己定位于教书匠、知识搬运工，只把这份职业定位于养家糊口，又有多少人能把教书育人当作毕生为之努力的职业理想呢？

读书时，方老师常常会兴奋，在书房里高声吟诵：

晚得酒中趣，三杯时畅然。
难忘是花下，何物胜樽前。
世事有千变，人生无百年。
唯应骑马客，输我北窗眠。

王铮觉得方老师的样子像极了古代那些摇头晃脑的老学究，铁骨铮铮的文人墨客。懵懵懂懂的他就对未来充满了向往，什么时候，自己才能加入到这支队伍中呢？

王铮在一篇作文中，这样写道：老师，我长大了，就做您这样的老师，做一个有职业理想的人，做一个能为别人带来坚定信念的人。夫子在作文下方，用红笔写了大大的四个字，期待！共勉！

读书、做题、理解、消化、举一反三、融会贯通，只要心安抚下来，努力就变成常态；只要坚持不懈，读书也没有多难。掌握了一定的方法，知识大门訇然打开，落在纸上的东西就会化作分数，遥遥领先。两年后王铮如愿以偿，以绝对的优势走进了本省的一所师范院校。

可是，现在，那个比父亲还亲的亲人，比朋友更近的知己，那睿智严厉的师长，瘦弱却散发着特殊魅力的同事，真的躺在病床上了？那个不仅仅给予自己物质保障、知识能力，还赐予自己无穷力量、勇敢前进的人，真的要远离人间？那个曾对自己抱有无限希望，最终失望了的老人，会不会已原谅了曾经的得意门生？

嘎嘎嘎，头顶一只大鸟翩然飞过，惊醒了沉思中的王铮。他站了起来，在草地上走来走去，不停徘徊。

4

读书、实习、毕业、分配，四年后，王铮又回到母校，和曾经的老师们成了同事。

老夫子高兴极了，逢人便说，少成若天性，习惯之为常，孺子可教啊。又欣慰地拍着他的肩膀，君子乐其道，你我共勉之。

老师们都很高兴，用爱惜的目光看着王铮，用溢美之词夸着他，他不好意思地低了头。这时，教师招聘会上已没有多少年轻人愿意来应聘了，连着几年也没有男生愿意当中学教师了，教育系统呈现出严重的阴盛阳衰，满校园望去，几乎清一色的“娘子军”。

“男怕入错行，女怕嫁错郎”。真正入了行，王铮才知道做一名普通的中小学教师是多么不容易，也才真正尝到了酸辣苦甜的滋味。教材不熟悉，业务不熟练，管理班级没经验，人际关系难处理，凡事都在摸索中进行。投身教育年轻有为的背面是单调辛苦冷暖自知，新鲜感过了后，就是一眼能望到头的循环模式，他觉得自己被抛入了疲倦的大海，在忙忙碌碌身心疲惫中挣扎。

每个人都像陀螺。同事们常常边忙得脚炒菜边无奈地抱怨。从早到晚被捆绑在学校，咱这哪里是工作，简直就是现代版的“包身工”嘛，受不了了，可受不了也得受。每天除了上课，就是迎接检查、处理琐事、开会学习、抄写笔记、批改作业……工作说都说不完，更别说过程多辛苦。尤其是班主任，简直是二十四小时都绑在学校。只要有一个学生在校，校长、值周领导也好，班主任、科任教师也罢，一刻都不得放松，就没有完全意义上的“下班”。

年轻的教师们，除一周二十六节（一周三个晚自习，周六上课其他时间辅导）的教学任务之外，还有班主任工作、各种培训、各种检查、各种笔记。每周例会都开得天昏地暗，每次检查都要提前准备，再加上值班，学校就是家，家也是学校，一个个如钢铁战士，生个病都不敢。“一个萝卜一个坑”“二十四小时开机”“随叫随到”，俨然成为工作常态。

每天一睁眼，王铮都边穿衣服边打开手机，在学校微信群里看到这样的值班表。

雁城中学2019年9月值班表

值周领导：（略）

值班组长：（略）

值班教师：（略）

一、值班位置及人员：

北教学楼及卫生间：（略）

南教学楼及卫生间：（略）

操场、餐厅：（略）

二、值班时间及任务

6:20 学生、班主任值班教师到位。

6:50 在学校门房集中领取任务及值班卡。

7:00-8:00 检查各班区域卫生、学生礼仪、班主任到位、科任老师早自习辅导及学生纪律秩序等情况。

8:10-8:30 检查各班区域卫生、各班早操情况及出操情况。

10:10-10:30 检查各班区域卫生及课间操情况。

11:20-11:40 上午值班总结。

12:00-12:50 检查各班区域卫生及教室卫生、电灯开关电子白板上锁等情况。

12:50-13:50 检查各宿舍纪律、卫生、午休，清查吸烟、携带手机等情况。

一号楼：（略）

二号楼：（略）

三号楼：（略）

四号楼：（略）

五号楼：（略）

图书馆：（略）

13:50-14:40 检查各班区域卫生及学生礼仪、校园内骑车、玩手机、卫生间内吸烟等情况。

16:10-16:30 检查各班区域卫生及眼保健操情况。

18:00-18:20 检查各班区域卫生及组织放学、关闭电灯、电子白板教室上锁等情况。

18:30 集中到门房做下午值班总结。

18:30-22:00 一二节晚自习检查。

22:40-23:10 跑校生回家，检查第三节晚自习情况。

23:20-23:30 住宿学生整队回宿舍，在班主任及值班老师带队下进入宿舍，点名后方可离开。

23:40-24:20 值班总结，查看宿舍及其周边情况。安排留宿检查（人员机动）。

三、值班时注意事项：

1. 各位值班教师负责各自区域内的安全检查、卫生检查、学生抽烟、携带手机、礼仪着装检查、意外事故突防与处理。

2. 所有值班人员随时要将自己发现的、需要通过班主任解决的问题以图片或文字形式发至微信群，以便及时处理。遇到突发事件，第一时间汇报给值周领导！

3. 手机 24 小时开机，不得以任何借口不接电话。

他倒觉得不过分，全员参与管理的模式下，所有人按需分配无可厚非，毕竟几千人的学校不是管理层十几个人能监管到位的，而且所有同事尤其是老同事们也在坚持，自己更不能懈怠。尽管在时间以分秒计算的情况下，他和其他同事一样，戒除了多年吃早餐的习惯。但还是累，太累了！即使机器也有磨损时，何况有血有肉的人？长年累月，日日如此，一种说不上来的疲倦弥漫开来，这就是我想要的生活？这就是我的理想？越是追问，他的逃离感就越强烈。

其实，最大的压力倒不都来自忙碌，而是一种压抑的氛围。全社会对教育的关注前无来者，安全是红线，一点火星都会引发一座火山爆发。学校背负沉重的压力，只能时时处处强调教育无大事，事事是大事。千万不敢松懈，千万不能出事。成绩就是标准，成绩就是效益。学会自我保护，学会自我解压。教师队伍像一个庞大的骆驼群，忍辱负重且战战兢兢走着，除了哀叹外，别无选择。学生呢？没有任何话语权的他们，从幼儿园起，就进入一个严苛漫长的竞争机制，除遵从各种规则、接受评价机制外，又有什么办法？

夫子却没有过多抱怨，也没有过多失落，只是日日见老。身体更瘦了，头发更白了，脚步更蹒跚了，视力也大不如前，但他还是每天早早到校，写教案，改作业，练书法，一副甘之如饴的样子。

这个怎么样？课间，他拿起自己的习字作品，笑嘻嘻地问。

同事们手里干着活，嘴也不闲着。夫子，没看都忙着啊？写的啥？读来听听。

岁岁忙育人，光阴渐渐无。风雨润桃李，杏坛度春秋。他摇头晃脑地大声读，满脸陶醉。

没意境，没诗味，老王故意调侃。

他赶紧拿起另外一张，不戚戚于贫贱，不汲汲于富贵。这个呢？

这个还凑合。不过在书法上，革命尚未成功，同志还须努力啊。

他得意扬扬地甩了甩手，又从桌上拿出一副密密麻麻的小字。见宋娟娟急匆匆跑进来，就说，娟娟，你来给大家念念。

宋娟娟看了一眼，吐了吐舌头，方老师，您饶了我吧，我哪会认得这些呢？

刘禹锡你知道吗？就是写《陋室铭》的那个人。这是我抄录他的一段话："或问曰：曷为天下善？曰：师。……先觉觉后觉，暗者求于明，而师道立矣；师道立，则善人多"。意思是，如果一名教师自己都没有"觉"没有"明"，那么师道又如何得以确立呢？学高为师，身正示范，为师者所有的言行都是言传身教。哎，现在你们这些年轻人不读书不练字，不注重提升个人专业素养，也没有自我发展意识，这可不行啊。

娟娟脸红了，吐了吐舌头，悄悄坐下改作业。

老王忍不住了，夫子，快别说这些年轻人了，一天到晚忙忙碌碌，一分钟都不得闲，所有精力都放在写计划、填表格、应付检查、完善档案等杂事上了，连钻研教材的时间都没有，哪来的时间精力去读书写字呢？

孔老夫子把人分为四种：生而知之、学而知之、困而勉学、困而不学，我看年轻人都成第四个了。没有热爱就没有激情，没有激情就不会投入，不投入又怎么有情怀嘛？

你这老家伙，自己不食人间烟火，还要人家年轻人都和你一样？别天天讲你的那些大道理了，还教育情怀，你看看咱的年轻人从早到晚多辛苦，跑得滚蛋蛋，又有多少收益？和同龄人相比，和人家的悠闲相比，他们已经够委屈的了，完全称得上是奉献了，还要他们怎么做？要知道工作和生活是相辅相成的，工作的目的是为了更好地生活。没有好的生活，哪来的工作动力？而且咱们可不是在培养教育家，而是在驯养一批批牧羊人。把学生当羊一样圈养，把教师当羊倌一样管理，哪里来的情怀呢？

他被毫不留情地呛了一顿，顿时蔫了，坐下来自言自语道。黄宗羲在《续师说》里，对为师者做了具体的要求。师道之不兴，世人不尊师，我们也应该反省一下。你承认不承认，年轻一代已没有咱们当年投身教育时的那股热情了，也找不到职业带来的自豪感、归属感了。这样是不好的……

人们都笑，老毛病又犯了。

王铮抬头，看着那个年老的、消瘦的、黯然神伤的背影，湮没在一堆作业中，心里一阵疼。

5

悠扬的钟声又响了起来，王铮迷茫地看看四周，一片明晃晃的东西跃入眼帘。这是哪儿啊？才发现不知不觉来到了停车场。都说老马识途，看来习惯真是成自然，天天走这段路，到了时间点，双脚就会带着身体回到老地方。

他看了看表，五点二十。阳光虽依旧明亮，却减了些许温暖。斜坡上，草色如水，苍翠四散。几棵叫不上名字的高大的树木，枝条柔嫩。重重叠叠的树叶，在微风里缓缓招手，煞是可爱。开门上车，系好安全带，点火给油。往哪里去呢？没有亲人可以倾诉，没有朋友可以交流，在一片不属于自己的土地上，家是最好的归处。

王铮边开车边理思绪。可是，情同父子的两个人，认识上的分歧，是在哪一件事上起头的？思想上的分裂，是从什么时候开始的？他明确记得，有两件事让自己痛下了决心。

一是情感婚姻。

大学里，王铮也谈过恋爱。那是河北的一个小师妹，娇小玲珑，善良可爱，双方志趣相投，按说是很好的一对，但对方家庭条件很好，唯一的要求是毕业后到女方所在的城市生活。职业嘛，当然不会是教师。他想了想，自己不可能抛下母亲，背弃誓言，去那么远的地方，就直截了当地说了情况。两个人理智地分了手，各为各的未来奔波去了。痛苦当然有，但像他这样的人早早就明白，这个世界上，有很多东西，自己根本没能力去享受。比起大学里的一段阳春白雪般的感情，生活远比现实复杂。

毕业后父亲去世了，母亲自由了，自己有工作了，经济条件也好了起来，虽然远远达不到小康，但母子俩已非常知足。母亲见人就笑，话也多了起来，心中唯一的牵挂就是儿子婚事。婚缘没到呢，慢慢来吧，亲戚问起她就这么回答。实际情况是介绍的也多可合心意的少，更多的是嫌自家穷还有个拖累。好在儿子一天到晚都忙忙碌碌，顾不上管这些。催急了，只说，放心吧，老妈，到时间给你领一个回来。

老师当然也操心，乐呵呵地牵线搭桥，可哪有那么容易呢？他优秀的弟子，当个班主任的弟子，哪里来的钱去满足女孩们过高的愿望，哪来的时间去陪伴人家呢？

时间一晃就是三年。

送走了第一批毕业生，王铮觉得轻松了一大截，被大人催促了无数次的婚事，也提上了日程。于是他遵从命令，开始在相亲的道路上跋涉。同学介绍的，同事介绍的，家人访来的，自己联系的，一个个女孩来到了面前，一个个又走了。不相不知道，一相吓一跳，王铮没想到在别人眼中教师是如此不堪：挣钱少，人又忙，压力又大还出不了头，办不了事，饿不死也饱不了的日子，多数姑娘都不愿过。

老师就有些心急。一次私人聚会上，喝了点酒的他居然给弟子说，实在不行，今天让你师母给你找点狗剩饭，吃了就好了。

狗剩饭？王铮睁大了眼睛。

就是狗吃剩下的饭菜嘛。听说找不上对象的男娃吃了，婚事容易成。

真的假的，还有这乡俗？在座的人都是第一次听说，非常好奇。

我当年找媳妇，说一个不成说两个走一双，年龄很大了还打光棍，可把家人愁死了。后来，我奶奶偷偷给我妈说，这娃娃婚硬（方言：难成婚），给点狗剩饭吃。一次我回到家，姐姐端来一大碗干捞面，上面西红柿炒鸡蛋盖了一大堆，可把我高兴坏了。那时农村没条件，家里攒的鸡蛋要么换了钱要么给老人吃，哪会让我吃呢？我高兴极了，二话没说，端起来就吃。姐姐又给了我一大碗，我也三下五除二吃完了，擦了嘴，一觉睡到大天亮。第二天早上去相亲，见的那人就是你师母，嘿嘿，没想到就成了。十几年过去了，文智文娟都大了，我姐姐才笑着说了实情。

王铮觉得真是天方夜谭，狗剩饭咋做的？

其实就是做熟了饭，让家里的大黑狗先吃一口，然后端回来再让人吃的嘛。

老王恍然大悟，我就说人家王静那么漂亮贤惠，怎么会看上你这个酸秀才？原来是天赐姻缘嘛。

老师笑得前仰后合，现在想来，纯属巧合。我嘛，三十好几了，一个臭老九，找不下个媳妇。王静呢？因为戴帽子的右派父亲，二十八九了也没个合适人。两人都觉得只要能过日子就是。见了面，她觉得我有工作，人也老实。我觉得她长得好性格又柔，就成了，没想到现在还越过越好啦。

人们就笑，自己都是吃了狗剩饭才找的媳妇，还给弟子传授经验，也不知道羞。

老师不好意思了，说，我也是心急嘛，就拿自己经历来说事。这法子在我这里挺奏效，就想让王铮也试试。

都什么年代了，谁还信这个？现在的女娃娃可现实了，都要找个有房子有车子有钱有闲的，宝马和自行车根本没法比嘛。

周末了，又要去相亲。他特意起个大早，收拾了半天，看着镜子里那个神采奕奕的小伙，哼着歌准备走。母亲跟前跟后的唠叨，不要眼头太高，差不多就行。只要人家愿意和你过日子，我咋样都可以。实在不行，你就说和我分开过的，年头节假看看就行。王铮嘴上没说啥，心里可一点儿不认同。

对方是个高个儿的胖姑娘，一笑脸上两个小酒窝，看起来蛮可爱，说话也干脆利索，快言快语。两人天上地上谈了一会儿，感觉都不错，就相约下次继续。王铮兴冲冲地回了家。晚上，当两人在微信上进一步联络感情时，对方的一句话却让他耿耿于怀。她说，我妈说本来不想和当教师的人结亲，没钱没本事还清高，吝啬小气还咬文嚼字，可看了你照片，问了些情况，觉得咱俩还有可能，就同意继续交往了。

王铮脸都青了，觉得脚底一股寒气往上冲，都二〇一九年了，还有这样的人这样的思想，简直不可理喻。他想了想，既然对方父母如此介意自己的职业，没见过面就矮了几分，那以后怎么相处？再加上柴米油盐酱醋茶的，估计又是一场空，随即摆出了各种困难，自己没房没车也没钱，还带着个六十多岁的老妈，说声对不起后，就删了对方的联系方式。

再后来，他就拒绝参加各种形式的相亲。每每别人问起，要么避而不谈要么说说笑笑，一副没心没肺的样子。母亲和老师当然站在同一条战线上，不但谆谆教诲而且各种利弊分析。自尊心受到严重伤害后的王铮内心很悲凉，嘴上不说什么，行为上就消极抵抗。他想，难道自己也要和几十年前的老师一样，吃了狗剩饭才能成个家？而且那完全是巧合的结果，根本不能当作范本。自己不缺胳膊不缺腿的，人也算英俊，让人家这样左右挑剔，凭什么？所以一有时间，他就躲在书堆里读书。多年的经历，他记得最牢的一句话是：

唯有读书不误人。

二是评优选先。

学校也是个小社会，更是个小江湖。教师与管理者、教师和教师、学生和教师、学生和学生，各种矛盾汇集在一起，纷纷扰扰，远非一片净土。在这个行业待的时间越长，他越明白了一些事，也有了自己的见解和看法。那个阶段，从积极到消极，从满腔热情到冷漠懈怠，他对老师的崇拜越来越少，对职业理想的坚守也越来越淡，也没有具体到哪件事上，但两人的看法有了较大分歧。

某天，疲惫不堪的王铮刚到家就接到主任电话，说到单位来一趟，有要事。他抛下饭碗就跑，打车到学校后，飞奔到教科室。

教科室主任坐在电脑边，抬起头，慢悠悠地说，你把这个材料送到打印室，给咱打印二十份。

原以为是天大的事，现在看来一个电话就能完成，他颤抖着接过材料的那一刻，真想爆粗口，把纸摔到那个油腻的中年男人脸上。

第二天，他气愤地把这件事告诉给同事，想不通明明一个电话就可以解决的事，为啥就要自己专门跑一趟。

大家沉吟了半天，才发表看法。老王说，管理阶层行政化，是学校管理的最大弊端。一些领导自己不带课，却天天对一线教师指指点点，摆出一副高人一等或啥都知道的样子，大会小会说得头头是道。

陈老师一向观察细微，也说，你看看咱们教师开个例会都不敢从行政处穿过，大家宁愿从三楼一楼走，连走路都躲着，这是衙门吗？谁给他们居高临下的权力？谁给他们高人一等的底气？教育部门天天嚷去行政化，我看官衙色彩、“官本位”思想越来越严重了。咱这么大点学校，大大小小官员那么多，说出去也不怕人笑话。

老师坐了半天，长叹一声，安抚弟子。别生气了，权当是个笑话吧。古人云丈夫贵不挠，成败何足论。你是年轻人，不给你摆威风给谁摆？可是，哪里都有不公平的，各行业也有各行业的利弊，水至清则无鱼嘛，要学会适应。君不见长松卧壑因风霜，时来屹立扶是堂。

王铮忽地站了起来，脸红脖子粗地嚷，凭什么他就可以这么做？为什么大家都要忍着？您天天讲的师道尊严、教育情怀，我一点儿都没看见，只看见了不公平不公正，看见了把人不当人。这份职业，让我难过！让我屈辱！

老师涨红了脸，没看他也没再说一句话，只是低头继续批改作文。

王铮望着那颗花白的头颅，皱巴巴的脸，心里很难过。这么多年，当着别人面公开反驳他，连自己也没想到。办公室里，人们偷偷看着他俩，都不说话，只听见楼道里学生的欢闹声一波又一波。

6

车子在细长的公路上行驶。王铮手扶方向盘，往窗外望去。路边，几个骑行的人一身彩衣，像串花蝴蝶翩然而过。草地上，野餐的人围坐成圆圈，摆好了的食物，花花绿绿很好看。躺在树底下看书的姑娘，金发长长，黄裙飘飘。夕阳如浓重的油彩，涂抹出一幅宁静美好的人间胜景。他踩了一脚油门，小车如骏马，奔往不远处的家。

愉快舒畅的心情一闪而过，转瞬，他就想起了老师的那句话：只享受人生欢乐而不去承担的人，其实就是一种自私。

又到了评职称时节，当消息发到教师手机上时，人们自然议论纷纷。

虽然工作已满三十年，再过几年就退休了，但老师还是初级职称，是这所学校唯一一个职称最低却带着高中课的人。拿他的贡献去衡量，不敢说桃李满天下至少也是半城乡，论年龄资历德能勤绩，早都应该评上高级了，可是没有论文没有证书没有评优选先的材料，职称的事就被一些所谓的文件一再耽搁。到了后来，一任任校长换来换去，各种经历资格一茬茬推倒重来，就更排不上队了。当然，人家也有说头，口碑不是硬件，成绩也不是资格，没材料没证书，谁能证明他书教得好呢？怎么办？只能先停着了。这样一年年推迟，年迈的老师至今还是初级职称。

大家都替他着急，他呢？乐呵呵一笑说，无所谓的，给我个高级也行，不给了也说得过去。从古到今，一代代圣人名师，哪来的什么高级不高级？古人对老师的称谓有两种，一种是师，一种是先生。师和先生是完全不同的两个境界。我呢？就是个普普通通的教书先生，还远远没达到师的境界，所以初级高级的有什么关系？只要能继续站讲台，我也知足啦。说实话，现在工资够花了，再多也是受之有愧。当老师的只要胸中有情怀，心中有诗意，眼中有远方，那么再平凡的日子也能过得如诗如画。

师母听说了，气得在家高声骂，说的那是屁话，没钱我拿什么买吃买喝？没钱你用啥去诗情画意？

王铮则认为评高级拿高工资是最基本的目标，也是给自己职业生涯的一个交代，更是对兢兢业业工作了一生的肯定总结。师生在这个问题上争论了无数次，谁也没说服谁。后来，连被老师请来支援自己的老王，都对王铮说，你老师这人，就是厕所里的石头——又臭又硬。一辈子只活在自己的小天地里，活在那些古书中，就像个傻子。你不用管了。

一个阶段，学校推行打分制，即学生给老师打分，实行末位淘汰制。即把评价的主动权交给学生，监督教师的教育教学过程，这本来无可厚非，但也存在弊端，那就是老师更不敢管学生了。年轻的、灵活的、擅长和学生打成一片的教师，甚至刻意去维护师生关系讨好学生，分数自然就高。而那些兢兢业业、认真负责、天天和学生“过不去”的教师分数反而低。特别是一辈子就知道个教书、受师传亲授影响特别深的老教师，干工作最认真，得分却最低。人都说医生越老越吃香，教师越老越窝囊，还真是。形成鲜明对比后，学校就在大会小会上点名，虽然不是直接批评，但分数本身就是一种通报。

夫子老了，说话做事还古人云的那套，现在的学生又怎么能喜欢呢？而且他过于认真，总是讲一些不合时宜的道理，总是为一个标点符号和学生斗气，分数就更低了。大家都觉得愤愤不平，他却没受一点儿影响，依旧认认真真做着自己本职工作。

单位就像个大家庭，人多了，啥人都有。多数同事都恪守职责爱岗敬业，讲纪律守规矩，但也有不少让人看不惯的人和事。有的同事上课不好好讲私下里给学生补课，赚取高额的补课费。也有同事专拣家境好的学生开小灶，为了有事能让家长帮忙。还有些同事，总会为一点利益就翻脸。表演型的、打小报告的、专门告状的、惹是生非的、闲着找碴的越来越多，总之，一个被别人认为是净土的世界，和红尘世俗也没有多大差别。存在的就是合理的。金钱至上的时代，人人都要活着，而且有钱有权就能活得更好，这是亘古不变的真理。

夫子听见看见，总要长叹几声，说古代的束脩都是学生自愿送的，哪有老师向家长索要的呢？世风日下啊，人心不古。孔子当年规定拜师礼也只是十条腊肉，所以才会有那么多出身寒门的穷弟子。拜师送礼是应该的，但过重过轻都有失师道，当老师的就应该安贫乐道、有教无类的啊，可现在谁还愿意听这些古话呢？

王铮装作什么也听不见，不再反驳也不争辩，只是默默地背英语单词。

导火索是另一件事。

时间真快啊，一晃就是六年，也就是两届学生。当过高中老师的人都知道，高考结束第一周是最清闲的一段时间。成绩出来后，就会被各种事务缠得脱不开身。王铮本和同学约好一起去成都，还没出发，就接到办公室电话，说让他去填写一张优秀表格。

这真是天大的好消息。对他来说，这是单位对自己几年来工作的认可和肯定，更是一种鞭策和动力。无数个清晨，无数个夜晚，自己的每一点付出，学生的每一点成长，那么多的辛苦操劳，还有很多不能言说的心酸，均在这一刻烟消云散。

当他兴冲冲领了表格往出走时，却遇到了和他一同进校却没上过几天班的同学魏翔云。他手里也拿着一张先进表格，哼着歌正往外走，没等他张口，这个“官二代”就神秘兮兮凑过来，压低声音问，咦，你找了谁？

王铮莫名其妙，没顾上说话，秃头胖脸的人继续说，今年咱这个先进含金量可高呢，听说拿上证书就有保送教育专业研究生的资格，我老爹找了铁关系才弄到手的，你找的谁？

谁也没找，单位给的啊，王铮坦然回答。

他知道大学期间，这外号“夜游神”的同学就很少上课，从不学习，几乎打了整整四年游戏，可人们都知道他家里有几套房子几辆豪车，有个能量极大的老子，所以还有女生为追他大打出手。一毕业，人家就在学校挂了个虚名，拿着工资占着指标却不来上班。据说开了家汽车公司，是钱哗哗往口袋流的主儿。

瞧你那满脸清纯的样子，别装啦。没找人，就凭你，能拿上这个先进？虚伪。魏翔云满脸的不屑。

王铮气不打一处来，顿时火冒三丈，你也别装，不是找人，就凭你，能拿上这个先进？要不是有你老子的话，你还能站在这里说风凉话？有本事也去讲台上站一下，给学生讲一节课？

魏翔云愣住了，没料到这个从来都沉默不语的人会如此怼自己。同学几年，他只记得学霸王铮是个腼腆人，几乎不高声说话。

两个年轻人面对面站在楼道里，互相看着对方，不知道接下来怎么收场。尴尬场面维持了几分钟，王铮转头走时，胖同学还瞪大眼睛一动不动。

开学不久，王铮就递了辞职书，尽管没有说世界那么大，我想去看看之类的话，但引起的轰动也不亚于一场地震。

当他拿到一所知名大学研究生院的录取通知书到老师家里告别时，扬眉吐气地说，老师，我考上了，我要出去读书了！

老师盯着他眼睛，王铮啊，你再考虑考虑，就没有一点回旋余地了？

没有，我也不想有。我不像您，对教育有感情有情怀。我只想换个环境，多读点书，多赚点钱，过个差不多的日子，受人尊重的日子。

其实，现在中小学教师地位越来越高了，也越来越受人尊重了，而且国家也在大力提倡尊师重教，以后会越来越好的。王铮，考虑问题要往大处想，做事要有大局意识，谁都不愿意当中小学教师，我们的后代怎么办？人人只想着去赚钱，我们这个国家民族，希望又在哪里呢？你要是有担当的话，也不会太在意个人得失的。

这么大的国家，成千上万的人，又不缺我一个？教书育人是您的终身愿望，又不是我的？您也不要道德绑架，我还年轻，还能走出去，凭个人能力走得更远飞得更高，我为啥不走？

你再想想，王铮，你再想想可以吗？

望着近似哀求自己的老师，他狠了狠心，毫不留情地说，老师，您别逼我。我不想当老师了，我要转行。

师母闻声赶过来，劝道，人往高处走水往低处流，你能走就走，走得远远的，待在这里，白糟蹋你了。

他站了一会儿，转身走时，就听见老师高声说，只愿意享受而不去承担的人，其实就是一种自私。他是个自私的人！

7

天空一片深红，夕阳把门前的花园栅栏染成了蔷薇色。一幢三层的淡黄色小楼伫立在草地上，沐浴在金色下。望见它，王铮不由眼眶潮湿，奋斗了半辈子，终于安顿了下来，有了这个家。

车子熄了火，他却没立刻下车，而是放低座位躺了下来。他知道自己此刻需要一个安静的空间，想清楚一些事。

那段时间，忙忙碌碌的他很少去老师家。一是怕老师劝说，两个人又会不愉快。二是自己正忙活很多事。得和学校交涉。得把母亲安顿好。得处理了农村老院子和土地。得整理出租屋里的东西。得和同学同事告别。他像只陀螺，不停地转。

开学了，准备去北京了，他才去告别。温柔美丽的师母还和从前一样，包了饺子，还亲切地说，出门饺子回家面，吃了一切都会顺顺利利的。

师母，您有空多照顾照顾我妈。她一个人在这里，我真不放心。他说着，眼泪下来了。

师母安慰道，放心吧，你妈妈那里有我们呢。你是个有出息的娃娃，不要想太多。

我老师……

不要管了，他连自己亲生的都管不住，凭啥要管住你？一个人有一个人的活法，一代人有一代人的想法，你想怎么样就去做。他这一辈子钻在古书堆里不出来，还想让别人都跟他一样？师母的话总是开心钥匙，让人心里舒服了很多。

晚自习，王铮追到了学校，见了夫子面，准备了好多的话，一时却不知道如何开口。

夫子站在楼道里，生气地说，学校那么器重你，把两个高三文科班都给了你，你就忍心抛下这么多娃娃自己走了？

王铮尽量赔着小心，您别这样。我有自己的想法追求，也有自己的思考判断。如果一切都不能和我的付出相对等，我为什么要困在三尺讲台上一辈子呢？如果不能体现出价值，我待在这没多大用处的岗位又有什么意义？

王铮啊王铮，我不是强求，只是觉得可惜。人的价值是不能拿有用无用来衡量的啊，生命的意义也不是只有名和利。为什么你总是拿这个标准去衡量自己呢？为什么不说点职业操守奉献精神呢？

老师，咱再不要争论这个话题了好不好？我已决定了的事，谁也无法改变。

你呀……一个当教师的，不仅仅肩负着授业解惑的使命，还肩负着“时而化之，德而成之，材而达之”的责任啊。

我不是不喜欢教师这个职业，实在是被一些事伤透了心，也看怕了。我做事踏实认真，又勤奋上进，凭什么不能赚更多的钱，不能追求成功？

什么是成功你都没搞清楚，谈什么追求成功？什么是幸福你也不知道，还说追求理想？如果人生意义只能拿金钱来衡量的话，给你个金库你就幸福了吗？王铮，做任何事都一样，都需要一种情怀的，职业精神是每个人都不可缺失的。难道你的奋斗目标只剩下了钱？别给自己的自私和退缩找借口了，像你这样的逃兵，就是给座金山银山能守得住吗？

夫子越说声音越大。

王铮一句话都没说，只是弯下腰深深鞠了个躬，转身就走。他知道自己一张口准会吵。他不想在分别时，还和这个父亲般的老人再争论一些毫无意义的东西。

时间光速般掠过，研究生一毕业，他就获得了保博的机会，接着是博士后，接着就出了国。

母亲在他读博的第二年时，被一辆三轮车撞倒后再也没醒过来。他肝肠寸断却冷静地处理了后事，踏上了远行的列车，从此，也剪断了和故乡的丝丝缕缕。

8

爸爸爸爸，苏珊娜的声音惊醒了王铮，他看见女儿从屋里跳了出来，手里拿着一张纸。

快来看我今天的学习内容。我们老师说这叫剪纸，是从遥远的中国传来的，我马上说那是我爸爸的故乡，朋友们都很羡慕呢。

爸爸的故乡？那也是你的故乡啊。王铮笑着摇摇头，抱起了她。

苏珊娜手中的白纸上贴着一颗绿油油的白菜，传神的图案，镂空的线条，熟悉的色彩，他眼睛湿润了，小时候母亲常常剪这个。

它也叫窗花，过春节时我们就把它贴在窗户上。

为什么要贴在窗户上呢？

因为要庆祝新年啊。在咱们老家，过年时还要贴红红的对联，挂圆圆的灯笼。小朋友们都要穿上新衣服，等着要压岁钱。

爸爸，新年不是圣诞节吗？我喜欢圣诞节，可以吃很多好吃的，还可以得到许多礼物。

妻子微笑着走过来，现在别说太多了，长大了她会慢慢明白的。

王铮皱皱眉，就怕她越长大越不明白了呢。亲爱的，今天感觉怎么样？

妻子回答说不错，就靠在他身上。他望着眼前一大一小两张酷似的脸，笑着把她们揽在怀里，这就是他生命的全部啊。

吃了晚饭，做完家务，安抚好妻子女儿，他走进了书房。

满满当当的书架上，全是大气典雅装帧精美的精装书。他跪下来，从最底层抽出一本《古文观止》。这是自己从国内带过来的唯一的一本书，是高一时夫子送给他的。

书已很旧了，拙朴的封面侵染上了岁月的痕迹。翻开第一页，老师遒劲有力的钢笔字依然清晰：勤能补拙，静能生慧。赠王铮。

值得回忆的事都是生活中的诗行，他忘记了谁的名言，但觉得恰合此时的心境。摩挲着书本，往事在眼前一幕幕闪过。岁月何曾饶过谁，一转眼几十年过去了，自己这前半生到底做了些什么？成功了吗？快乐吗？幸福吗？有意义吗？答案当然都是肯定的，但似乎又有诸多缺憾。

他翻到中间，拿出一个牛皮纸信封，抽出一沓暗黄色的宣纸，慢慢翻开。久违了的淡淡的墨汁味慢慢包围了他，唤醒着异乡人。

王铮：

展信快乐！

知道你要出国，为师既欣慰又难过。欣慰的是你一步步努力向前，终于完成了自己心愿；难过的是你要远离故土，踏上异国土地，成为别人家的一员。

我们之间曾经有些不愉快，特别是在你的职业选择上。其实，我不是强求，只是觉得非常可惜。你要知道，不是任何人都可以成为一名优秀的教师，也不是每个教师都可以成为有思想的教育家，它需要诸多因素，包括天资，而你是有这些条件的。

我说过，能不能成为一个好教师，关键在于有没有职业操守，有没有奉献精神，可惜现在绝大多数教师只说辛酸辛苦，只说无奈无助，而将师道尊严简单地理解为全社会必须尊重教师重视教育。可是，“道之所存，师之所存”，不能因为我们的身份是教师，社会就应该无条件地给予尊重。重要的是，我们身上有没有这种“道”，这个“道”有没有人去坚守？我们值不值得尊重？

一个教师，怎么能对自己的职业没有敬畏之心呢？这种敬畏心，不仅仅是对职业的敬畏，对责任的敬畏，更是对精神的、生命的敬畏。教育这个职业，也不应该只是一个饭碗或一张工资单，而应是一种内心的召唤，是矢志不渝和正直勇敢，是全力以赴和无私奉献……

如果每个为师者都能恪守职业道德，少一点浮躁，多一点实在；少一点自傲，多一点进取；少一点偏见，多一点公正；少一点享乐，多一点磨炼；少一点功利，多一点敬业；少一点势利，多一点奉献，那么我们恪守的师道，我们为师的尊严，就能时时处处受人敬重，就能一代一代传承下去。我们每个人，也就有了奋勇前行的动力。仔细想想，自古以来，又有哪个行业不是这样的呢？真正投身于某种事业的人，都是在常人无法想象的艰苦中坚守出来的。

王铮，人活在世上追求的最高境界不应该只是成功，而应是幸福。一个人的幸福感是金钱带不来，也是权力无法满足的。人只有在实现愿望的过程中，才会得到一种称之为幸福的东西。

你记着，快乐远比名利重要，幸福远比成功重要。

祝快乐幸福！

方灵辉

1999年9月9日

当年，读完这封信，他气得眼泪都出来了，一种所有努力都不被承认的愤慨，一种多么上进都不被认可的委屈，让他差点撕了它。但最终，他还是小心翼翼地夹在了字典中，怀着复杂的心情，带到了国外。

快乐远比名利重要，幸福远比成功重要？！现在自己得到了需要的，算得上成功了，可是，这是真正的快乐幸福吗？

昏黄的灯光下，厚厚的书本，发黄的纸张，潇洒的小楷，无言地陪伴着这个内心彷徨的中年男人。窗外，掠过树梢的风，一声声敲打着寂寞而悠长的暗夜。

9

当王铮提着行李箱，走出咸阳机场的第一出口时，就看见白白胖胖的班长封瑞和黑黝黝的老板常磊笑眯眯迎上来。

常磊走过来，捶了他一拳，嗨，你这洋鬼子，还是老样子。

班长连声说，回来就好，回来就好。

王铮忙问，夫子怎么样了？

班长欣慰地说，胃癌，切除了一部分，精气神还可以，就是人瘦了许多。他这一辈子单纯执着，做了那么多的好事，一定会活一百岁的。

王铮点点头，紧紧握住班长的手。

路上，常磊絮絮叨叨，把夫子这些年的情况说了一遍。退休后，除了资助了几十个偏远山区的学生以外，他还给附近一个乡村教学点的娃娃代课，天天早出晚归，人也日渐消瘦。去医院检查时，已是胃癌，好在是早期，手术也很成功。他倒坦然，只说放心不下那些小学生。

常磊揶揄道，洋鬼子啊，在心底，夫子可是真把你当亲儿子亲弟子的。他还是偏爱你啊，嘴上虽然不说，心里可惦念呢。听说你要回来了，人都精神起来了。

班长紧握方向盘，也说，其实你走后很长一段时间，他都缓不过神来，天天叹息一个好苗子走了，很遗憾。又说儿子性格太内向，不适合和学生打交道。女儿成绩不是很好，没能考上师范大学，去了社区做服务工作。后来教育局有选调特岗教师的机会，他却不同意女儿去，还说误人子弟相当于图财害命！为此女儿和他关系很僵，这次病了才有所缓和。

王铮没说一句话，望着窗外熟悉又陌生的景色，听着两个老同学的一言一语。

常磊感慨万千，不过老师这一生，咋说呢？说有钱嘛，没多少；说有权嘛，更没有；可就是身上就有种东西让人可敬可佩。你光看他手术时来的人就知道了，好家伙，密密麻麻好几百，连主治医生都问他是什么重要人物呢。

班长笑了，他就是个普通教师，但是个纯粹的人，脱离了低级趣味的人，真正做到了教书育人的人。都是他的学生，咱咋就没学上一点儿呢？

哎，还真是一点儿也没学上啊。就说我这半辈子，倒是赚了点钱，可有什么用呢？什么时候我都是跟在别人后面买单的人，都是给别人送这送那的人。其实我自己也清楚，除了钱，谁也不会把咱放在眼里。不像你啊，有权力就有底气，谁都得巴结着。

我嘛，也有自知之明，一个小小的官僚而已。一个副处等得头发都白了，终于熬到了头，也觉得没多大意思。

常磊也笑着，说实话，咱俩都一般般，混口饭吃罢了。不像王铮，读了那么多书，走得那么远，也算是真正的成功人士了，难怪夫子如此偏爱。

王峥羞愧得低下了头，急忙解释说，我也是在别人土地上勉强混口饭吃。除吃饱穿暖之外，现在心里也没着没落，空荡荡的。最近我一直在想，我们这些人一辈子追来追去，到底追了个啥？总是对工作生活不满意，对金钱地位要得更多，可得到了又能怎么样呢？还不是一碗饭一张床的需求，问题是我们病了老了甚至死了，除了我们的亲人，有没有更多的人惦念？有没有人口口相传我们平凡人生中的许多故事？有没有人把我们当作精神标杆去仰望？我们又给子孙后代会留下什么呢？

常磊点点头，是啊，看看夫子，他的同事、亲人为他自豪，他的学生弟子以他为傲。说实话，王峥，你后悔过吗？

后悔过，而且现在更后悔。异国他乡即使是天堂，也是别人的。金钱名利再多，也不过一场虚幻。真正属于我的东西，被我丢弃了。如果我当年不走，就当个普普通通的教师，现在不也是桃李芬芳春色满园了？可惜……

10

白色的房间，白色的墙壁，白色的床单，淡蓝色条纹的病号服里裹着一个干瘦的老人。夫子躺在那里，消瘦而矍铄，时间仿佛在他身上停滞了一样，除瘦了一些外，没留下多少痕迹。

病床前，围满了人。曾经的，现在的；中年的，年轻的；一个个学生们围在他周围，更像是一次其乐融融的聚会。

常云说，老师，您记着吗？有一次，我们写作文，您看书。您看着看着就笑了起来，然后自得其乐地说，孟子曰君子有三乐，而王天下者不与存焉。父母俱在，兄弟无故，一乐也；仰不愧于天，俯不怍于人，二乐也；得天下英才而教育之，三乐也。君子有三乐，而王天下者不与存焉。我现在是三乐有两乐，想想都幸福啊。我们在下面看着您自言自语的样子，都偷偷笑。

李娟娟接着话头，对呀对呀。您还给我们抄教育家夏丏尊先生的话：教育之没有情感，没有爱，如同池塘没有水一样。没有水，就不能称其为池塘，没有爱就没有教育。

病床上的老人，幸福地点着头。

褚顺义笑着说，老师，我还记得您让我们背苏轼的《定风波》：

莫听穿林打叶声，何妨吟啸且徐行。竹杖芒鞋轻胜马，谁怕，一蓑烟雨任平生。料峭春风吹酒醒，微冷，山头斜照却相迎。回首向来萧瑟处，归去，也无风雨也无晴。

还有一首，我也记得清清楚楚。王铮泪眼婆娑，边大声诵读边走了过去。病床上的老人把头转向了他，颤抖着伸出了双手……

过去和现在凋谢了，

充实过它们，清空了它们，

我即将开始充实我的下一个未来。

陈老师，您说得对，教育是需要一代代薪火传承的浩大工程，是需要一辈辈投身其中去坚守的事业。反观现在，我们缺的不是楼房，而是文化与技术；缺的不是理念，而是行为与操作；缺的不是水平，而是责任和精神。教育的希望，也在于教师良心的回归、精神家园的重建。

给您汇报一下，目前我已回到了国内，在深圳一所中学教书。妻子教英语，我教中文，女儿呢？在自己的国家上，汉语说得更流利了，汉字写得更方正了，人也比以前更健康快乐了。

而我的老师，那个不屈的战士，已从病床上站了起来，继续在自己的阵地上忙碌着坚守着。我们都很快乐！

此致

敬礼

您的学生　王铮

二〇一九年十月二十四日　霜降

打　分　记

姨夫好：

您身体还好吧？姨妈身体怎么样？

我还是老样子，每天认认真真工作，忙忙碌碌生活。不过性格改了不少，也没那么多焦虑了，安心了许多。

最近，我们推行了一项新举措，叫末位淘汰制，就是学生给老师打分。

通过这种做法调查学生对老师的工作情况，也是好事，但要把它作为下一年聘任的依据时，大家就都慌了神。听说满意率达到九十分以上的人，将被授予“最受学生欢迎的老师”；七十分以上的属于合格，继续聘用；而满意率低于六十分的人，将被领导约谈，被调岗或交换到偏远地区去任教。

可还没等被约谈，我的一位同事就出了事。

1

夜深了，薄雪像一床巨大轻软的毛毯，覆盖在山川荒原上，闪着寒冷的银光。

人们拿着手电筒火把，打开手机里的电灯，沿着山坡四散开来。张木兰，张木兰……声音在漆黑的冰雪的世界里，闷愣愣。

妈妈，你在哪儿啊？一个女孩声音尖厉高亢，割破了夜的寂静。

木兰，你快回来吧，不要吓我啊……一个男人声音嘶哑粗犷，在黑乎乎的林间飘荡。

到了半山腰，散开的人如一个个黑影，从岔路口会合在一起。没有人出声，人们脸上的神色就是结果。

不是有人见她上了山吗？就这么大点地方，能到哪里去呢？

微弱的光亮中，胖胖的校长紧张地问，稀疏的头发竖起来，像被山坡的积雪染白了一样。

有人摇摇头，三四个小时了，冻都冻坏了……大家不敢想，瞅着更高的山顶。

人们四下里看看，转身望着山下。

今儿立冬，天气尽职尽责，马上就来了一场小雪，寒冷占据了主阵地，夜晚就黑得更早。山下，星星点点的灯火勾勒出一座小城的轮廓。此时，家家灯火通明，屋里温暖如春，桌前的饭菜喷香，人人在享受团聚的快乐。但对山畔中学的人来说，这绝对是一个心急如焚的夜晚。

不行咱就报警吧？有人提议。

咋说呢？说咱老师因为打分想不开，出走了？

先缓一缓吧，再找找看，不然传出去……校长没说下去。

人们无语，但心如明镜。

提起打分，大家的气咕嘟嘟地往外冒。

都是这个末位淘汰制，害死人了，不然张老师也不会深夜上山。她要是有个三长两短，咱怎么给家属交代？有人大声说。

不远处的另一处山坡上，一束光慢慢逼近。

当老师的好好教书就行了，为啥要让学生打分？打分也正常，作为掌握教师教学情况的一种方式，也能说得过去，怎么现在又出来个末位淘汰？听说最后几名要交流到偏远的乡下去，这不是逼着老师讨好学生、弄虚作假吗？

真不公平。有些人天生情商高，学生喜欢，分数当然高。有些老师一天到晚板着个脸，再认真也不讨学生喜欢，分数就低。有些人上课不管学生，也不给自己惹麻烦。有些人对学生非常严厉，甚至还动过手。结果不认真的倒没事，认真的却成了最低分，这样的考核合理吗？咳咳……一个老教师激动地嚷，冷风逼得他直咳嗽。

初中生年龄小，有时会感情用事，把老师的认真负责看成和自己过不去，打分时就有偏颇。不是以前也有借机打击报复老师的例子吗？

校长愁眉苦脸看着脚下的积雪，听着众人的纷纷议论，不说一句话。

这方法用来促进教师提高教学水平，不能说不好。我们的执教水平能不能经受得住学生检验，能不能被学生认可也是关键，但往往事与愿违啊。咱们这样的乡村普通中学，学生普遍上进心不强，成绩差习惯差，凡事不会在自身找原因，还将责任全部推给学校和老师。我觉得这种考核缺乏科学性。

哎，这个方法要是推行开来，咱们这些老的先不说了，没有多大关系。年轻人呢？年轻教师们成长也需要时间啊，需要慢慢去磨炼，如果末位淘汰把他们都淘汰了怎么办？连工作机会都没有，又怎么能积累教学经验呢？显然这是不合理的嘛。

都是同一所学校的一线老师，都站着讲台，现在却要分为三六九等，谁还会安安心心去教书？如果教师都为了讨好学生去做违心的事，那教育变成了什么？咱这职业比较特殊，不像其他行业那样可以实行一刀切。不是天天讲素质教育吗，这就是素质教育的体现？

说实话，张老师那么认真的一个人，现在成了倒数第一，不怪她想不通，给我也闹情绪。下午我就说这个班的分数一定有问题，下班查了一下子，果然如此。不能给学生惯这个毛病，否则以后谁还敢管学生？大家都做个老好人就是。教师不愿说学生，也不管学生，哄着学生惯着学生，最后受害者是谁？政教主任炮筒子性格，却往往一语中的。

灯光闪烁，一步一步近了，校长忙迎上去，怎么样？

一个瘦瘦高高的男人气喘吁吁上前，一把揪住校长衣领，你们学校这是干啥呢？这么作践人啊。今天找不到我老婆，看我怎么去告你。

大家一窝蜂上前，劝的劝拉的拉，将冷冰冰的两人使劲掰开。

妈妈，我要妈妈啊……身边跟着的孩子，大声哭叫着，稚嫩的童声把人心都揪了起来。年级主任忙蹲下来，把孩子拉进怀里，低声哄劝。

小邱啊，你先别激动，听我说啊。不是学校要这么做，这是上级推行的新政策，我们也没办法啊。你生气也应该，可打打骂骂的不解决问题，咱们能不能先找人，找到人了再说可以吗？校长一点儿也不生气，低声劝慰着。

哎，你们……我也是急疯了啊。我家那位的性格你们知道的，老老实实，本本分分，一板一眼死钻牛角的人啊，干啥本来就认真，现在……我害怕出个大事咋办啊？张木兰的丈夫小邱，一下子松了劲，摊开双手，眼泪都出来了。

我们也不想这么做，但这是上面政策，不能违背，谁知道会出这样的事啊。我们都不要冲动，只要人回来，其他都好商量。校长急切地解释。

我要妈妈啊，我想妈妈……小常蹲下来，女儿扑进爸爸怀抱，爷俩放声大哭。

人们扭过头，不敢看他们。哎，分数分数，如今老师学生都被这梦魇般的东西控制着。学生谈分色变还可以理解，对普通教师来说，分数上不去不仅仅是对工作能力的否定，还是对职业良知的一种侮辱，更何况要被交流到偏远的乡村学校，搁谁都受不了。面对这种无理的结果，自尊腼腆的张老师，从知道自己是倒数第一的消息后，就走上了学校附近这座山，到现在也不见个人影。

天越发黑了，墨汁染了一般。雪在朔风的推动下，砸向硬邦邦的地面。万物渐渐沉睡，山下疏落的灯光，像海底的磷光一闪一闪。人们愁肠万端地望着那戴了白色围巾的山头，望着黑黝黝的山坡，压抑幻化成了恐惧的催化剂。

走，散开来继续找，一定要找到人。校长脱下大衣，带头往山上走去。

人们默默相跟，沿着弯曲的山间小路，自动分成两组，向上攀爬。

风大了起来，雪渣打在脸上，生疼生疼。两队人起初还看得见影子，后来就只能看见微弱的光亮，俶尔闪烁俶尔不见。

她到底在哪里呢？有没有听见同事的呼喊？有没有听到孩子的哭叫？当黑暗铺满哀愁，哪里有一簇照亮人心的火把？

2

寒风呼啸，带着冰雪的纯净扑过来，凛冽异常。堆积在沟洼里的雪飘飘扬扬，把万点银粉撒在黑漆漆的大地上。

张木兰坐在山顶背风处的一块大石头上，一动不动盯着眼前的雪地。荒凉硬实的土地，硬邦邦铺向远方。积雪在幽暗中发出的光泽，像悲伤者的泪光。

从上山到现在，她一直用这个姿势坐着，没有哭泣，没有悲伤，没有痛苦，甚至也没了知觉。她不知道自己身在何方，也不想知道。难得有这样的时候啊，一个孤家寡人，离群索居，在没有吵闹的天地中，在没有烦忧的时间段，忘记了所有，抛弃了所有，她觉得这才是自己想要的幸福。

是的。幸福。独处的幸福。没人打扰的幸福。什么也不干的幸福。卸下重担的幸福。她眯着眼，挪了挪冻僵了的腿，瞅着自己的脚。真感谢自己的这双脚啊，背负着疲惫的身体生活的重担，从年少到中年，从轻盈到沉重，从一个日子到另一个日子，走了多少路，见识了多少艰辛。

从参加工作起，二十多年过去了，除了节假日，每天六点半起床六点五十到校，中午十二点二十进门两点半到校，晚上六点十分进门七点半到校，一直到十一点二十，都被捆绑在单位，到家也十一点半了，还得检查孩子作业，签上家长名字。洗漱完毕最早也十一点五十了，十二点左右孩子进入梦乡，她还得忙碌，收拾好孩子的书包，洗了穿脏的校服，做好第二天的饭菜才能上床休息。几个小时后，新的一天很快到来。这样的日子不是一天两天一年两年，它像条河流，滔滔不绝，周而复始，望不到头。每个清晨，当闹铃响起，她就在心里祈祷，老天爷，让我一下子老了吧！老了就可以退休了，退休了就可以睡个懒觉了。

教书育人，从识字起她就有这样的愿望，而且从来没动摇过。她生活的时代，理想主义正如不可磨灭的火种，在每个青春的心底熊熊燃烧。尽管其他同学的理想都和家有关，科学家、工程师、数学家、作家、银行家等等，可她的梦里总是有一间洒满阳光的教室，一块漆黑光亮的黑板，一摞等待批改的作业，一群眼神明亮的孩子。

理想终于实现了，她快乐极了。日复一日的工作生活开始了，她深入其中又乐此不疲。领读单词、听写单词、放听力、讲语法、说句式、改卷子、改作文，时光在简单重复中一天天溜走，黛眉成华发，细腰变水缸，她觉得这就是自己想要的生活，这就是简单的幸福！她永远记得大学老师的一句话：一个人如果把职业理想放在首位，把所有心思放在学生身上，就会忘了自己。

上课下课，批改作业，和不爱学英语的学生斗智斗勇，也和不开窍的孩子找方法，就这样，过了二十年。人一辈子有几个二十年呢？何况还是风华正茂的二十年。

有时，她觉得很荒谬，像个嫁接在苹果树上的梨子，酸不酸甜不甜的，自己都觉得无聊。作为偏远山区的一名初中英语教师，她没去过任何一个说英语的国家，也不会踏上那耗费了自己半生精力心力的陌生国土，却要在熟悉的土地上给一代代人教着别人的语言，讲着别人的生活工作学习习惯，带领学生做一些自己都不喜欢的试题。教这些干什么，有什么用呢？除了少数继续深造的学生外，绝大多数人都只是为了应付中高考才学英语的。

提起英语，学生一律愁眉苦脸，不爱学，上课就是听天书；只听不说，哑巴状态，不出成绩；平时不学，考试就乱编；这样的尴尬状况，是每个乡村英语老师面临的窘境。我是中国人，学它有何用？几十年前，有个人就这么嚷过。当然，那是个荒唐的时代，说这话的人更可笑。如今，时代的列车飞速向前，外部世界瞬息万变，关起门来显然不可能，所以那些被试卷成绩包围了的中小学生，只能把不屑和无奈集中在英语科目上。英语是个愁，考试心发抖，她听见无数孩子这么抱怨。真像块鸡肋啊，食之无味弃之不敢，她知道不爱学英语的学生都会这么想。尤其是男生，一上英语课就睡觉，一说写作业就头疼，油盐不进，什么样的方法也不管用，因为他们根本就不感兴趣。

可中高考要考，还是和语文数学并列的主科，这就逼得所有人不得不天天竖起耳朵听李雷、韩梅梅纯正的英文对话，卷起舌头说怪异的醋熘英语，背着以后生活中很少用到的单词，做着只有考试时才有用的习题，一天一天，一年一年。

英语教师们的无奈就更多了，吃了很多苦受了很多累不说，挫败感极强。她的弟子，一百二十分的卷子能考个五六十分已非常不错了，最差的还考过几分。每次成绩出来，浪费时间精力年华的感觉一浪高过一浪。某年有个学生还考了个零分，她简直要崩溃了，但还是兢兢业业教着，踏踏实实领读着。即使学生不爱学，她也绝不会放弃一个。

有段时间，同事都戏谑自己是打不死的小强，她觉得太贴切了。可就是台机器，也需要充电修理的啊。怎么办呢？没办法。只能更加勤奋吃苦，更加认真执着。因材施教，循循善诱，圣人是如此教诲。敏而好学，不耻下问，可以为师矣，这是一种警示。每次懈怠无助想放弃的时候，她就如此鼓励自己，既然古人都说，那就更没有理由退缩了。

3

风呼呼刮起来，她伸了伸腿，单薄的身体在蜷缩中舒展了一些。望着漆黑天空中飞舞的雪花，放电影一样，她回想着这一天发生的事。

experience 经验，experience 体验，早自习她正领读单词，瘦小的教务干事推门走了进来，手里拿着一沓表格。

今天不上自习，你可以回去了，他满脸堆笑，却笑得不自然。

张木兰傻愣愣站着，半天没搞清意思，直到人家直戳戳地挥手，张老师，你回避一下，今天打分呢。她才明白过来，赶紧走了出来，生怕慢一点就会被误解为有其他想法似的。

同学们，今早是一个特殊的时刻，你们要将手中的笔拿起来，按表格上的要求，行使你的权利。注意在各科老师名字下，打上一个恰当的分数。平日里老师怎么做的，你们就根据他们的表现来打分。不要怕，有学校撑腰呢。对教师的认可和评价，是你们的权利，也是你们的职责。我希望大家一定要实事求是，要……

沿着长长的走廊，张木兰见早读的同事纷纷从自己的“阵地”上撤离，尴尬地互相看了看，就慢吞吞走向办公室。

办公室里静悄悄，气氛有点怪异。除了两位老教师泰然处之外，其他人说笑了几句后，就坐在座位上喝水批改作业。此时，对所有任课教师来说，也算是一个特殊的考场了。大家有点忐忑，有点担忧，有点期待，也有点无奈。

打分通常有两次，一次在期中考试后，一次在学期末。尽管学校三令五申学生的打分只作为考核成绩参考，只占百分之三十，但一线教师被学生反过来评价，而且还以分数形式，总觉得有点紧张。往年分数低的教师，会被教务主任约谈，但也只是提醒要认真负责，以便查漏补缺总结教训。即使分数最低的人被校长约谈，也没什么大碍。和蔼可亲的老校长，一向对教师们关爱有加，从不会多说什么，只是告诫加勉励罢了。可今年不一样，末位淘汰制可是来真的，听说最后几名要被调换到其他学校其他岗位上去的，人人嘴上说无所谓，其实非常有所谓。

下午四点多，成绩就公布出来了，全校几百个教师，张木兰倒数第一！

她预料到自己这次分数会低，但没想到会这么低。因为就在昨天晚自习，她还扇了一个学生一巴掌。

张木兰看到学校微信群里发出来的分数单，觉得梦游一般。她这样的人怎么会得倒数，而且还是倒数第一？她从来都是正数一二三的人啊。她擦了擦眼睛，浑身颤抖着，一遍遍划开手机里的图表，一遍遍点击自己的名字。没错，倒数第一的位置上，赫然印着自己的名字。四十一分，两个数字像两座大山横在眼前，她只觉得一种麻酥酥的东西从脚底往全身散开，眼前一阵发黑，有股咸咸的东西冒上来，她使劲咽了下去，仿佛又回到了第一次坐过山车时的情景。

那年夏天，她陪女儿去北京欢乐谷游玩。一向胆小的她，看着兴奋不已的女儿，脑子一热就坐上了“水晶神翼”（一种非常刺激的过山车）。当摇摇晃晃的过山车一路攀爬，向最顶层冲去，眼瞅着越来越小的人和越来越低的楼群，她就开始后悔。可随着车身不停地震动，耳边传来的阵阵尖叫声，一切都来不及了，她只好闭了双眼，拼命抓紧保险杠。黑暗中，身体一会向左一会向右，高高低低，大幅度摆动，有一阵甚至头顶向下脚在空中。心脏在胸腔里甩过来甩过去，热血涌上了脸颊，她紧紧闭了眼，死亡的恐惧挟裹住了全身。她在绝望中不停祈求，老天啊，快结束吧！可是，车速不但一点儿也没减反而更快。她不由大叫起来，声音混杂在一片惊叫声中，尖厉悲凄，像对死神的控诉。起初，她还能隐约听见尖叫声，后来便什么也听不到了……

当刺耳的音乐再次响起，当一片亮光出现在眼前，仿佛从地狱回到了人间，她手脚发软浑身发抖，躺在旁边的休息凳上呕吐不已。恐惧、恶心、难受、瞌睡、浑身无力，回家后缓了几个月才精神过来。这是把魂吓丢了啊，老妈一直唠叨。她发誓再也不碰那些刺激项目，可现在……

从教几十年，昨天她是第一次打学生，应该也是最后一次。令她没想到的是，今早就得到了报复。准确地说，就是这一巴掌，把她从正数第一扇成了倒数第一。

从办公室走出来，她就漫无目的地走，也不知道到哪里去。羞愧难当，委屈无助，对努力的否定，对奉献的质疑，让她悲愤异常。领导同事会怎么看，亲人朋友会怎么看，以后如何面对学生，自己给自己怎么交代，还有最重要的，生活格局被打乱的话，孩子怎么办？本来自己一天到晚忙忙碌碌，就很少管女儿，多是老公操心，但在身边和不在身边是两回事。

人，最难过的是自己，尤其是面子关心理关，谁也不能脱俗。

4

她打的这个学生，是从教生涯中见过的最顽劣的一个。

第一次见到伏文明，科任老师们就明白最头疼的学生来了。

这可不是盏省油的灯，有同事列举他的劣迹：父母离异后各自成了家，他跟着奶奶长大，毫无管束。打架斗殴、旷课上网、敲诈勒索、赌博抢劫等，简直是无法无天，无所不为。派出所都出出进进了几次，都因不够年龄，也无相关法律法规处罚，只能放了出来。

知道底细的人问。这学生可是个老油子啊，是被好几所中学开除了的，据说辍学了好长时间，怎么又到咱这里了呢？

年级主任也很无奈。没办法呀。他的户籍就在咱片区，控辍保学是硬任务，我们上门做了一周工作，人家才答应来学校的。大家尽量不要惹他，都忍着点啊，毕业了就好了。

面对这个身高一米七体重一百八左右、留着鸡冠头走路斜着身子的学生，她却没多愁。这么多年，和他相似的学生多了去，每一届都有几个，她都用自己的温柔耐心爱心诚心给转化了过来。不管怎么样，毕竟还是孩子，不过是花费更多的时间和精力罢了，她甚至满怀信心。可是，当这个肩宽背厚的学生一再挑战自己的底线时，她还是没忍住，扇了他一巴掌。

昨天晚自习，她照常走进教室开始查作业。到最后一排，见伏文明趴在课桌上，呼噜声响，涎水肆流，便过去捣了捣。他没理她，而是偏过头继续睡。其他学生转回身小心翼翼地看着。她本想不管，但想了想还是忍住气，站在旁边继续喊。

学生满脸涨红，站起来斜瞪着她说，你别管我了，我不爱学英语，已经放弃了。

她和颜悦色地说，不要着急，咱慢慢来。这么早就放弃，中考怎么办呢？

他气哼哼地说，反正我又考不上高中，也没想着考。拿了毕业证我就去打工，考零分也无所谓。

她还是温柔地劝说，你这个年龄，即使打工也没人要的呀。学不会咱慢慢来，不能动不动就说放弃。看你现在，上课睡觉还打呼噜，影响了别的同学，这样可不行。

他有些恼羞成怒，我就不想学，你把我能怎么样？

她看着这个虎背熊腰的弟子，脏兮兮的校服像个破麻袋捆着一堆赘肉，也生了气，你说你在学校白天睡觉晚上上网，这样有啥意思呢？

我就觉得没意思才睡觉的。说实话，我本来就不爱上学，可你们哭着喊着求着我来的。我一点儿都不爱学英语，可你天天逼我学这破玩意儿。我给我念书又不是给你念书，其他老师都不管，你管我做啥？

管你是我的职责，这是课堂啊，又不是菜市场？再说至少得尊重一下老师的劳动吧？

一个穷教师有啥尊重的？没有钱没有权，也办不了什么大事，凭什么要让我尊重？他呼哧呼哧坐下，继续趴在桌上了。

张木兰简直不敢相信自己的耳朵，你还是个初中生啊，咋就这么说话呢？

我就这么说了，咋了？你还打我不成？从小到大，就没有谁敢管我，你吃饱了撑的管老子来了。

她一下子火冒三丈，这可是课堂啊，你要睡觉就出去。

老子还偏不出去。学校又不是你家的，教室又不是你盖的，老子凭什么不能睡觉？知道吗？老子是未成年人，是受法律保护的。谅你这样的穷酸鬼也不敢把老子怎么样？他抬起头，斜睨着她，挑衅地问。

她挥手就是一巴掌。

所有人都愣住了，包括她自己。这么多年，无论多么生气，她都没动过学生一指头,今天这是怎么啦？是不是更年期了？她这样的人,怎么会打学生呢？

那孩子跳起来，恶狠狠地指着她说，你敢打老子？咱们等着瞧吧。

等着瞧的结果果然极其严重。

她知道，接下来自己就是大会小会被点名的那个人，就是一个个领导轮番上阵批评约谈的对象，末位淘汰的后果大家都知道。不管平时工作成绩，现在倒数第一就是铁定事实，谁也不能改变。

雪地中，她仿佛看见了两个自己。一个眉头紧皱，指着鼻子不停唠叨。都说了一定要学会自我保护，不要死钻牛角，你还不听。人家会做的人，在打分前几天就对学生格外好；有的人甚至会提前给班干部做工作。你倒好，打分前一天还严格要求，甚至还体罚学生，分数低了怪谁呢？怪自己去吧。再说你管个感恩的懂事的还行，可你偏偏打了个不省心的小混混。你知道他是什么人还动手？

另一个抬起头来据理力争，这学生也太不像话了！故意捣乱不说，还侮辱教师人格。这是在学校，是在课堂上啊。师道尊严是古人立的规矩。现在为了能得高分，教师难道连尊严都不要了？教不严，师之惰；爱之深，责之切。面对顽劣的学生，谁都不敢管，谁见了都躲着走，这才是真正的不负责任。

你就是能不够啊！现在分数出来了，倒数第一，你不羞我还羞呢。天天起早贪黑没黑没明的，天天说自己敬业爱岗兢兢业业，学生打分却最低，你这不是白干了吗？你的一个同学，只是较严厉地指出了学生的小毛病，家长就到学校来哭骂，甚至扬言把她告到教育局，让她丢了饭碗。湖南一位老师因为惩罚迟到的学生，被家长直接关进了派出所；安徽一位老师因惩罚打架斗殴的学生，被要求道歉赔偿；山东一位老师因在课堂上用书拍了说话的学生，还被拘留5天……现在教师人人都被迫学会了明哲保身，权威和尊严也在不断弱化。你明明知道严重性，还去惩罚学生，不是自己给自己找事吗？真是手闲惹祸端，这下看你怎么办？

低就低，我无所谓。人在做天在看，我对得起自己的良心。当孩子有过错时，作为老师就应该及时纠正，没有老师的严厉甚至惩戒，教育始终是不完整的。严师出高徒。对学生严格的老师，才是真正的严师益友；好的教育，必然有严管，也有厚爱；好的老师，既有菩萨心肠，也有金刚手段。如果放任这样的情形，大家都不求有功但求无过，教育终将进入一个恶性循环。

接连几个喷嚏打过，梦醒了，她才发现自己被冻僵了，浑身麻酥酥，尤其是脚和手，一种火辣辣地疼。她试图站起来，可身体木愣愣地不听使唤。

自己这是在哪里呢？山上！山上哪里呢？她也不知道。女儿点点呢，现在还没吃饭吧？老公呢？不知道。

她挣扎着挪动冻硬了的双腿，浑身用劲但没站起来。环顾四周，夜是那么黑，山是那么高，风是那么冷，路是那么长，恐惧绝望蔓延开来，我不会被冻死在这个地方吧？不行，我得站起来，得回家去，女儿老公还在家等着我呢。

这样想着，她一再用劲，可还是站不起来。身子像一根木棍，直戳戳倒在了地上，浑身抽搐，燥热难耐。

风里隐约传来了孩子的哭声老公的叫声，她不由得大声哭喊起来，点点，点点……我在这儿啊！

5

疼。火烧火燎地疼。泡在辣椒水中地疼。火烤皮肤上地疼。雪花疯狂咆哮着，打在身上如针扎，冰凉刺骨地疼。从来没有过这样疼啊，她只愿沉沉睡去，再也不愿承受这样的痛苦。

冷。漫无边际地冷。寒风刺骨地冷。一张白纸在风中颤抖地冷。漫无边际的黑暗里，她浑身赤裸，沿着山坡，瑟瑟发抖，一步一步向上攀登。更可怕的是，手脚都不能动了，风雪要把她碾断扯碎，每一分钟每一秒都无比漫长。

妈妈妈妈，远远传来女儿微弱的声音。黑暗中，她停住了脚步，回头张望。一丝光亮诱导她向前再向前，前面有一条金光大道。

猛地睁开眼，灼热的灯光白惨惨，她闭了眼，摇摇头。

妈妈，妈妈醒过来了，女儿温柔的小手摸着她的脸，眼泪把红衬衣濡湿了一大片。

她再次睁开眼，才发现自己躺在熟悉的床上，四周都是熟悉的焦灼面孔。

围着的人长长出了口气，舒展开了眉头。醒过来就好，醒过来就好，大家都说。

她不好意思了，想坐起来，可身子动弹不了，只好羞赧地看着丈夫。

他手里握着一个水杯，浑身汗涔涔，望着她。

张老师啊，下午的事我们调查清了，是伏文明故意捣乱，他逼着几个所谓的小弟兄给你打了零分，所以你分数最低，就成了最后一名。校长俯下身子，和蔼地说。

眼泪一下子扑满了眼眶，张木兰哽咽着，那个娃娃真是太过分了……我实在忍不下去……

老校长劝慰道，放心吧，我们心里有数，绝不会再让这样打击报复教师的事发生。现在有些孩子的确难管教，家长又护短，让我们产生了畏惧心理，不愿意对学生严加管理，怕惹上麻烦，惹火上身；得过且过思想严重，不关己事，明哲保身，这样的做法其实是不负责任。再加上有些制度也不合理，只强调教师的和蔼可亲耐心爱心，却忘记了教育也有严格惩戒的权利。而有些无良媒体一边倒，只夸大负面东西，不深入到具体人具体事中，这就更滋长了坏风气。

教务主任接着说，是啊，只奖不罚的教育是不完整的，也是不科学的。我们不允许教师体罚学生，但也绝不会放任学生借机去打击报复老师。惩戒教育也是教育的一种必要手段。教师作为教育第一线的坚守者，理应得到客观公正的待遇。学校作为文化传承第一阵地，也应保持公平公正，怎么能让别有用心的学生任意捣乱、肆意践踏呢？

年级组长一贯喜欢引经据典。教育家马卡连柯说过，凡是需要惩罚的地方，教师就没有权利不惩罚。在必须惩罚的情况下，惩罚不仅是一种权利，而且是一种义务。

和蔼的老校长语气很坚定，一个懂得惩戒的老师，才是真正对学生负责的老师。一所对学生管理严格的学校，才是对未来对民族负责任的好学校！即使是未成年人，公然违反校规校纪，而且侮辱、殴打、打击报复教师，就应该承担一定的责任。你好好休息，我们明天就给局里一个书面说明。必要的时候，我自己去解释。

张木兰望着朝夕相处的同事，含泪点了点头。

又一个清晨到来，睡醒了的她，神清气爽，活力满满，走到窗前。

到处都是雪啊。树枝上裹着雪，像挂了一串串酥软的棉花糖。山上也有雪，像穿了一件厚厚的皮大衣。马路上更是雪的世界，成了光溜溜的滑冰场。对面小楼上，结了一层冰凌，倒垂下来，风铃般美丽。房顶上的雪连成了一片，像白色的海洋。行人穿着厚厚的衣服，笨拙地走来走去，如一头头可爱的熊。

她拿起一本书，坐在沙发上，看着封面上的一句话，陷入了沉思。

法国作家罗曼·罗兰说过，世界上只有一种英雄主义，就是看清生活的真相之后，依然去热爱生活。

英雄？！我是吗？我这样怯弱的一个女人，生活中从来不和人争高低，但在课堂上居然会伸手去打学生，到底是英勇行为还是不合时宜？曾经教书育人的理想那么美好，如今现实却是如此的一地鸡毛，以后到底要怎么做？

她思考着，辨析着。在未成年人的教育过程中，如果不给予适当的惩罚，他们就不知道遵守规章制度；现代教育如果只强调赏识，而忽略惩戒，他们就会更肆无忌惮。对那些不遵守规矩的学生来说，如果没有必要的惩罚，总有一天他们会犯更大的错误，那时怎么办？当监狱才是犯错者的最终归宿，有没有放纵者的一分责任呢？

好吧！我会有勇气去面对的，无论结果如何。接受现实不只是一种心态，更是一种心理过程，而从承认现实到接受现实再到勇敢面对，也是自己应该努力完成的担当与使命。

一个人的勇气并不单单指的是无所畏惧，而是明白了有比畏惧和懈怠更重要的事。

她微微一笑，翻开书看了起来。

明天，明天又要上班了，又要开始重复的日子了，但现在，只要有一点闲时间，就先看看自己心爱的书吧！

姨夫，这件事虽过去了，但它给我们留下的心理阴影可不是一天两天就可以消除的。

我不赞成这种用学生打分去淘汰老师的方式。因为学生毕竟年龄小，心智还没成熟，评价结果会存在不理性不客观的事实。而教师教学质量的高低，也不能拿简单的分数去评估。搞“末位淘汰”不但会给教师带来很大压力，而且挫伤了他们对待工作的积极性。

平心而论，现在有些老师课讲得不怎么样却工资照拿，这对责任心强的老师来说不公平。特别是一些年龄大的教师，爱摆老资格，不用心教课还耽误学生，所以就用末位淘汰制的方式来制约，也不失为一种方法，但绝大多数教师都是非常有责任心非常爱岗敬业的，单纯靠打分去决定教师命运的做法，一点儿也不合理。

不知您怎么看这个问题？静候您的答复。

外甥女婿　鲁鹏飞

二〇一九年十一月八日　立冬

红裙记

陈老师好：

接到来信，万分欢喜啊。它是我这小半生最值得珍藏的东西了。说实话，我们这代人很少有写信经历。邮箱如此方便，手机这么快捷，谁还去花时间精力写信呢？何况，我们现在都不太会写字了呢。嘿嘿，羞愧。

此生此世，居然还能接到一封信，还是最敬爱的老师写的，真是无限幸福啊。

老师，我可不可以说自己是个幸运的人呢？因为我遇到了全世界最好的学生，遇到了能给予我无穷力量的少年少女。

红裙子的故事，是我亲身经历的。

1

老师好！老师好！早自习下了，楼道里，学生们出出进进，吵吵闹闹，见到老师就弯腰问好。

黄瑜点点头，兴冲冲往办公室里走。阳光很灿烂，天气也不太冷，空气新鲜得像冰镇矿泉水，直接能喝。小时候，一到这天，奶奶就唠叨，小雪收葱，不收就空。萝卜白菜，收藏窖中。今儿又是小雪，奶奶却不在了很多年。尽管天空中不见一片雪花，可人们依旧热热闹闹，在朋友圈里转发各种图片和文章，来表达对节气的尊重。

老师今天好漂亮啊！神仙姐姐。一路上，听见学生的赞美，尽管脸上绷着不显露出来，但她心里还是一阵窃喜。穿新衣服的感觉就是好，从里到外，焕然一新。

红裙子，是姐姐从杭州寄过来的。几层轻纱，长及脚踝，一走就飘起来，花仙子一样，像极了盛夏校园里的大丽花，每一瓣都洋溢着快乐与美丽。

电话响了起来，她从皮夹克口袋里掏出来手机，看了一眼，是个陌生号码。

您好。谁呢？她接起来，礼貌地问。

那端寂静了几秒，接着一阵撕心裂肺的哭声砸了过来。黄老师啊，我家鱼儿……查出来了……胰腺癌……

黑暗毫无预兆地降临了。她站在楼梯上，一时恍惚，像扑进了冰窟窿。红裙子也软蹋蹋耷拉下来，垂在脚面上。

电话里女人的哭喊声远了些，一个男人低声说，黄老师，鱼儿在西京医院，医生说要住院化疗……我买了西安的卡，就是这个号……娃现在很不好，只剩下三十多公斤了……老天咋这么折磨人啊，我娃才十六岁，命苦啊……

十六岁，她只听清了这个数字。因为班里除了三个十七岁的，一个十八岁的，大多都是十六岁。作为高二（3）班的班主任，全班学生的姓名年龄、家庭住址、收入情况等早已刻进了她的脑海。

电话那端传来的嘶哑哭声，仿佛从旷野里吹过的渺茫歌声。

她含着泪，仰头看了看天空，铁灰一片。阳光惨白，似乎蒙上了一个大风圈。几片白云飘浮过，也是阴暗的灰色。

她高一脚低一脚走下台阶，轻飘飘地回到了办公室。

怎么了，鱼儿？对面张老师忙着改作业，抬头看见她的样子，忙问，你咋脸色不好得很，出了啥事？

她极力抑制住自己的悲伤，怔怔站着。鱼儿是昵称，起先是学生起的外号。学生给老师起外号，从来都有，一届一届绵绵不绝，但大家都说这个外号对她来说，简直是绝配。

黄瑜，黄鱼，大鱼儿，后来所有人都这么叫，真名倒像是被忘记了。她呢？长发大眼，皮肤光滑，身段苗条，走起路来袅袅娜娜，真像一尾小金鱼，在这座城市这座校园，如鱼得水地工作着生活着。

黄钰家长刚才来电话了，说是胰腺癌……张老师，你说医生会不会搞错了？会不会是误诊？西京医院也会误诊的吧？……癌症不都是上了年纪的人才得的吗？她这个年龄怎么会得这种病？我不相信！她才十六岁啊……站在办公桌前，她说着说着，浑身颤抖，手指乱舞。

刚才还叽叽喳喳的同事们，一下子都不说话了，停下手中的活，望着她。

鱼儿，先别激动，坐下来说，张老师走过来，一把拉住她的手。

鱼儿，喝口水，别着急，慢慢说。人们迅速围在她身边，倒水的倒水，哄劝的哄劝。

我不相信啊……她才十六岁……两行热泪从鱼儿的大眼睛里喷涌而下，流过高挺的鼻子，流过轮廓分明的嘴巴，流出圆圆的脸庞，流进细腻白皙的脖子。

除了她的啜泣声，没人说话。这几年，各种怪病不时在年幼的学生身上出现，白血病、子宫肌瘤、面部偏瘫，各种乱七八糟的癌听都没有听过；加上车祸，几千人的校园里，隔几天就能听到不可思议的消息。人们从开始的悲伤无助到见怪不惊，慢慢学会了无奈地接受现实。

偌大的办公室，悲伤开始弥漫。凝重的寂静，渗入每一个角落。

2

安静下来的黄瑜思绪万千。

生活仿佛一个线团，一条思绪就会牵出一大堆思绪，只要想起黄钰，黄瑜不由嘴角就弯了上去。

五千人的一所中学，像个团结的大家庭，学习、吃饭、住宿、纪律、卫生、管理，有真正意义上的好好学习天天向上氛围。八幢楼连同里面的人，严肃紧张，健康活泼，井然有序，各司其职。

对于新教师黄瑜来说，多数面孔都是陌生的，没多少交集。而其中一些，则如冥冥之中的缘分，是用来相依相伴、相交一生的。

黄钰这个名字，起先是一个符号，代表着叛逆无知、桀骜不驯，后来就变成励志篇中的主角，人人口中别人家的孩子；而她们这对师生，如今已经成为人们津津乐道的良师益友，彰显着榜样的作用。

在三班，只要你能管得住黄钰，就能管住其他人。可你去看看她穿的衣服就知道了，根本不像个学生，简直就是街上的二流子。得知黄瑜接了三班班主任，一个同事立即直言不讳地告诫。

黄瑜觉得又好奇又好笑。世界很大又很小，大到无边无际，小到同名同姓，而且还是自己的学生。不过，这样的事说起来也不多，也是一种缘分吧。

那个班主要是班风差，一个个不学习光惹事，都不省心。其中有四个女生，据说还结拜了干姊妹，那个黄钰就是老大，不但上课公开和老师叫板，而且还准备动手打老师呢。

黄瑜感到一阵恐惧。作为一名年轻的新教师，单单教学任务就是个沉重的担子，没想到还接了个班主任；接了班也没什么，问题在于这是赫赫有名的脏乱差班。

晚上，她抱紧双臂，在床上思来想去。如果自己正上着课，叫黄钰的学生当场发起飙来该怎么办；如果和传说中的那样，全班学生都站起来大声笑，吹口哨，言辞激烈，故意捣乱，又该怎么办？想到这里，她不由战栗起来。

干了一辈子教师的舅舅却笑着说，当老师不当班主任，就像吃大块肉不喝酒一样，没意思。既来之则安之，她有她的魔，你有你的道，虽说道高一尺魔高一丈，可孙悟空一个跟斗十万八千里，也没跳出如来佛的手心。为人师，要用心，要用情，要用脑，用专业知识去引领，用人格魅力去感染，而不是想着怎么去征服去整人。再怎么说，她还是个学生，而且还是女生，满不在乎的外表下一定有不堪一击的脆弱……

睿智的舅舅点拨完，黄瑜就横下了一条心，嗯，我是老师，是班主任，我不怕，我有方法。

3

老师，你咋不让我介绍一下自己？

第一节英语课上了不到五分钟，斜眼看她的黄钰就站起来，直截了当地问。

学生们大笑，一个个斜着身子，像看马戏团里的猴子一样看着她。

果然是下马威啊，该来的还是来了，黄瑜在心里感叹。不过她牢记舅舅的话，冷静地站着，冷到脸上没任何变化。

等大家都笑得没意思了，她才慢条斯理地说，这位同学，我是按学号叫的，还没轮到你呢。

短发精瘦，小眼睛小鼻子，中性帅气，像个初中小男生，这就是传说中的小太妹？如果不是那双冷冰冰的眼神，像中括号一样向下的嘴角，她都怀疑自己的眼睛。

对方呢？也正用半嘲讽半挑逗的表情，讥诮地责问，我以为你是不想叫我呢。

你咋知道我不想叫你？火药味浓了起来，一种奇怪的、对峙的东西凝滞在教室。其他人睁大了眼睛，静静看着两个年龄相差不大的女孩。

好吧，那你上台来，用英语给大家介绍一下自己。

我知道你不想叫我。我不上去，我不会！女学生挑衅地看着淑女般的老师，冷冰冰的目光射过来。

噢，你不会？我猜也是！在你这个年龄，我可是能把高中课本上所有的单词语法背得滚瓜烂熟！她加重了语气，接着问，用英语骂人，你会吗？我生气时一般都用英语骂人。

教室里哄然大笑，谁也没想到长发飘飘文质彬彬的女老师，还有这一手。所有人抬起头，目光聚焦在她身上。

老师，英语骂人怎么骂？几个男生挤眉弄眼，一个胆子大的笑着问。

她环视了一圈后，也笑了。这得分情况啊。比如一般生气，特别生气，还有暴怒不止时，使用的单词语调都不一样。她手指着墙角的竹扫帚，张嘴就是一连串英文，并在黑板上写下几个单词。

学生们最初愕然，继而大笑，然后鼓掌，最后停下来听她讲，完全忘了课前曾排练过的整老师的步骤。

黄瑜走下讲台，看着那个恼羞成怒、小脸蜡黄的女生，和蔼地问，这位同学，需要我给你单独补补这方面知识吗？

不，不，不。黑夹克、破洞牛仔裤，耳朵上一排亮晶晶耳钉的女孩居然有些慌，连连摆手。

好。那咱们现在一起来区分英文中的程度副词啊。还是得学多点知识，不然骂人也不过瘾，别人听了也笑话。

学生们不笑了，一齐看着她。

你们可能还不知道，我在你们这个年龄，不但学会了用英文骂人，还喜欢用英文翻译唐诗。大家来看这首诗吧，“鹅鹅鹅，曲项向天歌，白毛浮绿水，红掌拨清波”。一年级课本上的，只有四句，中文很简单，那谁来给咱试着翻译成英文？

学生们饶有兴趣地举手，一个个站起来又坐下。

接下来，年轻的老师手握粉笔边写边说，更年轻的学生们认真地跟着读写记笔记。教室里弥漫着一种宁静祥和、谦虚好学的气息。

小太妹黄钰站了半天，仿佛失去了阵营的将帅，身子一拧，颓然坐下了。

下课铃声很快就响了，黄瑜走出教室，听得见背后的叽叽喳喳。她知道，那一定是混杂着惊讶与激动、兴奋与钦佩的叽叽喳喳。尽管也有质疑不屑、猜测不服气等不和谐因素，但他们已有了明显的变化。

天气真好啊！秋高气爽，万里无云，湛蓝的天空一碧如洗，太阳投下金色的光芒。她伸出右手，靠在嘴唇上，轻轻吻了一下。这么多年，凡是完成了一项任务，经受住了一次考验，她都会用这样的方式来奖励自己。

4

时间过得飞快，一晃一个多月了，令人意想不到的是，高二（3）班风大变。

第一次班会上，她没像其他班主任建议的那样，先训话再立规矩，烧起三把火来。她什么都没说，只是拿出一个U盘，打开一体机，播放了电影《风雨哈佛路》。学生们在愕然中兴奋不已，看完后却集体沉默。晚自习，当她迈进教室门，就看见大多数人都在认真地看书写作业，不动神色地笑了。

接着，全班经过投票选举，换了班长，成立了新的班委，新的小组长。在明确了各自的具体职责后，立了班规班训，甚至还在集体讨论后挑选了班歌。当《爱拼才会赢》的旋律响起，当所有人都站起来齐声高歌时，她知道第一关已完美通过。

我们之所以这么努力，就是为了让自己看起来和别人不一样。

做一个高品位有追求的人，而不是一个得过且过的低俗者。

生活的理想，就是为了理想地去生活。

这些句子像一道道金光，照亮了诸多迷茫者的心房。

黄钰呢？这个别人眼中的问题少女，在无奈和哀怨中不得不承认，属于自己的时代已经过去了，因为没人愿意自暴自弃，也没有人愿意总是无所事事，更没有人愿意天天浑浑噩噩混日子了。曾经铁石般牢靠的哥们姐们，似乎被一块更大的磁石吸引了过去，毫不留情地抛弃了她。

而那块磁石，居然和自己同姓同名。

她终于知道，原来人人都是喜欢向上求索，喜欢在赞赏激励中前行，人人都希冀在奋进的路上追求梦想。带着一种赌气的心态，她也一改往日的狂妄自大，关闭了嚣张霸道的频道，像个默默的失败者，陷入了迷茫的海洋中。

你们是不是亲姐妹？有没有血缘关系？每当别人问及这个话题时，她都觉得这个和自己毫无关系的女教师，就是上天专门派来和自己做对比的，刺激自己的。看看人家，再看看自己，天上地下，云泥之别。即使别人不说什么，她都知道眼神背后的潜台词。从亢奋无聊到阴郁低沉，从大肆张扬到羞愧难当，她圆圆的下巴变尖了，苍白的脸颊失去了红润，后来就索性独来独往，愈发沉默寡言了。

过了不久，她就宣布不读书了，退学。

黄瑜知道原因后，却不依不饶，和班委一起，追到家里。

我不爱读书，我想打工赚钱！她指着年迈的奶奶、卧病在床的父亲、不识字的母亲，气哼哼地说，你看，这就是我家的状况，家徒四壁，一穷二白。以前我表现得特别强势，都是一种虚伪，就是怕人笑话被人欺负。现在我想要承担起责任来，你们又来劝我，真是咸吃萝卜淡操心。

挣钱？你觉得你这样出去能挣多少钱？黄瑜一点儿也不生气，就像对自己的妹妹一样。

那就要看我干什么工作了？她挑衅地看着她，别假惺惺的了，你做你的女神，我当我的女仆，咱俩没任何交集。

我还就管定了。是这样，咱们先算个账了再说。年轻的女老师不依不饶。

她好奇地问，算账？算什么？

我希望你问过自己这几个问题后，再决定是不是退学。一是你想干什么？二是你都会干些啥？心高气傲的你，总不会去做堕落的事吧？三是以你现在的身份资历，去打工的话工资一般会是多少？四是每个月除去吃喝用度，你能剩多少？五是一年下来，你的收入和支出比较后，能给家里多少钱？六是五年之内，在没文凭的情况下，你一共能赚多少钱？七是如果考上了大学，助学金奖学金加上勤工俭学，你一个月能有多少钱？八是如果你大学毕业了，照目前的标准，每个月的工资会是多少？三年呢？五年呢？

一连串的发问，将黄钰打蒙了，因为她从没这么想过，也不会想这么多。

从小到大，父母就在外地打工，三年五载也回不了一次家，留下她在爷爷奶奶身边长大。因为觉得有点亏欠，两个老人对她，天上的星星都想摘下来。上了初中，父母回来了，带着两个小妹妹。日子越来越难过，父母一个比一个易怒暴躁，总是互相抱怨争吵，哭闹不休，甚至大打出手。而她，总觉得他们更偏向乖巧甜美的妹妹，自己充当着被忽视、被压制的角色。失望叛逆的情绪一再被点燃，嫉妒的烈火烧灼着一颗脆弱虚伪的心，她开始心飞天外，不爱学习，旷课上网，打架滋事，和家长老师对着干，用极端方式进行对抗，其实也期望得到更多关注，渴望更多亲情。可是，她越赌气，家人离她越远，同学老师越厌恶，到最后，连她自己都憎恶自己了。

直到爷爷去世，父亲生病，她才意识到自己的过分。母亲的眼泪，妹妹的懦弱，家徒四壁的现实，无情地击破了一个少女的荒唐虚妄，一个被怨恨愤怒浸泡着的灵魂开始了拷问：我是谁？我现在应该做什么？

当这个同名同姓的老师站在面前时，她承认自己有种莫名其妙的羞愧和嫉妒。那是另一个自己吗？当然不是。可这个连名字都如此相近的人，却有着和自己完全不同的人生。一个是女神生活在云端，一个是仆人匍匐在低处，她们就是水和油，即使混同，也是毫不相同的人。所以当年轻貌美长发飘飘的老师说出这样的话时，她在悔恨中幡然醒悟：

世上最重要的事，不在于我们在何处，而在于我们朝着什么方向走。

女老师黄瑜可没想这么多，她扯过一张纸，大声说，好，那咱们就来算算这笔账吧。从你现在准备赚钱算起，和念完大学后比较一下，看看哪个划得来。

她拿出手机，打开计算器，不停地点击。

黄钰看着纸上的数字一个个相加，又被一个个减去；一些相乘后增加到六七位，一些被减到两位数。两行数字冷冰冰地站着，毫不留情地诠释着两条道路下的两种人生。

她心悦诚服。

黄钰染黑了黄发，取下了耳钉，脱下了夹克，穿上了校服，背起了书包，重新回到了教室。定心定性后，她变成了另一种人。别人睡觉时，她在学习；别人学习时，她也在学习；别人玩耍时，她在做题；别人上网看手机时，她还在做题。短短的半年，她早起晚睡，勤勤恳恳，像个陀螺，在属于自己的圈子里不停转。从那以后，黄瑜再也没说过这个外号叫“小鱼儿”的学生一句，因为她已成为一个不需要别人说教的人。

只要努力，回报是显而易见的，变化是火箭般的。

从此大鱼儿小鱼儿，这对和鱼有关的人，不但是师生，更像一对姐妹。她们和其他学生一起，在学习中互相督促，生活中相扶相助，和谐共处，努力不懈，一步一个脚印向前走，惊喜也一点点出现。团结紧张、相敬相爱的高二（3）班，迅速成为全校焦点，受到了各种表扬，得到了各种荣誉。

黄钰的成绩火箭式上升，以至于校团委都把她当作典型人物来宣传。

在全校的一次演讲比赛中，小鱼儿黄钰写了一篇题为《再小的鱼儿也想跳龙门》的演讲稿。当她站在多功能厅的舞台上面对几千人侃侃而谈时，当她说起误入歧途的各种表现和复杂的心态时，当她以个人为例说起在老师帮助下自己思想行为发生巨大变化时，她已经成了励志篇中的主人公，成为自尊自爱自信自立的一个范例，成为全校学生学习的榜样，成为人们口口相传的奋进少女，而师生之间的故事，也成为亮点，被渲染被放大，在偌大的校园里一次次演绎并升华。

直到黄钰晕倒在课堂上之前，她们都天真地以为，美好的生活依旧频频招手，梦想就在不远的前方，只要大踏步往前走，一切都会在指日可待中变为现实。

5

黄钰身体的变化和她的学习成绩一样，非常迅速。

从某一天起，她感觉自己总是很疲倦，从早到晚恶心，吃不进去东西，一吃就想吐。伴随着肚子疼和腹泻，体重也减轻了很多。她跟谁也没说，只是去校医那里开了点治腹泻的药，慢慢吃着。何况就要月考了，她实在舍不得时间去检查，等考试完了再说吧。

可是，早自习，当语文老师叫她起来背课文时，她突然就晕倒在地上，不省人事。

她被父母接回去了，去了县医院检查。

接着，黄瑜就接到她得了癌症的消息。

接着，她就去了西安治疗，再也没回来。

日子还在继续，师生的节奏没多少变化，一切都按部就班中规中矩，只是班里少了一个人，一下子空荡荡的。空着的座位，像个黑窟窿，随时随地告诉人们健康的重要性。

自从黄钰生了病，黄瑜觉得全班同学都变了，变了很多。他们避免提起她，避免提到癌症，总是小心翼翼躲开这个话题，似乎对她的牵挂越来越淡，但她知道，他们从来都没有忘记，只是被突如其来的意外吓坏了。

6

黄老师，我女儿已昏迷七天了……医生说到时间了……你能不能过来看看……她心里一直惦记你……

五个半个小时后，黄瑜已站在病床前了。

黄钰，小鱼儿，她小声叫着。

在医院，在病房，在这个满眼苍白的地方，喊着自己的名字，她觉得这是一个不真实的梦，虚幻怪异的梦。

眼前的人，不再是那个熟悉的圆润的少女，而是一个裹在竖条纹布里的陌生人。她掀起被子，看见一副透明的、苍白的骨架躺在那里，没了头发，没了肌肉，没了笑容，没了血液……泪水像大河，澎湃汹涌，哗哗哗，冲刷着浓厚的悲怆。

医生走过来，叹口气，说，七天了，弥留之际的她，意识混乱，生命体征微弱，已喊不醒了。

她不甘心，继续喊，黄钰，黄钰，我是黄瑜啊。你睁开眼睛看看，我是你老师。

突然，她发现小鱼儿的睫毛扇了一下，又一下。

她激动地大叫大喊，你们快看啊，她醒过来了……

黄钰慢慢睁开了眼睛，直勾勾望着她。

医生护士都跑了过来，奇迹发生了。人们全都惊呆了。

苏醒过来的少女居然还笑了一下，像个可爱的小精灵，羞涩地说，老师，我已经不疼了……今天是你生日啊，我想给你买个蛋糕，过个生日。

好，好，她妈妈哽咽着，连忙说，我让你爸爸去买。

小鱼儿，小鱼儿……黄瑜哽咽着，不知说什么好。

老师，你还记得吗？去年咱班同学一起在你家……给你过生日，你答应……今年过生日……我给你买个蛋糕的……

我记得啊！怎么会忘了呢？你赶紧好起来啊……给我点蜡烛啊。黄瑜内心的黄河已决了口，但依然保持微笑。

多么想念那些日子啊……那么爱当你的学生……我喜欢你穿红裙子……就像一朵花……好看……可我再也不会给你过生日了……

围在病床前的人都默默掉泪，父母、老师、学生、亲戚、朋友、医生、护士，所有人。

我……想学校里的大树……想迎春花……想教室……想同学们……想那些被我伤害过的人……我也想穿上红裙子拍照……我想……她的目光暗淡了下

去，可惜，都实现不了了……老师，你要记得我啊……

黄瑜觉得自己像风雨中的树叶，哗啦啦，哗啦啦地摇摆。她想，有人在临终前，还记得给我过生日。有人在走向另一个世界时，还念及着我。这辈子，我绝不会再换什么职业了，我就好好地当个老师吧。

她想起舅舅说过的话：只要你努力做了，会有人一辈子都记着你的好。只有教师这个职业，才能有这样的幸福！

她想起大学课堂上自己朗诵过一首泰戈尔的诗：

穿过死亡之门
超越年代陈旧的道路到我这里来
虽则梦想褪色，希望幻灭
岁月聚成的果实腐烂掉
但我是永恒的真理，你将一再会见我
在你此岸渡向彼岸的生命航程中

她发誓，好好工作，好好生活，做一个热爱、执着、智慧、真诚、有担当的好老师，就是自己毕生的理想。

她从没忘记过一个场景。弥留之际的学生，拉着她的手，老师，你要完成我不能完成的所有梦想……

好的，我尽量！我尽量！

陈老师，每当回忆起这个女孩这个学生，我都会给自己说，生而为师，我是辛苦的，但也是幸福的！

老师，考上特岗，当了一名教师，是我这辈子最快乐的事。我觉得这份职业带给我的，不仅仅是生活的喜悦，更是命运的恩赐。

我会加油的！

您的学生　鱼儿

二〇一九年十一月二十二日　小雪

黑 板 记

师兄好：

迟到的问候！

时光的脚步好快啊，转眼一年将要过去。我们的生命，又在空空如也中迎来了一个轮回，在忙碌的工作生活中得到了充实。

青春太短暂了，我们之所以珍爱，是因为它的绝对性、一次性、宝贵性，所以更不能忽略、轻视与浪费。老师，现在的学生思想越来越成人化，越来越现实。上周，我们备课组以《十年后的今天》为题目写了作文，可全年级绝大多数学生的梦想都是富翁、网红、房东、影视明星，很少有人想当科学家、军人、医生、老师。当我问为什么不做一个对社会更有用的人时，他们集体回答，没钱途，没出息。有个学生更是实话实说，爸爸说我家有几套房，收一个月房租就抵得上老师您一年工资……

我们的学校教育、励志教育、养成教育和家庭教育、社会教育相比，可以说是不堪一击。父母的价值观直接影响着孩子的三观，社会环境的影响更是直接决定了孩子的未来，所以产生这种畸形的价值观并不是学生的错误，而是家庭教育的引导，社会风气的影响。目前整个社会的价值观导向出了偏差。拜金主义，利益至上，娱乐至死，成功主义，加上社会资源分配极其扭曲，这样的社会现实下只能培养出价值观扭曲的孩子。

尽管人人都说孩子的成功与否并不重要，重要的是将来成为什么样的人，可是，那些为人父母的又有多少是合格的？他们的行为，又是多么荒唐和荒谬？

1

今儿的天气，用本地人话来说，很硬扎（方言：厉害）。

六点五十，天还很黑，被羽绒服包裹得严严实实的张雨，就从白色高尔夫里匆忙钻了出来。

一下车，她就感觉脸上有小刀划过，又疼又痒；又像一块薄肉在粗糙的砧板上，飞快摩挲。于是小心翼翼地跺了跺脚，生怕滑倒在地。

校园里，到处是一团一团的积雪。便道砖平日里明亮可鉴，现在铺上了一层雪，人走上去，真正的战战兢兢如履薄冰。楼梯上，有的地方干干净净，有的地方结成了雪疙瘩。凭经验，她知道那是最危险的地方，摔倒了至少会得个脑震荡，所以尽管铃声催人，也只好抓着栏杆慢慢往上挪。身边的学生，没一个慢慢走的，上楼下楼一律小跑；平地上的更是张开双臂，鸟一样飞过去飞过来；几个迟到的，慌慌张张从宿舍蹿出来，又蹿进教室里去了。她羡慕地看着身体轻巧的学生，真后悔自己忘了换下高跟小靴。

走进三楼办公室，组长正大声讲注意事项。同事们围成一团，睡眼蒙眬听着，日光灯下，脸色一律青黑，如电影中的虚化镜头。这么早就来监考，都还没睡醒呢。对面的黑板上，除了倒计时牌外，标语又换了内容，大大的字，鲜红鲜红，一副恶狠狠的样子：“生时何必久睡，死后才是长眠”“要成功先发疯，下定决心往前冲”。她瞅了半天，觉得既夸张又可爱。

张雨在一堆圆滚滚的试卷中找到写着自己名字的一卷，仔细看了看监考地点，就听见组长提高了声音。大家一定要恪守职责，认真负责；一定要提高警惕，严格遵守考场纪律；一定要高度重视，谨防恶性事件再次发生，尤其是餐厅、实验室。散会！然后迈开大步出去了。

有同事不以为然地嘀咕，不就一次月考嘛，有什么大惊小怪的？天天婆婆一样，好像又要出起惊天动地的大事。其他人拧紧眉头，沉默着呼啦啦散开，烧水、倒水、查看试卷、整理书桌。

铃声又一次响起，教师们掀开沉重的军绿色门帘，迤逦而出，奔向各自监考的地方。张雨抱着一沓试卷拿着水杯，也忙向另一栋楼走去。七点二十，校园里还很黑。一轮明月挂在天上，惨白惨白，像一个白饼子；周围环绕着的几颗星，暗淡无光。红色教学楼似乎在碱水中泡了许久，散出一股暗紫。各个窗口射出来淡黄色光，犹如一个个发亮的小盒子。紧贴着楼边的合欢树，黑干黑枝，就像动画片中的黑衣隐者。四周一片寂静，仿佛荒野中的岛屿。除了呼呼的风之外，听不见其他声响，即使有点杂音，也被裹挟在寒气中迅即四散了。学校就这样，一下课就熙攘吵闹，上了课则井然有序；有人就喧闹吵嚷，无人就冷清得可怕。

教学楼分为南北，实验室也分为南北，物理实验室在北面。她匆匆赶到一楼，手中的钥匙沉甸甸冷冰冰。学生们早已等在门口了，蚂蚁般挤作一团。又一场月考，又一场检验，又一场和试题较量的过程，又一场关于智力心力的对抗，他们早已习惯了这种模式。以前考试时那种紧张又期待、激动又恐慌的氛围再也不见，剩下的只是面无表情、神情疲惫、重复刷题的机器。老师呢？更习惯了这种监考阅卷的生活。再有几个月就要高考了，师生们并联成试卷分数的组合，任何事都成了次要，成为可忽略不计的内容。

她拿出钥匙，“物三北”几个黑字格外显眼。开锁进去，一切还是老样子，没任何变化。

这是一场理综考试。分发了试卷，学生开始填写信息，她站在讲台上，再三叮嘱他们检查试卷的正反面。

有没有多余的？我缺两张三四页。门被推开了，对面监考的同事眼睛肿胀，头发乱糟糟，一副还在睡梦中的样子。

张雨从剩余的试卷中找出几页，递给他。

哦，还有没有答题卡？中年男人看着那些试卷，眉头皱成一股黑线。

有，你都拿去吧。她把剩下的都卷了起来。

他走过来，悄悄问，又在这间教室？

嗯。她点点头。

可是要注意啊……他盯着认真看试卷的学生，若有所思地点点头，走了。

一阵清晰的铃声传过来，张雨大声说，好，现在可以做题了。请大家保持安静！学生们低着头，沙沙沙地写了起来。

她坐在讲台上的木凳上，瞅着墙面上“严谨仔细，认真操作”几个大字发怔。四面贴满了物理实验演示图。右侧是一幅离心力展示图。一个穿蓝衣服的孩子在细雨中撑开红色雨伞飞快地转动，雨点向四周撒开，形成独特的圆弧。一个是洗衣机滚筒旋转的分解示意图。作为典型的文科生，她只知道洗衣服，还真不明白这原理。还有一个是陀螺旋转的平面图。小小的陀螺转动着，貌似毫无章法却井然有序。它们一字儿排在墙面上，无声地提醒着人们，离心力是日常生活中常常用到的物理现象。左侧呢？是一张大图，初中力学、高中力学分组实验一览表。黑字红字压在淡蓝色模版纸上，幽幽泛光。红色的课标下，列举了基础实验目录、探究实验目录、分组实验目录，密密麻麻的，都是具体操作方法和步骤。

灰色实验桌排列得整整齐齐，一行七张，四排二十八张。操作台上，电流表、电压表整齐划一；各种按钮，红的灰的黑的，安然有序。铁灰色方盒竖在讲台上，里面装有投影仪和录像设备。平时会遮住器械，需要的时候会徐徐张开，和后墙的设备构成大屏幕，演示实验过程。

实验室前后各有一块淡绿色的长方形黑板，银色边框在十二支日光灯的照耀下闪闪发亮。后面的那块上写着监考纪律、注意事项及监考教师的信息，红字白字穿插开来，很显眼。前方的呢？黑板绝对不会空着的，打了鸡血一样的标语是每次月考时的标配。她扭回头看，不看不知道，一看差点笑出声来。

“只要学不死，就往死里学！”

“自己选择的路，跪着也要走完！”

“不要像角马一样落后，要像野狗一样战斗！”

她仔细读着，品咂其中的味道。思绪飘远了，胡伟的字？！方正有力，一板一眼的，可那个艺术字写得很好的学生，那个粉笔画也有味道的弟子，那个办板报的能手，现在又在哪里呢？正干什么呢？

设置为静音的手机如小蜜蜂，在口袋里突然呜呜呜。她拿出一看，副校长的，急忙拨了过去。

那端压低了声音，问学生人数，问试卷够不够，问卷面有没有问题，然后再次强调：监考结束后一定要清了场再走，一定要检查窗帘后有没有人，一定要锁好门上交钥匙。

明白。放心。她悄悄回答。

他说再见，听得出紧张又无奈。她再次环顾，学生们一切正常，不由轻轻叹了口气。做梦一样，她又回到这间实验室里了。

2

我来唱一首歌，古老的那首歌，我轻轻地唱，你慢慢地和。几个月前，一群教师还在这里排练过节目。

高三了，按说一切为了高考，参与教师节会演就有些奢侈，但组长还是决定带领大家积极参与。她擅长鼓动性演说，关键时刻更是铿锵有力。这是一个集体活动，也是展示年级组风采的一次机会，节目好不好倒是其次，问题是表明了一种态度。工作的目的就是为了更快乐地生活，快乐的生活就是幸福。我们不但要参加，而且要拿第一。对这个一贯争强好胜、做事雷厉风行的女人，大家都很佩服。

平日里只会站讲台古板矜持的女同事们，集体荣誉感被激发了出来，踩着节拍在地上扭腰摆胯，一二三四组造型。年轻的舞蹈老师对这些身体笨拙、动作明显不协调的人一次次强调，这是西班牙舞蹈，要风情万种，要热情如火，要让你艳丽的长裙甩起一阵风，震撼全场观众。激励还真有点作用，老中青们很快从扭扭捏捏、慢慢腾腾向放荡不羁、热情似火的异域女郎转换。

长这么大，张雨第一次穿如此色彩艳丽的裙子，她感觉自己被点燃了，热情高涨、信心十足。大家都一样，浑身洋溢着自信的欢乐：我们是快乐的西班牙女郎，我们是不一样的烟火。男同事加入后，气氛更融洽。笑声在不苟言笑的实验仪器上回旋，冷冰冰的它们也被感染了。黑板上，二班班主任还叫来个天赋极好的弟子，画了幅粉笔画。艳阳高照，花红柳绿，潺潺的溪水边，有唱歌的人，跳舞的人，拉风琴的人，还配上了托尔斯泰的名言：有生活的时候，就有幸福。

真好啊！大家交口称赞。这娃娃真不错啊，画得好，写得好。

我班的，很内秀的娃娃。班主任自豪地介绍。

是个人才，好好培养，很有前途的。

经过一周的训练，女人们步伐统一，风情万种；男人们西装革履，风度翩翩；当他们走上舞台时，现场沸腾了，欢呼声将会演气氛推到了高潮。

可以说，在这间屋子里，很多人都留存了美好的片段，得到了正能量，自己和它的关系更是非同一般。

在学校，很多工作都是固定的，一旦生成很少变化。进入高三，课程固定，月考固定，练习固定，讲题固定；每次月考排的监考单如没特殊原因一般也不会变，那就意味着她和二十八名学生每个月都得在这里聚合一次，检验阶段性学习的成果。可她无论如何也没想到，现在这里居然变成了一个人人谈及色变的地方。

“自己选择的路，跪着也要走完！”此刻，望着黑板上的大字，她觉得刺眼刺心，从正面来说当然很励志；可从另一个角度来说，也是一种可怕的执拗。

3

一个月前的某个周日，早上十点多了，她才爬起来，一觉睡到自然醒的感觉真幸福啊，心情大好的她几把扯下床单枕套，又扯下沙发套，准备来个彻底大扫除。已有两周没大清洗了，她觉得自己和房子里的东西都变了味。洁癖，丈夫经常说家里的东西没用烂就被她洗烂了。她义正词严地嚷，就因为我有这个毛病，才找了个你，不然，怎么也轮不上你吧？

憨厚的丈夫笑笑，反正说不过你，由着你吧，我不管。

你当然不管了，因为你不洗嘛。

那我做饭洗锅就不是家务了？

结婚时就说好了的，我只负责洗东西收拾屋子，其他的一律放手给你的嘛，现在后悔了？她边斗嘴边动手洗衣。

手机呜里哇啦响声很亮，她在卫生间里大声喊，替我接个电话。

丈夫答应了一声，过了一分钟就大喊，雨儿雨儿，快点来。

她跑出来，甩甩手上的水珠，谁的？

你们年级主任！

她接过手机放在耳边，一贯粗声大气的主任在那端压低了声音，小张，赶紧到学校来，出事了！

出了啥事能出啥事？她在脑子里边迅速搜检边换衣找钥匙。

当她慌慌张张跑进小会议室时，才发现里面坐满了人。校长、中层领导、年级主任、各班班主任、几个像家长的人，更惊心的还有两个警察。

校长脸色铁青，国字脸上像挂了霜，端坐在上方，手里不停写着什么。其他人两面散开，一个个如庙里金刚，神色凝重地低着头。会议桌上，一捧干花，艳丽地怒放，用笑脸迎接着人们。

警察咳嗽了一声，抬起头说，咱们先对接时间点。昨天下午物理实验室是谁的监考？

张雨忙站起来，是我，昨天我一天。

考试结束后谁锁的门？

不知道，我收完卷子就走了，她诧异地看着问话人。

一个年长的警察接过话头，你走的时候里面还有没有人？

有几个学生在呢，拿着卷子对答案。

人你能不能记起来？

好像有二班班长，还有林芬、吴乐，其他的没印象了。

班主任小李忙说，再过几个小时就上晚自习了，学生到校了我叫他们来。

关于胡伟和常芸芸这两个学生，各位都来谈一谈他们平时表现吧，越详细越好。

人们一个接一个，叽叽喳喳说起来。一个警察问，一个就往本子上记。

张雨悄悄问身边一个同事，到底咋了？

昨天下午考完理综后，二班的胡伟在物理实验室里强奸了三班的常芸芸。据说还拍了裸照发在网上。家长报了警，现在正在调查呢。

啊？！她嘴张得大大的，简直不相信自己的耳朵。

你走的时候胡伟在没在？

她偏着头，想了想说，他在。最后一个交卷的就是他，可答题卡上多数都空着，还忘了写学号姓名，我说了一句，他才磨磨蹭蹭填上的。

警察马上转过来问，当时你看出他有什么异常吗？

没什么啊。我只记得他坐在最右边靠窗的位置。

那平时你们谁负责锁门？

她有些急，大声说，平时都是监考完就走人的，我还真不知道谁负责锁实验室门……

一屋子人瞅着面红耳赤的她，她赶紧低下了头，不知所措地坐着。二班班主任接着解释，说了一大堆。

警察又问了她一些问题，又转身问其他人。一个个问完后，站起来，收起笔记本，说晚自习时再来，就一前一后走了。

校长再次落座后，痛心疾首，目前事情已经发生了，不是追究谁错谁对的时候，重要的是咱们一定要配合警察做好调查，还原真相。同志们，真没想到会出这么大的事啊，这也暴露出我们管理上的漏洞，没做到真正地管控到位，防微杜渐。作为校长，我有不可推卸的责任。

人们悄悄听着。

这个问题非常非常严重，因为我们的监管不够，造成了管理上的松散，两个孩子的人生毁了，两个家庭命运发生了巨大变化。对家长，我们真是无法交代，人家把娃娃送到学校，书没读多少，还发生了这样的事，给谁也受不了。对社会，已经造成了无法弥补的影响。不但学校名誉受到了严重损害，我们更是无颜以对，自己都不能原谅自己。

教务主任跟着检讨，最近一段时间个人在思想上有所松懈，行动上也没做到位。关于实验室的开锁问题，我根本没意识到这是个隐患，也没给管理员班主任强调过，导致出现这样的事情，我有责任。

政教主任一贯如法官般严肃，现在脸色更像窗外的天气，阴云密布。德育这一块本来是我们部门的职责，但大家都觉得高三学生大了也懂事了，剩几个月就毕业了，一切都应该让位于成绩，无形中就放松了。对学生管理我们没有从严处细处着手，导致发生了这么大的教学事故，给学校脸上抹了黑，我难逃其责。

年级主任风格一向凌厉，嘴快话少。这也说明年级组工作不扎实，怪我和班主任对学生情况掌握不够。我们也天天下班，随时观察学生，却没想到在空档期发生了这么严重的事。我们请求处分。

张雨的心碎了一地，带着哭腔说，作为监考老师，我应该在收完试卷后清空实验室，锁好门窗后才算完成任务，可我抱起卷子就走了，真是不可饶恕……直接责任在我，怎么处分我都愿意。

三班班主任站起来，罪孽深重地说，主要责任还在我……女生是我班的，叫常芸芸，是个单亲家庭。父母在她三岁时就离异了。她是跟着外婆长大的，一直住在舅舅家，自由散漫惯了。前年她母亲回来后开了个麻将馆，她就跟着母亲住。这娃娃比较叛逆，个性很强，不爱学习，就爱打扮爱结交社会上的人。高一刚进校就和高三一个男生找对象，我说了很多次，也无济于事。高二又和一个初二的男生有了纠葛，撕扯了好长一段时间。那男生的妈妈还来班里闹过，说她用欺骗手段花了那孩子很多钱。到了高三，又和二班胡伟关系很近，天天在一起，各科老师都说过劝过，也不听。这学期，我看两人都有很大转变，还单独叫出来高调提了几次。他们也保证说好好学习，谁知道……

家长知道吗？你和家长沟通过吗？政教主任问。

她和胡伟的交往家人是知道的。我和她妈妈还谈过几次，她好像挺支持他们谈恋爱的，还说女娃娃念书是闲的，主要是嫁个有钱人，一辈子日子都不用发愁。现在怎么会成了这样，我也想不通啊……

二班班主任紧张得满脸是汗。胡伟从高一起就在我班，应该说我比较了解。他人老实本分，字写得好，画也不错，比较有才气，就是不太爱说话，干啥都比较认真，想问题一根筋的那种。家里条件很好，父亲是干桥梁工程，很有钱。母亲主要的任务就是给他做饭。高一高二时成绩都不错，稳在上游，还得过几次校级奖励。到了高三，和常芸芸关系亲密了之后就变了，学习退步了不少，性格也更阴郁了，平时很少和男同学接触，也从不和其他女生说话。他对常芸芸是真上心，一心一意护着她，看起来言听计从的。

校长问，你和他单独谈过吗？

谈过，我还直接问他俩咋回事。他发誓赌咒地说自己会好好学习，也会鼓励常芸芸一起努力，争取考到同一座城市同一所大学；会一生一世对她好，还常常憧憬他们的未来。前些天语文老师号召大家写座右铭，其他同学全是励志的，只有他在桌上贴了张“弱水三千，只取一瓢饮”的纸条。据说同学给他起了个外号，叫“西海情圣”，他也以此为傲。谁知后面会发生这样的事？到底两个人之间怎么了，现在我也不知道。

听完大家说的，校长再次表态，同志们哪，现在说再多也无法挽回事实了，重要的是后面怎么做。这是个沉痛的教训啊，大家一定要引以为戒。从现在开始，各部门要行动起来，从各个方面严查到底，消除隐患。各年级组不但要加强学生管理，更要时刻关注学生的心理状况，防止意外事件再次发生。

从严治理开始了。任务一项项布置了下来。各年级组都召开了学生大会，加强了纪律卫生大检查。心理辅导室更是发挥着重要作用，请来专业老师分别进行了男女生青春期心理讲座，解决心理问题，疏导情绪。班主任在班会上不但一再强调个人安全，强调空档期管理，而且很少回家，守在学校学生身边。科任老师也高度紧张，时刻观察学生的动向。所有人恨不得给每个学生身上装个监控器，随时随地掌控他们的行踪。

又一轮板报大赛开始了，还规定了主题，由“诚信”“尊师”变成了“自尊自爱”“系好人生第一粒扣子”。各班积极响应，忙得不亦乐乎，可如此紧张忙碌，其实对高三没多大的影响。好学生继续拼命学，两耳不闻窗外事；差学生虽明显遵守纪律了，但还是只顾玩耍，也没大改变；中等生倒是紧张了一下，可时间长了也习惯了。谈恋爱的明里收敛了许多，暗地里照样偷偷摸摸联系。

4

办公室里，人们痛心的同时，也议论纷纷。

一个同事直接说，常芸芸被胡伟祸害了，我觉得这中间肯定有问题，不然的话，怎么能走到这一步？

另一个也表示异议，是啊，我也纳闷。从高一起，常芸芸就开始找对象，身边男生来来去去的，应该有保护意识的。难道她妈妈不知道吗？平时也不闻不问吗？看她平时呼三喊四的很强势，穿着打扮和结交的人都不同一般，就不像个学生。胡伟那么内向，对她言听计从的，按道理不可能这样的啊？

张雨也觉得匪夷所思，到底是什么原因呢？

什么原因？还不是钱的原因。你没发现吗？她接触的这几个男生，都是家境都比较好的。我听班里学生说，常芸芸和谁在一起，谁就得负责她所有的花销，满足她所有的愿望。她过一次生日，胡伟就花了好几千，衣服包包化妆品，哪个都得有。

可胡伟家挺有钱的啊，花钱也是自愿的，问题是咋能发生后面的事呢？

那也说不定，由爱生恨由爱生妒的例子多了去。像胡伟这样的孩子，干啥都太认真，一旦遇上感情上的刺激，一时想不开，照样会做出不可思议的事。要知道，激情犯罪在青少年犯罪中占的比例很高呢。

二班班主任满头大汗地进来了，端起桌上水杯，仰头咕嘟嘟喝，好半天才坐了下来。

对面的张雨问，那件事怎么样了？

能怎么样啊？说起来我都心疼。现在人已经被拘留了，正在询问取证阶段。虽说他们都过了十八周岁，是成年人了，但案子属于刑事犯罪，检察院会根据起诉材料向法院提起公诉，判决估计在五个月后了。

那不刚到高考了吗？太可惜了啊。这两个娃娃到底咋回事嘛？

原本两个人好好的，可常芸芸两个月前结交了个中年男人，是她妈妈介绍的，有家有室也有钱，是麻将馆的常客。那人不但经常接送买好多东西，还答应她毕业了买一套房子一辆车。常芸芸就提出分手，胡伟觉得欺骗了感情，说什么也不答应，就随时跟踪，时时骚扰。两个人闹了几次，双方家长也卷了进来，闹得鸡犬不宁。

原来家长都知道啊？人们倒吸了一口气。

嗯，都知道的。胡伟爸爸先是狠狠打了儿子一顿，然后找到对方家长，要求赔偿儿子的物质精神损失。常芸芸妈妈不依不饶，说他是自愿赠送的，哪有送了东西还要回去的道理。胡伟气不过，理综考完后约常芸芸谈判，发现物理实验室门没锁，两个人就进去说。说着吵着，胡伟就崩溃了，把她推到窗帘后，强行……还拍了裸照，威胁说要分手的话就发到网上。常芸芸当然说分手，胡伟就连夜把那些照片放在了网上。

所有人都惊呆了，只知道强暴这件事，还不知道后面有更想不到的。

再后来呢？

小王苦笑一声，再后来的事你们更是想不到。两个孩子少不更事，糊里糊涂，两个家长更是一个比一个混蛋。常芸芸回家一说，她母亲就给胡伟父亲打了电话，说要私了，先提出拿一百万。胡伟家就这一个儿子，知道闯了大祸，就同意了。双方都说好了，派中间人送钱时，常芸芸妈妈又提高了价码，说要二百万。这下子胡伟家不愿意了，说是敲诈勒索，坚决不行。常芸芸妈妈就报了警，胡伟爸爸一看来真的了，又答应给钱消灾，对方也说撤销案件。两家人正协商钱数时，警察找上了门。原来公安厅最近查封了几个色情网站，一一追查那些发裸照传播淫秽的人，然后真相大白，就追到学校来了。

这么容量大的信息把人都炸晕了，大家一个个默默坐着，也不说什么了。

好半天了，才有人发声，我的天哪，简直就是写小说，太可怕啦。

三班班主任正好也进来了，满脸愁容，我总觉得和我的管理不严有关系。这些天又羞愧又自责又难过，吃不好睡不好，头发一把一把掉。

老张劝说道，你别这么想，咱们当老师的，除引导他们好好学习管好纪律卫生外，也不可能是蛔虫，钻进每个学生的肚子里。

我就是想不通，给常芸芸说了那么多话，做了那么多工作，她还是不管不顾我行我素。按说也是孩子啊，应该听点话的，问题到底出在哪里呢？

老张义愤填膺地站了起来，出在家长身上。过去常常说家风家训，现在讲家长的引领作用，其实是一回事。都说家长是孩子的第一任老师，也是终身的老师。说实在的，家庭教育跟不上，社会教育有偏差，再多的学校教育也是枉然。我们在学校辛辛苦苦教十年，还不如学生跟着家长看一天。社会像个大染缸，再白的投进去，都会黑乎乎地出来。你看看这两个家长，没一个三观正的，都是法盲，凡事只往钱上看，就不知道怎么教育孩子处理问题，更不用说起示范作用了？在价值观扭曲的父母引导下，谁都无法保证孩子健康成长，所以现在国家大力提倡营造良好家风、弘扬家庭美德，真是很有必要的。

小王跟着说，我现在才真正明白家庭教育与学校教育的区别了。家庭环境对一个孩子成长的影响，比学校比老师要大得多，家庭教育必须由家长来引领完成，其他人是无法替代的呀。有些父母本来就不负责任，只管生育不管教育，就不配做家长！如果家长责任到位，能给娃娃正确的指导，建设性的意见，时时监管，也不会发生这么大的事。真是可惜啊。

哎，高三了，都是成人了，一些偶发事件谁也无法掌控，咱也管不过来。几千人的大学校，单靠老师全天候监管，也不可能把所有学生的吃喝拉撒包括内心都控制了，只能正确引导了。不过，绝大多数学生还是好的，主流方向还是正确的，咱们只要尽职尽责干好自己的事，对得起自己的良心就是，不然怎么办呢？

在一片叹息声中，人们都忙着自己的事去了。

黑板仿佛一个睿智冷静的老人，无言地看着身边的一切：桌子椅子、教材试卷、作业本练习册、花盆饮水机和电脑打印机。“青霄有路终须到，金榜无名誓不休”“不要让昨天的沮丧，令明天的梦想黯然失色”的字样，在惨白的日光灯下，黯然失色。

5

时间如梭，哗哗而过，几个月很快就过去了，最后一次月考，最后一次监考，还在那间实验室。

张雨背着手，威严地在地上转。监考就是这样，既然是人监督人，就得负起责任，把一切作弊的动机都消灭在萌芽之中。

走到后排，她心情复杂地盯着做卷子的学生。蓝白相间的校服，长长短短的头发，看起来没男女之别的背影。即使到了高三，也成人了，可他们也只是单纯可爱、天真无邪、青春逼人、前途无量的学生。对青春早已逝去的自己来说，他们就是从前的自己，是羡慕的对象，也是应该用心血浇灌的花朵。

四周很静，只有翻动纸张的声音，沙沙的做题声。绝大多数考生都很安静，认认真真做着卷子。刷题是一年来备考生活最重要的任务，没有之一，只有唯一。可还是有人从一开始就跃跃欲试，企图抄袭。平时睡觉考试抄答案，也是一些高考生的校园生活模式。尽管高考作弊的概率为零，到了现在抄袭一点意义都没有，但投机取巧、不守规矩、喜欢走捷径还是大有人在，这是本能，也是人性。

后排的几个见她站在了身边，不以为然地互相看了看，就趴在桌子上睡起觉来。平日里这时候，估计他们也在酣眠，现在不过换了个地点而已。

不要睡了，赶紧起来做卷子吧！说不定这套卷子里就有高考题呢。她耐心地劝说。

被喊起来了两个，不耐烦地皱了皱眉头，翻个身继续睡。其他的坐直了身子，装作很认真地写着，可过了几分钟又和周公约会去了。

她无奈地摇摇头。尽管学校三令五申月考时不准睡觉，也不准早早交卷，并且在例会上多次批评监考老师不负责任，可面对公然睡觉的学生，老师们也没办法。人和人之间的差异咋就这么大呢？面对高考，有的人拼尽全力，有的就不屑一顾；有的人把分数看成天，太有所谓；有的就毫不在乎，根本无所谓。

张雨叹了口气，走到最后排，推了推一个大个子男生，赶快起来做题，你咋回事？

那学生抬起了头，满脸的真诚，老师，一个都不会做，又不让交卷，只能睡觉了，但我保证不抄袭，主要是现在做这些没意思。

她望着这张满是青春痘的脸，一时不知怎么说了。人家自己都承认了什么都不知道，不抄袭已不错了，还要怎么样呢？

那你平时都干些啥呢？她愁肠地问。

平时也睡……反正也考不上，就是混日子嘛！他倒很坦然。前排有人吃吃地笑。

老师，这娃就没想着考大学，就是来混毕业证的。身边一个黑衣黑裤的嬉皮笑脸地看着她。

别说了，赶紧做题。她板起了脸，别给个颜色当大红了啊。

他们都低了头，在卷子上涂抹起来。一个女生扭来扭去，弄得凳子吱吱响。她看了一眼，无奈地走过去。这不爱读书、混迹学校的女娃娃叫李婷婷。人长得又高又瘦，大眼睛高鼻梁小嘴巴，脸上涂了一层粉底液，口红痕迹也很明显。长发长到腰间，用根黑皮筋绑着；尽管刘海遮住了半个脸，也遮不住青春逼人的气息。说实话，这样的装扮一点儿不好看，可有些女生偏偏就喜爱，一副迫不及待扑向成熟的架势。

她环顾四周，忽然发现，后排这几个好像是一个群体，服饰就显出端倪。都是黑衣黑裤，手上戴着同款戒指，银色的？铝合金的？一个个在灯光下发出怪异的亮光。脱去穿了十多年的校服，现在的装扮一看就不是好学生。她可惜地看着眼前这些将青春肆意糟蹋的年轻人，踱到了靠右的窗户边。

长长的窗帘质量很好，厚重密实，垂在地上。土黄色里压着层层金丝，有种假模假式的高贵。这样的窗帘一旦拉起，实验室里暗黑一片，一丝光亮都透不进来。

她盯着这个窗帘，看着这个角落，瞅着这光鉴照人的水泥地，心疼、无奈、无助、愤慨，不由叹了一口气。这是实验室，也是考场，可就在这里，两个青春正好的学生，从无比相爱到互相伤害，从誓言铮铮到互相毁灭，走了一条什么样的路呀。

门被推开了，三班班主任走了进来，手里拿着一张纸一根粉笔，对她点点头，大声说，大家注意啊，看第六题的 B 项，一个方程式写错了，都改过来。

粉笔落在光滑的淡绿色玻璃上，黑板发出吱扭扭的声音。学生们抬起了头，有些茫然地看着老师，似乎没有反应过来。

大家都记得看黑板，改过来。班主任重重地敲了敲黑板，发出吱扭扭的声音，很响亮。学生们哗啦啦翻着卷子，修改着思考着。

矮矮胖胖的同事背着手，沿着空道边走边看学生卷子。张雨看着这个比自己大不了几岁的同事，忍不住一阵心酸。这刚生完孩子的女人，满脸憔悴，浑身上下都散发着疲惫不堪的气息。

怎么样？她走过来，小声问。

张雨也悄声说，前排还不错，后面这几个不好好做。

这几个，学艺术的，本来在外面培训机构里学专业，最后一次月考，学校要成绩，就赶回来参加了。你看看，都是不好好学的，巴不得赶快毕业走向社会呢。

我说怎么不穿校服，一个个不好好做题还睡觉，我喊起来人家又继续睡。

以前都和常芸芸是一伙的，现在她退了学，这几个群龙无首，一天天混日子。

张雨就问，那件事怎么样了？

昨天判了。胡伟被判了五年，已进了监狱。听说他爸爸也不做生意了，回家待着呢。他妈妈更可怜，上吊了一次，喝农药一次，总认为是自己监管不到位造成的，不能原谅自己，现在精神崩溃了，在医院呢。

常芸芸呢？

常芸芸再也没闪过面，她妈妈一会儿说去深圳学美容了，一会儿说在一个足浴中心打工，到底在哪里谁知道？那女人现在一见人就哭哭啼啼，我看也疯疯癫癫的。

哎，两个孩子都糟蹋了，两个家也毁了，都糟心啊。

我也心情不好。你说咱天天早起晚归的守在这里教书，都教了些啥？一天到晚猴手不敢离了笼袢地育人，一转眼就出了这么大的事。我觉得自己也不可饶恕。

也是啊。把学生天天圈在学校里，让学知识学文化考大学，可他们连最起码的自我保护都不知道。出了事，也不知如何疏通化解，一味地蛮干胡干，毁了别人的同时也毁了自己。

现在真觉得学知识学技能都是次要，德育是第一位的。只求成才不求成人，最终自食恶果。没有家长的以身作则，没有家庭的熏陶感染，不以育人为基础的教育，都是缘木求鱼。现在那么多的青少年犯罪，那么多的未成年人案件，其实背后都有个问题家庭，有这样那样问题的父母。

真可惜胡伟了，一个小有才气的娃娃，却成了劣迹斑斑的罪犯。

常芸芸更可怜，长得那么漂亮，本质也不错，正是如花的年龄，却被爱她的人毁了，后半生怎么度过呢？听说下学期各年级不但每个月都会召开家长会，还要开家长课了。

早都该这样了！不过，告诉家长如何做一个合格的父母，如何为子女负起责任来，说起来容易做起来会更难。他们是成人，思想成熟了，价值观也定型了，咱们说的人家听不听？

相信绝大多数家长都会积极配合的。当然也有个过程，思想问题解决了，其他的都好办。

两个年轻人，又站了好半天，一个转身走了，一个继续监考。

张雨望着光滑温和的前黑板，上面的标语又换了。“破釜沉舟搏他个日出日落；背水一战拼他个无怨无悔”“有来路，没退路；留退路，是绝路”“提高一分，干掉千人；苦干一年，辉煌一生”。

她默默地看了许久。百日誓师大会后，这样的励志性标语到处都是，挂满了高三楼，张贴在每间教室里，黑板上更是一周一换。它们时时刻刻无声地提醒着师生，激励着人们。

铃声响了，整理好试卷，关好窗户锁好了门，她抱着试卷，正准备去交卷。手机响了，主任再次打来电话，强调考试结束后一定要清场，一定要关窗检查，一定要锁好门后上交钥匙。她再次看看手中明晃晃沉甸甸的钥匙，忙说知道了，我明白。

老师，我给您拿着水杯好吗？张雨扭头看，原来是高高瘦瘦的女生李婷婷。

好。张雨心中不禁涌上一股暖流。学生永远是学生，虽然总是叛逆不听话犯错误惹人生气，虽然一会儿这样一会儿那样，但还是很可爱很单纯，让人感觉到温暖温馨。师生情谊永远是世间最温馨的一种，人性中闪光的东西永远在闪光。

两人边走边聊。张雨问，我记得你和常芸芸是好朋友？

是的！老师，我俩从初中就一个班，六年的同学了，是最要好的朋友。老师，其实我们也有自知之明，知道自己考不上大学，就约定毕业了一起自费学西式面点，以后当个甜品师。可现在……她走了，我心里一直空落落，很难过。

她和胡伟到底怎么回事啊？

都怪她妈妈。老师，您是不知道，她妈妈把女儿一点都不当人，只爱钱。芸芸小时候她不在身边照顾，长大后又不想让她读书，一心想让她找个有钱人，给她们买房买车。芸芸也爱虚荣，谁给的钱多就跟谁。起初觉得胡伟家里有钱，人品不错，还有才气，就和他好。但他毕竟是学生啊，也给不了很多钱，再说他爸爸也不同意两个人交往。后来结交的这个男人，比芸芸大二十多岁呢，女儿都和我们差不多，但是有钱啊，她妈妈就逼着她交往，结果……胡伟也是，太看重感情，太偏激，结果就出事了……哎，我要是有这么个妈，早都跑了，只可惜……

张雨看了她一眼，问，你妈妈怎么了？

我妈啊，早死了。我十岁上就死了的。当时，我爸爸带着一个女人回家，还骂她打她，我妈气不过，就喝了农药。

当老师的一下子蒙了，急忙站住，连声道歉，对不起对不起，李婷婷，我不该提这个问题的，是话说到这儿，我只是随口……就问了。真对不起。

老师，你用不着这么担心，我早有免疫力了。像我们这样的人，野草一样，只能自生自灭。一出生就命不好，没遇上好父母，把人世间的委屈几乎尝遍了，心理素质都超好。别看我们一天叛逆不听话，其实心里一个比一个苦。我妈去世后，我爸娶了现在的后妈，又生了两个弟弟，照样天天不着家，照样不管老婆娃娃。常芸芸出事后，对我的打击非常大，也让我明白了很多。以前自己不争气，不好好读书，现在再后悔也来不及了。不过也不迟，考大学是不行了，但毕业后我就去打工挣学费，然后去一所好点的技校学手艺。老师您说得对，不管以后干什么，人都要有一技之长，要自己能养活自己，要吃苦耐劳；不能只靠脸蛋吃饭，也不能只靠男人生活。其实谁都靠不住的，只有自己靠自己。我不想虚度光阴，更不想混日子。我爱吃甜食，也爱做甜食，就做个甜品师吧。以后我开了店，老师可要来捧场的啊。

一定一定。你好好学门手艺，好好生活，只要踏实能干，一定会成功的。到时候就给我电话，我最爱吃萨其马了。

谢谢老师。其实我们很喜欢您的，但成绩不好就很自卑，从不敢在您面前说点啥。常芸芸出事后，也哭着要我珍惜青春，珍惜在学校的日子，珍惜师生情谊，说一旦糟蹋了就再也没有了。我可不愿意再走她的路，我要走一条属于自己的路。说完，转身就跑了。

张雨望着楼道里熙熙攘攘的学生，望着那个单薄扁平的背影，深深叹了口气，走进了办公室。

后天，后天就要高考了。

校园里，又成了标语的天地。行政楼前的动态演示屏上，不停闪动着硕大的红字。“拼一分高一分，一分成就终生”“请老师放心，我是你最骄傲的学子；请父母放心，我是你们最争气的孩子”。“拥有知识改变命运，拥有理想改变态度”。

楼道里，巨型标语满满当当。“要成功，先发疯，下定决心往前冲！”“十年磨一剑，霜刃未曾试；今日斩荆棘，考场扬意气。”“十年一搏六月梦，赢得寒窗锦绣程”。

各教室的黑板上，倒计时牌“3”触目惊心，格外显眼。那些仿佛用血泪染成的标语词，硕大鲜艳，熠熠生辉。“扛得住给我扛；扛不住给我死扛。”“就算撞得头破血流，也要冲进一本大楼。”“对于世界，我微不足道，但对于我自己，我就是全部！”

最后一节课，当她抱着厚厚一沓试卷走进教室，学生们不吵也不闹，都静静地看着她。她默默站着，盯着那绿色发光的后黑板。黑板也沉默着，凝视着窗外飘拂的紫藤，凝视着满含惜别之情的师生……

陈兄，这是我一个弟子讲的故事，它让我思考了许多很多。终其一生，我们育人的目标到底是什么呢？是不是把最重要的一环丢了？

今天在抖音上，我看见一个九岁女孩是这样写："今天妈妈火化了，我再也见不到她，就给我一万个赞可以吗？"消费悲惨，消费死者，对生命毫无敬畏之心，为了博关注换流量，甚至不惜用这种方式来获得名利，你说我们的教育可悲吗？

而只要高考成绩出炉，"状元"经济会一次又一次地成为最热话题。热炒的背后，固然有媒体和商家的追逐，也有学校社会的利益推手，但这一切都和我们畸形的教育价值观有关系。如今，教育已沦为赤裸裸的产业，泯灭了精神，只剩下了钱。多数家长将一生积蓄都投在孩子教育上，鼓励孩子读书，虽然令人感动但充满了功利色彩，似乎读书的目的只是为了出人头地，为了升官发财，为了将来有份好工作，有房子车子。有的家长为了金钱，把孩子当作赚钱工具。

在如此畸形的价值观下，学生们不能敞开心扉，不善于独立思考，不愿意开辟新思路进行新尝试，也缺乏基本的社会实践和与人沟通能力；不敢挑战权威，不会有责任心感恩意识，丧失了探索质疑精神，限制了主动创造精神，只能沦为包装精美的糖衣人偶。可是，社会进步靠的是人以及"革新"力量，而不是"乖巧"的程式化思维。我们的未来靠的是富有创新意识、兴趣广泛的人才，而不是循规蹈矩的"高分英雄"。尤其在全球化的今天，高智商与优秀的成绩只是成功的一部分。

畸形的价值观，造成了畸形的家庭教育。如果这两个孩子还有机会，还来得及挥霍，在时代浪潮下，在这样的父母熏染下，他们会不会继续迷失？十年后，会不会成为同样的父母，同样去引导自己的孩子？

顺祝冬安！

师弟　艾河

二〇一九年十二月七日　大雪

怀　孕　记

陈老弟：

您好！

最近心情不大好，正和我家那小子闹矛盾呢。

去年，他从西北师大毕业后，回到省城，进了二中，教初中数学。最近，说都没说一声，就辞了职，和几个年轻人合伙办了家培训机构，收入不错。

咱们看重的编制、铁饭碗，在他们眼里也就那样。我问原因，他没说什么，只是给我讲了一个故事。正好收到你的来信，我就把它转述给你吧。

早自习回来，昏昏沉沉的朱玲珑就看见桌上放了一张纸条，拿起来一看，声音顿时高了起来，呀，怎么又让我代课？谁又咋了啊？

对面的张老师说，是教务处鲁主任拿过来的调课单，说叶老师请假了，让你把补习班课暂时接上。

朱玲珑一下子觉得浑身凌乱，拉着哭腔说，两个班都累得要死要活，三个班，而且还是补习班，我怎么能上下来嘛！不是刚接完高二课吗？

哎，没办法。实在不行，你就去坐着，看他们写作业吧。陈老师看着她苍白憔悴的样子，同情地说。

这可是补习班啊，怎么敢坐着呢？耽误了课可咋办呢？小鼻子小眼的朱玲珑，瞅着面前的一堆感冒药，愁得眉毛都歪了。我这几天感冒，头疼发烧，难受得很，咽炎又犯了，就是怕没人代课才没敢请假，现在……

先不要着急，把药吃了再说，张老师像对女儿一样地叮嘱。

朱玲珑感激地笑笑，从花花绿绿的药盒中挑出康泰克，想吃却又放了回去。感冒药吃了肯定打瞌睡，还有两节课，上课犯迷糊，学生会笑话。满脸赤红的她端起水杯，一连喝了几大口，然后趴在桌子上，闭上了眼睛。

陈老师走过来，看着无精打采的小同事，劝道，人都成这样了啊。实在不行，就请假去吧。

我再坚持坚持，朱玲珑挣扎着爬起来，端起杯子，又喝起了开水。

改作业的王老师说，语文英语老师，太辛苦了啊。小朱这么年轻都受不了，那些上了年龄的就更不用说了。我看语文组现在基本上成了老弱病残组。

在地上扭腰的马老师苦笑着回答，可不是嘛，单是这学期，就病倒了好几个。小朱要是请了假的话，高三几个班的语文直接要停了。

也是。先是张老师心脏病，住院一个月。接着唐老师胰腺上动了手术，休息了一个月就来带课，结果伤口发了炎，又住了一趟院。加上小马骨折，伤筋动骨的一百天。现在叶老师又请了假，直接没办法动转了。可怜的小朱像个打麻将时的榧子，哪里缺人她就顶上去。现在她也病了，那课谁代呢？只能停着了。

大家边说边叹息。

端着水壶的张老师给朱玲珑杯里倒满了开水，又挨个给大家添上。是个人怎么能不生病呢？都是累的。我们英语语文天天早上六点半就要起床，一路小跑到学校，跟完早自习才八点钟，这就无形中比其他科老师早上了近一个小时班。又是主科，学校家长学生都盯着成绩，一刻也不能松懈。语言类的东西，像一颗颗沙粒，知识点多，都需要慢慢积累强化记忆，哪像你们理科，抓稳了十分八分的，就能抱个大西瓜。我们的这些芝麻知识，要靠无数次重复记忆才能掌握，所以更辛苦了。身体上吃亏，精神上也无法放松，而且长年累月的，不得病才怪呢。

这几年，光咱知道的就走了三四个。说个实话，都是超负荷运转的结果。生了病还想着学生，还坚持站讲台，最终耽误了最佳治疗时间，其实都是累死的啊。

就拿早自习来说吧。一周六个，每个五十分钟，不是多了六七节吗？再加上下午辅导晚自习，各种活动，你们算算工作量？一周整整二十六节，谁能扛得住？给领导反映吧，人家就说这是学科特点，谁让你们当初学这个专业呢？真是把人能气死。

早知道这样，那时候就应该学个音乐或体育的，轻轻松松上课，开开心心上班，养颜又养心，学生也喜欢，老师也轻松。

现在说这些已经迟了嘛。再说，体育更辛苦，看看那些体育老师有一个皮肤白的吗？天天日晒雨淋的，也辛苦。这个世界上，其实干啥都不容易，人人都艰辛。

学校也是，动不动就拿英语语文开刀，随便增加课时量不说，还不让人提意见，上面三令五申不准增加教师负担，我看就是一句白话空话。

上有政策下有对策的嘛。家长要成绩，学校要效益，社会要升学率，只能抠住教师不放了。哎，不说这些了，就说小朱吧，病得这么厉害，也不一定能请上假。再说病假事假不但扣课时津贴，还要扣绩效工资，谁敢生病啊？有了病谁又敢请假啊？

那也总不能让咱一个个鞠躬尽瘁死而后已了吧？吃五谷生百病，这是自然规律，谁也不能躲过。工作的目的是生活，为了更好地生活，现在连基本生活都无法保障，谁还愿意为教育事业奉献呢？

学校工作细致又烦琐，真正的一个萝卜一个坑。现在自己有病也不敢请假，家人有病也不能去照顾，上面天天讲减负，下面却拿老师的健康生命当儿戏，一心要成绩要效益。咱们应该联合起来去反映，不然的话把人都累死了。

迷迷糊糊的朱玲珑听着人们七嘴八舌，暗想，老教师老资格才敢这么说，像我这样的新兵蛋子估计晕倒在讲台上，也不见得会怎么样。

突然，她想起了一个非常重要的问题，就站起来问张老师，咦，叶老师怎么了？为啥请的假？

张老师却神秘起来，压低声音，笑嘻嘻地说，怀孕了！

啊？！大家下巴都要掉下来了。

老王喷口而出，那么大年龄了，又有糖尿病，怎么还敢怀孕？太危险了。不过，真是个天大的喜事！

真是不容易啊！你给她说，一定要好好养身体，生个健健康康的孩子。

不过高龄产妇，还是有很多危险，告诉她一定要注意随时观察。

人们叽叽喳喳，由衷替她高兴。

张老师笑着解释，就是，都四十多岁的人了，身体又不是很好，她爱人生怕有危险，就说做了去，可叶老师说什么也不同意，一心想生下来。

那当然。给我排除万难都要生的。

这可是老天恩赐的礼物，怎么能放弃了呢？

名字我都想好了，就叫天赐吧，也是给好人的一个补偿，数学陈老师感叹地说。

朱玲珑也非常高兴，就大口大口喝开水，希望感冒赶紧过去吧，让自己好好代课吧。因为她最喜欢的同事，终于有了好消息。

叶老师，原名叶红枫，非常漂亮的一个中年同事，美丽温柔，温和干净。工作上认真负责，为人和蔼可亲，但生活经历比较特殊。八年前，儿子出车祸走了，她一夜间就白了头，天天以泪洗面，身体也垮了，还得了糖尿病。雪上加霜的日子里，大家都盼她再生一个，一来可减轻精神压力，二也能重拾生活信心。她也一直吃药看医生，但终究没怀上，就在所有人以为没希望了时，居然就有了好消息。

哎呀呀，这下子好了，她终于能有个堂堂正正的理由请假了，终于可以歇缓歇缓了。别看她平时不言不语，其实个性很强，出了那么大的事，也很少在人前期期艾艾。因为不愿被人说三道四，这几年一直坚持带课，就是得了糖尿病，也很少请假。

一说起请假，大家话更多了。

这次她请假估计不会有什么问题吧？

那当然，她情况特殊嘛，谁敢不请？

可也不一定。学校规定请假必须本人到单位，生病了也不行。即使有住院证明也要扣钱，而且每人每个月只有一天假，再请就得找校长签字。请个假，先要年级主任签了字，然后要自己找人代课，最后还要找校长签字，手续那么麻烦，谁愿意呢？

张老师也发了愁。她那人最怕麻烦了，今早还说先请两天去医院检查。如果身体没什么大问题，暂时就不请了。其实还是不想给其他人添麻烦。又说语文老师本来就少，现在自己请了假，课就得其他人承担，不好意思。

朱玲珑听到这里，眼泪都要下来了，觉得自己刚才的抱怨太不近人情了。平时大家关系那么好，尤其是几位年长的同事，总把自己当女儿一样对待。现在叶老师怀了孕，应该是天大的好事，自己却不管不顾地唠叨了一大堆，真是昏头了。

上课下课，做卷子讲卷子，高三课尽管很辛苦，但朱玲珑还是努力坚持着。病来如山倒病去如抽丝，古人说得对，虽然吃了药打了针，可感冒就像牛皮糖一样粘在身上。这次的流行性感冒在全班，不，在全校、全城都迅速蔓延。听说为了防止交叉性感染，某所中学的初中部还放了两天假呢。

坚持，坚持就是胜利，每天早上，浑身酸疼得她都握紧拳头，像个小孩一样给自己加油，然后爬起来去上班。

周五早上，当头痛欲裂的她从睡梦中醒来时，已七点二十了，打开手机，微信短信十几个，都是问她为什么不来跟自习，为什么不接电话的。她坐起来，瞅着窗外灰蒙蒙的天，眼泪吧嗒吧嗒掉。

母亲走过来，心疼地说，今天你就请假吧，不上班了。

她大声嚷，可是妈妈，我们学校规定不准电话请假，也不准发短信微信请假，必须去单位当面请假才算数。

哥哥刷着牙，走过来看看她，嘟囔道，什么破单位啊？又不是黑心私企，好像把命都卖到那里了。从来没听过这么不讲人情的制度，可笑死了。

埋怨归埋怨，但梳洗后的哥哥还是开着车，送她去单位请假。

在教务处，她说了自己的情况，年轻的教务干事皱着眉头，现在语文课的确没人，你要请假学生的课真得停了。这你得给主任说，我做不了主。说着就忙活去了。

她只好坐在黑色的人造革沙发上等主任，可一本书都翻完了，还没等来人。她掏出手机一看，八点半了，学生上完早操该上课了，自己还坐在这里，算怎么回事呢。再说自己课在三四节课，十点以后了。先到办公室吧，喝点水吃点药，说不定就好一点儿。

教务干事匆匆跑进来，小朱，主任去局里开会了，让我告诉你，坚持把今天的课上了再说，不能让语文课停了。

她委屈得只想流泪，但还是忍住了，这么大的人了，为请个假还哭鼻子，别人不笑话自己也觉得难为情，就站起来，用手扶着头，慢慢向自己办公室方向走去。

学校有五幢楼，南北各有两幢，被中间的行政楼连在一起，高三在一号，距离比较远。上台阶下台阶，高跟鞋吃力地敲打着大理石地面，她懊悔自己为啥这么不理智，非要穿这双闲暇时才可以穿的鞋子呢。

学生们已进了教室上课了，走廊里静悄悄，只有隐隐的、此起彼伏的讲课声。

突然，她发现再一号楼长长的连廊里，一个穿褐色衣服的人弓腰驼背，双手扶着墙。

她飞快地跑过去，扶住那个脸色苍白的同事。

叶老师？！您怎么了？

叶红枫闭着眼，浑身颤抖，嘴里喃喃说着什么，一句也听不清。微胖的身子紧紧靠在墙面上，没有血色的脸上，汗珠沿着伞形皱纹蜿蜒而下。额头上，脸颊处，都贴着水淋淋的短发。

朱玲珑刚把手伸出去，她就一把捏住，身子大幅度摇摆，然后就软塌塌往下溜。

朱玲珑着急了，不住声地喊，叶老师，叶老师……

一阵寒风掠过，偌大的楼道没一个人。

她转身大叫，有人吗？有人吗？叶老师晕了……空荡荡的地面上，一片干透了的树叶，在地上滑行，吱吱作响。

她只好挺起身子，一面用力把人紧紧抵在墙上一面叫，叶老师，叶老师，您怎么了啊？

时间仿佛过了很久很久，中年女人清醒了过来，一只胳膊在空中绕了几下，失血的嘴唇也动了动。朱玲珑眼看着那张蜡黄的脸上，由下到上，一层暗红色慢慢升了起来。

当叶红枫清醒过来时，她的小同事已被吓得浑身颤抖，满脸是泪。她看着面前这张惊慌失措的圆脸，不好意思地笑了笑，小声问，我刚才咋了？是晕过去了吗？

朱玲珑没回答，只是哭着问，叶老师，你这是准备干啥去啊？

早上我来跟了一节自习，就觉得浑身不对劲，一身冒冷汗，就想今天上不成课了，得去教务处请个假。我就走了出来……一上台阶，浑身像针扎一样疼，我就靠在墙上……

老师您这样的身体，出来咋不叫个人陪呢？出了问题咋办呢啊？你把我吓死了啊。朱玲珑惊魂未定。

我也没想到会这样，上年龄了，身体真不饶人了。多谢你啊小玲珑，不然……叶红枫反过来安慰。

叶老师，您赶快回家休息去吧，课我先替您代着。朱玲珑紧紧握住她的胳膊，生怕她再晕过去，我扶您回办公室吧。

不行啊，我得先去教务处，才能请上假啊，叶红枫苦笑着说。

朱玲珑望着这张憔悴的苍老的疲惫不堪的脸，百感交集，只好扶着她，慢慢地下楼梯，再慢慢地上楼梯。

到了教务处门口，就见满脸怒气的主任从副校长办公室走出来，惊讶地问，叶老师，你咋了？

叶老师汗水淋漓，气喘吁吁地说不出话。朱玲珑只好代她说，叶老师身体不舒服，来请假的路上晕过去了，我路过时恰好遇见……

赶快坐下，缓缓，缓缓。教务主任急忙让座，拿出一个一次性纸杯倒水。

副校长也走了过来，叶老师正要解释，他摆摆手，不要着急，先缓缓，喝口水了慢慢说。接着问了情况，还要了号码给家属打电话。

大家都坐了下来，尴尬了几分钟后，副校长开始没话找话。说姐姐生孩子时的痛苦，说妻子怀孕时的艰难，说着说着就说到现在女人一怀孕就娇气的话题上来了，顺带回忆起过去女人的坚强来。说谁家女人正在拔草，把孩子生到了荞麦地里；谁家女人割麦子时，把娃娃生在了架子车上；谁家女人做着饭，把孩子生在锅台下，直接取名叫锅生。

喝水，说话，朱玲珑听着他的话，感觉像看旧电影。

一阵脚步声传来，门被推开了，一个瘦瘦高高的男人浑身冒着热气跑进来，一把抱住妻子。无比坚强的叶老师猛然站起来，像个受了委屈的小女孩，紧紧靠在丈夫怀里，放声哭了起来。

丈夫用手擦着她的眼泪，柔声细语道，别哭了，咱们请假回家，回家啊。

人们都站了起来，同情地看着他们。

副校长说，叶老师这么大年龄了，身体又不好，还怀着孕，真是不容易啊。在家缓好了再来上课吧。

家属说，请问在哪里填请假条呢？

不了不了，她情况特殊，缓好了再来补假。

朱玲珑看着客客气气的领导，看着脸色越来越青的叶老师，看着半扶半抱着妻子的男人消失在楼道拐角，不由叹口气。

咦，小朱，你早上咋了，怎么没来跟自习？教务主任似乎才看见她一样。

感冒了，睡过头了，她嗫嚅着。

年轻人，才干工作，就这么娇气，一定坚持啊，不要一有事就请假。他威严的样子和刚才判若两人。

朱玲珑点点头，转身出了办公室。

沿着楼道，脚步沉重的她正往前走，遇见一路小跑着的教务干事，小朱，主任来了，你请上假了？

不请了，我去上课。她双脚用力，跳上了台阶，高跟鞋像踩了个风火轮，越走越快。

再次见到叶老师，是在期末的教研会上。

才几个月，记忆中那个清秀的文雅的中年同事再也找不见了，取而代之的，是一个浑身浮肿的、呆滞的老年模样的女人。

身边，同组的两个老同事不顾上面领导的侃侃而谈，窃窃私语。

哎，真可怜啊，这次打击是致命的，你看人一下老成个啥了！

年龄大了，好容易怀了孕就应该在家休养，太大意了。人家高龄产妇都在医院里保胎，躺在床上一动不动还怕出问题。她倒好，还想着上班，想着请假，结果……现在找谁说理去？没道理可讲的。

年轻人流个产还能缓过来，她呢？这后半辈子咋办啊？看得人心酸。

学校也是，每年都不进年轻人，就知道赶着一帮中老年人拼命。上了年龄，心有余而力不足了，再怎么敲打也跑不动了呀。

学校也很无奈，咱们单位平均年龄五十二岁，老龄化太严重了。很多人代不了课，还占着编制，年轻人想进来没编制，没编制就意味着没全额工资，谁愿意来呢？如今的小年轻本来就嫌教师工资低，没福利不自由，再加上没编制，他们才不愿意跑这儿来套枷锁呢。

也是啊，咱单位好几年都没进新教师了，偶尔有外校调进来几个，也是杯水车薪，解决不了大问题。这样的年龄结构，再不想个办法怎么行啊？

天天说改革，天天走老路，没年轻人，就没有新鲜血液。一辆老牛车，让一帮子老人拉着，迟早会累死牛翻了车。

都别说了，好好听讲，经常是上面开大会，下面小会不断。校长发火了，身边一下子静悄悄地。

朱玲珑瞅着对面一动不动的老同事。瘦弱的身影，佝偻的脊背，深陷的眼睛，花麻色的头发，臃肿的身材，灰色的衣服，坐在那里，像一尊年代久远的砖雕。凌乱的头发下，曾经平滑的额头上出现了水波般的皱纹，一条一条，非常显眼。一张肿胀的脸上，眉毛眼角嘴角连同脸上的肌肉，仿佛被谁拽住往下拉了一把，全部下垂，猛一看，万千愁苦都刻在了脸上。

冬日的阳光透过窗棂，照在那没一丝表情的脸上，那心如死水生无可恋的样子，不忍卒看，她不由想起初见叶老师时的情景。

第一天上班，一贯跑跑跳跳的她装作很稳重的样子走进办公室，就看见一个中等个子的瘦女人，拿着把笤帚在扫地，一见她就笑眯眯问，是新来的小朱吗？

她点点头，羞涩地望着眼前这个女人，真好看啊。白净的脸上嵌着一双圆圆的眼睛，高高的鼻梁，端正的鼻子，紧抿着的嘴唇，和谐地搭配在一起，显得温柔大方，端庄典雅；加上一头乌黑亮丽的长发，丰腴的身姿，有一种特殊的美，风韵犹存的美。

后来，她常常给闺蜜说，我发现咱这个年龄多好看都是青涩的生瓜蛋子，只能用漂亮来形容。真正的美就在叶老师那样的女人身上，那是一种经历了岁月的美，是历经时光沉淀后的端庄。

可现在，在不到几个月的时间里，她就成了一个名副其实的老女人。朱玲珑愧疚地看着，在心里不停地说着对不起。她总觉得对不起里也包含着自己的成分。

从那以后，她再也没见过叶老师。叶红枫也再没来上过班。

听说她得了抑郁症。听说她曾经十五六天都睡不着。听说她自杀了几次。听说她进了精神病院。

一切都是听说的，谁也没见过本人。

办公室里，人们也避免说起她和她的事，似乎只要不说出来，就意味着一切都是道听途说，是无根无据的，是不可能发生的。

台上，校长谈起学校编制，也眉头紧锁。目前，我校教师严重紧缺，编制非常紧张，以至于常常停课。以前财务审核不是很严格，还可以请师范院校的优秀学生来代课，现在审核这么难，请临聘老师的可能性不大。所以咱们老师生了病，也只能在本科组内消化课程，也就是说，以后凡是来请假的老师，请你自己先找好代课人，两个人一起再来找我签字。不是我不准假，实在是没办法啊，同志们，拜托大家好好锻炼身体吧，千万别再生病了。

人人苦笑，无可奈何地听着。

过了一天，高三年级组来了个新语文老师，叫杨英豪，比自己大五岁。终于有了代课老师，而且还是同龄人，朱玲珑高兴极了。

下午辅导结束，走进办公室，就见他一个人趴在办公桌上，一副软弱无力的样子。

她忙问，怎么啦？

他有气无力地说，好像我病了。

那还不赶紧去看呀，趴着就能好？在这个师兄面前，她一点儿也不害怕，想怎么说就怎么说。

可我还有课呢，还得做一套模拟题，怎么能走开？

朱玲珑一怔，是啊，还有一个礼拜就要高考了，师生都像离弦的箭，由不得自己了。三年时光啊，十年寒窗啊，个人职责啊，金榜题名啊，家长期望啊，学生成绩啊，社会舆论啊，一连串的词都冒了出来。谁都清楚，现在才是最紧张最关键的时候，千万不能掉链子。还有两场大模拟以及毕业前的各种事宜，等着他去监督完成呢。最最重要的，是学生的身心安全。校长三番五次强调，我们要绝对保证，每一个学生安安全全走进考场，平平安安走出考场。剩下筋疲力尽的最后几天了，任何风吹草动都让人心惊胆跳，又有谁敢在这时候请假去看病呢？

要不，你去输液我替你看着？

你确定自己能镇得住？

朱玲珑想了想，摇了摇头。

她有自知之明，知道毕业班到了现在，谁的班就听谁的话，只有班主任才能压得住。非常时期，一点儿也不能大意。凭自己这年龄这威望，绝对镇不住那帮和自己差不多的年轻人。再说还有自己的教学任务呢。教师这行业，与其他行业不同，其他行业要是请了假，无须再补工作进程。教师就不一定了，除非你请假一年半载，否则谁的教学任务还得谁去补。更何况在如此重要的时段，“责任”两个字比千斤还重。

算了吧，我再熬熬，小杨趴在桌子上，摇摇手指。

朱玲珑知道他不去请假还有一个原因。请假要扣考勤奖的。父亲去世后，小杨的老妈弟弟妹妹都靠他生活，上有老下有小的日子，非常不堪，扣钱也是一笔不小的损失。

真难为他了。

高二（8）班班主任王鑫也进了门，他和小杨是大学时的好兄弟，他们三人是新组合的死党。

三个年轻人望着窗外干枯的合欢树，默不作声。

我准备学期结束了就辞职。哎，理想很丰满，现实很骨感，我要当逃兵啦。小王叹口气，忧伤地说。

朱玲珑不知道怎么接话，就叹了口气。

杨英豪没有说话，跟着叹了口气。

我在深圳教书的同学说，他们那里可以请假一个月呢，课也可以让别人代，而且不需要补课，咱们这儿很快也会实现的吧？朱玲珑想换个话题，可说出来，还是请假的事，好像是给自己的心思做注解。

别天方夜谭了！不可能的。脑子是个好东西，可惜某人动不动就忘了带啊。连校长也只有批三天假的权力，超过一周就要去教育局找局长签字。还有一个问题，谁敢天天找局长去请假呢？王鑫是个愤青，看问题总反着来，常常驳斥得人无言以对。

只是听说嘛，其实我也觉得不可能，朱玲珑心虚地说。

杨英豪也说，我也觉得不可能。全国上下，东西南北估计都一个样。我媳妇最近怀孕了，天天吐得昏天黑地，可一天假都没请过。他们学校教师更紧张，一天都不行。

责任无限大，权力无限小，事事卑躬屈膝，人人可以评点。我看干咱这一行的就是个笑话。为什么连个假都请不上呢？时时说情怀，天天讲奉献，教师最好都不要吃饭不用养家，做一根烧完拉倒的蜡烛算了。王鑫说话总是很尖刻。

杨英豪感慨万千。其实辛苦劳累都算不上什么，我最反感道德绑架了。条件差待遇低，还让我们自认为干着神一般的工作，还要求我们无所不能，还要求人人都是道德楷模道德标兵。用我刚刚辞职同学的话来讲，就是拿着卖白菜的钱操着卖白粉的心。

朱玲珑伤心地补充，就这还有人天天骂。说综合素质差，说没有职业良知。说上班多轻松，几节课上完就没事儿了。说寒暑假想去哪儿就去哪儿旅游。还有人说咱上课不好好讲，放学了补课挣钱；有人说老师都是有钱人，家长天天发红包送礼……连我妈都问有没有家长发红包，气得我够呛。

杨英豪爬了起来，我想不通为什么只要牵扯到师生问题，媒体就会放大老师的错误，强调老师的责任；揪住老师的身份，鞭挞整个教师群体，更加深了人们对老师和学校的偏见。只有我们这些身处其中的人，才知道辛酸苦辣啊。每次看到这样那样的评论，我特别难过特别寒心，就忍不住想为这个群体“洗白”。我们不怕辛苦，就怕不被理解。

王鑫接着话茬，尤其可怕是说这些话的人，也曾经当过学生啊。我们教会了学生认识世界认识自己，却从没教给他们正视老师的工作……家庭、学校、家长、老师，本是互相理解互相合作的关系，为什么现在却越来越对立，越来越难沟通了？

朱玲珑更是忧心忡忡，学校现在都不敢管学生了。去年我去外校监考，考务会上，一个领导直接说，拜托各位千万不要抓作弊啊，警示一下就可以了。万一你抓住某个学生，没收了作弊卷，他想不开出了事，你们完了我也完了。哎，你看现在校长布置完任务总要加一句，同志们，这是没有办法的办法。领导层都觉得不合理不可行，无实效很尴尬，何况咱们这些普通教师呢？

王鑫在地上走来走去，我一个同学，特别爱教书，就是传说中有教育情怀的那种人，当年以六百二十分的高分读了免费师范生，回来分配在一所乡镇中学教书，带了个最差的班。为了出成绩，她天天拖堂，天天盯学生练字写作业。学生不听话她就打板子，还罚站，后来成绩由全年级倒数第一变成了正数第一，成了名师，但也和学生产生了不少矛盾。特别是网上打老师杀老师的事件频频出现后，她说当一个有责任心的老师是有代价的，现在连走路都不时回头，生怕有学生过来扇自己几下。她开始怀疑这样做值得不值得，怀疑“严师出高徒”这句话了。又说其实做个里不伤外不损的教师就好，得过且过，你好我好大家好。她告诉我，比起刚进校那两年，现在的工作热情与认真程度至少减了三分之一。

王鑫又说，现在是学生安全高于一切。上周日我留了几个学生补课，校长看到了说赶紧让回家去。我理解，一旦出点安全问题，不但班主任被连累，相关领导更难以脱身，不管你出于什么原因。

杨英豪越发慷慨激昂了。教师和医生一样，都是被道德绑架了的行业，是被拉到聚光灯下接受公众审判的行业。我当大夫的同学说，许多医生在遭受这样那样的冲击后，也学会了自保，重患者能不收就不收，能保守就保守治疗，能往严重交代就绝不留一丝漏洞。怎么治病倒是其次，先让家属签了所有的同意书，先保证自己安全了再说。难道咱们当老师的也一样，学生成绩好坏都关系不大，只要完成了自己的教学任务，学生学不学也无所谓？他站起来边吃药边说，高三这一年，咱几乎就没有休息过。补课、周考、监考、阅卷、讲卷，天天忙碌周周加班，工作多不怕，可工资呢？一个月扣完五险一金只有三千多，别人都说替人卖命，咱这不是卖命，而是送命！

王鑫唉声叹气，是啊！咱这职业，现在就是个矛盾聚合体。是家里人眼中的铁饭碗和外人眼中的臭老九，是不断提高的专业素养能力和遥遥无望的职称评定，是上班时间里的各种造假和不得不挤占休息时间备课的冲突，还有领导们讲不完的情怀奉献和背地里的无奈无助。还有家长态度，更让人无语。我班有个学生，父母离婚了没人管，奶奶照顾吃喝拉撒。昨天，他奶奶抱怨，我知道娃娃不爱读书，可老师你为什么不想点好办法呢？娃娃感冒了，老师你就应该给买点药。我娃娃最近心情不好，老师就应该多照顾他的情绪。他还小啊不懂事，你们就应该多担待。说实话，我看着那个高马大的学生，气就不打一处来。都高三了，身高一米八二体重一百八十多斤的人，还说小还不懂事，啥时候才能懂事呢？我是老师，又不是保姆？每个家长都希望老师给自家孩子吃偏份饭，恨不得让所有老师只围着他家娃转，教育过程中既不能批评也不能惩戒，还要学生成绩好能力强，我们又不是神仙？

朱玲珑也表示同感。可不，家长只要求老师多照顾他家孩子，却不为孩子做出榜样，一说到家庭教育总有各种理由来推卸责任。谁知道咱们现在天天面对的：手机，没不没收？恋爱，阻不阻止？犯错，惩不惩罚？女宿，查不查寝？骂你，回不回应？打你，还不还手？

杨英豪分析道，我觉得当个校长更愁。结构性缺编、高龄教师集中、教师队伍青黄不接等问题累积在一起，难心死了。况且安全维稳是重中之重，天天担惊受怕，具体到每个教师呢？只能是一个萝卜一个坑了。一线教师们既然没条件生病，那就只有硬撑着了，撑着撑着也就扛过来了，反正我们忍耐力强嘛，可现在欠下的身体债，将来一定要还的，所以很多教师一退休就浑身是病，多数过了六十很快就走了。学生呢？也好不到哪里去。从小到大就为分数挣扎，长期在高负荷状态下学习，缺乏睡眠，缺乏运动，心理压力过大，大多是亚健康状态，有抑郁倾向的人越来越多。就这一年，听到的中小学生自杀的例子还少吗？

可人人都不来做这些事，谁来做呢？以后教育怎么办？朱玲珑越发焦虑，我可是真心热爱这个职业的呀。

王鑫义指着她，严肃地说，不要自作聪明，一副要担起教育重任的样子，醒醒吧，你担不起的，而且肯定担不起。不要以为就你一个人热爱教育，我也是。不然的话，当年也不上师范了。我们这个群体要有尊严，首先应该有经济保障，最少应该有一个合理的规范的工作保障模式。其次应该有文化精神框架的支撑，应该让大家受到熏陶而不是消极抵抗。现在呢？还记得咱班的景蔚然吗？人家已经是副处了。我们呢，还是个小小的班主任。有限的中层职位，还被一群老人牢牢占据，晋升的机会又有多少？即使有选拔的机会，也不完全依靠你我的教学水平啊，还不是和社会上一样，靠爹妈靠关系靠金钱？只用师德师风和高风亮节让咱们为人民服务，这种掩耳盗铃的事谁愿意干了谁干去，反正我是不干了。

杨英豪委屈地解释，我就觉得有偿补课的禁令一刀切，不合理。本来咱工资很低了，还不允许额外创收，连给自家亲戚娃娃补个课也不行。我家条件差，没钱的日子很难过。想靠正常劳动得到相应报酬，现在也不允许。哎……

吵累了的三个年轻人，都不说话了。

半天，王鑫才说，还有一个方法，就是辞职自己干。一样能教书，还能赚更多的钱，而且想给谁上课就给谁上课，想请假就请假，自主权在我们手里。你们俩考虑考虑，干还是不干？

还没等到回答，杨英豪的手机叽里呱啦，他马上接起来。

一个苍老的声音抖抖索索，杨英豪吗？我是你媳妇单位的教务主任，你家陈晨说肚子疼，怕是动了胎气，你赶紧过来看看……

朱玲珑和王鑫看着满头大汗的同事，看着他紧张得浑身颤抖的样子，不知该怎么办。现在一切都是次要，母子平安才是最大的问题！

鹅毛大雪覆盖了一切脏乱，同时也覆盖了灰霾的心情。周末一大早，睡醒了的朱玲珑就约闺蜜到外面逛逛。三个人在视频中，叽叽喳喳商量去哪里。

不如去西海子拍雪景吧，来一场说走就走的近游，酷爱拍照的琴子提议。

小红热烈响应，好啊好啊，这是个非常好的建议，本姑娘严重同意。

拍照是由头，野游是借口，玩才是本意嘛。

一拍即合，大家都赶紧起床收拾。

母亲望着窗外的沸沸扬扬，劝阻道，这冰天雪地的，不好好在家睡觉，准备去哪里？冬至了，要吃饺子的。

朱玲珑撒着娇，老妈啊，你就别管了，让我出去放放风吧，饺子我下午回来吃。

不一会儿，三个人就会合在一辆白色别克上，连同一大堆熟食、反季节瓜果，还有衣服、书本和水壶，似乎去参加一次盛大的郊游。

琴子说，我还给你俩带了瓶红酒呢，正好赏雪品酒。

隆冬的田野，铺满了厚厚的白雪。堆积在沟洼里的雪干飒飒的，风一吹，像万点银粉撒在笔直的公路上。硬邦邦的田地上，由于没一个人，显得格外空旷冷清。

西海子到了，除了一座孤零零的黑色看护工棚外，四周一片空茫。封冻的湖岸边，枯黄的芦苇叶经受不住风霜雨雪，铺满了脚下。一簇簇干透了的米色芦苇，亭亭玉立，迎风摇晃。

交九了，到了一年四季中最冷的季节，可女孩们的心是火热的。她们围上红围巾，换上颜色鲜艳的大衣，拿着手机摆各种姿势拍照。然后，放声歌唱：

我爱你，塞北的雪，飘飘洒洒漫天遍野。

你的舞姿是那样的轻盈，你的心地是那样的纯洁……

突然，从黑乎乎的工棚里，走出来一个人。女孩们站了起来，面面相觑，恐惧地望着来人。

一个浑身肮脏、头发凝结成块的女人慢慢走近，手里拖着根木棍，也哼着歌：

没有树高没有花香，我是一棵无人知道的小草……

朱玲珑看着那个瘦弱不堪脏兮兮的女人，蓬乱的头发，呆滞的眼神，摇摆的身姿，感觉非常眼熟。

女人看都不看她们一眼，继续往前走。

突然，朱玲珑失声大叫，叶老师……

叶红枫站住了，回过头，用浑浊的眼神望着她，不停呢喃，你知道吗？我怀孕了，是个女孩。我喜欢女孩儿，她叫荷叶。然后转回身，直戳戳向前走。

满脸狐疑的闺密悄悄问，你确定这是你同事？

泪水漫过朱玲珑的脸颊。是的，她确定。这个疯癫癫的女人就是自己曾经的同事！一个受人尊敬的高中语文教师！

她顾不上回答，疾步追了上去，叶老师……她拉住女人肮脏的衣袖，我是朱玲珑……

叶红枫扭过头，羞涩地一笑，神情欢喜地说，哦，我已经请过假了。你知道吗？我怀孕了，是个女孩。我喜欢女孩儿，她叫荷叶……

太阳出来了，隆冬的西海子清澈透亮，像一枚金灿灿的圆镜子，闪烁着耀眼的光芒。洁净的冰面上，裂开了无数美丽的纹理。岸边，大片大片摇曳的芦苇，在阳光下一颤一动。

女人孤单的背影越走越远，越来越小。

朱玲珑颤抖着拿起电话，拨给曾经的同事，现已自主创业的两个好朋友。

她想说，我见到了她的面孔，听到了她的声音，目睹了她曾经那么美丽如今憔悴不堪的样子。她想说，这个女人曾经有过一头乌黑亮丽的长发，有过干净美丽的容颜，有过甜美婉转的声音；还有善良纯正的心，渊博的知识，上进的心态，苗条的身影；更有过那么多的同事，那么多的学生……

快点，快点，快跟上她……

师兄啊，这是一个真实的故事，就发生在我所在的城市我的身边。

我听完后，长叹一声，久久不能平静。

儿子说，她之所以放弃了这份工作不仅仅是为了钱，而是因为它缺少了起码的尊重和理解，缺少了职业带来的认同与自豪。

有了病也不敢请假，还谈什么风骨和坚守，说什么理想与情怀呢？儿子的话引起了我的深思。咱们有咱们的坚守，他们有他们的道理，谁也无法说服谁。

我现在想通了，年轻人有年轻人的活法，我们老了，也无法勉强了。人往高处走，水往低处流，也许他们是对的。

顺祝新年快乐！

师弟　李静

二〇一九年十二月二十二日　冬至

听 课 记

大哥好：

来信收悉。

看到大哥临近退休还在写信收信，真是羡慕嫉妒啊，果然还是那个有情有趣乐观向上的老兄。

有件事正想请教呢。最近，我们市正搞优质课大赛，几十节课听下来，感慨良多。关于真正的语文课堂是什么样子，大家分歧很大。有人说语文课要让学生从文字里得到真善美的感悟，有人说语文课就是听说读写强化训练的工具，有人说应该淡化工具性突出人文性，有人认为更重要的是审美情趣的培养。有人干脆说语文课的目标就是提高成绩，也有人把它放在忧国忧民的高度去思考。

我觉得，现在它不仅仅是一次课程大赛了，而是两种思维、两种理念的对峙，更是课程目标与文化传承之间的矛盾。

1

我认为《昆明的雨》这节课有问题，表面上看起来面面俱到，完美无缺，但总觉得缺了点什么？康冲盯着手里的打分表，面对一堆同为专家的同人，明确表达了自己的看法。

可这节课目标明确，基础扎实，准备扎实，环节完整，有效展示与讲练结合都有所呈现，而且媒体运用也合理恰当，能挑出什么毛病来？对面的齐明反问，他是这所中学主管教学的副校长，也是评委中比较活跃的人。

高大敦实的康冲站起来，黑胖的双手因为激动不停挥舞。把语文课上成数学课，把鉴赏作品变成处理步骤，把这么优美的散文上成纯粹的解题课，这是语文课的初衷吗？大家都说说，我们的语文到底要教给学生什么？语文课的语文味哪里去了？这个一线教师中产生的评委，豪爽大气，从来都有啥说啥，毫不遮掩。

精瘦干练的屈子路不停走动，手中的纸张跟着哗哗抖动。作为古汉语博士、师范学院的研究生导师，他声音虽小语速却极快，语调也更铿锵有力。缺什么？缺课堂的魅力，缺基本的素养，缺语文的内涵，缺传统的味道，缺母语的精神引领。现在中小学的语文课，怎么都上成了这样？用做题来代替学习过程，用答案来代替饶有趣味儿的分析研讨，把刷题作为最高目标，把这样的课作为最高水准，我觉得不但不合理而且很可怕。

齐明站起来，激动地争辩。可是，人家教出来的学生解析能力强，成绩非常好，这又怎么说？她可是全市中考语文成绩连续三年第一的人！也是非常受家长欢迎的教师啊！你们不知道，每年为进她的班，不知有多少家长托人情找关系，有人甚至都找到省上，请相关领导打招呼呢。咱们大多数领导的娃娃，都在这班上呢。课堂模式的正确与否暂且不说，如果单从适应中高考的效果来评判，这节课，就是一堂高水平的课。这样的授课方式，也是最高效的教学方式。这样的老师，也应该是我们大力推出的老师。我说完了。

康冲大声说，我不同意。

屈子路更坚决，我当然不同意。

齐明双手一摊，双肩耸起，你们不同意也没办法，我坚决同意。

都坐下来慢慢说嘛，怎么又高起来了？张老师是语文教研员，也是此次全市优质课大赛语文组的主持者。他性格温和，稳健含蓄，时不时充当灭火器的角色。

齐明双手叉腰，唾沫星子满天飞，大声嚷。我先申明观点，人家年轻一代的理念就是新，方法就是活，就是能迅速适应时代，顺应潮流。在当下快捷实用的背景下，我们的教育就应该是这样：中高考考什么我们就教什么，哪种方式最简便有效我们就用哪种。要学会走捷径的啊，同志们。这个年轻人充分利用了新媒体，不但过程简洁明了，还把自己解放了出来，何乐而不为？三道小试题的进入，目标一目了然，并且在课堂上就把中考可能考到的题型都训练到位了，这种扎扎实实的课，还有什么争议的呢？我说你们这些人啊，都是老脑筋，一根粉笔一本书的日子早过去了，咋还留恋过去的课堂模式，还停留在旧有的思维上呢？你们这样的思想，说大了是与时代逆行，说小了就是一种思想倒退，更是一种故步自封。一贯宣扬成绩至上的声名赫赫的副校长，说起话来总是上纲上线，一套一套的。

康老师也站了起来，大手又挥了挥，咳咳几声，半天的争论，他的嗓子都有些嘶哑了。谁说一根粉笔一本书的课堂就没有一点价值，要全盘否定？咱们当年的语文课,哪一节不是这样上的？大家仔细回想一下,留下的印象深不深？再看看现在的课，从头到尾都是音频视频，过来过去就是习题训练，老师要么是个放映员，要么是个吆喝着做题的指挥官，这是一种教学上的倒退，更是一种懒惰的表现。

屈子路愁眉苦脸地补充，还有，听了五六天课，看看年轻教师们哪个会写板书？即使写了，又有几个能看得过眼？一个语文老师，粉笔字还不如三四年级的学生，基本功就不过关。这几天，就没有一个老师带着学生慢慢坐下来，认认真真地读一篇课文，慢慢品味语言的魅力，都是抛开文本去讲题，要么借多媒体处理完环节了事，要么就是用噱头来出奇出新。可一堂课这样上下来，学生对课文到底能理解多少？能不能留下更深的记忆？

康老师忧心忡忡地应和，我认为，语文课，本来就是听说读写的示范，是言传身教潜移默化的精神引领。可现在的教师几乎没有了示范能力，从头到尾都只靠网上的东西在支撑，完完全全的搬运知识，没一点自己的看法理解，更不用说和学生一起学习共同进步了。你们看，有些人发给咱的教案，也明显是网上下载的，改都不改一下，真是懒到家了。我觉得这不但是一种投机取巧，而且是剽窃别人的劳动成果；不但没做到真正意义上的传道授业解惑，更谈不上恪守为师之道并且发扬光大了。

屈子路一针见血地指出。现在的老师，基本上就不读书，何谈理解作品、解析作品呢？有些青年教师，拿上一篇课文，自己连文体都搞不清楚，解析什么？只能盯着练习册让学生们做题了，反正应付考试，成绩差不多就是。就拿咱这次大赛来说吧，说是作课，实际上很多人把课都上过几遍了，回头再给咱演示一下，其实就是演戏，就是作秀。为了能拿个奖，得个证书，评职称时有用，就出奇出怪，把能想到的点子都用到了。真正的课堂应该是静的慢的，是师生坐下里一起用心体会语言文字之美的。可看看咱们现在的课堂，五花八门，吵吵闹闹，有时吵得人都坐不住，师生们都沉不下心来，能学个啥？

半天都没说话的庄娴，长长叹了口气。她是一线教师，长期站讲台，更清楚教学现状。没办法啊。这是大环境影响，也是大趋势。现在的教师，尤其是年轻人，一天到晚都忙着务虚，忙着处理各种杂事，根本就没有时间读书，也很少去钻研业务。需要时，就把网上的优秀教学设计、教案、课件下载一个改改换换就行了，反正最终都要落在做题讲题上，谁愿意劳心费神？只要学生分数高了，其他都可以忽略不计。

康老师在地上走来走去，手中的笔不停戳着额头。这样的课堂，不走心，不往长远看。说穿了，只强调实用性，把“语文”两个字全抛弃了。至于说对文学修养、语文素养的培育，对汉语魅力人类文化的传承，几乎没有。只要短期效益，不管终极目标；只说实用至上，不论以后发展。各行各业似乎都一样，怎么办嘛？

语文课标准上明确规定，语文课应该是工具性与人文性的统一。我觉得，关键就在“统一”这两个字上。如果说工具性是“皮”，那人文性就是“毛”，现在我们的课堂呢？“皮之不存，毛将焉附”？如果说工具性是“肉”，人文性就是“血”，有血有肉，才是鲜活的课堂生命。这二者本是相辅相成、相生相长的。没工具性，便没必要设语文课了，人文性当然也无从谈起；没了人文性，语文课只剩下孤立的字、词、句、篇，以及枯燥机械的语言训练，那就失去了汉语独有的生机、情感和韵味。可是，咱们现在的中小学语文课堂，就不像个语文课，直接不见了语文味！语文教师们自身能力不够，对语文教学的学科性质摇摆不定，对语文课堂的目标急功近利。要么一上来就指点江山，激扬文字，夸夸其谈，不着边际地大讲特讲。要么就现实得要命，目光和目标只盯着考试。这两类语文课，可以说成了现实语文课堂的主流。好好的一篇美文，不按阅读教学要求循序渐进、切切实实去感知体会理解欣赏，而是拆解和拆散。这样的课堂教学结束后，我们的学生究竟得到了什么？对学生的语言能力和语文素养究竟有没有提高？……屈子路一旦慷慨激昂起来，永远像写论文，观点鲜明，有理有据。

康老师继续补充，现在大家都说，中小学语文教学整体水平一直在下降，当然和应试教育弊端有直接联系，但我觉得，和我们每一个语文教师也有关。现在的某些新理念新概念，就像过山车，忽高忽低地忽悠，结果造就了一批不会教书只知刷题的“伪教师”。教师变成了空头理论家最可怕，一个个说起来头头是道，实际上自己啥也不知道。教书育人，就是培养流水线上的做题机器。

胖胖的许主任从外面走进来，皱皱眉，都别吵了啊。讨论了几天，也没个定论，哪个好哪个差也不是几句话就能说清楚的，后面的课还多呢，听完了再说。他指指康冲，笑着说，别看你说得天花乱坠，如果让你上一节课，不定会上成什么样呢？就你那脾气那讲法，现在的娃娃一定不会喜欢，肯定不会带出好成绩。

康冲一下子跳起来，争辩道。你还别说，我上课学生可喜欢着呢，不信你问我学生去。我这辈子别的不敢说，还就有这点儿自信。他俩是老同学，一见面就掐，说话随便得多。

大家都笑了。

齐明也有些讨好地说，谁都知道我们的康老师课讲得好，桃李满天下，教坛美名传啊。

许主任就笑，他怎么样我还不知道？不然也不会挑他来这里吵你们。大家都好好休息一下啊，还有几节课要听呢。当了半辈子老师了，话还没说够吗？难怪被人笑话吃的是粉笔灰，操的是教育部长的心。

人们都不说话了。喝水的喝水，养神的养神，看手机的看手机，在地上转的背着手转，辩论会暂时停止，屋里沉寂了下来。这些天，从早上七点一直到下午六点，每天听八节课，工作量可想而知，人人颈椎酸疼，腰部难受，快要坚持不住了。问题是大多数课都大同小异，毫无新意，让这些各校抽调来的评委们苦不堪言。康冲更是嚷嚷浪费了时间精力，还不如回去上两节课踏实。

隔着雾气，庄娴看着刚才还针锋相对的几个人一下子安静了下来，有点不习惯，就端起水杯，喝了起来。

这些天，围绕大赛，每天都会有这样的争论，大家渐渐习以为常。听课听课，一堂堂基本雷同的课听下来，人都要崩溃了。她终于明白了许主任说的那种听课能听到吐的感觉。作为教研室主任，他一年不知要听多少节课？哎，干啥都不容易啊。

她走到一株满是花朵的蟹爪莲前，停了下来，瞅着叶片上毛茸茸的小刺，看着一个个垂坠的红色小喇叭，不由微微笑。她家里也有这么一盆，还是一个学生送的，十几年了，枝干柔软，叶片茂盛，年年开几茬花，每一次都尽情绽放。今年没开花，也不知什么原因。

到了小寒，又是年尾，日子呼啦啦飞过去了，像梦一场。小寒到顶点，日后天渐暖，小时候常听大人这么讲。可现在不是渐暖，而是温暖如春，天气似乎有些反常。奶奶还说，该冷不冷，不成年景。如今反季节的东西很多，反季节蔬菜、反季节瓜果、反季节种植，俨然成为日常生活常态，谁也没觉得有什么不妥。

这间办公室宽敞向阳，屋里更加暖和。阳光透过大大的玻璃窗，给所有东西涂上了一层釉色，亮晶晶，金闪闪。百无聊赖，她走到展柜前，认真看着玻璃柜里摆着国家级、省部级、地市级、区县级的一系列奖杯奖状。几张仿红木的办公桌、几把相配的椅子、一个高高的净水器、一行蓝色的资料盒、几排烫金的奖牌匾、一些上了墙的功能室职责牌，加上几盆葳蕤的花草，干净整洁，大气美观，这样的布置似乎是各学校教研室的标配，大同小异，酷似孪生。

2

一场由市教育局、市教研室组织的优质课大赛，在各所学校紧张有序地进行着，而由各科教研员、大学教授、一线教师们组成的专家团，一大早就赶往听课地点，开始了漫长枯燥却又充满期待的听课过程。

这些年，参加优质课、技能大赛的教师越来越多，各区县都有，老中青都参加。因为按照相关文件，优质课、技能大赛奖次均可作为职称的硬件之一。一等奖就能为高级职称参评加分，二等奖在中级职称评定时也算一个硬件，所以这项活动从几年前的门可罗雀到现在的热闹非凡，含金量也逐年递增。再加上每年赛后还会推出一批名师、英才，享受政府的各种扶持奖励，所以全系统都格外关注。尤其是今年，领导们高度重视，组织者事无巨细，参赛者高度紧张，规格更高，参与面更广，遂成社会热点。

这种情况下，对评委的要求自然更高，各部门各校都进行了严格挑选。首先是各科教研员。作为教研工作的主要负责人，他们不仅要从宏观上把握方向，还要在具体过程中做到极致。然后是师范学院对中小学教育有一定研究的教授们。他们不但从理论高度进行审定抉择，还要选拔出一批教学骨干，突出骨干的梯度引领作用。还有各校长期站讲台的、业务精湛的教师，从实践经验上做出判断和评价。这样的评委团，力求做到权威、公正、客观、务实、不偏不倚、坚持原则。无论是理论还是实践上，都能让参赛者心服口服。

可每天听完课，围绕着什么样的课是好课，什么样的语文教师才是优秀教师，大家意见不统一，常常为课的好坏吵翻了天。

庄娴盯着袅袅的水汽，暗暗思忖。真是不听不知道，一听吓一跳啊。越听越觉得语文课堂变了质，越听越觉得无奈悲凉。她非常赞同康老师的观点，语文课一定要有语文味的呀。语文课最大的问题不是怎么教而是教什么，不能只强调有用和实用，而要从扎实的技术层面做起，教会学生读书写作的能力，培养他们对真善美的理解及追求，提升他们的综合素质和人文素养。一个语文教师，只有不断丰厚自己的文化素养、文化底蕴，才能和学生一起，掌握母语精髓，获得思想教化、情感熏陶与美学素养，培养出人文情怀与人文精神来。她不由回想起引起刚才激烈争论的那节课来。

《昆明的雨》是汪曾祺先生的一篇散文，是八年级课本中的名篇，由本市最有实力的青年教师夏荷来展示。

一见这篇文章题目，庄娴就感到特别亲切。因为当年自己就是读完这篇文章，才决定好好读书，亲自去神秘的云南看看，亲身感受一下汪先生笔下昆明雨的独特魅力。可惜高考分数太低，只能上本地的师范学院，但这种情结一直留存在心底，经久不灭。

怀着期待的心情，评委们提着凳子走进了八年级十三班。一进教室，就见全体学生起立，高喊着“欢迎欢迎，欢迎领导”，然后鼓掌，三长两短，井然有序，响亮有力。

大家被吓了一跳，在注目礼中不自然地走向后排坐定，齐明、康冲、张老师、屈子路、庄娴五个人一字排开，打开了听课本。

传说中的小名师走了进来，大家眼前一亮。皮肤白皙，身段苗条，长发黛眉，气质超群。一身黑衣加上黑眼镜，看起来像个电视明星，很有范儿。她站在讲台上，双手背在后面，威严地扫视着全班，气场全开，霸气十足。

评委们饶有兴趣地看着这个年轻有为的老师，露出了欣赏的笑容，庄娴更是。在越来越趋于老龄化的语文课堂上，能有这样的新鲜血液注入，真是欣慰之至。有学生过来分发教案，她说了声谢谢，可拿起教案认真浏览课堂设计时，就有点小失望。

因为这节课的设计思路就是解题。

上课铃响了，班长大声喊起立，学生们唰地站了起来，高喊了一句口号（她没听清）又唰地坐下，军人般训练有素，整齐划一。

开始上课了，小老师点开一体机，先播放了一段昆明雨的视频，开始导课。又放了一段音频（方明老师的朗诵配上音乐，堪称经典），然后熟练地点开汪先生的采访实录，用幻灯一一展示了作者简介，又用一段视频介绍了时代背景。在听完了标准的正字正音音频后，教师开始指导学生完成了第一道题——昆明雨的特点；接着就用选择题处理完了文章结构；最后一个环节是完成课堂作业，即两个仿句练习。学生做完后，互相检查答案，各小组打了分数。老师又布置了一篇关于“家乡的雨”的小作文，下课铃准时响起，一分不多，一秒不少。

三道题贯穿了整堂课，一节课干净利落地结束了。

庄娴抬起头，见旁边的屈子路正盯着自己，眼神交汇，两人轻轻摇了摇头。

应该说，这位小老师形象好气质好，基本功扎实，备课扎实，思路清晰，环节齐全，引导有方，学生也配合默契，互动性极强，是很成功的一节课。可是整堂课听下来，给人的感觉是训练味太浓。整堂课上，老师的神情都非常严肃，语调高亢有力，气氛一点也不像上课，倒像一个驯兽师在认真训练。而且从头至尾，教师说话很少，只用多媒体串联过程；学生貌似互动频繁，但似乎在表演排练好的戏剧。只要老师一声令下，训练有素的学生们就非常默契地做着规定的动作，表演着做答案的过程。

尤其是记笔记时，老师说一声写，学生就像士兵一样同时拿起笔，同时记在书本上。提出问题时，学生们像一群小狗，伸长脖子，紧紧盯着老师的脸。美丽的眼神一摆，他们就抢着回答。当某个学生站起来准备回答问题时，小组长喊一声“聚焦”，其他学生动作麻利地转身，面对着那位同学的方向，竖起耳朵做聆听状，然后集体鼓掌，一律三长两短。

其中一个环节让听课人大吃一惊。只见老师喊一声集体讨论，全体学生迅速站起来，以六个人为单位先是原地踏步，然后小跑到墙边，聚在一齐，互相点头，叽叽喳喳，貌似讨论。老师喊一声归位，学生们又原地踏步，小跑回到原座位，高声呼喊，我明白了！我明白了！我明白了！一节课只有四十五分钟，而课前的呼喊，中间的呼喊，加上各种掌声，真是吵吵闹闹的四十五分钟啊。

听这样的课时，庄娴满脑子都是在大连海洋馆里看海豚表演的场景。当驯养师把一个皮球扔进了水里时，灵巧的海豚们箭一般追过去，没等球落进水，其中一只就冲上来把球接住，然后顶着球迅速游向圈定的篮筐处，轻轻纵身，用头将球投了进去。现场掌声如雷。另外一只也原模原样地重复表演一番。驯养师高举着双手，欢快地鼓掌，然后从随身背着的小包里掏出一条条小鱼，轻轻抛过去。海豚们张大嘴巴一口吞掉，附身冲进水中。接着，工作人员搬出三块方木组成两个领奖台，海豚们爬上了岸，昂头站在了领奖台上。驯养师竖起拇指，给它们一一挂上奖牌……

因此在大课间，几个评委就开始了一轮又一轮地争论，而且争得脸红脖子粗。他们都坚持自己的看法。

3

上课铃声准时响起，很快就到了第三节课。一行人怀着复杂的心情，走进了九年级四班。

没有鼓掌欢迎，也没有课前的学生背诵演讲等环节，站在讲台边的是个中年男人，高大干瘦，弯腰弓背，头发全白了，脸色黑中带黄，一副病恹恹的样子。深蓝色的汇川西服套在身上，也没撑起个气宇轩昂来。

他默默无语地看着翻书的学生，沉思着。大家相视苦笑，又是一个为来评职称不得不参加比赛的教师啊。

评委们低下头，疲倦地翻着手中的教案。庄娴看了一眼课表，《湖心亭赏雪》，张岱的，晚明小品。她先入为主地想，青春靓丽、年轻有为的教师都讲成了那样，这中年同行能讲个什么呢？不过是又一节常规课罢了。

铃声响了，随着班长喊上课学生齐声说老师好的声音，那人突然挺胸抬头，大步迈上了讲台，先是深深鞠了一躬说着同学们好，然后环视着整个教室，几句开场白沉稳自信，亲和力极强，和蔼可亲又不失理性。导课结束了，他转身在黑板上写下了课题和作者。一笔楷体字端正潇洒，美观大方，一看就是个长期练习书法的人。

听课人瞬间挺直了身子，都坐得端端正正了。

一体机打开了，没有视频导入，也没有音频播放，他只是对照着幻灯片，简单地介绍了学习目标后，就讲起故事来。随着老师绘声绘色地讲解，学生眼神紧紧盯在他身上，时而惊讶，时而紧张，时而眉头紧锁，时而喜笑颜开。教室里静极了，所有人都津津有味听着、思考着。

接着他就布置了自学任务，让学生自己读课文，又让他们查字典正字正音，划分节奏。处理完字词，老师浑厚苍凉的声音响起，用标准的普通话开始泛读，时而高亢有力，时而平缓低吟。“湖上影子，惟长堤一痕、湖心亭一点、与余舟一芥，舟中人两三粒而已”，一屋人都被带进了那个孤独的雪夜。然后，他深入浅出地介绍了作者简介，满脸悲愤地诉说来时代背景，准确简洁地表达，生动有趣的话语，像磁铁一样把人牢牢吸住。

到了释文解疑的过程，他却停下来不讲了，让学生再次熟读课文，引导他们根据自己的理解来翻译课文，还建议他们想象文中的景色，用本地方言去模拟人物的动作神态。齐声读，分组读，诵读，默读，读过几遍后，就有学生站起来翻译课文了。教室里沸腾起来，人人争着抢着说，有的手舞足蹈，有的旁征博引，说错了全班齐声纠正，说对了大家微笑鼓励。有个扎着马尾辫的女同学说到一半卡住了，面红耳赤，她同桌蹭地站起来补充。随后，老师提出了一个问题，为什么作者要一个人去湖心亭看雪？

学生沉思了好一会儿，才陆陆续续举手。有人说作者因为孤独寂寞、无处消遣才去的，有人说那是为了突出作者遗世独立、卓尔不群的高雅情趣，也有人说这是作者用遇到了知音的喜悦来化解心中淡淡愁绪的。一个学生甚至还用“痴情”与“痴似相公者”的对比，来说明这是一种似贬实褒的写法，是作者反衬自己的清高与孤傲呢。

课上到这个时候，老师和学生一起参与到激烈的讨论中来，学习变得越来越有趣，学生也越来越投入了。一个圆眼圆头的小男生说错了话，吐吐舌头，不好意思地坐下了，老师走过去摸摸他的头。一个胖乎乎的女生说自己不懂某句话的意思，求同学帮忙解释，后面的同学就站起来解答。最后排的大个子男生甚至说课本的注释不对，自己的理解应该是这样的。

教室里无拘无束地争论，轻松自如的笑声感染了所有人，评委们也忘了这是在听课，纷纷参与到讨论中来。

当老师问到为什么作者要用明朝纪年时，教室里掀开了又一轮讨论。一个学生站起来，结结巴巴说这是张岱不愿受清朝统治，所以用这样的方式巧妙地表示对明王朝的怀念，可见他是个忠君爱国之人。他的同桌，一个圆润的小女孩站起来，激动地说，张岱作为一个归隐的人，一味活在对已灭亡王朝的幻想中，不愿意承认清王朝存在，从这点上来说也是不与时俱进，将要被时代抛弃。双方争执不下，渐渐形成两派。老师温和地看着他们，慢慢提出了自己的看法。学生们思考了很久，最终也没达成共识，但在答疑解惑循循善诱中，一篇古代小品文学完了。听课人也被感染了，跟着老师重新学习了一回。

下课铃响了，有个学生还站在黑板前说着自己对作者的理解，其他同学也不急躁，认真地聆听着。当老师宣布下课时，当大家提着凳子往出走时，就听到一个男生遗憾地问同桌，语文课为什么总是这么短呢？稚嫩的声音，如轻舟荡漾，拨开了人们午后的劳累与倦怠。

走出教室，庄娴回头又看了看讲台上那朴实无华其貌不扬甚至有点木讷的身影，不由生出了深深敬意。

4

六点四十五分，评委们拖着疲惫的身子，和跑来跑去的学生们一起，走出了昏暗的楼道。

天空已被黑色幕布完全遮住了，路灯努力发出暗黄色的光，一阵冷风迎面扑来，昏沉沉的人摇摇头，顿时灵醒了许多。

终于听完了啊，大家兴奋得互开玩笑，走向行政楼。

咳咳，接下来咱们评课，张老师依旧慢吞吞但很严肃地提出要求。在评课之前，我想说几句。一是咱们这次大赛，不仅仅是简单地评个奖，还要选拔出一批优秀教师、名师来。二呢，因为名额有限。按文件精神，优秀比例只有百分之二十，这就更增加了难度。说实话，太差的太好的都没什么问题，最难的就是分数相差不大或分歧较大的课。评奖评奖，既然是人来评，当然就有高低。我希望大家选出来的课，既要突出核心素养，又要特色鲜明；既要扎实踏实，也要方法灵活，富有前瞻性。选出来的人，既要品质好、素养高、能力强，还要扎实稳健、水准较高，具有代表性。总之，我们要对得起"评委"两个字，不但要评出名副其实的优质课、优秀教师，给大赛一个客观公正的结果，更不能让大家认为这届评委没水平，引发较大的公论。

气氛一下子紧张严肃起来。人们盯着面前的表格，翻开了手中的笔记本，一个个仔细对照，认真打着分。作为备受教育系统关注的一场大赛的评委，谁都希望把这个奖评好，选出真正能代表本市语文课堂水准的课。评奖，最大的公正来自业务素养和良心良知，但在程序透明的情况下，如何做到公正、公开、公平也是难题，所以大家表面上风平浪静，不动声色，实则内心波涛汹涌，一点儿也不轻松。当评判的重担落在自己肩上，其实都战战兢兢，压力山大。人人力求在每个环节上认真客观，生怕出现纰漏，或因个人喜好打出不合格的分被人质疑，或因个人偏见陋见短见而导致不公平。细细的黑色中性笔，握在手中，如有千斤；小小的数字，站在那里，像一根根木椽。

风呼呼刮着，暗影一点点飘下了窗。屋里却热火朝天，吵吵嚷嚷，围绕着第一名，评委们再次出现了分歧。

我觉得《湖心亭赏雪》这节课上得扎实。愉快轻松，有序和谐，没一点花架子；不但激发了学生的学习兴趣，引导了他们主动学习的意识，还让他们体味到了古典文学的魅力，提高了语文素养。这是学语文的根本，应该是第一名。康老师首当其冲，发表了看法。

齐明表示不同意，但它就是一堂传统课、常规课啊！没有新意，没有亮点，整体节奏有点太慢不说，最后还忘记了布置课后作业，这在环节上就不完整，有硬伤。我觉得还是《昆明的雨》好，思路清晰，环节齐全，目的明确，引导有方，学生们也配合默契。最重要的是，高效简洁，针对性强，这样的课，学生考试成绩绝对棒，应该是第一。

屈子路拍了拍手，我和康老师观点一样，还是觉得《湖心亭赏雪》好。尽管整体节奏较慢，也有不尽人意之处，但这才是真正的语文课嘛。古人都说书读百遍，其义自见，就是说文章要多多地读，细细地品。语文课，就需要老师带着学生熟读慢品，尝试品鉴和赏析，然后形成自己的观点，说出自己的感悟。那种抛开文本专讲习题的课，是背离了语文课初心的。特级教师于永正有个观点，说提高学生语文成绩的诀窍就是要少做题、多读书、好读书、读好书、读整本的书，养成阅读的习惯。可现在的语文课都变成了多做题、少读书，甚至不读书。就连上课老师都不引导学生去读课文，不紧抓文本，也不给学生留阅读时间，怎么能培养习惯呢？像《昆明的雨》这样急功近利的教与学，不从语文本身考虑的课，我觉得不但不可取而且要批评，不能拿第一。

齐明声音高了起来，不管怎么说，课堂效果最终还是要落在试卷上成绩上的啊。有的教师天天讲的是优质课，可成绩却不高，这又怎么说？我认为什么样的课算好课，是由成绩来定的，什么样的老师算好老师，也是靠分数说了算的。说到天上去，中高考也只看成绩，成绩永远是第一位的。我是管教学的，知道成绩高低意味着什么。说实话，教育的终极目标离我们太远了，不是咱这代人能管得了的，还是以实用主义为上吧。同志们，只要老师能用高效简捷的方法，提高学生成绩就是对的，只要能给家长、社会一个满意的答卷就是好的。说实话我们学校的备考技巧，就是大量刷题，强化答案。不管文科也好，理科也罢，只要能在答题卡上写上正确答案，拿来高分就是成功。其他的，一律免谈。

庄老师，你啥意见？

快说，快说。大家一起看着她。

庄娴瞅了瞅剑拔弩张的几个男人，柔声说，虽然大家仁者见仁智者见智，但我也觉得语文教学要回归本源。只要按照语文教学的规律，抓住读和写这两条线不放，培养学生们对读书写作的兴趣，培养他们听说读写的能力，成绩自然会上去的。这是一个较为漫长的过程，需要长期地训练和积累，虽然短时间内效果不大，但从长远来看，对学生的知识结构、语言能力、人文素养来说好处多多。

齐明接过话题，可是，语文素养是个看不见的过程，不像其他科目，课堂是显性的，会与不会很明确也很直接。问题的关键在于，谁给我们时间去慢慢培养呢？各位都实事求是些吧，要应付中高考，我觉得做题课还是见效快。

康老师则一寸都不让，我们不要只盯着分数，要看长远效果；不能让应试教育的那一套大行其道，而让真正的语文教学没了一席之地。我们的语文课要散发着语文味，要有语文的特色，要成为传统文化的继承者，成为汉语的发扬光大者。语文是什么？是炫目的先秦繁星，是皎洁的汉宫秋月，是珠落玉盘的琵琶，是高山流水的琴瑟；是庄子的逍遥云游，是孔子的颠沛流离，是魏王的老骥之志，是诸葛的锦囊妙计；是君子好逑的《诗经》，是魂兮归来的《楚辞》，是执过羊鞭的《兵法》，是受过宫刑的《史记》；是李太白的杯中酒，是曹雪芹的梦中泪；是千古绝唱的诗词曲赋，是功垂青史的《四库全书》……咳咳咳，我……我……

大家都被他激动的神态、排比的句式惹笑了，钦佩地望着他。

屈子路一把取下眼镜，说得好！我们的语文课堂不但要开放有活力，更要有经历有思考；不但要让学生风声雨声读书声都入耳，还要让他们积极参与到火热的社会生活中来。它所承载的不仅仅是知识的考查、分数的高低，而是一个社会的、人文的底蕴。现在不是提倡新时期新作为吗？我觉得这次评奖折射出的就是两种教育理念。我们评奖的最终目的，就是要引导教师尤其是青年教师明白，母语的传承发扬光大，要从基础课堂做起；传统文化的自信，要从每一节课做起。从这点上来说，每个人都责无旁贷！这也是责任意识担当意识的体现。

齐明用手指着他们，那你说成绩上不去怎么办？家长社会对教师和学校的评判就是要成绩，我等不到你说的那种境界，我要的是中高考成绩！

见几个人吵个不停，张老师站起来，叹了口气，同志们啊，再争就到明天早上了，这几天吵得还少吗？我看这样，按照原计划，每人按照自己的标准先打分后计算，咱先完成今天的任务好吗？

大家都不说话了，坐下来，认认真真写着阿拉伯数字。

庄娴抬起头，看着灯光下一个个沉思的同人，又看看四周。落地大窗户被蒙得严严实实，看不清外面。浓重的热气如一层雾，笼罩着屋里。光滑干净的花架上，一盆盆绿萝藤蔓延伸，绿意盎然。蟹爪兰花瓣粉中透白，像一只只蝴蝶，闪着绸缎般的光泽。她拿起笔，也认认真真写下一个个数字。

从楼里出来，已是九点十分了，一股冷风吹过来，大家不由打了个冷战。西北的冬天，早晚总是这样温差大。排列成行的路灯，站在一棵棵松柏中，温和又明亮。一些又细又亮的光线，在墨黑色的地面上摇曳荡漾。灯光下，落叶蜷缩在水泥地一角，安静安详。天空那么纯净清澈，几颗不太明亮的星星在闪烁。实验楼、图书馆、科技楼，均在暗沉的夜里沉默着。灯火通明的教学楼，隐约传来讲课的声音，传递着一种叫作文化的东西。

天气预报说，明儿有大雪，气温会更冷。张老师缩着脖子，大声说。

庄娴紧走了几步，她想，明天，明天会是什么样的呢？

明天，明天一定会有所不同。

明天，明天快些到来吧。

大哥，通过这次大赛，我学到了很多东西，更思考了很多东西。

也许，在分数至上的今天，依然坚守自己的观点，有些不合时宜，但我以为，无论社会如何变革，科技如何进步，薪火相传的根本还是精神至上。我们的语文课堂，需要沿袭一种人文素养、人文精神。现在天天说文化自信，其实语文的以文化人，以德育人，以美感人，就是一种自信。

第二呢？就是汉字书写亟须加强，不仅仅是学生，教师更应起带头作用。如今，手机电脑的快捷方便，融媒体的广泛应用，很多年轻教师都不会写字了。钢笔字还算差强人意，可板书功底太差了，毛笔字更是不会写。有些教师一节课上完了，黑板上不写一个字；有的倒是写了，但字太难看；有的板书不但没有给学生积极的示范作用，反而表现出不认真的态度。如果我们的老师，尤其是语文老师都没有一笔好字，又怎么去要求学生写好汉字，说好母语呢？

问候嫂子啊！过年你们回老家吗？

小妹　紫琴

二〇二〇年一月五日　小寒

监 控 记

老陈：

承蒙夸奖，说我是搞了一辈子教育的专家，在专家多得拿块砖就能砸中的今天，我觉得自己也是浪得虚名，惭愧。

我觉得你说得对，目前我们的教育，有点像大杂烩，看起来理念先进硬件齐全，实际上少了一个最重要的环节——育人。基础教育的实质是公民教育，根本任务在立德树人。尤其在青春发育、价值观初成的中学年龄段，培育身心健康、人格健全的人是基本，所以学校教育不仅仅承担着启迪思想、陶冶情操、温润心灵的重要职责，还应该承担起以文化人、以文育人、以文培元的使命。

可现在绝大多数学校的办学理念，只求分数，不管成长；只说绩效，不论过程。管理理念也是只要能管住学生老师，什么方法都可以采用。最近我搞调研，有机会深入许多基层学校，发现了一个令人吃惊的现象：绝大多数学校都安装了监控。摄像头不但在餐厅、楼道、门厅、功能室普遍使用，而且堂而皇之走进了课堂。让教师学生都在监控下工作学习生活，我以为是个例，后来才发现这是学校管理的一种普遍模式，已常态化了。

科技与文明带来的不仅仅是便捷与高效，还有退步和摧毁。摄像头带来的优势有目共睹，但弊端也很多。因为在缺乏人性化、科学化，封闭、单主体、单向度、低效能的管理模式下，除了培养出一批批听话懂事的考试机器外，对人的健康成长、文明养成、社会进步没多大意义，更不用说要达到提升人类心灵、精神层面了。你说呢？

前几天，我遇到一个小年轻，她说了自己亲身经历的一些事，我提供给你，欢迎一起探讨。

1

早自习铃还没响，叶苗苗就拿起书往教室走去。今天抽查背诵，得早去一点，不然时间不够用。

宽敞整洁的校园里，寒风把树叶纸片和积雪一扫而光，干净得就像农家场院。空气如山泉溪水，有股甜丝丝的味道，她使劲吸了几口，将目光投向楼下。今儿大寒，是二十四节气中最后一个，马上就要到春天了，想想都兴奋。

可天空又飘起了雪，北风带着雪粒，打在水泥地上，发出簌簌的声音。她喜欢下雪，更喜欢雪天，洁白的雪能遮蔽世间的肮脏混乱、破败与不堪，能让一切都显得美好干净、清爽宜人，还能带来令人喜悦的丰收。“今冬雪不断，明年吃白面”，小时候她就知道这个道理。现在，人们似乎和“丰收”的距离越来越远，尤其是孩子。他们心中的“白面”，只是从超市买回家放在橱柜里的东西，馒头店、鲜面店里各种形状的面食，哪里会想到白雪和庄稼的联系呢？

“六出飞花入户时，坐看青竹变琼枝”。她边走边吟，不觉哑然失笑。最近讲唐诗宋词鉴赏，带着学生和古典诗词打交道，不知他们学得怎么样，反正自己是张口就来。

走进教室，一股雾气扑面袭来，眼镜顿时被蒙了一层白色幕布。她摘下眼镜，皱起眉头，望着眼前朦朦胧胧、有些陌生的人影。学生们端端正正坐着，捧着书本，大声诵读。“冰雪林中著此身，不同桃李混芳尘；忽然一夜清香发，散作乾坤万里春……”

她心里一暖，欣慰地笑了。还有一年就要参加高考，学生们知道为前途命运努力了，看来上周自己的一番苦口婆心起了作用。往常这个时段，吃东西的，抄作业的，说闲话的，趴着睡觉的，神游天外的，互相打斗的，乱哄哄一片，总之是抓紧一切时间玩耍嬉闹。不过也正常，尽管高二了但准确地说还是些孩子，正是贪玩的年龄。何况普通高中的普通班的普通学生，许多人对学习没信心，得过且过混日子的心态很普遍。

面对这些大人不是大人孩子不是孩子的高中生，年轻的班主任常常是既生气又喜欢，既无奈又欣慰。大学时，老师常常强调“有教无类”，说不能因为贫富、贵贱、智愚、善恶等原因，就把一些人排除在教育对象之外。教育应该是公平公正科学理性的，要引导学生有思考有判断、有觉醒有行动，达到心灵、精神层面的提升；而追求与坚守这种精神，才是每个教师的职责、人类教育的正确航向。

工作后，她严格遵循着这一理念。尽管学生会制造无数事端，惹来无数麻烦，可在她心中，只要有一点进步，不断进行自我修正与完善，就是莫大的欣慰。青春年华，人人都是在混乱迷茫中度过的。自己当年上课看小说下课打游戏，比他们还疯狂，现在想起既觉得浪费了光阴，也特别留恋那些再也寻找不见的日子。

今天咋都这么认真啊，太阳从西边出来了？她掏出眼镜布，边擦边笑着说。

从站上讲台的那一刻，她就决心做一个好老师，成为学生的良师益友，所以她的课堂比较轻松，气氛很好。她觉得说说笑笑才能心情愉悦，心情愉悦才能主动学习，有了主动性才能掌握知识。信其师爱其道，是教师的法宝。只有和学生相处和谐，他们才会跟着你走；只有和学生关系非常融洽，才能达到高效教学的目的。当年老师的教诲，刻在了心底。

可今天没人搭话，也没人抬头看自己，就连后排最调皮的几个也正襟危坐，目不转睛地大声读，“如今好上高楼望，盖尽人间恶路岐”。

见没人理睬，她脸上有点烧，就知趣地等着。几首关于冬天的诗词终于读完了，学生放下书，盯着讲台上的老师。

叶苗苗欣慰地竖起了大拇指，同学们，今天这种状态才是最佳状态，这样的氛围才是我们努力寻找的氛围。只要大家从思想上认识到主动学习的重要性，认真对待，行动起来，自律自强，奋发向上，那么这个世界上就没有什么能阻挡我们前行的脚步。她说着说着，声音高了起来。行为养成习惯，习惯塑造性格，心态改变命运，态度决定一切。一个习惯的养成只需要二十一天，只要大家坚持下去，就会觉得学习是一件非常开心的事……她觉得自己都有些语无伦次了。

没有欢呼，没有鼓掌，也没有回应，教室里安安静静，六十一双亮晶晶的眼睛，安静地望着讲台上手舞足蹈的老师。一色的湖蓝色校服，士兵般整齐有序。一律黑黝黝的短发，男生女生似乎差别不大。一副副眼镜，挂在苍白疲惫的脸上。

出啥事了？叶苗苗停顿了几十秒，脑子一转，语调明显上扬。一定没好事，不然你们也不会这么乖。

老师，你看……前排的小女生指着门口。

叶苗苗看了看门口和墙面，没什么变化啊。洁白的墙面，果绿的墙围，古铜色的门锁，白色的开关，装着多媒体机的铝合金箱子，浅米色的小喇叭。深灰色铝合金门的背面，贴着课表、值日表、晚自习安排表、晚自习延长表、冬夏作息表、周练监考表以及团费缴纳等通知。

锁又坏了？下课我打电话请后勤老师来处理。她一贯快言快语，这不是重点，重点是咱们如何搞好学习……

还是没人接腔。以往他们早接了话茬，吵翻了天。

到底怎么了？她有些着急，也有点气愤。

老师您看。一个小女生用手悄悄指。

所有人都朝门上方看去，她也跟着看过去。

墙拐角，一个白色的圆乎乎的东西挂在那里，整体造型像半个透明的玻璃碗，又如一只胖乎乎的卡通娃娃，发出幽幽蓝光。一些黑乎乎的东西镶嵌在里面，看不清到底是什么。叶苗苗恍然大悟，摄像头？！

学生们使劲点头。

一瞬间，她脸色大变，难怪今天气氛有点异常。随即想起上周末的例会上，领导疾言厉色地说整改之一就是让监控在校园各个角落里安家落户，还要进教室。当时大家都以为开玩笑，现在看来是真的了。

学生们面色凝重，一动不动，瞅着年轻美丽的老师。叶苗苗觉得自己有点失态，忙调整了一下情绪，装作若无其事地说，我说你们咋变得这么乖？原来如此。看来还是使用特殊手段的效果好啊。

学生毕竟是学生，一听老师这口气，神情明显放松了许多，却还是高度警惕。

后排的房浩东低声问，老师，安这东西干啥？

它能看清所有人的动作？后排一个学生眼珠转转，悄悄问。

叶苗苗迟疑了一下，见弟子们一个个双手捧着书，像僵硬的木偶，头都不敢动地坐着，不由扑哧一笑。也别太紧张，不过是为了规范大家行为，起监督作用罢了，瞧你们一个个那贼兮兮的样，不做亏心事不怕鬼敲门，看来大家心中都有鬼的哦。她故意调笑，缓和着气氛。

按照惯例，学生就会各种打牙撂嘴，各种嬉皮笑脸，各种讨价还价，师生之间你来我往你退我进地斗智斗勇，其乐融融，但现在却一片静默，看来真被门框上方的东西给吓住了。

可是，我们是来念书的，又不是犯人，还安这个来监视？直接把人不当人嘛。房浩东突然高声嚷。这娃娃平时就话多，成绩不错就是爱较真，死钻牛角尖的那种。

没有人接话，也没人扭头看，所有人继续保持着僵硬的坐姿，教室里鸦雀无声。

叶苗苗瞥了他一眼，用一贯的玩笑口气说，没那么严重吧？不过是学校的一个举措罢了，问题在你用什么心态去对待了。如果走得端行得正，它就是个摆设；如果你要搞“阴谋诡计”，它自然会录下全过程。大家就想象它是孙悟空的那双火眼金睛好了。不说这个了，今天抽查背诵，背不下来的就到外面操场扫雪去，反正坐在教室里也是白坐，不如出去干活，还能为咱班做点贡献呢。

教室里马上嗡嗡嗡，学生们迅速翻开书，低声背了起来。

叶苗苗叫起一个学生，盯着背课文，耳朵里尽管满是诗情画意的句子，但也觉得有点不自在。她把手放在衣袋里，觉得不妥，又背在后面，还是觉得不好。她想看看那个圆乎乎的东西到底怎么运转的，头却不敢朝那个方向转。都怪这些娃娃，让我也跟着紧张了。她在心底暗暗道，不就是个高科技产品嘛，至于吗？我还就不管，看它能怎么样？但她分明感到那是人，一个极具威慑力的人，有一双明察秋毫的大眼睛。而被这双眼睛死死盯着的滋味，一点儿也不好受。

没过几秒钟，她就觉得自己投降了。大数据时代，“智能化”背景中，所有的信息几乎都透明，人也就没多少隐私了。摄像头既然安在教室里，就意味着它不仅仅是用来监督学生，老师的一举一动也会百分百被呈现在别人面前。

在这样的一双大眼注视下，她总感觉做错了什么一样，心里有些怕，但怕什么也说不上所以然来，不由挺了挺腰身，动作也僵硬了起来。

她悲哀地想，身正不怕影子歪，原来自己也心虚，经不起任何考验，平日里那些振振有词的满不在乎，那些表面的无所谓其实都不堪一击。

老师，我背完了。学生一连说了两遍，叶苗苗才从沉思中惊醒了过来。

她不好意思地低下头，在课本画了个分数，赶紧收回心思，自嘲地摇摇头。自己不过是个普通的一线教师，只要上课兢兢业业，认认真真就是了，到底怕个啥吗？

又一个学生站起来，磕磕巴巴背着课文。叶苗苗正盯着书本，突然有一只手伸了过来。

她吓了一跳，怎么了？

一贯话多事多非常活跃的王奎，悄悄递过来一张纸条。她莫名其妙，接过来，见上面工工整整写着，老师，您说那个东西能不能听见我们说话？

她扑哧一笑，快好好背你的课文吧，别操这些闲心了。接着故意大声说，这东西哪里就这么厉害，吓得你们连话都不敢说了？别夸大了，该干啥干啥去。

王奎吐了吐舌头，拿起书，摇头晃脑地开始背课文。

其实，她也不知道这“火眼金睛”能不能听见人说话。按理说应该有录音功能，而且会储存好多天。据说现在的摄像头可多角度检测，即使人脸上一丝表情也能分析出喜怒哀乐来。有的还具备了红外线补光功能，也就是说在没任何光亮的情况下也能自动感知外物，能够做到完全意义上的明察秋毫，洞若观火。

一节课在格外认真中井然有序地结束了，被抽查的学生个个倒背如流，全体合格，叶苗苗却没多少欣喜，简单表扬了几句，就走出教室。

才一节课的时间，天气却像和谁赌了气，突然发了飚。鹅毛雪片纷纷扬扬，倾斜着往下飘。凛冽的寒风扑过来，浑身燥热的她缩起脖子，飞快地往办公室走去。

楼道里，三三两两的学生一律低眉顺眼，规规矩矩，鞠躬问好后就摆着手臂迈着正步走来走去，怎么看都像舞台上演员在排练。往日一下课就追逐打闹、熙熙攘攘的景象再也不见。看来楼道、走廊里也有了摄像头啦，叶苗苗心想。

回到办公室，大家已吵成了一锅粥。

教室里安监控，谁的主意？这不是把咱都当犯人了吗？大林老师满脸通红，拿条暗紫色毛巾在脸上使劲抹。这个二百斤左右的大胖子一激动就浑身冒汗，冬夏皆如此。大家戏谑他是个大功率发汗机，此时，发汗机正超负荷运转呢。

向老师老了，说话慢悠悠。上个课还要被人盯着，几个意思嘛？教书快一辈子了，爱岗敬业任劳任怨等高大上的词就不说了，可至少能做到认真负责的嘛。现在连课堂也要被管控，真让人心寒啊。

过去老人总说人在做天在看，举头三尺有神明，吓得人啥坏事都不敢干，如今还真出现了现代版的神仙啦。一举一动都有双眼睛盯着，浑身都不自在，不过这种方法还立竿见影，把学生娃娃吓得上课都端溜溜坐着，就连我走路也成了一顺子。大陈边练毛笔字边感慨。他近年来痴迷书法，只要人在办公室，就手不离笔地练字。

伶牙俐齿的小常喝一口水说一句，这举措合理不合理？合法不合法？国家有没有规定摄像头的使用范围？法律管不管？啊，管不管？……苗苗，你赶紧给咱上网查一查，这种行为是不是构侵权？

口干舌燥的叶苗苗顾不上喝水，放下书，掀开桌上的笔记本，点开网页，输入几个词，哗哗哗，一下子跳出来很多答案。

人们呼啦啦撵了上来，围成一圈，盯着百度看。一个据说极具权威的律师解答如下：

首先，教室不属于隐私场合，属于学校管理的正常场所，因此在公共场所安装监控不涉及侵权。其次，学生在教室中的行为属于学校管理的正常范围。摄像头不过是学校、教师对学生管理方式的一种延伸，不能视为侵权。如果学校有权力检查课堂，那么摄像头监督课堂就不算侵权。再次，安装摄像头如果在两个前提下，一般不会构成侵权：一个是安装时必须公示告知相关人员；二是安装范围必须限制在不直接侵犯隐私的范围之内。教室本身就是学校教师随时监管的范围之内，所以不涉及隐私。但也需要注意，即使在上述两种条件下，无特殊情况，也不能随意将所监控的内容公之于众，否则就可能涉及侵权。另外，安装在宿舍就不可以了，属于侵犯隐私权。

大家都傻了眼，原来如此。

咋这样啊？小常不相信似的揉了揉眼。苗苗，你再多翻几页看看。

叶苗苗一连打开了很多个网页，大家继续跟着浏览。虽然律师们说的话不一样，但都明确表示这是合法的，不构成侵权。

人们悻悻走回自己座位，都不说话了。过了好半天，小常才出了声，即便是合法的，我也不能接受。这解释咋觉得也那么别扭？

法律就是这样，情理法不能都占全。既然是合法的，那就没什么好说的了，大陈提起毛笔，继续唰唰写了起来。

叶苗苗也想不通这咋能是合法的呢，她迅速翻看着各种资料。发现这个问题早就有人质疑过，还曾引起过较大争议。网络上各种观点针锋相对，说好说坏的都有，大多数人都觉得即使合法也不合理合情。

她把这些观点拣争议较大的读了几个，同事们更加愤愤不平了，叽叽喳喳地又展开了一轮争论。

学校管理的目的是为了培养习惯，而不是强制规范。学生也是人啊，活生生的人，又不是机器？就是机器也有磨损的时候，零件坏的时候，出故障的时候，现在这种重管理轻育人的理念，怎么能培养出德智体美劳全面的人才呢？小常放下水杯，依旧义愤填膺。

哎，信息时代的管理方式就应该这样，慢慢就习惯了，还是顺应潮流吧。大陈依旧手不停嘴不停。

小常皱起了眉头，大陈，不是我说，你这人就是爱和稀泥。要知道，咱是教育人的，面对的是学生，是未成年人，现在不是接受不接受一个摄像头那么简单，而是折射出来的东西需要去思考。这个东西教室装了宿舍装不装？宿舍装了厕所装不装？学校装了家里呢？难道我们只能在处处有监控的地方生活工作学习？难道只有摄像头才能约束规范人的行为？那几千年来没发明监控时，人们都是咋过的？

叶苗苗依旧翻看网页，突然大声说，呀，杭州一个家长还要自己掏钱，给女儿所在的幼儿园装监控呢！好在后来被学校给拒绝了，不过，引发了一场热议。

小常走过来边看边说，这哪里是热议，直接就是唇枪舌剑嘛。

向老师边改作业边慢条斯理地说，问题是谁愿意天天在这样的环境氛围下学习工作生活？大人都受不了，学生就更不用说了。他们还未成年呢，长期在被监控的状态下，当然会安分守己，非常听话，但循规蹈矩的背后也有很多隐患，从小被人监视着，他们早早就学会伪装自己，就学会隐瞒自己真实想法弄虚作假，哪来的独立思考与创新思维呢？

我倒觉得没啥。教室是公共场所嘛，学校也是为了安全考虑的，为了防止各种隐患的嘛。如今，监控也是一种生活方式，遍及我们日常生活的方方面面。想想看，高速公路、火车站、地铁站、机场、商场、超市，这些地方如果没有监控，咱还觉得没安全保障呢。其实，我们也习惯了在有监控的环境下生活，这样才有安全感的嘛。你就是停个车，不也是放在摄像头下更放心嘛。老王依旧在地上练太极，怀里永远像抱着个圆球推来推去，他的业余生活被养生与太极占满了。

你这明明是偷换概念。咱们现在讨论的是摄像头进教室，不是安全问题，小常声音又高了。

咱们学生都是高中生了，是拥有自主人格的成年人了，现在不论行为习惯，总是怀疑他们自律的能力，用时时刻刻的监控来进行约束，这是现代教育管理的理念吗？我觉得在这样的背景下，与其“堵”不如“疏”，与其严禁学生不应该做什么，不如引导学生应该去做什么，在培养自主性上下功夫做实事，大林依旧热汗淋漓，握着手里的小毛巾。

不说学生了，咱们呢？公民权呢？隐私权呢？难道《个人信息保护法》是虚设的吗？教师有没个人信息保护权？我觉得不仅不合法而且很耻辱，非常反感。我们要联合起来坚决抵制。

嘿嘿，咱只管把自己的书好好教就是了，有些事就不是你我思考的，管好自己才是正事，操那闲心干啥呢？杨老师笑着劝。

我看有些人就没一点儿原则立场，大家等着看吧，这玩意儿会带来多少祸端。小常边说边气得在地上转，突然被凳子一挡，差点儿坐在了地上。

大家哄得笑起来。

还笑，笑啥呢？你们还有心情笑？我可是气得要爆炸了。不管别人怎么样，我的课堂我做主，谁都不能侵犯。

面对愤愤不平的他，人们都摇摇头。

都别嚷了吧，咱们在这里吵也是白吵，现在就看例会时学校咋解释了。老陈提起毛笔，在宣纸上写了几个大大的字，提起来说，同志们，难得糊涂哪。

还糊涂个啥呢？再糊涂就成个南瓜了，小常气哼哼地呛他。

大家哈哈大笑起来。多年同事成亲人，谁都知道谁脾气。这个可爱的中年愤青，虽话多了点偏激了点，但心肠极好正义感很强，大家从心底都佩服呢。

说是说，嚷是嚷，上课铃声一响，人们都拿起教材教案，匆匆走向教室。

2

周五例会上，果然，当各处室领导一个个长篇大论地总结完工作后，校长就监控器问题开始解释，着重强调它的好处。这套监控系统，是学校和惠民科技软件公司合作的一个项目，全名叫“智慧互动课堂”，属于最新研发的教育成果之一，目的是用智慧的方式帮助孩子成长，让高科技真正走进师生生活。同志们，根据我这几天观察，这是一种益处多多的有效管理手段。请大家认真回忆仔细对比一下。自从监控进了教室，是不是学生上课做小动作的停止了，偷偷玩手机的人也少了？那些直接趴在课桌上睡觉的、交头接耳传纸条的，我敢肯定地说，少多了！尤其是小偷小摸现象几乎没有了或者说完全没有了。这就是监督的力量，这就是显著成效啊。

所以我认为，监控进校园特别是进教室，是一种非常有利于学校管理的措施。它不但监管力度大，便捷高效，实用性高，而且在监督学生的同时，对老师来说也是一种督促；不但可以规范教师的教学行为，对校园安全起了很大的作用。对大家尤其是班主任来说，可以不再用老方法天天去维持班级秩序，还可以有更多时间空间去提升学生的学习成绩。对家长来说，不但可随时了解孩子在校的一切表现，更有利于家校合一促进孩子健康快乐成长。从管理者角度来说，更是好处多多啊。首先查课更方便，只要坐在大屏幕前，各班上课情况一目了然，谁迟到早退、上课看手机、接听电话了都会一清二楚。因此我们不但要严格执行，而且要常态化深入化。

当然，我也听到了不同意见，说监控器涉嫌侵犯隐私。放心吧，这可是我们反复研究过的，也是请教了学校法律顾问后才决定的。我个人认为学生只要来上课就属于学校管理；只要对管理有力，就值得推广。我准备在校长联谊会上着重介绍这种管理经验呢，一定会在整个教育系统推广开来。

同志们，这种模式这个举措，我们还要感谢科学，感谢高科技啊。以前每次考试，为了防止学生作弊，我们想了无数办法都不见效，现在就简便多了。以前的中高考如临大敌，多紧张啊，现在有了摄像头，不但带来了公平公正还省去了很多麻烦，这都是科技进步带来的福利。

深冬的下午，屋外，冷风扑打着玻璃窗，吱吱作响。屋内，热乎乎的会议室里，昏暗的灯光下，人们一个个红头涨脸，竖起耳朵听着。

接下来我有个想法，希望得到大家支持。那就是要让家长也参与到咱们的日常管理中来，实现真正的家校合一、携手并进，要努力达到教师和家长、学校和社会共同管理的目的。

叶苗苗摁了几遍手机。老妈一遍遍电话说面条都煮烂了，怎么还不见人影。她偷偷拍了张照片发过去，那边才算安抚了下来。人一老，除了吃吃喝喝，似乎没其他更重要的事了。可她一想起老妈的饭菜，肚子就咕咕叫，涎水都下来了。

正沉浸在妈妈味道的回忆中，就听见后排有人悄悄说，咋不站在老师角度想一想？每天在教室的一举一动都被人盯着，无限透明，稍有差池就可能惹出大事，压力有多大啊？本来就不敢管学生，这样的话更不敢管了吧？

她扭了扭头，见另一个年级的两个年轻人正窃窃私语。满脸朝气的他们，学生味十足，对很多东西都看不惯。

其实咱们也无所谓，主要是学生安全问题。现在网络这么发达，如果有人出于利益或其他目的窃取监控视频，也非常容易，这不是把学生的隐私都暴露给陌生人了吗？万一被别有用心的人盯上了，很可怕的啊。

你看前天网上报道的“直播教室监控”事件了吗？一个直播 App 上，居然出现了大量教室里的直播画面，成千上万的网友盯着学生看，点评孩子的一举一动。还有家长留言给自家孩子，说要好好学习专心听课呢，真是的。虽说后来这些直播一律被下架，但谁也不能保证这样的事再次发生。到那时，谁也不能保证学生安全，这才是最大的隐患。

嘘，认真听讲，不准交头接耳。年轻人，啥话都过过脑子，这是校务会研究过的，岂能随意改变？真是的。年级主任转过头，貌似玩笑实则批评。

他们一下子臊红了脸，低下身子，悄悄翻手机去了。

台上，校长还在慷慨陈词，对我们教师来说，有人可以随时进入你的课堂，压力的确蛮大的，但压力就是动力，也是促进自我改进自我完善的一种方式。我们现在所做的一切都是为了规范教师行为，提高教学质量，都是为了学校发展。我希望大家以此为契机，备好每一节课，上好每一堂课，讲好每一道题，让我们的课堂能经得住任何人的检验。

副校长紧接着补充，只要我们将工作落在实处，落在细处，只要我们的作风再扎实一些，那么无论什么样的举措，一定会得到学校支持师生理解，赢得家长赞扬社会认可。大家还有什么好的意见和建议，提出来一起探讨。

天已黑了，教师们静静坐着，脸上的表情如万花筒。认真聆听的、焦急万分的、不动声色的、无动于衷的、神思飞扬的、面带微笑的、冷漠平淡的……周末的例会，总是长得像黄河。孩子大了不用接送的人，自然心态平和，四平八稳。那些肩负接送孩子重任的人，已经看了N遍手机。他们的孩子，已在寒风中，在幼儿园或学校门口等了一个多小时，可谁也不敢提出异议，也没一个人站起来说点什么。

教师这个群体就是这样，窝囊至极，可笑至极，包括我在内，背后说起来一二三四头头是道，到了正儿八经说话时，总是装模作样沉默不语。可怜之人必有可悲之处，可悲之人必有可憎之处。小常老师经常这么说。

既然大家都没有异议，那就全体通过了啊。接下来，我们的工作任务就是严格落实，稳扎稳打，高效教学，真抓实干，力求让学校旧貌换新颜。同志们，落后很可怕啊，落后的观念更可怕。我们要用先进的科技把落后的观念给颠覆掉，要把这项措施贯彻落实到底，所以大家就多吃点苦多受点委屈吧。谢谢大家！

终于结束了，人们急匆匆站起来，拉开凳子就往外走。随着刺耳的凳子推搡声，叶苗苗也跟着出了门。

雪真大，夜真黑，人真饿。人们沿着楼梯，分流到暗褐色的雪地上，一个个色彩暗淡的背影很快和暗夜混同，消失不见。

3

家长会在多功能厅如期举行。

照惯例，先放宣传片，然后校长介绍学校的办学理念和历年成绩，紧接着政教主任介绍学生近期的学习生活状况，最后就是动员大会。

偌大的多功能厅里，副校长在台上一板一眼，神采飞扬地讲着，底下家长大多数默默听着，一部分人翻着手机。动员的具体内容很多，说穿了就是宣传。只要交上一定的费用，在手机上下载一个 APP，家长就能随时掌握自家孩子在教室里的动态，随时关注教师在课堂上的表现。

为了说明这种新科技的好处，合作公司还专门派人给家长们演示了一段视频。画面上，一位女生正在教室里听课，无论是翻书、做笔记、举手、回答问题、打哈欠、趴桌子、打瞌睡还是拿起小镜子偷看，旁边均有数据显示出次数、时间、长短。系统每隔三十秒还会进行一次扫描，针对学生行为，结合面部表情，分析出他们在课堂上的学习状态，家长也就知道自家孩子是不是专心听讲了，有没有收获。

人们盯着这段从监控里调取的视频，既新鲜又好笑，既好奇又紧张，因为那些坐在教室里听课的学生，和那个站在讲台上的讲课教师，动作迟缓，和平时有些不一样，看起来很滑稽。

我们希望各位家长，能从学校管理出发，从自家孩子成长出发，支持这项事半功倍一举几得的措施。我还是那句话：给我们一个孩子，我们将还给您一个优秀的人才！铿锵有力的话语，把会场气氛推向了高潮，人们群情激昂，掌声雷动。

家长会上宣传了，调查表发下去了，家长微信群也通知了，万事俱备只欠东风。正当学校以百倍热情坐等全力支持时，家长的反应却让人大吃一惊。虽然有人举双手赞成，但还是有一多半的人表示不同意。

不可能是这个结果啊，家长会上表现得都不错嘛，问题出在哪里呢，学校急忙通知各年级组开展调查，及时反馈情况。年级组要求班主任对收回的调查表进行分析，要求各位教师多和家长沟通，查找原因。

叶苗苗按照要求，赶紧在班级家长微信群里开家长会，除了又发了一次“家校合一，携手共行”的倡议书外，明确表达了希望积极配合的愿望。众家长表现得非常有礼貌，先感谢学校和老师的良苦用心，接着畅所欲言，表达了自己的看法。

卫红芳父亲首先表态。我觉得教室里的摄像头，主要是防止学生打闹造成了意外伤害，在考试时预防作弊的作用大一些，其他就没必要了嘛。毕竟我们也忙，没时间每天盯着。再说她要是不学，你盯着也没多大作用啊，所以我不参加了。

老师，我家情况你也知道。娃娃大了，正在叛逆期，在家管不住，在学校里有老师管着，我放心着呢。只要不违法乱纪，不犯大错误，我也就知足了。要是知道我拿个手机去监督他，一定会闹翻天了的。李朝阳母亲跟着说。

下载软件其实不重要，关键是要知道目的是什么。如果是为了监控老师的教学，我觉得真没必要。老师工作已经够辛苦的了，需要被理解尊重，我们做家长的也要给他们最基本的信任，不能说为了咱孩子好，就去监视他的一举一动，惠菜菜爸爸的思路很明晰。

我觉得一要考虑老师的情绪，二也要考虑孩子们的隐私。在公共区域安装监控是怕孩子单独行动出现意外，但在教室里，在课堂上，我相信老师都会尽职尽责，就没必要了。陈姗姗的妈妈不愧是医院的大夫，非常理性。

房浩东父亲是大学老师，看问题总是犀利深刻。学生嘛，就要有学生的样子，即使在学校犯了错，也应该让老师来批评，来帮助改正，而不是靠监控带来的恐惧压住他们。这种方式不但不能激起学生的道德感求知欲，还会在精神上制造一种高度紧张感，得不偿失。

老师，我家娃娃有啥错你就打去，打轻打重了都没关系。学生嘛，天生就靠老师管。我们做家长的，绝不会找麻烦。现在的老师难当啊，管轻了学生不听，管重了还怕家长闹。我家娃人高马大的，比老师也小不了几岁，毛病还那么多，让老师操了那么多心不说，再折回来对老师讲课说三道四，不地道。宋理学父亲一看就是个实诚人。

大家你一言我一语的，气氛非常融洽。

看到家长都这么理解信任，叶苗苗心里一热，一股暖流腾腾而起。她边看边整理，总结了一下，刨去要交钱这个因素（这也是个比较重要的原因），好多家长都觉得花钱看自己孩子的课堂直播，有点匪夷所思。大家一致认为在幼儿园、小学低段有必要，因为孩子小不会照顾自己，容易受到伤害，到了初中就没那么担忧了，尤其是高中，更没必要。

当然，也有一些家长表示支持。

孩子在集体中生活，也有个适应过程，我们相信学校相信老师，也相信自己的孩子。我觉得教室里装监控也可以，只要不对外开放就行，万一有什么特殊情况也可以申请查看，这也是对老师学生的另一种保护和尊重嘛，也不是什么坏事。沈涛涛妈妈积极响应。

胡平爸爸说，学校让家长参与的目的并不是为了监控谁，请大家不要多心。

我主要是想看看我家孩子平时表现怎么样，心里也有个数。

学校总有学校的理由，咱们只要跟着做就是了。我觉得今天那个校长讲得对，一切都是为了咱孩子好嘛。

只要能让娃好好学习考上大学，让咱们干啥都行。娃娃嘛，年龄还小，哪有什么隐私不隐私？我们两口子都忙，顾不上娃娃学习，只能靠学校和老师管了。说实话，我还准备在书房里安个摄像头呢，随时监控那小子呢，看看他晚自习后回到家到底干些啥。胡平爸爸进一步表明态度。

房浩东爸爸却疾言厉色地发了一长段文字。大家先想想这种打着爱的名义剥夺了学生教师隐私权的做法是不是合法？这种把孩子当成私有物、把老师当作嫌疑人的行为是对还是错？换位思考一下，让你天天在别人眼皮子底下生活工作，你愿意吗？我看这就是一种急功近利的实用主义模式，就是借科技力量把下一代摁在座位上，一举一动都合乎规矩，训练得像个机器人才作罢。从维权方面说，这种做法严重侵害了师生的隐私权。

一个家长直接反驳，你自己跟不上形势，不与时俱进，就别在这里指手画脚了。教室里装个监控怎么了？在教室里能有什么隐私？你家孩子在教室里要换衣服还是要洗澡，还不能让人看了？

一个家长也帮腔，我也认为学校是为了多一层保障，多一分安心，所以侵犯这个理由不充分。

房浩东父亲毫不相让地怼了回去，请这位家长搞清楚，我不是说会对自家孩子怎么样，而是就这件事的实质谈点自己的看法。如果你觉得在教室装监控没什么大不了的，那么上司在办公室设监控，监视你上班浑水摸鱼；老婆在家里装监控，提防你出轨找小三；你在孩子卧室里装监控，提防他不好好写作业；餐馆里监控厨师，雇主监视保姆……任何关心你的人都以“为你好”为借口，装上针孔摄像机来监控你，你会喜滋滋地接受吗？这不是与时俱进，加强保障，这是人与人之间信任度的严重缺失，是一种逼着人们变相自证清白的行为。

有人气哼哼地辩解，照你这么说，学校的举措是错的了？你能得很，咋不给校长建议让卸了去？

一时间，双方剑拔弩张，火药味越来越浓。叶苗苗赶紧出来调节，再三安抚，特别对房浩东爸爸这个有理论高度但容易激动的家长表示感谢。

可是，这个大学教师却不依不饶，说了一大串。请大家想一想，好成绩是监控出来的吗，难道不是你家孩子自觉努力奋发向上的结果？好教师是监控出来的吗，难道不是这个群体勤勤恳恳默默无闻的结果？好家长是监控出来的吗，难道不是你我爱子疼女的天性？咱们哪一个人做事是监控下的行为？国外对隐私权是极其重视。我同学的女儿在上海一所私立中学上学。她们学校在所有的教室里装了摄像头，唯一没安装的是中国加拿大合作办学的那个班。因为外方老师认为严重侵犯了他们隐私权，坚决要求拆除，学校不得不撤除了。隐私权是要靠我们每个人去捍卫的！！！

三个硕大的感叹号，把人都给镇住了。

群里没一个人说话了，人人仿佛潜入了深深的海洋，虽还有暗潮涌动，但至少表面上风平浪静了。

叶苗苗暗想，难怪房浩东比同龄人都有个性，原来有其父必有其子啊。

不过讨论还是颇有成效的，大多数人都能站在学生教师角度来考虑，至少形成了一个共识：教室里的摄像头已装上了，学校可以监督管理，但其他人过度参与就不是什么好事了。

同事听说后都感慨连连。在整个社会对教育有这样那样苛责的同时，在教育问题热点焦点层出不穷的今天，还有这么多家长的能理性克制地看待这个问题，也表明人们对教师职业越来越多地理解，越来越多地认可，越来越多地包容，说明家长受教育程度越来越高，综合素养也越来越好。

日子匆匆忙忙，一如既往，每天都没多大变化，上班的辛辛苦苦，上课的按部就班，上学的埋头苦读。教室里，墙拐角的东西依然挂在那里，奴仆一样忠诚，认真地履行着自己职责；领导般高高在上，窥视着人们的一言一行。

4

当然，不和谐音符也随时奏响。

随着摄像头进教室，学校管理也更加严格了，不仅要求师生专注课堂，还要打各种分填写各种表。每班都制定了精细的量化表，每人一张，主要用途是扣分。课堂上，学生睡觉、不认真听讲、打哈欠、趴在桌面上、偷看“闲书”、神游天外，均被列在扣分行列。不专注行为达到一定分值，系统就会自动向显示屏推送，任课教师就会根据提醒减去相应分数，班主任可根据分数进行相应的惩戒。

摄像头似乎无孔不入。

学校门口，那些买了麻辣条和饮料准备吃喝的人，被监督了出来，要写不少于一万字的检查。操场上，藏在大树背后吃垃圾食品的人，刚从鼓鼓囊囊的校服里掏出来，就被值班老师抓住了，低头站成一行，接受着批评。教室里，在校服外套上其他衣服的，改窄校服裤腿的、头发超过了耳朵的等等各种不符合规定的人，均被一一拍照示众，扣除本班量化分。每天从早跟到晚的班主任忙忙碌碌，辛辛苦苦，却被一次次点名批评，自然饶不了学生。一时间，整个学校人人警惕，个个紧张，脏乱差和上课不听讲的现象得到了最大化的遏制。

学校面貌焕然一新。

但某节政治课，讲台上的老师正口沫四溅、津津有味地讲着"马克思主义哲学——辩证唯物主义"，教室门突然被搡开了。教务干事怒气冲冲进来，走向第三排，一把揪出个打瞌睡的人，大声呵斥着，罚他出去在操场上跑三圈。

师生目瞪口呆，愕然地看着那个学生红头涨脸出去了，看着瘦小的教务干事脸色黑青拧着脖子走了。

又某节数学辅导课，老师正在批改作业，值班的副校长直戳戳走进来，从前排第四的学生口袋里搜出来个手机，恶狠狠砸在地上。黑色手机在水泥地上跳了几跳，跌下来也只是壳分成两片。满教室都是咆哮声，师生一齐望着满脸怒容的副校长，望望地上的手机壳。一个男生不觉出了声，啥牌子啊？这么结实！

啥？你说了个啥？副校长眉头拧紧，转身问道。

男生吓得低下了头，一言不发。其余人悄悄坐着，身体无形中缩小了几分。

再比如月考时，刚分发完试卷的监考老师刚坐在凳子上，就见一个巡监进来，三步并作两步走到中间一个学生面前，厉声问，刚才传的纸条呢？拿出来。

那学生低头红脸，乖乖交出纸条。巡监拿起了笔，在试卷上画上大大的"作弊"字样，回头看了监考老师一眼，一阵风走了。监考老师脸上讪讪地，看了一眼摄像头，站起来走动。那滋味比扇几巴掌还难受。

学生呢？垂头丧气地趴在课桌上，一动不动。作弊肯定会背处分，下午名字肯定会出现在校门口的宣传栏里，白榜黑字，瞬间成名。语文老师说过出名有几种，要么流芳百世要么遗臭万年。哎，后悔死了，运气不好，喝凉水也塞牙。分数像个恶魔，折磨着学生们脆弱的神经。一天到晚被困在教室里，天天为分数发愁，考好了则皆大欢喜，考不好就要被老师批评，被家长收拾，所以只能铤而走险了。

哎，早知道冒巨大风险最终是这个结果，还不如不做了。都怪那个摄像头！他满脸气愤，把中性笔抛在桌上，摆出一副我是流氓我怕谁的派头。

下午考完试，就在别人吃饭的空档时间，他戴上鸭舌帽大口罩，爬上桌子，踩着凳子，用小刀割断了摄像头电线。

几天后被查了出来，当然是勒令退学了。据同学说，他还庆幸自己从此摆脱了噩梦般的监控生活呢。

这，这，还让人上课不上课了？……课堂上别人随意出入，随意干扰教师正常工作，这什么……什么行为？小常动不动就被气得结结巴巴。

向老师就劝，别生气啦，这是常态化的管理模式，应该支持嘛。要适应新形势嘛，难道你还想用非暴力不合作方式进行抵抗？

大家都笑了起来，这名词是副校长新发明的。他在会上几次三番地说，有些教师对学校的管理模式不积极投入，持观望态度，这种非暴力不合作方式是极其错误的，是没有主人翁意识的，是一种消极抵抗。

大陈弥勒佛一样，总是笑嘻嘻。依我说，不管哪种方式，只要学生有变化就好。白猫黑猫，抓住老鼠就是好猫。

小常嘴不饶人，忧心忡忡，不遵循规律的结果一定是乱象丛生，没有人性化的管理最终会造成消极对抗。说来说去，最可怜的还是学生，除了分数，除了管理，他们还有啥？这个年龄应该有青春懵懂与美好憧憬，有追求自由的权利，还应该有活力四射趣味无穷的体验过程，甚至还可以有抽烟喝酒打架单相思的啊。看看咱的学生现在都成啥样子了？一个个疲惫不堪，精神不振，成天战战兢兢，都成傻子了。多年以后，他们回想起中学阶段，一定会恨咱们的。我们欠他们的，岂止是一个毫无美好回忆的青春？

晚上十点半，第三节晚自习，正看学生做题的叶苗苗在地上转来转去，突然手机惊天动地响起来。她忙接起，那端口气凌厉得像刀子，说那个谁谁已打了好几次哈欠了，你把她喊起来，在外面站着去。

她无奈地摇摇头，叫起睡眼蒙眬的学生，说了一句。学生顺从地走了出去，靠墙站着。

过了一会儿，叶苗苗到门外，见刚才被叫起的班长兼三好学生柳树满脸疲惫，羞愧地低着头，眼里含满了泪花。

对不起老师，最近状态很不好，天天晚上睡不着，白天就打瞌睡……这次成绩不好……没提高反而降了不少，有些丧失信心了……每天早上六点二十分起床，一直到晚上十二点半才上床，加上宿舍里吵吵闹闹，睡觉时间只有四个多小时……上课高度紧张，不敢分心……我感觉受不了了。

叶苗苗赶紧劝慰，不要紧，月考成绩上下浮动很正常，你别太焦虑，放松点。你那么努力，调整一下心态，过两天就好了。

柳树却摇摇头，老师，我觉得已经尽力了，可是……怎么能不愁呢？分数就是检验我们的尺子……考不好对不起很多人……

面对这个瘦削单薄懂事自律的女生，叶苗苗也不知怎么劝了，只是摸摸她的脸，说，要学会放松，学会调节。进去吧。

老师，让我再站一会儿吧，进去又要打瞌睡。

哎，你这个娃娃就是太听话太乖了啊。

夜深了，叶苗苗看着天上一轮明月，看着偌大的校园，看着灯光暗淡的楼道，看着那细瘦颀长的身影灯影叠加在一起，构成的一幅暗黑色剪影，心里不禁一阵酸楚。

5

学校要求标语进教室。

叶苗苗和语文老师精挑细选，才选了一句“一切教育的目的是最终形成人格”，挂在后黑板上方。

这些天，她终于找了个机会，认认真真观察了那个“孙悟空”（学生们给摄像头起的外号）——“智慧课堂行为管理监控器”一番。半圆形的塑料壳仿佛一双硕大的眼睛，三个小镜头被包在一个黑褐色球里，再加上白色的半圆形底座，活像一只扣在墙面上的小蘑菇。她仔细看，发现其中一个镜头似乎永远不动，而其他两个总是动来动去的。

听说只要看到红点，就表明摄像头开着？她问大陈。

大陈笑嘻嘻回答，傻姑娘，型号不一样功能不同，咱这个看不见红点也是开着的啊。

学生习惯了在一双眼睛下生活，老师也习惯了头顶三尺有监控的日子，人们对这个“火眼金睛”的感情很微妙，既依赖又敬畏，既适应又忌惮，总之它以不动声色的强势进入，逐渐成为人们学习生活的一部分了。

习惯了也就无所谓了。学生们依然在紧张学习的同时，会偷吃东西传纸条，会打哈欠睡觉，会偷看课外书，会接话茬讨价还价，会神游天外想某人。青春就是这样，不听劝，不听话，叛逆放肆，无所顾忌。尽管所有的幼稚都将变成代价，但所有代价也是成长路上必然的经历。年轻的朝气、活力和希望，就是在不遵守成人世界的规矩中显露的吧。

时间可以孕育出习惯的花朵。叶苗苗常常在上课间隙，望望弟弟妹妹般的弟子，环顾这个熟悉如家的教室。在这片天地里，自己是神圣的，也是世俗的；是忙碌的，也是放松的；是辛苦的，也是欣慰的。清晨，灿烂的阳光透过玻璃窗射进来，清亮的光束扯开无数细密的金线。晚上，日光灯下，一张张倒影在明亮的玻璃窗上重复叠加，虚幻而真实。台上是上课的老师，台下是听课的学生，门框上方是工作着的摄像头，一切都那么和谐，那么美好！

自从有了摄像头，班里丢书丢笔等小偷小摸事件几乎绝迹，丢钱丢校服的事件再也没发生过，常常被此类“案件”缠了头的班主任们，终于松了口气。以前，他们除了常规工作，还时不时得充当福尔摩斯，判理各种无头案。

叶苗苗还和其他同事一起去教务处“参观”了“智慧互动课堂”的主阵地。不大的墙面上，几十个小电视屏整整齐齐摆在一起，组成了一个很大的电子显示屏，每个班级都位列其中。画面上，上课的老师，听课的学生，前面黑板上的板书，后排的垃圾工具，都显示得清清楚楚。几个教务干事坐在显示器前，只要不时盯着屏幕，就能知道全校师生在干什么。

岁月如水，缓缓流淌，管理趋于正规化，教师的心态平和多了，学生的行为规范多了，关于摄像头能不能进教室的话题已然消失。但接着发生的一件事，把这个话题又提了出来，又掀起了一轮讨论的高潮。

周三第七节课，一个家长冲进教室，对着自己儿子拳打脚踢不说，还扇了儿子的同桌几巴掌。

起因是这样的。

高二（3）班的一个家长，在离家不远的一个煤矿下井的陈憨娃，因为先前没来参加家长会（儿子陈昊当然也不会说），压根儿就不知道还可以远程看到儿子在课堂上的所有情况。某天下午休息，发现老乡兼工友同在一个开采组的汪明，拿着手机边看边叹息，说女儿英语课上从不回答问题，成绩下降了，以后考大学是个愁。他急忙打听，才知道还有这么个法子，可以知道儿子上课念没念书，学习状态怎么样。

在老乡兼同事的帮助下，他迅速下载了一个软件，交了钱，就看起了课堂直播。可是不看还罢了，一看肺都气炸了。自己的儿子陈昊，第一节数学课上根本就没听讲。先是无聊地翻着书，后来又趴在课桌上睡觉，被老师叫起来后，满不在乎地站了好半天。其他同学做题时，老师让他坐下来写作业，儿子不但不写，反而低着头一直偷偷看什么，再仔细一瞅，原来是本厚厚的漫画书。

他像豹子一样跳起来，浑身颤抖。不仅仅因为儿子不好好上课，还有一个原因是看直播时还有几个同事。亏人了啊，脸都丢光了。再加上工友说既然是直播，人人都可以看，也不知道有多少人在背后骂呢。

当父亲的怎么也想不通，自己这么辛辛苦苦地赚钱养家，供儿子读书，他却在课堂上像条死狗，没一点学生样，打脸丧德不说，一点也不珍惜父母在外的艰难，心根本就没在念书上啊，有人养没人教的东西。他气得脸都歪了，眼泪也冒了出来。心灰意冷的他，随即脱下工服，请了两天假。下午五点，他已在学校门口了。登了记，问了保安儿子所在班级的位置，就直奔了过去。

一进教室，顾不上给老师解释，他直接冲向儿子座位，揪起来，就是一顿拳头。

睡得迷迷糊糊的陈昊做梦也没想到一百公里外在煤矿下井的父亲会从天而降。当他那双血丝密布的眼睛瞅着自己，当拳头像雨点一样落在身上脸上时，陈昊连惊带怕，一下子晕了过去。

讲台上的老师惊呆了，眼睁睁看着自己的学生，血顺着脸颊流了下来，软乎乎地躺在地上；学生们也吓呆了，等反应过来时，他们的同学已脸色蜡黄，毫无声息。

教室里一片混乱。桌子凳子声，拉扯劝解声，大声呵斥声，惊叫哭泣声混作一片。数学老师冲上去，抱起学生，使劲掐人中。有人拉开门，边喊边跑向办公室。

陈昊同桌冲了上去，大声问，你是谁？你打他干啥？

暴怒的陈憨娃顺手就是两巴掌，我看你两个上课要么一直说话，要么睡觉，都是一类货，没一个好东西。这是我替你父母扇的几巴掌。

一会儿，门开了，两个保安风一样追了进来，架起陈憨娃就往外走。年级主任赶了过来，掏出电话拨打了 120。

下课铃不合时宜地响了，其他班学生呼啦啦拥在门口，楼道里密密麻麻的都是人。

散开，都散开，回自己教室去，凑什么热闹？年级主任气急败坏地嚷。

学生们不情不愿地散开了。在唯恐天下不乱的年轻人心中，学校发生任何一件小事都可以上头条，更何况这么惨烈的突发事件呢？他们一个个在惊惧中略带兴奋，说着嚷着，推推搡搡走开了。

办公室里，老师们也议论纷纷，都说这是摄像头惹的祸。课堂直播是好事，但人人像看电影一样去观赏，保不齐下次又有什么奇事怪事发生。好在班主任回来后说人无大碍，大家松了口气。

两天之后，陈昊就退学了。他父亲给叶苗苗电话说儿子反正在校不好好读书，考大学自然无望，父母也死了心，不如带到自己所在的地方去打工。他是成人了，就要干成人的事，打工挣钱，养活自己和家人。

叶苗苗很无语，郁闷了几天。大家也连连叹息，如果没安这玩意，家长咋知道孩子在课堂上的具体情况呢？就是知道，也不会如此激动。现在倒好，直接让退学了。尽管陈昊在课堂上表现不好，尽管根本考不上大学，但真正不读书了，老师们又觉得有点惋惜。

后来，校领导在例会上解释道，家长的过激行为可以理解，问题出在门卫制度不严谨上。怎么能随意让家长在上课期间出进学校呢？又说和物业公司商量了，换了新保安，制定了新的制度，加强了保卫措施，以防意外事件再次发生。

6

虽到了大寒，但天气越来越好，教室里热烘烘暖洋洋的，似乎能闻到春天的味道。早上第三节课，教室里静悄悄，师生正一起徜徉在唐诗宋词的海洋中。

同学们，古诗词鉴赏本就是高考难点，只有多做题，掌握了做题技巧才能拿高分，一定要记住分步骤，找得分点。叶苗苗正在讲一道题，突然，教室门被搡开了，副校长进来了，满脸铁青，怒气冲天。

你俩，出来！大家惊讶地看着前排一男一女被叫出教室。

楼道里，传来咆哮声，你俩跑学校里干啥来了？在学校就是学生，就要守规矩。要谈恋爱回去谈去，出了校门，就是结婚也没人管。现在你们这是什么行为，不觉得羞耻吗？

听了半天，大家才听明白。原来监控上看得清清楚楚，这二位上课时不但偷偷手拉着手，还五指相扣互相摩挲。

其实，高中期间谈恋爱，现在已非常普遍，无论学校采取什么措施，总是屡禁不止。青春正好的年龄，异性之间的吸引，纯洁美好的感情，打破禁忌的刺激以及枯燥无味中的慰藉，都让“爱情”这个词显得珍贵而美好，神奇而迷人。尤其是初恋，它是那么真诚，那么朦胧，那么纯粹，如浓郁的花朵，芬芳馥郁；如天上的星辰，闪闪发亮。无数少男少女为之痴迷，为之癫狂，这是人性，也是本能。

可在消费主义盛行的时俗、混乱的价值观影响下，现在的高中生似乎什么都无所谓，什么都不在乎。据叶苗苗一个关系极好的“卧底”说，他们有很多找对象群，相约方式也非常简单直接，毫无顾忌。只要双方同意，就可以开始一段新恋情，过几天还可以换人，所以学校谈恋爱成为时尚很流行，甚至没伴侣的同学很自卑，觉得自己不如人一样。一般来说，只要不出什么大事就好，老师都睁只眼闭只眼，因为实在管不过来。

这一对同桌，平常本就很亲密，热恋已是公开的秘密，加上情不自禁，总会闹出点动静来。好在两人成绩都不错，明年有望走重点，老师们也就以引导为主，教育为辅。各科老师和他俩都谈过，苦口婆心地劝说过。叶苗苗也隔三岔五地叫来，三碗豆腐豆腐三碗地警告了无数次，可他们表面上收敛了些，实际上还是我行我素，没多少改变。

下午叫你们家长来！副校长气哼哼走了。

教室里，叶苗苗又气又羞，恨不得给美美骂一顿，可又怕耽误时间，只好暂时忍下。学生们互相看了看，笑了笑又做起题来。

一会儿，两人喊报告，老师点点头，他们进来坐在座位上。男生羞愧地低下头来写检查，女生低声啜泣着。比起背处分来，他们更怕叫家长。

下午，叶苗苗正上着课，就见一个矮墩墩的烫发女人匆匆走进教室里，高声问，谁叫个喇丹阳？

人们都愣住了，男生不知所措地站起来。

女人一下子扑了过去，一把扯住男生，照着脸上就是几巴掌，边打还边骂，你个流氓，一天不好好学习，这么大点就知道骚扰女生了？你父母是咋教育你的？再纠缠我家晓晓我就报警，让警察来抓你。

他的同桌，王晓晓站起来，叫了一声妈妈，就放声大哭，连连哀求母亲，妈妈，你不要这样，不要这样啊……

教室里顿时乱作一团。叶苗苗正要上前和她讲道理，门又被搡开，进来个长发微卷、颧骨很高的大个子女人。

她一进门，就挡在面如土色的男生面前，伸出手臂回骂，你给我搞清楚，是你家女儿先勾引我儿子的好不好？有什么样的妈就有什么样的女儿，看看你娘俩那个样子，一看就不是好东西。

学生们面面相觑，心有余悸地看着，不知道咋办。叶苗苗满地转圈圈，不知道拉哪个好。

矮个子女人却扑上来，一把拉住她，老师，你给评评理，刚才我们看监控时，就发现是她儿子先拉我女儿手的。他是流氓，骚扰未成年人。

哎呀，讲点道理行不行？我咋看见是你女儿先扯我儿子校服袖子的，还有脸说这话？高个女人头发散开，像头母狮。

老师，我要求再调一次监控，调出来截个图，我看她承认不承认。穿着恨天高的矮女人阴阳怪气地嚷。

两个疯狂的女人边说边骂，互相靠近，差一点要动手了，根本不顾一旁瑟瑟发抖的两个孩子。

好在年级主任及时追了进来，大声呵斥，这是课堂啊，你们这是干啥？让你们来解决问题的，不是来互相推诿责任的。你们不但没认识到事情的严重性，还跑教室里来闹，不嫌丢人吗？看看你们，哪像个做父母的样子？走，都给我往出走。

闻讯进来的几个老师连来带拽，终于把骂骂咧咧的她们拉走了。

免费看了一场闹剧，师生啼笑皆非，当然，教学任务也完不成了。

下课铃响了，叶苗苗无可奈何地对学生说，今天咱们不写作业了，明早写吧。

学生们使劲拍着手，兴奋得嗷嗷叫，好久都没遇到过这么有趣的事了，当然觉得刺激。看别人的热闹是人类天性。

晚自习，那两个座位就空了。

然后，就永远地空了。

据说，一个被转到了三中，一个被转到外地去了。当然，出了这么大的事，他们肯定无法再回来读书了。

晨会上，他们的名字通过高音喇叭被扩散到校园及四周，“勒令退学”几个字在天空中飘荡，铿锵有力。学生们束手而立，惊恐地听着，一个个底襟都打战。

叶苗苗瞅着空荡荡的座位，瞅着冷冰冰的摄像头，惋惜加心痛。人格尊严是法律规定的人的基本权利，需要父母老师社会来维护并尊重的。现在，他们还有什么人格尊严呢？这对初尝感情滋味的人，已为短暂的甜蜜付出了沉重代价。

然后呢？一条深深的鸿沟，将横亘在面前，连同随之而来的心痛、怜惜、后悔、误解、隔膜、无奈、怨恨，会让他们在很长一段时间内，都无法恢复正常的学习生活。一条浅浅的银河，隔开了春心荡漾的“牛郎织女”，那些人为制造的羞辱和伤痕，将永远镌刻在心底。而他们的父母，愚蠢无知的父母，怎么能如此处理青春期子女的情愫萌动呢？简单粗暴、互相怨恨、恶毒攻击的结果只会把孩子推进更加痛苦叛逆的深渊。为人父母如果都这样，那简直太可怕了。

但杀一儆百的结果非常有效。这件事后，那些平时行为上不太检点的学生再也不敢公然示好了，也不敢公开进行恋爱之类的活动了。前途命运、责任压力和一场不明未来甚至还存有几分儿戏的感情相比，孰重孰轻？他们自有判断。

班主任们也吸取了教训，不管是本班的外班的、身边的异地的，只要发现一点早恋苗头，就痛下狠手，迅速掐灭。当然，还是有冒天下大不韪的人，各种偷偷摸摸、小动作依然在眼皮子底下继续。班主任会上，学校一再强调要紧盯住不放，严抓共管，防微杜渐，查漏补缺，一时间人人恨不得变成孙悟空，有双火眼金睛。

除了在本班实行严格监督外，班主任之间也常常互相提醒，戏谑加警告。各顾各的啊。你管好你的人，我管好我的人，咱俩可不敢当亲家。

可是，大家都心知肚明，明地里的被限制住了，暗地里，彩笺尺素山长水阔的，谁也没办法，拴在裤带上也不顶用。自古皆然。

监控也有无能为力的时候。

7

下课往回走，叶苗苗看见楼道里站了一排学生，男生女生都有，趴在栏杆上写着什么。奇怪的是，学习不错品行端正的万惠惠也在其中。

她走过去，顺口问，你咋了？

万惠惠眼睛红红的，嗫嚅道，教室里太热，我脱了校服外面那层，只穿着内胆，被值班老师抓住了，扣了分，还要写检查。

一个高个男生满脸的不情愿，老师，我们脱个衣服都要扣分吗？

叶苗苗愣住了，学生统一着装是校规，但这样严格要求，还是最近的事。据说一个学生在校服外套了件红色卫衣，被抓出来扣了一分，而班主任从早跟到晚才加零点二分。一个学生头发太长，被抓去修剪时，才发现那是个女生，而女生头发是允许长到耳朵边的。

但她还是冷着脸说，校规就是校规，制定了就要遵守。这不是简单的个人着装问题，是价值观的体现。错了就接受处罚，知错就改才是好学生。

天热了，风暖了，雨多了，地软和了，春从四面八方包围过来，人也活泛起来，明显感觉到了一股股的朗润。又是一个轮回啊，季节更替，万物复苏，萌动发芽，过不了多久，大地就会一片葱绿，处处洋溢着生命的蓬勃与浩瀚。这是自然规律，谁也无法改变。

阳光正好，操场上有学生上体育课。湖蓝色的校服，一模一样的发型，动作整齐划一，一切行动听指挥般的样子。叶苗苗趴在栏杆上，望着看起来差别不大的学生们，叹了口气。世界本就千变万化千奇百怪，人也是千差万别，迥然不同。可现在要将所有人都修剪成道旁树，一样的颜色，一样的高低，连叶子形状都要一样，似乎有点过分。可不这么做又能怎么样呢？学校更难啊。

木偶般的学生长期在高度紧张的监管气氛中生活，经过了一段段的振奋状态后，很快就进入了低迷期。

每个课间，都有大批同学趴在课桌上，利用几分钟来睡一觉。当老师站到讲台上，他们才匆匆爬起，揉着通红的眼睛，嘟囔一句老师好，然后坐下，机械地翻开书，跟着念上几句后，就眼神涣散，身体呆滞，慢慢奔向周公去了。有的学生像吃了蒙汗药，从头至尾一副疲惫不堪、满脸漠然、对啥都不感兴趣的样子，所以大家上课的第一要务就是想尽一切办法，和学生的萎靡状态做斗争。

哎，他们也是太累了。

早上，一进办公室，叶苗苗就觉得气氛异常。

杨老师正哭得浑身颤抖，身边，教案笔记和学生作业撒了一地。其他人坐在各自位置上，悄悄忙着手里的活。

她没敢多问，坐在椅子上，端起水杯喝了口水。

年级主任走了进来，劝慰道，杨老师，别哭了，先冷静冷静。这件事我们一定要调查清楚，不能由着学生胡来。

中年女教师悲切地抬起头，暗黄色脸上泪水不停往下淌。我想不通啊，把他们当儿女一样操心，怎么会是这样的结果……我就说了他们几句，怎么会有这么大的仇怨……

叶苗苗翻开学生作业，边改边竖起耳朵听。在这个年级组，自己最年轻，也就学会了凡事不说只听的习惯。

现在我们的主要任务是先找到那个发抖音的人，从源头上删除，不要让视频继续扩散。你也不要过于自责，这些年你的工作大家都看在眼里呢，一定要冷静……

我咋能冷静吗？教书教了半辈子，天天起早贪黑的，生怕耽误了学生一节课，身体也糟蹋了……成绩上不去，我很焦虑，说学生几句也很正常……可没想到他们会在课堂上拍视频发抖音……这让我以后咋上讲台吗？呜呜呜……

所以我一再强调，咱们一定要学会保护自己。现在的学生可不像过去，大家都要注意着点。

问题是天天在一起，怎么预防啊？哎，给了我也受不了，辛辛苦苦教书，兢兢业业育人，最后还落个反面教材的结局，寒心啊！大林又拿起小毛巾，擦起了汗水，感慨连连。

老陈也停下了毛笔，你说现在的学生心理咋这么阴暗，老师批评了都要找碴报复，拍了视频还发在网上，太可怕了。

这学生想干什么？老师也是人，上课批评是老师的权利和职责，都像这样找碴闹事抹黑事实，那咱以后谁还敢管？年级主任气得拍着桌子。

小常拿着一本书，匆匆走进来，说，杨老师，别哭了，大家也不要着急上火。我刚才去班里调查过了，的确是我班学生张斌拍的，也是从他手机上传出去的，但这个娃娃发视频的目的到底是什么，我还没搞清楚。请大家相信，我一定会给杨老师一个公道，给大家一个交代的。叶苗苗这才听出来个眉眼。原来，杨老师上课批评了一个学生，他怀恨在心，就拍了老师批评另一个学生的视频，截取了一段挂在了网上。学生发给家长，家长又发给另一个家长，一个个转发，一个个评论，让原本很不起眼的一件事迅速蔓延，很快发酵为热点。

她觉得前心后背一阵发凉，中学生不能拿手机，这是校规。可现在这学生不但拿了手机，还上课拍视频放在了网上，拿这种事去博眼球，真是太不可思议了。更何况，师生关系本来就是焦点，一不小心就会产生轰动效应，引发舆论一边倒，而且键盘侠越来越多，求关注蹭热点几乎没底线，根本不考虑一时情绪会给当事人造成多大的伤害。可怜的杨老师，那么爱岗敬业，那么疼爱学生，却将被一个视频压得翻不过身来。最最重要的，是学生的这种行为太可憎了。

大家在焦虑担忧中上课下课，度日如年，都有一种兔伤狐悲之感。不，准确地说，人人从杨老师身上看到了自己的未来，一旦惹了学生，就会遭受怎样的下场。

下午第六节课后，办公室里来了一对家长。

男人黑夹克黑裤子，头发一律向后，皮鞋明光锃亮，看起来很威严。女人则短发长裙黑皮靴，一副很文静的样子。男人一张嘴，就有些先发制人的味道。老师，张斌同学从小到大一贯表现良好，本次拍视频纯属开玩笑，没想到那女老师会这么在意。不过一个小问题嘛，其实用不着大惊小怪的。既然班主任叫我们，我俩就特地来一下，但愿咱们能平心静气，消除误会，齐心协力，共同发展，为未来增砖添瓦，加油鼓劲。

大家一听了，心想这都哪儿跟哪儿啊，显然这家长是个领导，瞧这话说的，大词一个接一个。

小常没说话，只是静静看着他们。

女家长眉头紧皱着，姣好的面容显出了愁相。老师啊，我家张斌从小到大都非常听话，成绩好，性格好，几乎就没发过脾气，对我们也很孝顺，可乖了。小学初中我一直陪在他身边，很少有单独行动的时候。现在上了高中，在学校有你们管着，表现非常不错。在家，只要我俩有一个闲着，一定会监督他写作业背课文。现在他出了这样的事，我也觉得是个意外。

男家长见自己的一番大道理并没得到人们热烈响应，有点失落，随即补了一句，就是啊，他是个听话的孩子，从不会做什么出格的事。这次，是个意外，肯定背后有人捣鬼。

小常笑了笑，说，两位家长，张斌无论多优秀，毕竟是个孩子，偶尔犯点小错也情有可原。我以为你们会认识到这一点，配合我搞清楚原因，结果你俩一来，就口口声声说你家孩子有多优秀多听话，说出了这样的事是开玩笑和意外，那我想问一句，如果这样的玩笑开在你们身上，你们愿意吗？

夫妻俩讪讪地坐着，不说话了。

尴尬了几分钟后，男家长看了看手机，铿锵有力地说，话既然这么说，那我重申一下观点。我觉得张斌同学根本不可能做这样的事，因为他在我们面前是透明的，是无条件服从的。不瞒你说啊，前四年，我就在书房和他卧室里装了监控，为的就是随时掌握动态。所以他的一举一动都在我们掌控之中，我敢保证他干任何事都要征得我们同意，做任何事之前都会和我们通气。

小常一下子站了起来，啊？！你们天天监控一个十五六岁的娃娃，啥意思呢？他也是个人，有自己的生活和隐私，有自己的思想和判断，需要自由，需要理解，凭什么一切都要听你们的？设身处地想想，如果上班时，你的领导在办公室里装个摄像头天天监视，你会怎么想？反过来，你在单位偷装个摄像头，监视你的属下，可以吗？

男家长摊摊手，满脸无辜地说，这有什么？我们是父母啊，是全心全意为他好的嘛。再说现在这种情况很普遍啊，我身边好多人家里都装了摄像头，一是为了安全，怕家里进贼之类的。二也是为了孩子好，不是一举两得吗？

可我从张斌嘴里听到的和你们说的咋不太一致？你们知道他做这件事的动机吗？

他从小到大都非常听话。性格好，几乎就没发过脾气，对我们也很孝顺，可乖了……女家长像个祥林嫂，喃喃地重复着原先那套。

男家长沉思了一会儿，才说，说实话，我也不清楚。他平时非常安静，不打游戏，也不爱上网，更不看什么网络小说。对手机也不像别的娃娃那样依赖，有时拿着，有时就放在家里。当然他拿的也是老人机，只能接电话拍照片，不能上网。不过，他现在也很少和我们交流。上周因为看漫画书被我训了一次，他还哭了呢。

你发现其他不对劲的地方吗？

女家长突然站起来，前三天，他问过我，妈妈，如果我做了一件惊天动地的大事，学校要开除了我，你还要不要我？我当时就说，要是那样，我就当没生你养你，我也不想要那样的儿子。

一声报告，在众人瞩目中，瘦高如竹的张斌轻轻走了进来。大家都抬头看，一个唇红齿白的男生，浓黑的剑眉，白皙的皮肤，满脸的干净纯洁。

叶苗苗觉得一阵心疼，看起来如此健康阳光的娃娃，怎么会做这样的事呢？

面对家长和老师，学生低着头，嗫嚅着，老师我错了，我没想去害杨老师的。当时上课，一点儿也听不进去，百无聊赖，正好老师批评同学，我也没想太多，随手就拿起来拍了视频……后来回家，蒙上被子玩手机，就把它发在抖音上，蹭点流量，没想到打赏还挺多。当时想也没想那么多，甚至还盼着被发现。因为这样，他们就会知道我不遵守校规校纪。拿了手机，学校就会给处分，最好是能回家反省的那种，我就可以趁机在家睡觉了，一天到晚在教室里，我都要……

父亲突然冲上去，一把撕住儿子衣领，你说了个啥？你再说一遍试试？你看你现在变成啥样子了，废物一个。从小到大，我们在你身上付出的还少吗？你就这样报答我们的？早知道这样，还不如不要你这个逆子呢。

女人扑上去，抱住儿子，大声哭，你咋敢这么说话啊？快给你爸保证，说你会改的。快，快。

张斌怔怔站了一会儿后，突然浑身颤抖，肌肉紧缩，表情狰狞，双拳紧握着向天空挥去，大叫道，别过来，我说你别过来啊，你再过来我就杀了你。我可不是好惹的，你过来试试看？

他瘦弱的身子弯起来，警惕地望着四周，接着低下头左顾右盼，看见面前的桌上有支中性笔，一把抓过来，对着自己大腿使劲扎下去，一下一下。鲜红的血，细细的，一缕一缕，透过深蓝色的校服裤子渗了出来，他似乎一点都不感觉到疼，兀自叫喊个不停。哈哈哈，我说你不要过来，你敢不听话我就杀了你。

在场的人都惊呆了，愣在了那里。

小常跳了起来，一把抱住他，不停地喊，张斌张斌，冷静冷静。

好半天，他才在老师怀里安静了下来。一会儿，全身软软的，出溜到了地上，像被谁抽了筋。

女人扑通一声，跪在儿子身边，撕心裂肺地哭了起来。黑衣男人一言不发地站着，脸色铁青。小常蹲下来，拉住学生的手，柔声问，张斌张斌，你好些了吗？

他仿佛从睡梦中惊醒了一样，呆呆坐在地上，自言自语着，我这是怎么了？又犯病了吗？老师，我好怕啊。怕学校，怕回家，怕父母，怕上课……身体里好像有两个人，一个是我，另外一个还是我。一个我说要做个好孩子，温顺听话，做爸爸妈妈的小棉袄。一个却很坏，告诉我凡是父母反对的都要尝试，凡是不准干的都要去做。大多时候，好的我都压着坏的我，可是，越压越压不住，坏的我越来越厉害，把好的我都逼得无路可走了……

我在网上咨询了一个心理老师，他说我得了病，叫青春期分裂症，和成长环境有关系……我从小就生活爸爸妈妈无微不至的掌控下，习惯了做他们眼中的乖孩子。他们说啥我听啥，他们说啥不能干我就绝对不干，可是，爸爸妈妈还是不放心，不但在家里四处安装了监控，就连我的卧室也不放过。

在我们家，其实从来就没什么欢乐可言。爸爸权力很大，在单位说一不二，在家也是。心情不好时，就像狮子鳄鱼一样可怕，借着怒火常常打骂妈妈。妈妈又特别怕爸爸，啥事都顺着他，我为了妈妈，很小时就练出了听话懂事的本领，尽量取悦爸爸，不给妈妈惹麻烦。只是把自己隐藏起来，默默承受着一切，但在我内心，时常分裂成两个人，还总是互相掐……我觉得自己徘徊在疯狂边缘。

小学时我们的小组长爱告状，只要是讲闲话、打瞌睡、吃零食、睡觉，犯一点小错误就告老师，老师就罚站，最可怕的是叫家长。家长来了，回家哪里会有好果子吃？妈妈嫌丢人，曾经一个月都不和我说一句话，只是天天哭。爸爸倒是没打我，可是半年都没理过我，好像我是空气一样。

初中时，班主任天天坐在监控室看，然后把我们叫到办公室，一个个训话打板子。到了高中还要天天面对，这日子啥时候是个头啊？所以我对老师家长学校无比厌恶。我恨摄像头，恨你们每个人。我也越来越叛逆，只要谁惹了我，我就想报复。虽然家里安了摄像头，可是监控也有死角的啊。只要在监控范围内，我就很乖很听话，循规蹈矩，可逃离监控之后我就不一样了。

那个很暴虐的坏我一出现，只要是大人反对的，我就偷偷去干，抽烟喝酒偷东西，打游戏看黄色视频，我都干过，还偷偷刷妈妈支付宝买了个智能手机。因为我这张人畜无害的脸，也因为平时听话懂事，没人怀疑是我偷的钱，也没人发现我去干了什么……我现在特别崇拜日本一个作家，叫太宰治，就想学他干完世间所有的“坏事”后就自杀。这次是个意外，没想到阴沟里翻了船。哈哈哈，有点太早了。不过好过瘾啊，让我把心里想说的全说了出来……

看着哈哈大笑的少年，目瞪口呆的人们心情如暗夜，漆黑一片。

黯然神伤的父母带着自己的孩子走了，剩下一堆叽叽喳喳的老师。

真是没想到，张斌会变成这个样子，要不是这件事，谁会想到他心理这么不健康？

原生家庭的影响太大了啊，不然他也不会有这么多的苦恼痛苦。

我早就说过监控之下容易出戏精。物极必反嘛，你们还不相信，现在看看。孩子在成长过程中，自觉性不高是必然的，做家长老师的适度监督也很必要，但把监督变成了监控，就会适得其反。一旦他们内心特别抵触，就会想着怎么去对付父母老师。更甚者，像这个张斌一样，形成分裂型人格，就太可怕了。

可是咱们的摄像头现在除了负责监督课堂秩序外，对学生的学习生活并不构成什么威胁的啊，而且有什么纠纷，视频还可以帮助还原现场，也是高效管理的方式嘛，为啥现在的娃娃们就特别脆弱呢？

育人本应该是人生第一步和社会原动力，应该从长远考虑的。没有人文关怀，只有冰冷的机器，畸形的教育政绩观下就容易产生心理不健康的人。没有科学理性的教育精神，没有育人价值的追求和坚守，仅凭主观想象和营造的高压氛围，想要达到教育目的意义和长期效果，显然不可能的啊。如今，我们被从上到下急功近利式的教育价值指引着、裹挟着，早都偏离了现代教育价值的航向。

我认为，现在的一些管理、考核、奖励制度的出台，一些所谓的现代教育理念，包括高大上的口号标语宣传背后，都隐藏着一些反教育教学的行为。

哎，其实，你我他，我们大家，都是其中一分子。

那是。可咱们又能怎么样呢？

不说了，回家吃饭。天天嚷也是白嚷。没有实质性的行动，一个个高谈阔论的顶啥用？

8

周一晨会刚完，小常就说，张斌已删了视频，关了抖音，办了休学证，去北京看心理医生去了。临行前还电话，要他代向杨老师道个歉，说声对不起。

杨老师连连表示没有什么，毕竟是学生，就是觉得这个娃娃有了病，可怜的。

正说着，一名家长突然闯进办公室，情绪激动地大声喊，我要找班主任讨个说法，凭什么要那样对待我家娃娃？

大家都蒙了，以为出了重大教育事故。

家长理直气壮地说，我家娃不就中午在教室里午休了一下子嘛，凭什么要让他回家反省一周？

班主任走过来解释，只是不午休吗？你家孩子和另外两个学生在教室里打牌呢。

谁说的？谁见了？我一点儿也不相信。

没奈何，班主任只好带着他去了趟教务处，调出了监控。那家长才脸红了，不好意思地说，这个碎怂娃娃还哄我说老师看他不顺眼，故意找碴欺负他呢。

班主任反问，幸亏有个摄像头啊，不然的话我还解释不清了。你说说看，老师和你家孩子有什么大仇大恨呢，就故意找碴欺负他？

看来我是错怪了，对不起啊，家长恨恨地看了摄像头一眼，低着头走了。

一波未平一波又起。

政教处通知年级组说抓住了三个在厕所抽烟的，让家长来处理。三个父亲倒是一起来了，可说的话让人不知道咋说好了。

一个家长看着监控，全程笑嘻嘻，很无所谓。老师啊，学生娃娃嘛，都这样的，你们就不要大惊小怪了。抽个烟都算错误的话，我觉得也太事儿了。

一个家长面无表情，下着命令，老师，那你以后管严点啊，抽烟不利于健康。

一个家长羞答答地说，老师，都怪我。去年回老家路上，我实在无聊，就教他抽烟。当时说好了在学校不抽，看来他还是没遵守诺言。我保证他以后再不会了，再有下一次我就几脚踢死算了。

接着，还来了个黑胡巴茬的家长，听班主任说他家孩子不写作业，一点都没客气，气势汹汹地警告了老师一番，说，我儿子初中就从不做作业，不也上了高中？学生不肯做作业，就说明这个老师他不喜欢，要想让他做作业，就要哄着他，让他喜欢就好了。再说我儿子那么聪明，不做作业有什么关系，照样上大学。

奇葩事一件连一件，真让人无语。叶苗苗觉得头比锅还大。

9

元旦如期而至，校园里，涌动着一股股按捺不住的暗潮。各个年级组都在排练节目，各班都在业余时间唱歌跳舞，少男少女们被节日激起的热情压都压不住。

节目会演通知单下来了，每个年级组只给了三个名额，可一个年级十几个班，每班都在排练，辛辛苦苦排出来的节目都想上台展示。这时，班主任也开始护犊子了，明争暗斗地较着劲。没办法，组长提议先在年级组内进行选拔，优者上劣者淘汰。

叶苗苗班也一样。文科班，表现欲望强，再加上有不少的艺术生，就显得更急切了。早自习，她发现教室里空荡荡的，很多学生都不在。本来这几天活动多，请假的也多。几个体育生打比赛去了，几个美术生上实践课去了，几个舞蹈生参加学校节目排练去了。

她问班长，其他人呢？

排节目去了。

咋去了这么多？

孙雅雅带着一些练舞蹈去了，马阳阳几个说是排情景剧《新桃花源记》呢。

叶苗苗皱了皱眉头，挥挥手，嘱咐所剩无几的学生背课文，就往多功能厅走。她要亲自看看弟子们的排练情况才放心。学生大了有自己的想法，有强烈的表现欲，希望为班级争光的心情可以理解，当老师的也不能过多干涉，甚至打击，但这么多人不在，其中不乏凑热闹的，就是个大问题了。再说选上选不上还没个准，总不能天天都去排练耽误了课吧。

偌大的多功能厅里，到处是学生。舞台上舞台下，一堆一簇的，唱的跳的，吵吵嚷嚷。透过一排排椅子，她看到西北拐角，自己的弟子在那里比划，就大步走了过去。

老师，你来看我们节目了？惊喜加惶惑的学生呼啦啦围了上来。

嗯，我看看你们排得怎么样了？

组织者喊了一声，跃跃欲试的孩子们迅速站好，在慌乱中开始表演。

他们编排的《新桃花源记》是情景剧，大致是一个现代教师穿越到了古代，在桃花谷里，和一群同样身份的人从互相厌弃到逐渐接受再到其乐融融的过程。节目创意较奇特，台词半文半白，背景设置很美，人物穿着打扮也很古风古韵，宽袍大袖衣袂翩翩的很好看。学生们有些拘谨有些得意，边努力表演边偷偷瞟着班主任。在他们心目中，能得到老师认可是天大的事。

叶苗苗边看边想，毕竟是学生自己组织的，编排上有很多问题。比如情节上漏洞较多，不够严谨，衔接过渡生硬，显得很突兀。主题也不明朗，看了半天，云里雾里。尤其是结尾，老师给学生演示他从现代社会带去的东西，还没介绍清楚，就匆匆结束了全剧。

她疑惑地指着桌面上的道具，那个圆圆的东西是啥？

摄像头，就是咱们教室里的监控器啊。

叶苗苗大惊，为啥要摆上这个？

网络小说穿越剧看多了的孩子们也大惊，仿佛年轻的班主任落伍了几百年似的。它和智能手机、电脑、电子白板、游戏机放在一起，都是现代元素啊，都是我们课堂上天天接触的东西，不是为了表示现代老师对古代学生的影响嘛。老师，您连这点都没想到吗？

叶苗苗不知怎么说，也不好直接否定，只说创意不错但要继续打磨，比如一二三四，千万不能违背常识，不要有硬伤。另一组在台上，也手忙脚乱地跳了一遍。她提了些修改意见和建议，提醒他们一定注意纪律，就往回走。

刚走到艺术楼下，就见团委书记气呼呼地从画室里叫出来两个男生，呵斥道，哪个年级的？班主任是谁？

叶苗苗一看，是七班的两个美术生，忙上前说，我们高二的。他们咋了？

本事没学下，干坏事倒是一学一个准。你让他们自己说咋了？

矮墩墩胖乎乎的小个子男生，两个红脸蛋衬着一双小眼睛，低着头，小声说，老师，我们错了，以后再也不敢了。

错在哪里都没说清楚，就说错了。你倒是说说看，错在哪里了？书记被这答非所问气得更加火冒三丈。

老师，都是我的错，你别骂他。东西是我拆的，也是我提议让他画上去的，高个子男生昂着头，斗鸡一样，声音很大地说。

你们胆子也太大了，这是什么行为知道吗？这是破坏公共财产，这是知法犯法。学艺先学做人，学画先学品质，你们倒好，不但联合作案，还互相包庇。这是严重违纪，一定要严肃处理。

到底怎么了？叶苗苗心急地问小个男生。

这几天我们偷偷排练街舞，准备到时来个一鸣惊人，可教室里有摄像头，而且中午也不准留人……我们班主任还连在他手机上呢，一举一动都会被发现的。我们就到画室里来练，可这里也有……我们就先拆了摄像头，准备演出结束后再安上去……

是我想出来的点子，与他无关，要处分就处分我一个，不要牵连他，高个子男生满脸正气，像个大义凛然的战士，抢过话头。

书记怒不可遏，这不是重点，你说重点。

叶苗苗一头雾水，狐疑地看着书记。

这些美术生还得了，学了点本事就知道糊弄人。排练就排练，跳舞就跳舞莫，不但拆了摄像头，还在墙上画个一模一样的当摆设。我说这几天画室咋没动静，原来是你们故意捣蛋……

反正我们又没想着破坏，就想着结束了再装上去的嘛。老师，我们错了还不行吗？我说了损坏了我会赔偿的。高个子男生满脸委屈地辩解。

书记继续训人，叶苗苗跳上台阶，走进了画室。

七八个黑衣黑裤黑帽的学生，男女都有，一个个端溜溜地靠着墙，站成一排。她环顾四周，画板颜料各种静物，纸张画笔各种半成品，都被集中在前半边，剩下的就是学生自己开辟出来的“舞台”了，就问，画的东西在哪里？

一个浑身冒热气的女生胆怯地指着门框上方，叶苗苗一看，差点儿笑出声来。只见一个用颜料涂抹的惟妙惟肖的监控器挂在那里。白色圆形的底座，结结实实地镶嵌在墙面上；黑色的圆形盖子上，泛出扇形的淡光；环形的光圈一环套一环，清晰地盯着下方，还有朦胧的反光的影子。尺寸大小，商标型号，汉字英文数字，都和真的一模一样。

画得可真像啊！真想站上去摸一摸。她在心里赞叹不已，画这的娃娃真是个天才啊。

门外，书记的嗓门越来越大，勿以恶小而为之，勿以善小而不为，做错了还理直气壮还狡辩，这是认错态度吗？人品不过关，再大的本事都成不了大器。我看你不是个天才，也不是个人才，充其量是个鬼才。有画这的功夫还不如再学点真本事，咋干这种事？

老师，我们错了。美术老师说画静物就要写实，我就逞能，画了一个摄像头，小个子男生边点头边嗫嚅。

还有插座，插销，哦，还有台灯……大个男生终于低了头，继续交代着罪行。

叶苗苗挨个看了一遍，满脸严肃地走了出来，对着书记点点头，就快步往自己办公室方向走去。

拐过墙角，她终于笑出声来。其实，刚才在心里，她都笑傻了，现在得赶快把这个消息告诉给其他人。

那一天，画室里出出进进的都是老师。

人们怀着好奇进去，带着笑容出来，看了那几可乱真的图画，都赞叹不已。

有的说，真了不起啊，这学生以后必成大器。

也有人说，心思没用到正地方上，谁知道以后还会惹出什么乱子来。

学生毕竟是娃娃嘛，多么简单快乐的傻娃娃，真羡慕他们为了一个目标啥都敢干的傻劲儿。

瞧瞧，监控把娃娃都逼成创意天才了，也是一大功劳。

周一的晨会上，叶苗苗听见了他们的名字。政教主任宣读着处分决定，说二人弄虚作假，知法犯法，别出心裁，逃避监督，被发现后还互相包庇，互充保护伞，这样的苗头绝不能放任自流，一定要严肃处理，以儆效尤。

大家笑嘻嘻听着，同情地议论着。

这样的学生多几个也不错，可惜太少了。

估计这是我这辈子听到的最出乎意料，也是最可笑又可爱的处分了。

两个碎人儿挺讲义气，敢作敢为甘苦与共的，也是优点呢，总比互相怨恨揭发告密好些。

下午选拔节目时，没等其他人说话，一贯严肃的七班班主任就站起来，红头涨脸地说，我不管其他班节目怎么样，我班的必须上。我们娃娃为这个节目付出的代价太大了，得给我们一个交代！

大伙儿全乐啦。真是有什么样的班主任就有什么样的学生。不，应该反过来，有什么样的学生就有什么样的班主任。

其他人当然没意见，笑嘻嘻地一致通过。

果然，这个节目一鸣惊人，拿下了全校一等奖。

过程很艰辛，结局很喜人，看着七班师生欢呼雀跃容光焕发的样子，人们打心眼里高兴，跟着喜滋滋。

后来，每次去七班上课，叶苗苗都多看他们两眼，也会不自觉地看看门框上面的摄像头。她怕又是个画上去的呢。

10

终于到了期末考试，坐在考场上监考的教师们，貌似轻轻松松却又煎熬如年。

以前没有监控时，监考尽管是吃力的差事，但也没现在这么难熬。因为过去监考不但要随时走动，还要时时刻刻盯着学生，防微杜渐，斗智斗勇，防止各种抄袭作弊现象出现。现在有了监控，学生都知道那玩意儿可不是吃素的，也就掐断了弄虚作假的念头，养成了守规矩讲原则的习惯，会做了就手不离笔，“马”不停蹄地做，不会做了就趴在桌子上睡觉，喊醒了也是盯着试卷发呆。

叶苗苗百无聊赖地坐在实验室里，看着一个个做题的学生，每张青春的脸庞都在发光，每张脸上都洋溢出青春气息，百感交集。思绪如跑马，不停地想着昨晚发生的一件事，一件大事。

自己所在的单位是完中，也是所寄宿制的大校。初中高中没分离，五千多人，近三千名寄宿生，安全管理的难度可想而知，单是宿舍管理，就非常棘手，所以学校实行了人人参与的全员管理制度，也就是说每天从早上六点钟到晚上十二点半，都有校领导带着各年级组的值班人员，不停点地巡回检查。尤其是空档期，更是高度警惕，加强了又加强。晚上领导和男同志还要留宿，力求将各种隐患消除在萌芽状态。

晚上十点四十，照例她和其他值周人员按照各自分工，检查完教室，确定没人之后锁好了门，带着学生回到了宿舍楼，把她们交给宿管员。看着宿管员们认真地对照名单一一点名，等住宿生全部进了宿舍后，她才签了字，然后去行政楼，和其他人会合，继续在校园各个角落里巡视。

大寒的夜晚，真安静啊。几片乌云环绕着月亮，月光就暗沉沉的。夜色如稀释的墨汁，渗透在校园每一个角落，把一天的热闹熙攘、纷乱如麻晕染开来。又像老母亲的大手，抚慰着每一个忙碌辛劳的人。

操场上，绿色的草坪，红色的跑道，湖蓝色的篮球架，褐黄色的足球门，此时都恬然地睡了。四幢教学楼像四个乖巧的孩子，排成竖行，安分守己地站着。一排排高大的紫槐，枝丫如同一把把巨大的雨伞撑在高空。树叶透过缝隙，随风轻轻摇摆，在地面上投下细碎的小星点，一晃一晃。墙面上，“学校无小事，事事是大事”“安全是大事中的大事”的提示语在人们眼前掠过，也深深刻在每个人的心底。

叶苗苗跟在大家后面，环视着这熟悉又陌生的校园，仿佛漫游在虚幻柔美的天地中，格外惬意。一切安好！终于完成了值班任务，疲倦不堪的人们虽不说话，但明显轻松了很多，走路也轻盈了几分。

叶苗苗肚子雷霆乍过，咕咕咕响了起来，她不好意思地笑了笑。学校规定值班时教师从早到晚不能回家，饿了可以在校食堂里和学生一起吃饭。可她这个人什么都好，就是在吃上有点挑剔。食堂里的饭菜真心吃不下，而且学生那么多，也不好意思，所以中午就没吃，晚饭也没顾得上，饿了一整天了，身体就提出了严重抗议。

以后一定记得要吃饭啊，这样糟蹋身体可不行，政教主任笑着叮嘱。

没关系，现在流行骨感美，权当我减肥了嘛，她笑着解释。

走到行政楼门口，她摆摆手，正要和大家告别。突然，主任嘘了一声，打了个手势，示意大家安静。

人们顿时心悬了起来，竖起了耳朵。

高高的行政楼顶层，隐隐约约传来一阵说话声。

谁？谁在哪儿？主任大声问。声音戛然而止。一会儿，又嗡嗡嗡了起来。一个女声像是被谁捂住嘴巴，压抑的声音透过夜空，断断续续但清晰地传了过来。

大家怔怔站着，面面相觑，好一会儿，才反应过来，一转身就冲进了楼。

不要慌，慢慢来。大家千万不要冲动，防止出现意外，老校长却非常镇静。

大家点点头，一个个心情沉重，沿着楼梯，小心翼翼往上走。叶苗苗觉得自己腿软得都站不住了，只好双手抓住栏杆，拼命向上爬。

四楼到了，楼梯也没了，几根黑黝黝的短铁条，像一个个硕大的别针，钉在昏黄的墙面上。

主任指着它们，摆摆手。所有人站住，悄悄听着动静。

谁？谁在哪儿呢？还是老校长有经验，站定了，语速很慢地问，声调也降了许多。

没有人回答。黑乎乎的楼里，除了寂静还是寂静。从窄窄的窗户漏进来的微茫月光，更是给四周增添了一些惶惶不安的气氛。

走吧，好像没人，估计是咱们听错了。这人年龄大了，耳朵都不好使了。主任马上一副满不在乎的样子，笑着打趣。

好。我再问一下子。上面有人吗？放心啊，我们没有任何恶意，只是为了安全，确定一下，有的话就说一声好吗？校长接着说，也是很随意的样子。

半天，楼上才传来一个男生颤抖的声音，老师，有人呢。我们在楼上。

校长慢悠悠地说，哦，不管你们是哪个年级的，也不管是男生女生，我们都不会追究。只是这么晚了，天气又冷，楼顶太高了，你们一定要注意安全啊。能不能顺便问一下，你们几个人呀？

两个。

哦。没啥大事吧？

没有没有，我们就想……说说话。

嗯，那你们说去，说完了就下来吧。我们走了啊。

人们木偶般站着，警惕地聆听着。

老师，你们也不问……我们干啥呢？一个女生似乎站了起来，稚嫩的声音战战兢兢传过来。

老师相信你们都是好娃娃，不会干坏事，更不会干傻事！目前你们没想好，就不说了。如果以后想好了，愿意了，就给家长说，给班主任说，给科任老师说，或者给任何一个老师说都可以。即使不想说也没有关系，写封信也可以的嘛，对不对？

老师，我们不是坏学生，也不是想自杀……我爸爸妈妈离婚了，都不要我了。我就想和她说说心里话……学校到处都有摄像头，没有地方去，我就带着同桌……爬到这个地方来了。男生呜呜呜哭了起来，好像还没变声呢。

老师，我害怕……我想下来，可我不敢下来啊……女生抽抽搭搭，牙齿哒哒哒响。

不要怕！说说话又不犯法，安安全全的比什么都强。我们走了后，你俩就赶紧下来啊。主要是天气太冷了，就怕冻感冒了。

老师，你确定明天不会处分我们？我们真的什么都没有干，就是想说说话。是我叫她来的，是我连累的她，把我怎么样都可以，不要给她处分可以吗？我不能给她带来灾难。

底下的人啼笑皆非。呀，这小子还是个男子汉呢。

老师都答应你了，咋会变卦呢？放心吧。再说我们也不知道你们是谁啊，咋会随便给处分呢？老校长肯定地回答。

老师，我，我不敢下来……看了监控你就知道我们是谁的。女生哭得上气不接下气。

你们看这样可以吗？我们现在就下楼，到二楼关了监控器，然后就去操场，一直走到看不见你们的地方。你俩呢，赶快下来，尽快回宿舍行吗？

好！两个声音一齐说。

一行人轻手轻脚疾步下楼，到了二楼办公室，主任找到一个黑色开关，使劲一摁，白森森的监控器，清晰异常的几十个电子屏，闪了一下，哗地灭了。

叶苗苗跟着大家走出来，回头看了看偌大的行政楼。淡淡的月光照耀在整个玻璃墙面上，散出一片暗银色。长方形的横电子屏上，“尚德尚美，育人为本”八个红色大字一闪一闪，犹如大鱼在水中跳跃。

六个人站在广阔的草场边上，紧紧盯着远处的楼群，默不作声。她看着白发苍苍的老校长，夜空下，越发矮小瘦弱。看着鬓发花白的主任，月光下，更加憔悴。看着身边每一个肃穆庄严的人，心中涌起了一股热浪。

快看快看，年级主任指着远处说。

远远地，两个黑色的小点从行政楼后门跑了出来，快速移动，一个奔向一号男宿舍，一个奔往女生二号楼。人们悬在嗓子眼里的心，终于放了下来。

娃娃还小，一时糊涂，啥傻事都敢干，咱们还是以保护为主。监控也是学校管理不得已才采用的手段，实属无奈之举，没想到会带来这么……刚性管理和人性化管理，其实我也偏重于人性化，但单位太大了人太多了，规矩意识需要在严格监督中形成，生活习惯也要在硬性规定中养成，大家理解吧。各位都回吧，辛苦了大家了。我和李主任再转转看看。老校长苦笑着，背着手，疲惫地说。又叮嘱道，一会儿咱别忘了去打开监控。

值班结束了，叶苗苗快步走向停车场，走向自己的小奇瑞。月亮突然从乌云中跳了出来，大地顿时亮堂了许多，万物沉浸在牛奶般的雾气中。寂静的校园，除了宿舍楼还灯火通明外，其他均安然地酣眠在一片静默中。

她知道，在这样的时刻，在这片干净的天地里，不会有太多的虚假、丑恶、无知、冷漠来侵袭，有的只是轻松、快乐、关爱、温情和温暖。而这种安然与和谐，静谧与平安，都是那些爱岗敬业的人，那些兢兢业业的人，那些呵护着稚嫩心灵的人，那些除了谆谆教诲还默默守护的人，那些有爱心有诚心有方式方法的人，那些为幼苗成长付出了心血的人，那一个个无怨无悔的守护神们操劳操心的结果。

多么动人而又感人的一课啊！这件事，如果给了别人，如果是自己，会怎么处理呢？要么大喊大叫，要么紧盯监控，要么强硬措施，学生呢？逼急了说不定……谁又能想到那冷冰冰的监控，会以这种方式温情脉脉地中断了半个小时呢？

她想起老校长在例会上一次次强调，教育的最高境界是让每个学生都觉得老师爱他。学生就是学生，出了问题时，不要过度批评，不要意气用事；要放下架子，和学生真诚谈话，情理并重，让他们心服口服。

她现在似乎才慢慢在理解大学老师讲的道理。你们要当一个水一样的教师，博爱、包容、灵动、宽恕、坚韧、引导……在教坛上耕耘、播种、呵护、收获，不断升华自己的德、才、学、识、法。千万不要去做一个铁一样的老师，冷漠、阴沉、晦涩、冰冷、古板，没有人情。要知道，教师的一句话、一个微笑、一个鼓励、对一件事情的处理，都会影响学生一辈子的。热爱你的学生吧，多年之后，他们会感激你；塑造人的工程，是功德无量的。

师心一半诗心满啊，老前辈还是老前辈。她坐在车里，看着忽然变亮了的夜空，心里有说不出的亮堂和欣然。只有夜的黑静，才能反衬星光的明亮；革命尚未成功，我辈还需努力。在万星璀璨的银河系，就做一颗渺小的不引人注目的小星星吧，以自己微弱的光，去照亮更多的人，把灿烂星光与光明温暖传递下去，点缀这世间的永恒，

报告，老师，他抢了我的答题卡，一个女生突然站起来。

叶苗苗从沉思中一下清醒了过来，迅疾站起来，走了下去。

这是我的答题卡，谁说是你的？一个男生斜眼瞪眉地说。

我刚涂完前面的选择题，还没来得及写名字，他转过来看了一眼，就把一张空白答题卡抛下，一把把我的抓了过去，填上名字就变成他的了，女生委屈地告着状。

谁能证明是你的？我名字都在上面呢，男生毫不畏惧地争辩。

这么低级的错误都敢犯？叶苗苗大光其火，真想美美给收拾一顿。但她想了一下，就冷静地说，你们俩先不要吵，不要影响其他同学做题。这个问题很好解决，咱不是有监控吗？一调不就清楚了。

她用手指着那个藏在窗帘后面的小小摄像头。

学生们恍然大悟，不自然地挺了挺身子，低头又做卷子了。他们都以为实验室没安装呢。

站着的男生和女生也瞅着摄像头，神情木然，看不出内心的波澜壮阔。

叶苗苗从衣兜里掏出手机，找到一个号码，拨打了出去。

老陈啊，摄像头进课堂，孰对孰错，仁者见仁智者见智。当管理者把它作为一种有效的管理手段时，其实也映射出现代教育的尴尬无奈。当监控下的人们谨小慎微，表演成风，我们除了培养出一批批心理不健康人格不健全的人之外，还助长一种最可怕的社会风气。可是，没有监控的辅助，又有多少无厘头的事需要管理者去处理，又有多少毫无意义的事要浪费人们的时间精力呢？

教育是和千千万万个千差万别的人打交道，因而也是最复杂、最艰难的，它需要一个宁静、自由、宽容的环境，需要循序渐进的过程；需要教育者针对个体差异，用潜移默化去引导，用言传身教去引领。

我觉得教育的根本，是让受教育者通过自身的实践体检、心灵感悟，获得一定的情绪体验、情感积淀和理性思想，培养学生独立思考的能力，唤醒他们内心的觉醒，进而形成强大的内心世界和精神力量，并外化为行为的自觉。这个过程是非常艰难的，结果也一定是有差异的。

欢迎师兄继续来信探讨，请继续用毛笔和书笺吧，我会把来信当作传家宝的。

另：正努力向师兄学习，继续练字呢！

张　华

二〇二〇年一月二十日　大寒

尾 声：电子邮件永远不会有眼泪的痕迹

亲爱的老伙计：

絮絮叨叨了这么多，咱俩都忘记时间了啊。

老朋友啊，面对着你，此时的我，既有离别的感触，也有踏实的欣慰。

你看，这就是我收到的信，一共二十四封，这么厚的一沓，都是手写的。有钢笔写的，毛笔写的，圆珠笔写的，更多的是中性笔写的。黑色的，蓝色的，还有几行红色的呢。它们都是无价之宝啊，是最珍贵的礼物。

老伙计，小时候，我的梦想就是当一个邮递员，替人带话，给人传信，可惜后来没实现得了。光阴似箭啊，一眨眼几十年过去了，我都老了，但梦想一直在我心底，过来过去都是心结。

我喜欢写信收信。因为和书信打交道，就是和一颗颗赤诚滚烫的心在打交道啊。我喜欢说真话诉真情的人，喜欢在纸上坦诚相见情短意长；喜欢那些因为各种原因不能直接说出来的话，变成文字传递心声。

当时也是一时冲动，我抱着试试看的心态，把手写的一封封信发了出去。其实，发出去之后就有些后悔。想想看，在连吃饭走路都匆匆忙忙的时代，谁还愿意用这种过时的方式来交流沟通，来满足我这个老头子有点可笑的做法呢？即使有想法，大家也不会拿笔写下来，再誊抄到信纸上，再去邮局糊信封买邮票，投进邮筒。太麻烦了。

可我却百分之百地收到了回信，整整二十四封！

没一个人不回信，也没一个人拒绝配合，更没一个人敷衍了事。我的亲朋好友、同事同人，不但讲了自己印象最深的人和事，还提出了各种各样的观点、见解、思考、方法，这是我始料未及的，也是最让我感动的。

你看看这每一行字，每一片纸上都传递出真实善良和美好，都饱含着一分痴心教育、热爱教育的浓情。

我觉得，这辈子，值啦！

虽然我就要离开了校园，离开单位，但我不会伤感更不会抱怨，我会不时来看看你，看看这座教学楼，看看这所校园。

有人说过，青年是诗，中年是小说，老年是散文。我的散文经过大量铺垫，才写到正文；我的舞台灯光明亮，才准备上演更精彩的故事。那么多没时间精力财力完成的爱好和心愿，才准备一一完成，何伤之有？我相信在有生之年，自己还会以真诚善良之心，做一颗石子，铺在爱人孩子脚下，陪伴师长朋友之旁，坚持所爱所乐，度过属于自己的夕阳人生。

以后我还会写信，也相信自己会接到回信。因为我觉得冷冰冰的电子邮件，永远都不会有泪水的痕迹，有温暖的回音，温度的感应，有这么多的愉悦与美好，疼痛与力量。

以后的日子里，无论什么时候在什么地方，我都会记得我们在一起读信的这种快乐，记得我与你之间的浓厚情谊。你也要记得我啊，这个拿着粉笔在你身上画了一辈子的老朋友。

最后，让我把最喜爱的几句诗送给你吧，让它作为我们友谊的总结与见证。

好像是贮存了夏季的雨水，
或者是秋天任性的溪流，
或者是纵横交织、满岸牧草的小河，
或者是隐秘的海流奔向大海，
结果，我唱出了这连绵岁月之歌。

——沃尔特·惠特曼《草叶集》

是啊！我们，都唱出了自己的连绵岁月之歌。

祝一切安好！

挚友　陈春

二〇二〇年一月二十日　大寒

后记：总是无言最感人

这一年，几乎没有写其他文字，所有心思都花在了这本书上。

其实，写三部曲的想法不是一下子就有的，而是在书写过程中，觉得一本容量太小，不能完全表达出所想表达的东西，于是，就有了写三本的想法。

第一本装着学生故事，第二本说的全是教师。第三本呢？想写家长。现在已完成了两本，我很欣慰。

我的耳边，时常会出现两种声音。一种说十年磨一剑，慢慢来，有时间了再写，成熟了再写，我承认这是合理的建议。另一种说，别犹豫，立足当下，完成它！所以我想在三年之内，一年一本去完成。

之所以如此迫切，是怕自己以后没了健康的身体，没了坚持下去的动力，特别是怕没了创作的激情。看了那么多书，写了一些文字，我深知激情这个东西，对一个写作者有多么重要。

教师这个职业，怎么说呢？说好也好说坏也坏，很矛盾很复杂。有人曾在我面前讥讽道，中小学教师嘛，能有什么出息？我为这句话黯然伤神了好多天。我本来觉得，在职业上没有什么贵贱之分，各个行业之间互相理解支持，互相关注鼓励，但就是有一批人，以一种特殊的矛盾心理来怀疑、否定甚至打击这群人，以不屑、鄙夷甚至睥睨的心态来看待这个群体。

尊师重教本为传统，现在却成了热点焦点：男教师穷酸、迂腐、吝啬、没有男人气；女教师刻板、严厉、肺活量高、爱纠死理。人们一面将教师妖魔化，一面却寄希望于千秋重任；一面要求圣人化，一面又明显瞧不起；遇到某个事件总是推波助澜，到了自己子女上又低眉俯首；一面歪曲一面称赞。

我想问，为什么会这样？这个群体自古以来就是传道授业的，就是受人尊敬的，也是值得尊敬的。可是，如今的我们，在人们眼中成了个负面的代名词。带薪补课、收取钱财、体罚学生（身体上、精神上）、骚扰女学生……例子太多了，多到都不想看。另一个方面的报道同样让人匪夷所思：十几年后当街扇老师耳光，翻出几十年前的事来讨要说法；一份匿名书信，就可以报复那个考试不通融的老师；为了手机，就可以随意杀掉无辜的老师……

中华文明几千年来，仁义礼智信的教导是根本。如果背离了这个宗旨，那么树人就是一句空话。我们要树什么样的人？要培养什么样的接班人？是个问题，大问题。

回到这本书上来，我用书信为线索来串联全篇。这些故事，都是借鉴移位嫁接的结果，我把它们呈现出来，请有兴趣的读者看看，他的亲朋好友中有没有这样的人，这样的遭遇？

相对于第一部，这本书温暖了很多。有时我写完一个故事，悲伤得难以自已，在地上转来转去，想他应该是活着的啊，但也没办法，怎么也处理不成大团圆的结局。

现状一直在那里，问题是你我有没有看见，看见了有没有勇气写出来，写出来有没有机会面世？所幸的是，我的责任编辑给予了一如既往地支持和关注；所幸的是，我的读者跟着我，继续看这些普通教师们的故事。

鲁迅先生说“绝望之于虚妄，正与希望相同”。我将它写了出来，算是对自己职业的敬重，对所有为师者最大的敬意。

感谢老天，赐予我健康的身体！感谢家人，一以贯之地支持！他们是我坚持到现在的坚强后盾。

感谢师长朋友的理解和鼓励！请原谅我的不秒回微信、迟回电话及各种无意疏远。

感谢固原五中的同事，总是给予我最大的体谅和支持！

感谢为这本书付出的所有人！

2020 年 3 月 12 日

2020 年 10 月 23 日终稿

图书在版编目（CIP）数据

沉默的黑板 / 高丽君著. -- 北京 : 中国文史出版社，2020.11
（实力榜·中国当代作家长篇小说文库）
ISBN 978-7-5205-2521-3

Ⅰ. ①沉… Ⅱ. ①高… Ⅲ. ①长篇小说－中国－当代 Ⅳ. ①I247.5

中国版本图书馆 CIP 数据核字(2020)第 219052 号

责任编辑：全秋生

出版发行：中国文史出版社
地　　址：北京市海淀区西八里庄路 69 号　　邮编：100142
电　　话：010－81136602　81136603　81136606（发行部）
传　　真：010－81136655
印　　装：北京温林源印刷有限公司
经　　销：全国新华书店
开　　本：787×1092　1/16
印　　张：24.75　字数：380 千字
版　　次：2021 年 3 月北京第 1 版
印　　次：2021 年 3 月第 1 次印刷
定　　价：66.00 元